W0284802

Lady R.

Henri Courtade

Lady R.

Roman

éditions Les Nouveaux Auteurs

Éditions Les Nouveaux Auteurs

33-35, rue de Chazelles 75017 Paris
www.lesnouveauxauteurs.com

ÉDITION PRISMA

13, rue Henri Barbusse 92624 Gennevilliers Cedex
www.prisma-presse.com

Copyright © 2011 Editions Les Nouveaux Auteurs - Prisma Presse
Tous droits réservés
ISBN : 978-2-819 500-75-9

À mes parents.

L'amour ne passera jamais.

1 Corinthiens 13, 8

Prologue

Cela faisait à présent trois jours que les deux frères pataugeaient dans l'immense marécage. Leur lente progression était seulement rythmée par le bruit de succion de leurs pieds qui s'extrayaient avec peine de la gangue de boue, avant de replonger un pas plus loin dans la mélasse verdâtre et croupie.

Tous deux étaient membres d'une de ces nombreuses sectes qui fleurissaient en ce temps-là dans toute la chrétienté. L'aîné, Guilhem, avait convaincu son frère cadet, Amaury, d'entreprendre ce voyage initiatique à travers l'Occident. Débuté un an plus tôt, en 1143, il devait parachever leur formation religieuse par une connaissance pratique des peuples et des coutumes du continent. Une fois de retour dans leur sanctuaire situé au pied des Pyrénées, les deux novices passeraient le restant de leur existence reclus, méditant et priant pour la paix de ce monde, ô combien agité.

Auparavant, il leur restait à franchir la dernière épreuve de leur périple, cette terrible zone de marais putrides située à la lisière nord du duché d'Aquitaine. L'inextricable réseau aquatique et végétal était peuplé seulement d'insectes, de rats, de crapauds et de bêtes venimeuses auxquels s'ajoutait une moiteur permanente collant les vêtements à la peau. Cependant, la doctrine leur avait appris à tout supporter, y compris les animaux nuisibles que le Créateur avait placés sur leur route.

— Au moins, ce voyage m'aura appris une chose, déclara Amaury en faisant halte pour se débarrasser des sangsues.

— Laquelle ?

— Malgré sa noirceur, ce monde recèle de la beauté.

Il jeta dans l'eau un énorme spécimen qu'il venait de détacher de sa peau, puis il reprit l'examen de ses jambes couvertes de boue, ponctuées çà et là de ces grosses limaces rougeâtres et bouffies.

— Petit frère, fit Guilhem en prenant lui aussi entre le pouce et l'index une sangsue gorgée de sang, lorsque nous aurons franchi ces marécages, tu pourras passer le restant de tes jours à méditer là-dessus.

— Ce n'est pas suffisant, insista Amaury. Regarde ces pauvres gens frappés par l'épidémie de choléra, que l'on a croisés ces jours-ci. Tu sais comme moi qu'on pourrait les aider, ne serait-ce qu'en leur apprenant à s'en prémunir.

Guilhem secoua la tête et soupira, abandonnant pour un instant l'animal à son repas.

— Comment comptes-tu t'y prendre pour les approcher ? Ces gens ont peur de nous parce que nous sommes différents !

— Créons un ordre itinérant qui soulagera la misère et éduquera les populations ! De toutes les manières, je ne me vois pas passer le restant de mon existence enfermé dans un monastère loin du monde, alors que je sais à présent que des gens ont besoin de nous, de notre savoir et de notre expérience.

L'aîné haussa les épaules. Son frère avait toujours réponse à tout, pensa-t-il, et ce, depuis qu'il savait parler.

— Tu pourras en faire part à notre maître dès que nous serons arrivés, conclut-il, en tirant de toutes ses forces sur l'outre de sang collée à sa peau.

À présent, Amaury se débattait avec les moustiques qui pullulaient autour de son visage.

— C'est bien ce que je compte fai…

Il s'interrompit brusquement, se redressa et tendit l'oreille vers un buisson tout proche.

— As-tu entendu ? On dirait que quelqu'un appelle à l'aide !

Guilhem leva la tête. Un cri étouffé parvenait des fourrés.

— Ça vient de là-bas ! s'exclama-t-il.

Il désigna du doigt un entrelacs de branches et de racines situé un peu plus loin sur la droite.

— Allons voir ! dit Amaury.

Sans plus tarder, ils se dirigèrent vers l'endroit, remettant à plus tard leurs soins. En écartant les ronces qui pendaient et proliféraient dans le coin, ils découvrirent un homme âgé d'une soixantaine d'années gisant sur le sol boueux, au beau milieu de la végétation. Couché en chien de fusil, il serrait contre lui une sacoche de cuir. Une flèche était fichée dans son abdomen. Sa respiration était courte et son teint déjà terreux. De toute évidence, il ne lui restait plus que quelques minutes à vivre. D'une voix à peine audible, il murmura :

— Je vous ai entendus et je pense pouvoir vous faire confiance.

— Que vous est-il arrivé ? demanda Amaury qui avait commencé à l'examiner.

Sortant de sa sacoche un amas de parchemins, le blessé le leur tendit.

— Le temps presse, prenez ces documents ! Il ne faut

pas qu'ils tombent entre de mauvaises mains ou c'en sera fini de la paix sur cette terre.

— Que contiennent-ils de si précieux ? insista Guilhem.

— Pour votre sécurité, il vaut mieux que vous ne le sachiez pas. Remettez-les à mon ami Moshe Ben Shatprut : il est médecin à Venise ; il saura ce qu'il doit en faire.

Le vieil homme eut un rictus de douleur. Sa main avait agrippé le bras d'Amaury.

— Il faut que je vous dise… continua-t-il.

Il resserra sa prise et, dans un ultime effort, tenta de se redresser pour glisser à son oreille :

— Faites attention… à la conversion…

Il n'acheva jamais sa phrase. Sa main lâcha prise sur le bras d'Amaury, se figea et retomba mollement. Effleurant son visage, ce dernier lui ferma les yeux, puis observa son frère.

— Qu'a-t-il voulu dire, selon toi ?

Guilhem garda un instant le silence, perdu dans ses pensées.

— Le saurons-nous seulement un jour ?

Ils rangèrent méticuleusement les parchemins puis ensevelirent le corps.

— Rendons-nous directement à Venise, lança Amaury.

Guilhem secoua la tête.

— Retournons d'abord dans les Pyrénées et présentons ces documents à notre maître, proposa-t-il. Nous verrons ensuite s'il est opportun ou pas de se rendre à Venise.

— Enfin ! Cet homme nous a demandé d'aller trouver son ami vénitien. Ne pas le faire reviendrait à trahir la confiance qu'il nous a accordée !

— Cet homme nous a demandé de cacher les parchemins, si besoin ! coupa Guilhem tout en rassemblant ses affaires.

Amaury fronça les sourcils.

— Voilà ce que je te propose : retournons chez nous, comme tu l'as dit. Chemin faisant vers le sanctuaire, nous évaluerons les différents choix qui s'offrent à nous. La route est encore longue et marcher porte parfois conseil.

Guilhem esquissa un sourire.

— Tu ne lâches pas facilement le morceau ! Tu feras un bon responsable de communauté, le jour venu.

Amaury balaya l'argument d'un revers de main.

— Loin de moi cette idée. Je n'aspire qu'à devenir un simple moine, pas à devoir prendre chaque jour, pour le groupe, des décisions engageant la vie de centaines de personnes.

— C'est ce qu'on dit, conclut Guilhem. La vie réserve parfois des surprises inattendues.

Les deux frères ramassèrent leurs sacs de voyage qu'ils jetèrent sur leurs épaules et, sans plus tarder, quittèrent les marais.

*

Au cours de leur voyage, Guilhem et Amaury en avaient appris davantage sur les hommes que bon nombre de penseurs et philosophes. Cependant, par naïveté ou par innocence, ils avaient négligé une caractéristique fondamentale propre à la nature humaine, communément appelée la peur de l'autre. L'épidémie de choléra qui ravageait cette baronnie reculée avait attisé la haine aveugle envers tout ce qui était étranger. Dans le même temps, des instructions étaient parvenues à tout le royaume de France, avec ordre de traquer et de tuer dans l'œuf toute hérésie.

Guilhem et Amaury, pacifistes dans l'âme, étaient bien loin de penser que leurs déplacements étaient surveillés par la population locale et par les soldats templiers chargés d'appliquer les décrets du roi.

Le Temple fut plus rapide que la populace. Une patrouille, rentrant bredouille d'une chasse précédente, les intercepta au détour d'un chemin.

— Halte ! interpella le sergent templier qui commandait la troupe. D'où venez-vous et que faites-vous ici ?

Guilhem prit la parole :

— Nous sommes deux novices d'une communauté pacifiste des Pyrénées.

— Des hérétiques ! conclut promptement le sergent. Arrêtez-les !

Malgré leurs protestations, les deux frères furent ligotés et emmenés sous bonne escorte jusqu'au responsable de la commanderie templière la plus proche. Le sergent lui fit un rapport circonstancié, qui péchait toutefois par manque d'objectivité :

— Commandeur Adalbert, j'ai arrêté ce matin deux hérétiques distillant leur venin insidieux à notre population. D'autre part, les villageois les accusent d'avoir répandu les miasmes du choléra qui nous frappe actuellement.

Adalbert ferma son journal de bord et observa pendant quelques instants le soldat, debout, face à lui.

— Et alors, sergent ?

— Vous connaissez mieux que moi les ordres applicables dans tout le royaume de France. Ces deux créatures abjectes sont l'exemple même du mal que nous avons à combattre. Par ailleurs, ils ont spontanément avoué être originaires des Pyrénées. Rien ne nous dit également que ces engeances n'espionnent pas pour le compte des Espagnols.

Le commandeur croisa les doigts sur son journal. Il

faillit rappeler à son sergent que l'ordre des Templiers avait été créé à l'origine pour protéger les pèlerins se rendant à Jérusalem, pas pour exécuter les basses besognes d'un monarque, quel qu'il fût. Hélas, depuis quelques années déjà, leur mission première avait été détournée par les pouvoirs en place en Occident. Ces derniers temps, les templiers de France avaient ainsi reçu l'ordre de traquer et d'arrêter, selon les modes et les lubies des princes, soit les juifs, soit les membres de différentes sectes hérétiques particulièrement actives et prosélytes. Et il se trouverait toujours des hommes ambitieux, comme son sergent, pour exécuter ces ordres à la lettre.

— Dois-je les condamner au bûcher pour hérésie, sans autre forme de procès ? s'enquit Adalbert.

Le sergent afficha un sourire faussement modeste.

— Je ne suis que le bras armé, commandeur, dit-il d'une voix mielleuse. C'est vous qui disposez de toute autorité pour condamner à mort les hérétiques.

Adalbert joignit ses mains sous son menton et dévisagea longuement son second. Grêlées par une acné ayant ravagé son visage, ses joues étaient contractées. Le sergent était un bon soldat promis à une brillante carrière. Il finirait certainement à Jérusalem comme haut dignitaire du Temple. Cependant, pensa aussi Adalbert en observant ses petits yeux rapprochés qui lançaient des éclairs, l'homme manquait de sang-froid et trahissait ses émotions, un mauvais point pour son avancement.

— Ainsi, vous calmez la foule avec deux boucs émissaires bien trouvés, finit par dire Adalbert. En outre, vous vous acquittez à bon compte et sans trop de peine des ordres royaux. Vous irez loin, sergent…

Ce dernier serra les poings, contenant difficilement sa rage.

— Commandeur Adalbert, lança-t-il vertement, il est dangereux de désobéir au roi.

— Dois-je prendre cela comme une menace ?

Le sergent se radoucit.

— Prenez plutôt cela comme le conseil avisé d'un humble serviteur du Temple et de notre royal souverain !

Adalbert soutint le regard de son second sans ciller. Il était effectivement très dangereux de désobéir aux ordres, surtout en matière d'hérésie. Il en avait parfaitement conscience.

— Nous en avons fini, sergent. Faites entrer les prisonniers pour l'interrogatoire, je statuerai ensuite sur leur sort.

Certaines périodes sont plus rigoureuses que d'autres en matière de tolérance. En ces temps et ces lieux troublés, il n'y eut aucune clémence envers deux pauvres hères. En début d'après-midi, le bûcher fut dressé. Le sombre divertissement eut lieu le soir même, sous les cris et les insultes de la foule.

En ces moments-là, on est souvent moins clairvoyant que de coutume. Pendant que le bûcher flambait, un soldat, portant une liasse de parchemins sous le bras, vint trouver son supérieur.

— Sergent, dit-il, j'ai trouvé ceci dans leurs affaires !

Les documents saisis sur les condamnés lors de leur arrestation furent feuilletés à la va-vite, à la lueur des flammes ondoyantes qui consumaient les suppliciés.

— Des carnets de voyage, conclut promptement le sergent en rendant les feuillets au soldat de façon désinvolte. Aucun intérêt ! Archivez-les dans la bibliothèque de la commanderie.

Ainsi, pendant cinquante ans, ces parchemins accumulèrent moisissures, poussières et déjections de souris sur une obscure étagère, dans une non moins obscure bibliothèque, attendant leur heure pour revoir enfin la lumière du soleil.

Chapitre 1

Les secrets du Temple

La Citadelle se dressait sur un promontoire rocheux au-dessus de l'Océan, au sud de Londres. De hautes falaises l'entouraient de toutes parts et le seul accès possible, une étroite bande de terre qui le reliait à l'Angleterre, était gardé par une garnison de soldats postés tout au long du parcours. À son autre extrémité, ce sentier conduisait le visiteur à une lourde porte en bois protégée par une herse, barrant l'accès à la place forte.

La Citadelle pouvait aisément tenir un siège de plusieurs mois. Plus de deux mille personnes y résidaient en permanence, simples soldats ou artisans, et surtout des maîtres d'armes et des professeurs parmi les plus réputés d'Occident, chargés de former les agents secrets du roi Richard Cœur de Lion. Y étaient enseignées les matières classiques comme l'histoire et la philosophie, mais également les langues orientales, l'algèbre et toutes les techniques de combat à l'épée, au bâton ou à main nue.

Lord Stratheden, le maître des lieux, veillait personnellement sur chacun de ses étudiants, n'ignorait rien de ce qu'ils étaient et nommait chacun par son prénom. Il les recrutait dans les universités du royaume, quand ils n'étaient encore que de jeunes élèves prometteurs de onze ou douze ans. Une fois formés par l'école, ses anciens étudiants parcouraient le monde. Ils lui rapportaient des nouvelles de Jérusalem jusqu'aux confins de la verte Irlande, des terres d'Afrique aux rivages de la mer Baltique.

Le royaume d'Angleterre était un vaste empire, s'étendant du Sud de l'Écosse jusqu'aux Pyrénées. Richard Cœur de Lion se plaisait à rappeler que ses possessions sur le continent occupaient une superficie supérieure à celles de son rival, Philippe Auguste, roi de France. La Normandie, la Bretagne et l'immense duché d'Aquitaine, englobant tout le Sud-Ouest de la France, appartenaient au roi d'Angleterre, non sans susciter la convoitise de son voisin français. Et l'on ne régnait pas sur un aussi grand royaume sans informateurs et soldats de l'ombre.

Richard venait à peine de rentrer de sa croisade en Terre sainte. Son retour avait mis fin aux intrigues de son frère, Jean sans Terre, qui briguait sa couronne. Lord Stratheden avait mené de nombreuses actions contre les barons renégats du prince Jean, en l'absence du roi. Le vieux renard, comme le surnommaient ses officiers, était un ami personnel de Richard. Personnage au caractère ombrageux et difficile à cerner, il avait également pour coutume de donner lui-même ses instructions à ses capitaines.

En ce printemps 1194, Wilhiam, Saxon blond au visage rasé de près et à la carrure imposante, emprunta les couloirs privés conduisant au bureau du chef des services secrets. Ce talentueux capitaine de vingt-deux ans s'était illustré, à maintes reprises, lors d'opérations visant à contrer les partisans de Jean sans Terre, faisant de lui un officier respecté de tous au sein de la Citadelle.

Comme à l'accoutumée, il fut d'abord reçu par l'obséquieux secrétaire du lord, un vieillard chenu et gracile qu'une bourrasque aurait pu renverser. Ce dernier avança vers Wilhiam, dos voûté, dans un mouvement de balancier d'avant en arrière, tant et si bien que l'on aurait pu croire qu'il marchait en faisant des courbettes. Les étudiants prétendaient en plaisantant qu'il hantait déjà les lieux avant même la construction du château. En vérité, nul ne savait précisément depuis quand il occupait ce poste, combien de rois il avait connus, certains rituels sont indispensables et rassurants. Être reçu par le secrétaire de lord Stratheden, avant de pénétrer dans l'antre de la bête, faisait partie de ces cérémonials apaisants, lorsque « l'estomac se noue et que la terreur submerge… ». Il conduisit le capitaine jusqu'au bureau du vieux renard, toqua deux fois à la porte, l'ouvrit, glissa le nom du visiteur dans l'ouverture et s'éclipsa en silence. Wilhiam fit deux pas dans la pièce et salua son supérieur.

— Milord.

Lord Stratheden, assis dans un fauteuil à demi plongé dans la pénombre, avait horreur des civilités.

— Il y a cinquante ans, commença-t-il par dire, deux frères, membres d'une obscure secte pacifiste pyrénéenne, furent brûlés pour hérésie dans un village français situé au nord de notre frontière actuelle entre le duché d'Aquitaine et le royaume de France. Leurs carnets de voyage furent saisis et archivés dans la commanderie templière la plus proche. J'ai appris récemment que ces documents contiennent des informations stratégiques de la plus haute importance pour notre royaume.

Il fit une pause afin d'observer la réaction de Wilhiam.

— Vous souhaitez que je m'en empare et que je vous les rapporte ?

Visiblement satisfait de la suggestion, lord Stratheden croisa et décroisa ses jambes.

— Ce que j'apprécie chez vous, Wilhiam, c'est votre discrétion, ainsi que la concision de vos analyses !

Puis il lui tendit un parchemin.

— Toutes les informations nécessaires à votre mission sont sur cette feuille, enchaîna-t-il. Mémorisez-les !

Il s'agissait d'une carte annotée indiquant le lieu de la commanderie, le type de documents à rechercher, mais aucune indication, bien entendu, sur leur contenu. Wilhiam la lut, en prit note mentalement et la lui rendit.

— Prenez avec vous Rowena et Caméléon. Le temps presse : les Templiers et les Français ne tarderont pas à découvrir l'importance de ces parchemins.

— À vos ordres, milord !

Lord Stratheden se leva, tourna les talons et s'enfonça davantage dans la pénombre.

— Sachez que je ne tolérerai aucun échec, lança-t-il sèchement, sans même prendre la peine de se retourner.

Wilhiam exécuta la révérence de circonstance et quitta les lieux sans plus tarder.

*

En remontant le couloir, il passa devant de lourdes portes en bois qu'il n'avait jamais vues ouvertes ni même simplement entrebâillées. Il ignorait ce qu'il y avait derrière, des appartements privés ou des laboratoires secrets, peu lui importait. C'était un soldat se contentant d'exécuter les ordres qu'on lui adressait. Certes, par le passé, alors qu'il n'était qu'un jeune étudiant fraîchement débarqué à l'école, la tentation de tourner ces poignées et de jeter un œil de l'autre côté l'avait maintes fois effleuré, un agent secret est curieux par nature. Pour autant, il n'avait jamais franchi le pas. Immanquablement, le vieux renard l'aurait appris et la sanction aurait été terrible. Ceux qui enfreignaient le règlement de l'école subissaient des châtiments publics. Du peu qu'il avait pu en connaître, cela ne donnait pas envie d'y goûter. Il quitta donc le bâtiment principal en regardant droit devant lui pour ne pas être tenté de laisser divaguer son esprit, puis passa un pont-levis conduisant au reste de la Citadelle.

Des bruits de métal et de bâtons de bois qui s'entrechoquaient parvinrent bientôt jusqu'à lui, résonnant entre les murs de pierres grises. Au détour d'un chemin pavé, le son se fit plus précis et l'immense cour carrée d'entraînement des recrues lui apparut. Le sol était recouvert de sciure de bois, détrempée par une averse récente. Tout autour, un déambulatoire couvert permettait aux visiteurs d'observer les combats. Des soldats s'entraînaient deux par deux à l'épée, au bâton ou à main nue.

Un duel le captiva davantage : lady Rowena de Windermere, aux airs innocents, en réalité redoutable guerrière à l'allure trompeuse, était engagée dans un affrontement à l'issue incertaine contre le maître d'armes le plus célèbre de la Citadelle.

Rowena avait été recueillie à l'âge de deux ans et demi par des nobles saxons lorsque ses parents, des marchands français venus commercer dans le Nord-Ouest de l'Angleterre, avaient été tués par des pillards. Malgré son éducation dans les meilleures institutions insulaires, elle avait gardé une certaine grâce trahissant ses origines, la différenciant singulièrement des autres élèves anglaises de l'école. Wilhiam en était tombé amoureux dès le premier regard. Ce charme étranger, exotique à ses yeux, avait certainement séduit l'âme romantique qui sommeillait en lui, et il n'avait eu de cesse depuis de lui faire la cour, non sans mal.

Dans un premier temps, il s'était fait rabrouer sèchement. Il avait cru alors qu'elle le jugeait trop inculte à son goût. Il est vrai qu'il avait bâti sa réputation sur sa valeur martiale, bien plus que sur sa connaissance des philosophes grecs et latins.

En outre, Rowena passait le plus clair de son temps avec son ami et confident Caméléon, expert en travestissement, d'où son surnom, aussi célèbre dans la Citadelle pour sa science du déguisement que pour ses talents de faussaire. À l'époque où Wilhiam venait juste d'intégrer l'école, cela faisait plusieurs années déjà qu'ils y étudiaient. En les voyant se chamailler à longueur de journée comme chien et chat, il avait pensé tout d'abord que Rowena et Caméléon ne se supportaient pas. Rapidement, il avait appris à ses dépens qu'ils étaient inséparables. Même s'ils n'étaient pas amants, tous deux n'en étaient pas moins aussi étroitement liés. Caméléon était fin et cultivé. Wilhiam avait vite compris qu'il serait difficile de rivaliser avec lui, à moins d'arriver à séduire Rowena en jouant sur son propre terrain.

Le guerrier aux multiples exploits, célèbre avant même d'entrer à la Citadelle, avait été contraint de revoir ses manières, ses lectures et son comportement. Au départ, intriguée, Rowena avait finalement regardé ses efforts d'un œil attendri. Au fil du temps, elle s'était laissé charmer par cet officier passant ses soirées à lire Aristote et Platon plutôt que de traîner dans les tavernes, comme les autres capitaines, ou de satisfaire les avances des nombreuses étudiantes énamourées qui voyaient en lui un héros. Wilhiam n'avait pas lâché prise. Elle avait finalement répondu favorablement à sa cour qui n'avait plus rien à envier à celle des chevaliers chantés par les ménestrels.

Le combat s'éternisait. Cependant, Wilhiam nota que Rowena ne s'en tirait pas trop mal. Comme les autres étudiants formés à la Citadelle, elle était rompue à toutes les techniques de combat enseignées ici. En ce moment même, elle en faisait une parfaite démonstration devant l'ensemble des élèves réunis. Les autres duellistes interrompirent leur entraînement pour observer les deux combattants. Mouvements souples et fluides de la jeune femme contre gestes mesurés et placement parfait du maître d'armes.

Le duel prit fin soudainement : Rowena réalisa un enchaînement impeccable qui déstabilisa son adversaire et le projeta au sol. Immédiatement, elle lui tendit la main pour l'aider à se relever. Les spectateurs n'osèrent pas applaudir par crainte du courroux du professeur, blessé dans son amour-propre.

— On dirait que l'élève a dépassé le maître !

Le maître d'armes se frotta le coccyx, reprit son bâton et observa le nouveau venu.

— Cela finit toujours par arriver, Wilhiam, dit-il, et cela arrivera pour toi aussi un jour !

Rowena réajusta la mèche brune qui balayait son front et ne put réfréner un sourire moqueur. Tous deux étaient fiancés depuis plusieurs mois déjà, mais leur mariage venait d'être repoussé en raison du retour inattendu de Richard des croisades. Rowena avait difficilement accepté ce fâcheux contretemps. En soldat discipliné, elle s'était finalement rangée de mauvaise grâce derrière cette décision, non sans faire promettre à Wilhiam que les noces auraient lieu, au plus tard, au début de l'été. En croisant son regard d'azur aussi troublant qu'au premier jour de leur rencontre, il songea avec anxiété à la manière dont il devrait à présent lui faire part d'un nouveau report, si la mission que venait de leur confier lord Stratheden venait à durer plus longtemps que prévu.

— Tu veux tenter ta chance, Wilhiam ?

Il grimaça. Rowena avait horreur de la médiocrité. Wilhiam savait également qu'elle aimait avoir l'ascendant sur les hommes. Cela aussi il avait dû l'intégrer, non sans mal, lorsqu'il l'avait séduite. Il ne lui avait pas été facile de reconnaître ses faiblesses, accepter, par exemple, qu'elle fût meilleure que lui au combat. Si elle était finalement tombée amoureuse de lui, c'était aussi en grande partie parce qu'il avait enfin fait sienne cette humilité et rangé définitivement dans un mouchoir son sentiment masculin de supériorité.

— Une autre fois, nous avons pour l'heure une affaire plus urgente à régler. Tâche de trouver Caméléon et rejoignez-moi dans mes appartements.

— À vos ordres, capitaine ! dit-elle en exécutant une révérence.

Pensif, Wilhiam la regardait s'éloigner dans le couloir, lorsqu'une voix s'éleva dans son dos :

— Joli brin de fille, Rowena de Windermere !

Il se retourna vivement : le vieux maître d'armes tenait entre ses mains une lame courbe comme celles utilisées par les Maures, évaluant son équilibre parfait. Le professeur connaissait pertinemment les liens qui les unissaient tous les deux. Aussi, sa remarque déplacée l'intrigua au plus haut point.

— Joli brin de fille, en effet, admit-il, attendant de voir où il voulait en venir.

L'homme cessa de jouer avec l'arme.

— Veille sur elle ! fit-il sèchement.

Wilhiam haussa les sourcils. Les propos du maître d'armes n'étaient jamais prononcés à la légère. Il crut même déceler dans ses yeux une certaine méfiance à son égard. Il ne répondit rien et reporta son attention sur le couloir. Rowena devisait au loin avec Caméléon, beau ténébreux au visage glabre androgyne et aux longs cheveux noirs.

— Elle a vingt ans, répliqua enfin Wilhiam, elle est assez grande pour se défendre toute seule.

Il se tourna vers le professeur, mais celui-ci s'éloignait déjà en balançant sa tête de gauche à droite, apparemment déçu par sa réponse.

*

Sur ces étranges paroles, Wilhiam s'en retourna dans ses appartements, situés dans un bâtiment attenant à la cour d'entraînement. Au sein de l'école, chaque officier bénéficiait de ce privilège. Il se jeta sur son lit et, joignant ses mains derrière la nuque, fixa le plafond d'un air distrait, songeant à la mission qu'on venait de lui confier.

J'apprécie votre discrétion, avait dit lord Stratheden. Wilhiam sourit car, s'il n'avait pas commenté ses propos, d'innombrables questions assaillaient malgré tout son esprit. Une, plus particulièrement, le taraudait davantage : que savait exactement le vieux renard sur ces documents ?

Lord Stratheden s'était bien gardé de lui dire ce qu'ils contenaient, parlant seulement d'informations stratégiques pour le royaume d'Angleterre. À franchement parler, Wilhiam se demandait si son supérieur avait connaissance de leur exacte nature. Il avait placé des espions dans l'entourage du roi de France et de tous les monarques d'Europe, mais Wilhiam savait qu'il n'avait jamais pu infiltrer l'ordre des Templiers.

Créé soixante-dix ans plus tôt afin de défendre les Lieux saints alors occupés par les chrétiens, le Temple s'était établi depuis comme une puissance militaire et financière considérable, ne devant obéissance qu'au pape. De par son implantation dans tout l'Occident et le Proche-Orient, il s'était peu à peu affranchi de la vassalité aux différents royaumes chrétiens qui voyaient cette indépendance d'un mauvais œil.

Ces moines soldats avaient fait vœu de pauvreté, chasteté et obéissance. Leurs obligations monacales et leur sévère discipline militaire les liaient étroitement les uns aux autres. Ils se méfiaient des non-initiés, en particulier des serviteurs civils travaillant pour eux dans les innombrables commanderies qu'ils possédaient. Ces propriétés, l'équivalent des couvents et des abbayes pour les ordres religieux, leur servaient de lieux d'hébergement mais également de domaines agricoles. Wilhiam était persuadé qu'en aucune manière une personne étrangère au Temple n'aurait pu avoir accès à cette information capitale. Il était même vraisemblable que seuls les hauts dignitaires de l'organisation connaissaient la teneur de ces parchemins.

Quoi qu'il en fût exactement, lord Stratheden avait appris l'inestimable valeur de ces documents et voulait les récupérer à tout prix. Le reste relevait de la spéculation. Au cours du long trajet jusqu'à la commanderie, Wilhiam aurait tout loisir pour approfondir le sujet.

On frappa à la porte. Il sauta à bas de son lit et alla ouvrir : Rowena et Caméléon se tenaient sur le seuil, côte à côte, en train de se houspiller. À la vue de leur capitaine, ils se raidirent et dandinèrent sur place, comme deux gamins surpris par leur maître dans leurs chamailleries.

— Entrez !

— Bonjour, Wilhiam, entonna Caméléon d'un air las.

— Caméléon, tu vas bien ?

Il haussa les épaules.

— On va devoir encore faire équipe ensemble tous les trois, c'est cela ?

— Ordre de lord Stratheden, confirma Wilhiam.

Rowena se campa face à Caméléon et le fixa droit dans les yeux.

— Ma compagnie te déplaît à ce point ? s'enquit-elle.

Il renifla dédaigneusement et se tourna vers Wilhiam.

— Quelles sont donc les mauvaises nouvelles du jour ?

— Une mission en France, dans une commanderie située non loin de la frontière du duché d'Aquitaine.

Caméléon eut un geste de dépit.

— Et voilà, gémit-il, qu'est-ce que je disais ! Du cheval pendant dix jours, un bateau à prendre et un mal de mer garanti. Bonjour les réjouissances !

— Si tu veux, intervint Rowena, je te jetterai par-dessus bord pendant la traversée. Nous n'aurons pas à subir tes jérémiades.

Caméléon fit une grimace à son intention.

— Merci pour ta sollicitude. Contente-toi simplement de me soutenir le moral pendant que je serai malade.

— Suffit ! tonna Wilhiam.

Ils redevinrent sérieux.

— Vas-y, on t'écoute, dit Rowena.

*

Wilhiam expliqua la situation et un plan fut rapidement élaboré.

— Résumons-nous : Caméléon ?

— Je me déguise en haut dignitaire templier français censé faire une visite d'inspection dans la région. Pendant que je distrais le commandeur, Rowena et toi vous rendez à la bibliothèque pour subtiliser les parchemins.

— Seras-tu en mesure d'imiter le sceau du maître du Temple ?

Caméléon s'offusqua.

— Wilhiam, douterais-tu encore de mes talents de faussaire ?

Rowena leva le doigt.

— Et moi, j'imagine que je joue le rôle de la nièce qui accompagne son oncle ?

Elle avait horreur des seconds rôles.

— Tu sais parfaitement que le Temple n'a pas de femme dans son ordre, lui expliqua Caméléon. C'est le seul moyen pour toi de justifier ta présence à nos côtés.

Elle se renfrogna.

— Quel rôle de composition ! Et toi, Wilhiam ?

— Je jouerai le rôle de l'écuyer, dit-il en se levant. Bien, nous en avons terminé. À présent, au travail !

Il rassembla ses affaires et se dirigea vers la sortie. La mission ne se présentait pas trop mal. Ses deux compagnons d'équipée n'avaient pas l'air de se poser autant de questions que lui. C'était mieux ainsi, pensa-t-il, car il aurait eu du mal à leur cacher ses propres interrogations. Il allait sortir de la pièce lorsqu'il entendit Rowena se racler la gorge. Il se figea et se retourna lentement, se maudissant d'avoir crié victoire trop tôt.

— À propos, remarqua-t-elle, que contiennent ces parchemins ?

D'un air détaché, Wilhiam croisa son regard interrogateur. Il avait été stupide de croire qu'elle goberait cette histoire sans avoir davantage de précisions. Elle était d'une curiosité maladive. Elle n'était pas du genre à se laisser mener en bateau par qui que ce fût, surtout lorsqu'il fallait exécuter les ordres de ses supérieurs.

— Le vieux renard ne l'a pas précisé, fit-il en baissant les yeux.

— Et tu ne le lui as pas demandé ?

— À quoi bon : il ne m'aurait rien dit, de toute façon.

Le savoir n'y change rien. Nous avons à dérober ces documents, quoi qu'ils contiennent et que cela nous plaise ou non.

Rowena demeurait perplexe. Wilhiam savait que cette vague explication ne lui suffirait pas.

— Une commanderie templière située en territoire français, commenta-t-elle, des carnets de voyage d'hérétiques, tout ça sent le soufre à plein nez. Et ne pas savoir ce que nous devons dérober ne me plaît pas.

— Les états d'âme ne sont pas au programme de notre formation. Lord Stratheden veut ces parchemins. Nous volerons donc ces documents et nous les lui rapporterons. D'ailleurs, depuis quand te soucies-tu du bien-fondé de nos opérations ?

Elle secoua la tête, manifestement mécontente de sa remarque.

— À ce jour, nous avons lutté contre Jean sans Terre, contre des ennemis de l'Angleterre, mais jamais nous n'avons affronté les Templiers, surtout pour leur voler des documents ayant appartenu à des hérétiques condamnés au bûcher.

— Aurais-tu peur ?

Elle eut un geste d'énervement.

— Arrête ! Tu sais très bien ce que je veux dire. Je trouve curieux qu'on nous envoie là-bas sans nous expliquer de quoi il retourne.

— Rowena a raison, intervint Caméléon. Par le passé, nous avons toujours su ce que nous allions faire en mission. Si lord Stratheden nous laisse dans l'ignorance, je n'y vois qu'une explication possible : il ne veut pas que nous parlions si nous sommes arrêtés et torturés.

Elle appuya sa remarque d'un mouvement de tête approbateur.

— Et envoyés au bûcher, renchérit-elle.

Quand ces deux-là étaient d'accord, il était impossible de les convaincre du contraire. Wilhiam partageait leur point de vue. Cependant, en tant que capitaine de l'expédition, il ne pouvait pas se permettre non plus de se ranger à leur avis.

— Je n'ai pas peur de mourir, dit-il, et d'ailleurs, cela n'arrivera pas. Le plan que nous avons mis au point est parfait. Il réussira.

Rowena haussa les épaules.

— Bien sûr qu'il réussira ! fit-elle. Simplement, je n'aime pas qu'on nous traite de la sorte.

Wilhiam, lui aussi, avait trouvé lord Stratheden particulièrement sobre sur cette affaire. À la différence de Rowena, il savait qu'il était inutile de l'assaillir de questions auxquelles il n'apporterait pas de réponses. Cela ne ferait que susciter son courroux, et il confierait l'affaire à d'autres agents moins regardants. Cette mission, Wilhiam tenait absolument à l'accomplir, même au péril de sa vie.

— Le sujet est clos, dit-il. Nous avons encore du pain sur la planche, jusqu'à demain matin.

Rowena et Caméléon quittèrent la pièce sans en ajouter davantage. Une fois qu'ils furent partis, Wilhiam soupira longuement alors qu'un frisson parcourait son échine. Sa fiancée avait raison : cette mission sentait le soufre. Il avait dû prendre sur lui pour ne pas leur montrer sa propre appréhension. Lord Stratheden les envoyait à une mort probable, une mort sur un bûcher de surcroît, car les chances de duper les Templiers étaient extrêmement minces. Mais elles existaient. Du moins voulait-il y croire. Si Rowena, Caméléon et lui-même ne parvenaient pas à rapporter ces parchemins, personne d'autre au sein de l'école n'y réussirait. Ils étaient les meilleurs, et c'est cette pensée qu'il voulut garder pour se donner du cœur à l'ouvrage. Faute de quoi il commettrait certainement des erreurs de préparation qui leur seraient fatales une fois parvenus là-bas.

*

La nuit fut courte. Caméléon prépara les tenues nécessaires, Rowena rassembla les affaires et affûta les armes. Quant à Wilhiam, il fila à l'écurie pour les derniers préparatifs.

Le lendemain, ils étaient en route pour le continent. La traversée de la Manche se fit sur un petit bateau de pêche. La mer était d'huile. Cela n'empêcha pas Caméléon de passer la traversée plié en deux par-dessus le bastingage. Le bateau accosta dans un port normand et les trois cavaliers reprirent leur chevauchée à travers les duchés anglais jusqu'au Nord de l'Aquitaine.

Après sept jours de voyage sans encombre, ils arrêtèrent leurs chevaux en haut d'une colline. Le spectacle qu'ils découvrirent en contrebas ne les réjouit guère : devant eux, à perte de vue, s'étendaient des marécages aux eaux vertes et putrides, noyés dans une végétation dense, inextricable. Une brume basse baignait le tout, créant un décor hostile et menaçant.

— La commanderie se situe juste de l'autre côté de ces marais, en territoire français, commenta Wilhiam.

— Les chevaux ne passeront jamais par là, constata Rowena. Ne peut-on pas contourner ces fichus marécages ?

— Nous n'avons pas le temps, il nous faut continuer à pied.

Elle se tourna vers Caméléon en haussant les sourcils, comme pour lui signifier l'inéluctabilité du propos, et descendit de sa monture. Il ne tarda pas à en faire autant, suivi par Wilhiam. Ils détachèrent les fontes puis se chargèrent de quelques affaires, principalement de la nourriture en quantité suffisante pour plusieurs jours de voyage. La pente herbue dévalait sur un quart de lieue qu'ils parcoururent d'un pas décidé. Ils ne tardèrent pas à atteindre la lisière des marécages, un enchevêtrement d'arbres et d'arbustes qui prenaient racine dans un sol lourd et spongieux.

— Espérons que nous retrouverons nos chevaux au retour, fit Rowena en regardant derrière elle le sommet de la colline.

— Si nous revenons, soupira Caméléon en écartant les ronces.

Puis, en prenant un air dégoûté, il fit un pas en avant et son pied disparut dans la vase verdâtre.

*

Adossé à une souche, Caméléon poussa un juron et se donna une claque sur le cou.

— Saletés de moustiques ! grommela-t-il. Ces satanées bestioles vont me vider du peu de sang qu'il me reste !

— Bienvenue en France… lui lança Rowena, assise à califourchon sur la branche basse d'un arbre. Attends de goûter au baiser des sangsues des marais !

— Aussi langoureux que les tiens, ma belle ?

Elle lui adressa un clin d'œil grivois.

— Disons que tu as plus de chances d'en avoir avec les sangsues qu'avec moi !

— Silence, vous deux ! tonna Wilhiam. Ce n'est pas le moment de se faire repérer !

Depuis trois jours, ils progressaient dans ces marécages malsains sans en voir le bout. La zone était inhabitée et pour cause ; les moustiques, les sangsues, l'air vicié et putride n'incitaient pas à la villégiature. Toutefois, un peu plus tôt dans la matinée, Wilhiam avait repéré une cabane perchée dans un arbre. Il l'avait inspectée. Elle semblait abandonnée : un abri de chasse à l'affût, déserté par les braconniers depuis fort longtemps, au vu de son état pitoyable. Cela signifiait tout de même que des hommes vivaient là, du moins en d'autres temps, ce qui l'incita à redoubler de prudence. Il rassembla ses affaires et les hissa sur son dos.

— En route, lança-t-il à ses compagnons, nous devons arriver à la commanderie avant la nuit.

Agrippé à son bâton, Caméléon se redressa en grimaçant. Tenaillé depuis la veille par une vilaine fièvre, il frissonna et repartit péniblement, de la vase jusqu'aux cuisses.

— Il est vraiment temps d'en finir avec ces maudits marais et leurs vapeurs méphitiques ! marmonna Wilhiam en l'observant enjamber un tronc avec difficulté.

D'un mouvement souple, Rowena se laissa glisser de son arbre et s'approcha de Wilhiam.

— Tu as l'air soucieux ! dit-elle en l'enlaçant.

Il considérait toujours son compagnon, avançant avec difficulté dans les marais.

— La boiterie de Caméléon m'inquiète. À un moment donné, il faudra courir vite. Il sera aussi rapide qu'une tortue arthritique.

Rowena dévisagea longuement son fiancé, puis déposa un baiser sur ses lèvres en passant tendrement sa main sur sa joue.

— Il se remettra, mon amour, tu verras.

Wilhiam était ailleurs. Il secoua lentement la tête.

— Je n'aime pas cette mission !

C'était la première fois qu'il osait l'avouer ouvertement. Elle esquissa un léger mouvement de recul, étonnée de le voir sortir de son devoir de réserve, mais elle n'abonda pas dans son sens. Au contraire, elle tenta de le rassurer.

— On en a vu d'autres, et de bien pires, tu sais.

Wilhiam s'assombrit et défit l'étreinte.

— J'espère que tu dis vrai…

Un pli se creusa entre les sourcils de Rowena, profondément intriguée par son attitude.

— Espèce de rabat-joie, finit-elle par dire en lui adressant une moue dédaigneuse, on croirait entendre Caméléon un jour d'euphorie !

Puis elle lui tourna le dos et s'en alla précisément rejoindre son ami d'un pas alerte, laissant Wilhiam à ses sombres humeurs. Dans l'eau croupie, une couleuvre ondulait avec fluidité, parfaitement à son aise dans cet environnement aquatique. Wilhiam la regarda se glisser entre de hautes herbes, avant de reporter son attention sur ses compagnons. Rowena aidait Caméléon à avancer, en écartant des ronces au-devant de lui. Elle avait raison, pensa-t-il, la mission était hautement périlleuse, pas pour autant désespérée.

— Je gamberge trop, ces derniers temps…, maugréa-t-il pour lui-même.

Puis, réajustant son sac sur l'épaule, il inspira profondément et se glissa à leur suite dans l'entrelacs de lianes épineuses.

*

Ils pataugèrent encore une bonne partie de la journée. En fin d'après-midi, le paysage changea complètement : de grasses prairies séparées par des haies bien entretenues firent leur apparition. Après trois jours dans les marais et le brouillard, cette vision bucolique offrait un contraste saisissant. Des vaches paissaient dans les prés, des hirondelles volaient à tire-d'aile, à la recherche d'insectes.

— Trop paisible ! lâcha Wilhiam.

Face à lui, l'étroit sentier indiqué sur la carte de lord Stratheden se perdait dans le bocage.

— La commanderie n'est plus très loin, avertit-il. Restez là, je pars en éclaireur !

Il longea le chemin, veillant à rester à couvert derrière les haies qui le bordaient. Pas d'habitations dans les alentours, ce qui semblait logique, compte tenu de la proximité insalubre des marais. Il ne tarda pas à découvrir la commanderie, à une demi-lieue de marche.

Composée d'un grand corps principal servant d'hébergement aux templiers, d'une chapelle octogonale et d'écuries, elle était ceinte d'un mur en pierre de dix pieds de haut environ. Il n'y avait qu'une seule entrée apparente, une porte en bois à deux battants permettant le passage de chariots, elle-même percée d'une ouverture plus petite, munie d'un judas, donnant sur la route principale.

La nuit était tombée lorsqu'il rejoignit ses compagnons. Ils avaient établi leur campement à l'abri, en lisière des marécages. Assis autour d'un feu, ils faisaient rôtir un lapin. Lorsque Wilhiam leur fit son rapport détaillé, tous deux l'écoutèrent attentivement. Rowena resta perplexe.

— Une seule entrée et sortie, dis-tu… Et combien de soldats, selon toi ?

— Je n'en ai pas la moindre idée, admit Wilhiam. Une centaine d'hommes certainement, dont au moins vingt templiers, le reste étant sans doute constitué de serviteurs civils employés par la commanderie.

Tout en tournant le lapin rôti sur son bâton, elle avança ses lèvres en une moue songeuse.

— Si on se fait arrêter avant la sortie, je ne donne pas cher de notre peau.

Elle se tourna vers l'expert en déguisements.

— Caméléon, penses-tu être en mesure de te faire passer pour un sénéchal de quarante ans ?

— Je sais me grimer, Rowena, s'offensa-t-il.

Elle le toisa de pied en cap.

— Je te rappelle que tu n'as que vingt-trois ans et que tu ne les fais même pas.

Caméléon leva les yeux au ciel.

— De toute façon, intervint Wilhiam, avec la fièvre qui le tenaille ces jours-ci, on lui donne facilement dix ans de plus.

Caméléon eut un sourire de triomphe.

— Tu vois, Wilhiam, lui, ne doute pas de moi !

*

Ils passèrent la nuit dans un bosquet à proximité d'un ruisseau. Au petit matin, après une toilette complète, ils revêtirent les habits prévus pour la mise en scène. Rowena troqua ses cuissardes, ses chausses d'aventurière et sa tenue de cheval en cuir souple contre une superbe robe longue en soie bleue. Caméléon sortit de son sac une tenue blanche de haut dignitaire templier et Wilhiam un costume noir d'écuyer.

— Crois-tu que nous serons crédibles ? demanda Rowena en ajustant sa robe.

Ne pas se laisser assaillir par le doute, songea Wilhiam. À présent, ils avaient franchi le point de non-retour et l'éventualité d'un échec n'était plus de mise.

— La ficelle est grosse, répondit-il, mais mon expérience m'a appris que les ruses les moins subtiles fonctionnent souvent mieux que les stratagèmes alambiqués.

Il lissa sa tenue froissée par le voyage avant de poursuivre :

— Il suffit d'y mettre beaucoup de conviction.

— De toute façon, intervint Caméléon, méconnaissable en sénéchal du Temple, il est trop tard pour changer de plan.

Rowena s'avança vers les deux hommes. Un collier en or ornait sa poitrine, mise en valeur par le décolleté. Elle avait attaché ses longs cheveux noirs à l'aide d'un ruban bleu en harmonie parfaite avec ses yeux.

— La nièce est prête pour la visite, s'exclama-t-elle en prenant la pose.

— Tu es superbe !

— Merci, Wilhiam !

Caméléon s'approcha d'elle, la prit par les épaules et la fit tourner sur elle-même.

— Tu t'appelleras Isabella, décréta-t-il. Je trouve que cela te va bien, Isabella.

— Tu as connu une fille qui s'appelait ainsi ? demanda-t-elle, moqueuse.

Il leva la tête en l'air, faisant mine de réfléchir.

— Elle était douce, belle, aimant la poésie. Comme toi, en somme !

Elle le foudroya du regard et l'empoigna par le col.

— Je vais faire de la poésie sur ton crâne, si tu continues !

Wilhiam eut un geste d'agacement.

— Ça suffit, vos gamineries ! trancha-t-il sèchement.

Caméléon fit une grimace à Rowena qui lui tira la langue en retour. Ils s'engagèrent sur la route principale, à mi-chemin environ du village voisin et de la commanderie. L'endroit était désert. Ils ne croisèrent personne jusqu'à leur arrivée en vue de l'ensemble de bâtiments entourés de hauts murs. Caméléon frappa deux coups secs sur la porte. Le judas s'ouvrit et une tête mal réveillée demanda :

— Qui êtes-vous et que voulez-vous ?

Il brandit sous le nez du gardien le papier muni du sceau du grand maître du Temple tout en clamant, sur un ton qui ne souffrait aucune discussion :

— Sénéchal Philippe du Plessis, en tournée dans les commanderies du duché ! Je n'ai pas fait ce long voyage jusqu'ici pour discuter devant votre commanderie comme un mendiant ! Ouvrez vite, avant que ma patience ne s'épuise !

Le verrou glissa rapidement et la porte s'ouvrit dans la foulée. Le garde s'inclina devant Caméléon, puis il jeta un regard appuyé sur Rowena et, enfin, observa d'un œil méfiant l'écuyer.

— Excusez-moi, sénéchal, personne ne nous a prévenus de votre arrivée.

Il interpella vivement un serviteur qui traversait la cour, portant un seau rempli d'eau.

— Va faire quérir le commandeur Enguérand, sur-le-champ !

Le jeune garçon prit un air hébété. Laissant là son seau, il partit en courant vers le bâtiment principal.

— Garde, fit Caméléon, vous avez fait preuve d'une grande présence d'esprit en ouvrant prestement lorsque vous avez vu à qui vous aviez affaire. Je vous en félicite ! Quel est votre nom ?

Flatté, le soldat bomba le torse.

— Asarias, pour vous servir ! déclama-t-il fièrement.

Caméléon le prit par l'épaule et l'entraîna à part :

— Vous avez là une belle commanderie, garde Asarias. Je dois faire un rapport, aussi pourriez-vous me dire précisément tout ce que je dois savoir sur ce lieu ? N'omettez aucun détail, je vous prie !

Asarias lui livra toutes les indications qui lui manquaient et, surtout, avertit Caméléon qu'ils étaient les premiers visiteurs de marque à se rendre dans cette commanderie depuis au moins trente ans.

Tant mieux ! songea Wilhiam, on leur poserait moins de questions embarrassantes. Il savait que le Temple possédait sur le territoire français plusieurs centaines de commanderies de cette importance. L'immense majorité de ces domaines servait uniquement à subvenir aux besoins en laine, vivres et bois des places fortes du désert de Terre sainte. Rien d'étonnant alors que, dans une région aussi sauvage et peu fréquentée, aucun haut dignitaire du Temple ne prît la peine de s'y rendre.

Un petit homme chauve et bedonnant, portant le manteau blanc orné d'une croix rouge sur l'épaule gauche, sortit soudain d'un bâtiment et vint en courant à la rencontre des visiteurs. Le commandeur Enguérand, pensa Wilhiam, même si l'homme ne correspondait en rien à l'idée qu'il se faisait des commandeurs templiers. Il était tout essoufflé lorsqu'il prit la parole :

— Sénéchal… haleta-t-il. Pfff… ici… Pfff… Quel grand honneur !

Caméléon l'interrompit sans ménagement :

— Simplement une visite surprise, commandeur Enguérand. Nous avons peu de temps et de nombreuses autres commanderies à visiter. Le maître du Temple m'a dit que la vôtre possédait une remarquable collection de parchemins hérétiques.

Enguérand, écarlate et au bord de l'apoplexie, confirma :

— La plus belle collection de la chrétienté !

L'homme semblait crédule et sensible à la flatterie. Caméléon se tourna vers ses deux amis et les présenta d'un bref signe de la main.

— Ma nièce Isabella, que voici, arrive de Paris pour les examiner. Écuyer, accompagnez Isabella pendant que je m'entretiens avec le commandeur de l'état du Temple dans la région.

Prenant Enguérand à part, il l'entraîna avec lui dans la cour.

— Venez, commandeur, j'ai hâte d'inspecter ces bâtiments !

*

Éberlué, Wilhiam regarda les deux hommes s'éloigner. Incroyable ce que l'audace, la crainte d'une autorité supérieure et l'espoir d'une promotion pouvaient permettre de réaliser ! Le commandeur aurait dû se poser des questions sur l'incongruité de la requête, la rapidité et l'insistance avec laquelle les visiteurs avaient demandé, sitôt arrivés, à consulter les archives, mais il n'en fit rien. Wilhiam adressa un regard à Rowena en haussant les sourcils, et tous deux se dirigèrent vers la bibliothèque.

Située à côté du bâtiment principal, elle était immense pour une commanderie de cette importance. Parfaitement aérés grâce à de larges ouvertures pratiquées dans les murs, ses rayonnages débordaient de parchemins en peau de mouton, de codex cousus délicatement, d'enluminures ou de planchettes de bois gravées, soigneusement classés par époques et par genres. Les documents les plus précieux étaient enfermés dans d'immenses armoires, afin de les protéger de l'humidité et de la poussière.

L'archiviste, un grand échalas au visage hâve, fut moins conciliant que le commandeur. Il obéit avec réticence à ses ordres et les accompagna entre les rayonnages, ne les lâchant pas d'une semelle.

— Vous arrivez de Paris, commença-t-il par dire. De quelle commanderie, précisément ?

Il avait manifestement compris que cette inspection inopinée dans une région aussi reculée n'avait pas lieu d'être. À présent, il flairait à plein nez la supercherie. Cet archiviste possédait plus de bon sens que son commandeur, pensa Wilhiam, il serait difficile de le berner longtemps.

— L'enclos du Temple, répondit Rowena sans hésiter.

— Je vois, fit-il d'un air pensif.

L'enclos était la maison mère de l'ordre du Temple à Paris, mais surtout la plus grande et la plus prestigieuse commanderie française. Peu de frères templiers de province avaient eu le privilège d'entrer dans ce Saint des Saints. Aussi, bien que l'archiviste doutât de la véracité de ses propos, il s'abstint de commenter cette réponse. Si elle disait la vérité, il risquerait de finir ses jours sur un avant-poste en Terre sainte, à portée de tir des soldats musulmans. Manifestement, songea Wilhiam, cet érudit au teint blafard préférait le confort d'une bibliothèque et l'odeur du papier moisi à celle, plus âcre, de la peur sur un champ de bataille.

— Avez-vous d'autres questions à me poser sur Paris ou sur mon oncle ? demanda crânement Rowena.

L'archiviste baissa les yeux et n'osa pas approfondir le sujet, se contentant d'indiquer des documents susceptibles de l'intéresser.

Pendant ce temps, Wilhiam examinait les rayonnages un par un, espérant seulement que les parchemins recherchés ne fussent pas tenus sous clé dans une des nombreuses armoires fermées qui se trouvaient là. Si c'était le cas, il lui faudrait neutraliser cet archiviste pour qu'il pût défoncer librement ces portes. Wilhiam savait seulement que les documents en question étaient en papier, une matière extrêmement rare et chère, et qu'ils renfermaient des dessins annotés de signes incompréhensibles, écrits dans une langue inconnue. Indications peu précises, certes, mais les quelques feuillets en papier qu'il avait vus jusqu'alors dans les rayonnages étaient tous manuscrits, en latin ou en grec.

Entre-temps, l'archiviste avait recommencé à poser des questions insidieuses et précises à Rowena quant à ses motivations pour l'étude de parchemins hérétiques. Elle usa de son immense savoir pour inventer des raisons plausibles à son intérêt, mais elle aussi craignait que l'illusion ne fût brisée d'une façon ou d'une autre. Elle le fit savoir discrètement à Wilhiam, lors d'un échange de regards évocateur. Il n'avait toujours pas repéré les parchemins recherchés alors qu'il avait presque fait le tour de la bibliothèque. Peut-être vaudrait-il mieux assommer l'archiviste tout de suite, pensa-t-il. Rowena ne semblait pas de cet avis, car elle tenta de créer une diversion :

— Archiviste, j'ai aperçu en arrivant un Codex très rare, qui m'a semblé être l'œuvre d'un penseur cathare.

L'homme fronça les sourcils.

— À quel endroit, dites-vous ?

Elle indiqua approximativement du doigt le rayonnage en question, situé à l'autre bout de la bibliothèque.

— Sur cette étagère, là-haut ! Auriez-vous l'amabilité de me le faire découvrir ?

Pris au dépourvu, l'archiviste obtempéra. Il fila s'enquérir du prétendu Codex, suivi de près par Rowena. Wilhiam profita de ce répit pour fouiller rapidement les étagères qu'il n'avait pas explorées, jusqu'à découvrir enfin des rouleaux de papier sur lesquels figuraient des dessins ornés d'idéogrammes. Les signes cabalistiques dessinés à l'encre noire ne correspondaient à aucune écriture connue, même en Orient. On aurait dit qu'ils avaient été tracés avec un pinceau. Le calligraphe avait plus ou moins appuyé sur le papier, de manière à créer des épaisseurs différentes dans le trait. Ces entremêlements ne lui évoquaient rien. Ils côtoyaient des équations mathématiques complexes dans lesquelles revenait souvent, parmi les chiffres arabes connus, un signe circulaire de la forme d'un œuf qu'il n'avait jamais vu auparavant.

L'écriture du diable, pensa-t-il, lorsqu'il signifia sa découverte à Rowena d'un bref signe de la tête. Elle faisait toujours mine de s'intéresser à de vieilles peaux à moitié rongées par les souris que lui présentait l'archiviste, du haut de son échelle. Afin de distraire sa vigilance, elle demanda à consulter les ouvrages voisins. Subtiliser les documents ne prit que quelques secondes.

— Ces traités sont splendides ! s'exclama-t-elle à la vue d'un vieux parchemin délabré.

Elle prit ensuite un air attristé et ajouta :

— Quel dommage que nous devions déjà partir !

L'archiviste tenta de redescendre de son perchoir, mais elle insista :

— Ne vous donnez pas la peine de nous raccompagner, nous connaissons le chemin. Encore merci !

Lorsqu'ils sortirent de la bibliothèque, il n'était pas loin de midi. Enguérand et Caméléon avaient pour leur part terminé leur visite et les attendaient en discutant dans la cour de la commanderie. Rowena prit un air enjoué et se dirigea d'un pas leste vers les deux hommes.

— Commandeur, déclara-t-elle avec son air de petite fille modèle, votre bibliothèque est la plus belle qu'il m'ait été donné de voir dans le royaume de France !

Flatté, Enguérand était visiblement sous le charme.

— Merci, dame Isabella ! se rengorgea-t-il. Certainement pas aussi belle que les bibliothèques de Paris… Vous resterez pour déjeuner en ma compagnie, n'est-ce pas ?

Caméléon intervint en prenant un air navré.

— Ce serait avec grand plaisir ! Hélas, il se trouve que nous avons de nombreuses autres commanderies à inspecter !

Déçu, Enguérand raccompagna toutefois les trois visiteurs jusqu'à la sortie. Caméléon ne manqua pas de vanter la qualité de son accueil, la splendeur de sa commanderie et lui fit la promesse d'une prochaine promotion. Le nouveau garde en faction ouvrait la porte lorsqu'un cri retentit :

— Alerte ! Alerte !

Tous se retournèrent en même temps. Stupéfaits, ils découvrirent l'archiviste qui courait vers eux, furieux, agitant les bras dans leur direction et criant :

— Ce sont des imposteurs ! Arrêtez-les !

Il était à la tête d'une escouade d'une dizaine de soldats et d'un arbalétrier. Le moment était venu de détaler…

*

Déjà, le garde à l'entrée de la commanderie avait tiré son épée et Enguérand donnait l'alerte.

Avec son bâton de marche, Caméléon assomma le commandeur. Rowena fit face au factionnaire qui bloquait la sortie. À l'autre bout de la cour, l'arbalétrier eut le temps d'ajuster son tir. Elle finissait de neutraliser le garde et lui tournait le dos. Wilhiam s'aperçut à cet instant qu'elle était prise pour cible. Il eut juste le temps de se jeter sur elle et de la mettre à terre, avant de ressentir une douleur intense dans son bras gauche. Le carreau l'avait transpercé de part en part, laissant un trou béant dans les chairs.

L'archiviste et les soldats étaient à présent sur eux. Des hommes en armes sortaient de tous les bâtiments et couraient dans leur direction, l'épée à la main. Rowena se releva rapidement, jeta brièvement un regard sur la blessure de Wilhiam, puis elle s'élança vers la sortie en s'écriant :

— Dehors, vite !

Caméléon et Wilhiam la suivirent à l'extérieur et partirent en courant sur le chemin. Au bout de quelques pas, ne voyant pas Rowena venir avec eux, ils s'arrêtèrent et se retournèrent. Elle s'était emparée du bâton de marche de son ami et campait fièrement sur le seuil, barrant ainsi l'issue.

— Partez ! Je les retiens !

La porte était étroite, c'était le seul passage possible et elle savait se battre à dix contre un ; elle pourrait les retenir longtemps.

— On se retrouve à l'endroit prévu ! lui lança Wilhiam en s'enfuyant vers les marais.

Ils coururent sur une demi-lieue, avant de s'enfoncer dans l'immense bourbier, Caméléon s'arrêta. À bout de souffle, il se retourna pour scruter le chemin.

— Pas de poursuivants, haleta-t-il.

— Apparemment, constata Wilhiam, Rowena a pu les retenir.

Il observait attentivement Caméléon, notant avec inquiétude que son visage était livide. De gros cernes s'étaient formés sous ses yeux brillants et, à chaque souffle, un râle profond montait de ses poumons.

— Tu tiens le coup ?

Son compagnon lui adressa un sourire las qui se voulait rassurant.

— Ça ira, ne t'en fais pas pour moi.

Il s'enfonça le premier dans les marécages, bientôt suivi par Wilhiam, tenant toujours les précieux documents sous le bras.

*

— Tu sais où on va, au moins ? demanda Caméléon.

Cela faisait à présent plusieurs heures qu'ils avaient quitté le chemin. Si loin que portait le regard, le lacis de branches et de racines semblait identique. Wilhiam, qui marchait quelques pas devant lui, s'arrêta et lui indiqua un point dans les arbres.

— Nous sommes arrivés.

La cabane repérée à l'aller était bien là, masquée par le feuillage. Une échelle en piteux état, recouverte de mousse, était appuyée contre le tronc. Wilhiam n'hésita pas. Il grimpa le premier les barreaux.

— Fais attention, dit-il, le bois est pourri.

Caméléon monta à son tour. La cabane semblait à l'abandon : les planches mal ajustées laissaient passer la lumière et celles posées en guise de plancher étaient pour la plupart vermoulues. Une fois dans l'abri, il examina la blessure de Wilhiam. Les os de l'avant-bras ne semblaient pas brisés et seul le muscle avait été déchiré par le carreau. L'examen arracha toutefois un cri de douleur au blessé.

— Tu ne peux pas laisser cette plaie à l'air libre, expliqua Caméléon. Je vais la nettoyer et te faire un bandage.

Il versa du vin dessus, ce qui fit tiquer Wilhiam. Puis il saisit un linge propre dans ses affaires personnelles, le découpa en une fine lanière et banda le bras avec.

— Voilà, fit-il en faisant le dernier nœud, cela devrait tenir ! Tu surveilleras ta plaie quotidiennement, il ne faut pas qu'elle suppure ou qu'elle enfle.

— Merci.

Tout en vérifiant la qualité de son travail, Caméléon demanda :

— Crois-tu que Rowena s'en sortira ?

Wilhiam baissa les yeux, faisant mine d'observer son bras.

— Elle sait se battre. Elle peut tenir sa position des heures durant.

— Comment s'enfuira-t-elle, ensuite ? Sans compter l'arbalétrier qui peut lui tirer dessus comme à l'exercice !

— Écoute, fit-il, agacé. Elle connaissait les risques de la mission. La priorité était de récupérer les documents, c'est chose faite. Elle nous rejoindra, j'en suis certain !

— Si tu le dis…, répondit-il, sceptique.

Wilhiam n'ajouta rien. Il sortit de son sac un morceau de pain rassis et une outre d'eau. Tous deux mangèrent sans grand appétit, puis Caméléon s'adossa au mur en planches de la cabane. Il cligna des yeux quatre ou cinq fois et s'endormit, épuisé. Wilhiam s'assit contre le mur opposé, l'observant quelque temps en silence. Il fouilla dans ses affaires, attrapa une corde et se rassit, serrant fermement le lien de chanvre entre ses mains. En voyant Caméléon ainsi affaibli et plongé dans un profond sommeil, il se dit qu'il n'aurait aucun mal à le ligoter et le bâillonner.

Ce qu'il fit.

Au-dehors, la nuit était à présent tombée. Les oiseaux s'étaient tus. Seul le bourdonnement des moustiques qui voletaient dans la cabane venait troubler le silence parfait des marais assoupis. Rowena ne devrait plus tarder à les rejoindre, songea Wilhiam. Contrairement à Caméléon qui gesticulait face à lui, pieds et poings liés, il n'en doutait pas un seul instant. Elle se battrait suffisamment longtemps, une demi-heure peut-être et, ensuite, s'enfuirait à travers le bocage. Elle les rejoindrait plus tard, le temps d'emprunter des chemins détournés afin de brouiller les pistes. Une fois à la cabane, elle serait en sécurité. L'abri était suffisamment enfoncé dans les marais pour que les patrouilles du Temple mettent plusieurs jours à venir l'explorer.

Commençait à présent la partie la plus périlleuse de son projet. Si ligoter Caméléon n'avait pas posé de problèmes, maîtriser Rowena se révélerait autrement plus délicat. Wilhiam n'avait qu'un bras valide et elle ne se laisserait pas faire. Il devrait la surprendre avant qu'elle n'ait le temps de se rendre compte de quoi que ce soit. En observant la cabane, il vit un morceau de bois qui ferait l'affaire. L'assommer avant de l'attacher, c'était la meilleure des solutions. En outre, cela lui éviterait d'avoir à entendre ses reproches ou, pire, de croiser son regard. Il attrapa la branche, enleva les bouts de bois qui la hérissaient de toutes parts et s'en saisit fermement, répétant son geste à l'infini.

Du bruit dans les marais, en bas : Rowena avait pu se sortir du piège de la commanderie et les rejoindre. Un bref instant, il partagea sa fierté d'avoir permis la réussite de la mission grâce à son sacrifice, sa joie de retrouver enfin ses amis, son amour, le serrer dans ses bras…

Wilhiam poussa un soupir, un rictus plein d'ironie se forma sur son visage. Quelle ne serait pas la déception de Rowena, à son réveil, le crâne douloureux, pieds et poings attachés. Passé le premier moment d'immense surprise, elle éprouverait sans doute un sentiment de haine exacerbé.

Il serait déjà loin…

L'arbre trembla imperceptiblement. Wilhiam imagina sa fiancée en train de saisir les premiers barreaux de l'échelle, d'évaluer leur solidité avant d'y poser ses pieds et d'entamer l'ascension de l'arbre avec la souplesse d'un félin. Il assura sa prise sur le bâton. L'étroite ouverture se découpait dans la nuit claire, révélant les frondaisons endormies des arbres voisins. Il attendrait qu'elle se soit suffisamment avancée dans la cabane pour porter le coup, afin qu'elle ne tombe de l'arbre à la renverse et ne se brise la nuque quelques pieds plus bas.

Bientôt, une tête aux longs cheveux sombres apparut, profil d'une rare beauté qu'il avait autrefois admiré, puis désiré et enfin conquis. Wilhiam ferma les yeux. Il effaça de sa mémoire ce visage, ce cou droit et altier qu'il avait embrassé, ce buste maintes fois serré contre le sien qui se hissait à présent péniblement sur le plancher dans un cri de douleur étouffé.

La silhouette avait maintenant pris pied dans la cabane, forme accroupie sans méfiance qui sondait les ténèbres du regard. Wilhiam inspira profondément. Il était serein, totalement détaché. Son geste serait sûr et précis. N'avait-il pas préparé toute cette opération dans ses moindres détails, pris en compte également cet instant si délicat, ce point de non-retour où il basculerait du statut d'être aimé à celui, ténébreux et irréversible, de traître haï et maudit à jamais ?

*

La nuit touchait à sa fin. Par l'ouverture donnant sur l'est, l'aube pointerait bientôt. Au-dehors, le bruissement des insectes n'avait pas encore repris, mais les oiseaux s'agitaient déjà dans les ramures, émettant les premiers pépiements annonciateurs d'une nouvelle journée. Wilhiam souffrait toujours le martyre. Sa blessure ne cessait de saigner et les chairs béantes de son avant-bras n'étaient pas près de se refermer. Il leva les yeux et regarda Rowena, assise face à lui.

Elle était adossée au mur en planches, pieds et poings solidement attachés. Déchirée au niveau de la cuisse, sa robe laissait entrevoir également une vilaine entaille à cet endroit. Elle tenta de mieux se caler contre la cloison. Pour cela, elle replia ses jambes, s'arc-bouta et recula le bassin, ce qui lui arracha un cri de douleur. Sa plaie se mit à saigner. Ses yeux brillèrent d'un éclat humide lorsqu'elle le fixa, mâchoires contractées, contenant sa rage. À côté d'elle, le regard abattu, Caméléon observait le plancher sur lequel il reposait, ligoté lui aussi et couché sur le flanc.

Wilhiam s'approcha de Rowena. Ses cheveux étaient défaits, le ruban bleu qui les retenait avait certainement dû tomber lors de l'affrontement à la commanderie. En revanche, elle portait toujours le collier en or. Wilhiam ne put s'empêcher de penser que le joyau contrastait joliment sur sa peau blanche. Elle n'avait toujours pas desserré les dents depuis qu'elle avait repris connaissance.

— Je vais nettoyer tes plaies, dit-il en prenant un tissu propre qu'il mouilla avec de l'eau fraîche.

— Va au diable !

Il soupira et repartit vers le côté opposé de la cabane. À cette heure, songea-t-il, il aurait déjà dû être loin. Le soleil n'allait pas tarder à se lever et il serait en retard pour son rendez-vous. Tout ne s'était pas déroulé comme prévu : imprécis, le coup n'avait pas suffisamment porté pour assommer longuement Rowena.

— Comme tu voudras…

Un fiasco. Sans avoir besoin de l'observer, il sentait peser sur lui le poids de son regard haineux, cette fureur impuissante mêlée à un immense dégoût. Il prit une gourde, du pain et du fromage, qu'il déposa près de ses compagnons.

— Vous avez de l'eau et des vivres pour plusieurs jours, fit-il. De toute façon, vous ne tarderez pas à défaire vos liens.

Elle le fixa longuement sans ciller, folle de rage, si belle, même dans sa colère.

— Pourquoi ?

La haine sourdait de sa voix, de ses yeux, de tout son être. Autour de son cou, le collier tressaillit imperceptiblement.

— Ne cherchez pas à me suivre, lâcha Wilhiam en rassemblant ses affaires de sa main droite valide, le bras gauche en bandoulière. Retournez en Angleterre !

Caméléon contemplait toujours le plancher, le regard perdu dans le vide. Wilhiam sortit de la cabane et entama la descente de l'arbre.

— Adieu Rowena ! Adieu Caméléon !

L'un après l'autre les barreaux passèrent devant ses yeux, comme une descente aux Enfers, ceux réservés aux traîtres et aux voleurs.

— Je te retrouverai Wilhiam, où que tu ailles, où que tu te caches ! Je viendrai te chercher dans ton trou à rats et alors, crois-moi, tu regretteras d'avoir vu le jour, espèce de salaud !

Il posa un pied dans l'eau croupie, puis les deux.

— Salaud, salaud… !

L'injure s'éteignit dans un long sanglot. Wilhiam chercha la mousse sur les troncs pour se repérer. Aller vers le sud puis, au sortir des marais, se diriger vers l'ouest.

— … Salaud !

Wilhiam avança rapidement sans se retourner. Il était en retard, il lui fallait à présent se dépêcher. Du moins, c'était ce qu'il préférait croire. En vérité, il lui tardait d'être loin de cette cabane, de ne plus jamais entendre résonner à ses oreilles le timbre de cette voix. Là-haut, dans l'arbre derrière lui, il y eut encore quelques pleurs à peine étouffés, puis le silence se fit, encore plus profond et plus terrible.

*

Lorsque Wilhiam arriva au lieu prévu pour la rencontre, l'après-midi touchait à sa fin. L'air était lourd, chargé d'humidité. Haut dans le ciel d'un bleu pâle voilé, un faucon planait en silence. L'individu l'attendait, appuyé nonchalamment contre un arbre. Wilhiam avait beau s'être préparé, la vue de cet homme le mit malgré tout profondément mal à l'aise. Il descendit de son cheval, s'approcha et lui tendit les documents que l'autre feuilleta rapidement. Il n'avait qu'un œil valide, mais lorsqu'il dévisagea Wilhiam, son acuité visuelle sembla décuplée. Passé en travers du visage, un bandeau masquait l'autre globe oculaire. Dans le ciel, le faucon s'approcha en décrivant des cercles concentriques de plus en plus serrés puis vint se percher sur l'épaule de son maître. Il replia ses ailes, assura sa prise et fixa lui aussi Wilhiam de ses yeux ronds.

— Le savant qui a écrit ces parchemins voulait être le premier homme à avoir rapporté de Chine leurs armes extraordinaires, ainsi que tous leurs secrets d'utilisation, expliqua le fauconnier. Sa vanité n'était pas mal intentionnée en soi, sauf qu'elle aurait pu conduire ce continent au chaos. En nous remettant ces documents, vous évitez à l'Occident bien des guerres et des souffrances.

Du chinois !

Les signes cabalistiques portés sur les documents n'étaient rien d'autre que l'écriture utilisée en Chine, une civilisation mystérieuse et inconnue des Occidentaux. Wilhiam sourit intérieurement, en repensant qu'il avait cru y voir celle du diable dans ces calligraphies à la plume. L'être humain était prompt à attribuer au malin tout ce qui lui était inconnu, songea-t-il alors. S'il avait été commandeur templier, nul doute qu'il aurait lui aussi condamné à mort les deux hérétiques à la seule vue de cette écriture étrange.

— Et le signe en forme d'œuf, que représente-t-il ?

— Rien, et tout à la fois. Les Arabes l'utilisent sous la dénomination de *Sifr*. Un savant italien de la ville de Pise, Leonardo Fibonacci, l'appelle le *zero*.

Wilhiam n'avait jamais aimé les mathématiques, trop théoriques à son goût. D'ailleurs, il n'en voyait pas l'intérêt pratique au cours de ses missions. Il laissait cet art subtil aux rats de bibliothèque de lord Stratheden. Il faillit demander quels précieux secrets renfermaient ces parchemins, mais s'en abstint. À vrai dire, à cette heure, il s'en fichait comme d'une guigne. De toute façon, le fauconnier ne le lui aurait pas dit.

— Voici l'argent, comme convenu, fit le borgne en pointant son doigt vers le coffre posé à ses pieds, faites-en au moins bon usage…

Sa récompense pour sa trahison. De la pointe de sa chaussure, Wilhiam souleva le couvercle. Il y avait là beaucoup d'or, bien plus qu'il ne pourrait en amasser au cours de plusieurs vies de soldat. De quoi disparaître à jamais et se faire oublier. À cet instant, la douleur à son avant-bras se fit plus forte et s'élança jusqu'à l'épaule.

— Finissons-en ! reprit le fauconnier.

Les documents prirent feu. Tout en les regardant se consumer, il justifia son geste :

— Certaines choses doivent rester cachées, pour le bien de tous !

Puis quand il ne resta plus que quelques cendres, le fauconnier observa longuement Wilhiam d'un air impassible.

— Ils vous maudiront, lâcha-t-il sobrement.

— Je le sais…

— Et ils n'auront de cesse de vous traquer, surtout la fille.

Malgré la chaleur, un frisson parcourut l'échine de Wilhiam. À cet instant, le rapace s'envola.

— Qui êtes-vous ?

— Nous observons, nous surveillons ce monde et ainsi, nous savons tout ce qu'il s'y passe. Au besoin, nous intervenons. Tel est notre rôle, enfin…

Il marqua une pause.

— … jusqu'à présent…

Dans le ciel couvert d'une brume moite et blanchâtre, le faucon poussa un cri strident et fondit subitement sur un oiseau passant par là. Wilhiam reporta son attention sur le fauconnier. L'homme le dévisageait toujours et il ne put soutenir son regard.

Quelle ironie ! pensa-t-il en baissant la tête, *un borgne que je ne peux même pas fixer dans les yeux !*

Ses vêtements trempés de sueur le gênaient, collaient à sa peau. Les fibres de laine rêche lui démangeaient le dos. Un battement de paupières, et le fauconnier avait disparu dans la forêt avec son oiseau de proie.

À l'ouest, le ciel s'assombrissait de plus en plus. Déjà, les éclairs illuminaient les nuages noirs qui s'amoncelaient. Wilhiam chargea le coffre sur sa monture, alors que les premières gouttes tombaient lourdement sur le sol poussiéreux, les cailloux et sur sa peau, en grosses larmes tièdes. Elles éclatèrent lourdement sur ses bras et son visage en mille gouttelettes. Peu à peu, l'air se chargea de cette odeur si particulière d'humidité qui précède l'averse. Wilhiam monta en selle. De son bras valide, il prit fermement les rênes de son coursier. À l'instant, un éclair déchira les nuées. Un chêne s'embrasa et une explosion fit vibrer ses entrailles, avant de se répandre en écho dans les collines. Le cheval se cabra et le ciel creva enfin, déversant son eau, froide, puis glaciale. Wilhiam flatta l'encolure de la bête et lui fit prendre la direction du sud. Peu à peu, la silhouette du cavalier se fondit dans le rideau de pluie s'abattant alors sur l'horizon. Puis l'averse finit par l'avaler complètement.

Chapitre 2

Lady Rowena de Windermere

Un crachin tombait depuis trois jours sur les côtes anglaises, noyant dans la brume le petit port de pêche niché au pied des falaises crayeuses. Rowena était d'humeur morose et la grisaille dans laquelle elle baignait, avec Caméléon, convenait parfaitement à son état d'esprit. Cela faisait en effet un mois jour pour jour que sa vie avait basculé dans cette cabane perchée dans les marais, lorsque Wilhiam l'avait trahie. Pour elle désormais, il y aurait toujours un *avant* et un *après*. Cruelle désillusion : tous ces « *je t'aime* » qu'il avait prononcés étaient à présent comme autant de gifles qu'il lui aurait données, comme autant de façons de lui dire : « *Pauvre idiote, ne vois-tu pas que je n'avais rien à faire de toi !* »

Car pouvait-on prétendre aimer quelqu'un avec sincérité pour le trahir ensuite d'une manière aussi odieuse ?

Plus pitoyable encore, Wilhiam l'avait assommée pour ne pas avoir à l'affronter face à face. Hélas pour lui, elle avait paré son coup et il l'avait juste étourdie. À vrai dire, elle l'avait aperçu dans la pénombre et s'était jetée sur lui pour l'embrasser, heureuse de le retrouver enfin.

Quelle ironie ! Elle pouvait dire que cette trahison lui avait fait mal, au propre comme au figuré. Car il n'avait même pas eu le courage de répondre à ses questions ni même osé la regarder en face. Misérable sortie de scène pour un acteur encore plus misérable. À présent, penser qu'elle avait failli donner sa vie pour cette ordure lui donnait la nausée.

Pour l'heure, peu lui importait pour qui ou pourquoi il avait agi de la sorte. Seule l'envie de le retrouver, de lui faire payer cette humiliation la guidait, lui avait donné la force de défaire ses liens et ceux de son compagnon d'infortune, puis de traverser en sens inverse ces marais putrides. Pauvre Caméléon : il n'était pas en meilleur état qu'elle et même s'il ne voulait pas en parler, son visage défait trahissait son profond désarroi.

Toutefois, ce fut lui qui la ramena à davantage de raison. Il apaisa sa colère, lui rappelant qu'il fallait prévenir au plus vite lord Stratheden de l'échec de leur mission. Pour ce faire, il leur fallait rentrer en Angleterre coûte que coûte.

Quelle paire de bras cassés ! Rowena soutenait Caméléon diminué par la fièvre, quand ce n'était pas lui qui l'aidait à marcher et soignait ses blessures. L'entaille à la cuisse était la plus douloureuse, même si elle en avait d'autres sur tout le corps. Comme si la trahison ne suffisait pas, chaque pas lui rappelait combien sa lutte à la commanderie avait été inutile. Certes, Wilhiam lui avait sauvé la vie en se jetant sur elle pour lui éviter de finir transpercée par le carreau d'arbalète, mais quelle avait été la véritable raison de ce geste ? Vraisemblablement la sauver pour qu'elle puisse ensuite couvrir sa fuite…

Au sortir des marais, ils avaient retrouvé leurs chevaux. Puis ils avaient chevauché à travers les possessions anglaises sur le continent, l'Aquitaine tout d'abord, la Normandie ensuite, pour rejoindre la Manche et, de là, l'Angleterre insulaire par bateau.

Ils laissèrent derrière eux le village de pêcheurs et engagèrent leurs montures sur le sentier serpentant à flanc de colline. Le crachin s'était transformé en pluie fine, subtilité de langage que seuls les Anglais sont à même de comprendre, pensa Rowena en essuyant sa joue du revers de la main. Au sommet de la colline, Caméléon arrêta son cheval, rabattit sa cape dans son dos et huma l'air frais et iodé venant du large. Il pencha sa tête en arrière, laissant l'averse légère fouetter son visage.

— Qu'il est bon de sentir à nouveau sur son visage la pluie de notre bonne vieille Angleterre !

Rowena l'observa quelques instants, heureuse de le voir enfin guéri de sa fièvre des marais. Ses blessures à elle avaient enfin cicatrisé. Certes, elles laisseraient désormais de vilaines traces inesthétiques. C'était là un moindre mal. D'autres cicatrices seraient plus longues à guérir, mais pourraient-elles seulement se refermer un jour ? Sa cape était dégoulinante de pluie, la capuche gouttait le long de ses cheveux détrempés. Elle gratifia son compagnon d'infortune d'un sourire angélique.

— Mon cher Caméléon, je dois t'avouer que je ne pensais pas la revoir un jour !

*

— Milady, j'attends votre rapport !

Comme à l'accoutumée lorsqu'il recevait ses élèves et ses agents, lord Stratheden était caché par la pénombre. Rowena avança d'un pas et mit ses mains derrière son dos.

D'où elle se trouvait, elle n'arrivait pas à distinguer ses traits ni même ses gestes. Parfois, elle devinait seulement la silhouette de ses doigts posés sur le bureau, jouant nerveusement sur le bois lisse.

— Milord, dit-elle, Wilhiam nous a trahis après avoir récupéré les documents. Lorsque je l'ai rejoint au point de rendez-vous, il m'a surprise et ligotée afin que je ne puisse rien tenter. Caméléon était déjà prisonnier. Nous avons défait nos liens quelques heures plus tard.

— Avez-vous essayé de le retrouver ?

— Nous avons cherché des traces, mais dans ces marécages il lui était facile de brouiller les pistes. Aussi sommes-nous rentrés directement vous faire un rapport.

Silence. Au mur, des tapisseries normandes, représentant des jeunes femmes en compagnie de licornes à l'ambigu appendice dressé, couvraient la pierre grise. Lord Stratheden était riche, il aimait le faire savoir. Il n'avait jamais caché non plus ses penchants pour les damoiselles, réputation étayée par le récit de nombreuses étudiantes de l'école qui s'étaient prises dans ses filets.

— Je me suis entretenu avec Caméléon, finit-il par dire, il corrobore votre version.

Nouveau silence. Rowena pouvait sentir le regard concupiscent du vieil homme, même caché dans la pénombre, la déshabiller de pied en cap.

— Sauf sur un point, enchaîna-t-il : vous avez oublié de mentionner votre défense héroïque à la porte de la commanderie !

Elle baissa les yeux. Sur le sol, un épais tapis de laine recouvrait les dalles froides.

— J'aurais préféré mourir au combat plutôt que devoir subir l'infamie d'une trahison.

— Un agent mort ne m'est d'aucune utilité.

— Wilhiam est un traître. Je n'ai pas été capable de m'en apercevoir.

— Je ne doute pas de votre loyauté. Je vous ordonne de reprendre l'enquête, avec le grade de capitaine.

Il ne semblait pas spécialement rancunier et elle trouva cela curieux.

— Milord, je ne sais comment vous remercier.

— En retrouvant les documents et Wilhiam. Ne perdez pas de temps. Prenez Caméléon pour vous seconder, c'est un homme fiable. Mon secrétaire va vous instruire maintenant sur cette affaire.

— À vos ordres, milord.

*

Rowena s'inclina et sortit de la pièce, sceptique. Cette entrevue lui laissait un goût d'inachevé et avait ravivé son ressentiment envers Wilhiam. Comme s'il était nécessaire à lord Stratheden de préciser qu'il fallait le retrouver ! Il aurait plutôt dû lui faire promettre de le ramener vivant, et non mort…

Retrouver son ancien fiancé, lui faire payer le prix de sa trahison était le sentiment qui l'habitait lorsqu'elle referma la porte du bureau. Cette rage d'y parvenir était plus puissante que le devoir d'obéissance à son supérieur. Ce serait sa priorité absolue, pensa-t-elle résolument, même si elle ne devait pas non plus en oublier les autres objectifs de sa mission. À cet instant, le vieux secrétaire du lord vint vers elle, les bras encombrés de documents.

— Il y a quatre mois, expliqua-t-il de but en blanc, nous avons appris l'existence de parchemins saisis par le Temple sur des moines hérétiques, voici cinquante ans. Des annotations en chinois étaient portées sur des plans, ainsi que des formulations chimiques et des schémas d'armes étranges. Lord Stratheden vous a envoyés récupérer ces documents sans informer Wilhiam de leur teneur, à savoir, vraisemblablement, les techniques de ces armes chinoises évoquées par certains caravaniers, de retour d'Extrême-Orient.

Des armes nouvelles, elle aurait dû s'en douter. Depuis des siècles, chaque royaume recherchait activement le moyen de dominer ses ennemis. Hélas, l'évolution en matière de techniques d'armement était excessivement lente. Certes, l'on forgeait des lames en aciers plus solides, la portée des arcs et des arbalètes s'était peu à peu améliorée mais, à ce jour, il n'y avait guère d'innovations majeures. Les croisades avaient permis de faire évoluer considérablement les techniques de combat à cheval ou à pied, certainement pas la valeur des épées ou des lances utilisées. Les musulmans se battaient à peu près avec le même armement que les croisés, la seule différence résidant dans la façon de s'en servir. Rowena n'avait aucune idée de la nature de ces nouvelles armes chinoises, nul doute qu'elles devaient être extrêmement destructrices pour susciter autant d'intérêt.

Toutefois, l'explication incomplète du secrétaire ne put la satisfaire. Elle savait pertinemment que le vieux renard n'avait aucun agent secret au sein de l'ordre des Templiers. Si ce n'était pas l'un de ses hommes qui avait rapporté l'information, la fuite provenait forcément d'un haut dignitaire du Temple.

— Qui a renseigné lord Stratheden sur ces documents ?

Le secrétaire émit un tic nerveux du coin de la bouche.

— Cela ne vous regarde pas.

Exactement le genre de réponse excitant sa curiosité…

— Si je veux mener à bien mon enquête, vous devez me donner tous les éléments, pour savoir à qui je peux faire confiance, de qui je dois me méfier.

— Soyez sans crainte, vous saurez tout ce qu'il y a à savoir.

Il ne dirait rien de plus que le strict nécessaire. La présence d'un traître parmi les Templiers était une information de la plus haute importance. Il était évident que lord Stratheden ne la partagerait pas.

— Il me faudra également découvrir pour qui Wilhiam a trahi.

— Cela va de soi.

— Avez-vous une idée de qui cela peut-être ?

Pour toute réponse, le secrétaire soupira.

Lorsqu'il avait ordonné à Wilhiam de voler les parchemins, lord Stratheden devait être loin de se douter qu'il ne serait pas le seul à en connaître la nature exacte. Rowena imagina aisément sa colère, lui qui se targuait de posséder, grâce à ses nombreux agents, des informations confidentielles que nul autre royaume ne serait jamais en mesure de détenir. Il était vrai qu'il avait toujours eu une longueur d'avance sur ses concurrents. Son école n'était-elle pas unique au monde, novatrice dans nombre de domaines en matière de renseignement ? Mais il était aussi un homme imbu de sa personne. Tomber un peu de son piédestal ne lui ferait pas de mal, pensa-t-elle, non mécontente de savoir que son rigide et infatué supérieur souffrait, lui aussi à sa façon, de la trahison de Wilhiam.

— Il semble que les secrets du Temple ne soient plus aussi bien gardés qu'avant, ironisa-t-elle.

Le vieux secrétaire grimaça et resta coi. Il occupait ce poste depuis plus de soixante ans. Il était donc vraisemblablement dans le secret de son supérieur, voire, devait en savoir davantage que lui sur certaines des affaires les plus anciennes. Si elle voulait lui soutirer des informations, ce n'était certainement pas le moment de se moquer de lui. Elle prit un air grave et poursuivit :

— Qui d'autre est au courant ?

— Après votre mission dans la commanderie, la France a vraisemblablement déjà interrogé l'archiviste templier. Les agents français ont également dû étudier en détail le journal de bord d'Adalbert, le commandeur de l'époque. Ils en savent donc autant que nous, sinon plus.

— Et les autres royaumes ?

Il leva les yeux au plafond.

— Inutile de vous dire que notre fiasco leur a mis la puce à l'oreille. Que savaient-ils de tout cela avant notre opération à la commanderie, nous n'en savons rien. Cependant, il est sûr qu'à l'heure actuelle Maures d'Andalousie, Espagnols, Templiers et même les hommes de Jean sans Terre vont tout mettre en œuvre pour retrouver ces plans.

— À ce jour, nous n'avons donc aucune piste sérieuse !

— À vous d'en trouver une, ainsi que le commanditaire. Cela vous conduira aux parchemins.

Et à cette ordure de Wilhiam, aurait-il pu ajouter. Rowena demeurait perplexe. Elle savait reconnaître quand un homme ne lui disait pas toute la vérité. Elle restait persuadée que le vieux secrétaire lui avait caché des informations. Cependant, elle n'arrivait pas à comprendre dans quel but. Ayant lamentablement échoué, lord Stratheden tentait-il à présent de protéger sa source, ou alors…

Wilhiam ?

Et si le vieux renard avait décidé de garder ces documents pour son propre compte, en demandant à Wilhiam de faire croire à une trahison, songea-t-elle. Cette idée la fit tressaillir, mais elle la rejeta immédiatement. Même si elle avait à présent admis le fait que Wilhiam avait trahi ses amis et son pays, elle était certaine qu'il n'aurait jamais agi en sous-main pour lord Stratheden. Cela n'aurait eu aucun sens, d'ailleurs. Le secrétaire l'observait avec attention. Comme s'il voulait mettre fin une fois pour toutes à ses soupçons, il finit par lui avouer :

— Nous avons été doublés par ceux qui nous ont révélé l'existence des parchemins. Comble de malheur, nous ignorons tout d'eux. Ils ont humilié lord Stratheden à la face de la Terre. Il ne le leur pardonnera jamais, pas plus qu'il ne pardonnera à Wilhiam sa trahison. À présent, il met tous ses espoirs dans la réussite de votre enquête. Ne le décevez pas !

Le mystérieux commanditaire avait donc indiqué au vieux renard l'existence et la nature des parchemins, attendant tranquillement que ses agents – dont elle faisait partie – s'en emparent, avant de rafler la mise en achetant Wilhiam. Lord Stratheden s'était fait manipuler comme un débutant, pensa-t-elle avec sarcasme, et son prestige venait d'en prendre un sacré coup. À présent, elle comprenait mieux pourquoi il ne voulait pas voir une situation aussi vexante s'ébruiter.

— Je réussirai.

Comme lui – *plus* que lui, aurait-elle pu dire – Rowena avait été déshonorée par cette trahison. Elle trouverait Wilhiam et le traînerait jusque dans la Citadelle, attaché par les pieds derrière son cheval s'il le fallait. Cependant, elle mettrait également un point d'honneur à trouver le commanditaire qui avait changé le cours de son existence de manière aussi brutale.

Elle prit ensuite connaissance de divers noms, informateurs, agents ou simples contacts utiles pour son enquête. Puis elle alla retrouver Caméléon dans ses appartements.

*

Elle le trouva assis sur son lit, contemplant son costume de sénéchal templier.

— Félicitations pour ta promotion, commença-t-il par dire sans même se retourner. Dois-je dorénavant t'appeler capitaine ou milady ?

— Caméléon, s'il te plaît ! En tout cas, merci pour ton témoignage auprès de lord Stratheden.

Sans la regarder, il continua à replier soigneusement la tenue, évitant de la plisser.

— Je n'ai dit que la vérité.

— Encore fallait-il la dire. En revanche, je suis désolée de devoir t'annoncer une mauvaise nouvelle.

Il se tourna vers elle et son visage se décomposa.

— Il va falloir repartir sur le continent, c'est cela ?

Elle ne put réfréner un sourire.

— Lord Stratheden nous envoie dans les Pyrénées afin d'enquêter sur la secte des deux frères brûlés pour hérésie. Leur sanctuaire s'y trouve, il pense que cela peut être utile d'aller y jeter un coup d'œil. Ne fais pas cette tête !

Caméléon était totalement dépité.

— Veux-tu que je me réjouisse ? Encore une traversée de la Manche, puis une chevauchée sans fin jusqu'aux Pyrénées, à l'autre extrémité du royaume !

— Il ne fallait pas t'engager, mon ami.

Il sourit tristement.

— Je suis las, soupira-t-il. Las de ces mauvaises nuits sans sommeil, sous la pluie, las de ces missions absurdes. Pour quel résultat, finalement ? Être trahi par son meilleur ami !

Elle s'assit sur le lit à ses côtés et passa un bras sur son épaule.

— Crois-moi : je sais ce que tu peux ressentir !

Caméléon la dévisagea longuement de ses yeux gris, emplis d'un immense désarroi.

— C'est vrai, excuse-moi.

Il marqua une pause et ajouta :

— Crois-tu qu'il travaillait pour une puissance étrangère ?

— Ce n'est pas son genre. Pourquoi aurait-il sacrifié une brillante carrière au sein de l'école pour aller chercher la gloire ailleurs ? Je pense qu'il a simplement empoché une belle quantité d'or et s'est évaporé dans la nature.

— Il nous aurait abandonnés pour de l'argent ? Si c'est le cas, ce serait vraiment en dessous de tout !

— Ça fait mal, je te l'accorde. Très mal même. Mais nous finirons par l'avoir !

— En es-tu si sûre ?

Rowena soupira longuement.

— Laisse-moi au moins y croire. Comme si cela ne suffisait pas, mes rêves sont revenus.

— Ceux où tu étais enfant ?

— Oui. Dans certains, je suis devant une cheminée en train de me chauffer, dans d'autres, je suis sur une charrette et ma mère me chante une berceuse.

— Tu te souviens d'elle ?

— Un peu du son de sa voix, plus de son visage.

— Et dans tes rêves ?

— Ils sont flous, c'est encore plus rageant qu'autre chose.

Dire qu'ils avaient disparu lorsque j'avais rencontré Wilhiam, faillit-elle ajouter. Lorsqu'elle était tombée amoureuse de lui, toutes les questions qu'elle se posait sur ses origines, ses parents assassinés, étaient passées au second plan. Même ses rêves obsédants s'étaient évanouis comme par enchantement. Et voilà que maintenant ils revenaient la hanter toutes les nuits, comme si l'abandon de Wilhiam en avait ravivé un autre, plus lointain, mais aussi douloureux. Elle se tourna vers Caméléon et poursuivit :

— Comment a-t-il pu nous faire ça ? Après toutes ces années passées ensemble, après tout ce que nous avons vécu tous les… !

Il détourna le regard, gêné. Elle savait à quoi il pensait. Il était amoureux d'elle depuis des années, même s'il feignait de lui laisser penser le contraire. Wilhiam s'était interposé entre eux et il s'était alors effacé. Pour autant, il n'avait pas considéré son capitaine comme un rival et n'avait jamais fait preuve de jalousie à son égard.

— Il nous a bien caché son jeu, finit-il par dire. Pas un instant je n'avais envisagé qu'il pût nous trahir. Quand nous sommes montés dans la cabane, il m'a même aidé à monter à l'échelle, comme si de rien n'était.

— C'est vrai qu'il n'a rien laissé transparaître. Il a semblé soucieux dans les marais, je croyais que c'était à cause de ta fièvre.

Une rage sourde gagna Rowena. Elle serra le poing.

— À cet instant, ajouta-t-elle, acerbe, je l'ai regardé droit dans les yeux et il a détourné la tête. En fait, ce salaud savait qu'il…

Des sanglots mêlant la colère au dépit montèrent en elle et la submergèrent. Ce flot d'amertume la laissa paralysée. Ses pieds semblèrent s'enfoncer dans le sol, comme si tout s'écroulait autour d'elle. Elle éclata en pleurs, des larmes que plus rien ne pouvait contenir. Caméléon la prit dans ses bras et la berça tendrement.

— Chut…

— Ne me trahis jamais, hoqueta-t-elle.

Sans hésiter, il lui murmura au creux de l'oreille :

— Je te le promets.

Il n'ajouta rien, se contentant de la bercer avec tendresse. Elle resta longtemps blottie contre lui, et son chagrin s'apaisa peu à peu.

Son métier finit par reprendre le dessus. Elle devait revenir à la mission qui lui avait été ordonnée avec, à la clé, la possibilité de mettre la main sur Wilhiam. Sa volonté farouche de le retrouver avait repris le pas sur son désarroi, pensa-t-elle avec soulagement. Tant que cette détermination la guiderait, elle pourrait supporter le reste, la douleur aiguë de l'abandon, l'incompréhension de la trahison. Elle devait à présent s'attacher à cette idée, ne plus laisser son esprit vagabonder dans les marécages fangeux du doute et du désespoir où elle finirait par s'enliser. Combien de temps pourrait-elle tenir ainsi, guidée par sa seule rage de le retrouver ? Pour l'heure, elle préférait ne pas y songer.

Elle défit doucement l'étreinte et adressa à Caméléon un sourire empli de reconnaissance. Puis elle inspira profondément et se leva. Elle devait préparer son enquête, se tenir informée des rapports des espions sur la secte dont faisaient partie les deux frères, prendre connaissance en détail de la personnalité des différents contacts qu'elle serait amenée à rencontrer. Il lui restait peu de temps pour le faire. De son côté, Caméléon prendrait soin de leur garde-robe, préparerait les provisions et irait à l'écurie seller leurs chevaux. La nuit risquait d'être très courte, mais au petit matin ils seraient partis.

*

Lorsqu'ils atteignirent la côte, Rowena arpenta les ports en quête d'un bateau pour traverser la Manche. Un vent du nord soufflait violemment, irisant d'écume la mer démontée, vert-de-gris. Au large, une barque de pêche tentait de rentrer au port avant d'essuyer un grain trop violent. Comme à l'accoutumée lorsqu'il fallait prendre la mer, Caméléon faisait grise mine.

— Quelle idée d'avoir fait l'Angleterre sur une île ! grommela-t-il en observant la frêle embarcation malmenée par la houle.

— Je crois qu'il va nous falloir patienter quelque temps avant de pouvoir atteindre le continent.

À ces mots, son visage s'éclaira.

— Excellente nouvelle !

— Trouvons-nous une auberge, conclut Rowena. Je crois que c'est ce qu'il y a de mieux à faire pour l'instant.

Ils remontèrent la rue principale qui conduisait jusqu'au port, à la recherche d'un gîte et d'un couvert. Une enseigne, ornée d'un goret rose portant en lettres peintes : *Au cochon parfumé*, indiquait la présence d'une taverne. Les rafales s'engouffraient dans la rue, faisant grincer le panneau de bois à la peinture à moitié écaillée. Caméléon le regarda d'un air peu convaincu, sans émettre de commentaires. Rowena poussa la porte.

Une odeur musquée de sueur humaine mâtinée de fumée, de graisse rance et de chou bouilli les saisit à la gorge, alors qu'une bouffée de chaleur moite, contrastant violemment avec l'air du large soufflant au-dehors, les enveloppa soudain.

— Le panneau ne ment pas sur la marchandise, ironisa Caméléon en embrassant du regard la pièce principale, le nez plissé en un froncement évocateur.

C'était la fin de la journée et toutes les tables étaient occupées. Dans la cheminée, un immense feu de bois crépitait. Juste au-dessus, un cochon de lait embroché était en train de rôtir. Les clients les dévisagèrent brièvement puis replongèrent dans leur conversation, un pichet de bière à la main. Apparemment, il s'agissait majoritairement de marins coincés au port par la tempête. Rowena nota également la présence d'étrangers qui se tenaient à l'écart des conversations enfiévrées. L'un d'eux en particulier, assis à une table près de la cheminée, était borgne. Son œil invalide était masqué par un bandeau passé autour de son crâne. Il faisait tourner entre ses mains la chope de bière vide posée devant lui sur la table, fixant le récipient sans prêter attention à ce qui l'entourait, contrairement à tous les autres clients.

— On dirait que certains ne sont pas ici que pour boire, glissa Caméléon.

Lui aussi avait repéré le borgne. Rowena alla trouver l'aubergiste, un homme bedonnant à l'allure peu engageante.

— Je souhaiterais deux chambres pour la nuit.

L'homme essuya ses mains sur son tablier crasseux, la considéra avec suspicion, de derrière son comptoir, et renifla.

— Qui dort dîne !

Elle sortit quelques deniers de sa bourse et les lui jeta. Il ne tarda pas à s'en emparer.

— Je n'ai qu'une chambre de libre, ma p'tite dame, ricana-t-il en désignant Caméléon du menton, la gratifiant au passage d'un regard lourd de sous-entendus.

— Pas de problème, dit-elle avec détachement.

— Et pour manger avec le cochon, ce sera quoi ? demanda-t-il dans un rictus agacé.

— Servez-nous votre gruau d'orge et ajoutez-y de la bière, s'il vous plaît !

Au vu de la propreté des lieux et de son propriétaire, il ne lui semblait pas prudent de toucher à l'eau. Le tenancier adressa un air dur à sa serveuse, une gamine malingre âgée de douze ans à peine, et lui ordonna de les servir. Un garçon guère plus âgé que la fille vint s'enquérir de leurs chevaux afin de les conduire à l'écurie pour la nuit. Les deux agents anglais prirent place à une table à l'écart, face aux autres clients et à l'entrée.

— Tu comptes faire escale longtemps ? demanda Caméléon.

— Le temps qu'il faudra, jusqu'à ce que la mer se calme.

Il la gratifia d'un regard plein de reconnaissance. À cet instant, la serveuse rachitique, aux cheveux roux désordonnés, déposa sur la table un pichet de bière et deux gobelets. Caméléon les remplit et porta un toast.

— À la réussite de notre mission et à la tempête ! lança-t-il en portant le gobelet à ses lèvres, le vidant d'un trait.

— Il semblerait que tu avais soif !

Il afficha un sourire béat.

— Dans la mesure où je suis sur la terre ferme, tout va bien. Je suis même d'humeur à te céder ma place dans le lit, cette nuit, et à dormir sur le plancher.

Rowena ne put s'empêcher de sourire à sa remarque.

— Pensais-tu qu'il en serait autrement ?

Il haussa les épaules, esquissa une grimace et se resservit de la bière.

— Tiens, déclara-t-il nonchalamment, on dirait que notre borgne a disparu...

Au petit matin, la tempête s'était calmée. Lorsque Rowena et Caméléon parvinrent au bord du rivage, les bateaux de pêche avaient déjà repris la mer et voguaient au large, à la recherche de bancs de poissons. Tenant leurs chevaux par la bride, ils arpentèrent de nouveau les quais en quête d'un navire. Une brise tiède soufflait du large, chassant les derniers brouillards bas qui accrochaient les côtes.

— Je n'aurais pas dû boire autant hier soir, fit Caméléon en se massant les tempes.

— D'autant que nous allons devoir traverser...

Un pêcheur proposa de les conduire de l'autre côté de la Manche, moyennant quelques pièces d'argent. Le navire était de bonne facture et l'homme ravi de la transaction. La pêche en mer était une entreprise aléatoire. Les marins préféraient assurer un transport de passagers grassement payé plutôt que de rapporter des filets vides à la fin de la journée.

Le bateau n'eut pas tôt fait de quitter le port que Caméléon était déjà penché par-dessus bord, malade comme un chien. Loin dans le ciel, au-dessus de la terre ferme, un faucon planait majestueusement. Rowena observa quelques instants le rapace, apparemment en chasse. Soudain, l'oiseau replia ses ailes et fondit comme une pierre sur un pigeon, passant quelques coudées plus bas.

J'espère que ce n'était pas un message secret du vieux renard qui vient de finir dans les serres du rapace, songea-t-elle alors.

Le faucon s'éloigna, absorbé par l'azur clair du ciel anglais. Les côtes crayeuses ne tardèrent pas à s'estomper à leur tour.

*

La première étape de leur enquête passait par les Pyrénées, berceau de la secte dont étaient issus les deux frères martyrisés. Le sanctuaire se trouvait dans la partie orientale de la chaîne de montagnes. Cette région n'appartenait ni au royaume d'Angleterre qui possédait seulement le Béarn et le Comminges plus à l'ouest, ni au royaume de France. En fait, ce territoire frontalier avec l'Espagne était sous la tutelle du comte de Toulouse, un puissant seigneur farouchement attaché à son indépendance vis-à-vis des royaumes voisins.

L'organisation de la communauté religieuse était assez classique : un maître instruisait ses disciples dans un endroit à l'écart du monde, puis ceux-ci s'en allaient répandre la bonne parole dans les villes et villages voisins. Dans le cas présent, il s'agissait d'un courant religieux appelé manichéisme, défendant l'idée que l'esprit de l'homme appartenait à la lumière, tandis que son corps était le domaine du mal et des ténèbres. Les adeptes de cette idéologie rejetaient donc les plaisirs de la chair, étaient végétariens et se refusaient également à tuer leurs semblables.

Avant de quitter la Citadelle et afin de mieux comprendre la pensée de ces hérétiques, Rowena avait relu les quelques rapports les concernant. Elle avait trouvé peu de témoignages en fait, car cette communauté religieuse restait confidentielle par rapport au catharisme, la doctrine manichéenne massivement implantée dans toute cette région.

Le secrétaire de lord Stratheden lui avait indiqué la localisation précise du monastère, un lieu perché dans les montagnes, difficilement accessible pour les non-initiés. Du peu qu'elle avait appris sur ces sectes, il s'avérait que leurs membres restaient ancrés dans leur territoire d'origine. Les rapports disaient qu'ils n'allaient jamais prêcher guère plus loin que leur baronnie. Or, les parchemins évoquaient des plans d'armes chinoises et, à ce jour, personne en Occident n'avait exploré cette partie extrême de l'Orient. Tout au plus de rares caravaniers se rendaient en Perse ou en Inde, mais la Chine restait une contrée inconnue et mystérieuse, même pour Rowena et les plus érudits des professeurs de la Citadelle. Il était donc parfaitement invraisemblable que deux jeunes membres d'une secte non belliqueuse eussent voyagé sur des milliers de lieues afin de rapporter des plans d'armes, engins de mort honnis par leur religion. Tout au long de sa chevauchée, de la Normandie aux premiers contreforts pyrénéens, ce paradoxe la chagrina. Elle eut beau retourner le problème dans tous les sens, elle n'y trouva aucune explication rationnelle.

Lorsqu'ils atteignirent les Pyrénées, Rowena et Caméléon durent encore cheminer pendant cinq jours à travers des cols enneigés et des sentiers escarpés longeant de profonds ravins. Ils franchirent enfin la dernière passe les séparant de leur destination, située sur le versant sud de la chaîne de montagnes. Le paysage changea totalement. Ils laissèrent derrière eux les névés et la rocaille pour s'enfoncer peu à peu dans une forêt de mélèzes. C'était l'automne, les aiguilles des arbres se paraient d'or. Des sorbiers aux tons orangés et des buissons violines complétaient ce tableau. Le lieu était reposant, d'une étonnante beauté, oppressante à vrai dire. Rowena fit part de ses craintes à Caméléon :

— Je ne saurais t'expliquer pourquoi, j'ai l'impression qu'on nous observe.

Il arrêta sa monture et la regarda, étonné.

— As-tu vu quelque chose ?

— Rien de précis, simplement la sensation d'être épiée.

— Qui pourrait vouloir nous surveiller ?

— Beaucoup de personnes. Mais ceux qui le font en ce moment même sont des éclaireurs expérimentés.

Caméléon observa attentivement la végétation. Seul le bruissement du vent dans les feuilles sèches troublait le calme environnant.

— Veux-tu qu'on pose des pièges ?

— Ça ne prendra pas. Mieux vaut continuer et rester sur nos gardes.

La forêt descendait à présent en pente douce. Les résineux laissèrent progressivement la place à des arbres à feuillage caduc, hêtres orangés, cerisiers d'altitude au feuillage vermeil, émergeant d'un tapis de mousses et de fougères arborescentes.

Au détour du chemin forestier, ils découvrirent enfin le

sanctuaire. Il se dressait au pied d'un cirque de montagnes aux falaises vertigineuses de deux mille pieds de haut. Sur la droite, une cascade dévalait de toute la hauteur et venait mourir au fond d'un torrent, dans un nuage d'écume et d'embruns, à proximité du bâtiment de forme carrée. Il ne différait en rien d'une abbaye de campagne de belle taille et semblait en excellent état. Haut dans l'éther, des aigles royaux et des vautours fauves planaient en cercles concentriques, brisant parfois de leurs cris aigus la quiétude des lieux. De par sa magnificence et sa sérénité, le site dégageait quelque chose d'inexprimable, d'envoûtant.

Les deux cavaliers s'engagèrent dans une allée herbue, surplombée par une forêt de hêtres au feuillage jaune brillant formant une voûte dorée au-dessus de leurs têtes. Dans les frondaisons, des moineaux, des pinsons et d'autres petits passereaux gazouillaient et se chamaillaient. Assis en tailleur à l'ombre d'un arbre, un jeune novice, vêtu d'une simple robe de lin brun, remarqua bientôt leur arrivée. Aussitôt, il accourut au-devant d'eux.

— Nobles visiteurs, s'exclama-t-il, soyez les bienvenus en ce lieu !

Il semblait ravi de leur présence.

— Je vous souhaite le bonjour, mon ami, dit Rowena. Nous avons fait un long voyage pour rencontrer votre maître, pouvez-vous nous conduire jusqu'à lui ?

— Ce sera avec une grande joie. Veuillez me suivre.

Le novice ne semblait pas particulièrement hostile, pensa-t-elle, se rappelant alors qu'il s'agissait d'une secte pacifiste. Il les amena à l'intérieur du bâtiment. Les deux agents suivirent un long couloir aux murs dépouillés donnant sur un cloître pentagonal, puis une succession de pièces vides, parfaitement entretenues. Tout en cheminant, Rowena réalisa que le monastère était totalement désert, tandis que, au vu de sa superficie, il aurait été en mesure d'héberger plusieurs centaines d'adeptes. Caméléon croisa son regard et lui adressa une moue interrogatrice en haussant les sourcils. Apparemment, se dit-elle, il avait fait la même réflexion qu'elle.

Ils atteignirent enfin une lourde porte en bois brut entrebâillée. Dans la pièce, de l'autre côté, un vieillard aux longs cheveux blancs s'entretenait avec leur guide. Ce dernier revint vers les visiteurs et leur fit signe d'entrer, puis il s'éclipsa par une autre issue.

Ils pénétrèrent dans une vaste salle aussi dépouillée que les autres. Seul un tapis sur lequel se tenait le vieil homme recouvrait une partie du sol. L'épaisse couverture de laine tissée avait subi l'outrage du temps, mais Rowena distingua clairement le motif représenté, un grand arbre à deux branches. Elle avait déjà repéré ce symbole, gravé sur certains chapiteaux des colonnes bordant le cloître. Qu'il pût figurer sur le tapis allait de soi. Toutefois, un autre détail, plus insolite, retint son attention : sur le mur, derrière le vieillard, était tendue une immense tapisserie. Plus récente, elle représentait le même arbre à deux branches, à ceci près qu'une étrange feuille verte en forme de cœur avait été ajoutée dans le motif. Le vieillard dévisagea longuement la jeune femme, perdue dans ses méditations. Il y mit fin en se raclant la gorge.

— Nous n'avons pas souvent l'honneur de recevoir des visiteurs dans notre sanctuaire, déclara-t-il d'une voix tendue. Je présume que votre venue n'est pas le fait du hasard.

Rowena savait que ce vieil homme ne devait autorité qu'au seul comte de Toulouse, puisque sa secte était géographiquement placée sous sa juridiction. Malgré cela, elle ne se priva pas d'user de son statut d'agent royal pour le questionner.

— Notre venue n'est pas fortuite, en effet, dit-elle. Nous sommes des agents de Sa Majesté le roi Richard d'Angleterre. Nous enquêtons sur la disparition, voilà cinquante ans, de deux frères membres de votre communauté.

— Je ne saisis pas, dit le vieillard aux yeux presque blancs, translucides. N'est-il pas un peu tard pour se soucier de la perte, voilà cinquante ans, de deux de nos adeptes ?

L'homme n'était pas né de la dernière pluie et la présence des deux agents anglais l'agaçait passablement. Il ne serait pas facile à manœuvrer.

— Disons que des événements récents ont remis cette triste affaire à l'ordre du jour, répliqua-t-elle posément.

— Quels événements ? demanda-t-il en esquissant un sourire malicieux. Auriez-vous retrouvé la trace de nos deux novices dont nous sommes sans nouvelles depuis tout ce temps ? Si tel est le cas, soyez-en bénis jusqu'à la fin de vos jours.

Le vieillard se moquait d'elle, évidemment. Nul doute qu'il savait ce qu'il était advenu d'eux. Elle garda son sang-froid et répondit, sur le même mode :

— Hélas, je crains de ne pas être en mesure de vous apporter de bonnes nouvelles à leur sujet. Il semblerait que vos deux novices aient brûlé, non loin d'une commanderie templière française, en lisière du duché d'Aquitaine.

— Une bien triste nouvelle que vous m'annoncez là, fit-il en prenant un air affligé. Vous savez, ces deux disparitions sont les seules que nous ayons eu à déplorer au cours de notre histoire.

— Je compatis à votre chagrin.

— La vie est faite d'afflictions, jeune femme. Vous-même, me semble-t-il, avez été frappée récemment par le déplaisir. Cependant, ne sommes-nous pas tous destinés à un avenir meilleur, dans un autre monde ?

Rowena resta un instant interloquée. Comment cet homme savait-il pour Wilhiam ?

— Je ne suis pas chagrinée !

Il sourit.

— Votre ton, votre comportement affirment le contraire. Je puis également me tromper, ma vue n'est plus ce qu'elle était.

Ce vieillard la déstabilisait, mais surtout, il avait pris les rênes de l'interrogatoire. Elle devait au plus vite retourner la situation à son avantage.

— Toujours est-il que votre monastère est splendide, remarqua-t-elle avec un soupçon d'ironie, parfaitement à même de satisfaire les besoins matériels de vos adeptes durant leur vie terrestre. J'imagine que leur nombre doit être considérable pour que vous ayez bâti un édifice aussi vaste.

L'homme tiqua légèrement, apparemment touché par la pique.

— Vous voulez parler sans doute de l'âge d'or de notre communauté, un temps béni aujourd'hui disparu. Sachez qu'il y a cinquante ans nous pouvions nous targuer d'abriter en ces lieux près de mille membres.

— Vous évoquez le nombre élevé de disciples en ce temps-là. En venant jusqu'ici je n'ai croisé personne, mis à part ce jeune novice.

Il prit un air faussement navré.

— Les temps changent, hélas ! Notre communauté ne compte plus aujourd'hui que douze adeptes.

Il haussa les épaules et ajouta :

— Et qu'en sera-t-il dans quelques années ?

Cela n'avait pas l'air de le chagriner outre mesure. En général, lorsqu'une communauté religieuse voyait son influence et ses adeptes diminuer, son responsable mettait tout en œuvre pour enrayer son déclin. En aucun cas il n'aurait pris un air dégagé comme le faisait à présent ce vieillard, pourtant loin d'être sénile.

— Il semblerait que, lors de périodes troublées, les gens aient davantage tendance à se retirer du monde pour méditer dans la solitude. Nous vivons une époque paisible, dirait-on.

— Cela est vrai, ma foi, et je devrais m'en réjouir. Désireriez-vous savoir autre chose ?

Elle ne tirerait rien de cet homme. Elle eut même la conviction qu'il s'attendait à sa venue et s'y était préparé. Elle posa la seule question qui lui semblait utile pour son enquête.

— Que symbolise l'arbre à deux branches ?

Le vieil homme resta un instant pensif.

— L'arbre est un chêne. Il représente la sagesse et les branches, ses deux composantes : le bien et le mal.

— Pourquoi est-il nu ?

Le vieillard émit un bref soupir. Apparemment, elle n'avait pas posé la bonne question, du moins pas celle qui aurait pu lui déplaire.

— Jeune fille, dit-il malicieusement, il faut savoir se dépouiller de tout le superflu pour atteindre le paradis.

— Vénérable maître, je saurai tenir compte de votre conseil.

Il semblait à présent beaucoup plus détendu qu'au début de l'entretien. Rowena hésita sur la conduite à tenir. Elle aurait pu évoquer l'étrange feuille cordiforme représentée sur la tenture murale. Il lui semblait évident que ce motif inhabituel n'avait rien à faire à côté du chêne. En outre, cette splendide tapisserie de très grande valeur était manifestement déplacée dans cette pièce totalement dépouillée. Cependant, elle retint sa langue. Par expérience, elle savait que certaines questions trouvaient une meilleure réponse lorsqu'elles n'étaient pas posées. Le vieil homme avait parfaitement saisi son dilemme et sembla soulagé par sa retenue.

— Vous devez être fourbus par un si long voyage, dit-il. Si vous le désirez, je vous invite à prendre quelques jours de repos en ces lieux.

Il offrait son hospitalité, sachant pertinemment que les deux agents ne passeraient pas un instant de plus dans son monastère.

— Nous vous remercions pour votre invitation, mais nous souhaiterions continuer notre voyage au plus vite.

Comme prévu, il ne sembla pas vexé, au contraire. Il se leva et s'approcha d'eux. Rowena nota qu'il ne put s'empêcher, au passage, de jeter un regard furtif vers la tenture murale ornée de la mystérieuse feuille. Elle se réjouit intérieurement : elle tenait sa réponse...

— Puisse la paix vous accompagner dans votre quête, conclut-il solennellement.

Le jeune novice réapparut et les raccompagna jusqu'aux portes du prieuré. Un vent glacé descendant des monts enneigés venait de se lever. Les arbres frissonnèrent et des feuilles dorées emplirent l'air. Elles tombèrent tout autour d'eux, formant un tapis jaune sur le sol. Ce lieu était vraiment serein, mais un *je ne sais quoi* dérangeait Rowena, en proie à un étrange malaise. Caméléon était taciturne. Il partageait son inquiétude, aussi lui fit-elle part de son sentiment :

— Il y a quelque chose qui me tarabuste...

— Beaucoup d'éléments sont anormaux, confirma-t-il, à commencer par ce monastère si bien entretenu et presque vide, ou le manque de curiosité du vieux maître à l'égard de notre enquête...

— Cette feuille en forme de cœur sur la tapisserie n'a rien à faire avec ce chêne. As-tu noté que le vénérable maître a jeté un bref coup d'œil en sa direction, lorsqu'il s'est levé pour nous dire au revoir ?

— J'ai surtout remarqué qu'il a paru soulagé que tu n'en aies pas parlé.

— Cette secte plus que centenaire avait un symbole, un chêne nu à deux branches. Plus récemment, un nouveau symbole est venu se surajouter, cette feuille en forme de cœur.

Caméléon resta songeur.

— Selon toi, argua-t-il, la secte aurait changé de doctrine religieuse ?

— De doctrine, ou de maître...

— De maître, que veux-tu dire ?

— Je pense que ce vieillard ne dirige plus rien du tout, qu'il obéit aux ordres de quelqu'un de plus puissant que lui. Pourquoi, sinon, nous cacherait-il des choses ? Les rapports que j'ai étudiés avant de quitter la Citadelle étaient formels : cette secte a toujours agi au grand jour.

— Peut-être, à présent, a-t-elle peur d'être persécutée ?

Rowena secoua la tête.

— Par le passé, cette secte n'a jamais craint le courroux de quiconque. Si elle agit maintenant en secret, c'est qu'elle a d'excellentes raisons de cacher à l'Église et aux yeux du monde ses nouvelles activités.

— Dans tous les cas, ses adeptes ont disparu.

Elle resta pensive.

— Comme tu l'as dit toi-même, ce monastère est désert, mais parfaitement entretenu. Je ne vois qu'une raison à cela : le bâtiment n'est plus qu'une coquille vide, conservé intact comme une relique. Ce vieillard n'est qu'un simple gardien, chargé de veiller sur ce sanctuaire originel, le lieu où tout a commencé. Les véritables forces vives, elles, sont parties ailleurs.

— Où ?

— Je n'en sais rien. Lord Stratheden veut que nous allions ensuite à Venise. Il m'a affirmé que nous y trouverions des informations utiles à notre enquête. Faisons-lui confiance, peut-être en saurons-nous davantage, une fois là-bas.

— Venise ? s'exclama Caméléon. C'est de l'autre côté des Alpes !

— Et il nous faudra d'abord franchir les Pyrénées. C'est pour cela qu'il ne faut pas tarder, sinon nous risquons d'être pris ici dans les neiges d'hiver.

— Alors, ne traînons pas !

À cet instant, Rowena se figea.

— Je sais ce qui cloche : les oiseaux !

Caméléon l'observa, interloqué.

— Les oiseaux ?

— Les chants des passereaux emplissaient l'air lorsque nous sommes arrivés. Ils ont maintenant disparu !

— Que veux-tu dire ?

— Il s'est produit le même phénomène dans la forêt, lorsque je t'ai dit que nous étions épiés. En fait, là-bas aussi les oiseaux s'étaient tus, comme s'ils avaient été effrayés par quelqu'un.

— Ou quelque chose, renchérit Caméléon avec inquiétude.

Rowena pressa le pas.

— Quittons ce lieu au plus vite, dit-elle, il ne me plaît pas ! De toute façon, j'ai appris tout ce que je devais savoir.

Les chevaux paissaient paresseusement sur les pentes herbues parmi les colchiques. Les deux agents remontèrent en selle et lancèrent leurs montures au galop sur la sente qui serpentait à travers la forêt. Il leur restait à poursuivre leur long voyage de plusieurs mois à travers les

Pyrénées, puis les Alpes jusqu'à Venise, la sérénissime république marchande.

* * *

Une porte dérobée s'entrouvrit et un faucon voleta dans la pièce. Il précédait un homme qui vint se placer face au vénérable maître. Il était borgne, mais son handicap ne semblait le gêner en rien. Son œil cyclopéen scrutait le comportement du vieillard, effrayé par cette intrusion impromptue.

— Que sait-elle ? demanda le fauconnier.

— Pas grand-chose à vrai dire, répondit le vénérable maître, mais elle est perspicace. Je l'ai vue observer avec attention la feuille sur la tapisserie.

— Elle ne tardera pas à découvrir la vérité.

Le rapace vint se percher sur l'épaule du borgne.

— Que faut-il faire ? hasarda timidement le vieillard, peu rassuré à l'idée de la réponse que ferait le fauconnier.

Celui-ci fit mine de l'ignorer. Il se dirigea vers une ouverture donnant sur l'extérieur. Dehors, la bise venue des montagnes faisait virevolter les feuilles, comme autant de promesses d'un hiver proche.

— Rien pour l'instant, lâcha-t-il enfin en fixant un point au loin que lui seul semblait voir. Continuons à la surveiller.

— Et après ?

— Après...

Il marqua une pause tout en regardant s'éloigner les deux agents anglais, lancés au galop sous l'allée des arbres dorés. Perché sur son épaule, le faucon fixait intensément le vieillard.

— Après... nous aviserons.

Chapitre 3

Dame Isabeau

En ce tout début du printemps de l'année 1195, Safir Ibn Thazi, marchand d'armes et diplomate andalou, était assis derrière son bureau, dans le palais qu'il possédait à Venise. Depuis près de vingt ans, le calife de Cordoue, son suzerain, lui avait confié la mission de déceler tout risque d'une croisade contre les musulmans d'Andalousie. Pour ce faire, Safir Ibn Thazi, héritier d'une riche famille marchande cordouane ayant fait fortune dans l'importation des soieries et des pierres précieuses, s'était vu contraint de se reconvertir dans le négoce des armes, lames damasquinées et épées en acier forgé. Et quoi de mieux que Venise pour établir un comptoir marchand lui permettant d'être en contact permanent avec bon nombre de négociants d'Orient et d'Occident, au courant des dernières rumeurs.

Il est vrai qu'à ce jour les Maures d'Andalousie avaient été épargnés par les croisades, aux dépens des musulmans de Terre sainte. Cependant, un temps viendrait où la chevalerie occidentale, toujours en quête de gloire, se mettrait en ordre de marche derrière les bannières des royaumes chrétiens du Nord de l'Espagne, afin de reconquérir le Sud de la péninsule Ibérique. La situation était devenue encore plus critique pour l'Andalousie depuis que le chef arabe Saladin avait repris Jérusalem, huit ans plus tôt. Il serait à présent plus facile aux croisés de déloger les musulmans andalous, divisés et mal armés, que ceux campant en vainqueurs dans les Lieux saints. En homme prévoyant, le plus puissant des califes maures d'Andalousie avait donc préféré prendre les devants, et Safir Ibn Thazi s'acquittait avec zèle de cette tâche, pour le plus grand bien de ses compatriotes. Ce matin-là, il était en train de consulter des documents comptables lorsqu'il entendit frapper.

— Oui ?

La porte s'ouvrit et une jeune femme brune apparut.

— Excuse-moi de te déranger, fit l'apparition, je viens d'avoir à l'instant le rapport de nos espions en France et dans le royaume d'Angleterre.

Safir se leva et sourit à celle qui se tenait sur le seuil.

— Entre donc, Lhatifah ! s'exclama-t-il en lui proposant de s'asseoir. Les nouvelles de nos agents secrets sont-elles bonnes ?

Lhatifah était son bras droit, mais également sa confidente. En outre, cette Berbère de l'Atlas possédait un don rare et unique, celui de la prescience. Ses visions prémonitoires permettaient ainsi à Safir d'anticiper certaines situations délicates, ou d'aborder de difficiles négociations avec des atouts dans sa manche. Toutefois, la principale qualité de la voyante était son bon sens. Elle n'hésitait jamais à reprendre Safir lorsque son esprit, d'un naturel rêveur, s'égarait dangereusement sur un chemin hasardeux.

— Les conclusions de leur enquête sur le vol qui a eu lieu dans la commanderie templière, il y a un an, sont passionnantes, répondit-elle. Les Anglais ont subtilisé d'anciens parchemins en chinois comportant des plans et diverses formules chimiques. Ces documents permettraient la fabrication d'armes secrètes.

Safir fut satisfait par ce compte rendu. Il prit entre ses mains la tour noire d'un jeu d'échecs, posé sur une table basse, et l'appliqua contre sa tempe, juste à l'endroit où le grisonnement naissant de ses cheveux trahissait sa quarantaine.

— Si lord Stratheden, au courant de ces informations par je ne sais quel moyen, a voulu s'emparer de ces documents, c'est qu'ils contiennent forcément les plans de ces armes chinoises redoutables dont parlent nos caravaniers.

— C'est ce que je pense également.

Safir reposa la tour noire sur l'échiquier, mettant de la sorte le roi blanc en échec.

— Si le royaume d'Angleterre possède ces plans, il devrait depuis tout ce temps avoir commencé à assembler ces machines ou à expérimenter les formules. Or, nos informateurs ne nous ont rien signalé de tel.

— Peut-être que le roi Richard n'est pas, ou n'est plus, en possession de ces plans. Un de leurs meilleurs espions, un certain Wilhiam, a disparu sans laisser de traces. Il a très bien pu voler ces documents pour les vendre à un autre roi.

Safir inclina la tête et observa son amie avec un intérêt renouvelé. S'il y avait eu un traître parmi les siens, pensa-t-il, lord Stratheden devait à présent fulminer et remuer ciel et terre pour tenter de le retrouver. Il envisagea une à une toutes les hypothèses qui se présentaient à lui.

— Où peuvent-ils être ? Pas chez les Maures d'Andalousie, pas en France…

— En territoire espagnol ?

— Je vois mal ces rustres monter une telle opération. En outre, si les Espagnols avaient ces documents, nous le saurions déjà.

— Les Templiers ?

Il balança la tête, pensif. Huit ans plus tôt, l'ordre des Templiers avait subi un revers cuisant en Terre sainte, lorsque Saladin en avait fait décapiter plusieurs milliers qui s'étaient rendus à lui et constitués prisonniers. À ce jour, le Temple se remettait toujours difficilement de ce massacre et la possession de ces armes aurait pu lui fournir un atout majeur pour se venger de cet affront. Cependant, Safir ne voyait pas pourquoi les Templiers auraient monté une opération militaire contre leur propre commanderie alors qu'il aurait suffi à leur archiviste d'aller jusqu'à sa bibliothèque pour s'emparer des documents.

— Selon moi, les Templiers ignoraient l'importance de ces parchemins. Il est certain qu'à présent eux aussi tenteront de les récupérer.

Lhatifah fit quelques pas et s'arrêta devant une ouverture donnant sur un patio ombragé, le regard perdu au loin.

— Toutefois, quelque chose m'intrigue. C'est une vision assez floue, mais je vois un oiseau, un rapace.

Safir grimaça. Il n'aimait jamais entendre son amie évoquer ses visions. En général, elles étaient promesses d'ennuis à venir. Il se remémora rapidement l'ensemble de l'héraldique des principaux royaumes et provinces chrétiennes, à la recherche d'un faucon ou d'un aigle sur l'un d'eux.

— Je n'ai pas connaissance de blason de ce type chez nos voisins, finit-il par dire au bout d'un moment.

— Peut-être ne s'agit-il pas d'un blason ?

À cet instant, l'intendant du palais apparut.

— Safir Ibn Thazi, déclama-t-il en s'inclinant, votre rendez-vous est là. Elle vous attend près de la fontaine.

— Dis-lui que j'arrive.

Le diplomate se leva de son fauteuil et jeta un œil par l'ouverture donnant sur le patio. L'intendant discutait avec une damoiselle, lui demandant de patienter encore quelques instants. Depuis qu'il avait eu connaissance du vol à la commanderie, Safir avait été approché par de nombreux agents ennemis, tous désireux de savoir ce que les Maures d'Andalousie savaient exactement de l'affaire. Cela avait pris les formes les plus variées, de la filature au contact direct par l'entremise de son comptoir de marchand d'armes. Jamais, cependant, il ne se serait attendu à recevoir directement la visite de l'un d'entre eux dans son propre palais. Car Safir était intimement persuadé que la jeune femme qui souhaitait le voir n'était pas venue ici dans un autre but. Un instant toutefois, l'idée qu'elle pût être là dans le cadre d'un rendez-vous galant l'effleura, mais il balaya aussitôt cette pensée. Depuis qu'il s'était établi à Venise, il avait eu droit à maintes propositions de mariage. À chaque fois, la promise lui avait été présentée par l'entremise de son père, ou bien accompagnée d'un chaperon chargé de veiller sur sa vertu.

Cette belle damoiselle brune qui attendait, seule, dans le patio, ne pouvait donc être qu'un agent secret. Il repensa à la dernière fois qu'une femme avait été envoyée ainsi auprès de lui. Cela faisait plus de vingt ans, et cette rencontre avait complètement changé sa vie. Évoquer ce souvenir le fit frissonner. Il avait hâte à présent de rencontrer sa jeune visiteuse.

— Lhatifah, annonça-t-il, comme à l'accoutumée je te demanderai de rester dans mon bureau. Tes avis éclairés me sont toujours précieux.

La voyante n'avait pas bougé d'un pouce. Elle l'observait attentivement, semblant percevoir clairement son trouble.

— La reine blanche, fit-elle.

— Oui ?

Elle indiqua l'échiquier d'un bref mouvement de la tête.

— En déplaçant la tour, elle va mater ton roi noir en deux coups.

Il observa la position des pièces sur le plateau et resta ébahi.

— Exact ! s'exclama-t-il, stupéfait. S'agit-il encore d'une de tes prémonitions ?

Elle sourit.

— Simple trait de ton caractère : tu n'as jamais su être patient, ni aux échecs ni avec les femmes.

— Je pressens une rencontre inhabituelle, fit-il, excité. C'est assez amusant, ne trouves-tu pas, que, pour une fois, ce soit moi qui fasse preuve de clairvoyance…

*

Le patio du palais vénitien était savamment ombragé. Une sculpture en forme de lion crachait dans un bassin une eau merveilleusement fraîche et ce bruit plaisant, mêlé au parfum des orangers en fleur, était un ravissement pour les sens. Safir avait voyagé sous bien des cieux et croisé la route de nombreuses dames. Toutefois, il marqua un temps d'arrêt en découvrant celle qui souhaitait le rencontrer.

Une jeune femme à la longue chevelure de jais et aux yeux d'un bleu profond était assise au bord de la fontaine. Sa main droite trempait dans l'eau et elle la faisait onduler nonchalamment à la surface du bassin. Elle rayonnait dans sa longue robe de soie rouge, ajustée selon la dernière mode en France.

Safir s'inclina devant la belle. Elle sortit sa main de l'eau et la lui tendit négligemment. En homme de qualité, il la prit et y déposa délicatement un baiser. L'eau fraîche contrastait agréablement avec la tiédeur de sa peau et ce contact le fit frissonner. La damoiselle sourit d'un air satisfait, se leva et fit face à son hôte.

— Safir Ibn Thazi, dit-elle d'une voix mutine, je suis très honorée que vous m'ayez reçue aussi promptement. Permettez-moi de me présenter : dame Isabeau de Vermandois.

Safir sourit en pensant à la manœuvre du roi qui avait envoyé cette charmante espionne auprès de lui. En agissant de la sorte, il avait dû pronostiquer que son jugement serait faussé. Bien joué ! Safir était joueur également. Et damer le pion à ce souverain – français ou anglais, il n'aurait su le dire encore – était un défi passionnant à relever, même s'il lui faudrait certainement sortir le grand jeu. La première étape consistait à jauger son adversaire. Pour cela, rien de mieux que de débuter par un échange courtois de bon aloi.

— Dame Isabeau, à quoi dois-je l'honneur et le privilège d'accueillir sous mon toit tant de grâce et de beauté ?

Elle inclina légèrement la tête et dévisagea son hôte de son troublant regard de ciel.

— Vous me flattez, mais je crains que les raisons de ma présence en ce lieu ne soient que bassement matérielles. Ce sont les affaires qui ont conduit mes pas jusqu'ici, seulement les affaires…

Finement esquivé, songea-t-il, appréciant au passage la grâce avec laquelle les formules de politesse convenues avaient été énoncées. Il invita la jeune femme à prendre place sur des coussins en cuir disposés à l'ombre dans un coin du patio.

— Les personnes de qualité sont rares, surtout lorsqu'il s'agit de commercer, et peu d'entre elles savent allier élégance et finesse d'esprit.

Isabeau s'assit en prenant soin de réajuster sa robe fendue laissant entrevoir plus de choses que de raison. Safir n'avait rien manqué du spectacle. En diplomate rompu à ce genre de séductions, il fit comme si rien ne s'était produit.

— La beauté de ces lieux aiguillonne les sens, déclara-t-elle d'un air faussement innocent. Venise est un diamant inestimable et votre palais une des facettes de ce merveilleux joyau.

Cette jeune femme le troublait, mais, contrairement à ce qu'il aurait pu croire au début de l'entretien, pas seulement à cause de sa beauté et de la façon qu'elle avait d'en jouer. Elle possédait quelque chose d'autre qu'il n'arrivait pas encore à discerner clairement. Il ne put se retenir de lui en faire part, et tant pis si, au passage, il enfreignait la première règle de l'espionnage, à savoir la discrétion.

— Toutefois, dit-il, en s'asseyant face à elle, il est un fait assez curieux. En vous voyant céans, vous faites résonner en moi un passé que je croyais avoir oublié.

Isabeau comprima légèrement ses lèvres, ce qui eut pour effet de faire apparaître deux jolies fossettes sur ses joues au teint de pêche.

— Laquelle, ô Safir Ibn Thazi ? questionna-t-elle naïvement.

Cette femme était belle, très belle même, et cette moue malicieuse ne faisait que souligner davantage sa grâce.

— Vous ressemblez d'une façon surprenante à une personne que j'ai connue autrefois en d'autres lieux et en d'autres circonstances. Ce même regard, cette même distinction… Pardonnez mes radotages et venons-en au motif de votre visite : ces affaires si bassement matérielles dont vous voulez m'entretenir.

Isabeau ne fit aucun commentaire. Un serviteur s'était avancé, un plateau de jus de fruits à la main. Elle prit une coupe de cristal et la porta à ses lèvres, avant de la reposer sur une table basse.

— Comme votre intendant a dû vous le signifier, commença-t-elle, j'œuvre dans le négoce des métaux précieux et des diamants, mais également, depuis peu, dans celui, plus vulgaire, des armes de guerre.

Elle appuya ces derniers mots d'une mimique faussement dédaigneuse, plissant au passage son nez. En admirant ce si mignon froncement, Safir songea immanquablement à une ancienne reine d'Égypte au destin tragique, ce qui ne manqua pas de le troubler davantage.

— Hélas, soupira-t-elle, les temps sont durs et il faut parfois savoir se reconvertir. J'agis donc pour le compte de personnes trop occupées pour régler elles-mêmes ce genre d'affaires.

L'allusion était claire. Cet agent d'un souverain du Nord – il opta pour le roi de France – ne prenait même pas la peine de se dissimuler.

— Et… en quoi ma modeste personne peut-elle vous être utile ? demanda-t-il.

Isabeau changea de position sur les coussins, dévoilant ses longues jambes.

— Mes riches clients veulent élargir la gamme de leurs armes. Au vu de la finesse incomparable de votre civilisation, j'ai pensé que votre production pourrait occuper une place de choix dans ma palette.

— Vous avez eu mille fois raison, s'empressa de répondre Safir. Nos forges produisent les lames les plus raffinées au monde, si je puis m'exprimer ainsi.

Isabeau croisa et décroisa ses jambes, à présent dénudées jusqu'au-dessus du genou. Le grain de sa peau était sans défaut et le galbe de ses cuisses offert à son regard sans aucune retenue. Un jeu de séduction assez conventionnel en somme, songea Safir, mais qui toutefois ne le laissa pas indifférent.

— Votre réputation de négociant avisé n'étant plus à faire, lui lança-t-elle de sa voix veloutée, vous êtes le mieux placé pour m'entretenir de l'état du marché dans cette partie de l'Occident.

Safir baissa les yeux.

— Le marché est ce qu'il est, ici comme ailleurs sur ce continent : étroit et toujours plus difficile à satisfaire. S'il est au moins une chose en ce bas monde qui n'est pas près de changer, c'est le goût des hommes pour la guerre et les armes. Malheureusement, si les êtres humains tuent leurs semblables, ils font preuve de peu d'imagination dans la manière de procéder.

Elle prit un air intéressé. Les deux fossettes se creusèrent davantage.

— Voulez-vous dire que six bons pouces d'acier en travers du corps resteront encore d'actualité quelque temps ?

— Hélas, je le crains, ma dame.

Safir s'interrompit un instant pour observer la réaction d'Isabeau, mais son visage n'émit pas le moindre signe qu'il eût pu interpréter. Les yeux du diplomate glissèrent immanquablement vers les jambes de la belle, voluptueusement étendue sur les coussins. *Attention, Safir*, lui disait une petite voix intérieure, *tu es en train de perdre le contrôle de la situation…*

— Toutefois, reprit-il, il reste encore quelques belles lames dans les forges andalouses. J'aurai grand plaisir à vous faire découvrir un échantillon de nos productions.

Le visage d'Isabeau s'éclaira.

— Cela me ravirait !

À présent, il ne pouvait plus détacher son regard de cette intrigante jeune femme. Pris au piège tel un agneau devant un lion, il demanda :

— Me ferez-vous également l'honneur de partager mon repas de ce soir ?

Elle eut un sourire triomphant.

— Ce sera avec grand plaisir. Ce long voyage m'a éreintée. Permettez-moi seulement de retourner prendre un bain à l'auberge où je suis descendue, et je serai votre obligée.

— Comme il vous siéra, ma dame.

La fausse ingénue se leva, gratifiant au passage le diplomate d'un sourire ravageur, avant de s'exclamer :

— Disons à ce soir !

Puis elle alla rejoindre son serviteur qui l'attendait dans le patio voisin. L'intendant du palais les reconduisit tous deux jusqu'à l'entrée de la demeure. Safir nota à cette occasion qu'Isabeau le dévisageait avec méfiance. Cette femme était jeune, mais elle n'était pas née de la dernière pluie, pensa-t-il. Elle avait parfaitement perçu qu'il ressemblait davantage à un garde du corps qu'à un simple serviteur, ce qui était le cas.

Car Safir Ibn Thazi avait beau être élégant, il savait s'entourer de précautions. Le négoce des armes était en effet un métier dangereux et dame Isabeau, qui venait de disparaître dans la rue, semblait également en savoir long sur la question…

*

— Lhatifah, penses-tu que cette femme présente quelque danger pour nous ?

La voyante avait rejoint Safir dans le patio.

— C'est un agent d'une puissance du Nord, vraisemblablement de France, et elle s'intéresse aux mêmes documents que nous. Le danger n'est pas là où tu l'entends, selon moi.

— Explique-toi !

— Cette fille est comme cette fleur, vénéneuse…

Elle caressait du bout des doigts les clochettes pourpres des digitales plantées là.

— Prends garde à ses effets néfastes sur ton cœur, reprit-elle. Voilà ce que je voulais dire.

— N'aie aucune inquiétude, mon amie. J'ai déjà brûlé mon cœur une fois par le passé. On ne m'y reprendra plus.

*

Le repas avait été somptueux. Allongée sur un divan, une coupe à la main, Isabeau faisait face à Safir, lui-même couché sur des coussins. Elle avait revêtu pour l'occasion une robe de soie couleur lapis-lazuli, en parfaite harmonie avec ses yeux. Les éclairages dispensaient une lumière tamisée derrière des moucharabiehs. Tous deux grappillaient négligemment des fruits secs disposés sur un plateau à fruits. Le serviteur restait en retrait, servant les convives en fonction de leurs besoins. Ce fut Isabeau qui brisa le silence :

— Votre production d'acier est une pure merveille. Je n'ai jamais rien vu de semblable ailleurs, même à Tolède où les lames sont réputées les meilleures.

Sur ce, elle pela une orange et mit un quartier dans sa bouche. Safir s'humecta les lèvres.

— L'Andalousie recèle plus d'un joyau.

Elle prit un air déçu.

— En revanche, je n'ai point noté de nouveautés. J'aurais cru que vos pérégrinations orientales auraient rapporté de Perse ou d'ailleurs une de ces merveilleuses machines à tuer dont parlent les récits de légende.

Nous y voilà ! pensa-t-il, et à cette idée il ne put réfréner un sourire. Il se doutait bien qu'Isabeau était venue jusqu'à lui dans le seul but d'obtenir des informations sur ces fameux parchemins dérobés par les Anglais. Cependant, la manière employée le désarma. Elle avait abordé le sujet presque ouvertement, comme si, pour lui, se livrer sur une question aussi confidentielle allait de soi. Impassible, elle mit un autre quartier d'orange dans sa bouche et attendit patiemment, savourant le morceau d'un air innocent.

— Ce sont là des contes de grands-mères pour effrayer les enfants. Croyez que si de telles armes existaient, nous serions déjà les maîtres de l'Occident.

Elle l'observa un instant avec une expression dépourvue d'artifices, comme perdue dans ses pensées. Safir fut intrigué par son attitude. À sa réponse, elle aurait dû trahir sa déception d'une manière ou d'une autre, ou montrer qu'elle ne croyait pas une seconde aux mensonges qu'il lui racontait. Cela n'avait pas été le cas. Safir songea que le monarque ayant envoyé cette dame jusqu'à lui jouait un jeu risqué. Isabeau ne semblait pas du genre à lui obéir au doigt et à l'œil. Ses façons de se comporter et de réagir trahissaient une personnalité complexe et imprévisible. Suivait-elle seulement un plan précis pour réussir sa mission ? À cet instant, il n'aurait su le dire et cela était très déstabilisant.

— D'après le peu que je sais de votre langue, dit-elle, votre nom, Safir, a de multiples significations. Si la plus apparente à l'oreille s'accorde aux pierres dont vous faisiez négoce autrefois, il me semble que Safir veut également dire *diplomate*.

Encore une réplique à laquelle il ne s'était pas attendu. Décidément, cette brillante jeune femme le désarçonnait. Et les souvenirs remontaient toujours, comme des bulles d'air du fond d'un lac venant crever la surface de sa mémoire. Une autre dame brune si semblable à Isabeau se profilait toujours en filigrane, sans bruit. Des sensations depuis longtemps enfouies resurgissaient…

— Je vois que rien ne vous échappe et que votre connaissance de notre civilisation est vaste.

Elle était manifestement satisfaite de son effet. Elle changea de position sur le divan, adoptant une posture étrangement féline. Cette femme était bien plus orientale que la plupart de ses compatriotes, se dit-il à cet instant.

— Parlons affaires, voulez-vous, déclara-t-elle avec autorité. Vos épées courbes et vos poignards m'intéressent. Je suis prête à m'en porter acquéreur, quel qu'en soit le prix.

— Dame Isabeau, comme je vous l'ai dit précédemment, notre production est limitée et se raréfie.

— Des difficultés d'approvisionnement ?

Son ton masquait à peine une nuance de moquerie.

— Les croisades ont rendu dangereuses les routes marchandes. Le prix que j'exigerai risque d'être élevé.

— Votre prix sera le mien !

Cette détermination farouche, cette même grâce éveillaient chez Safir de vives émotions. Lhatifah avait raison, il existait des fleurs à la fois belles et extrêmement vénéneuses.

— Nous trouverons un terrain d'entente, j'en suis sûr.

À présent, il souhaitait ne pas voir cette soirée se terminer et que la compagnie de cette belle dame ne lui fût jamais ôtée. Dans le même temps, son bon sens lui suggérait d'interrompre l'entretien au plus vite. Aussi reprit-il :

— Ma dame, je regrette de ne pas pouvoir vous procurer davantage de nouveautés.

Les épaules d'Isabeau s'affaissèrent. Son visage se décomposa, totalement défait :

— Un si long voyage pour si peu ?

Cela sonnait faux, même si la dame était excellente actrice ; ou était-ce une manœuvre habilement calculée de sa part ? Amusé, il se demanda quel subterfuge elle pourrait bien employer à présent pour le faire parler. L'attente ne fut pas longue. Penchée en avant, elle tendit son bras dénudé vers le plateau de fruits, et ses longs doigts fins s'emparèrent d'une autre orange. Ce faisant, elle adressa à Safir un sourire faussement innocent qui fit frémir son nez et tressaillir l'arc tendu de ses lèvres incarnat, d'une manière si semblable en fait à…

La bouche du diplomate s'entrouvrit et des mots jaillirent en dépit de sa propre volonté. Il entendit sa voix s'élever et déclarer :

— Toutefois, il existe peut-être un moyen de vous satisfaire…

Il se mordit la lèvre trop tard. Isabeau se redressa vivement, visiblement ravie. Le félin tenait sa proie à sa merci.

— Je suis curieuse ! Dites-m'en davantage !

Safir songea qu'il avait rarement vu un aussi beau prédateur.

— Il se trouve que, dans quatre jours, le comte Anafesto organise le *Bal de la Pierre* dans son palais. Vous avez certainement dû en entendre parler.

Elle prit un air outragé.

— Comme je vous l'ai déjà dit, je suis une débutante dans ce négoce.

Il n'en crut pas un mot.

— C'est un bal masqué ayant lieu chaque année à Venise. Tous les marchands de pierres précieuses, d'or et d'armes en tous genres y sont conviés. Cette fête est l'occasion rêvée pour effectuer toutes les transactions imaginables.

Isabeau s'avança et s'empara de la main droite de son hôte.

— Safir Ibn Thazi, vous me sauvez d'une bien belle manière. J'aime toujours joindre l'utile à l'agréable.

Ses mains étaient douces et délicates. Elles caressaient tendrement les siennes.

— Je serai ravi de vous y croiser, avoua-t-il.

Elle lui adressa un sourire enjôleur.

— Je serai travestie, n'oubliez pas !

Il lui retourna son sourire.

— Les rencontres n'en seront que plus intéressantes.

Elle se leva d'un mouvement vif, s'approcha de son hôte, puis l'observa longuement comme si elle cherchait à sonder son âme. Safir se laissait faire, fasciné et troublé à la fois. Assurément, cette jeune femme ne pouvait se cantonner à son rôle d'espionne. Elle avançait au gré de ses pulsions, et celles-ci prenaient parfois le pas sur son métier, ce qui la rendait si… attachante.

— Ce repas fut un vrai délice, dit-elle enfin, j'ai connu peu de tables aussi fines.

Prenant soudain un air distant et chagriné, elle poursuivit :

— Il se fait tard et je vais devoir vous quitter.

Le charme était rompu. Safir en fut étonnamment soulagé.

— Dame Isabeau, vous serez toujours la bienvenue dans ma demeure.

— Et j'aurai toujours plaisir à m'y rendre.

Il raccompagna son invitée jusqu'à la sortie.

— Voulez-vous que mon intendant vous raccompagne jusqu'à votre gîte ? proposa-t-il.

— Je vous en remercie, mais le mien saura me protéger.

Ce dernier avait attendu sa maîtresse dans une pièce voisine durant le repas. Il précéda la jeune femme dans la rue, jetant furtivement un coup d'œil de tous côtés. À son attitude, le diplomate andalou comprit que cet homme était plus qu'un simple valet. Il se dit également qu'il vaudrait mieux ne pas avoir à s'y frotter.

Isabeau s'éloigna d'une démarche souple. Son pas était léger et seul le froufroutement soyeux de sa robe troubla le silence de la rue et du canal aux eaux endormies. Sans se retourner, elle adressa de la main un petit au revoir à son hôte, avant de s'évanouir dans la nuit du printemps vénitien. Safir inspira profondément et une subtile fragrance d'essence de jasmin parvint jusqu'à lui. Cet effluve enivrant flottant sur les canaux le rappela à sa romance tragique d'antan, une belle dame brune qui ressemblait tant…

Jusqu'à ce soir il avait cru, à tort, que l'on pouvait se remettre d'une telle blessure. Le passé vous rattrape toujours. Cicatrice béante qui ne pourrait jamais plus se refermer.

* * *

Une fois arrivée au coin de la rue, dame Isabeau se tourna vers son serviteur.

— Au moins maintenant, dit-elle, nous sommes sûrs que les Maures d'Andalousie ne sont pas en possession des parchemins.

* * *

Dès que la jeune femme fut partie, Lhatifah vint rejoindre Safir dans le salon. Son air était grave et, pour une fois, elle n'employa pas de litote :

— Je me suis trompée sur Isabeau, cet après-midi. Je ne saurais dire pourquoi mon don m'a fait défaut quand elle se tenait près du bassin, mais ma vision de ce soir est claire.

— Parle !

— Cette femme est plus que vénéneuse. Elle représente un danger, pas seulement pour ton cœur, aussi pour ta vie et pour les affaires qui nous préoccupent actuellement.

— J'ai surtout cru reconnaître en elle quelqu'un d'autre.

— Un amour de jeunesse ?

— Un fantôme de mon passé.

Les prunelles noisette de Lhatifah scintillèrent d'un sombre éclat réprobateur.

— Cette femme est bien réelle, crois-moi ! Elle t'a complètement envoûté avec ses charmes et ses atours, certes fort aguichants, mais d'autant plus dangereux !

Safir baissa les yeux et déglutit péniblement. Il n'osa pas lui avouer qu'il y avait chez elle plus troublant que sa simple beauté, au demeurant remarquable.

— Je l'ai invitée au *Bal de la Pierre*…

— Tu es incorrigible ! Tu sais parfaitement qu'il sera impossible de la repérer au milieu de tous ces déguisements !

— Et ta prescience ?

— Ce bal sera masqué. Mes prémonitions seront faussées.

— Mon intuition me dit qu'elle pourrait nous conduire à d'intéressantes révélations.

Lhatifah haussa les épaules, dépitée.

— À d'étranges oiseaux, assurément !

* * *

— Je suis plutôt satisfaite de notre rencontre d'hier !

— Je vois !

Ce matin-là, Rowena et Caméléon se promenaient dans Venise, errant au gré des ruelles étroites bordées de canaux. À cette heure, ils étaient encombrés de barques de transport, débordantes de denrées, ou de celles appartenant à des négociants fortunés, aisément reconnaissables grâce à leur décoration somptueuse et à leurs couleurs criardes.

— L'écheveau de notre enquête ressemble à s'y méprendre à ces motifs complexes sculptés sur les façades des palais, expliqua Rowena en désignant du doigt les bâtiments richement décorés : à la fois emmêlés et limpides de clarté.

— Reste à démêler tout ça, ma chère !

Elle s'arrêta sur un pont et s'accouda au garde-fou en bois. Caméléon vint faire de même à ses côtés. Le clapotis de l'eau verdâtre contre les façades des maisons parvenait jusqu'à eux, apportant également les odeurs de la marée du large.

— Mon interlocuteur n'a pas été très clair, dit-elle, mais il ne fait aucun doute que tous les royaumes sont en train de remuer ciel et terre pour retrouver ces documents.

— L'activité diplomatique et le commerce des armes sont calmes, pourtant. De plus, il n'y a pas de conflits ni d'escarmouches signalés.

— Cela ne peut signifier que deux choses : soit ces parchemins ne sont pas encore utilisés, soit personne ne les possède à ce jour.

Caméléon se tourna vers elle.

— Où sont-ils, selon toi ?

Elle ne répondit rien, restant encore quelques instants à regarder le trafic sur le canal. Puis tous deux reprirent leur marche et passèrent de l'autre côté d'un pont conduisant à un quartier populaire de la ville. Les ruelles étroites, bondées et bruyantes, étaient encombrées d'étals de marchands croulant sous les agrumes, les pastèques, les pois et fèves et, lorsque la place manquait, les canaux eux-mêmes regorgeaient de barques, pleines à ras bord de denrées qui passaient de main en main. Une marchande ambulante les accosta et leur proposa une tranche de potiron grillé qu'ils refusèrent poliment. Les cris des martinets résonnaient le long des canaux et des murs, se mêlant aux appels des bonimenteurs et aux conversations animées de la foule. Un peu plus loin, ils doublèrent une longue file d'éclopés et de patients attendant leur tour devant un dispensaire. Rowena s'arrêta net : une feuille en forme de cœur avait été sculptée dans la pierre, au-dessus de l'entrée.

— Regarde ce motif ! dit-elle. Il y avait le même dans le monastère de la secte !

Sans attendre, elle entra dans le local. Un médecin se tenait derrière un comptoir couvert de fioles à urines et de bocaux. Il examinait les dents d'un client, apparemment atteint d'un abcès dentaire.

— Excusez-moi de vous importuner, dit-elle, j'ai remarqué, en passant devant votre dispensaire, une feuille gravée sur le mur. Ce n'est pas une sculpture traditionnelle vénitienne.

Sans cesser de considérer la bouche de son patient, le médecin répondit :

— Cette feuille est le symbole de notre communauté.

— Quelle communauté ?

— Une organisation constituée de médecins, de professeurs et de toute personne de bonne volonté voulant faire reculer la misère et l'ignorance.

— Pourquoi cette feuille en particulier ?

Il haussa les épaules.

— Notre organisation a été fondée il y a fort longtemps

par deux moines, originaires des Pyrénées. Surtout, ne me demandez pas pourquoi ils ont choisi ce symbole, je n'en ai pas la moindre idée.

Rowena eut du mal à cacher sa surprise.

— Votre communauté a été fondée par des moines pyrénéens ?

— Absolument, mais la misère n'a pas de frontières. Aussi, notre organisation est à présent cosmopolite.

— Voulez-vous dire qu'il existe des dispensaires identiques à celui-là dans toute la chrétienté ?

Le médecin se saisit d'une pince.

— Pas encore, hélas. Pour l'instant, nous ne sommes implantés qu'ici et dans la péninsule Ibérique, mais notre principal bienfaiteur a promis que, bientôt, tous les peuples d'Occident bénéficieraient de ses largesses.

— Votre bienfaiteur me semble un homme très riche et très généreux.

Il s'interrompit dans son travail, observant Rowena pour la première fois.

— Le comte Anafesto est tout cela à la fois en effet, ma dame.

— Le comte Anafesto ? s'enquit-elle, ébahie.

— C'est son nom, en effet, et il dirige notre organisation.

— Pour être aussi largement répandue, celle-ci doit être assez ancienne.

Le médecin demanda à son patient d'ouvrir la bouche et y introduisit la pince.

— Dans trois jours exactement, elle aura cinquante ans. À l'occasion de l'anniversaire de sa création, le comte Anafesto ne manque jamais d'organiser une fête. Il l'a nommée le *Bal de la Pierre*, un bal masqué somptueux donné dans son palais vénitien.

— Le *Bal de la Pierre*… Dois-je comprendre que le

comte Anafesto a fait fortune dans le commerce des pierres précieuses ?

Un hurlement retentit. Le médecin exhiba fièrement le chicot qu'il venait d'extraire.

— Dans celui-là et dans d'autres, pour notre plus grand bien. Maintenant, veuillez m'excuser, j'ai des patients à soigner.

La file d'attente commençait effectivement à s'impatienter.

— Merci pour tous ces renseignements, fit Rowena en se dirigeant vers la sortie. Nous vous souhaitons une agréable journée.

En ressortant du dispensaire, elle se tourna vers Caméléon et ajouta :

— Le vénérable maître s'est bien moqué de nous ! Voilà cinquante ans de cela deux moines de sa secte ont mis sur pied une importante organisation implantée dans tout le Sud de l'Europe et il n'en saurait rien ?

— Si cette secte est si riche, renchérit Caméléon, cela explique que le sanctuaire pyrénéen soit parfaitement entretenu, en dépit de l'apparente absence d'adeptes.

— Ce comte vénitien ayant fait fortune dans le commerce de la pierre précieuse et de l'or semble être le nouveau et véritable dirigeant de la secte. Il y a quelque chose d'illogique, dans tout ça : Anafesto organise chaque année un bal somptueux en plein cœur de Venise et, dans le même temps, il semble dissimuler une part de ses activités.

— Il ouvre tout de même des dispensaires un peu partout.

Rowena secoua la tête, pas convaincue.

— Une simple vitrine pour tromper son monde, à mon sens. Autre coïncidence troublante : deux membres de cette même secte, en possession des plans des armes secrètes, ont été martyrisés voilà cinquante ans précisément, ce qui correspond à l'âge exact de la nouvelle communauté.

— C'est à n'y rien comprendre ! Les documents des deux frères brûlés sur le bûcher ont été confisqués par les soldats du Temple. Tu les as vus comme moi quand on les a volés !

— Les deux frères sont-ils vraiment morts sur le bûcher ? Ou alors, deux autres membres ont peut-être repris le flambeau avec un double des documents ?

— Cela n'a pas de sens ! Si c'était le cas, depuis tout ce temps, ces nouvelles armes auraient vu le jour. En outre, Anafesto fait commerce des pierres précieuses, pas des armes.

Tous deux repassèrent un pont, laissant derrière eux le quartier populaire. Rowena se tourna vers Caméléon.

— Le comte Anafesto veut étendre la communauté, déclara-t-elle. Pour cela il faut beaucoup d'argent.

— C'est certain. Je ne sais pas ce qui se trame exactement, mais une chose est sûre : ce *Bal de la Pierre* risque de nous en apprendre davantage sur cet Anafesto et notre enquête.

Elle sourit, sachant où son ami voulait en venir.

— Je parie que tu as déjà une idée pour ton déguisement, dit-elle.

— Peut-être, fit-il en prenant un air mystérieux. En tout cas, je ne te le dirai pas.

— Comme tu voudras. Dans ce cas, tu ne connaîtras pas non plus le mien.

* * *

La nuit venait de tomber sur Venise et le médecin, éreinté, fermait son échoppe. Le dispensaire n'avait pas désempli de la journée. La misère avait encore de beaux jours devant elle, pensait le praticien en rangeant ses instruments de travail, scalpels et pinces, dans leurs boîtes. À cet instant, il entendit le vol de l'oiseau derrière lui. Surpris, il se retourna vivement et vit le fauconnier borgne dans l'encadrement de la porte, son rapace perché sur l'épaule.

— Deux personnes sont venues vous trouver ce matin, demanda-t-il sans autre forme de politesse, une jeune femme brune aux yeux bleus, accompagnée d'un homme. Que voulaient-ils savoir ?

— Ils souhaitaient connaître la signification de la feuille gravée sur le mur.

Il y eut un bref silence.

— Et qu'avez-vous répondu ?

— Tout ce que je savais sur l'histoire de la communauté, c'est-à-dire rien.

— Avez-vous évoqué le comte Anafesto ?

— Évidemment ! s'écria-t-il, effaré. Et aussi le *Bal de la Pierre* ! Ai-je mal agi ?

La réponse du fauconnier tenait lieu de sentence. Cela, il le savait parfaitement.

— À vrai dire, vous avez même agi exactement comme il le fallait.

Le médecin s'épongea le front trempé de sueur. Quand il reporta son regard vers l'entrée, le fauconnier et son oiseau s'étaient déjà envolés dans la nuit.

* * *

Lorsque Rowena entra dans le palais du comte Anafesto, elle resta quelques instants émerveillée par la splendeur des lieux. Construit sur un îlot au centre même de la ville, sa forme rectangulaire entourait une immense cour intérieure, véritable oasis avec fontaines et ruisseaux d'eau claire. La règle du *Bal de la Pierre* voulant que l'anonymat y fût respecté, chaque invité était tenu de porter un masque ou un loup qui cachait ses traits. Citer son nom ou celui d'une personne que l'on croyait avoir reconnue était totalement inconvenant, même si bon nombre d'opérations commerciales ou diplomatiques se négociaient ce jour-là, toujours sous le couvert de cet anonymat de façade.

Caméléon avait décidé de la rejoindre un peu plus tard, le temps pour lui de se changer et de lui faire la surprise de son déguisement. Cependant, elle n'eut pas à attendre longtemps. À peine avait-elle fait quelques pas dans la cour du palais qu'il s'approchait d'elle, travesti.

— Caméléon, ne penses-tu pas y être allé un peu fort, cette fois-ci ?

Il avait fabriqué pour l'occasion une tunique en lin brun, identique à celle portée par les membres de la secte pacifiste, ajoutant au passage une énorme feuille verte en forme de cœur sur le devant de sa robe.

— Il sera important d'observer les réactions des personnes que nous croiserons, lâcha-t-il, fier de lui. Peut-être que je détecterai quelque chose d'inhabituel.

— Peut-être, mais ta tenue est quand même assez provocante.

— À propos de tenue provocante, tu es mal placée pour me donner des leçons !

Rowena avait en effet revêtu une robe de danseuse orientale transparente, dans des tons jaune clair, qui ne cachait absolument rien de son corps. Autour de sa taille, une ceinture en argent, ornée de multiples breloques en métal, tintinnabula joliment lorsqu'elle se déhancha d'un mouvement lascif du bassin.

— Je ne suis pas certaine que toutes les femmes apprécieront mon déguisement, mais, ainsi vêtue, peut-être pourrai-je dénicher le comte Anafesto…

De derrière son masque vert et or, Caméléon l'inspecta des pieds à la tête et afficha une moue songeuse, pas franchement convaincu par son argumentation. Elle nota toutefois avec plaisir que son regard s'était attardé sur ses charmes à peine voilés.

— Ma robe te fait de l'effet, on dirait !

— Difficile de prétendre le contraire, elle te va à merveille. Cela dit, tu n'as pas besoin de ça pour être la plus belle de ce bal.

De derrière son loup, elle le dévisagea d'un air surpris, bouche bée.

— Merci du compliment !

— Tout le plaisir est pour moi.

Les éclairages du jardin astucieusement disposés créaient des alcôves de lumière rouge, bleue ou orange permettant aux invités de s'isoler en petits groupes. Cette intimité avait pour but de faciliter les conversations d'ordre professionnel ainsi que les plus légères. Des encensoirs avaient été disposés un peu partout. La fragrance qu'ils dégageaient se mêlait à celle, plus suave, des parfums des belles galantes et de ceux des damoiseaux travestis. Des serviteurs en livrée passaient entre les différents groupes d'invités, proposant à l'envi des rafraîchissements ou des mets raffinés.

Les deux agents anglais se fondirent dans la foule des convives, au moins quatre ou cinq cents personnes richement déguisées. Ils croisèrent, entre autres, des félins au pelage soyeux, un renard des neiges drapé de velours blanc, un dieu soleil égyptien enveloppé dans un tissu de fils d'or, ainsi que bon nombre d'animaux mythologiques et de personnages légendaires. Bien entendu, la recherche exacerbée de la plus exotique des parures était la règle. Rowena remarqua ainsi que les hommes à la peau la plus mate avaient tendance à se déguiser en guerriers nordiques, tandis que des femmes rousses au teint laiteux s'étaient parées comme des courtisanes andalouses.

Ces contrastes étaient plus ou moins heureux. Elle réalisa rapidement qu'il n'était pas difficile de deviner le statut social et le rang de chacun, selon la réussite de son déguisement et la prestance qu'il dégageait lorsqu'il déambulait avec. Certains étalaient leur fortune dans des parures et des masques d'une inestimable valeur, et se comportaient par ailleurs de la façon la plus grossière qui fût, parlant bruyamment ou buvant leur coupe de vin sans aucune retenue. Sans doute des marchands aisés, pensa-t-elle, fiers d'étaler leurs richesses aux yeux de tous. Inversement, elle observa également des personnes de qualité, éduquées certainement dès le berceau à agir avec mesure et distinction. Celles-là étaient souvent parées de déguisements plus sobres, mais lorsqu'elles cheminaient ou conversaient, elles dégageaient une élégance rare. Cependant, bon nombre des invités masculins, rustauds ou raffinés, ne manquèrent pas d'adresser des regards appuyés à Rowena, ce qui eut l'air de beaucoup agacer Caméléon.

— Je vais finir par être jaloux, déclara-t-il en réajustant son masque.

Elle songea que cette remarque n'était pas pour lui déplaire.

— Et ce n'est pas près de s'arranger car je te propose de nous séparer, lui dit-elle. Le comte Anafesto n'a jamais pu être identifié depuis qu'il organise cette fête. Peut-être aurons-nous plus de chance chacun de notre côté…

* * *

Safir s'était déguisé pour l'occasion en Hugues le Loup, neveu de Guillaume le Conquérant. Il arborait fièrement sur sa tunique les armoiries animales de ce célèbre chevalier normand ayant participé à la conquête de l'Angleterre et déambulait parmi les convives avec Lhatifah, elle-même habillée en dame de la cour de France.

— As-tu des visions ? lui demanda-t-il en saluant un des invités masqués qui croisait son chemin.

— Rien, répondit-elle. Il y a ici ce soir trop de faux-semblants. Cela perturbe mes prémonitions.

— C'est normal. On négocie en ces lieux des matières précieuses et des armes, tout en espionnant son voisin par la même occasion. Et le comte Anafesto ?

La voyante fit la moue pour lui signifier sa déception.

— Aucune trace, aucune image.

Safir s'empara d'une coupe de jus de fruits posée sur un plateau et la lui offrit.

— Bah ! fit-il. Quelqu'un finira bien par le démasquer un jour ou l'autre !

Ils s'étaient maintenant fondus au milieu des déguisements hétéroclites. Des mamelouks conversaient avec une Vénus presque aussi peu vêtue que lorsqu'elle était sortie de l'eau. Plus loin, deux Walkyries au teint mat minaudaient aux côtés d'Anubis et du roi Arthur. Le regard du diplomate se posa alors sur une ravissante danseuse orientale masquée d'un simple loup. Elle cheminait seule, malgré la foule se pressant dans ces lieux. Sa longue chevelure de jais contrastait agréablement avec le jaune clair de sa robe de gaze légère. Safir s'arrêta net.

— Lhatifah, il semblerait que désormais les fleurs vénéneuses s'épanouissent à la brune.

— Méfie-toi ! Les papillons de nuit se brûlent à trop vouloir s'approcher de ce qui brille !

De guerre lasse, elle laissa Safir se diriger vers la jeune femme à la transparente robe orientale. Une splendide danseuse assurément. Elle ne ferait qu'une bouchée de ce pauvre chevalier. Au même instant, une image se forma dans son esprit : un rapace se débattait avec une noble dame. L'effroi la saisit ; Lhatifah était incapable de savoir s'il s'agissait d'elle-même ou d'une autre. La voyante se demanda avec inquiétude si elle ne souffrait pas à présent d'une nouvelle forme de cécité.

*

En jouant des coudes, le chevalier se fraya un chemin parmi la foule bruyante et animée. La jeune danseuse s'était à présent fondue parmi des dizaines de convives masqués et Safir eut toutes les peines du monde à la retrouver. Les invités s'interpellaient en coupant son chemin ou restaient à discuter par petits groupes de trois ou quatre, lui barrant sans cesse le passage. Il bouscula un serviteur, manquant de renverser son précieux plateau sur lequel étaient posés des verres remplis d'alcools. Après avoir esquivé de multiples masques et déguisements de tous ordres, il parvint enfin à la rattraper. Elle marchait, toujours solitaire, comme perdue au milieu de cette fébrile agitation. Lorsqu'il fut enfin parvenu à ses côtés, il exécuta une révérence.

— La civilisation orientale est assurément la plus raffinée et la plus surprenante de toutes, commença-t-il par dire.

À travers son petit masque en forme de loup, la jeune femme le considéra avec attention.

— Et pourquoi donc, selon vous ? s'enquit-elle, amusée.

— Nulle part ailleurs dans ce palais je n'ai croisé autant de grâce et de beauté.

Le masque de la danseuse remua légèrement et Safir put deviner une trace d'amusement dans la splendeur océane de ses prunelles, une lueur facétieuse qu'il n'avait jamais notée chez elle jusqu'alors. Encore une facette de sa complexe personnalité, sans doute…

— Les chevaliers normands seraient-ils donc aussi courtois et galants que nos plus fins diplomates ? rétorqua-t-elle.

— Je suis flatté, mais ils font pâle figure à côté des merveilles mauresques.

La jeune femme partit d'un rire clair.

— Arrêtez, vous allez me faire rougir !

Safir inclina la tête.

— Que fait une aussi ingénue damoiselle, seule, au milieu de tant de prédateurs ?

Elle se fendit d'une mimique faussement apeurée.

— Le célèbre Hugues le Loup aurait-il l'intention de ravir une danseuse orientale ?

— En enlevant une aussi érudite jeune femme, j'aurais trop de crainte d'y perdre moi-même mon latin.

À ces mots, le nez de la belle frémit imperceptiblement. Safir songea à César et Marc Antoine, comprenant enfin pourquoi de si grands hommes avaient pu succomber avec tant de facilité au charme de Cléopâtre.

— Vous évoquiez tout à l'heure des prédateurs, serais-je en danger ?

Safir s'accorda un temps de réflexion, qu'il mit à profit pour vider sa coupe.

— Pas en ma compagnie en tout cas, je puis vous l'assurer. Disons que, lorsque je vous ai aperçue, vous sembliez un peu perdue. Contrairement, par exemple, voyez-vous…

Il dirigea discrètement son menton en direction d'une magnifique gitane située à quelques groupes d'invités de là.

— … à cette charmante bohémienne.

La danseuse considéra brièvement la Tzigane. Un masque verni noir cachait la totalité de son visage. Ses cheveux couleur aile de corbeau étaient si sombres qu'ils émettaient des reflets bleutés à la lueur des chandelles. Noué autour de sa taille, un foulard rouge paré de pièces d'or et d'argent contrastait élégamment avec sa robe jaune orangé.

— La diseuse de bonne aventure devisant avec le guerrier maure ? questionna-t-elle en reportant son regard vers Safir.

— Précisément. Une jeune femme qui vous ressemble fort, selon toute apparence. Pourtant, il ne fait aucun doute que cette personne sait parfaitement où elle va, et ce qu'elle veut.

La danseuse comprima légèrement la ligne de ses lèvres avant d'observer Safir avec attention.

— Auriez-vous don de prescience, noble guerrier ?

Il sourit à sa remarque.

— Seulement l'expérience de ces soirées. Faisons quelques pas, voulez-vous ?

Ils cheminèrent tous deux quelques instants parmi les groupes d'invités. Nombreux étaient ceux qui se retournaient sur leur passage, reconnaissant le diplomate ou, plus simplement, intrigués par les formes offertes de la danseuse. Safir n'était pas mécontent d'attirer ainsi l'attention et, en même temps, il aurait aimé voir tous les invités s'en aller pour rester seul en tête à tête avec cette jeune femme.

— Il semblerait que vous ayez fréquenté beaucoup de *Bals de la Pierre*, déclara-t-elle en déambulant parmi les déguisements. Toujours est-il que cette fête est vraiment somptueuse.

— À la hauteur de la réputation de notre hôte.

Ce petit jeu des non-dits, propre au *Bal de la Pierre*,

amusait énormément Safir. Cependant, il eut l'étrange impression que la danseuse affichait un comportement différent, par rapport à la fois où elle était venue le rencontrer dans son palais. Elle semblait moins « femme fatale », plus semblable encore à celle qui hantait toujours ses souvenirs. Lors de leur première rencontre, Isabeau avait été provocante à l'excès. À présent, elle dévoilait l'intégralité de son corps sous la gaze transparente et pourtant, elle n'avait jamais semblé aussi innocente. Ce paradoxe le troubla. Par expérience, il savait que, derrière un déguisement, les jeux de séduction entre hommes et femmes se modifiaient radicalement. Aussi attribua-t-il cette dérangeante sensation au fait d'être travestis, mais également à la personnalité si changeante d'Isabeau. Il prit une coupe de vin sur un plateau que lui présentait un serviteur et l'offrit à son interlocutrice.

— Le comte Anafesto est immensément riche, n'est-ce pas ? demanda-t-elle en trempant ses lèvres dans la coupe. Il semblerait qu'il ait fait fortune dans le commerce des pierres précieuses et qu'il sache en faire profiter les petites gens, pas seulement les invités rassemblés ici ce soir. En outre, ce comte doit avoir un sacré sens de l'humour, à moins que ce ne soit celui de la provocation : Anafesto était bien le nom du premier doge de Venise, si je ne m'abuse ?

Safir s'arrêta et arqua un sourcil, avant de se rappeler que sous des apparences légères, il conversait en réalité avec une espionne aguerrie, toujours en quête de renseignements.

— Ingénue, érudite et informée, constata-t-il avec surprise. La fortune d'Anafesto est effectivement liée au commerce des métaux précieux. Quant à savoir s'il se prend pour le doge lui-même, il faudrait pouvoir le lui demander directement.

— Ce sera difficile, apparemment. Car ce fameux comte semble aussi discret qu'altruiste.

— Certes oui ! N'espérez pas le démasquer au cours de cette soirée !

À cet instant, un groupe de musiciens déambula parmi les invités en jouant une farandole sur des luths, des vièles et des gigues. Du coin de l'œil, la danseuse riva son regard sur un beau moine brun à la robe ornée d'une étrange feuille verte, dansant avec enthousiasme sur l'air entraînant. Elle l'observait de cette façon si particulière, propre aux jeunes gens amoureux, qu'à cette seule idée le cœur de Safir se serra. Peut-être même ignorait-elle encore la nature exacte de ses sentiments pour ce jeune homme, mais l'intensité de son regard ne laissait place à aucun doute. Tôt ou tard, songea Safir, ce garçon serait sien.

— Qui sait ? lança-t-elle d'un air pensif.

Elle considérait à présent, non sans une pointe de jalousie, les deux damoiselles qui donnaient la main au garçon dans la farandole. Son cœur battait bien pour ce ténébreux jeune homme aux longs cheveux noirs, se dit de nouveau Safir, et le regard envieux qu'elle jetait aux deux femmes qui l'encadraient n'en fut que la douloureuse confirmation. Il se remémora avec nostalgie la fraîcheur des transports amoureux à cet âge de la vie. Las, s'empressa-t-il de se rappeler, cette spontanéité s'affadissait trop vite. L'on pouvait aimer à vingt ans comme à quarante ou à quatre-vingts, mais Safir savait aussi qu'on ne pourrait jamais plus ressentir cette saveur unique, si particulière aux premières amours.

— Noble guerrier, ajouta enfin la danseuse, tout sourire, j'ai été ravie de deviser avec vous. Cependant, je crois avoir retrouvé mon chemin.

Ou celui que je pense aimer, aurait-elle pu dire également, *et que les deux jeunes femmes qui le tiennent dans leur main risquent de me ravir.*

Combien Safir n'aurait-il pas donné pour être à la place de ce moine, ne fût-ce qu'un fugace instant !

— N'hésitez pas à faire appel à moi si vous avez encore besoin d'un guide ! s'écria-t-il vainement, alors que la danseuse se glissait déjà dans la farandole, se saisissant promptement de la main du jeune homme à la robe de lin.

Sa ceinture en métal se mit à tintinnabuler à la manière d'un tambourin, rythmant la mélodie joyeuse des musiciens. Il la regardait s'éloigner, mélancolique, elle et la chaîne des danseurs, lorsque Lhatifah le rejoignit.

— La France sait nous réserver des surprises… commenta-t-elle.

Safir soupira de dépit.

— La jeunesse est bien éphémère, hélas ! Je viens d'en faire la douloureuse expérience.

— Voilà ce qu'il en coûte de ne pas tenir compte de mes mises en garde !

— La tentation était trop grande, que veux tu. Tes perceptions te sont-elles revenues ? As-tu eu des visions intéressantes ?

Un petit sourire se dessina au coin des lèvres de Lhatifah.

— Un fauconnier, annonça-t-elle triomphalement, plus vrai que nature !

* * *

Caméléon dansait gaiement, la main droite glissée dans celle d'une jeune sirène étroitement engoncée dans une robe bustier argentée de mille écailles brillantes, et la gauche serrant celle d'une fée Mélusine aux yeux de chat, lorsque Rowena s'approcha de lui d'un pas décidé. Elle saisit sa main gauche et s'inséra dans la farandole, sans demander l'autorisation de Mélusine, contrainte et forcée de lui céder sa place aux côtés de Caméléon.

— Je vois que tu as trouvé un moyen efficace de survoler rapidement l'ensemble des invités, lança-t-elle à son ami, en dansant au rythme des musiciens.

— Il s'agit d'un bal, je te rappelle, glissa-t-il à son oreille, goguenard, et tu connais ma passion pour la danse.

— Avec des sirènes et des fées, lui fit-elle remarquer, acerbe.

— La fée s'est transformée en danseuse exotique, me semble-t-il.

— Ne te plains pas, tu as gagné au change !

D'un noir regard oblique, Mélusine signifia à Rowena combien elle était offusquée par tant d'effronterie. Si cette fée s'était dotée d'une baguette magique plutôt que d'un décolleté à l'échancrure vertigineuse, Mélusine l'aurait séance tenante transformée en grenouille.

— As-tu fait sortir le loup du bois ? demanda Caméléon, évitant, au passage, de bousculer une lady Godiva en plein badinage avec un satyre.

— Tu ne crois pas si bien dire ! Et toi ?

— Mon déguisement a produit son petit effet.

— Qu'as-tu vu ? demanda-t-elle, subitement intéressée.

Ce disant, elle ralentit la cadence. Dans le même temps, Caméléon fut brusquement entraîné plus avant par la jeune sirène le précédant, mécontente, sans doute, parce qu'il ne suivait pas le rythme imprimé par les meneurs.

— J'ai croisé d'intéressants personnages, dit-il en obtempérant, obligeant par là même Rowena à accélérer le pas.

— Comme ?

Caméléon lâcha la main de la charmante créature aquatique et entraîna Rowena à l'écart de la farandole. La sirène lui adressa un long regard empli de déception, avant de donner la main à un Minotaure aux cornes imposantes qui reforma aussitôt la chaîne des danseurs. Les deux agents firent quelques pas, essoufflés. Peu à peu, la mélodie s'estompa et la queue du long serpent exotique s'évanouit parmi les invités. Dès qu'ils se furent éloignés des oreilles indiscrètes, Caméléon répondit à mi-voix :

— J'ai remarqué plus particulièrement des convives déguisés en guerriers maures. Ils traînaient en compagnie d'une bohémienne.

— Je les ai repérés moi aussi. Des templiers ?

— Plutôt des hommes du roi de France, je dirais. Au moins trois ou quatre.

— Et le comte Anafesto ? Rien qui ait retenu ton attention ?

— Absolument rien ! J'ai eu beau tendre l'oreille, aucune conversation ne m'a mis sur une piste !

— As-tu pu entrer dans le palais ?

— Non ! Mais j'ai noté que plusieurs laquais, des gardes à mon avis, patrouillaient devant cette partie du bâtiment.

Il lui désigna discrètement l'angle du palais devant lequel ils se trouvaient. Deux gardiens masqués se tenaient devant une porte, observant attentivement les faits et gestes des invités.

— Anafesto a peut-être autre chose à cacher que son vrai visage. Caméléon, tu sais ce qu'il te reste à faire !

Il disparut derrière un paravent en bois ajouré et en ressortit, quelques instants plus tard, déguisé en guerrier perse.

— Personne ne fera le rapprochement avec mon déguisement précédent, fit-il, satisfait de lui.

— Je vais distraire la vigilance des gardiens. Tiens-toi prêt à entrer !

Rowena se dirigea vers les deux laquais, d'une démarche chaloupée. Ils ne restèrent pas insensibles à ses charmes, ne pouvant s'empêcher de l'observer du coin de l'œil. Instantanément, leur surveillance se relâcha et son ami put ainsi se rapprocher de la porte. Lorsqu'elle les accosta, ils n'avaient d'yeux que pour elle. Caméléon, lui, était entré dans le bâtiment.

Elle cherchait déjà un moyen d'abréger au plus vite la conversation et de le rejoindre, lorsqu'elle entendit un bruit d'eau derrière elle, suivi de cris affolés. Elle se retourna et découvrit qu'un groupe d'invités était tombé dans un bassin. Certains ne savaient pas nager et appelaient à l'aide. Aussitôt, les deux gardiens l'abandonnèrent pour leur porter secours. *Caméléon a dû user d'un de ses tours dont il a le secret*, se dit-elle, profitant de la diversion pour pénétrer dans le bâtiment à sa suite. Elle fit quelques pas dans un long couloir, plongé dans la pénombre. De là où elle se trouvait, les bruits de la soirée parvenaient étouffés jusqu'à ses oreilles.

— Alors, lança fièrement Caméléon lorsqu'elle le rejoignit, on dirait que je t'ai évité le coup de l'évanouissement dans les gros bras des mâles musclés ?

Elle lui donna une bourrade sur l'épaule.

— Espèce de vieux jaloux ! Je m'en serais sortie toute seule !

— Quelle ingratitude…

— Je te remercie ! Voilà, tu es content ?

— Finalement, dit-il, ça n'a pas été trop difficile d'entrer.

À ces mots, le doute s'empara soudain de Rowena.

— Ne trouves-tu pas anormal, justement, que nous ayons pu pénétrer aussi facilement dans ce palais ?

— Nous avons fait une bonne diversion, voilà tout, fit-il d'un air satisfait.

— Tout cela est trop gros ! lâcha-t-elle, à présent franchement suspicieuse. À croire que quelqu'un souhaitait nous faire venir ici.

Caméléon ne semblait pas partager son inquiétude.

— Regarde un peu ce que j'ai trouvé !

Il lui indiqua du doigt une pièce faiblement éclairée par les lumières de la fête, à quelques pas de là. Un paysage connu était peint sur le mur.

— Le cirque des Pyrénées !

— Et le monastère de la secte...

— Allons voir ça de plus près !

Elle entra et s'approcha de la fresque, intriguée.

— Le mur n'est pas lisse. Il cache un mécanisme d'ouverture !

— Vous êtes vraiment très perspicace, lady Rowena de Windermere ! Peu de gens l'auraient remarqué !

Elle se retourna en sursautant. La personne qui venait de lui adresser la parole était assise sur un siège en bois à l'autre extrémité du bureau. Elle reconnut immédiatement le borgne attablé près du feu dans la taverne du port anglais. Immobile, un rapace était perché sur son épaule. Elle observa Caméléon du coin de l'œil. L'individu poursuivit :

— Ne tentez pas quelque chose de stupide, vous ou votre ami !

— Devrions-nous avoir peur de vous ?

— Disons que je ne suis pas homme à me laisser surprendre par quelques éclaboussures...

— Qu'attendez-vous de nous ?

D'un bref signe du menton, il désigna deux sièges.

— Avant de vous le dire, je vous prie de vous asseoir. Vous serez plus à l'aise pour écouter l'histoire que j'ai à vous narrer.

— L'histoire de deux frères et d'une feuille étrange en forme de cœur ?

— Plus précisément, l'histoire de la *Guilde pérégrine*.

Rowena resta songeuse. *Pérégrine* signifiait « pèlerine » ou « nomade ». Habituellement, les guildes étaient des associations de marchands ou d'artisans au sein d'une ville. Une guilde pérégrine signifiait qu'elle avait essaimé partout, comme le lui avait d'ailleurs révélé le médecin dans le dispensaire vénitien. Finalement, songea-t-elle, non sans une pointe de fierté, elle ne s'était pas trompée lorsqu'elle avait envisagé l'hypothèse d'une dispersion des adeptes depuis le premier sanctuaire pyrénéen. Tentant de retrouver un peu d'assurance, elle ironisa :

— Et le narrateur de cette histoire se trouve être le comte Anafesto, je présume ?

Il ne put réfréner un petit sourire narquois.

— Jeune femme, faites preuve d'un peu de patience ! Vous voudriez connaître le dénouement avant même que je ne commence !

Elle haussa les épaules en souriant.

— Il faut croire que je suis d'un naturel impatient…

— Je suis désolé de vous décevoir, lady Rowena…

Le fauconnier se cala dans son fauteuil. Son oiseau resta impassible, observant attentivement les intrus de ses yeux ronds.

— … il vous faudra attendre la fin de mon récit.

— Pour une fois, je tâcherai d'être patiente !

Elle avait maintenant hâte de savoir comment une petite communauté hérétique, vivant isolée dans une vallée reculée des Pyrénées, avait pu créer des dispensaires dans plusieurs pays avec une telle discrétion. Nul doute que le fauconnier n'allait pas tarder à le lui expliquer :

— L'histoire de la *Guilde pérégrine* commence en 1143, dans une commanderie templière que vous connaissez déjà, il me semble…

Pince-sans-rire et flegmatique. Rowena se demanda un instant s'il n'était pas anglais…

— Je vais tenter de vous la rapporter de la plus fidèle des manières, poursuivit-il, en commençant par l'entretien entre le commandeur Adalbert et les deux frères.

Comment cet homme, âgé de cinquante-cinq ans au maximum, pouvait-il connaître en détail une histoire vieille de cinquante ans ? Elle ne put s'empêcher de le lui demander.

— Qui vous l'a contée ?

Il soupira longuement.

— Vous vous doutez bien que je n'ai pas le droit de vous le révéler. Aussi, écouterez-vous sagement sans trop poser de questions, même si je sais que cela vous démange terriblement.

Elle ne répondit rien et s'assit sur un tabouret. Après tout, cet homme lui offrait la solution à une énigme qui n'avait cessé de la tarauder depuis l'affaire de la commanderie.

— Je vous écoute…

Le rapace la regarda fixement. Son maître se racla la gorge, rassembla ses pensées quelques instants, puis commença son récit…

Chapitre 4

La Guilde pérégrine

… Lorsque Guilhem et Amaury furent conduits dans le bureau du commandeur templier, encadrés de deux soldats en armes, leurs chausses gardaient encore la trace visible et malodorante de leur séjour dans les marais voisins. L'homme qui les reçut était assis derrière son bureau. Il les observa longuement, mais son regard n'était empreint d'aucune animosité particulière, contrairement à celui du frère templier qui les avait arrêtés.

— Messieurs, je suis le commandeur Adalbert. Mon sergent vous accuse d'hérésie et les villageois pensent que vous êtes responsables de l'épidémie de choléra qui les frappe. Qu'avez-vous à dire pour votre défense ?

Guilhem prit la parole et lui raconta tout ce qu'il devait savoir sur leur doctrine, leurs coutumes ainsi que leur voyage initiatique. Il n'omit aucun détail, hormis une certaine rencontre dans les marais.

— Voilà ! conclut-il enfin, vous connaissez toute l'histoire. Nous accepterons votre jugement même si la mort est au bout.

Adalbert observa attentivement les deux frères.

— Messieurs, Dieu seul dispose de notre vie ! Personne sur cette terre n'a le droit de tuer son semblable pour quelque raison que ce soit, aussi bonne soit-elle. Les accusations d'hérésie sont un prétexte facile pour faire disparaître les gêneurs portant ombrage aux pouvoirs en place. Hier, les juifs, aujourd'hui, les sectes hérétiques, demain peut-être, les templiers… Mon sergent est un fanatique doublé d'un ambitieux. Malheureusement, votre mort sert actuellement ses intérêts, et je ne puis m'opposer ouvertement à sa volonté.

L'espoir qui avait pu naître chez les deux frères s'éteignit brutalement.

— Voulez-vous dire que vous allez nous condamner à mort, et ce, malgré vos convictions ? demanda Amaury.

Il y eut un silence pesant.

— Ce que je veux vous faire comprendre, c'est que même votre conversion ne vous sauvera pas du bûcher. Mon sergent vous accusera d'espionnage, ou trouvera un autre prétexte pour vous faire disparaître, afin d'entrer ainsi dans les bonnes grâces des hommes du roi. Aussi, deux hérétiques brûleront ce soir…

Tout espoir s'était envolé. Amaury s'effondra dans les bras de son frère.

— Le sergent veut un spectacle, déclara le commandeur, il l'aura. Je m'occuperai de la mise en scène.

Abasourdis, les deux frères se retournèrent vivement et observèrent leur juge.

— Je ne comprends pas, se permit Amaury.

Adalbert réprima un sourire.

— C'est très simple : deux frères templiers sont morts

hier du choléra. Ils ont à peu de chose près votre corpulence. J'ai des personnes de confiance dans cette commanderie. Elles revêtiront les cadavres de vos habits et, après les avoir cagoulés, les monteront sur le bûcher. Le sergent n'y verra que du feu, si je puis m'exprimer ainsi.

L'homme semblait satisfait de son bon mot, mais Amaury ne partageait pas son enthousiasme.

— Dans ce cas, que deviendrons-nous ?

— Vous resterez dans mes appartements, le temps que cette affaire soit oubliée.

Les deux frères échangèrent un regard interrogateur, puis Guilhem se tourna vers Adalbert.

— Merci, commandeur, pour tout ce que vous faites ! s'écria-t-il, fou de joie.

Ce dernier leva la main.

— Ne me remerciez pas. Vous aurez ainsi tout loisir pour faire un double de vos carnets de voyage. Pour que mon sergent croie vraiment que vous avez brûlé, vous laisserez les originaux dans nos archives, mais il serait dommage que vous ne puissiez profiter de vos notes !

— Comment pouvons-nous vous exprimer notre gratitude ? demanda Guilhem.

— Mettez en pratique le projet de votre frère : ne retournez pas chez vous. Parcourez le monde et tentez de soulager sa misère. Instruisez les populations en créant des écoles, faites reculer l'ignorance. Certes, le royaume de France n'est pas actuellement hospitalier pour des étrangers, mais le monde est vaste et vous ne manquerez pas de labeur. Maintenant, donnez-moi vos habits !

Tout en se déshabillant, Amaury glissa à l'oreille de son frère :

— Qu'en penses-tu ?

Guilhem l'observa gravement.

— Petit frère, le commandeur a raison. Parcourons le monde et concrétisons ton projet.

Le visage d'Amaury s'éclaira.

— Et pour les parchemins du savant, qu'en ferons-nous ?

— Nous irons à Venise lui remettre les copies.

— Et si nous ne le trouvons pas, ou s'il est mort ?

À présent nu comme un ver, Guilhem fixa Amaury, résolu.

— S'il doit en être ainsi, nous les garderons cachés. Je les ai feuilletés rapidement avant que la patrouille ne les saisisse. Je crois avoir compris ce qu'ils renferment. Qui sait ? Peut-être qu'un jour ils pourront être dévoilés et utilisés sans qu'ils ne suscitent ni convoitise ni trahison…

* * *

Safir se disait qu'il passait une soirée insolite. Certes, il alternait sans cesse conversations d'affaires et banalités mondaines, mais les propos alarmistes de Lhatifah n'étaient pas pour le rassurer.

— As-tu vraiment vu ce fauconnier dans cette foule ? insista-t-il auprès d'elle.

— Non ! Mais il n'est pas bien loin. Ça, j'en suis certaine !

— Pour le compte de qui travaille-t-il, selon toi ?

Elle dodelina évasivement de la tête.

— Ce vol à la commanderie templière a donné un coup de pied à la fourmilière diplomatique. Toutes les puissances d'Europe ont envoyé leurs agents à ce bal. Il peut travailler pour n'importe qui, voire pour lui-même.

Safir désigna d'un bref mouvement de menton des invités en pleine conversation.

— Et ceux-là ? demanda-t-il.

Lhatifah suivit son regard. Non loin, deux hommes déguisés en Maures épiaient les convives.

— Je les avais déjà remarqués, fit-elle. Vraisemblablement des Français. J'ai repéré aussi des agents espagnols, ainsi que des templiers.

Safir eut un petit rire narquois.

— À croire que le comte Anafesto aime rassembler dans le même panier tous les crabes de l'Occident.

Lhatifah considéra son ami, amusée.

— Sois-en sûr, ironisa-t-elle, Anafesto ne choisit pas au hasard ses invités. Ne fais-tu pas toi-même partie de ces crabes ?

Son sourire s'épanouit.

— Certes, mais la tension ambiante est palpable. Il s'en faudrait de peu que cette fête ne dégénère.

— Je le ressens également. De tous, ce sont ces espions déguisés en Maures qui semblent les plus actifs : je vais les surveiller de près !

— Sois prudente !

Safir regarda Lhatifah s'éloigner en direction de deux d'entre eux, discourant toujours à l'écart, non loin de là. À cet instant, un détail l'intrigua : quelque chose manquait à ce tableau, ou plutôt, *quelqu'un*…

— La danseuse ! s'exclama-t-il à haute voix.

La jeune danseuse orientale avait disparu. Étrangement, il se rendit compte de cette absence malgré la foule des invités qui se pressait tout autour de lui. Il se mit immédiatement à sa recherche, mais à peine eut-il fait trois pas qu'on l'interpella :

— Tiens donc ! Je ne savais pas que les chevaliers normands faisaient affaire avec le califat de Cordoue !

Derrière son déguisement, Safir reconnut l'un de ses

plus gros clients vénitiens. L'homme s'était attifé de plumes et ressemblait à un oiseau à mi-chemin entre le paon et le coq, ce qui correspondait parfaitement au personnage. Ne pas engager la conversation avec lui eût été extrêmement impoli. Aussi, Safir s'avança et afficha un sourire de convenance.

— Le bel oiseau que voilà ! s'exclama-t-il d'une voix affectée.

Le commerçant fit bouffer le plumage multicolore de son costume et se pavana devant lui.

— Mon ami, le commerce n'a jamais été aussi florissant que depuis la fin de la croisade.

Safir était bien placé pour savoir que, même aux plus rudes moments des combats entre Saladin et les croisés, le juteux négoce du marchand vénitien n'avait pas faibli.

— À voir votre plumage, je vous crois sur parole.

Ce disant, il jetait des regards nerveux partout, cherchant à repérer la danseuse. Son interlocuteur s'en rendit compte.

— Vous semblez inquiet, lui fit-il remarquer.

— Je suis à la recherche d'une jeune damoiselle en costume de danseuse orientale. Ne l'auriez-vous pas vue, par hasard ?

Le commerçant eut un air complaisant.

— Les belles jouvencelles ne manquent pas, ce soir. Venez avec moi, dit-il en l'entraînant avec lui, je vais vous en présenter deux des plus raffinées qu'il soit donné de voir.

À cet instant, Safir s'en voulut d'avoir trop parlé, car il savait par avance de quelles damoiselles il voulait parler, ses propres filles en l'occurrence. L'homme avait en effet tenté à maintes reprises de jeter ses *chères enfants* dans ses bras pour lui en faire épouser une. L'alliance des deux familles, lui avait-il expliqué un jour, ferait d'eux les hommes les plus chanceux de Venise. Traduit en langage commerçant, cela signifiait plus prosaïquement que le mariage des deux fortunes décuplerait leurs richesses respectives. Safir n'avait aucune envie d'une telle union. Si les jouvencelles possédaient la beauté rare de ces oiseaux exotiques que leur père tentait d'imiter dans son déguisement, elles en avaient également la cervelle. Cependant, en homme poli et courtois, il suivit de mauvaise grâce le commerçant, se promettant d'adresser un simple bonjour aux deux pucelles avant de repartir à la recherche de la danseuse. Le négociant se fraya un passage à travers la foule, son bras passé sur l'épaule de Safir comme l'aurait fait un ami de longue date. En le voyant arriver, les promises lui adressèrent un regard énamouré.

— Mes enfants, dit leur père en clignant lourdement de l'œil, voyez quel preux chevalier en croisade amoureuse j'ai *croisé* ce soir.

Le calembour arracha des gloussements aux deux bécasses, dont les atours légers ne cachaient rien de leurs formes girondes.

— Je n'aime guère les croisades, répliqua froidement Safir, qu'elles soient galantes ou bien martiales.

— Mon ami, un bon mot n'a jamais fait de mal à personne ! Mes filles ont passé la soirée à attendre le prince charmant et voilà qu'il se tient à présent devant elles. Mes chères enfants, l'homme que voici m'a affirmé être à la recherche d'une jouvencelle. Heureux est-il, car je suis en mesure de lui en offrir deux pour le prix d'une !

Derrière leurs masques richement décorés à la feuille d'or, les yeux de biche des deux princesses, âgées de quatorze ou quinze ans à peine, papillonnèrent. Safir songea qu'il devenait urgent de couper court à la conversation, d'autant qu'il se rendit compte à cet instant d'une autre absence. Deux gardes, présents plus tôt dans la soirée devant le bâtiment où il se tenait actuellement en compagnie de l'encombrante famille, avaient eux aussi disparu !

— Un tel marché serait peu équitable, je ne puis l'accepter. Nous pourrons en reparler la semaine prochaine si vous le souhaitez car, d'ici là, des affaires pressantes m'appellent ailleurs.

Il exécuta une révérence et se retira prestement. La mère des jeunes filles ne l'entendait pas de cette oreille.

— Mon ami, dit-elle en enlaçant le diplomate, lui faisant faire demi-tour, il n'y a nulle affaire plus pressante que le bonheur d'une pucelle.

L'affaire était mal engagée. Se défaire du marchand n'aurait pas été trop compliqué. Il n'en allait pas de même avec son épouse, déguisée tout comme lui avec des plumes lui donnant l'aspect d'une poule glousse. Un effluve suave de parfum capiteux se dégageait d'elle, flottant lourdement dans l'air, accentuant sa sensation d'étouffement. Déjà, la mère prenait l'avant-bras de sa fille aînée, une grande blonde dont la poitrine généreuse montait et descendait de façon troublante au rythme accéléré de sa respiration. Elle mit sa main dans celle de Safir, scellant par avance une union qui allait de soi, selon les dires de la génitrice…

— … Matilda sait également coudre, broder et tenir une maisonnée. Elle sera soumise et saura satisfaire son époux dans le moindre de ses désirs.

Elle appuya cette dernière remarque d'une caresse de sa main sur celle des futurs mariés. Dans le même temps, la poitrine de Matilda monta si haut que, par décence, Safir dut détourner le regard.

Point de Lhatifah pour venir le tirer de ce mauvais pas ! Du peu qu'il pouvait observer de la cour, la jeune Berbère avait aussi disparu, tout comme les agents qu'elle filait. Et toujours aucune trace de la danseuse…

— Mon ami, vous semblez ailleurs !

La voix résonna dans sa tête, le ramenant à la réalité.

— Si Matilda ne vous convient pas, poursuivait le volatile de basse-cour, sachez que Bianca possède des talents aussi variés. Elle vous les dévoilera avec un immense plaisir.

Et d'attraper la main blanche de la cadette aux longs cheveux auburn pour la glisser dans celle de Safir, à peine libérée de celle de l'aînée.

Sa patience et son savoir-vivre avaient atteint leurs limites. Aussi coupa-t-il court à la conversation en se permettant une incorrection qu'il aurait lui-même réprouvée en d'autres circonstances :

— Ma dame, je vous sais gré de tant d'attention à mon égard. Hélas, mon cœur appartient déjà à une autre.

Il déposa un chaste baiser sur la main tendue de Bianca, puis sur celle de Matilda et enfin de leur mère, précisant au passage combien ses filles étaient belles et trouveraient sans mal un beau parti.

Ensuite, il s'enfuit sans laisser aux trois Grâces, interloquées, le temps d'énoncer quoi que ce soit. Il traversa la cour du palais en tous sens, bousculant tout le monde, ne saluant personne, cherchant désespérément la danseuse et la voyante. Environ trente minutes plus tard, il avait fait le tour de la cour, de tous les patios, de toutes les alcôves, et avait recensé tous les invités présents.

Nulle trace de la jeune danseuse ni de Lhatifah. Envolées !

* * *

… lorsque les deux frères quittèrent la commanderie, l'hiver s'était installé sur la France. Le commandeur Adalbert les fit sortir de nuit pour éviter toute rencontre malvenue.

— Évitez les villages pendant au moins cinquante lieues, conseilla-t-il.

— Nous n'oublierons jamais ce que vous avez fait pour nous, commandeur ! répondit Guilhem.

— N'oubliez surtout pas de protéger le faible du puissant et prenez soin des plus démunis.

Les deux frères répondirent en chœur :

— Nous vous le promettons.

Le commandeur leva les mains, paumes en avant.

— Ne vous empressez pas de faire des serments, prévint-il. Beaucoup de nos seigneurs ont juré et n'ont pas respecté leur devoir envers le peuple. Le goût du pouvoir et de l'argent prend vite le pas sur celui de la générosité. Tâchez de vous en souvenir !

— Nous nous en souviendrons, commandeur, dit Amaury.

— Que Dieu vous garde, mes enfants !

Les deux frères s'enfoncèrent dans la nuit. La lune s'était levée. Elle éclairait maintenant les étendues neigeuses tout autour d'eux...

Le fauconnier marqua une pause, observant attentivement Rowena. L'esprit de la jeune femme était en ébullition. Elle ne tenait pas en place sur sa chaise.

— Les deux frères se rendirent-ils directement à Venise ? ne put-elle s'empêcher de demander.

— Pour ce que j'en sais, ils ne retournèrent pas dans leur monastère pyrénéen. Le voyage jusqu'à la Sérénissime république marchande leur prit six mois, car les Alpes étaient infranchissables en cette saison de l'année. Ils atteignirent Venise seulement l'été suivant. Dès leur arrivée, ils se renseignèrent sur le médecin destinataire des documents. Ils finirent par trouver sa demeure, mais une surprise les attendait. L'homme qui les reçut avait une soixantaine d'années. Il les dévisagea longuement de ses yeux vifs.

— Oui ?

— Est-ce bien le domicile de Moshe Ben Shatprut ? demanda Guilhem.

— C'est ici, fit le vieil homme. Malheureusement, Moshe Ben Shatprut est mort l'automne dernier, en soignant des malades de la peste. Était-ce un de vos amis ?

— Nous avions une connaissance commune.

Devant la mine déconfite des deux frères, il hasarda :

— S'il y a quelque chose que je peux faire pour vous…

— Pour parler franc, dit Amaury, nous ne connaissons personne dans cette ville et ma foi, si vous pouviez nous héberger quelques nuitées…

Le visage de leur interlocuteur s'éclaira.

— Soyez les bienvenus dans ma demeure. Restez-y aussi longtemps que nécessaire !

— Nous ne savons comment vous remercier, dit Guilhem.

Le vieil homme esquissa un petit sourire malicieux.

— Mon offre est intéressée. Il se trouve que j'ai besoin d'assistants pour mes recherches.

C'est ainsi que les deux frères prirent pied dans la communauté des savants vénitiens. Ils assistèrent leur hôte, un apothicaire et médecin, dans ses études sur les maladies qui frappaient la cité marchande : lèpre, épidémies de peste et de choléra. En retour, il les présenta à ses confrères. Guilhem et Amaury étaient perspicaces, aussi ne mirent-ils pas longtemps à acquérir un savoir considérable, jusqu'à se faire une place de choix dans ce que Venise comptait d'érudits et de savants.

Au bout de quelques mois, ils décidèrent de se confier à leur professeur. Ils le firent un soir, après une rude journée de travail. Les deux assistants rangeaient des fioles et des pots d'onguents tandis que leur maître mettait au point une formulation délicate. Guilhem prit la parole :

— Nous aimerions vous entretenir d'une affaire.

— Si c'est au sujet d'un pot cassé…

— L'affaire en question est d'importance.

Il raconta toute l'histoire d'un trait. Pour finir, il dévoila la copie des fameux documents. Le savant les examina avec attention, l'un après l'autre, étudiant à l'aide d'une loupe chaque détail, chaque schéma. En fait, le soleil se levait sur Venise lorsqu'il sortit son nez des parchemins. De ses yeux rougis par la fatigue, il regarda longuement les deux frères, puis il déclara :

— Mes amis, vous détenez là quelque chose d'absolument fabuleux !

Amaury fronça les sourcils.

— Avez-vous une idée précise de ce que ces documents renferment ? demanda-t-il.

Le savant se frotta les yeux, avant d'observer longuement son interlocuteur.

— Ce qu'ils recèlent me fait froid dans le dos et, en même temps, je ne peux m'empêcher de penser à ce que cette découverte pourrait apporter à l'humanité.

— Soyez plus clair !

— Les plans représentent des tubes de gros diamètre capables de propulser des projectiles de plomb à longue distance, finit-il par avouer.

— De nouvelles armes ? intervint Guilhem.

— Oui. Les formulations chimiques permettent de fabriquer le mélange explosif qui servira à éjecter les boules de métal hors du tube. Du peu que je puisse comprendre de ces schémas et des équations mathématiques associées, ces projectiles provoqueraient alors des dégâts considérables.

— Vraiment considérables ? s'enquit Amaury.

Le savant hocha gravement la tête.

— Au vu de leur taille et de leur masse, ces projectiles de plomb pourraient aisément percer la muraille d'un château.

Amaury bondit sur place.

— Vous voulez dire que ces documents renferment les plans de constructions d'armes en mesure de rendre totalement inutiles et obsolètes les places fortes des seigneurs de tout l'Occident ?

— Selon toute vraisemblance, oui. Si elles sont mises au point, ces armes vont révolutionner toute la stratégie militaire, voire réduire à néant la structure même de notre société féodale.

— Ce qui pourrait conduire à un chaos encore plus détestable, renchérit Amaury d'un air sombre.

Fasciné par les plans, le savant s'était replongé dans leur étude approfondie.

— Tout ceci est très ingénieux, dit-il au bout d'un certain temps. D'autant plus ingénieux que le savant a apporté lui-même des améliorations dans les formulations et les schémas : voyez ces annotations !

Il leur indiqua des idéogrammes dessinés à côté des plans, au milieu d'équations mathématiques complexes et inconnues.

— Qu'est-ce ? s'enquit Guilhem.

— Cela ressemble à une langue d'Extrême-Orient, expliqua-t-il. Comme si le savant voulait coder le document pour en masquer certaines parties, en particulier la composition du mélange explosif.

Il soupira et reprit :

— Nous aurons du mal à reconstituer les formulations

jusqu'à obtenir le bon dosage avec les ingrédients exacts.

Amaury s'était penché sur les plans et observait avec attention les armes dessinées dessus.

— Cela prendra-t-il du temps ?

Le savant réfléchit quelques instants.

— Des années, répondit-il évasivement, voire des siècles, même avec l'aide de toute la communauté des savants.

— Les applications meurtrières de cette poudre semblent redoutables, fit remarquer Amaury. Que feront les savants, une fois qu'ils auront appris l'existence de telles armes ?

— J'y ai déjà songé, fit-il avec gravité. Je crains hélas que certains d'entre eux n'aient la tentation de tester ces armes, ne serait-ce que par la fascination qu'elles ne manqueront pas d'exercer sur eux. Aussi, je pense que dans un premier temps il est préférable de ne dévoiler à la communauté scientifique que les formulations chimiques. Je crois sincèrement que cette poudre explosive pourrait être aussi utilisée à des fins non militaires. Il serait dommage de ne pas s'en servir dans un but pacifique.

— Je suis d'accord avec vous, conclut Amaury. Cachons les plans des armes. Occupons-nous seulement pour l'instant de la poudre explosive !

Guilhem acquiesça, et ils s'en tinrent à cette décision. Tous les savants de Venise, mathématiciens, alchimistes, apothicaires et philosophes se réunirent, travaillèrent en commun sur les formulations.

La mise au point de la poudre dura seulement un an.

*

Rowena se leva et fit quelques pas dans la pièce. Le fauconnier lui avait conté cette histoire comme s'il l'avait vécue. Il avait donc forcément fréquenté le témoin direct de l'affaire, qui ne pouvait être que l'un des deux frères, voire les deux. Cela, il se garderait bien de le lui avouer.

— Il est étrange qu'aucun savant n'ait eu envie d'utiliser la poudre à des fins meurtrières…

Le fauconnier haussa les épaules.

— Peut-être que certains l'envisagèrent. En tout cas, personne n'en fit son cheval de bataille. Après mûre réflexion, les plans permettant la construction des armes furent détruits afin que nul n'éprouve jamais la tentation de les fabriquer. Par ailleurs, pour contrôler le bon usage de la poudre explosive, le médecin et les deux frères créèrent la *Guilde pérégrine*. Comme vous le savez, Venise est une plate-forme d'échange entre l'Orient, l'Afrique et l'Occident. Parmi les savants présents, certains faisaient également le commerce des métaux précieux.

— L'or et les diamants extraits des mines d'Afrique ! s'exclama Rowena.

— Précisément, confirma le fauconnier. Lors d'une expédition au sud du Sahara quelque temps plus tard, les deux frères se rendirent compte de la pénibilité de cette dure tâche, souvent accomplie par des esclaves.

— Ils utilisèrent donc cette poudre explosive pour prélever plus facilement l'or. Ainsi, tout en facilitant le travail des mineurs, ils purent extraire davantage de précieux métal…

— Je vois que rien ne vous échappe ! La *Guilde pérégrine* prospecta, à la recherche de nouveaux gisements, puis créa ensuite son propre réseau commercial, depuis l'extraction dans les mines africaines jusqu'à la vente des métaux précieux à Venise, Tolède ou Constantinople.

— Et l'argent ainsi récolté finança des dispensaires et des écoles…

— Entre autres… comme le souhaitait le commandeur Adalbert. D'abord le long de la route marchande entre l'Afrique et Venise, puis dans la péninsule Ibérique, étroitement liée elle aussi avec le Sahara.

— Ne me faites pas croire que la *Guilde pérégrine* a des fins uniquement philanthropiques. J'ai vu ce palais et ses richesses. L'argent que vous récoltez au travers du marché de l'or et des diamants est colossal. Ce n'est pas ce que coûtent quelques dispensaires et écoles qui me feront penser le contraire !

Le fauconnier sembla amusé par la remarque.

— Soyez déjà heureuse d'apprendre tout ce que je vous dis là. La *Guilde Pérégrine* est une organisation secrète, je ne vous le cacherai pas et vous n'en êtes pas dupe. Quant à vous en révéler tous les secrets, c'est une autre affaire.

Elle sourit.

— Cela valait quand même le coup de tenter sa chance… Et le secret de fabrication de la poudre explosive ?

— Seuls de très rares initiés ont accès à la formulation exacte.

— La feuille en forme de cœur, symbole de votre organisation ; d'où provient-elle ?

— Il s'agit d'un arbre chinois sacré, appelé *Ginkgo*, utilisé dans la médecine traditionnelle de ce pays. Une feuille de cet arbre avait été glissée parmi les parchemins. Amaury, le frère cadet, a décidé d'en faire l'emblème de la Guilde, en mémoire du savant qui l'avait rapportée de Chine.

Rowena fronça les sourcils, mordillant nerveusement sa lèvre inférieure.

— Je ne comprends pas. Pourquoi me révéler tout cela à moi, un simple agent du roi d'Angleterre, précisément le soir d'un bal masqué où tous les espions d'Occident sont réunis ?

Le fauconnier l'observa, impassible.

— J'ai ordre de vous le révéler, répondit-il calmement. C'est aussi simple que cela !

— *Tu oublies quelque chose, fauconnier !...*

* * *

Safir refit une nouvelle fois le tour de la cour et revint sur ses pas, près de l'endroit où les gardes avaient disparu. Non loin, le marchand et son épouse essayaient à présent de caser leur progéniture à un riche négociant de Constantinople quatre fois plus âgé que les jeunes filles. La mère jeta au passage un regard noir en direction de Safir, pendant que Bianca et Matilda le fixaient d'un air implorant, comme s'il pouvait encore les arracher aux doigts griffus du vieillard byzantin.

La porte du bâtiment autrefois gardée était grande ouverte. Safir n'hésita pas un instant : il y entra. Dans la pénombre du couloir, il distingua une femme aux cheveux sombres en train de discuter vivement avec la voyante, puis il vit son amie s'effondrer.

— Lhatifah ! s'écria-t-il.

La femme brune se retourna, surprise. Elle hésita une seconde puis s'enfuit dans le corridor dans un bruit plaisant, semblable à celui d'un tambourin. Elle n'avait plus de masque et Safir n'eut aucun doute quant à son identité. Il la poursuivit un instant avant de s'arrêter net : Lhatifah gisait étendue sur le sol. Elle avait porté sa main sur une blessure au couteau au niveau de son abdomen. Il la prit aussitôt dans ses bras.

— C'était Isabeau ! lâcha-t-elle.

Safir était rempli d'une colère folle, rageant surtout de s'être fait posséder par cette jeune femme si séduisante qui n'avait pas hésité un instant à poignarder son amie pour couvrir sa fuite. Il savait Isabeau imprévisible. Hélas, il ne l'aurait jamais imaginée capable d'une telle ignominie.

— Je l'ai reconnue moi aussi. Pourquoi a-t-elle fait ça ?

— Je l'ai surprise quand elle sortait de ce bureau…

Elle tendit la main avec difficulté vers une porte entrouverte donnant sur une pièce plongée dans une semi-pénombre. Elle déglutit et ajouta :

— Elle a alors tenté de me tuer.

— Pourquoi ?

Malgré la colère qu'il éprouvait envers Isabeau, il n'arrivait toujours pas à comprendre son geste, comme si un tel acte avait besoin d'une justification. Il dut se faire à l'idée qu'il avait tout simplement affaire à une tueuse professionnelle. Ce dur retour à une cruelle réalité le désempara. Lhatifah avala péniblement une goulée d'air, puis elle exhala :

— Je t'expliquerai plus tard. Rattrape Isabeau, mais fais attention, cette femme est dangereuse !

Plus besoin de le lui dire. Dans le monde feutré des agents secrets, la mort rôdait, omniprésente. Il l'avait tout simplement oublié car la grande faucheuse avait, cette fois-ci, pris un aspect des plus agréables, des plus sournois, en somme. De sa main, Safir effleura le visage de son amie. À présent, il prenait une teinte terreuse, signe avant-coureur de sombre pronostic.

— Tiens bon, Lhatifah ! lui glissa-t-il.

Puis il partit en courant à la poursuite d'Isabeau. Passant devant le bureau, il vit quelqu'un à l'intérieur. Il entra et découvrit, stupéfait, la jeune danseuse agenouillée devant un homme étendu mort à ses pieds, un faucon perché sur son bras droit tendu et inerte.

— Isabeau ! s'écria-t-il.

Elle se retourna. Elle avait les mains et la robe couvertes de sang. Du bruit montait du couloir, les gardes du palais accouraient. Lorsqu'ils entrèrent dans le bureau, Safir désigna la danseuse.

— Elle a poignardé mon amie, j'en suis témoin !

Elle ne bougea pas ni ne dit mot. Elle restait là, hébétée, à regarder les soldats s'emparer d'elle. Safir en eut la nausée : dire que, seulement quelques heures plus tôt, ils avaient badiné nonchalamment, comme deux enfants savourant pour la première fois le bonheur d'une rencontre amoureuse.

— Vous ne m'inspirez que dégoût ! lâcha-t-il dans un haut-le-cœur.

Il ne put s'empêcher de vomir, comme si son corps lui-même rejetait ce monstre au si doux visage. Un des gardes vit un panneau entrouvert dans une fresque murale. Il s'y glissa et en ressortit rapidement.

— Cette pièce a été cambriolée ! constata-t-il à l'adresse du diplomate.

Safir se redressa et se tourna vers la danseuse.

— Usurpatrice, meurtrière et à présent voleuse ! s'indigna-t-il une dernière fois en s'essuyant la bouche avec un mouchoir, les yeux humides.

Les mots étaient vains. L'histoire avait été écrite, pas comme il l'entendait. Dans le sang. Seulement la mort et le sang. Il s'adressa aux soldats :

— Gardes ! Arrêtez-la !

Deux gaillards entraînèrent la danseuse vers la sortie. Elle se laissa amener sans opposer la moindre résistance. Safir rejoignit Lhatifah, maintenant inconsciente. Son calvaire se prolongerait au chevet de son amie. Que lui restait-il à faire à présent, sinon l'assister dans son agonie ? Un homme, un médecin probablement, était penché sur elle et lui prodiguait les premiers soins.

— Vivra-t-elle ? demanda sans trop y croire Safir, les yeux embués.

Le médecin se tourna vers lui, perplexe :

— Son état est grave. Je ne peux pas dire à cette heure si elle passera la nuit ou davantage.

Au loin, Safir vit la jeune danseuse, encadrée de deux robustes soldats, sortir du palais. Elle se tourna un bref instant vers lui et il put lire dans son regard un immense désespoir.

Chapitre 5

Le pont des Soupirs

Après l'avoir solidement ligotée, les gardes enfermèrent Rowena dans une pièce aveugle du palais plongée dans l'obscurité, puis la laissèrent seule.

La fête était terminée. En raison des tragiques événements, les serviteurs avaient demandé aux invités de quitter les lieux, les conviant poliment à rentrer chez eux. Rapidement, le brouhaha des convives étonnés ou offusqués avait fait place à un silence de mort. Solidement ligotée, Rowena n'entendait plus de bruit. Dans son réduit sombre, elle apercevait à peine les contours d'une table disposée non loin.

Son esprit était en ébullition, les événements de la soirée s'y entrechoquaient encore. Elle avait à présent tout le temps pour les ordonner, les ressasser et comprendre. Pour la première fois, ses souvenirs affluèrent clairement à sa mémoire, comme si ce silence sépulcral, succédant à l'effervescence de la soirée, eût agi tel un révélateur, clarifiant enfin les réminiscences profondément enfouies…

*

… elle se tenait debout devant la cheminée de la grande salle du château. Elle aimait cette délicieuse sensation de la chaleur du feu qui réchauffait son dos. Pendant que sa mère entassait des affaires dans une malle immense, elle observait d'un œil torve sa sœur, accroupie dans un angle de la pièce en train de bouder, serrant dans ses bras une poupée de chiffon.

Sa poupée !

Tout en continuant à ranger des affaires dans la malle, sa mère lui dit :

— Héloïse, il est temps d'y aller ! Dis au revoir à Agnès !

Elle trépigna devant la cheminée, hurlant de rage :

— Je veux qu'elle me rende ma poupée !

Sa mère se retourna, tenant entre ses mains un épais manteau de laine. Elle la considéra d'un air las, puis se tourna vers sa sœur.

— Agnès, rends cette poupée à Héloïse !

Deux serviteurs entrèrent dans la salle et emportèrent la lourde malle en bois. D'un geste rageur, sa mère jeta le manteau sur une chaise et se dirigea vers Agnès qui se renfrogna davantage. Elle la prit dans ses bras et l'embrassa.

— Sois sage, lui glissa-t-elle, nous serons rapidement de retour.

Puis elle la serra tendrement contre elle. Sans dire un mot, tout en gardant ses bras tendus le long du corps, la poupée pendue par la jambe, Agnès observait sa sœur du coin de l'œil, la poignardant du regard.

Sa mère n'avait rien vu. Elle se dirigea vers Héloïse, la prit par la main et l'entraîna avec elle au-dehors. Agnès les observa toutes deux s'en aller en grinçant des dents, serrant contre elle la poupée. Ses yeux étaient brillants, mais par un grand effort de volonté, elle ne pleura pas.

Dans la cour du château, deux chariots étaient prêts à

partir. Héloïse prit place sur le second attelage, entre son père et sa mère, puis la première carriole se mit en route.

— Tu oublies quelque chose, Héloïse !

C'était Agnès qui venait de prononcer cette phrase sur un ton narquois. Elle se tenait sur le perron de la grande porte du château, tenant négligemment la poupée qu'elle balançait au bout de son bras. Héloïse ne put se mettre en colère contre elle. Elle fit mine de regarder ailleurs et lui dit :

— Garde-la ! Je n'en veux plus !

*

— Tu oublies quelque chose, fauconnier !...

Rowena se retourna et eut l'étrange impression de se regarder dans un miroir. Une femme lui ressemblant trait pour trait, si ce n'est qu'elle était vêtue d'une tenue de bohémienne, se tenait dans l'encadrement de la porte, un sourire ironique flottant sur ses lèvres. Elle était flanquée des quatre Maures évoqués avec Caméléon, qui les menaçaient à présent de leurs arbalètes.

— Bonjour, Héloïse ! fit l'apparition.

C'est alors que la mémoire lui revint.

— Agnès ? s'exclama-t-elle avec stupéfaction.

— Bravo, Héloïse ! Finalement, tu te souviens de moi, on dirait !

Sa sœur, Agnès. Sa sœur jumelle qu'elle avait laissée en France pendant qu'elle-même partait en Angleterre avec ses parents. Sa sœur qu'elle n'avait jamais revue jusqu'à ce soir, dont elle avait oublié l'existence, comme elle-même avait oublié son propre nom de baptême, Héloïse...

— Que fais-tu là ?

Pour toute réponse, Agnès sourit. Elle n'avait plus son masque verni noir, et Rowena ne put s'empêcher de la dévisager longuement, ne pouvant détacher ses yeux de son visage, de son buste, cherchant inconsciemment à déceler des similitudes avec elle dans son attitude, ses poses. Indubitablement, c'était sa sœur jumelle. Elle avait la même chevelure de jais, les mêmes prunelles d'un azur profond, cette taille fine et ces hanches pleines. Incroyable nouvelle : elle n'était plus seule au monde et, déjà, une foule de questions se pressaient dans son esprit et lui brûlaient la langue.

— Pourquoi n'es-tu jamais venue me trouver en Angleterre, puisque tu savais que j'existais ?

— Je pourrais te retourner la question, Héloïse.

— Je t'avais oubliée, cela faisait si longtemps.

Aussitôt, Agnès entrouvrit ses lèvres comme pour rétorquer, puis se ravisa. Après un bref soupir trahissant sa colère retenue, elle se détourna d'elle et préféra considérer le fauconnier.

— J'ai entendu votre histoire, dit-elle, mais le plus important n'a pas été mentionné !

Rowena en resta les bras ballants : sa sœur refusait tout dialogue ! Elle suivait son fil directeur, haineuse envers elle, après tant d'années de séparation. Cette animosité n'avait pas de sens. Certes, on était en plein dénouement d'une affaire d'espionnage de la plus haute importance, mais Agnès aurait dû laisser transparaître une certaine joie à l'idée de la revoir ou, au moins, un semblant de satisfaction. Il n'en était rien. À cet instant, Rowena commença à pressentir le pire. Une simple intuition, une alarme qui l'avait sauvée bien des fois de la mort lui disait que tout cela allait mal finir. Elle nota aussi que le fauconnier ne semblait pas étonné de découvrir sa sœur jumelle. On aurait même dit qu'il s'attendait à sa venue.

— De quoi voulez-vous parler, Agnès ? demanda-t-il calmement, confirmant ses hypothèses en la matière.

— Des documents pour fabriquer la poudre explosive !

Ils sont cachés derrière ce mur, n'est-ce pas ?

Il ne répondit pas. Tout en observant la fresque, Agnès ajouta :

— Ne me prenez pas pour une imbécile, fauconnier ! Vous avez conté cette histoire de Guilde pour faire diversion, afin que ma sœur n'ouvre pas ce panneau.

En posant ses doigts sur certains éléments de la peinture murale, d'une légère poussée, un passage vers une autre pièce s'ouvrit. Elle se tourna vers le borgne, toujours assis dans son fauteuil. Ce dernier l'observait, immobile.

— Vous me décevez ! lui lança-t-elle triomphalement, je vous aurais cru plus astucieux pour dissimuler d'aussi précieux documents…

Puis elle s'adressa aux arbalétriers :

— Surveillez-moi ces trois-là ! Au moindre geste, abattez-les !

Elle disparut dans le passage. Passé les premiers instants de surprise, Rowena se ressaisit enfin. Sa sœur travaillait pour le roi de France et elle savait, avant même de venir ici, que les documents étaient cachés dans ce bureau, derrière cette fresque. Elle analysa rapidement la situation. Les arbalétriers les menaçaient toujours, elle, le fauconnier, et Caméléon. Dans la course aux parchemins, Agnès était une adversaire avec une longueur d'avance sur elle. *Un ennemi mortel !* lui criaient son bon sens et cinq ans de métier. Pourquoi sa propre sœur jumelle aurait-elle voulu la tuer ?

Cette dernière sortit enfin de derrière le panneau, une liasse de parchemins entre les mains. Gagner du temps et essayer de trouver une solution pour reprendre l'avantage…

— Je ne comprends pas, dit Rowena. Je veux bien que nous soyons concurrentes dans cette enquête, mais tu es ma sœur, ma sœur jumelle qui plus est. Je ne sais pas, on devrait pouvoir discuter, s'entendre.

— Discuter de quoi ? C'est moi qui suis en possession des parchemins, pas toi !

Elle fit alors un acte totalement insensé. Elle s'empara de l'arbalète d'un soldat, visa et appuya sur la détente d'un geste irrémédiable. Le fauconnier s'effondra, mortellement blessé.

— Tu es folle ! s'écria Rowena, en regardant sa sœur avec stupéfaction.

Effrayé, le faucon s'envola puis vint se poser à côté de son maître, étendu par terre, un carreau fiché dans le thorax.

— Tu as perdu, Héloïse, répliqua Agnès avec détachement. Maintenant, grâce à toi, une certaine dame Isabeau va disparaître à jamais.

— Cet homme ne t'avait rien fait. *Je* ne t'ai rien fait !

— Tu m'as fait davantage de mal que tu ne peux l'imaginer.

— Comment aurais-je pu te faire du mal ? Je te l'ai déjà dit, je ne me rappelais même plus que tu existais !

Agnès eut un terrible sourire, d'une implacable dureté.

— C'est bien ça, le problème : tu ne sais même pas que j'existe ! cracha-t-elle en sortant du bureau. Ce n'est pas grave à présent, car tu vas m'oublier définitivement. Salue le bourreau de ma part !

Ses hommes lui emboîtèrent le pas. Sans réfléchir une seconde, Caméléon se lança à leur poursuite. Rowena hésita, regardant alternativement l'issue à présent déserte et cet homme borgne agonisant. Le carreau avait touché des organes vitaux. Du sang coulait déjà sur le sol. Beaucoup de sang… Son rapace était toujours posé à côté de lui, observant son maître, indifférent au drame qu'il vivait. Tout cela était trop incroyable, trop immonde pour être possible. Elle essaya de faire un pas vers la sortie, mais elle n'y parvint pas, comme paralysée. Au lieu de cela, elle s'accroupit aux pieds du fauconnier et posa sa main sur son bras.

— Tenez bon ! lui dit-elle, je vais chercher un médecin !

— Trop tard, j'ai failli à ma tâche. Retrouvez plutôt votre sœur et empêchez-la de nuire !

Elle passa la main derrière sa nuque et souleva sa tête.

— Vous êtes le comte Anafesto, c'est cela ?

— Rowena…

Son visage était maintenant livide, déjà figé dans la mort.

— … le comte Anafesto…

— Oui ?

— … n'existe pas !

Avant que l'ultime étincelle de vie ne le quittât à jamais, il la fixa une dernière fois. Rowena crut déceler une sincère et profonde gratitude pour ne pas l'avoir abandonné en ses derniers instants.

— Isabeau !

Elle se retourna et découvrit derrière elle le chevalier du loup, à la fois stupéfait et outré. Elle se souvenait de lui, de la conversation qu'ils avaient eue ensemble, un peu plus tôt dans la soirée. À présent, il l'appelait par un nom qu'elle n'avait jamais prononcé. Sur le moment, elle ne comprit rien à son indignation et resta là immobile, pendant que deux gardes s'emparaient d'elle et l'entraînaient au-dehors.

En marchant dans le couloir, elle passa devant une femme blessée, allongée sur le sol. Elle comprit enfin ce qu'Agnès voulait signifier lorsqu'elle disait que dame Isabeau allait disparaître. Elle avait dû se présenter à Safir sous ce nom, puis avait mis en scène sa mort, en fait, la sienne. Elle réalisa avec horreur qu'on l'accuserait de deux meurtres qu'elle n'avait pas commis. Dans une telle situation, la sentence serait sans appel : condamnée à mort.

*

Enrico Dandolo, le doge de Venise, voulait une sanction exemplaire et expéditive. Le procès eut donc lieu une semaine plus tard seulement, dans le palais ducal. Rowena se tenait seule, debout devant ses juges et ses accusateurs. Le principal témoin à charge était Safir. Il l'accusa d'avoir poignardé Lhatifah. Son amie se trouvait encore entre la vie et la mort, inconsciente, expliqua-t-il aux jurés vénitiens, tous d'éminents membres du conseil de la ville. Il ajouta qu'il ne savait pas si elle guérirait. Ses accusations étaient terribles. Cependant, il n'éprouva aucune haine envers elle, seulement un profond dégoût et une déception immense vis-à-vis d'une personne qu'il disait avoir accueillie à bras ouverts dans sa demeure.

Rowena essaya de se défendre en assurant à ses juges qu'elle n'avait jamais mis les pieds chez Safir. Elle expliqua également que sa sœur jumelle lui avait fait endosser toute la responsabilité de l'affaire, mais ils la traitèrent aussitôt de menteuse.

À vrai dire, sa parole comptait peu. Elle s'aperçut assez rapidement que plus elle tentait de se justifier, moins elle était crédible. En revanche, lorsqu'elle dit aux juges qu'elle était un agent anglais, ils la crurent sur parole.

Autant se taire. Safir était un marchand et un diplomate respecté dans Venise, ses propos ne pouvaient pas être mis en doute. Au cours de cette interminable matinée, elle espéra que Caméléon viendrait à son secours et témoignerait devant ses accusateurs afin de corroborer ses dires. Chaque fois que la porte de la grande salle où avait lieu son procès s'ouvrait et que quelqu'un entrait, son cœur se mettait à battre la chamade. À dix reprises la porte s'ouvrit, et à dix reprises l'espoir naquit puis s'envola. Caméléon ne vint pas. Agnès et ses hommes l'avaient-ils tué ? Lui aussi l'avait-il abandonnée comme Wilhiam ou bien était-il retourné en Angleterre prévenir lord Stratheden ?

Les charges étaient accablantes, les délibérations furent brèves. Après trois heures d'audience, le président du tribunal prononça la sentence :

« Dame Isabeau, attendu les accusations suivantes portées contre vous et dont vous avez été reconnue coupable par ce tribunal, à savoir : le meurtre d'un Vénitien, le cambriolage dans le palais du comte Anafesto, la tentative d'assassinat de la dénommée Lhatifah, l'espionnage pour le compte d'une puissance étrangère…

Le présent tribunal vous condamne à la peine capitale par décapitation. L'exécution sera publique. Elle aura lieu le premier mardi du mois prochain. »

Rowena avait eu une semaine pour se préparer à ce verdict. Au vu des accusations portées contre elle, elle savait à l'avance ce qui l'attendrait. Malgré tout, l'annonce solennelle de sa condamnation à mort la frappa de plein fouet, tel un violent coup de poing dans l'abdomen qui vous coupe la respiration et vous laisse chancelant. Elle resta un instant interdite, n'arrivant pas à croire à ce qu'il lui arrivait. Elle vit les juges quitter la salle, Safir s'en aller en détournant le regard. Puis les gardes s'approchèrent d'elle pour la ramener dans son cachot. Le sol se déroba sous ses pieds. Elle s'effondra, avant d'être fermement retenue par la poigne solide de deux soldats. Sans même lui ordonner de les suivre, ils l'entraînèrent de force vers le sous-sol du palais, sa prison.

Les gens présents dans la salle passèrent près d'elle, distants et irréels, comme dans un rêve. Un rêve ou, plutôt, un cauchemar. Elle allait forcément se réveiller, découvrir que tout cela n'était qu'un mauvais songe provoqué par une forte fièvre.

Sauf qu'elle ne se réveilla pas. Elle fut jetée dans le cachot sans ménagement. Elle échoua sur le sol, la tête en avant. Son crâne vint buter violemment contre le mur d'en face. Elle poussa un cri de douleur et porta la main à son front. Une bosse grosse comme un œuf de pigeon y prenait déjà forme. Avec ironie, elle apprécia longuement ce contact douloureux, songeant que bientôt, même le privilège de ce désagrément lui serait ôté.

En repensant avec horreur à sa décapitation prochaine, elle prit son visage entre ses mains et se mit à pleurer, amère. Elle avait seulement vingt ans. Elle ne connaîtrait plus l'amour, ne bercerait jamais d'enfants dans ses bras. Trois semaines plus tard, sur le bois rugueux et sale du billot, tout s'achèverait brutalement.

* * *

En sortant du tribunal, Safir retourna au chevet de Lhatifah. Juste après son agression, le médecin du palais du comte Anafesto lui avait ouvert l'abdomen. Puis il avait lavé les parties blessées avec de l'eau bouillie, avant de recoudre la plaie et d'y appliquer du lard afin d'accélérer sa cicatrisation.

Lorsque Safir arriva dans sa chambre, le médecin était au chevet de son amie, tentant de lui faire absorber une décoction de saule afin de calmer sa fièvre.

— Comment va-t-elle ? demanda-t-il.

— Elle est fébrile et ne cesse de délirer, mais son ventre est moins enflé. Par miracle, le couteau n'a perforé aucun organe.

Lhatifah était d'une pâleur spectrale. Ses lèvres remuaient sans cesse et, parfois, des sons incompréhensibles franchissaient ses lèvres.

— S'en sortira-t-elle ?

— Je n'en sais rien. Son état reste très grave. L'opération pratiquée il y a une semaine n'était qu'une première étape indispensable pour empêcher l'infection de gagner tout l'abdomen. Elle n'en est pas pour autant tirée d'affaire.

Safir passa sa main sur le front brûlant et moite de son amie. Le procès était terminé, le verdict était tombé, mais cela n'avait en rien apaisé sa colère. Témoigner devant cette jeune femme, croiser son regard implorant lui avait été encore plus pénible qu'il ne l'aurait cru. Elle disait être un agent anglais et avoir été bernée par sa sœur jumelle française, une ligne de défense encore plus désastreuse que le simple aveu de ses crimes.

Ce déni de culpabilité n'avait pas de sens. Safir n'arrivait pas à y trouver une explication plausible, même en tant qu'espion. À cette heure, l'avis éclairé de Lhatifah lui faisait terriblement défaut. Il aurait aimé pouvoir confronter son point de vue au sien, mais la jeune Berbère oscillait toujours entre le sommeil et l'inconscience. Lorsqu'elle s'éveillait, la fièvre lui faisait tenir des propos abscons.

Safir se laissa choir dans un fauteuil au chevet de son amie. L'idée de rencontrer Isabeau en prison l'effleura. S'il discutait avec elle, peut-être pourrait-il parvenir à saisir ses véritables motivations, comprendre l'incompréhensible ?

Peut-être. Pas encore en tout cas. Il n'était pas prêt à se confronter à elle, en supposant qu'il pût l'être un jour.

Aussi décida-t-il de se consacrer entièrement à Lhatifah. Elle avait besoin de lui, même si sa présence ne guérissait pas son mal et ne faisait pas tomber sa fièvre. Au moins, cela lui permettrait de ne pas laisser son esprit s'égarer vers un nouveau chagrin dont il ne se relèverait pas.

* * *

Après avoir longuement pleuré, Rowena finit par se ressaisir. Machinalement, en un réflexe conditionné par des années de pratique, elle prit soin d'étudier les lieux en détail. La cellule était sordide, un cachot de six pieds sur cinq, comportant une simple planche de bois recouverte de paille faisant office de couchage, et un seau, pour les besoins.

Son seul luxe était une toute petite lucarne donnant sur l'extérieur, située à huit pieds du sol et fermée par des barreaux en fer. Grâce à cette ouverture, elle pouvait entendre le chant des gondoliers naviguant sur le Grand canal en contrebas, les bruits de Venise et de ses habitants, ainsi que le roucoulement des tourterelles sur les rebords des toits.

Cela lui laissait trois semaines de sursis, en espérant que cela suffirait à Caméléon pour la sortir de là. Elle savait que lord Stratheden n'enverrait personne à son aide, surtout après qu'elle avait dévoilé son identité aux juges et révélé sa véritable nature d'agent de la Couronne d'Angleterre. Mais elle avait confiance en Caméléon. Elle se refusait à croire que lui aussi avait fui, la laissant seule en ces heures tragiques. Peut-être avait-il tenté de prévenir lord et lady Windermere. Eux pourraient agir, intercéder auprès du roi Richard ou venir jusqu'ici pour la sauver de la hache du bourreau. Que savaient-ils de sa situation actuelle ? Connaîtraient-ils seulement un jour la vérité ?

Comme si cela n'y suffisait pas, elle allait payer pour sa sœur qui lui avait fait endosser ses crimes. Ce profond sentiment d'injustice la laissait désemparée. Plus terrible encore, elle n'arrivait toujours pas à comprendre pourquoi Agnès avait agi ainsi. Elle arpentait son étroite cellule en tous sens, essayant de discerner une logique là où il n'y en avait aucune. Comment sa propre sœur jumelle pouvait-elle la haïr au point de vouloir sa mort ?

Rowena ne se souvenait plus d'elle, même dans ses rêves où son enfance remontait par bribes. Lorsqu'elle avait été élevée par lord et lady Windermere, elle se croyait orpheline, sans plus aucune famille. D'ailleurs, ses parents adoptifs lui avaient bien dit qu'elle était la seule rescapée de l'attaque qu'avait subie le chariot de ses parents. Lui auraient-ils menti, caché l'existence d'une sœur ? Elle ne croyait pas lord et lady Windermere capables d'une telle dissimulation. D'ailleurs, cela n'aurait eu aucun sens : pourquoi l'auraient-ils recueillie elle, et pas sa sœur ? À moins qu'Agnès ne fût restée en France pendant qu'elle-même voyageait avec ses parents. Puisqu'elle travaillait maintenant pour le souverain français, cela semblait plausible. Dans ce cas, pourquoi leurs parents les auraient-ils séparées ?

Lorsqu'elle avait revu Agnès dans le bureau du fauconnier et qu'elle s'était enfin souvenue d'elle, Rowena avait bondi de joie. Elle n'était plus la seule de sa famille à être encore en vie. C'était à la fois inouï et inespéré, tellement merveilleux ! Immédiatement, elle avait dû déchanter. Non seulement Agnès connaissait son existence mais, en plus, elle lui en voulait de ne plus se souvenir d'elle.

Rowena refusait de croire que c'était là une raison suffisante pour qu'elle pût la haïr. Il devait forcément y avoir un autre événement déterminant qu'Agnès avait tu, provoquant un ressentiment suffisamment profond pour déboucher sur tant de malveillance. Elle aurait aimé au moins pouvoir en parler avec elle, tenter de comprendre. Mais elle avait coupé court à toute discussion, la laissant avec un cadavre et une condamnation à mort pour seuls cadeaux de retrouvailles.

Une semaine avait passé. Sa sœur s'était évanouie dans la nature et tout le monde pensait qu'elle n'existait pas. Situation d'un burlesque tragique : Rowena avait envie de crier qu'on l'écoute, qu'on accorde du crédit à ses propos, mais qui aurait pu croire quelque chose d'aussi inconcevable : une sœur jumelle capable d'assassiner son propre sang !

Personne, à part Caméléon. Lui aussi avait disparu. Peut-être même était-il déjà mort…

Elle leva la tête et regarda l'étroite fenêtre, percée là-haut dans le mur épais. La lumière de la fin d'après-midi faiblissait et son cachot s'assombrissait peu à peu. Dehors, sur le canal, elle pouvait entendre les rires des vivants se propager sur l'eau et ricocher sur les murs de son palais-prison. Les gens faisaient des affaires, s'aimaient, se haïssaient, élaboraient des projets d'avenir, pendant qu'elle-même était à jamais privée de cette liberté.

Un sentiment de panique irrationnelle et incontrôlable la saisit. Une angoisse vertigineuse et oppressante qui la fit chanceler, à tel point qu'elle dut s'asseoir précipitamment sur sa paillasse pour ne pas s'effondrer. Trois semaines plus tard elle poserait sa tête sur le billot. Si, d'ici là, Caméléon ne revenait pas, elle emporterait avec elle dans la fosse commune cet infamant secret, celui d'être considérée à jamais comme un ignoble assassin, sans qu'elle-même ne sache pourquoi sa sœur lui avait réservé un tel sort.

Rowena était un agent secret. Elle avait toujours su qu'elle aurait à affronter la mort en face, un jour ou l'autre. Pas de cette façon. Certainement pas de cette façon.

* * *

À Paris, dans le palais du Louvre en cours d'achèvement, Philippe Auguste, roi de France, trônait au bout de la table du Conseil, entouré de ses ministres. Son chancelier s'avança dans la pièce et exécuta une révérence.

— Majesté, dit-il, dame Agnès est ici. Elle souhaiterait s'entretenir avec vous.

— Faites-la entrer !

La jeune femme s'avança dans la pièce et vint s'incliner à son tour devant le roi.

— Quelles « chinoiseries » avez-vous rapportées de Venise ? s'enquit le monarque d'un ton léger.

— Majesté, Messieurs les ministres, dit-elle d'un air faussement modeste, j'ai retrouvé la copie des documents volés dans la commanderie. Dès à présent, nos meilleurs savants travaillent d'arrache-pied à fabriquer la poudre explosive contenue dans les formulations. Assurément, cette nouvelle arme fera de Votre Majesté le maître de l'Occident.

Le roi sembla très satisfait.

— Voilà qui est fort heureux pour mon royaume et pour vous ! s'exclama-t-il en embrassant son entourage d'un air satisfait.

Agnès s'inclina de nouveau.

— Majesté, je ne suis que votre humble servante !

— L'humilité ne vous sied guère ! Je vous préfère parée de fierté. Vous pouvez être fière de vous !

Ses joues s'empourprèrent.

— Majesté, je suis flattée !

— Que souhaitez-vous comme récompense ?

— Je la tiens déjà, Majesté. Ma revanche sur l'Anglais et ses agents suffit à mon bonheur. Toutefois, s'il était possible…

— Je connais votre souhait, il sera exaucé derechef !

Elle inclina la tête.

— Majesté, vous me comblez.

— À compter de ce jour, vous récupérez le château de vos parents et ses terres, avec le titre de comtesse du royaume de France.

Elle se courba à nouveau, se retenant à grand-peine de sauter de joie.

— Merci, Majesté !

— Le travail que vous avez accompli mériterait davantage, mais je ne voudrais pas flétrir votre humilité. D'autre part…

— Majesté ?

— Pour que votre bonheur soit complet, sachez que je viens d'apprendre que l'espionne anglaise dénommée Rowena sera décapitée demain à Venise.

* * *

— Hé, t'as de la visite !

Le geôlier était un homme rustre. Depuis maintenant trois semaines que Rowena était enfermée dans son cachot, il ne rêvait que d'abuser d'elle. Certes, il avait tenté plusieurs fois de le faire en plein milieu de la nuit. Malheureusement pour lui, elle avait le sommeil léger et savait se défendre des lourdauds dans son genre. La leçon avait été apprise. Il n'ignorait plus à présent de quoi elle était capable. Aussi le lui faisait-il payer avec des brimades, des repas souillés, se vengeant à sa manière de ses frustrations.

La porte de la cellule s'ouvrit dans un affreux grincement de gonds rouillés et Safir apparut dans la lumière diffuse du couloir. Rowena avait appris pendant son procès que c'était un diplomate andalou – un espion comme elle en somme. Bel homme, élégant et distingué.

— Isabeau ou Rowena, commença-t-il par dire, je ne sais pas comment il faut que je vous appelle…

Appelez-moi Héloïse…

— Je m'appelle Rowena de Windermere. Comment va Lhatifah ?

— Elle délire toujours. Je ne sais pas si elle recouvrera un jour ses esprits et sa santé.

— Je suis désolée pour elle. Sincèrement.

Il prit un air outré.

— Comment osez-vous parler ainsi, espèce de monstre !

— Safir, je vous demande d'accorder du crédit à mon histoire. Croyez-moi, à quelques heures de monter sur l'échafaud, je n'ai pas l'âme à vous raconter des sornettes.

Il eut un instant d'hésitation.

— Soyez brève ! lança-t-il sèchement.

Il serait difficile de le convaincre, surtout avec sa meilleure amie entre la vie et la mort. Elle tenta toutefois de trouver les mots justes :

— J'ai été piégée par ma sœur jumelle que je n'avais pas revue depuis l'âge de trois ans. C'est un agent du roi de France. Elle s'est présentée à vous sous le nom de dame Isabeau pour me faire endosser ensuite la responsabilité de ses meurtres.

Il digéra ces informations et marqua une pause.

— Au procès, déclara-t-il enfin, vous avez dit que vous étiez anglaise !

— Après la mort de mes parents français en Angleterre, j'ai été élevée par des nobles saxons. Ce sont eux qui m'ont prénommée Rowena. Mon vrai nom est Héloïse.

Toujours perplexe, Safir hésitait à la croire.

— Un dénommé Caméléon est venu me trouver hier, dit-il, il m'a conté la même histoire.

Enfin, des nouvelles de son ami ! Finalement, il n'était pas mort et il essayait de la sortir de là ! Aussitôt, l'espoir naquit en elle.

— Il travaille comme moi pour le roi Richard, s'empressa-t-elle de dire. Nul doute qu'il vous a apporté des gages de mon innocence.

— Je suis désolé pour vous, il n'a pas été en mesure d'en fournir pour l'instant.

Caméléon devait remuer ciel et terre pour rassembler des preuves, rencontrer leurs contacts à Venise, mais Rowena savait aussi la difficulté qu'il aurait à y parvenir : lorsqu'un agent se faisait prendre, les autres s'évanouissaient dans la nature. Retrouver leurs traces pouvait prendre des semaines. En fait, tout était une question de temps.

— Repoussez l'exécution, je vous en supplie ! Je n'ai croisé votre route qu'au cours du *Bal de la Pierre*. Ce soir-là, ma sœur était déguisée en bohémienne, elle traînait d'ailleurs avec les pseudo-guerriers maures. Vous me l'avez même montrée !

— Prouvez-moi qu'ils n'étaient pas vos complices, que la bohémienne était votre sœur, et je reconsidérerai la question.

— Caméléon parviendra à le démontrer, si vous lui en laissez le temps.

Safir eut un geste d'énervement.

— Je l'ai mis dehors de chez moi. Remerciez-moi plutôt de ne pas l'avoir fait arrêter lui aussi. Votre alibi de sœur jumelle est grotesque ! Je crois simplement que vous et votre ami cherchez à gagner du temps pour laisser une longueur d'avance à vos complices, qui ont fui avec les documents volés !

En évoquant les parchemins, sa voix était devenue chevrotante et mal assurée. L'espionne sommeillant en Rowena reprit le dessus.

— Vous semblez attacher une grande importance à ces documents, dit-elle avec une pointe d'ironie.

Safir accusa le coup, visiblement touché. Lui aussi devait chercher à récupérer ces parchemins, pour le compte du calife de Cordoue.

— J'ai mes raisons ! rétorqua-t-il vivement. Elles ne vous regardent pas !

— Je suis espionne, c'est vrai, dit-elle d'un ton radouci, pour le roi Richard Cœur de Lion. Tout ce que je viens de vous dire est la stricte vérité, mais je ne peux pas vous forcer à me croire !

— Et je ne vous crois pas, Rowena, ou Isabeau, ou… Héloïse !

Fin de la discussion. Il fit demi-tour et sortit de la cellule. Elle soupira : sa dernière chance de quitter vivante cette prison venait de s'envoler. Comme une idiote, elle avait tout fait échouer pour ne pas avoir su tenir sa langue quand il le fallait. Avant de refermer la lourde porte derrière lui, le geôlier la regarda en ricanant tout en passant son pouce en travers de sa gorge, d'un geste évocateur.

Rowena ne sut si elle devait pleurer, se lamenter sur son sort ou essayer de profiter au mieux des dernières heures qu'il lui restait à vivre. Elle s'en allait mourir le lendemain et à présent, elle était certaine que plus personne ne viendrait la tirer de là.

* * *

Sitôt rentré chez lui en cette fin d'après-midi, Safir se rendit au chevet de Lhatifah. Le médecin qui passait quotidiennement examinait avec satisfaction la cicatrice parfaitement propre et saine.

— Comment va-t-elle, aujourd'hui ? demanda Safir d'une voix tendue, contemplant Lhatifah plongée dans un profond et paisible sommeil.

— Depuis quatre jours, la fièvre a beaucoup chuté. Par ailleurs, son ventre n'est plus dur, ce qui est plutôt bon signe.

— Retrouvera-t-elle bientôt toute sa raison ?

Le médecin prit une profonde inspiration.

— Bientôt j'espère, ce soir, peut-être. Je lui avais donné de l'extrait de pavot afin de calmer la douleur et de diminuer les mouvements de ses intestins. En contrepartie, cela la faisait dormir et lui provoquait des hallucinations. Depuis deux jours, j'ai arrêté de lui en administrer, car elle n'en a plus besoin à présent.

Safir posa délicatement sa main sur le front livide de Lhatifah. À son contact, elle tressaillit et entrouvrit les yeux.

— Lhatifah, s'exclama-t-il fou de joie, c'est moi, Safir !

Elle battit des paupières et l'observa d'un air absent.

— Isabeau ! lâcha-t-elle mollement avant de refermer les paupières, et Rowena…

… *sont les mêmes*, compléta mentalement Safir, en effleurant délicatement du bout de ses doigts sa joue, creusée par la fatigue et la douleur.

— Repose-toi, dit-il, alors qu'elle sombrait à nouveau dans le sommeil.

Puis il s'éloigna à pas feutrés de son lit et s'en retourna dans le patio. Savoir son amie presque tirée d'affaire aurait dû le combler de bonheur, mais ce fut le cœur lourd qu'il vint s'asseoir près de la fontaine où le lion crachait inlassablement son eau claire dans le bassin. À deux pas de là, les dernières digitales pourpres et blanches finissaient de fleurir. Leurs hampes florales aux trois quarts dégarnies et séchées, beautés passagères, allaient à présent monter en graine avant de mourir.

En les contemplant, Safir se rappela la mise en garde de Lhatifah lorsqu'elle l'avait averti du danger, en prenant ces fleurs en exemple. Après trois semaines passées à tenter d'oublier Isabeau, il avait cédé à la tentation et était allé la trouver dans sa cellule. Peut-être avait-il espéré naïvement qu'à quelques heures seulement de mourir, elle avouerait enfin sa faute. Peut-être alors aurait-il pu lui pardonner. Hélas, son argumentaire n'avait pas dévié d'un pouce. Lorsqu'ils avaient parlé des parchemins, elle l'avait même provoqué. Safir aurait dû s'attendre à ce genre de réaction de sa part. Espion lui-même, il savait que l'on protégeait ses acolytes en assumant, seul, toute la responsabilité. De ce point de vue, cette rencontre était forcément vouée à l'échec.

À moins que la véritable raison l'ayant poussé à rencontrer cette jeune femme dans sa prison fût tout autre, qu'elle ne trouvât son origine dans cette soirée, au palais du comte Anafesto. Lors du *Bal de la Pierre*, Isabeau avait semblé si mutine. Trait pour trait, malgré son loup, elle dégageait la même grâce innocente que cette autre dame brune dont il avait brisé le cœur vingt ans plus tôt, par un propos maladroit et égoïste.

Et cette joie ineffable de converser avec elle, de ressentir à nouveau cette délicieuse sensation depuis si longtemps évanouie. Un doux moment qu'il aurait aimé prolonger en l'invitant dans son palais, afin de revivre, quelques heures durant, ce bonheur passé et révolu. Aurait-elle cru que ce charmeur en âge d'être son père voulait l'attirer dans ses filets ? Certainement. Qu'elle pût penser cela de lui, ne fût-ce qu'un seul instant, l'aurait terriblement blessé. Aussi ce soir-là avait-il préféré ne rien dire, se contentant de savourer ces fugaces instants que pour rien au monde il n'aurait voulu ternir.

Puis elle avait aperçu un garçon de son âge. Il était inutile de se bercer d'illusions. En cela, Lhatifah avait parfaitement raison. Son amour reposait à présent dans la froidure d'une terre étrangère, tandis que la jeune danseuse était bien vivante. Elle n'avait que faire des états d'âme et des chimères d'un vieux séducteur hanté par ses propres fantômes. La blessure saignait, terriblement douloureuse…

Cependant, il n'aurait jamais pu imaginer que la suite serait encore plus cruelle, qu'il aurait croisé son regard angélique tandis qu'elle poignardait Lhatifah puis, dans un semblant de regret, devant ce borgne qu'elle venait de tuer d'un trait d'arbalète. Terrible déception, doublée de l'horreur de ces crimes abjects. Le sort semblait s'acharner sur lui de façon récurrente, malédiction sans cesse renouvelée.

Lui fallait-il payer toute sa vie le prix de ses erreurs de jeunesse, comme si le remords qui le rongeait depuis lors n'y suffisait pas ?

Isabeau allait mourir le lendemain, justice serait enfin rendue, mais une telle pensée ne le consola pas. Au contraire, elle ne fit qu'accroître sa peine. Des larmes coulèrent le long de ses joues pour venir s'échouer à la commissure de ses lèvres. Leur goût salé emplit sa bouche, n'atténuant en rien son amer désespoir.

Était-il seul responsable de tout ce gâchis ? pensa-t-il en contemplant les dernières clochettes des digitales. Probablement, conclut-il.

Probablement.

Alors, Safir pleura. Il le fit seul, loin du regard de Lhatifah, du sourire mi-ange mi-démon de la jeune danseuse, et par-delà la mort, de ce visage qu'il chérissait, cette femme dont il était toujours follement épris et qu'il n'avait su retenir quand elle n'attendait de lui qu'un mot, celui, justement, qu'il n'avait su dire à temps.

Cette nuit-là, la voûte étoilée, muette et bienveillante, fut l'unique témoin de la dimension de son désarroi et, jusqu'à ce que ce même firmament blanchisse pour faire place à l'aube blafarde et tragique, rien ni personne n'aurait pu sécher ses larmes.

* * *

Rowena passa la plus grande partie de sa dernière nuit à essayer de chasser son effroi, d'oublier, pour quelques instants encore, ce qui l'attendrait lorsque les ténèbres se dissiperaient. Elle songea au Christ en veille au Jardin des Oliviers avant son arrestation, pendant que ses disciples, à ses côtés, s'endormaient les uns après les autres. À Windermere, son précepteur, un moine cistercien français, lui avait appris que le fils de Dieu avait été en proie à une telle angoisse lors de sa Passion que du sang en avait exsudé de son front. Machinalement, elle avait passé sa main sur le sien. Il n'y avait pas de traces sanglantes, seulement un peu de transpiration. Les tourments de Jésus avaient certainement dû être plus intenses que les siens. À présent, elle concevait parfaitement ce qu'il avait pu vivre, innocent mort à la place des coupables et chargé de leurs péchés. Au moins, pensa-t-elle amèrement, son sacrifice avait un sens.

Sa propre mort n'en avait aucun. Rowena aurait volontiers donné sa vie pour ceux qu'elle aimait. N'avait-elle pas, à de multiples reprises, sauvé ses compagnons d'une mort certaine en couvrant leur fuite ? Certes, son dernier dévouement en date, à la porte de la commanderie, avait été totalement inutile, à la limite du ridicule. Il avait permis à un traître de s'échapper, ce Judas ayant fait basculer depuis sa vie dans la douleur et l'absurde. Tromperie de l'amour de sa vie, perfidie de sa sœur jumelle, abandon de ses amis. Elle ne « transpirait » peut-être pas du sang, mais elle se sentit étrangement proche du fils de Dieu, lui qui avait connu aussi la trahison et le reniement. Elle le pria, espérant qu'il lui donnerait la force de tenir bon jusqu'au petit matin, de ne pas sombrer dès lors dans les affres d'un désespoir sans fin.

Elle ne put s'empêcher de penser à ceux qu'elle aimait : ses parents, Caméléon et même les autres, lord Stratheden, son maître d'armes, Safir… avec, toujours en arrière-plan, Wilhiam, le maudit. Le chagrin l'emporta finalement sur sa raison, mais elle ne pleura pas. Ce qu'elle ressentait était au-delà de toute larme. Désemparée, seule dans son cachot sordide, elle tenta d'apprécier encore un peu cette existence, cette vie qui lui serait ôtée quelques heures après. Elle savoura l'échantillon de ciel se découpant dans la lucarne, les quatre étoiles qu'elle y compta. Elle huma avec une infinie gourmandise toutes les odeurs, même les plus rances et les plus nauséabondes de son cachot. Elle leur trouva une saveur exquise, car elle les savait désormais éphémères. Enfin, elle apprécia longuement le moindre bruit au-dehors et dans la prison, ronflements irréguliers du gardien, cris étouffés d'un détenu ou clapotis de l'eau dans le Grand canal.

Rowena goûta goulûment à tous ces petits détails insignifiants pour les vivants qui ne se savent pas en sursis. Avide, nostalgique et jamais repue, elle se délecta de tout ce qui continuerait d'exister quand elle-même ne serait plus. Puis, à une heure avancée de la nuit, tombant de fatigue, les yeux secs et douloureux, elle finit par s'endormir, jusqu'à ce que l'aube vînt surprendre ses paupières encore brûlantes pour la rappeler à sa funeste réalité.

Le jour se levant sur la lagune la réveilla dès les premières lueurs. Bientôt, un rayon de soleil se glissa par la minuscule ouverture pratiquée dans le mur épais de la cellule. Le rai de lumière fit briller de mille scintillements les poussières s'élevant dans l'air vicié, à peine rafraîchi par celui entrant dans le cachot. Allongée sur sa paillasse, elle put entendre les Vénitiens commencer à vaquer à leurs occupations, les barques s'activer sur le Grand canal, les commerçants installer leurs tréteaux, les artisans ouvrir leurs échoppes. Bientôt, tous allaient se presser sur la place Saint-Marc pour être aux premières loges.

L'exécution aurait lieu entre les deux colonnes de la petite place perpendiculaire à la place Saint-Marc, appelée *la piazzetta*. Les hôtes de marque qui entraient à Venise par le Grand canal passaient entre ces deux majestueuses colonnades de granit d'Égypte, rouge et gris, symbolisant les portes de la cité. En temps normal, ce lieu était aussi une zone franche dédiée aux jeux d'argent. Rowena songea avec horreur que les nobles vénitiens désœuvrés avaient dû passer la nuit à parier sur le nombre de coups de hache nécessaires au décollement de sa tête, ou sur la quantité de supplications qu'elle pourrait leur offrir en spectacle. À présent, ils étaient rentrés se coucher, mais elle ne doutait pas qu'ils seraient à l'heure et à la meilleure place pour ne rien manquer du divertissement proposé. Le bourreau, quant à lui, devait avoir débarrassé les tables de jeu pour mettre en place l'échafaud.

Plus qu'une heure à vivre…

* * *

Dès le premier chant du coq, Safir retourna au chevet de son amie. Il la trouva parfaitement éveillée, même si ses traits tirés trahissaient son extrême langueur.

— Lhatifah, s'exclama-t-il en se précipitant à son chevet, je suis si heureux de te voir enfin revenue parmi nous ! Comment vas-tu ?

— Je suis encore très fatiguée, mais je vais beaucoup mieux, assurément !

— Dieu soit loué ! Si tu savais comme ta conversation m'a manqué !

— Je le crois, dit-elle en esquissant un pâle sourire.

Son élocution était légèrement hachée. Au moins, pensa-t-il, elle ne délirait plus.

— Repose-toi, dit-il en se levant. Je repasserai cet après-midi.

Safir se dirigea vers la sortie avec lassitude, épaules voûtées. L'exécution de la jeune femme aurait lieu moins d'une heure plus tard, mais il ne comptait pas s'y rendre. Il trouvait ce genre de spectacle public particulièrement dégradant, persuadé, en outre, que la sanction capitale ne calmait en rien les ardeurs des meurtriers. Dans le cas présent il s'agissait d'Isabeau et cela le révulsait d'autant plus.

— Qu'y a-t-il, Safir ?

Il s'arrêta et se retourna.

— Que veux-tu dire ?

— Tu es bien morose.

— Nous sommes mardi, fit-il en baissant la tête, jour d'exécution publique.

— Je vois. Tu ne pourras jamais te faire à cette conception « humaine » de la justice.

— La mort des coupables n'apaise pas les tourments des victimes.

— Ne t'avise pas de dire ça devant le calife. Tu connais son opinion sur le sujet.

— Je ne le dis qu'à toi, Lhatifah. Je me garderais d'en parler aussi librement à quelqu'un d'autre.

— Qui exécute-t-on, aujourd'hui ?

Safir soupira longuement et revint vers son amie.

— Isabeau.

À ces mots, Lhatifah fit une grimace.

— Elle m'a poignardée. Elle a accompli son geste sans trahir la moindre émotion.

— Je le sais. D'ici une heure, la justice des hommes lui aura fait payer son crime.

— Elle n'apaisera pas ta peine, ni la mienne d'ailleurs.

Safir hésita un instant, avant de déclarer :

— Je suis allé la voir hier, dans sa geôle, pour essayer de comprendre. En vain.

— Qu'espérais-tu obtenir ? C'est un agent secret, comme toi.

— Peut-être, mais je n'ai jamais tué personne !

— Cette jeune femme avait déjà brisé ton cœur, avant même de commettre ses crimes.

— J'attendais d'elle une explication.

— C'est faux ! Tu attendais de sa part une parcelle d'un bonheur qu'elle n'aurait jamais pu t'offrir. Je t'avais mis en garde : Isabeau n'est pas ton amour de jeunesse.

— Je l'ai appris à mes dépens, en effet.

— À ce propos, a-t-on arrêté les Français déguisés en soldats maures qui l'accompagnaient à ce bal ?

Safir eut un léger mouvement de recul.

— Isabeau n'a jamais frayé avec les soldats maures, je m'en souviendrais !

Lhatifah l'observa étrangement.

— Serait-ce toi qui perds la raison, à présent ?

— Enfin, Lhatifah ! J'ai longuement discuté avec Isabeau, avant que tu ne viennes me rejoindre ! Souviens-toi, elle avait un ravissant costume de danseuse orientale d'ailleurs !

Le regard de la voyante trahissait maintenant un trouble profond.

— Rowena !

— Qu'y a-t-il, Lhatifah ?

— Isabeau était déguisée en bohémienne. C'est sa sœur jumelle, Rowena, qui était habillée en danseuse. Sans doute est-ce pour cela que ma prescience m'a fait terriblement défaut.

À ces mots, Safir chancela et dut s'asseoir sur le lit.

— Deux sœurs jumelles ! Es-tu sûre de ce que tu affirmes ?

Lhatifah déglutit péniblement.

— Agnès s'est présentée ici sous le nom d'Isabeau. C'est elle qui m'a ensuite poignardée lors de ce bal. Dans le bureau, la danseuse a discuté un long moment avec le fauconnier. Avant qu'il ne soit tué par Agnès, il l'a appelée Rowena. Hélas, j'ai sombré dans l'inconscience avant de pouvoir te le dire.

Dans le couloir, Safir avait nettement vu le visage d'Isabeau, aperçu sa robe claire et il se souvenait également du son métallique de sa ceinture lorsqu'elle s'était enfuie. Sauf que c'était les pièces du foulard noué à la taille de la bohémienne qui avaient tintinnabulé et non, le collier de breloques que la danseuse orientale avait passé autour de ses hanches. La ressemblance entre les deux jumelles avait été totale, jusque dans leurs déguisements. Safir n'aurait jamais pu imaginer un instant qu'il s'agissait là de deux personnes différentes.

— Dieu me pardonne ! s'exclama-t-il en se redressant d'un bond.

— Attends ! fit Lhatifah, ne me dis pas que la jeune femme qui va être exécutée est...

— ... innocente !

* * *

La lourde porte s'ouvrit enfin. Rowena découvrit huit soldats en armes au garde-à-vous de part et d'autre de l'entrée, faisant face à leur supérieur. Un instant, elle caressa l'idée de s'emparer de l'épée de l'un d'eux, mais leur capitaine n'était pas dupe.

— N'y pensez même pas, lui dit-il en observant ses gestes. Nous vous connaissons de réputation, n'est-ce pas geôlier ?

Tapi dans un coin du couloir, il avait observé la scène. Il cracha par terre et poussa un juron.

— Messieurs ! lança le capitaine.

Quatre soldats vinrent encadrer étroitement Rowena alors que leur capitaine entravait ses pieds avec une corde.

Puis le geôlier pénétra dans la cellule, un sourire narquois au coin des lèvres masquant à peine les chicots noirs. Entre ses mains il tenait un long couteau aiguisé. Il attrapa violemment les cheveux de Rowena et les tira en arrière sans ménagement. D'un geste sec, il coupa sa chevelure au ras de la nuque. Elle ne put s'empêcher d'étouffer un cri de douleur.

— J'aimerais te procurer davantage de plaisirs avec ce couteau, lui susurra-t-il à l'oreille de son haleine fétide, mais j'ai pas le droit de t'abîmer, paraît-il. Tant pis, je me consolerai autrement.

Il rangea sa longue chevelure dans ses chausses et commenta, d'un air salace :

— Avec ça, je penserai à toi, ma mignonne !

Puis il lui lança une robe de bure blanche.

— Enfile ça !

Devant tous ces hommes qui l'observaient avec attention, elle enleva sa tenue que la prison avait transformée en guenilles pour revêtir la robe. Le geôlier, plus particulièrement, en profita pour se rincer l'œil. Quand elle eut terminé, le capitaine attacha ses poignets derrière son dos, puis déposa délicatement un manteau sur ses épaules.

— Allons-y !

Rowena remonta le long couloir, escortée de ces solides gaillards aux mines sévères. Sur son passage, les détenus des autres cellules l'insultèrent et lui crièrent des paroles obscènes. Puis elle remonta l'escalier en colimaçon conduisant au rez-de-chaussée du palais ducal. Lorsqu'elle pénétra dans la cour intérieure, les membres du grand conseil de Venise, doge en tête, étaient tous là réunis à l'attendre. Les uns étaient gênés et n'osaient pas la regarder en face tandis que d'autres, au contraire, l'observaient comme une bête curieuse. Tous la suivirent en cortège jusqu'à l'extérieur du palais.

Lorsqu'elle sortit sur la place, la forte luminosité l'aveugla et elle ne put s'empêcher de fermer les yeux. Tout autour d'elle, la foule piaillait, s'invectivait ou se bousculait pour mieux la voir. Des vendeuses de beignets, un panier glissé sous le bras, hélaient les badauds pendant que d'autres marchands ambulants sillonnaient la foule assoiffée de sang, afin de lui proposer du vin pour la rassasier provisoirement. Rowena prit un air digne et avança tête haute, le pas assuré, tentant d'ignorer les gens qui l'oppressaient, difficilement contenus par des cordons de soldats.

Sur la gauche, au bout de la *piazzetta*, elle vit l'échafaud dressé entre les somptueuses colonnes. La plus proche du palais des doges était surmontée de la statue du lion ailé, symbole de l'apôtre Saint-Marc et de la ville de Venise. Elle songea à un autre lion dont elle servait la cause et qui devait à cette heure attendre de ses nouvelles. Puis elle se ravisa, amère, rejetant loin d'elle cette vaniteuse pensée. Son roi avait-il seulement conscience qu'elle existait ?

Elle avança lentement, sans pouvoir s'empêcher de penser à cette hache qui l'attendait implacablement en haut des dernières marches. Elle les grimpa une à une, la tête droite, respirant profondément pour tenter de garder une certaine fierté même si, au fond d'elle-même, son esprit était entièrement tourné vers cette mort prochaine. Ce n'était pas la première fois qu'elle l'affrontait. Par le passé, elle l'avait déjà côtoyée à maintes reprises, en combattant contre des ennemis redoutables. Rien de comparable pourtant, elle se trouvait alors dans le feu de l'action. Son instinct de survie ainsi que tous les réflexes acquis au cours des longues heures d'entraînement dans la cour de l'école la guidaient, aussi sûrement que son bras tenant l'épée.

Ici, la mort était inéluctable et elle allait la subir sans pouvoir rien tenter pour y échapper. Elle récita une prière. Elle croyait en Dieu, au Paradis et à l'Enfer, et le fait d'être jugée par le Christ sur sa courte vie terrestre ne l'effrayait pas. En revanche, le châtiment auquel on la condamnait à présent la terrorisait : on allait lui couper la tête alors qu'elle était encore vivante ! Elle voulut éloigner d'elle cette dernière pensée, faute de quoi elle n'aurait pas pu faire un pas de plus, terrifiée à cette seule idée. Elle resta tétanisée sur la dernière marche, ne pouvant plus bouger une seule once de son corps. Aller de soi-même vers cette mort lui paraissait un acte contre nature, tout son être s'y refusait.

Du coin de l'œil, elle vit un garde, posté devant la foule, qui se dirigeait vers elle. Dans trois enjambées, il serait là. Elle s'imagina poussée de force sur l'échafaud par ce soldat, puis sa tête, contrainte à se poser sur le billot, retenue fermement par sa poigne solide. Cela rendrait sa mort encore plus infamante, songea-t-elle avec lucidité. Aussi, au prix d'un terrible effort de volonté, elle se força à avancer. Aussitôt, le garde fit demi-tour et revint se poster devant la foule. Elle atteignit seule la plate-forme. À côté du bourreau cagoulé et tout de noir vêtu, un prêtre l'attendait, récitant des prières, un crucifix à la main.

Rowena fit deux pas de plus et s'arrêta. Le public se pressait maintenant vers elle pour essayer d'y voir au mieux. Tous étaient en haleine, se délectant de chacun de ses soupirs, du moindre de ses tremblements. C'est alors qu'elle aperçut, parmi la foule immense réunie sur la place, un visage connu : Caméléon se tenait au premier rang, la fixant intensément, de façon radicalement différente du reste des spectateurs. Son corps, ses traits, son visage n'étaient que frayeur et désarroi. Elle comprit qu'il avait dû tout tenter, en vain, mais elle eut surtout la certitude que tout était définitivement perdu.

Pauvre Caméléon, tu as toujours pensé que je m'en sortirais…

Le regard de son ami ne faisait que traduire sa propre angoisse. Cependant, la lire dans les yeux d'un être aimé lui fut insupportable. Des larmes se mirent à couler sur ses joues, des sanglots irrépressibles l'assaillirent. À cet instant, la foule se tut, fascinée ; le spectacle était à la hauteur. Au premier rang, de jeunes nobles sourirent et se tapèrent dans les mains : des paris avaient été gagnés apparemment. Comme s'il s'était agi d'un signal, le brouhaha reprit instantanément et une excitation gagna de nouveau la foule, fin prête pour assister au dernier acte.

Le prêtre s'avança, récitant des psaumes en latin. Dernière confession devant la foule en expectative. Absolution des péchés. Place à présent au bourreau.

Le billot en chêne était là, posé devant elle. Du sang séché et des cheveux étaient incrustés dans les entailles du bois, faites par les coups de hache. L'exécuteur des hautes œuvres enleva sa cagoule et posa à côté de lui sa cognée immense à la lame parfaitement aiguisée. C'était un garçon d'à-peu-près son âge. Il s'agenouilla devant elle et, comme le voulait l'usage, lui demanda pardon pour le geste qu'il allait commettre.

Rowena le fixa et lui accorda sa grâce. Il la dévisagea longuement, ne pouvant détacher son regard de son cou maintenant à nu sans les cheveux. Ses yeux brillaient, il affichait un air profondément gêné.

Sa première exécution d'une femme, pensa-t-elle.

Aussi étrange que cela puisse paraître, elle eut pitié de lui. Il tenta de se contenir et baissa enfin la tête. Puis il se redressa lentement, enleva délicatement le manteau des épaules de Rowena et le déposa à côté de lui. Elle était maintenant seule dans sa robe de bure blanche, face à la foule qui l'observait, captivée. À présent, pour elle, plus rien n'importait. Les mains toujours liées dans le dos, les pieds entravés, elle ne pouvait fuir, et tout ce qu'il lui restait à faire était de mourir dignement.

Elle s'agenouilla devant le billot, posa sa joue, puis son cou dénudé sur le bois du supplice. Des échardes pénétrèrent dans sa chair, causant un désagrément auquel elle ne s'était pas attendue. Dans un geste d'ultime coquetterie, elle réajusta légèrement sa position pour atténuer cette désagréable sensation, espérant seulement que le bourreau ne fût pas saoul et que son bras fût sûr. L'exécuteur remit sa cagoule, se saisit de sa hache.

Adieu, Caméléon.

Une dernière prière avec le prêtre, avant de retrouver son Créateur :

In Te, Domine, confido, non confundar in aeternum...

* * *

Safir sortit précipitamment du palais et franchit au pas de course la distance le séparant de la place Saint-Marc. Ce faisant, il réfléchit au moyen le plus approprié pour arrêter l'exécution. Pour y parvenir, il lui faudrait absolument s'entretenir avec le doge, la seule personne ayant le pouvoir d'annuler la sentence.

Il se faufila parmi les étals des marchands et la foule des badauds qui se pressaient vers la place, mais au fur et à mesure qu'il s'en rapprochait, il lui devenait de plus en plus difficile d'avancer. Les Vénitiens amassés donnaient des coudes, s'invectivaient et tous essayaient d'apercevoir l'échafaud dressé entre les deux colonnes.

Au loin, Safir vit une silhouette blanche debout, seule devant un billot de bois, et, à ses côtés, le bourreau et un prêtre récitant des prières. Une tribune avait été construite devant le palais ducal. Les membres du tribunal, le doge en tête, y avaient pris place. Safir tenta vainement de forcer le passage jusqu'à eux, mais la foule était trop dense. Pour rien au monde on ne se serait poussé pour le laisser approcher davantage. Lorsqu'il faisait un pas en avant, dix personnes le repoussaient de deux en arrière. Et quand bien même aurait-il atteint l'estrade, pensa-t-il, elle resterait inaccessible, puissamment gardée par un cordon de soldats armés de hallebardes.

Safir hésita sur la conduite à tenir.

Leur crier de loin l'innocence de cette jeune femme n'aurait servi à rien. Les gardes l'auraient pris pour un fou et si les juges, assis à moins de cent pieds de lui, avaient tenté de l'écouter, la foule l'aurait immanquablement fait taire. Il n'avait pas d'autre choix que d'arriver jusqu'au doge pour lui parler en tête à tête. Safir le connaissait bien. Enrico Dandolo avait été élu premier magistrat de la cité quatre ans plus tôt, à l'âge de quatre-vingt-deux ans. Malgré cela, il restait un vieillard alerte, doublé d'un fin politique. Il écouterait certainement ses arguments avec l'attention requise.

Nimbée par le soleil levant, la silhouette s'agenouilla devant le billot. Sans ses longs cheveux noirs, elle paraissait plus frêle et plus jeune. *On dirait une enfant demandant pardon pour la faute qu'elle a commise*, pensa un instant Safir, avant de se rappeler qu'il ne s'agissait pas ici d'une simple réprimande, ce qui l'aiguillonna davantage. L'estrade n'était plus qu'à soixante pieds. Il put enfin distinguer le doge, assis au premier rang, fourrageant dans sa barbe d'un geste machinal.

La jeune femme déposa son cou blanc et gracile sur le bois sacrificiel. Un pas en arrière, le bourreau tenait fermement sa hache. D'un mouvement théâtral impeccablement rodé, il la leva lentement au-dessus de sa tête.

Instantanément, le silence se fit. Une seconde auparavant, la foule piaillait comme dans une basse-cour. À présent elle s'était tue, dans l'attente quasi religieuse du coup fatal. Personne ne faisait attention à lui, aussi continua-t-il d'avancer. Plus que trente pieds.

— Au feu !

Un spectateur, un seul, se retourna. Il dévisagea Safir d'un regard lourd de reproches, avant de reporter son attention sur l'exécution.

Vingt pieds.

Le soleil brilla sur la tranche en métal de la hache, effilée comme un rasoir.

— La ville est en feu ! s'écria Safir d'une voix puissante. Tout Venise brûle !

Cette fois-ci, ce furent une douzaine de têtes qui se tournèrent vers lui, non pas avec acrimonie, mais semblant totalement paniquées. L'information se répandit à la vitesse du vent parmi la foule amassée et, bientôt, le cri enfla tellement que l'exécuteur des hautes œuvres lui-même interrompit son geste pour observer les Vénitiens s'agiter en tous sens, telle une fourmilière géante dérangée dans son train-train.

Grâce à cette diversion, Safir atteignit la tribune d'où les juges ébahis contemplaient le mouvement de panique. Certains se levaient déjà et prenaient leur longue robe dans leurs mains pour quitter les lieux au plus vite, d'autres, au contraire, semblaient plongés dans un état de profonde perplexité. Tout autour, le rigide cordon de sécurité s'était désagrégé, emporté par la foule, quand les gardes eux-mêmes n'avaient pas pris la poudre d'escampette pour tenter de sauver leurs biens. Safir en profita pour bondir sur l'estrade et attraper le bras du doge, totalement dépassé par les événements.

— Arrêtez l'exécution ! Cette femme est innocente ! J'en ai la preuve !

Le doge se retourna vers lui, interloqué, les yeux perdus dans le vide. Enrico Dandolo était aveugle, suite à un coup reçu derrière le crâne des années plus tôt. Cependant, il sembla l'observer avec attention, même si Safir savait qu'il se servait de son ouïe, encore fine malgré ses quatre-vingt-six ans.

— Que dites-vous ?

— Votre Seigneurie, la femme qui doit être exécutée n'est pas coupable ! Lhatifah, sa victime, s'est réveillée. Elle m'a affirmé qu'il s'agissait d'un coup monté par la sœur jumelle de cette condamnée.

À voir sa tête, Safir comprit que le premier magistrat de la cité ne savait que penser de ces propos. Le bourreau, quant à lui, le regardait d'un air interrogateur. Enfin, le doge lui fit signe de suspendre l'exécution et il eut également la présence d'esprit d'envoyer deux gardes se saisir de Rowena.

— Nous en reparlerons plus tard, déclara-t-il, la ville est en feu !

Safir ne put s'empêcher de sourire.

— Il n'y a pas d'incendie ! C'était seulement une fausse alerte de ma part, le seul moyen que j'aie trouvé pour me frayer un chemin jusqu'à vous.

Le doge se rembrunit.

— Vous savez que je pourrais vous faire arrêter pour avoir déclenché une panique dans Venise !

— Je suis désolé d'avoir dû employer ce stratagème, la vie d'une innocente était à ce prix.

— Êtes-vous vraiment certain de son innocence ?

— Absolument sûr !

À ces mots, le doge secoua la tête et ses épaules s'affaissèrent.

— Cela est terrible, annonça-t-il d'une voix à la fois résignée et irrévocable, car nous allons devoir à présent exécuter une innocente !

* * *

Le coup tardait à venir. Bientôt, un grondement monta dans la foule prise de panique. À côté de Rowena, le bourreau observait avec de grands yeux étonnés le public qui hurlait des propos incompréhensibles. Safir Ibn Thazi était en grande discussion avec le doge, un vieil homme de haute stature à la longue barbe blanche, coiffé d'un chapeau rond en pointe sur l'arrière, caractéristique de sa fonction. On parlementait, on agitait les bras en désignant la condamnée de la main et des yeux. Sur la place, toujours les mêmes cris :

— Au feu ! Au feu !

Ne sachant quelle attitude adopter, le bourreau reposa sa lourde hache, tentant de garder contenance en prenant une posture digne de sa fonction. Enfin, le doge lui fit signe d'attendre puis des soldats accoururent, montèrent sur l'échafaud et conduisirent Rowena devant lui. À ses côtés, le visage d'une pâleur cadavérique, Safir la dévisageait avec une profonde inquiétude.

— Rowena de Windermere, annonça le doge, votre principal accusateur, Safir Ibn Thazi, vient de me prouver à l'instant votre innocence. Cette nouvelle m'afflige, car selon la loi vénitienne, je n'ai pas le droit de surseoir à l'exécution.

Les soldats l'avaient déjà prise par l'épaule et l'entraînaient de nouveau vers l'échafaud. Safir s'interposa.

— Si je puis me permettre une réflexion en tant que diplomate, Votre Seigneurie : cet agent de la Couronne d'Angleterre est maintenant reconnu innocent. Le mettre à mort malgré tout attisera le courroux du roi Richard envers la République de Venise !

Le doge l'écouta avec solennité, mais il demeura inflexible.

— Le jugement a été rendu et la condamnation doit être exécutée !

Safir le prit à part.

— Réfléchissez ! glissa-t-il à son oreille. Que vaut-il mieux pour la santé commerciale de Venise : se parjurer ou de terribles représailles de la part de la puissante Albion ?

Le doge réfléchit un instant, puis il déclara pour lui-même :

— Il est vrai que Venise ne peut pas se permettre un conflit armé avec un si puissant royaume !

Safir coupa court à ses tergiversations.

— Vous êtes libre !

— Je ne comprends pas ! répondit-elle, hébétée.

— Lhatifah est sortie hier soir de sa léthargie et m'a tout raconté. Sa version des faits confirme la vôtre : vous m'aviez effectivement dit la vérité et je ne vous ai pas crue.

La voix de Safir semblait provenir d'ailleurs, de ce monde des vivants qu'elle avait déjà quitté.

— Lhatifah ?

— Elle filait les espions du roi de France, ce qui lui a permis d'entendre votre conversation avec le fauconnier, depuis le couloir. Lorsque votre sœur est sortie du bureau, elle n'a pas eu le temps de se cacher.

— Et Agnès l'a poignardée… compléta-t-elle machinalement.

Safir hocha la tête.

— De loin, j'ai vu le geste de votre sœur et seulement son visage, pas ses vêtements. Quand je suis entré dans le bureau et que je vous ai trouvée au pied de cet homme mort, j'ai cru que c'était vous la meurtrière.

Totalement désorientée, elle entendait mais n'écoutait pas. Les événements s'étaient précipités et son esprit planait encore sur le billot, dans ces nimbes éthérés, hors du temps et de l'espace. Les juges, quant à eux, retournaient déjà dans le palais ducal sans même la regarder. Elle suivit Safir sans réfléchir. Quelqu'un se jeta dans ses bras.

— Caméléon !

— Je suis désolé, fit-il en l'étreignant. J'ai vraiment tout tenté !

Elle l'observa, distante. Il est vrai que son ami ne l'avait guère aidée à la tirer de là, mais après ce à quoi elle venait d'échapper, elle était prête à lui pardonner.

— Ne te blâme pas, fit-elle, magnanime, tu étais seul.

Safir interrompit leurs retrouvailles.

— Rowena, ma dette envers vous est immense ; que diriez-vous de passer quelques jours dans mon palais, le temps pour vous d'estomper ces funestes instants ?

Elle sourit intérieurement. Elle avait effectué des années d'entraînement pour acquérir ce genre de réflexe conditionné : parler avec un interlocuteur et déceler immédiatement, sans même avoir besoin de réfléchir, qu'il vous manipulait. Deux secondes auparavant, Safir s'excusait platement de l'avoir confondue avec sa sœur, et elle s'était laissé porter par le son de sa voix, encore sous le choc de son horrible mésaventure. À présent, il voulait profiter de la situation pour lui tirer les vers du nez. Aussitôt, elle sortit de son hébétude, évaluant déjà tout ce qu'elle gagnerait à accepter son offre. Ce séjour auprès du diplomate andalou lui permettrait de se remettre en selle dans cette affaire des parchemins. En outre, Safir était un hôte des plus agréables qui n'était pas insensible à ses charmes. Elle trouverait bien le moyen de lui soutirer des confidences. Enfin, pensa-t-elle aussi, quelques jours de repos seraient les bienvenus.

— Nous vous remercions pour votre invitation, Safir, et nous l'acceptons volontiers !

Côte à côte, tous trois traversèrent la place Saint-Marc. Les quelques spectateurs qui n'avaient pas fui lors de l'alerte à l'incendie avaient compris que le spectacle était terminé. Par petits groupes, ils s'égaillaient en direction des différents ponts et des gondoles amassées sur le Grand canal. Les nobles désœuvrés avaient-ils également parié sur une telle fin ? pensa-t-elle en voyant deux spectateurs en colère quitter l'une des fenêtres du palais ducal.

Pas elle, en tout cas.

Chapitre 6

Anafesto

Un jour seulement était passé depuis son exécution avortée pourtant, Rowena avait l'impression qu'un siècle s'était écoulé. Il faut dire que Safir était un hôte prévenant et attentionné. Elle avait eu droit de goûter aux multiples délices de l'Orient dans le palais du diplomate : bain relaxant, massages par des mains expertes, pâtisseries au miel et jus de fruits frais. Même si elle n'oublierait pas de sitôt la terrible épreuve qu'elle venait de vivre, elle se sentait de nouveau prête à affronter les intrigues de ce monde. En arrivant dans le patio, elle trouva Lhatifah allongée sur un divan. La voyante était encore très pâle, mais souriante.

— Avez-vous passé une bonne nuit, Rowena ?

— Ce serait plutôt à moi de vous poser la question. En tout cas, je constate avec plaisir que vous avez bonne mine.

— Je vais beaucoup mieux, en effet ! Et mes visions, qui m'avaient quittée depuis ce fameux bal, semblent revenues !

— Sont-elles agréables ?

— Elles le sont rarement !

— Dans l'une d'elles, avez-vous vu ma sœur ?

Lhatifah sourit.

— À cette heure, votre sœur est loin d'ici, riche et célèbre ! Je n'ai pas besoin de visions pour pouvoir vous l'affirmer avec certitude !

Safir rejoignit les deux femmes et prit place sur un sofa.

— Je n'en reviens toujours pas, commença-t-il. Vous et Agnès êtes deux sœurs jumelles ! Il est tout de même incroyable que je me sois entretenu avec vous deux, à si peu de temps d'intervalle !

Et que vous nous ayez tragiquement confondues, se retint d'ajouter Rowena.

— Je suis malheureusement bien placée pour le savoir, dit-elle seulement.

Confus, Safir baissa la tête.

— J'en suis profondément navré, croyez-moi. L'idée que j'aie pu faire condamner à mort une innocente n'a pas cessé de me tourmenter depuis que je sais la vérité. C'est donc vrai : vous ne vous souveniez réellement pas de l'existence de votre sœur ?

— Non. J'ai vécu en Angleterre depuis l'âge de deux ans et demi et je me croyais la seule survivante de ma famille. Les souvenirs me sont revenus brutalement lorsque j'ai vu le visage d'Agnès, dans le bureau du fauconnier. En revanche, elle connaissait mon existence. Comment, je ne saurais le dire.

Safir resta songeur quelques instants.

— La savoir malveillante à ce point me laisse pantois, dit-il. Elle aurait dû se réjouir de vous revoir.

— Elle aurait dû, effectivement. C'est ce que j'ai cru, lorsque je l'ai retrouvée. J'ai vite déchanté. Elle a refusé tout débat, tuant froidement ce fauconnier avant de s'enfuir. Au cours de mon emprisonnement, j'ai eu tout loisir pour y repenser. C'est comme si elle avait bâti des murailles derrière lesquelles elle ressasse sa haine, sans que l'on puisse arriver à déceler ses motifs.

— Je comprends ce que vous voulez dire. J'ai eu l'occasion de m'entretenir avec elle, ici même. Votre sœur a une âme tourmentée, c'est certain. Si ce qu'elle a fait est au-delà de toute ignominie, j'ose espérer qu'il y a en elle d'autres sentiments que sa seule colère. Je me refuse à croire le contraire, ce serait trop…

Il soupira longuement et baissa la tête. Rowena comprit qu'il taisait quelque chose. Safir avait été profondément affecté par la trahison d'Agnès, il l'avait avoué publiquement au tribunal de Venise. Sa sœur représentait pour lui davantage qu'une agréable rencontre, Rowena n'arrivait pas encore à cerner ce qu'il en était exactement. Elle ne croyait pas un instant qu'ils puissent avoir été amants. Agnès était une femme fatale certes, mais Safir n'était pas le genre d'homme à tomber dans ses filets. Elle-même avait conversé avec lui au cours du *Bal de la Pierre* et à aucun moment il ne s'était comporté en séducteur.

Lhatifah avait considéré l'échange avec intérêt. À présent, elle l'observait avec clairvoyance, comme si elle suivait son raisonnement.

— Avec Agnès en possession des parchemins, intervint-elle, l'état du monde risque de s'aggraver rapidement !

Rowena la dévisagea, étonnée. Manifestement, la voyante avait souhaité faire diversion pour protéger Safir. Le diplomate se dirigeait dangereusement vers une impasse dont il ne pourrait se tirer qu'en révélant la vérité à son invitée. Lhatifah savait, mais ne dirait rien. En outre, elle défendrait certainement à Safir de se confier. À cet instant, il se tourna vers la voyante et, en un échange de regards, sa mélancolie s'évanouit d'un coup. L'espion était de retour, comprit Rowena, ce ne serait pas aujourd'hui qu'elle en saurait davantage.

— Ce vol est fâcheux, en effet, dit-il, rembruni. Il va bouleverser le fragile équilibre de ce continent.

— En premier lieu, l'Angleterre, ajouta-t-elle. Le roi de France va se venger de l'humiliation subie lors du cambriolage de la commanderie.

— L'occasion est trop belle de reconquérir les territoires français contrôlés par les Anglais. Nos informateurs ont déjà signalé des mouvements de troupes françaises vers l'Aquitaine et la Normandie, afin de les reprendre enfin aux Anglais.

— Les armes chinoises seraient-elles déjà au point, selon vous ?

Safir éplucha une orange, puis en tendit un quartier à Rowena.

— Philippe Auguste est un roi rusé, dit-il. Il intimide Richard Cœur de Lion et le fait douter.

— Une guerre des nerfs, commenta-t-elle. Au premier faux pas de Richard, les Français se lanceront à l'assaut.

— Et pour cela, il n'y a même pas besoin de posséder de nouvelles armes ; simplement faire savoir à l'adversaire qu'on peut à tout moment avoir la supériorité sur lui.

— Une ruse vieille comme le monde. Le roi de France n'est pas le premier à en user.

Il ne put réprimer un sourire.

— Mais elle fonctionne toujours !

Lhatifah interrompit leur échange.

— Que faisons-nous, maintenant ?

Safir fronça les sourcils et prit un air mystérieux.

— Attendons de voir la suite des événements. Il y a parfois d'inattendus revirements de situation, n'est-ce pas Rowena ?

* * *

Pendant ce temps, à Paris, Agnès déambulait dans les couloirs du palais du Louvre avec le chancelier du roi de France.

— Où en sommes-nous avec ces documents ? s'enquit-il.

Les yeux de la jeune femme s'étrécirent.

— Nous n'arrivons toujours pas à mettre au point les formulations, avoua-t-elle.

— Faites attention Agnès, le roi s'impatiente ! Il a déjà mis ses chevaliers en mouvement vers l'Aquitaine.

L'homme et la femme avaient atteint un laboratoire rempli de fioles et de cornues. Des dizaines de savants s'affairaient et expérimentaient. Agnès s'arrêta sur le seuil de la pièce.

— Je le sais. C'est pour cela que nos meilleurs apothicaires et alchimistes travaillent jour et nuit d'arrache-pied.

Le chancelier la toisa sévèrement.

— Le roi vous donne un mois, pas un jour de plus !

— Je vous promets que dans un mois la poudre sera au point !

— Ne décevez pas Sa Majesté !

Il tourna les talons et s'en alla dans le couloir sans un regard en arrière. Agnès l'observa s'éloigner, perplexe. Elle comprima ses lèvres en une moue songeuse et, pour la première fois de son existence, douta de son entreprise.

* * *

Cela faisait à présent trois semaines que les deux agents anglais logeaient chez Safir. Lhatifah allait beaucoup mieux. Sa blessure était presque guérie et elle passait le plus clair de son temps en compagnie de Caméléon. Par ses plaisanteries et les facéties dont il avait le secret, il avait grandement contribué à accélérer sa guérison. Il prenait également beaucoup de plaisir à converser avec la charmante malade des heures durant, et l'affection sincère du début se transforma bientôt en une romance naissante.

Rowena vit d'abord cette amourette d'un œil intrigué, mais à mesure que les jours passaient, il s'y mêla une pointe de jalousie. Depuis la trahison de Wilhiam, un peu plus d'un an auparavant, Caméléon s'était comporté avec elle de façon radicalement différente. Il la protégeait davantage, ne rétorquait plus systématiquement de façon acide à ses piques et était beaucoup plus prévenant. Elle avait tout d'abord pris cela pour de la compassion, puis elle s'était rapidement rendu compte que son ami la courtisait enfin, chose qu'il n'avait jamais faite auparavant, même avant sa rencontre avec Wilhiam. Elle éprouvait des sentiments pour Caméléon, mais elle se refusait obstinément à tomber amoureuse de lui. À la Citadelle, on apprenait aux élèves à n'avoir aucune relation de cet ordre entre agents. Le douloureux échec de ses fiançailles avec Wilhiam prouvait le bien-fondé de ce principe maintes fois martelé par les professeurs, même si les étudiants, Rowena en tête, avaient toujours du mal à s'y plier.

Caméléon avait semblé accepter de bonne grâce son indifférence feinte, mais Rowena savait que sa patience ne serait pas éternelle. Jusqu'alors, ils avaient passé le plus clair de leur temps ensemble sur les chemins. Il n'y avait alors aucun risque que son ami puisse croiser la route d'une autre femme. Le séjour chez Safir avait changé la donne. Il n'était donc pas étonnant que, dans de telles conditions, Caméléon fût tenté de chercher un réconfort affectif auprès d'une autre qu'elle. Cependant, si Lhatifah était une jeune femme attachante, elle était également une espionne du calife de Cordoue. Rowena estima donc que la précaution d'usage, qu'elle s'était elle-même appliquée, prévalait encore plus lorsqu'un espion tombait amoureux d'un agent ennemi. Elle songea qu'elle devrait lui en glisser un mot, ce qui ne lui plairait guère. Son ami penserait-il qu'elle se comportait en femme jalouse ?

Vraisemblablement, et à juste titre. Mais elle était aussi son capitaine, se rappela-t-elle, et Caméléon, un soldat sous ses ordres. Il serait bon qu'elle le lui redise. Seul le service de son roi comptait, et Richard avait besoin de soldats loyaux. Dans ces conditions, la jalousie n'entrait pas en ligne de compte.

C'est dans cet état d'esprit qu'elle visitait Venise en compagnie de Safir, cet après-midi-là. Le diplomate andalou était un guide hors pair. Il connaissait des lieux insolites et prenait grand plaisir à les lui faire découvrir. Ils se trouvaient dans un quartier populaire situé non loin des arsenaux de la ville. Debout sur des gondoles amarrées, des poissonniers interpellaient les passants. Pour attirer leur attention, ils s'échangeaient des dorades, des bars et divers poissons de roche en les lançant d'une barque à l'autre, sans jamais en faire tomber un seul. Safir ne fit pas cas du spectacle. Il s'arrêta, regarda brièvement autour de lui et se rapprocha d'elle.

— Rowena, confessa-t-il, lorsque j'ai rencontré votre sœur pour la première fois, j'ai cru reconnaître en elle une femme que j'ai côtoyée en Andalousie voilà plus de vingt ans.

Finalement, pensa-t-elle, l'envie de se confier avait été plus forte que les mises en garde de Lhatifah. Safir lui faisait une révélation extraordinaire, même si elle se doutait de sa teneur.

— Ma mère ?

Il hocha la tête.

— La ressemblance est trop troublante pour ne pas le penser.

— Mes parents étaient marchands. Ils ont certainement croisé votre chemin lors d'un voyage d'affaires à Cordoue.

— La jeune femme que j'ai connue ne négociait pas des soieries !

Il est des convictions intimes que l'on veut parfois faire taire. Rowena avait toujours pensé que sa mère n'était pas qu'une simple marchande, mais elle avait toujours voulu enfouir cette idée, comme si elle lui faisait peur.

— Que voulez-vous dire ?

— Votre mère s'est entretenue avec moi d'affaires d'État et, quelques années plus tard, elle l'a certainement payé de sa vie.

Sa mère, une espionne comme elle ! songea-t-elle avec ironie. Le moment était mal choisi pour que Safir lui fît ce genre de révélation. Elle venait douloureusement d'apprendre l'existence d'une sœur jumelle. S'il lui fallait maintenant affronter en plus le passé tortueux de ses parents… Mais tout cela n'était-il pas lié ? La boîte de Pandore s'était ouverte lorsqu'elle avait accepté cette mission à la commanderie ; elle ne se refermerait plus jamais.

— Mon existence entière sera remise en perspective, justifia-t-elle. Je ne sais pas si je suis encore assez forte pour absorber ce nouveau choc.

— J'en ai parfaitement conscience. Aussi, je ne vous forcerai pas la main. Sachez également que j'avais une très grande admiration pour votre mère, malgré nos divergences d'intérêts.

Pourquoi remuer les eaux dormantes ? pensa-t-elle. N'avait-elle pas vécu jusqu'alors heureuse, sans se soucier de ses origines ? Elle pouvait bien se voiler la face quelques années encore.

— Ma mère est morte, mon père aussi !

Le visage de Safir s'assombrit. Il fit quelques pas, seul, puis s'en retourna vers elle.

— Leur mort tragique dans le Nord-Ouest de l'Angleterre m'a fait énormément de peine, avoua-t-il. Je ne crois pas un instant à la thèse des pillards qui m'a été rapportée.

Rowena soupira. Une boule monta à sa gorge.

— J'étais là, sanglota-t-elle, tapie dans les fougères. Je n'ai guère de souvenirs de ce drame, mais je me rappelle avoir vu des cavaliers tirer des flèches sur les chariots. Mes parents et leurs compagnons sont tombés à terre, mortellement blessés. Les assaillants ne leur ont laissé aucune chance. Personne n'a survécu !

Elle essuya une larme et renifla. Cela lui était pénible d'évoquer ce douloureux souvenir et c'était la première fois qu'elle s'en confiait à quelqu'un. Elle avait toujours refusé d'en parler avec ses parents adoptifs. Lorsque, en de rares occasions, lord Windermere avait essayé de mettre le sujet sur le tapis, elle avait coupé court, disant préférer regarder vers l'avenir qu'elle voyait brillant plutôt que vers un passé funeste et sombre. Et puis, à quoi bon réveiller les vieux démons qui sommeillaient en elle ? Qui sait si elle ne serait pas devenue, comme sa sœur Agnès, ivre de haine et de vengeance ?

Ils reprirent leur promenade en silence. Ce fut Safir qui mit fin le premier à leur méditation.

— La mort suspecte de vos parents est une réalité que vous ne pourrez pas vous cacher éternellement.

Au plus profond d'elle-même elle se réjouissait qu'il lui dessille les yeux. Immédiatement, les sanglots firent place à la colère. Elle serra les poings.

— Je veux savoir qui se cache derrière cet assassinat !

Safir s'arrêta net, prit ses mains dans les siennes et la fixa avec un regard dépourvu d'apprêt. *Cet homme était terriblement amoureux de ma mère*, pensa-t-elle à cet instant.

— Rowena, c'est l'ami qui vous parle, pas le diplomate : je vous jure que vous aurez toute mon aide lorsque vous serez prête à vouloir éclaircir cette affaire !

— Je veux que le coupable paye !

Il inclina légèrement la tête, interrogateur.

— Connaître le passé de votre mère est une chose, je vous révélerai ce que j'en sais lorsque vous le souhaiterez. Découvrir le commanditaire de son assassinat en est une autre, car alors il vous faudra en assumer les conséquences. Sachez que j'aimais votre mère plus que tout. Je suis prêt à donner ce que je possède, ma propre vie si besoin, pour que justice soit rendue. Et cela sera encore bien peu, au regard de tout ce que j'ai perdu lorsque je n'ai pas su la retenir.

Il lâcha ses mains et reprit sa marche, seul, à quelques pas devant elle, épaules voûtées, l'air abattu. Rowena le trouva terriblement touchant. Même si Safir ne lui avait pas encore rapporté la teneur de sa rencontre avec sa mère, elle eut parfaitement conscience qu'il ne lui avait pas été facile de mettre son âme à nu. Elle le rejoignit, et tous deux marchèrent un long moment sans échanger le moindre mot. Safir sembla ensuite retrouver un peu d'entrain.

— Voici le *ponte dei Mori*, dit-il avec un enthousiasme compassé, alors qu'ils passaient tous deux sur un ouvrage en bois enjambant un canal secondaire. Ce pont conduit au quartier arabe de la ville, appelé à présent le *campo dei Mori*. Trois frères maures ont fondé ce quartier au début de ce siècle, d'où son nom, *Mori*, en Vénitien.

— Un quartier arabe à Venise ? fit-elle en tentant de sourire. L'accueil qu'on leur a fait a dû être un peu glacial.

— En fait, non. Comme ils transportaient avec eux des baquets remplis d'or, on ne s'est pas empressé, pour une fois, de les chasser.

— Les affaires avant tout ! commenta Rowena en débouchant sur la place d'un marché.

Safir se força à sourire, mais ses prunelles claires avaient perdu tout éclat.

— J'aime à m'y promener, soupira-t-il, nostalgique, car j'ai l'impression de me retrouver à Cordoue.

La foule compacte et cosmopolite, composée de musulmans reconnaissables à leurs amples djellabas blanches, de juifs coiffés de la kippa, de chrétiens grecs orthodoxes, ou de simples Vénitiens, se pressait autour d'eux. Partout, des enfants couraient en tous sens, bousculant les passants, s'amusant à se poursuivre dans les rues et certains sautant même de barque en barque sous les cris de colère de leurs propriétaires. Soudain, l'un d'eux fonça droit sur Rowena et la percuta.

— Regarde un peu devant toi, quand tu cours ! s'exclama-t-elle.

— Pardon, ma dame !

Elle sentit une main se glisser dans sa poche : un tire-laine en herbe qui manquait encore de technique. Elle attrapa son poignet et tira le gamin vers elle jusqu'à ce que son visage fût à la hauteur du sien.

— La prochaine fois, gare à toi !

Le visage de l'enfant se décomposa.

— Excusez-moi, ma dame ! murmura-t-il d'un air apeuré.

Elle aperçut un bout de parchemin plié en quatre dans le creux de sa main. Elle le prit discrètement : Safir n'avait rien vu. Il marchait seul, toujours perdu dans ses pensées, deux pas devant. Elle adressa un sourire en direction du jeune messager et lâcha son poignet.

— Va-t'en, maintenant ! lui dit-elle à mi-voix.

Le gamin tenta d'articuler des mots, mais il préféra filer et disparut dans la foule. Elle déplia fébrilement le bout de parchemin et découvrit un message :

« Demain midi au pont de barques du Rialto. Venez seule. Anafesto. »

Elle observa la foule dense, essayant de repérer un œil indiscret ou une filature. Elle ne distingua rien de suspect. Marchands et chalands s'invectivaient, parlementaient ou faisaient affaire. En tout état de cause, songea-t-elle en glissant le papier dans sa poche, la *Guilde Pérégrine* avait apparemment encore quelques révélations à lui faire. Puis elle s'en alla rejoindre Safir.

*

Rowena se préparait à aller à son rendez-vous lorsque Caméléon entra dans ses appartements.

— Que veulent-ils, selon toi ? demanda-t-il.

— La Guilde a peut-être du nouveau sur les documents volés par Agnès, dit-elle, dubitative.

— Ne penses-tu pas que ce soit un piège ?

— Ils n'ont aucune raison de m'en vouloir. Ils auraient pu me tuer sans avoir besoin de me convier à un rendez-vous.

Elle glissa deux dagues dans sa ceinture et jeta une cape sur ses épaules.

— Je note tout de même que tu pares à toute éventualité, dit Caméléon qui avait observé ses préparatifs. Veux-tu que je t'accompagne ?

— Ils ont écrit : « Venez seule ». Ils te connaissent et je doute qu'un déguisement puisse tromper leur vigilance. Occupe-toi plutôt de distraire l'attention de Safir et de Lhatifah.

— D'accord !

— À ce propos, je t'ai vu folâtrer avec la jeune voyante. Tu connais les règles de notre métier…

Son visage s'assombrit.

— Tu es dure avec moi !

— Je veux seulement t'éviter des ennuis !

Il baissa la tête.

— Ça va, soupira-t-il, j'ai compris !

Elle le prit dans ses bras et le fixa droit dans les yeux.

— En dehors de mes parents adoptifs, tu es la seule personne qu'il me reste. Je ne veux pas te perdre.

Les prunelles grises de son ami étaient brillantes, teintées d'une étrange mélancolie.

— Je tiens aussi à toi, Rowena. En aucun cas je ne voudrais te faire du mal.

Elle se réjouit de ses propos. À vrai dire, elle espérait secrètement le voir réagir ainsi.

— Si je ne suis pas revenue à la tombée de la nuit, conclut-elle en déposant un baiser sur sa joue, tu envoies un message par pigeon à lord Stratheden, puis tu files directement à la Citadelle !

— Promis, bonne chance !

*

Rowena quitta le palais de Safir par une issue dérobée. Une fois dans la ruelle, elle s'assura qu'elle n'était pas suivie. De rares passants croisaient sa route, mais elle ne remarqua aucune filature. Elle se dirigea ensuite vers le lieu de son rendez-vous, situé à un quart d'heure de marche de là. Sur le Grand canal, un immense ouvrage en bois était en cours de construction, visant à remplacer l'insuffisant pont de barques qu'emprunta Rowena pour accéder à la rive gauche et au quartier du *Rialto*, véritable centre commerçant de la ville. Ici, les banques privées, les magistratures du fisc ainsi que les bureaux des innombrables corporations disputaient la place aux comptoirs des peseurs, aux boutiques de sculpteurs sur bois et aux marchands de denrées précieuses. Elle remarqua d'ailleurs l'échoppe de Safir, spécialisée dans la vente d'aciers forgés en provenance d'Andalousie. La foule cosmopolite de négociants vénitiens, turcs, dalmates ou allemands côtoyait ici les grossistes, qui répartiraient ensuite les marchandises dans les petites boutiques des différents quartiers. Elle nota aussi que de simples particuliers traînaient dans le quartier, à la recherche d'une bonne affaire.

Des dizaines de nefs, de la simple barque jusqu'à l'imposante galère marchande, fierté des arsenaux de la ville, naviguaient sur le Grand canal. Elle repéra immédiatement une gondole à quai, légèrement à l'écart de toute cette activité. Lorsqu'il la vit arriver vers lui, un jeune homme en descendit et l'accosta. Il lui demanda en souriant si elle souhaitait faire un tour sur les canaux.

Rowena acquiesça et monta dans l'embarcation à ses côtés. Le garçon avait de longs cheveux bruns attachés en queue de cheval et un visage allongé au teint mat. Sous le siège, elle remarqua une épée et un arc, posés à côté d'un carquois rempli de flèches. Elle se demanda si ces armes étaient là pour les protéger ou bien dans une intention malveillante. Elle redoubla de vigilance, prête à toute éventualité. Pour l'instant, son jeune voisin ne semblait guère agressif. Il lui offrit d'ailleurs une pomme tout en déclarant :

— Venise se découvre depuis ses canaux. Flâner sur les ponts ne suffit pas.

— Dois-je ainsi découvrir ce qui est caché à l'œil ?

Il inclina la tête.

— Disons que certaines réalités sont différentes, vues d'en bas.

Derrière eux, le gondolier plongea sa rame dans l'eau. La gondole se mit à glisser vers un canal secondaire au cœur du quartier du *Rialto*. Il est vrai que la vision de Venise était tout autre, une fois sur le bateau. Les ruelles, les maisons et les ponts ne ressemblaient en rien à ce que l'on pouvait voir depuis la chaussée. Ils croisèrent quelques barques emplies de fruits, de légumes ou de laine, d'autres qui transportaient des poules et des cochons vivants, puis ils se perdirent dans le labyrinthe aquatique et, peu à peu, la circulation se fit plus éparse.

Ils naviguaient à présent sur d'étroits canaux bordés seulement par les hauts murs des maisons. Il n'y avait plus guère de passants sur les rares ponts et seul le clapotis de la rame dans l'eau verdâtre troublait le silence environnant. Rowena commença à regretter de s'être embarquée dans cette entreprise. Toujours silencieux, son voisin l'observait de temps à autre, lui adressant un sourire comme pour la rassurer. Elle songea qu'en cas d'agression elle n'aurait aucun moyen de fuir à terre. Si elle se jetait à l'eau et nageait, elle serait rapidement rattrapée. Faute de mieux, elle garda sa contenance.

— Le comte Anafesto veut-il m'offrir une visite guidée de la ville ? demanda-t-elle enfin.

— Anafesto veut surtout éviter les oreilles indiscrètes.

La voix était grave et provenait de derrière elle. Surprise, elle se retourna vivement : le gondolier venait de lui adresser la parole. Elle ne l'avait pas réellement remarqué de prime abord. C'était un homme âgé d'au moins soixante-cinq ans, au visage buriné par le soleil et les embruns. Il avait cependant gardé une allure svelte et, debout à la poupe, un pied en avant, il dirigeait le bateau avec une grande précision.

— Ne vous retournez pas ! poursuivit-il en continuant sa « nage à la vénitienne ». Continuez de faire mine de deviser avec votre voisin.

Pour se donner une certaine allure, elle mordit enfin dans la pomme qu'on lui avait offerte. Le fruit était délicieusement acidulé.

— De quoi voulez-vous m'entretenir ?

— De Wilhiam, tout d'abord.

Elle manqua de s'étouffer avec le morceau qu'elle avait dans la bouche.

— Wilhiam est ici ?

— Wilhiam a disparu. Nous ne chercherons pas à savoir où il est allé. Il a touché son salaire, sa vie ne nous concerne plus. Un conseil, oubliez-le vous aussi.

Une giclée d'acide brûla son estomac. Sa colère resurgit.

— C'est donc bien pour de l'argent qu'il a trahi ! Soyez sûr que lord Stratheden ne le lâchera pas d'une semelle.

— C'est *moi* qui ai informé lord Stratheden de l'existence des parchemins !

Elle ne put s'empêcher de se retourner et de fixer le vieil homme droit dans ses yeux.

— C'est donc vous le commanditaire qui a manipulé mon supérieur !

— Je dois avouer, effectivement, que l'on s'est servi de lord Stratheden pour récupérer les documents et les brûler. Laisser traîner dans cette bibliothèque les plans originaux de ces armes redoutables eût été par trop dangereux. Un jour ou l'autre, quelqu'un de mal intentionné aurait fini par les dénicher et s'en serait servi pour son propre bénéfice.

— Lord Stratheden vous connaît-il ?

— Non. Mais vous serez libre de le lui dire, du moment qu'il intègre l'idée que les documents originaux sont à jamais détruits.

Rowena resta coite devant tant d'assurance. Le gondolier l'autorisait à révéler son identité à lord Stratheden, alors qu'il l'avait roulé dans la farine ! Après réflexion, elle réalisa qu'elle aussi s'était fait piéger. Elle tairait forcément cette rencontre à son supérieur : comment aurait-elle pu la justifier, sans qu'il n'y vît une trahison ?

— En somme, nous avons été vos marionnettes depuis le début !

— Peu importe qui tire les ficelles, votre roi ou quelqu'un d'autre.

— Je suis aux ordres de la Couronne d'Angleterre ! dit-elle, indignée.

Le gondolier eut un geste d'énervement.

— Croyez-vous que votre roi Richard vaut mieux que le roi de France ou que les Maures ? Qu'aurait-il fait avec ces armes terrifiantes, sinon s'en servir pour écraser ses voisins !

— En tout cas, il semblerait que ma sœur vous ait coiffé au poteau ! Elle vous a quand même volé les copies permettant de fabriquer la poudre explosive !

Il sourit à sa remarque, jeta un regard circulaire autour de lui, puis se pencha vers elle avec un air malicieux.

— Qu'est-ce qui vous fait croire que nous avons failli ?

La gondole avait atteint un étroit canal de trois cents pieds de long environ où il était impossible de se croiser. Il arrêta le bateau d'un mouvement sec de sa rame et s'accroupit.

— J'ai peu de temps avant qu'une autre gondole n'arrive, aussi je serai bref : le *Bal de la Pierre* est une création de la Guilde pour surveiller le microcosme des diplomates de tout poil.

— Vous voulez dire que vous avez tendu un piège à Agnès ?

— Votre sœur est plus qu'une espionne redoutable. Elle nuit à notre organisation depuis plusieurs années, sans que nous ne sachions réellement pourquoi ou même pour qui. Croyez-moi : elle représente un danger bien plus grand que vous ne pouvez l'imaginer.

— Puis-je savoir en quoi ma sœur vous nuit ?

— Je vous le révélerai un jour, si besoin.

Décidément, cette promenade en gondole était très instructive.

— Et les documents avec les formulations chimiques, ces copies qu'elle vous a volées ?

* * *

— Ces documents sont inutilisables !

Le savant français qui venait de parler à Agnès était furieux.

— Comment ça *inutilisables* ? demanda-t-elle, interloquée.

Il désigna du doigt les parchemins étalés sur les tables.

— Ces documents sont authentiques, cela ne fait aucun doute. Toutefois, les formulations sont incomplètes. Sans ces éléments manquants, reconstituer le mélange exact est impossible !

Agnès se saisit vivement d'un parchemin, l'examina soigneusement, puis le rejeta sur la table.

— Je ne comprends pas ! s'exclama-t-elle. Ce sont les documents recopiés à partir des originaux !

Il opina du chef en guise de confirmation.

— Il manque pourtant un élément, sans lequel nous ne pouvons rien faire.

Agnès se rapprocha de son interlocuteur et se fit menaçante.

— Dois-je comprendre que vous ne pourrez jamais mettre au point la poudre explosive ?

— Pas avec ces documents, en tout cas, déclara-t-il très calmement, sans se laisser démonter.

Elle tapa du poing sur la table, renversant au passage des fioles et des cornues disposées dessus.

— Bande d'incapables ! s'écria-t-elle, vous me le paierez !

Elle quitta la pièce en claquant violemment la porte derrière elle. Un autre alchimiste ayant assisté à la scène s'approcha de son confrère.

— Elle peut marcher la tête haute, cela ne durera pas. Elle risque même de devoir la mettre sous son bras…

Puis il enchaîna :

— Plus sérieusement, n'as-tu pu vraiment rien tirer de ces formules ?

Son collègue secoua la tête.

— Absolument rien ! Il manque une clé mathématique !

* * *

— *Une clé mathématique de conversion ?*

Rowena était stupéfaite de ce qu'elle venait d'apprendre.

— Lorsque la personne nous a confié les plans avant de mourir, expliqua le gondolier, elle nous a demandé de faire attention à la conversion. Nous avons tout d'abord pensé qu'elle parlait d'une conversion religieuse dont elle avait été elle-même victime.

La lumière se fit dans son esprit.

— En fait, cette personne voulait vous faire comprendre qu'elle avait crypté les formulations avec une clé algébrique !

Il acquiesça.

— Notre connaissance de l'algèbre n'est pas aussi étendue que celle des Chinois ou des Arabes. Quand les savants vénitiens ont étudié les formulations, ils se sont vite aperçus qu'ils n'arriveraient à rien. C'est à ce moment précis que je me suis souvenu de sa mise en garde.

— Comment les savants vénitiens ont-ils trouvé cette clé ?

— Certains d'entre eux étaient initiés à la complexe algèbre orientale et à l'usage d'un nouveau chiffre que les savants vénitiens appellent le *zero*. En sachant qu'une telle clé existait et en utilisant ce nouveau chiffre dans leurs calculs, il ne leur a fallu que quelques mois pour reconstituer la formulation exacte.

Le gondolier se redressa, reprit sa perche et engagea son bateau dans l'étroit canal. Pauvre Agnès, confite d'orgueil : elle risquait de perdre de sa superbe. Rowena comprenait maintenant pourquoi le gondolier avait dit qu'il pourrait mieux contrôler sa sœur. En lui laissant voler des plans erronés, il savait qu'elle se serait discréditée aux yeux du roi de France. Bien joué de sa part ! ne put-elle s'empêcher de songer.

— Les choses sont rentrées dans l'ordre, dit-elle. Il n'y a plus d'originaux puisque vous les avez brûlés, et toutes les chancelleries d'Europe sauront que la copie, permettant de fabriquer la poudre explosive, est inutilisable.

— Cela devrait calmer les ardeurs diplomatiques, effectivement.

— Pourquoi, avant de mourir, le fauconnier m'a-t-il avoué que le comte Anafesto n'existait pas ?

À cette évocation, le gondolier sembla chagriné.

— Sans doute aura-t-il voulu vous faire cette révélation pour vous remercier de l'avoir assisté dans ses derniers instants.

Rowena nota que le vieil homme étouffait un sanglot.

— Ce fauconnier vous était cher, n'est-ce pas ?

— C'était un ami de longue date. Un compagnon qui nous a rejoints, mon frère et moi, quelques années seulement après la création de la Guilde, quand il n'était encore qu'un enfant.

— *Mon frère et moi*, dites-vous. Dois-je comprendre que vous êtes l'un des deux frères prétendument martyrisés sur le bûcher ?

Un petit pli se forma à la commissure des lèvres du vieil homme et ses yeux brillèrent.

— Amaury, avoua-t-il, le cadet des deux.

Il marqua une pause et poursuivit tristement :

— Guilhem, mon frère aîné, est mort il y a deux ans. Il est enterré au pied du cirque de montagnes, à côté du monastère pyrénéen que vous avez visité cet automne.

Rowena éprouvait toutefois un certain malaise. Le fondateur d'une redoutable organisation secrète la convoquait à un rendez-vous, lui faisait des confidences extrêmement importantes alors qu'elle était susceptible de combattre sa communauté.

— Pourquoi me révéler tous ces secrets ?

— Vous êtes une jeune femme intelligente et sympathique.

— Épargnez-moi les louanges, s'il vous plaît !

Il la considéra d'un air grave.

— Vous êtes la sœur d'Agnès et, aussi, un agent du roi d'Angleterre qui enquêtait sur les parchemins. Elle connaissait votre existence. Nous avons pensé, à juste titre, que votre présence au bal après le vol à la commanderie nous conduirait à elle.

Elle fulmina. Elle fit part de son indignation au vieil homme :

— J'ai fait la chèvre, en somme !

— Agnès n'est pas un simple loup.

— Peut-être. Toujours est-il que ma tête a failli être décollée !

Amaury examina ses pieds, un peu gêné.

— Certes, et nous le regrettons sincèrement. Le cas de Lhatifah nous a donné beaucoup de fil à retordre, mais nos médecins font des merveilles, dirait-on !

— Et si elle ne s'était pas réveillée à temps, ou si elle était morte ?

Amaury la dévisagea avec gravité.

— Dans ce cas, sachez que nous vous aurions fait évader de l'échafaud. Pour devoir en arriver à une telle extrémité, certains notables de notre organisation se seraient dévoilés. Malgré le lourd préjudice que cela nous aurait causé, ils se seraient sacrifiés sans hésiter pour vous sauver.

Elle secoua la tête, nullement convaincue par son argumentaire.

— Vous dites que vous auriez sacrifié vos agents infiltrés dans la République de Venise pour une simple espionne comme moi ? Je n'y crois pas une seconde ! Vous avez juste eu de la chance que Lhatifah se réveille à temps et que Safir puisse se frayer un passage jusqu'au doge !

Amaury sembla profondément déçu par son attitude circonspecte.

— Ma chère Rowena, je vous jure, sur ce que j'ai de plus cher, qu'en aucune manière nous ne vous aurions laissée mourir sur cet échafaud.

Elle resta ébahie. Amaury ne lui mentait pas, elle en était certaine. Mais alors, pourquoi attachait-il tant de valeur à sa personne ? Elle allait ouvrir la bouche pour le lui demander lorsqu'un sifflement retentit, suivi d'un bruit sourd : un carreau d'arbalète venait de se planter dans le bois du bateau, juste à tribord devant elle. Aussitôt, elle se retourna : derrière eux, une gondole fonçait dans leur direction.

— À plat ventre ! s'écria Amaury.

Son jeune voisin sortit l'arc de sous le siège et décocha une flèche : le gondolier dirigeant le bateau assaillant s'effondra. Il tira une seconde flèche sur l'arbalétrier, en train de recharger son arme, et l'abattit également. Malgré la menace de l'attaque, elle ne put que rester admirative devant sa maîtrise parfaite du maniement de l'arc. Pendant ce temps, Amaury essayait de faire avancer le bateau le plus vite possible pour les sortir de ce guêpier. Ils arrivèrent au bout du canal qui se divisait à présent en une sorte de fourche. Deux autres gondoles arrivaient sur eux, une par chaque branche de la patte-d'oie. Sur chaque barque face à la leur, un arbalétrier les mettait en joue. À leur côté, un homme muni d'une épée se tenait debout, prêt à bondir. Chaque gondolier avait lui aussi un braquemart glissé à la ceinture. Elle cria à ses compagnons :

— Il faut descendre ! À quai !

La maison qui faisait la pointe comportait une ouverture donnant sur le canal. Rowena s'empara de l'épée sous le siège et sauta à terre, brisant la fenêtre d'un violent coup de pied.

— Vite ! Entrons ! dit-elle en se retournant vers ses compagnons.

Le jeune archer gisait au fond de la gondole, tué par deux carreaux en pleine poitrine.

— Ils le paieront ! marmonna Amaury en se saisissant de sa rame.

Puis il la suivit dans la demeure. Des gens assis à table, en train de déjeuner, les regardèrent passer devant eux, bouche ouverte, la cuillère à la main. Ils traversèrent la maison et sortirent dans une petite ruelle déserte. Leurs poursuivants étaient déjà à leurs trousses. Ils s'embusquèrent dans le recoin d'une porte cochère. Rowena avait compté six hommes, trois par gondole, qu'elle ne tarda pas à entendre arriver.

À son signe, Amaury mit sa longue rame en travers du chemin. Trois des poursuivants s'y prirent les pieds et tombèrent à la renverse. Elle neutralisa un arbalétrier mis au sol, le gondolier assomma violemment le second et fit face au troisième, armé d'une épée. Elle se retourna pour affronter les trois autres.

*

Trois contre un. Par le passé, elle avait connu pire…

Elle arriva assez rapidement à bout du premier, mais les deux autres étaient beaucoup plus coriaces. Tout en se battant, le plus âgé des deux s'écria :

— Rowena de Windermere, vous n'avez aucune chance contre nous !

Il avait un accent anglais et portait sur la joue droite une longue balafre rendant son sourire encore plus hideux. Elle tenta une botte qu'il para aisément, puis une seconde qu'il parvint même à anticiper. La lame du balafré entama la chair de son bras droit. Du sang se mit à couler de l'estafilade.

— Touché ! lui dit-il, narquois.

Tous deux connaissaient les mêmes bottes, et elle craignit d'en savoir moins que lui. L'autre homme était un bretteur hors pair lui aussi. Ses deux assaillants enchaînaient des passes d'armes extrêmement subtiles, l'obligeant à battre en retraite. Son bras la faisait souffrir, et par-dessus tout, la blessure affaiblissait sa prise sur l'épée. À ce rythme, elle ne pourrait plus tenir très longtemps. Ses adversaires l'avaient compris. Ils attendaient patiemment de trouver la faille qui surviendrait tôt ou tard. Elle lança un rapide coup d'œil vers Amaury. Lui aussi était acculé contre un mur, parant de sa rame les coups de braquemart de son assaillant.

Tant pis pour le fair-play.

Elle jeta son épée au visage du balafré. Surpris, il tenta de détourner la lame avec la sienne. Le second épéiste fut lui aussi pris de court par cette manœuvre. Le temps suspendit son vol une fraction de seconde.

Elle dégrafa sa cape, attrapa les deux dagues cachées dans sa ceinture et les lança dans leur direction. La première atteignit le lord le plus jeune à l'épaule droite, la seconde vint se planter dans le genou du balafré. L'homme, touché à l'épaule, lâcha son épée dans un cri de douleur. L'autre s'effondra en hurlant et tomba au sol. Elle lui arracha son arme des mains et courut à la rescousse du vieux gondolier, en mauvaise posture : sa rame n'était plus qu'un bout de bois déchiqueté avec lequel il tentait de parer les coups de l'épéiste qui lui faisait face. À deux, ils en arrivèrent à bout rapidement. Elle revint ensuite vers le balafré, blessé au genou.

— Qui vous envoie ? demanda-t-elle en le menaçant avec son épée.

— On vient finir le travail du bourreau !

Il ferma les yeux, attendant le coup de grâce. Elle posa la pointe de son arme sous son menton, l'obligeant à le regarder.

— Pourquoi vouloir me tuer ?

Il tordit ses lèvres en un semblant de rictus moqueur et déclara laconiquement :

— Icare !

Elle resta là à le dévisager, n'y comprenant plus rien. À ce moment, Amaury la tira par le bras.

— Ne restons pas ici ! lança-t-il, il pourrait en arriver d'autres !

Elle regarda une dernière fois cet homme, puis ils partirent en courant dans la ruelle. Une gondole vide était amarrée à un quai. Ils sautèrent dedans et quittèrent le quartier par les canaux. Elle se retourna : plus personne ne les suivait.

— On l'a échappé belle ! finit par dire Amaury. Encore merci !

— Vous connaissiez ces hommes ?

— Non ! Mais je crois que c'est après vous qu'ils en avaient !

— Pourquoi Icare ?

Il secoua la tête.

— Je n'en ai pas la moindre idée. Sachez en tout cas que notre communauté vous ouvre les bras. J'ai besoin de vous, plus que vous ne pouvez l'imaginer !

— Je sers mon pays, personne d'autre !

Il partit d'un rire sonore.

— Il semblerait que vos concitoyens aient quelques griefs contre vous !

Elle ne trouva rien à lui rétorquer et se renfrogna dans son siège pendant le reste du trajet. Que des Anglais eussent envie de la tuer lui semblait invraisemblable, elle qui servait précisément l'Angleterre ! En avaient-ils seulement après elle ? Selon toute vraisemblance, oui. Les propos du balafré en attestaient et l'homme, en fâcheuse posture, n'avait pas menti.

Rowena porta son attention sur Amaury. Il maniait sa rame paisiblement, évitant avec précision et dextérité les autres bateaux qu'il croisait. Elle nota toutefois qu'il regardait de temps à autre derrière lui, l'air inquiet, veillant apparemment à ne pas être suivi. Ils accostèrent enfin dans une ruelle située à proximité de la place Saint-Marc.

Les quais étaient noirs de monde, mais personne ne fit attention à eux. Amaury l'aida à descendre du bateau. Lorsqu'il prit la parole, son ton était assuré, comme si rien ne s'était passé :

— J'espère que la visite guidée vous a plu !

— Vous reprenez vite du poil de la bête : un de vos hommes est mort, tout de même !

— C'était un soldat. Il connaissait les risques.

Il prit un air grave et ajouta, un ton plus bas :

— Songez à ma proposition d'embauche. Je vous prédis un très grand avenir au sein de notre organisation.

La gondole s'écarta du quai et repartit au gré du courant. Rowena médita quelques instants ses propos : le chef de la *Guilde Pérégrine* tenait à l'avoir à son service. Encore une fois, que valait sa parole dans un monde fait de mensonge et de manipulation ?... Cependant, elle ne put s'empêcher de lui demander, d'un air faussement détaché :

— À qui devrai-je m'adresser ?

— Demandez Anafesto ! lança-t-il en souriant tandis que la gondole s'éloignait.

Puis il enleva son chapeau et exécuta une révérence.

— *ArrivederLa bellissima signora!* clama-t-il d'une voix forte et claire.

Étrange personnage que voilà ! pensa-t-elle en le regardant manier sa rame d'avant en arrière avec fluidité et aisance. Il venait d'échapper à la mort et trouvait encore le moyen de badiner. Étrangement, elle songea que son attitude lui était familière. Était-ce une posture ou bien sa façon si particulière de manier la rame, elle n'aurait su le dire, mais cet Amaury, qu'elle n'avait jamais vu auparavant, lui sembla étrangement intime. Était-il présent, déguisé, le soir du *Bal de la Pierre*, la surveillant discrètement pendant qu'elle plaisantait avec Safir ?

Certainement, pensa-t-elle, tandis qu'il réajustait son chapeau tout en se frayant habilement un passage entre les autres bateaux. Cette dérangeante sensation de déjà-vu devait probablement venir de là.

Quand enfin sa gondole navigua en toute quiétude sur le canal dégagé, il se mit à chanter. Le timbre cristallin de sa voix se propagea sur l'eau, emplit les canaux de sa mélodie et celle-ci vint se mêler harmonieusement aux échos des sonorités de la rue vénitienne. Il avait disparu depuis longtemps, mais son chant clair et limpide résonnait toujours sur l'onde et parvenait encore jusqu'à elle.

* * *

— Chancelier ! tonna le roi de France, j'ai fait quérir Agnès voilà deux jours. Elle ne s'est toujours pas présentée à moi !

— Majesté, je crains qu'elle n'ait disparu !

— N'est-elle pas dans les laboratoires, à mettre au point la poudre explosive ?

— C'est-à-dire, Majesté… elle est introuvable !

— Trouvez-la !

— Bien, Majesté.

— Qu'en est-il de la mise au point de la poudre ?

— Les documents rapportés par Agnès sont inutilisables !

— Pourquoi ?

— Les savants m'ont affirmé qu'ils étaient incomplets et quand Agnès l'a su, elle a disparu.

— La garce !

— Majesté, je vais tout mettre en œuvre pour la retrouver !

— Agnès doit être capturée, vous m'entendez ! Peu m'importe qu'elle soit morte ou vive ! Faites proclamer dans tout le royaume que sa tête est mise à prix pour cent pièces d'or. Je veux la voir pourrir sous mes fenêtres, vous m'entendez ! Saisissez également son château et ses terres !

— À vos ordres, Majesté !

— Maintenant, disparaissez, et faites quérir mes ministres et mon connétable ! Je veux que nos troupes soient rapatriées derechef ! Il ne faudrait pas à présent que je subisse l'échec infamant d'une défaite militaire contre l'Anglais !

* * *

Rowena décida de quitter Venise seulement quelques jours après sa rencontre avec Amaury. Elle n'avait pas encore rapporté à Caméléon les détails de cette entrevue et de l'embuscade. Pour cela, elle attendrait qu'ils soient tous les deux seuls sur la route. Elle ne savait pas encore ce qu'elle révélerait exactement à lord Stratheden lorsqu'elle lui ferait son rapport. Aussi, l'avis de son ami lui serait utile afin d'analyser objectivement tous ces événements.

Pendant qu'elle ajustait les sangles de son cheval, elle ne put s'empêcher de repenser à tout ce qu'elle avait vécu depuis son arrivée dans la lagune. Ces quelques mois lui avaient paru durer une éternité. Tant de choses incroyables s'étaient produites, même si le tragique épisode de sa condamnation à mort en restait l'élément le plus marquant. En dehors de cela, songea-t-elle avec déception, qu'en resterait-il, finalement ?

Une mystérieuse société secrète riche et puissante qui s'était jouée d'elle, de Caméléon et de lord Stratheden, et pour laquelle ils avaient risqué leur vie. Un traître, aujourd'hui évaporé dans la nature, dont elle avait à présent l'intime conviction qu'elle ne le reverrait jamais. Enfin, une sœur jumelle retrouvée qui la haïssait sans qu'elle pût comprendre pourquoi.

Elle avait également appris la disgrâce d'Agnès par l'entremise de Safir. Le roi de France avait promis une forte récompense à qui la capturerait morte ou vive. Sacrée Agnès ! Elle la connaissait si peu, mais elle savait que sa sœur saurait rebondir et vendre ses talents au plus offrant. Elle avait même le sentiment que leurs routes se croiseraient à nouveau, si Agnès était vraiment l'ange de la mort dont Amaury l'avait entretenue sur la gondole.

Safir était sorti de son palais pour venir leur dire au revoir. Il avait tenté de retarder le plus possible ce départ, mais Rowena avait expliqué qu'il était temps de rentrer en Angleterre. La mort dans l'âme, il avait accepté, connaissant les exigences du métier. Lui-même allait retourner sous peu à Cordoue faire son rapport au calife. Sous l'épaisse peau de crocodile du diplomate aguerri, elle percevait nettement l'homme sincère et fragile. Toutefois, elle devait se garder de tout épanchement excessif, car il n'en demeurait pas moins un proche conseiller du plus puissant des califes maures.

La veille, elle avait souhaité en apprendre davantage sur sa mère. Elle avait avoué à Safir se sentir enfin prête à lever le voile sur son passé, peut-être parce qu'il était la seule personne en mesure de lui parler d'elle avec tendresse, sans faux-semblant. Il ne put lui refuser cette grâce. Toutefois, par crainte de la blesser, il choisit longuement ses mots. Il évoqua avec beaucoup de pudeur sa rencontre à Cordoue avec Clémence, sa mère, mandatée auprès de lui par Aliénor d'Aquitaine, reine d'Angleterre et mère du futur roi Richard.

Safir resta très discret sur le contenu de leurs échanges, préférant évoquer leurs promenades dans Cordoue, ou l'intelligence rare de Clémence qu'il avait retrouvée ensuite chez Agnès, puis Rowena. Après ces quelques mois passés ensemble en Andalousie, il ne l'avait plus jamais revue. Par la suite, il avait appris qu'elle avait épousé le baron Louis de Falaise, son père, avant d'effectuer, quelques années plus tard, ce funeste voyage dans le Nord-Ouest de l'Angleterre.

Entendre cet homme parler avec amour et sincérité de sa relation avec sa mère l'avait bouleversée, laissée sans voix. Safir l'avait prise dans ses bras et réconfortée, comme l'aurait fait son père dans de telles circonstances. Elle en savait maintenant assez sur Clémence pour apprendre à l'aimer, avait-il conclu.

Lhatifah tenait leurs deux chevaux par la bride. Caméléon monta en selle et Rowena fit de même. Safir s'approcha d'elle.

— N'oubliez pas ce que je vous ai dit au sujet de votre mère ! glissa-t-il en aparté. Lorsque vous souhaiterez découvrir la vérité sur son assassinat, venez me trouver, je vous accorderai toute mon aide.

— J'y songerai, Safir !

— Rowena, déclara-t-il en lui prenant la main, vous resterez dans mon cœur à côté de Clémence, comme le second rayon de soleil ayant illuminé ma vie. Prenez soin de vous. Vous êtes une perle rare et mon âme ne supporterait pas un nouveau chagrin.

— Je veillerai donc à ne pas vous chagriner, mon ami.

— Venez nous rendre visite à Cordoue, lança-t-il alors qu'ils tournaient bride, c'est une merveille au moins comparable à Venise.

— Nous n'y manquerons pas, Safir, promis !

Il la salua d'un geste amical. Elle lui envoya un dernier baiser et s'en alla rejoindre Caméléon parti devant. Le bruit des sabots résonnait sur les pavés, puis sur l'eau et les façades des maisons. Les deux cavaliers passèrent des ponts sous lesquels glissaient des gondoles. Soudain, un chant résonna au loin. Songeant alors au vieil homme malicieux qui l'avait conduite sur ces canaux, elle repensa à sa proposition de rejoindre la Guilde qu'il dirigeait. Elle caressa un instant cette offre séduisante, évaluant tout ce qu'elle pourrait y gagner, lorsqu'elle repensa à Wilhiam et à sa vénale trahison. Elle repoussa avec dégoût cette idée : elle valait mieux que lui et continuerait à servir son pays comme elle l'avait toujours fait. Et puis, il y avait Caméléon…

Tous deux traversèrent ensuite la place Saint-Marc côte à côte. La cathédrale se dressait, majestueuse, tout comme les deux colonnes de la *piazzetta*, entre lesquelles les tables de jeu avaient repris leurs places habituelles. L'argent se gagnait, se perdait, changeait de mains. En observant ces joueurs s'invectiver ou se donner des accolades, Rowena eut l'impression d'être elle-même un pion sur un gigantesque échiquier, un jouet d'ivoire entre les doigts des puissants dirigeant ce monde depuis l'ombre.

— Dame Rowena a fait échec au roi de France, déclara Caméléon à point nommé.

Elle le dévisagea curieusement, avant de rire de sa remarque.

— Échec, seulement. Dame Agnès n'a pas dit son dernier mot.

— Dame Agnès est esseulée, à présent. Nous n'avons plus rien à craindre d'elle.

— Détrompe-toi. C'est un animal blessé, prêt à vendre ses services au plus offrant, ce qu'elle ne manquera pas de faire.

— Nous verrons, conclut-il en haussant les épaules.

Ils quittèrent enfin la lagune en direction des Alpes. Parvenue au sommet d'une colline, Rowena contempla

Venise une dernière fois. Le soleil couchant se reflétait sur l'eau du Grand canal en mille diaprures étincelantes. Dans la lagune, au loin, les îles éparses s'étalaient paresseusement, loin du tumulte de la capitale vénitienne. Caméléon s'était rapproché d'elle et il lui confia, manifestement heureux de rentrer chez lui :

— Ce pays est trop ensoleillé pour moi. Finalement, la brume anglaise commençait à me manquer !

Elle songea alors à ses compatriotes qui avaient essayé de l'assassiner. Caméléon chevauchait devant, sifflant entre ses dents une chanson populaire londonienne, heureux de retourner chez lui. Rowena frissonna. Pour la première fois, c'était elle qui angoissait à l'idée de rentrer au pays.

Dès cet instant, l'Angleterre lui sembla une terre étrangère et hostile…

Chapitre 7

Rencontres inattendues

Le bateau de Lewis était ancré dans le port de Bayonne parmi des dizaines de nefs de formes et de tailles variées. À l'œil nu, rien ne le distinguait des autres navires marchands flottant sur l'eau trouble et verdâtre du confluent de la Nive et de l'Adour.

Lewis descendit la passerelle d'un pas leste, s'arrêta sur le quai et observa les passants. Commerçants, artisans et simples quidams se croisaient et s'apostrophaient dans une joyeuse cohue. En cette fin d'après-midi, des travailleurs journaliers quémandaient encore une tâche de manœuvre qui nourrirait leur famille pour le soir. Des tonneaux de vin de Bordeaux, destinés à l'Angleterre, étaient empilés un peu partout, jalousement gardés par des hommes en armes. Un peu plus loin, des sacs de pastel seraient bientôt embarqués à destination du Nord de l'Europe. Cette plante herbacée faisait la fortune du comté de Toulouse. Ses feuilles, broyées, puis fermentées, seraient ensuite traitées pour en extraire la teinture du même nom.

Lewis contourna une cargaison de jambon salé destinée à des charcutiers parisiens, évita le regard implorant de mendiants infirmes et traversa le port de pêche. Les marins débarquaient leurs poissons. Déjà les acheteurs se pressaient pour examiner le contenu des lourdes caisses débordantes, luisant au soleil comme de l'argent. Il faisait chaud, très chaud en cette fin de printemps, et l'air océanique chargé d'humidité renforçait cette désagréable impression de moiteur qui baignait la ville basse.

Lewis s'épongea le front et resta un bon moment à observer les pêcheurs décharger les merlus et les sardines. Il pouvait être satisfait de lui : sa pêche avait été bonne et bientôt, lui aussi pourrait échanger sa cargaison contre des espèces sonnantes et trébuchantes. Mais pas ici. Bien plus loin, là où ses produits se vendaient à bon prix, à Alexandrie, Tunis ou Tripoli.

Car Lewis avait traîné ses filets dans d'autres eaux que celles draguées par les pêcheurs. Les siennes étaient troubles de préférence, remplies de crabes et de requins qui n'auraient pas hésité à tuer père et mère pour la seule matière en mesure de les remplir de joie, l'or de toute monnaie, pourvu qu'elle fût jaune, lourde, brillant de cet inimitable éclat.

Et de l'or Lewis en possédait en abondance. Son commerce était florissant depuis que les croisades et les guerres qui avaient ensanglanté les rivages de la Méditerranée et de la Baltique avaient fourni leur abondante production, celle qu'il transportait régulièrement à fond de cale de son navire et que l'on appelait communément des esclaves.

Lewis lui préférait le terme de « marchandise », qu'il s'évertuait toujours à prononcer avec une affectation de langage mêlant dégoût et convoitise. Cette petite ruse de marchand donnait à ses clients l'impression d'acquérir des denrées aussi anodines qu'une livre de hareng ou un sac de blé. À la vérité, il savait que ces personnes se souciaient peu du sort des « marchandises » qu'ils acquéraient. Toutefois, les règles du commerce, *son éthique*, se plaisait-il parfois à dire, étaient ainsi faites. Prononcer le mot « esclave » dans une négociation eût été une insanité d'une grossièreté incroyable. Était-ce de la fausse pudeur, de la superstition ou de l'hypocrisie, il n'aurait su dire. Cela ne se faisait pas, tout simplement.

Aujourd'hui donc, sa « marchandise » était prête à voguer vers l'Afrique. Elle était constituée de païens en provenance des zones frontalières du Nord de la Russie, une population non convertie au christianisme qu'il avait parfaitement le droit de traiter de la sorte. De mèche avec des compagnies de mercenaires qui sévissaient dans les pays baltes, il leur achetait ensuite leur abondante cargaison de prisonniers de guerre. La filière la plus simple aurait consisté à les vendre ensuite aux marchands génois ou vénitiens. Il préférait se rendre en Afrique du Nord. Il avait là-bas des clients fidèles lui en garantissant toujours un bon prix. Car il s'était positionné sur un créneau bien particulier, celui de la vente des femmes. Les plus jeunes et les plus belles d'entre elles iraient dans des harems, tandis que les plus vieilles finiraient comme prostituées dans des maisons de passe. Son commerce était prospère, car les donzelles en provenance des pays baltes, grandes, blondes et aux yeux bleus, étaient particulièrement prisées en Afrique, où cet exotisme rare était vivement recherché.

À cette heure, sa « marchandise » aurait dû goûter le roulis du bateau au large des côtes si Trompe-la-mort, le capitaine de son navire, qui avait passé la nuit avec les ribaudes des tavernes du port, était rentré à temps. Mais le soleil n'allait pas tarder à disparaître derrière l'horizon et le bougre n'avait toujours pas rejoint son poste.

L'inquiétude commença à naître dans l'esprit résolument optimiste de Lewis. Son capitaine n'avait jamais manqué d'être à l'heure pour appareiller, et cette absence commençait à devenir inquiétante. Il se mit donc en route pour écumer les maisons de passe que Trompe-la-mort avait pour habitude de fréquenter. Il longea la Nive et les bateaux amarrés de part et d'autre de son cours pour entrer dans la première taverne. Une gamine brune aux cheveux gras, âgée de quatorze ans tout au plus, vint l'accoster. Elle lui proposa de monter à l'étage contre quelques piécettes. En humant son haleine fétide, il faillit la repousser avec dégoût, puis il songea qu'il avait mieux à faire.

— Tu n'aurais pas vu un grand gaillard blond à la peau tavelée de taches de rousseur répondant au nom de « Trompe-la-mort » ? demanda-t-il à la gueuse qui, au vu de la tête qu'elle fit, ne s'attendait pas à une si longue tirade de la part d'un client.

— *Peutêtreuh* ! fit-elle avec un terrible accent du Sud-Ouest. Il est passé *hièrausoire*. Il était *sadout* et il était *pèpis* !

Lorsqu'il avait bu – qu'il était *sadout* – comme disait la gamine dans son patois gascon, Trompe-la-mort racontait n'importe quoi, effectivement – *était pèpis*. Cela signifiait également qu'il avait dû errer toute la nuit de taverne en taverne. Lewis interpréta donc cette réponse comme une obligation à devoir continuer sa tournée des lupanars de Bayonne. Et de ce genre d'endroits, il y en avait ici davantage que de bateaux ancrés au port. Il quitta les lieux sans même remercier la prostituée. La gamine ne l'avait pas attendu. Elle rabattait déjà un matelot espagnol. Il se dirigea d'un pas décidé vers la seconde taverne, située de l'autre côté de la rue boueuse et malodorante. Il posa malencontreusement le pied gauche dans du crottin de cheval et lança un juron, maudissant au passage l'amour vénal et l'envie irrépressible de son capitaine pour ce genre d'habitudes. Non pas que Lewis n'aimât pas les jouvencelles. Simplement, il avait toujours mis un point d'honneur à ne jamais payer pour la bagatelle. Ses cales étaient remplies de pucelles pour lesquelles ce genre de prestation garantissait au mieux une ration de pain supplémentaire et, au pire, moins de coups de fouets de sa part.

Il allait entrer dans la seconde taverne lorsque Trompe-la-mort apparut soudain au bout de la rue, l'œil aussi vif que celui d'une de ses « marchandises » en proie au mal de mer depuis cinq jours.

— As-tu vu l'heure qu'il est ? commença par dire Lewis, d'un ton courroucé.

Toutefois, il se garda d'en ajouter davantage, car Trompe-la-mort était certainement le meilleur capitaine de navire marchand de toute la côte atlantique. Et aussi le plus veinard. Le bougre avait en effet survécu à quatre naufrages, deux foudroiements et à une multitude de coups de poignard reçus lors de rixes entre boit-sans-soif de son espèce. À présent, il souriait béatement, comme s'il sortait à peine d'une séance tarifée. Lewis connaissait cette mine. Habituellement, elle laissait augurer des bonnes nouvelles.

— Elle est là-bas ! répondit-il en se fendant d'un sourire goguenard assez déplacé vu les circonstances.

— Qui, *elle* ?

— Celle qui va nous rapporter cent pièces d'or, pardi !

Une seule personne dans tout l'Occident pouvait se targuer de coûter aussi cher au trésor du roi de France, et Lewis comprit immédiatement de qui il s'agissait.

— Où ça, tu dis ?

— À la *Vénus bleue*, fit son capitaine en désignant du

doigt une taverne à l'enseigne ornée d'une femme gironde posée sur une coquille.

Au passage, Lewis nota que la peinture en était complètement écaillée et, si elle avait été bleue, cela avait dû être au temps du roi Clovis.

— Es-tu sûr que c'est elle ?

Trompe-la-mort élargit son sourire d'une façon indécente.

— Je sais reconnaître une dame ! Cette donzelle a eu beau se déguiser en ribaude, elle a gardé des manières que je n'ai jamais vues dans le coin. Elle loge dans une chambre au premier étage, une piaule que lui a laissée une bonne amie à moi que j'ai l'habitude de fréquenter. J'y suis tombé dessus par hasard cette nuit, en allant rendre visite à ma douce. C'était elle, pour sûr !

Lewis se dit que la journée n'était peut-être pas totalement perdue.

— Et pourquoi donc n'es-tu pas venu me le dire plus tôt ?

— Conscience professionnelle, fit-il en se gondolant de rire. J'ai veillé à ce qu'elle ne m'échappe pas, en restant toute la journée avec mes chéries. Et maintenant que je suis certain qu'elle pioncera là ce soir aussi, je m'en viens vers toi pour que tu me donnes un coup de main pour l'attraper.

Lewis réfléchit rapidement. Cette femme ne lui était pas étrangère, loin de là. Trompe-la-mort avait de la suite dans les idées et s'il disait que c'était elle, eh bien, c'était elle ! Il en déduisit qu'elle avait dû trouver refuge dans ce port appartenant à la Couronne d'Angleterre, afin d'échapper aux chasseurs de prime en tout genre qui la traquaient en France. Cent pièces d'or, c'était loin d'être une somme négligeable. Cependant, il savait aussi que la donzelle valait plus que cent pièces dorées, même de bon poids. À parler franc, elle n'avait pas de prix à ses yeux. Aussi, la savoir à portée de main l'excita au plus haut point, tant et si bien qu'il dut se mordre l'intérieur de la joue pour ne pas sauter de joie devant Trompe-la-mort.

Car Lewis caressait un projet qu'il tentait de mener à bien depuis des années, une quête du Graal qui lui avait toujours semblé inaccessible et que le concours de cette femme lui permettrait certainement de réaliser. Après tout, se dit-il, sa « marchandise » ne serait pas plus avariée si elle marinait un jour ou deux de plus au fond de la cale de son bateau. Il se composa une mine faussement étonnée, posa sa main sur l'épaule de son capitaine et l'entraîna vers une taverne, afin de fêter cette incroyable nouvelle devant quelques pichets de vin.

— Tu as un plan ? demanda-t-il à Trompe-la-mort.

L'autre haussa les épaules et reprit son air désinvolte.

— Tant que tu y es, t'as qu'à me demander si je sais faire naviguer une barque sur un lac ! Pour sûr que j'ai un plan !

— Et comment comptes-tu t'y prendre ?

— Comme pour la pêche de nuit : quand elle s'y attendra le moins.

*

Il n'était pas loin de minuit à Bayonne lorsque Lewis et Trompe-la-mort poussèrent la porte de la *Vénus bleue*. Une odeur rance de sueur et de stupre empestait l'air, effluves qui ne semblaient déranger ni les clients à moitié saouls ni les prostituées allant et venant entre le comptoir et les chambres de l'étage.

— Crois-tu qu'elle sera endormie ? s'enquit Lewis en avançant d'un pas mal assuré parmi les tables et les chaises dont la moitié étaient renversées.

Sa tête tournait affreusement, et il réalisa soudain qu'il n'aurait peut-être pas dû abuser de la vinasse.

— À cette heure, ce genre de dame dort à poings fermés. Nous n'aurons aucun mal à la ligoter et à la transporter jusque dans ta cabine, si tu le souhaites.

Lewis omit de lui dire qu'il avait d'autres projets en tête.

— As-tu tout ce qu'il faut ?

Trompe-la-mort sortit de sa ceinture huit pieds de bonne corde de chanvre et les exhiba devant lui d'un air assuré.

— J'ouvrirai la porte et toi, tu te jetteras sur elle, puis tu lui tiendras les bras pendant que je l'attacherai. Si tu veux, je la saucissonnerai avec le drap, comme ça, elle sera encore plus facile à transporter.

— Si tu veux, répéta Lewis, en emboîtant le pas à son capitaine qui grimpait l'escalier menant à l'étage.

— Deuxième chambre à droite, le lit sera juste devant toi, lui chuchota Trompe-la-mort, adressant au passage un clin d'œil à une donzelle que manifestement il connaissait, d'après le sourire qu'elle lui rendit.

Lewis se tint prêt. Trompe-la-mort saisit la poignée, l'abaissa délicatement, puis ouvrit en grand le battant. Lewis bondit et se jeta violemment sur le matelas en paille.

Vide !

Un cri étouffé monta dans son dos, suivi du bruit sourd d'un corps s'effondrant sur le plancher. Avant de comprendre quoi que ce soit, il sentit la caresse glacée du métal sous sa gorge, en même temps qu'une poigne de fer tordait son bras gauche, ce qui lui arracha un cri de douleur.

— Qui es-tu ? susurra une voix féminine à son oreille.

La pression de la lame sur sa gorge s'accentua tandis que la porte se refermait derrière lui.

— Je m'appelle Lewis, je suis un marchand et je vous cherchais, dame Agnès, mais pas pour la récompense.

Le bras se tordit davantage.

— Est-ce pour cela que ton ami voulait me ligoter ?

— Mon ami est le capitaine de mon navire. C'est lui qui vous a repérée. Il croyait que je voulais vous capturer pour la prime. Ce n'est pas le cas, je vous le jure !

— Ton ami n'aura plus besoin d'argent. Si tu ne m'as pas convaincue lorsque j'aurai compté jusqu'à trois, tu iras le rejoindre. Un…

— Mon maître, en Angleterre, a besoin de quelqu'un comme vous pour réussir sa mission.

— Deux…

— Il vous paiera une fortune, car vous êtes la seule capable d'y arriver.

— Trois.

L'acier s'enfonça dans la chair. Des gouttes tièdes se mirent à couler le long de son cou jusque dans sa chemise.

— Allez-y, tuez-moi ! fit Lewis avec sérénité. Mais vous ne tuerez jamais la cause que je défends !

La pression de l'acier se relâchait légèrement tandis que celle exercée sur le bras s'accentuait, le faisant hurler de douleur.

— Comment s'appelle ton maître ?

— Jean sans Terre.

— En quoi consiste la mission ?

Il n'hésita pas une seconde.

— Tuer Richard Cœur de Lion.

La douleur dans son bras s'atténua un peu.

— Que sais-tu de moi ?

— Vous avez été bannie par le roi de France. Je sais aussi que vous étiez son meilleur agent. Le prince Jean le sait également.

Agnès l'attacha aux pieds du lit avec la corde de chanvre de Trompe-la-mort, le mal nommé pour l'occasion. Effectivement, le capitaine gisait dans une flaque de sang à un pas de là, son sourire goguenard encore figé sur ses lèvres comme s'il appréciait la plaisanterie.

Lewis raconta tout à Agnès par le menu : l'ambition dévorante du prince Jean et, surtout, le plan qu'il avait échafaudé pour tuer le roi d'Angleterre. Si elle acceptait de collaborer, ils auraient toutes les chances de réussir. Dès lors, elle serait couverte d'or et de gloire et lui occuperait un poste important à Londres. En guise de témoignage de sa bonne foi, il lui avait confié sa bourse, lui promettant davantage d'argent dès qu'il serait retourné au bateau.

Agnès l'avait écouté débiter son laïus sans poser de questions, tout en jonglant avec la longue dague encore tachée du sang de Trompe-la-mort.

— Ton plan comporte un léger détail d'à peine cent livres, fit-elle à la fin de son monologue. Où comptes-tu dénicher une telle quantité de poudre explosive ?

Lewis afficha un sourire satisfait.

— Il se trouve que je connais à Alexandrie un homme qui pourra vous guider jusqu'à une cache où la *Guilde pérégrine* l'entrepose.

À ces derniers mots, le visage de la femme s'éclaira d'un sourire avide, avant de s'assombrir à nouveau.

— Qui me dit que tu n'es pas toi-même un membre de la Guilde, cherchant à me piéger ?

— Je suis un marchand d'esclaves. Vous connaissez beaucoup de membres de la Guilde s'adonnant à ce trafic ?

À cet instant, il réalisa avec un profond dégoût qu'il avait prononcé le mot « esclave » pour la première fois depuis des années. Agnès restait pensive.

— Ton guide, que sait-il de notre affaire ?

— Rien. C'est simplement la seule personne au monde en mesure de vous conduire jusqu'à une oasis où ils stockent de la poudre. Quant à ses motivations, elles sont simples : il a un compte à régler avec l'Organisation. Pour le reste, une bonne somme d'argent le satisfera. Notre plan ne l'intéresse pas.

— Seras-tu en mesure de me fournir l'or nécessaire pour me rendre là-bas et ensuite payer ton guide ?

— J'ai même mieux à vous offrir : un voyage gratis à bord de mon bateau, le temps pour moi de trouver un capitaine de rechange (son œil glissa vers Trompe-la-mort) et vous présenter moi-même à ce guide.

Agnès cessa de faire sauter la dague, la prit entre ses doigts comme si elle jouait du pipeau avec puis, en un clin d'œil, la pointe de l'arme piqua la peau de Lewis, juste à l'emplacement de son cœur.

— Sers-moi une autre musique !

Lewis se dit qu'il lui faudrait jouer serré. Cette femme ne serait pas facile à convaincre, car le projet qu'il lui avait exposé n'était pas limpide, loin de là. Dans ces conditions, elle pouvait croire qu'il lui racontait des salades pour sauver sa peau. Par expérience, il savait que dans un cas pareil ce n'était pas tant le fond qui comptait mais la forme employée.

— Je ne peux rien vous offrir de plus à cette heure, dit-il sans perdre son sang-froid. Sachez que je ne vous mens pas. Si vous voulez vérifier, allez sur le quai : vous y verrez mon bateau ancré. Et puis, de vous à moi, pourquoi serais-je allé inventer une histoire aussi saugrenue, si elle n'était pas vraie ?

Ce dernier argument sembla emporter la décision d'Agnès.

— On va aller jusqu'à ton bateau, dit-elle en se remettant à jongler avec la dague. S'il y a le moindre début de soupçon d'entourloupe, cette lame perforera ton cœur avant même que tu ne t'en rendes compte.

D'un geste sûr, elle trancha la corde qui le retenait prisonnier.

— Vous n'aurez pas à le regretter, dit-il en se massant les poignets. Et le prince Jean saura s'en souvenir, soyez-en assurée.

— Contente-toi de me conduire à ton bateau.

Lewis croisa longuement son regard. Pour avoir pas mal étudié l'âme humaine dans tous ses tréfonds, il sut à cet instant qu'Agnès se fichait comme d'une guigne de la mort de Richard. Autre chose la guidait. Cela, il l'avait perçu une première fois lorsqu'il avait prononcé les deux mots magiques, *Guilde pérégrine*, sésame ayant à la fois sauvé sa vie et rendu possible son vieux rêve.

— Je dois d'abord trouver un nouveau capitaine ! fit-il en se relevant et en jetant un œil sur Trompe-la-mort.

Elle le fixa sans ciller, haussant légèrement les sourcils.

— Dis-toi que tu viens de le trouver !

* * *

Cela faisait à présent un mois que Rowena avait quitté Venise, puis franchi les Alpes. Lorsqu'elle lui avait raconté son entretien avec Amaury, Caméléon l'avait écouté avec intérêt, surtout à l'évocation d'Agnès et de l'inutilité des parchemins. Cependant, elle s'était bien gardée de lui révéler qu'Amaury voulait la débaucher. Tout comme elle, Caméléon ne s'était toujours pas remis de la trahison de Wilhiam. Inutile de le peiner davantage.

Elle avait ensuite longuement discuté avec son ami de la tentative d'assassinat dont elle avait fait l'objet sur la gondole. Caméléon pensait que c'était l'acte de partisans de Jean sans Terre. Il est vrai que quelques années plus tôt, lorsque Richard était aux croisades, tous deux avaient participé à des missions visant à contrer le prince Jean. Peut-être certains de ses alliés voulaient-ils à présent se venger ?

Dans ce cas, pourquoi le balafré aurait-il parlé d'Icare ? se demanda-t-elle. La métaphore était évidente : elle approchait une vérité risquant de lui brûler les ailes, sa vie, en conséquence. Mais quelle vérité : celle de la mort de sa mère ou celle des parchemins disparus ? En la voyant discuter avec Amaury, ou avec Safir, quelqu'un avait-il vu là une trahison ? En dépit de son ignorance, toutes les pistes la ramenaient vers l'Angleterre.

Caméléon s'inquiétait pour elle. Tout au long du trajet de retour, il n'eut de cesse d'épier le moindre cavalier suspect ou la plus banale charrette venant dans leur direction. Il doubla ses propres tours de garde nocturnes pour lui permettre de se reposer. Enfin, il tenta de la rassurer, lui expliquant qu'elle subissait certainement le contrecoup de toutes ses épreuves vénitiennes. Rowena appréciait son attention. Pour l'instant, leur voyage se déroulait sans anicroche ni tracas. Il n'en allait pas de même de son esprit…

Toutes ces révélations sur son passé la submergeaient. Avant l'expédition à la commanderie, elle avait des certitudes, une foi inébranlable dans sa mission : veiller sur le trône d'Angleterre, servir fièrement son pays, mourir pour lui si besoin. Puis, tout s'était peu à peu fissuré, d'abord avec la trahison de Wilhiam, ensuite avec ses histoires de famille. Elle redécouvrait une sœur qui voulait la tuer, des parents qu'elle idéalisait, mais qui avaient également leur part d'ombre. Tout s'effondrait autour d'elle. Elle ne savait même plus si elle pouvait faire confiance à ses supérieurs. Elle en venait même parfois à douter de Caméléon, le seul et unique ami qu'il lui restait. Certes, un agent secret apprenait à se méfier de tout le monde, mais il ne doutait jamais. Or, ce sentiment s'était instillé en elle comme un venin insidieux et elle ne parvenait plus à le déloger.

Avant de retourner faire son rapport à lord Stratheden, elle voulut en savoir davantage sur ses parents. Safir lui avait appris qu'ils possédaient un château au bord de la Manche. Peut-être ce retour aux sources réveillerait-il en elle des souvenirs enfouis…

*

La bâtisse en question se trouvait sur le territoire du roi de France, face aux côtes anglaises. Ils eurent beaucoup de mal à la localiser, car les personnes qu'ils croisèrent dans les parages n'en avaient jamais entendu parler. Alors que Rowena commençait à douter de son existence, un pêcheur qu'elle interrogea dans un port lui indiqua son emplacement. Dressée sur une falaise à l'écart des voies de communication, la construction fortifiée était à moitié en ruine. *Dans ces conditions*, pensa-t-elle, *pas étonnant que personne ne la connaisse.*

En entrant dans la basse-cour, elle espérait se remémorer quelques souvenirs, mais ce lieu lui fut totalement étranger. Il faut dire qu'il ne restait pas grand-chose de la glorieuse forteresse. Des pies nichaient sur les remparts à l'abandon et les murs étaient noircis par les traces d'un ancien incendie, quand ils n'étaient pas recouverts de lierre. La porte permettant d'accéder au donjon n'existait plus. Elle se glissa dans l'ouverture, écarta les toiles d'araignées tissées en travers du chemin et grimpa l'escalier en colimaçon. Hormis la grande salle, toutes les autres pièces étaient effondrées. Elle découvrit la cheminée vide et de la poussière. Caméléon entra à sa suite.

— Alors ?

Elle haussa les épaules.

— J'ai vécu ici, effectivement. Je me rappelle cette cheminée, mais rien de plus précis ne me vient à l'esprit.

Caméléon alla jusqu'à une meurtrière percée dans le mur, donnant sur l'Océan. En contrebas, les vagues venaient s'échouer sur les falaises abruptes et le grondement du ressac parvenait jusqu'à lui de manière obsédante. Son regard se porta au loin, vers l'Angleterre, dont on devait deviner les côtes par temps clair.

— Pourquoi ce château a-t-il été laissé à l'abandon ? fit-il en se tournant vers Rowena. C'était une imposante bâtisse, située sur un emplacement stratégique face à l'Angleterre. À la mort de tes parents, quelqu'un d'autre aurait pu l'occuper.

Elle secoua lentement la tête.

— Pourquoi a-t-il été brûlé avant d'être abandonné ? Mon pauvre ami, je n'en ai pas la moindre idée.

Déçue, elle fit demi-tour et redescendit l'escalier. Puis, elle remonta à cheval et quitta la cour envahie d'herbes folles.

— Que fait-on maintenant ? demanda Caméléon.

— On trouve un bateau et on rentre en Angleterre, dit-elle sans même se retourner.

Il n'insista pas. Il la connaissait suffisamment pour savoir quand il ne devait rien ajouter.

— Comme tu voudras.

Ils traversèrent le hameau attenant, situé à un quart de lieue du château. Dix misérables chaumières se dressaient de part et d'autre du chemin. Il n'y avait pas âme qui vive au-dehors. À cette heure-ci, pensa-t-elle, les enfants devaient être aux champs avec leurs parents. Soudain, une femme courbée en deux sortit de derrière une bâtisse, portant un fagot de bois sur son épaule. Rowena descendit de son cheval et l'interpella :

— S'il vous plaît, ma dame, savez-vous depuis combien de temps le château est abandonné ?

Elle se retourna vers elle, saisie. Elle s'approcha, et une expression de surprise apparut sur son visage.

— Héloïse ?

Rowena était encore plus abasourdie qu'elle.

— Tu es bien Héloïse ? répéta la femme en posant son fagot par terre et la prenant par les épaules.

— Qui êtes-vous ?

— Ma petite Héloïse, dit-elle, émue, je te croyais morte !

— Pourquoi m'appelez-vous Héloïse ? demanda Rowena, à la fois hésitante et remplie d'espoir.

La femme la dévisagea longuement, puis elle saisit entre ses mains la fibule en or qui serrait sa cape.

— C'est la fibule de ta mère, me semble-t-il, répondit-elle d'un air enjoué. Quant à toi, aurais-tu changé de nom depuis que je t'ai allaitée ?

En fait oui, faillit répondre Rowena, toujours interloquée.

— Tu es ma nourrice ?

— Héloïse, pendant près de trois ans je t'ai nourrie, je me suis occupée de toi et de ta sœur. Pour répondre à ta première question, cela fait presque vingt ans que plus personne n'habite le château de tes parents. Ne restons pas ici ! Viens dans ma maison !

Rowena n'en revenait toujours pas d'être tombée par hasard sur sa nourrice ! Tenant son cheval par la bride, elle tenta fébrilement de rassembler ses souvenirs la concernant. Elle n'arrivait à se rappeler que d'une poupée qu'elle lui avait confectionnée, rien de plus. Peut-être allait-elle enfin en savoir un petit peu plus sur sa famille…

— Que s'est-il passé, exactement ? demanda-t-elle.

Caméléon avait ramassé le fagot et les suivait toutes les deux, en silence.

— Peu après ton départ avec tes parents, des hommes du roi d'Angleterre sont venus au château et ont tout pillé et brûlé. Comme ils n'ont pas trouvé ce qu'ils cherchaient, ils ont passé tous les habitants des lieux alentour au fil de l'épée.

Ce qui expliquait pourquoi le château était détruit, comprit-elle. Les soldats anglais n'avaient pas hésité à faire une incursion sur le territoire français pour piller une forteresse et massacrer les habitants du voisinage. Pour oser agir ainsi et risquer une guerre contre la France, le roi d'Angleterre de l'époque, Henri II, devait nourrir une haine immense contre ses parents !

En arrivant à sa modeste demeure, Rowena nota que les chaumes étaient récents. Elle entra dans la maison, constituée d'une pièce unique. Le mobilier était simple, mais de bonne facture. Sur la table, une miche de pain trônait à côté d'un morceau de lard. Son ancienne nourrice était pauvre, pas dans le besoin.

— Sais-tu pourquoi les soldats anglais ont saccagé le château ? demanda-t-elle.

— Je n'en ai pas la moindre idée. Ils sont arrivés en disant qu'il fallait tuer les traîtres. Ils en avaient après tes parents, c'est certain !

— Et ma sœur ?

La nourrice marqua une pause et déclara :

— Lorsque tes parents sont partis en Écosse…

— En Écosse ? Je croyais que mes parents s'étaient rendus en Angleterre !

— En Angleterre ? Certainement pas ! Tes parents se sont rendus en Écosse, j'en suis certaine ! Ta mère m'a confié Agnès, me demandant de la faire passer pour ma fille. Elle a exigé que je quitte le château pour venir vivre ici, au village. Quant à toi, elle comptait te déposer chez ton oncle, en Bretagne, le temps de l'aller-retour jusqu'en Écosse. Je pensais qu'ils l'avaient fait. Aussi, quand au bout d'un an personne n'est revenu, j'ai essayé de contacter le frère de ton père pour avoir de tes nouvelles.

— Son château avait été aussi détruit par un incendie…

— Comment le sais-tu ?

La mémoire est un phénomène curieux, songea Rowena. Certaines images se forment spontanément à l'esprit ; il suffit de faire sauter les verrous.

— Je me souviens maintenant l'avoir vu brûler sous mes yeux, déclara-t-elle le plus naturellement du monde, alors que j'étais sur le chariot avec mes parents pour m'y rendre.

La nourrice marqua une pause, visiblement troublée.

— J'ai appris la mort de tes parents des années plus tard. Je pensais que tu avais été tuée comme ton oncle, ta tante et tes cousins. Comment en as-tu réchappé ?

— Je ne suis pas allée en Bretagne. Mes parents m'ont emmenée avec eux de l'autre côté de la Manche. Le seul souvenir qu'il me reste ensuite est l'attaque de notre chariot par des pillards. Ma mère a jeté sa cape sur mes épaules, l'a attachée avec cette fibule. Puis elle m'a ensuite ordonné de me cacher dans les buissons. De là où je me trouvais, j'ai vu mes parents mourir sous mes yeux. Après l'embuscade, j'ai été recueillie par un couple de nobles saxons qui m'ont élevée comme leur fille. En fait, je m'appelle à présent Rowena de Windermere.

— Pauvre petite ! fit la nourrice en se dirigeant vers un coin de la pièce où se trouvait un coffre en bois.

Elle l'ouvrit, fouilla dedans et en ressortit une masse de chiffons.

— Héloïse, dit-elle en la lui tendant, je ne pensais pas te la remettre un jour.

Rowena prit l'objet : il s'agissait de sa poupée, celle que sa sœur lui avait prise quand elle l'avait quittée.

— Agnès l'a gardée avec elle pendant des années, précisa la nourrice, attendrie. Elle n'a jamais voulu que je lui parle de toi. Elle disait toujours que tu l'avais abandonnée, que c'était ta faute si ses parents étaient morts ! J'ai eu beau lui expliquer que tu n'y étais pour rien, que tes parents menaient une vie dangereuse, elle n'en a jamais démordu.

— Selon toi, ils voulaient nous cacher pour nous préserver. Comment ont-ils pu faire croire à tous les villageois qu'Agnès était ta fille ?

— Lorsque ta mère a été enceinte de vous deux, elle m'a demandé de venir vivre au château pour vous allaiter. Elle craignait que des personnes puissantes n'exercent des pressions si elles avaient appris votre existence. Elle n'a révélé à personne d'autre que moi qu'elle avait des enfants.

— Pourquoi mes parents t'ont-ils confié seulement la charge d'Agnès et pas aussi la mienne ?

— C'est une question que m'a souvent posée ta sœur, à laquelle je n'ai jamais su répondre. Au fil du temps, elle s'est forgé sa propre idée. Elle prétendait que ses parents t'aimaient davantage qu'elle, que, petite, tu faisais tout pour qu'il en soit ainsi. Moi, je sais que ce n'est pas vrai. Je pense que ton père et ta mère ont préféré vous séparer pour prendre moins de risques. Ils m'ont confié Agnès, mais ça aurait pu être toi. Enfin, je veux croire que c'est comme ça.

Rowena commençait à comprendre la nature de la haine que lui vouait sa sœur. Difficile de lui en vouloir, à vrai dire.

— Savais-tu ce que mes parents allaient faire en Écosse ?

— Non.

Elle soupira ; encore un mystère à éclaircir…

— Souhaites-tu venir habiter en Angleterre avec moi ? À présent, je vis là-bas.

— Héloïse, je n'irai pas plus loin que cette demeure. Et puis, Agnès me fournit de quoi subsister.

Rowena allait de surprise en surprise.

— Tu revois ma sœur ?

— Cela fait six ans qu'elle n'est pas revenue me voir, mais elle me donne régulièrement de ses nouvelles, lorsqu'elle me fait passer de l'argent.

Rowena arrivait à mieux cerner sa personnalité. Au moins, elle portait une personne dans son cœur, pensa-t-elle. Inutile de peiner celle qui l'avait élevée en lui expliquant ce qu'Agnès était devenue par ailleurs.

— Quel dommage que vous ayez été séparées, commenta sa nourrice.

— La vie nous réserve parfois des mauvais tours, se contenta-t-elle de dire.

Les deux agents anglais passèrent la nuit dans cette maison. Au petit matin, après lui avoir laissé les quelques pièces en or de sa bourse, Rowena fit ses adieux à sa nourrice. Elle aurait aimé avoir davantage de choses à lui dire, mais elle se sentait gauche en sa présence. Cette brave femme avait élevé sa sœur. Pour sa part, elle était partie en laissant un champ de ruines derrière elle. Des ruines affectives, plus particulièrement.

En fin d'après-midi, ils trouvèrent dans un port un bateau à destination de l'Angleterre. Rowena se cala dans un coin du navire pour affronter la traversée. La mer était d'huile et la nuit claire. Cassiopée les guidait, ainsi que la Grande Ourse et toutes les constellations qui s'offraient à leur regard.

Le roulis la berça peu à peu…

*

… Rowena était sur une charrette, blottie contre sa mère, se laissant ballotter au gré des cahotements du chemin de pierre qu'ils empruntaient. La nuit était douce, sans nuages. Son père tenait les rênes sans dire mot. Au bout de quelque temps, sa mère entonna une chanson. Rowena aimait le timbre de sa voix limpide et rassurante qui montait dans la nuit.

Soudain, le chariot s'arrêta brusquement. Rowena sortit de sa torpeur et se redressa. Elle aperçut au loin une grande lueur, avant de réaliser qu'il s'agissait de flammes montant haut dans le ciel. Le vent soufflait de face et, bientôt, une odeur âcre de fumée parvint jusqu'à ses narines. Son père ordonna le silence, scrutant la nuit et l'incendie. Il descendit, demandant à sa fille de rester sur la banquette. Sa mère hésita un instant, puis ne tarda pas à suivre son époux.

Rowena attendit là, seule, regardant le spectacle du brasier illuminant la nuit silencieuse. Peu de temps après, son père revint et fit faire demi-tour à l'attelage.

— Nous avons été trahis, dit-il, allons-nous-en !

Sa mère remonta sur la banquette.

— Tu ne veux pas qu'on aille voir, tout de même ?

— À quoi bon ! À cette heure, ils doivent tous être morts ; nous ne pouvons plus rien pour eux !

— Même les enfants, tu crois ?

— Ne te berce pas d'illusions, Clémence : mon frère, sa femme et aussi les enfants.

— Qui aurait pu leur faire cela ?

— Nous aurons le temps d'y songer ultérieurement. Pour le moment, il nous faut fuir au plus vite. Il y a un port à quelques lieues d'ici, trouvons-y un bateau pour l'Angleterre !

— Tu crois qu'on amène Héloïse avec nous en Écosse ?

— Nous n'avons plus le choix.

— Et Agnès ? Ne faudrait-il pas retourner la chercher chez la nourrice ?

— Si le château de mon frère a été attaqué, pense bien que le nôtre a dû l'être également. Le secteur doit être surveillé et retourner là-bas serait encore plus dangereux. Agnès ne risque rien. Personne ne sait qui elle est.

Sa mère prit Rowena dans ses bras.

— Ma chérie, lui dit-elle, tu vas faire un joli voyage en bateau avec papa et maman !

Le petit village de pêcheurs bretons était plongé dans la nuit. Son père la hissa sur le pont d'un navire. Elle se souvenait clairement du roulis du bateau, des craquements de la coque en bois et du bruit du vent dans les voiles. Lovée dans un rouleau de cordages à même le pont, elle observait en silence sa mère sangloter à ses côtés. Cela sembla durer une éternité puis elle la vit s'endormir enfin, apaisée. Rassurée, Rowena en fit autant. Le lendemain, elle découvrait les côtes anglaises pour la première fois…

*

Les premiers rayons du soleil la réveillèrent à l'aube. Comme à l'accoutumée, Caméléon était à demi penché par-dessus le bastingage, tentant de rester digne malgré le mal de mer qui le tenaillait.

— Mon pauvre ami, dit-elle, tu ne t'habitueras donc jamais aux voyages en bateau !

— Comment fais-tu pour supporter ces maudits navires ? dit-il en l'observant l'air hagard, pâle comme un linceul.

— Tu sais que je suis un être insensible.

— Je t'envie, Rowena. Si tu savais comme j'aimerais être à ta place !

— Ne m'envie pas trop vite. J'ai d'autres fardeaux, plus lourds à supporter que le mal de mer.

— Tu as encore rêvé ?

— Des souvenirs, cette fois. Je me suis remémoré ma première traversée, lorsque j'étais avec mes parents.

Un haut-le-cœur le saisit et il se pencha de nouveau par-dessus le bastingage.

— Est-ce qu'un jour notre passé nous laissera enfin tranquilles ? lâcha-t-il en se redressant péniblement.

— Je ne crois pas. Nous sommes ce que nos parents ont fait de nous. Plus vite nous l'accepterons et leur pardonnerons, mieux ce sera.

— Tu penses à ta sœur, à la colère qu'elle éprouve envers toi ?

— J'essaie de me mettre à sa place, soupira-t-elle, de la comprendre. Elle croit que je lui ai volé ses parents et qu'ensuite ils sont morts à cause de moi. Je comprends qu'elle puisse m'en vouloir. En tout cas, je souhaite qu'elle me pardonne un jour. As-tu des frères et des sœurs, Caméléon ?

Il observait la mer sans rien dire.

— Peut-être.

Il avait toujours été très mystérieux, mais à présent ses cachotteries commençaient à la lasser.

— Cela va bientôt faire dix ans que je te connais, dit-elle, et finalement je ne sais rien de toi ! Je ne sais même pas quel est ton vrai nom.

— Je ne le connais pas moi-même. On m'a toujours appelé Caméléon.

— Tu ne m'en diras pas plus, j'imagine ?

— Il vaut mieux parfois ignorer certains détails.

— Te voilà bien énigmatique !

— N'est-ce pas toi qui disais que chacun de nous avait son fardeau à porter ?

Rowena croisa les bras.

— Puisque je n'en saurai pas plus, changeons de sujet ! Lorsque nous irons faire notre rapport à lord Stratheden, j'aimerais que tu n'évoques pas ma rencontre avec Amaury sur la gondole.

— Pourquoi ?

— Je me vois mal lui annoncer qu'il a été dupé en beauté par une mystérieuse société secrète.

— D'accord, dit-il, songeur. C'est étrange, tout de même ! Une communauté aussi développée que la *Guilde pérégrine* devrait inquiéter davantage les royautés. Pourtant, il n'en est rien à ce jour. Sans compter que son idéologie est fortement subversive ; elle pourrait bouleverser l'ordre établi en Occident.

— J'y ai pensé, dit-elle, et je crois savoir pourquoi elle n'attire pas encore l'attention des puissants. Tant que la Guilde se contentait de commercer avec l'Afrique, de créer des dispensaires entre Venise et le Sahara, elle ne présentait aucun danger. Ces voies marchandes sont loin des préoccupations des rois et des princes, d'autant que la *Guilde pérégrine* doit être considérée, tout au plus, à ce jour, comme une simple guilde marchande. En revanche, si, maintenant, elle décide de s'implanter dans les royaumes de France, d'Angleterre ou du Saint Empire Romain Germanique, nos nobles dirigeants accepteront difficilement qu'une société riche et puissante éduque les petites gens qu'eux-mêmes maintiennent dans l'ignorance. Dès lors, crois-moi, ils y veilleront de plus près et feront tout ce qui est en leur pouvoir pour la détruire.

— Crois-tu que lord Stratheden en sache plus long que nous sur cette organisation ?

— A-t-il déjà fait le rapprochement entre la trahison de Wilhiam et la Guilde, ou attendait-il de nous que nous le fassions ? Je reste persuadée qu'il ne sait rien. Amaury a dû se débrouiller pour l'informer de l'existence des parchemins dans la commanderie sans se dévoiler.

— Tu as certainement raison. Tu comptes donc lui cacher des informations ?

— Cacher est un bien grand mot. Disons plutôt que je tenterai de lui en dire le moins possible.

— Fais attention ! Tu risques de passer toi-même pour un traître.

— Ne t'inquiète pas pour moi. Je saurai manœuvrer.

Caméléon demeura perplexe, puis soudain son visage s'éclaira en découvrant les côtes anglaises.

— En attendant, voici notre belle Angleterre ! s'exclama-t-il, retrouvant le sourire à la vue toute proche de la terre ferme. Et par beau temps !

Au loin, les falaises crayeuses se découpaient sur le ciel bleu sans nuages. Ils accostèrent bientôt dans un port de pêche. Caméléon se porta tout de suite mieux. Ils passèrent la nuit dans une auberge, non loin du quai, avant de repartir au petit matin vers le château de lord Stratheden, chevauchant à travers les landes et les prairies piquetées de vaches et de moutons.

*

Rowena et Caméléon arrivèrent le lendemain après-midi en vue de la Citadelle. Une silhouette connue se dressait au bord de la falaise, semblant scruter l'Océan.

— Père ! Que fais-tu là ?

Lord Windermere se retourna. En apercevant Rowena, il courut à sa rencontre. Il n'avait pas changé d'un pouce depuis la dernière fois qu'elle l'avait vu, pensa-t-elle. Ses longs favoris blancs et sa moustache élégamment taillée contrastaient avec ses abondants cheveux gris touffus qui flottaient au vent. Un sourire ingénu se lisait toujours sur ses lèvres. C'était un optimiste de naissance et, malgré le poids des ans, son pas était toujours svelte et vif.

— Ma petite ! s'exclama-t-il avec joie, cela faisait si longtemps ! Comme je suis heureux de te revoir !

Elle sauta de son cheval et se jeta dans ses bras, fixant ses yeux noirs toujours pétillants. Certes, les pattes-d'oie s'étaient accentuées et quelques rides supplémentaires avaient creusé son front, mais il ne paraissait pas ses soixante ans.

— Tu m'attendais ?

— Je suis venu ici prendre de tes nouvelles. On m'a dit que tu étais en mission sur le continent.

— Effectivement. Tu connais Caméléon ?

— J'en ai entendu parler.

Son ami descendit de son cheval et vint présenter ses hommages. Puis lord Windermere passa un bras sur l'épaule de sa fille adoptive et l'entraîna sur le chemin bordant la falaise. À quelques centaines de pas devant eux, la Citadelle se dressait, imposante. Postés dans la barbacane gardant l'étroit sentier y conduisant, des soldats les observaient du coin de l'œil.

— Comment va mère ?

— Elle se porte comme un charme. Elle a préféré rester à Windermere. Tu sais qu'elle n'aime pas beaucoup voyager. J'espère que tu iras la voir bientôt.

— Dès que j'aurai fait mon rapport à lord Stratheden, promis !

— Vas-y, raconte-moi tout !

— Tu sais que je suis tenue par le secret. J'ai quand même quelques révélations à te faire, et en premier lieu que j'ai découvert une sœur jumelle dont j'avais oublié l'existence.

— Une sœur jumelle ? C'est extraordinaire ! Quand est-ce que tu me la présentes ?

— C'est-à-dire, nous ne sommes pas tout à fait en bons termes. À parler vrai, elle m'a même fait endosser un meurtre qu'elle avait commis. J'ai failli être décapitée par sa faute.

Son père l'observa avec des yeux ébahis.

— Incroyable !

— En fait, elle espionnait pour le compte du roi de France. Mais le pire c'est qu'elle me tient responsable de la mort de nos parents. Pour le reste, je n'ai pas le droit de t'en dire plus.

— Une bien triste histoire que tu me contes là. Ta sœur n'était donc pas avec vous dans l'expédition qui a été attaquée ?

— Mes parents l'avaient confiée à notre nourrice. Figure-toi qu'en passant non loin du château de famille, je l'ai également croisée par hasard. Mais ma rencontre la plus intéressante a été celle d'un diplomate andalou qui a pour nom Safir Ibn Thazi. Il m'a dit avoir fait la connaissance de ma mère à Cordoue, il y a une vingtaine d'années. Il m'a d'ailleurs conté quelques anecdotes sur elle. Tu ne peux pas t'imaginer le plaisir que j'ai eu à entendre parler d'elle !

Son père plissa le front.

— Tu m'étonneras toujours !

— Pourquoi ?

— Toi qui n'as jamais voulu que nous parlions de tes parents, voilà que maintenant tu te réjouis à leur simple évocation !

— Il faut croire que j'ai changé…

— Sais-tu que moi-même j'ai rencontré ta mère, une fois ?

— Tu la connaissais ? demanda Rowena, étonnée.

— Je l'ai croisée à la cour d'Aliénor, voilà vingt-cinq ans. Elle devait avoir une quinzaine d'années.

— Enfin, père ! Pourquoi ne m'en as-tu jamais parlé ?

— Je te rappelle que tu n'as jamais voulu évoquer ton passé !

— C'est vrai, excuse-moi.

— Si tu le souhaites à présent, je te raconterai tout ce que je sais sur ta mère.

— Tu veux rire ! Tu vas tout me dire, même si tu ne l'as croisée que quelques instants, de loin dans un couloir !

Lord Windermere rassembla ses pensées.

— J'avais dû me rendre à la cour d'Aliénor pour une affaire concernant Windermere. C'est à cette occasion que je me suis entretenu avec elle. Elle te ressemblait énormément tu sais, pas seulement physiquement je veux dire, mais par sa vivacité et sa bonne humeur.

— On parle bien de ma mère, là ?

Lord Windermere éclata de rire, puis redevint grave.

— Toutefois, il persistait chez elle une singulière mélancolie dont elle n'arrivait pas à se départir. Sur le moment, j'ai mis cela sur le compte du chagrin.

— Du chagrin ?

— Clémence venait de perdre sa mère, m'a-t-elle expliqué. Son père l'avait placée à la cour d'Aliénor pour parfaire son éducation, et aussi parce qu'il n'avait pas le temps de s'occuper d'elle. Cependant, à voir le vague à l'âme qui se lisait sur son visage, je pense qu'elle était surtout malheureuse d'avoir été abandonnée par son père, qu'elle chérissait par-dessus tout. Enfin, je présume qu'elle a vécu cela comme un abandon.

— En as-tu parlé avec elle ?

— Je lui ai fait remarquer que toutes les dames de compagnie de la reine se trouvaient certainement dans une situation similaire. À cela elle m'a rétorqué qu'elle avait mieux à faire ailleurs qu'à la cour d'Aliénor.

— Apparemment, elle a ensuite trouvé sa place,

puisqu'elle a accompli des missions diplomatiques pour le compte de la reine.

Lord Windermere secoua la tête.

— Si Clémence te ressemble, comme je le crois, je reste persuadé que, au fond d'elle-même, elle a toujours regretté de n'avoir pu rester auprès de son père.

— Son père justement, t'a-t-elle parlé de lui ?

— Non. Nous avons discuté poésie, philosophie, ta mère était très calée sur Aristote d'ailleurs, mais je n'ai pas osé l'interroger plus avant sur un sujet aussi sensible pour elle.

— N'avait-elle pas un accent particulier, un vêtement qui aurait pu t'indiquer ses origines ?

— Elle avait un accent du Sud. Elle parlait couramment le français, le latin, ainsi que l'occitan, en somme les langues parlées à la cour d'Aliénor, à Poitiers. Voilà tout ce que j'ai appris d'elle, le peu de temps que j'ai pu converser en sa compagnie.

Rowena sembla ailleurs quelques instants. Une mère morte, pensa-t-elle, un père qui confiait Clémence à quelqu'un d'autre que lui pour parfaire son éducation, faisant naître ainsi l'amertume de se sentir abandonnée, cela ressemblait étrangement à ce qu'avait vécu sa sœur Agnès.

— Et mon père, l'as-tu connu ?

— Non. Quand j'ai rencontré ta mère, elle n'était pas encore mariée. Je ne sais pas quelles sont tes ressemblances avec ton père. En tout cas, ta façon de rire ou encore ta figure, lorsque tu prends ta mine offusquée, sont bien celles de Clémence.

Rowena sourit et déposa un baiser sur sa joue.

— Merci.

— De rien. Si j'ai pu te faire plaisir, j'en suis ravi. Il y a une autre affaire dont j'aimerais te parler.

— Je t'écoute.

Il s'arrêta et observa les alentours. Le sentier était désert. Seules quelques mouettes volaient de-ci de-là, attendant sans doute qu'on leur donne de la nourriture.

— Tu l'ignores peut-être, mais une fronde s'est levée contre notre roi Richard. On lui reproche de passer plus de temps à guerroyer sur le continent qu'à diriger l'Angleterre. À son retour de croisade, voilà un an, tout le monde pensait qu'il resterait sagement à Londres pour gouverner son île. Malheureusement, il est aussitôt reparti en Normandie fortifier ses défenses et faire la guerre au roi de France. On lui prête l'orgueil de rechercher la gloire, afin de figurer dans les chansons des troubadours.

— Qui le lui reproche ? Le prince Jean ?

Il secoua la tête.

— Pas seulement, hélas. De nombreux barons anglais et même des marchands, des bourgeois, aimeraient avoir plus de liberté de manœuvre. Ces hypocrites clament à qui veut l'entendre que le roi n'est jamais en Angleterre et, dans le même temps, ils profitent de cette absence pour intriguer contre lui.

— Tu as rencontré lord Stratheden, j'imagine ; qu'en pense-t-il ?

Résigné, il haussa les épaules.

— Il n'a pas l'air inquiet. Il dit que Richard en a vu d'autres, qu'il ne craint pas d'être détrôné. Je ne partage pas ce point de vue, trop confiant, à mon sens.

Lord Windermere semblait soucieux. Rowena le connaissait suffisamment pour savoir qu'il ne se mettait pas dans cet état pour des broutilles. Il lui adressa un sourire, puis tous deux reprirent leur marche bras dessus, bras dessous au bord de la falaise.

— À présent, parlons de choses plus gaies. Es-tu toujours amoureuse de ce Wilhiam ?

Elle se renfrogna.

— J'aimerais ne pas évoquer ce sujet, si tu n'y vois pas d'inconvénient !

— Comme tu voudras…

*

Le lendemain matin, Rowena se rendit chez lord Stratheden pour lui faire son rapport. Toute la nuit elle avait longuement réfléchi à ce qu'elle lui dirait, mais aussi à ce qu'elle lui cacherait. Le vieux renard méritait son surnom. Pour ne pas se faire piéger, elle devrait jouer finement. Le secrétaire frappa deux fois tandis qu'elle attendait derrière lui avec appréhension. Prenant une profonde inspiration, elle fit son entrée dans le bureau.

Pour une fois, lord Stratheden ne cachait pas ses traits dans la pénombre et elle découvrit son visage en pleine lumière. Une barbe grise coupée court, une petite bouche, un visage lisse où deux prunelles noires et vives la déshabillèrent avec une concupiscence avouée. Ses cheveux étaient poivre et sel, légèrement bouclés. Il était plutôt bel homme et dégageait une prestance indéniable, mais il ne la charmait pas. Son regard était trop appuyé, trop avide de la posséder pour qu'elle éprouve une quelconque sympathie à son égard.

— Je vous écoute.

Froid et distant, comme à l'accoutumée. Que savait-il réellement sur Agnès et sur la *Guilde pérégrine* ? Elle tâcha d'en dire le moins possible.

— D'après mon enquête, les parchemins originaux ont été détruits. Quant à la copie volée par les Français, elle est inutilisable.

La ligne de ses lèvres se comprima.

— Qui est cette Agnès dont on m'a rapporté l'existence ?

— Une redoutable espionne, milord. Aux dernières nouvelles, elle a été bannie par le roi de France.

— Un agent banni est un mercenaire en puissance. Savez-vous ce qu'il est advenu d'elle ?

— Je n'en ai pas la moindre idée, milord.

— J'ai ouï dire qu'elle était également votre sœur jumelle.

Ne pas le prendre non plus pour un imbécile... Il était évident qu'en omettant de préciser ce *léger détail*, elle avait commis une erreur de débutante.

— Effectivement, milord. J'ai redécouvert son existence à mes dépens, lorsqu'elle a tenté de me faire endosser ses crimes.

Il ne broncha pas, se contentant de l'observer, impassible.

— Avez-vous retrouvé la trace de Wilhiam ?

— Non, milord. Je n'ai déniché aucun indice de sa présence sur le continent.

— Vous continuerez à le traquer. Pour le reste, l'affaire est close et c'est tant mieux, car j'ai une délicate mission à vous confier.

Finalement, elle ne s'en tirait pas trop mal. Il n'avait pas évoqué le fait qu'elle avait dévoilé sa couverture devant le tribunal de Venise, ni qu'elle avait séjourné plusieurs semaines chez Safir. N'était-il vraiment pas au courant ou jouait-il avec ses nerfs ? Dans cette dernière hypothèse, elle aurait du souci à se faire, car il n'était pas du genre à pardonner facilement. Elle se demanda soudain avec anxiété si tout cela était vraiment de bon augure pour la suite de l'entretien. Elle dut faire appel à tout son sang-froid pour ne pas laisser transparaître ses émotions et le tourbillon de ses pensées.

— Je vous écoute, milord.

— Comme vous le savez, depuis quelques décennies, la fièvre de la construction des cathédrales s'est emparée de la chrétienté. Chaque ville, chaque prieuré d'importance veut s'adosser à ces glorieux édifices. Par ailleurs, de nombreuses reliques ont été rapportées des croisades. Elles nécessitent à présent une demeure digne de leur importance.

Il ménagea une pause, cherchant ses mots.

— Il se trouve qu'un des plus beaux édifices qu'il sera donné de voir est en construction en Écosse, enchaîna-t-il. Le chantier s'achève après presque vingt ans de travaux, et il subit depuis peu quelque agitation. Des artisans de renom l'auraient abandonné pour une raison inexpliquée. Rien de bien important en apparence mais comme notre roi Richard y déposera prochainement des reliques qu'il a rapportées de Terre sainte, il ne faudrait pas que ces disparitions aient quelque chose à voir avec sa future venue.

Rowena songea aux propos alarmistes de son père. Lord Stratheden ne semblait pas particulièrement inquiet pour son roi. Cependant, il ne souhaitait pas non plus prendre de risques inutiles.

— Pensez-vous que quelqu'un veuille attenter à la vie de Richard ?

— Mon poste de chef des services secrets de Sa Majesté m'oblige à penser cela du matin au soir. Et le vôtre, à vous assurer que ça n'arrive jamais.

Elle eut conscience de la stupidité de sa question.

— A-t-on interrogé les artisans sur les raisons de leur départ ?

— À vous de le faire. Richard entretient d'excellentes relations avec le roi d'Écosse. Il lui a proposé ses services pour l'aider à y voir plus clair dans cette affaire. Vous irez donc là-bas avec Caméléon. Vous mènerez votre enquête, mais surtout, vous assurerez la sécurité du site lorsque Richard s'y rendra.

— Quand notre roi a-t-il prévu d'y déposer les reliques ?

— Pour la fête de la Toussaint.

— La Toussaint ? Cela me laisse peu de temps !

— Vous êtes la meilleure, c'est pour cela que je vous ai choisie. Là-bas, vous logerez dans le manoir de la princesse Roxane de Kebnekaise. Vous y serez les représentants de la couronne d'Angleterre, tâchez de faire honneur à notre roi !

— Vous pouvez compter sur nous, milord !

Lord Stratheden marqua une pause et la dévisagea longuement. Rowena prit un air détaché, faisant mine d'attendre avec respect ce qu'il allait à présent lui annoncer. Il se racla la gorge, baissa légèrement les yeux et déclara :

— Autre chose : lord Windermere souhaiterait retourner chez lui en votre compagnie. Vous l'escorterez.

— À vos ordres, milord.

En sortant du bureau, elle soupira intérieurement. Son supérieur la chargeait d'assurer personnellement la sécurité de son roi, une mission hautement honorifique. Aussi s'empressa-t-elle d'aller annoncer cette bonne nouvelle à Caméléon. Le départ pour l'Écosse était prévu pour la fin de la semaine. Cela lui laissait largement le temps pour étudier les rapports récents sur la situation politique dans ce royaume, voire faire quelques exercices à l'épée. Elle irait également annoncer à son père qu'elle chevaucherait avec lui jusqu'à Windermere. Il serait ravi de l'apprendre. Elle-même se faisait déjà une joie de passer ces quelques jours en sa compagnie.

Chapitre 8

Traquenards

Le port d'Alexandrie se profilait à l'horizon sous un ciel d'un bleu pur. Agnès se tenait à la proue du navire, vêtue d'une culotte d'homme et d'une chemise blanche, pieds nus, scrutant du regard la côte égyptienne qui se dessinait au-devant d'elle. À ses côtés, Lewis n'en revenait toujours pas d'avoir traversé la Méditerranée à bord d'un bateau commandé par une femme, et quelle femme !

Car Agnès avait rapidement fait taire les remarques ayant suivi sa montée à bord du navire. Plus prestement encore, elle avait maté la mutinerie, survenue seulement quelques heures plus tard, alors que la Côte basque venait à peine de disparaître derrière l'horizon. Deux des matelots qui avaient mené la révolte étaient à présent aux fers, à fond de cale, en compagnie de la marchandise. Cependant, leur destinée était toujours plus enviable que celle du commandant en second à l'origine du soulèvement. Depuis bientôt quatre semaines maintenant, il naviguait derrière le bateau attaché par une corde, sous l'apparence blanchie d'un squelette, seule partie de son corps qu'avaient délaissée les poissons.

Le tas d'os en question avait eu le malheur, du temps où il était encore bien en chair, de vouloir ravir le poste de capitaine, laissé vacant suite à la tragique disparition de Trompe-la-mort. Agnès avait rapidement informé son commandant en second que désormais c'était elle le nouveau capitaine. Profondément déçu de rester numéro deux, humilié par une femme devant son équipage, il avait bondi sur elle, un coutelas aiguisé à la main. Elle n'avait pas d'armes, il maniait son couteau avec aisance et dextérité. En apparence, le combat semblait déséquilibré. Pourtant, l'affrontement avait rapidement tourné à l'avantage de la donzelle, sous les yeux ébahis de tout l'équipage ayant parié en vérité sur une tout autre issue.

La leçon avait été retenue. Ce qu'il restait de son corps, brinquebalant à présent sur les vagues, était là pour rappeler à chaque matelot qu'il valait mieux filer doux avec le capitaine, sous peine d'aller rapidement nourrir les sardines. Enfin, au cas où la mémoire de certains flancherait, chaque homme d'équipage devait à tour de rôle se rendre au fond de la cale pour sustenter ses deux collègues, et philosopher en leur compagnie des bienfaits de la vie au grand air.

Au bout de trois jours, toute velléité de rébellion avait disparu. En outre, Agnès s'était imposée comme une navigatrice hors pair. On aurait dit qu'elle avait effectué cette traversée toute sa vie, songea Lewis, car le bateau arriva même plus tôt que prévu au port d'Alexandrie, selon une route des plus appropriées. Lorsqu'il ne manqua pas de l'interroger sur ce point, elle confirma, sans fausse modestie, avoir sillonné la Méditerranée à plusieurs reprises.

Fascinant personnage, pensa-t-il, tandis qu'elle examinait la mâture et les voiles. Après l'avoir côtoyée pendant ces quelques semaines, il était sûr à présent que cette femme réussirait à tuer Richard. Son seul regret était qu'elle ne se fût jamais mêlée à son petit commerce. Une fois, une seule, elle était descendue dans la cale. Lorsqu'elle était remontée, elle n'avait pas émis de commentaires au sujet de la marchandise. Il ne se serait pas permis de la questionner là-dessus, mais il trouvait inhabituel qu'un commandant de bateau dédaigne de s'intéresser à ce qu'il transportait.

— Tu débarqueras tes esclaves seulement après m'avoir conduite à ton guide, dit-elle en se tournant vers lui.

Inconsciemment, il pinça ses lèvres en une moue dégoûtée, à l'énoncé du mot grossier qu'elle venait de proférer.

— Comme vous voudrez. Voulez-vous que je profite également de l'escale pour faire parvenir un message au prince Jean ?

Elle sourit.

— Tu en profiteras pour te rappeler à son bon souvenir, j'imagine…

Lewis prit un air faussement attristé.

— Je vous l'ai déjà dit : mon rêve n'est pas de passer ma vie à vendre de la marchandise, mais de devenir conseiller du roi d'Angleterre.

— Chacun a ses motivations, les tiennes valent celles d'un autre. Contente-toi d'envoyer à Jean le message que je te donnerai.

Il l'aurait suivie en Enfer, si elle le lui avait ordonné, et elle le savait très bien.

— Je suis déçu que vous doutiez encore de moi, dit-il d'un air outré.

— Obéis, c'est tout ce que je te demande !

Puis elle le quitta pour donner ses ordres aux matelots, car le navire était en passe d'accoster au port. Devant eux, la haute muraille dressée par le sultan Saladin clôturait la ville, elle-même hérissée d'une multitude innombrable de minarets.

Deux heures plus tard, Agnès et Lewis marchaient l'un derrière l'autre dans le labyrinthe des ruelles étroites du souk. Elle avait revêtu la longue tenue traditionnelle des femmes égyptiennes, cachant son visage aux regards indiscrets. Difficile d'avancer rapidement dans ces corridors surchauffés. Les cris des vendeurs emplissaient l'air, saturé par la transpiration des hommes mélangée aux fragrances subtiles des épices et à celle des viandes faisandées débordant des étals disposés pêle-mêle. Ces odeurs parvenaient jusqu'à leurs narines par bouffées successives. Elles contrastaient violemment avec l'air du large qu'ils avaient humé pendant la traversée. Ils se frayèrent ainsi un chemin jusqu'à l'arrière-boutique d'un marchand de soieries. Un homme de grande taille à la peau noire, dont le visage était presque entièrement camouflé par sa tenue de Touareg bleu sombre, se tenait assis là en tailleur, immobile.

— Voici la personne que tu devras conduire jusqu'à l'oasis, lui dit Lewis en guise d'introduction.

— Vous avez l'argent ?

Le Nubien n'avait même pas pris la peine de leur proposer un thé en guise de bienvenue. Indifférente à son accueil peu chaleureux, Agnès fit un pas en avant et lui tendit une bourse pleine d'or. Il la vida entre ses mains et parut satisfait par la couleur et le poids du métal.

— On peut partir sur-le-champ, si vous voulez, fit-il en considérant Agnès de ses grands yeux sombres.

— Allons-y !

Pendant que le guide allait faire ses préparatifs, elle remit un message à Lewis, encore surpris par la rapidité avec laquelle elle avait fait affaire.

— Envoie ça par pigeon au prince Jean et attends-moi au quai jusqu'à mon retour, lui ordonna-t-elle. Dès que nous aurons sa réponse, nous mettrons le cap sur Londres et j'irai le rencontrer.

Lewis se pinça le bras, se demandant encore s'il ne rêvait pas, depuis ce fameux soir à Bayonne où il avait croisé sa route dans une maison de passe. Ce genre de rencontre n'arrivait pas deux fois dans une vie, il n'avait pas besoin d'en être persuadé. Il l'attendrait le temps qu'il faudrait et même davantage s'il le fallait !

— Soyez assurée que je ne quitterai pas le navire.

Au regard qu'elle lui adressa, il sut qu'elle n'avait aucun doute à ce sujet. Déjà, le Nubien revenait avec deux sacs remplis de provisions. Trouver ensuite deux dromadaires et les équiper pour une longue marche dans le désert ne prit guère plus de temps. Quelques heures plus tard, tandis que le soleil couchant rougeoyait, Agnès et son guide avaient quitté le delta du Nil et s'enfonçaient déjà dans l'infinité dorée du Sahara.

Juché sur un âne, Lewis les avait accompagnés jusqu'à la sortie de la ville. En observant les deux silhouettes, au loin, monter et descendre au rythme de leur dromadaire, il se demanda avec anxiété si Agnès n'avait pas fait preuve d'inconséquence en suivant précipitamment ce guide. C'était lui accorder une confiance aveugle, car dans ce désert immense elle dépendrait totalement de lui.

Lorsqu'il avait évoqué ce Nubien, Agnès menaçait de lui trancher la gorge. Il avait débité toute son histoire et elle avait immédiatement émis le souhait de rencontrer ce guide au plus vite. Tout heureux de sauver sa peau, il n'avait pas précisé qu'il ignorait tout de lui, si ce n'était qu'il travaillait autrefois dans une oasis où l'on fabriquait de la poudre explosive et qu'il voulait se venger de la *Guilde pérégrine*. Ce grand gaillard à la peau noire lui avait fait cette confidence, un soir, dans une taverne du port d'Alexandrie. Le Nubien avait dit alors que son ancien employeur l'avait prétendument spolié. Évidemment, cet homme ne lui avait pas tout avoué. Lewis se doutait bien qu'il avait dû voler de l'or ou des diamants à l'Organisation et qu'il tentait à présent d'échapper à sa justice. Mais il ne lui avait certainement pas menti sur un point : il savait l'emplacement exact d'une oasis de la Guilde. Avant cette rencontre, personne ne lui avait jamais parlé de cette communauté secrète, tout simplement parce que personne ne connaissait son existence. En outre, Lewis avait senti cet homme obsédé par son désir de vengeance. Il connaissait suffisamment ce sentiment pour savoir le reconnaître chez un de ses congénères. Une obsession que ce Nubien partageait avec Agnès, songea-t-il, sans faire de lui pour autant un homme fiable.

Après tout, se dit-il, lorsque les deux silhouettes eurent disparu à l'horizon, la jeune femme avait de la ressource. Elle reviendrait avec ce qu'il faudrait de poudre explosive, seule ou accompagnée de son guide.

Lewis émit le vœu de la voir revenir seule. Non pas qu'il espérât la mettre un jour dans son lit. Simplement, à la pensée qu'un autre homme puisse passer du temps en tête à tête avec elle, il devenait d'une jalousie maladive. Agnès n'appartenait qu'à lui. *Son Agnès*, avec qui il partageait à présent un projet secret. Il n'avait pas particulièrement aimé la façon dont elle avait regardé ce beau mâle noir. Il était clair qu'elle le désirait. C'était même certainement l'une des raisons l'ayant poussée à partir aussi vite avec lui dans le désert. Qu'elle prenne du bon temps ne le dérangeait pas. Toutefois, l'idée qu'elle puisse ensuite le ramener à Londres avec elle le révulsait. Il veillerait à ce que cela n'arrive jamais. Si elle n'éliminait pas ce Nubien, il se promit de s'en charger lui-même.

Il fit faire demi-tour à son baudet et retourna à son bateau. Un air chaud et sec soufflant depuis le désert rendrait la nuit encore plus insupportable. Ce soir, il faudrait asperger d'eau la marchandise, une cinquantaine de femmes blondes à la peau blanche, pareille à la neige qui recouvrait six mois par an leur pays perdu. Il serait en effet dommage que quelques-unes trépassent, maintenant qu'elles étaient arrivées à destination. En bon commerçant soucieux de la fraîcheur de ses produits, il se promit également d'offrir à sa cargaison une sortie nocturne additionnelle sur le pont du navire. Il faudrait qu'elles aient l'œil frais le lendemain, lorsqu'il s'agirait d'en tirer un bon prix.

C'était ce genre de détails, pensa-t-il en se rengorgeant sur son âne, qui faisait la différence entre un marchand digne de ce nom et un vendeur sans scrupules, dépourvu de considération pour ses clients.

* * *

Rowena décida de profiter des jours qui lui restaient à la Citadelle pour reprendre son entraînement avec son maître d'armes. Après avoir quitté Caméléon, elle se rendit dans la grande cour carrée. En cette fin d'après-midi, elle était déserte. Seul, le vieil homme se tenait dans un angle, une épée à la main, avec laquelle il effectuait quelques moulinets rapides.

— Je vois que tu n'as rien perdu de ton élégance dans le maniement des armes ! dit-elle à son intention.

Le professeur posa la lame et s'avança vers elle bras ouverts.

— Rowena, s'exclama-t-il, cela faisait longtemps ! Comment vas-tu ?

— Je suis un peu rouillée et quelques coups de bâton me feraient du bien.

Il s'esclaffa.

— Je crains de ne plus être en mesure de te rosser de coups de bâton. C'est plutôt moi qui aurais à redouter d'en recevoir. En revanche, il me semble que tu as encore quelques lacunes à l'épée.

Il prit celle qu'il maniait l'instant d'avant et la lui lança. Elle l'attrapa au vol et se mit en garde. Le vieux briscard s'était déjà emparé d'une autre lame, plus longue que la sienne. Il entama le combat par des coups de taille et d'estoc portés à une vitesse phénoménale. Elle fut rapidement mise en difficulté par sa technique, parant ses coups tant bien que mal. Elle tenta une botte, mais il anticipa sa feinte et la pointe de son épée termina sa course sur la poitrine de Rowena.

— Tu te précipites trop, expliqua-t-il en baissant la lame. Il te faut étudier les coups de l'adversaire, jauger sa valeur, évaluer ses failles éventuelles.

— D'accord, mais que faire contre un adversaire tel que toi, ou contre quelqu'un connaissant plus de bottes que moi ?

Il remit son épée sur son support. Elle fit de même et ils se dirigèrent ensemble vers l'autre bout de la cour d'entraînement.

— Je ne crois pas que beaucoup de personnes connaissent plus de bottes que toi. Je t'ai enseigné toutes les miennes et je viens de voir à l'instant que tu les as toi-même améliorées.

— Pourtant, à Venise, j'ai eu maille à partir avec des individus qui en savaient autant que moi sur le maniement de l'épée !

Il s'arrêta et se tourna vers elle, l'air inquiet.

— À quoi ressemblaient-ils ?

— Il y avait un homme d'environ cinquante ans, balafré sur la joue droite. Son comparse devait avoir dix ans de moins. Lui n'avait aucun signe distinctif particulier.

Le maître d'armes secoua la tête négativement.

— Je ne me souviens pas avoir enseigné l'épée à un balafré. Ces hommes étaient-ils vraiment anglais ?

— Aucun doute à ce sujet ! Il m'a parlé d'Icare également. Cela évoque-t-il quelque chose de particulier pour toi ?

— Non, rien en dehors du mythe grec.

Il fit une grimace et poursuivit :

— Ce que tu me dis là est fâcheux. Je n'aime pas apprendre que mes anciens élèves tentent de tuer mes meilleurs agents. Déjà que certains d'entre eux trouvent le moyen de trahir !

Il accompagna ses derniers dires d'un geste rageur de la main et enchaîna, en grinçant des dents :

— Si je le tenais, celui-là !

Rowena observa le vieil homme. C'était bien la première fois qu'elle le voyait perdre son sang-froid légendaire. Cependant, elle fut rassurée de savoir qu'au sein de l'école d'autres qu'elle-même partageaient sa rancœur. Grand prince, elle se fendit d'un commentaire pour apaiser sa colère :

— Wilhiam appartient au passé.

Il la dévisagea un instant, étonné.

— Je lui avais demandé de veiller sur toi, tu sais, juste avant votre départ. Son attitude me déplaisait, il sourdait de son être une espèce de culpabilité latente. J'ai un don pour flairer les mauvais coups. Je m'en veux de ne pas t'avoir mise en garde.

— Cela n'aurait probablement rien changé. Qui aurait pu prédire une telle trahison ?

Pensif, il balança la tête.

— Tu as raison.

Il tendit son index dans sa direction d'un air menaçant et ajouta :

— Si tu mets la main sur lui, laisse-le-moi un quart d'heure. Je vais lui apprendre à vivre !

Elle sourit.

— Promis ! Mais il risque d'être déjà pas mal amoché.

Il lui retourna son sourire. À présent, deux élèves se dirigeaient vers eux afin de prendre leur leçon.

— Je te demanderai de ne relater à personne notre conversation, dit-elle en prenant congé de lui.

Il la fixa intensément sans ciller.

— Compte sur moi.

— Merci.

— Fais attention à toi. Tu es certainement le meilleur élément que j'ai connu dans ma longue carrière. Sois patiente avec ton adversaire et personne ne pourra te vaincre.

*

La leçon d'escrime l'avait épuisée. Rowena retourna dans ses appartements, rêvant d'un bon bain pour se défaire de la sueur qui lui collait à la peau. Heureuse surprise : les servantes avaient disposé au milieu de sa chambre un baquet en bois rempli d'eau fumante. Tout en les remerciant intérieurement d'avoir anticipé ses désirs, elle se déshabilla puis se glissa avec délices dans l'eau tiède, ferma les yeux et s'y abandonna. À cet instant, elle réalisa que les serviteurs avaient oublié de disposer un linge à côté du baquet. Il faudrait qu'elle en glisse un mot à l'intendant de la Citadelle, le service aux officiers n'étant vraiment plus ce qu'il avait été ! Songeant à la manière dont elle allait se sécher en sortant du bain, elle examina la pièce à la recherche d'un linge…

C'est là qu'elle entrevit la lame.

Elle se redressa brusquement et esquiva juste à temps le coup d'estoc qui l'aurait, sinon, transpercée de part en part. Un individu masqué par un foulard se tenait derrière le baquet. Emporté par l'élan de son assaut manqué et par le poids de sa lourde épée qui avait fini dans le vide, il fut déséquilibré et bascula en avant. Elle le saisit par le bras et finit de le déstabiliser pour le faire chuter. Il tomba la tête la première dans le baquet. Tout en lui maintenant la tête sous l'eau, elle sortit du bain.

Son agresseur se débattait comme un beau diable, mais elle assurait fermement sa prise sur sa nuque. Elle compta jusqu'à cent et ramena sa tête en arrière. Le temps qu'il récupère ses esprits et son souffle, elle s'était emparée de son épée et le tenait en garde. Il enleva le foulard de sa bouche et toussa longuement, éructant et crachant de l'eau. Puis il se redressa lentement, encore stupéfait d'avoir été si vite maîtrisé, mais également de la découvrir nue, sa lourde épée entre les mains pour seule parure.

— Pour qui travailles-tu ?

Il ne répondit pas. Au contraire, il recula vers la fenêtre de sa chambre. Elle anticipa son geste et s'interposa entre lui et l'ouverture sur l'extérieur. Elle réitéra sa question en braquant l'épée sur son visage.

— Pour *qui* travailles-tu ?

C'était un jeune homme qu'elle n'avait jamais croisé dans la Citadelle. Il ne lui semblait pas être un soldat aguerri et comptait certainement sur l'effet de surprise pour la piéger. Elle posa la pointe de l'épée sur son cou.

— Parle, ou je te livre à des mains expertes !

La crainte de la torture sembla fonctionner.

— Pitié, ma dame, dit-il en tremblant de tout son corps, je vous dirai tout ce que vous voulez savoir, parole d'honneur !

Malgré sa nudité, elle conserva un air menaçant. Elle enfonça légèrement la pointe de l'épée dans sa chair. Il poussa un cri de douleur.

— Je t'écoute…

Il leva les mains en guise de bonne foi.

— J'ai rencontré un homme à Londres. Il m'a payé, m'a donné la clé de votre chambre et m'a dit de vous assassiner pendant votre bain.

— Décris-moi cet homme !

— Il avait au moins cinquante ans et des cheveux blancs. C'est tout ce que je peux vous dire. J'avais besoin de cet argent pour ma famille, c'est pour cela que j'ai accepté la mission.

Il se mit à genoux et l'implora :

— Par pitié, ne me tuez pas ! C'est tout ce que je sais !

Rowena entendit des bruits de pas dans le couloir. Caméléon apparut sur le pas de la porte de sa chambre restée entrouverte. Il resta là, interloqué de la découvrir dans son plus simple appareil, encore dégoulinante d'eau, puis il observa longuement l'inconnu qu'elle tenait en garde.

— Que se passe-t-il, ici ? demanda-t-il enfin.

— Cet individu a tenté de me tuer, pendant que je prenais mon bain.

Elle nota qu'il était profondément gêné de la voir ainsi dénudée, à deux pas de lui. Il n'osait la regarder, pas plus qu'il ne songea à attraper un drap pour la couvrir.

— Caméléon, ajouta-t-elle, pourrais-tu me passer un habit, s'il te plaît ?

— Euh, certainement.

Il prit un manteau et le déposa sur ses épaules.

— Merci.

— Veux-tu que je le conduise chez lord Stratheden ? demanda-t-il tout en dévisageant l'agresseur.

Agenouillé, l'inconnu attrapa les pieds de Rowena.

— Pitié, je ne veux pas mourir, je vous dirai tout ce que je sais !

Elle l'observa : il tremblait de tous ses membres et n'avait plus aucune velléité agressive ou de fuite. Un amateur vraisemblablement, recruté dans un bas-fond de Londres.

— Si tu me dis exactement tout ce que tu sais, je te promets la vie sauve. Où as-tu rencontré cet homme ?

Il baissa les yeux.

— C'est lui qui m'a trouvé dans mon quartier. Il m'a donné une pièce d'or, puis m'a expliqué ce que je vous ai dit.

— L'avais-tu déjà vu auparavant ?

Il opina du chef à plusieurs reprises.

— Il était déjà venu dans le coin.

— Son nom ?

— Il ne me l'a pas dit.

Il rampa jusqu'à elle et pencha sa tête, jusqu'à toucher le sol avec son front.

— Pitié, implora-t-il à nouveau, c'est tout ce que je sais. Ne me tuez pas ! J'ai une femme et six enfants !

— Tu le crois ? demanda Caméléon, dubitatif.

Rowena obligea son agresseur à la fixer droit dans les yeux. À son regard, elle sut qu'il lui avait dit la vérité.

— Ligote-le et enferme-le. Tu le libéreras cette nuit. J'ai sa parole qu'il ne tentera pas de s'évader.

— Parole d'honneur, ma dame ! s'exclama le coupe-jarret, trop heureux de s'en tirer à si bon compte.

Il se laissa attacher sans opposer de résistance.

— Une dernière chose : pourquoi as-tu eu l'air si paniqué quand mon ami a voulu te conduire chez lord Stratheden ? Le connaîtrais-tu, pour en avoir si peur ?

Il l'observa, une lueur sincère dans les yeux.

— De réputation, seulement. Dans notre quartier, lord Stratheden est synonyme de démon, pour sûr ! C'est chez nous qu'il recrute des hommes pour ses basses œuvres. Il y a même un dicton affirmant qu'il faut avoir vu ses enfants mourir de faim ou vouloir en finir avec la vie pour accepter de travailler pour lui.

— Et pourquoi, une telle réputation ?

Une ombre de terreur passa sur son visage.

— Parce que toutes les personnes qu'il a recrutées dans mon quartier n'y sont jamais revenues vivantes.

— L'homme qui t'a payé ; recrute-t-il lui aussi pour lord Stratheden ?

Le coupe-jarret se fendit d'un air ahuri.

— Pour qui d'autre voulez-vous qu'il travaille ?

*

Caméléon enferma l'agresseur dans un placard et revint ensuite trouver Rowena. Elle s'était rhabillée et finissait de sécher ses cheveux avec une serviette.

— Tu crois vraiment à toutes ces sornettes ? lui demanda-t-il.

Elle lui retourna la question :

— Toi-même, y crois-tu après tout ce que nous avons vécu ?

Il haussa les épaules.

— Il y a des faits troublants, effectivement. Je ne comprends toujours pas pourquoi le vieux renard voudrait te tuer.

— Moi non plus. Aussi, je crois qu'une visite à Aliénor s'impose.

Il blêmit.

— Tu es folle !

— C'est la seule personne qui détient les clés de cette affaire. Ma mère était sa première dame de compagnie et espionnait pour son compte. En outre, elle saura me raconter la vie de Clémence mieux que quiconque. Après tout, n'est-ce pas elle qui l'a connue le mieux ?

— Tu ne me diras rien de plus, j'imagine ?

— Je ne veux pas t'impliquer, pas tant que je n'y verrai pas plus clair.

— Si lord Stratheden apprend que tu es allée à Londres la rencontrer, il va te faire arrêter, ou pire.

— Il a déjà essayé de me tuer, qu'est-ce que je risque de plus ? Au contraire, en rencontrant Aliénor, je peux éventuellement me protéger de lui.

— Es-tu sûre qu'il n'y a pas d'autre alternative ?

— Que veux-tu que je fasse ? Que j'aille le trouver dans son bureau pour lui dire qu'un homme qu'il a recruté a essayé de m'embrocher ? Il a tout pouvoir dans cette Citadelle, et je n'ai aucune preuve.

— Et ton assassin ?

— Il se fera certainement tuer avant de pouvoir témoigner. D'ailleurs, que vaudrait sa déposition face à des juges à la solde de lord Stratheden ?

Caméléon arpenta la chambre tout en réfléchissant à ce qu'elle venait de lui dire. Puis il revint vers elle.

— Il te faudra agir sans que le vieux renard le sache, dit-il. Comment comptes-tu t'y prendre ?

— Je dirai à mon père que je dois m'absenter. Toi seul sauras où je vais. Tu escorteras lord Windermere et je vous rejoindrai ensuite sur le chemin.

— Comme tu voudras.

Rowena vit que son ami semblait toujours mal à l'aise.

— Encore désolée pour ma tenue incorrecte, s'excusa-t-elle.

Il hésita, puis lui adressa un sourire non dénué d'une certaine gêne.

— Ce n'est rien. Après tout, ce sont les risques du métier.

*

De bonne heure le lendemain matin, Rowena alla trouver son père. Elle lui expliqua que des affaires urgentes l'appelaient ailleurs et qu'elle les rejoindrait, lui et Caméléon, un peu plus tard sur la route de Windermere. Il ne lui posa pas de questions, mais il parut très déçu de la voir repartir sitôt arrivée. Il se faisait une joie d'effectuer ce voyage de retour à la maison en sa compagnie. Rowena savait pertinemment que c'était même la raison qui l'avait poussé à l'attendre ici.

— Ne tarde pas ! lança-t-il, je compte repartir moi-même dans deux jours.

— Caméléon restera avec toi. Vous pourrez ainsi faire plus ample connaissance.

Il ne voulait pas lui montrer sa peine. Pour ne pas la culpabiliser davantage, il prit un ton enjoué :

— Ce jeune homme a l'air fort charmant. Je serai ravi de voyager avec lui.

— Je vous rejoins le plus tôt possible ! dit-elle en l'embrassant longuement.

Elle fit ensuite un saut jusqu'aux appartements de Caméléon. Il semblait l'attendre, car en la voyant, il déclara :

— Tu pars déjà !

— Décidément, je ne peux vraiment rien te cacher.

Les joues de Caméléon s'empourprèrent. Puis, comprenant qu'elle plaisantait, il changea de ton.

— N'aie aucune inquiétude, répliqua-t-il, je ne dirai à

personne que tu as un grain de beauté remarquablement bien placé !

Elle le prit par le col.

— Si j'apprends un jour que tu l'as répété à quelqu'un, je te tue de mes propres mains !

— Je t'en crois capable, Rowena.

Il était si touchant lorsqu'il prenait cet air de chien battu qu'une irrésistible envie de l'embrasser, de sentir ses lèvres contre les siennes, s'empara d'elle. Cependant, elle rejeta immédiatement cette idée : elle n'était pas prête à retomber amoureuse. Même si la trahison de Wilhiam remontait maintenant à plus d'une année – *une éternité* –, la douleur était encore trop présente. Aussi déposa-t-elle simplement un chaste baiser sur sa joue et demanda :

— As-tu relâché le prisonnier ?

Il avait compris le dilemme qui s'était emparé d'elle. Il eut la courtoisie de ne rien dire ou de ne rien faire pour compliquer la situation. Alors qu'il la fixait de ses troublants yeux gris rehaussés de longs cils noirs, ces yeux l'ayant vue la veille dans toute son intimité, Rowena se demanda si elle pourrait un jour s'abandonner dans ses bras. Ou bien, resterait-elle toute sa vie claquemurée dans cet isolement affectif ?

La voix de Caméléon semblait lointaine :

— Je l'ai libéré la nuit dernière, en toute discrétion. Il n'a pas demandé son reste, crois-moi. Penses-tu que c'était ce qu'il y avait de mieux à faire ?

Elle ferma les yeux, essayant de se remémorer ce qu'il venait de lui demander : « était-ce ce qu'il y avait de mieux à faire… ? »

De quoi veut-il parler, exactement ? De ne pas m'avoir embrassé ?

— Il nous a tout dit, répondit-elle en rouvrant les yeux. Je doute qu'il aille porter réclamation à lord Stratheden.

Elle préféra interrompre l'entretien, ne pas rester plus longtemps en sa troublante compagnie. Elle s'éloigna de lui et sortit de la pièce.

— Tu me raconteras, dis ? s'exclama-t-il. J'ai toujours rêvé de rencontrer Aliénor. C'est une reine légendaire, je veux tout savoir d'elle.

Rowena sourit.

— Je te raconterai tout, promis ! Enfin, si elle daigne me recevoir…

* * *

Le soleil écrasait de ses rayons brûlants le désert doré s'étendant à perte de vue. Le ciel était d'une clarté aveuglante, bien moindre toutefois que la réverbération sur le sable. Les deux dromadaires cheminaient sur la crête d'une dune, insensibles à la chaleur étouffante de ce coin perdu du Sahara.

— On est encore loin ? ne put s'empêcher de demander Agnès, enveloppée dans la longue tenue blanche qui couvrait intégralement son corps.

Malgré le turban enveloppant sa tête, elle n'arrêtait pas de cligner des yeux, incapable de soutenir la violente luminosité qui irradiait à travers le tissu. Elle commençait à s'impatienter. Le Sahara semblait n'avoir pas de fin. Sept jours de voyage à dos de dromadaire représentaient une distance considérable depuis la côte. En même temps, pensait-elle, si la Guilde avait établi ses campements dans une région aussi avancée dans le désert, c'était pour que personne ne puisse se douter de l'importance de l'organisation.

— Il n'y en a plus pour longtemps, répondit le Nubien, juché sur le premier dromadaire.

Elle referma les yeux et ne daigna même pas observer

le paysage somptueux l'entourant de toutes parts. Devant elle, la silhouette bleuâtre de son guide ondulait selon le rythme de sa monture, suivant une route imaginaire que lui seul semblait connaître. Elle avait confiance en lui. Il lui avait révélé son nom, mais elle ne l'avait pas retenu car, sur ce point au moins, il lui avait certainement menti. Un homme traqué ment toujours sur son identité. Mais pour le reste, il semblait fiable. Même si elle n'aurait su expliquer pourquoi, elle avait suffisamment pratiqué les hommes pour être quasi infaillible lorsqu'il s'agissait d'évaluer leur loyauté ou leur traîtrise.

La première nuit, elle l'avait longuement étudié. C'était toujours la première nuit qu'elle jugeait du caractère d'un homme. Il en existait de différentes sortes, qu'elle parvenait presque toujours à classer dans une catégorie : les envieux, les indifférents, les concupiscents, ainsi que la palette complète des comportements des mâles, finalement assez restreinte, allant, en gros, de la témérité suicidaire jusqu'à la lâcheté maladive. En tant que femme, elle n'avait jamais eu peur des hommes. Étrangement, la plupart d'entre eux se comportaient, vis-à-vis d'elle, avec timidité ou soumission. Elle impressionnait et inspirait la crainte, bien plus qu'elle ne suscitait le désir. Si elle avait envie de prendre du plaisir avec l'un d'eux, elle le faisait. Inversement, si un homme voulait abuser d'elle, elle le tuait immédiatement, avec cruauté s'il le fallait. Habituellement, cela suffisait à calmer les ardeurs des plus excités. Et tuer, Agnès avait appris à le faire de toutes les manières possibles et imaginables.

La première nuit, ce Nubien n'avait pas cherché à l'occire ou à la violer. Il ne l'avait même pas regardée s'endormir lorsqu'elle s'était étendue au sommet d'une dune, sous la lumière blanche de la lune éclairant le désert avec une pureté incroyable, presque comme en plein jour. Il s'était couché à son tour sous sa couverture et quelques instants plus tard il dormait déjà. Elle avait contemplé son torse qui montait et descendait régulièrement au rythme de sa respiration. Soudain, il avait chanté dans la langue de ses ancêtres, d'une voix mélodieuse et claire. Ses rêves le ramenaient parmi les siens, pensa-t-elle, au Soudan ou en Éthiopie, de l'autre côté de ce désert de sable blond. Puis il s'était tu et avait sommeillé sans bruit tout le reste de la nuit. À l'aube, lorsque les dernières étoiles s'étaient éteintes et que le ciel avait blanchi, il s'était réveillé, avait préparé à manger sans même jeter un œil vers sa compagne de voyage, toujours couchée non loin.

Pendant la journée suivante, elle l'avait classé, comme elle avait coutume de le faire. Ce Nubien faisait partie de ceux qu'elle appelait « les meilleurs amants du monde », des hommes s'épanouissant uniquement au cours de ce contact physique si particulier où, nus et enlacés contre elle – en elle – ils révélaient leur véritable personnalité. En définitive, son guide ne serait rien d'autre qu'un divertissement passager. Une fois la mission accomplie, elle prendrait un peu de bon temps avec lui puis, comme elle avait l'habitude de le faire, elle aviserait de son sort. Décidément, conclut-elle, déçue, à peu de choses près, tous les hommes du monde étaient inintéressants et identiques.

Tous. Sauf un.

À ce jour, elle ne connaissait que Safir qui échappât totalement à ces considérations. Un superbe spécimen à l'intellect brillant pour lequel, paradoxalement, elle n'avait éprouvé aucune attirance physique. Habituellement, un mâle tel que lui aurait dû faire naître en elle cette pulsion rendant les jeux de séduction si excitants. Cela n'avait pas été le cas et, à cette heure encore, elle n'arrivait pas à se l'expliquer.

De son côté, Safir n'était pas tombé dans son piège. Agnès avait toujours suscité l'attrait des hommes et savait en jouer à outrance. Jamais elle n'en avait connu un capable de lui résister, même parmi ceux qui préféraient la compagnie de la gent masculine. Certes, Safir s'était laissé agréablement porter par le courant de leur conversation, mais il ne l'avait pas désirée. Elle l'avait toujours senti distant. Il avait même laissé sous-entendre qu'il revivait, à travers elle, une rencontre avec une autre femme qu'il avait connue par le passé. Un tel aveu l'avait désarçonnée. Comment un homme pouvait-il lui faire une confession aussi intime, dès le premier échange ?

Singulière rencontre, où l'un et l'autre avaient joué à un jeu de dupes, sans parvenir à se départager. Certes, elle avait obtenu de lui quelques confidences pour son enquête, mais elle l'avait quitté, profondément frustrée de ne pas être parvenue à ses fins. Elle avait alors terriblement jalousé cette mystérieuse rivale capable, non seulement, de s'approprier exclusivement Safir, mais aussi de briser son cœur à tel point qu'il ne puisse jamais plus en aimer une autre.

Depuis lors, elle éprouvait un violent désir de faire la connaissance de cette femme, afin de comprendre comment elle avait ensorcelé le diplomate. Au plus profond d'elle-même, elle était également convaincue que c'était cette même personne qui l'empêchait de le convoiter. Une inconnue qu'elle ne s'autorisait pas à trahir, par respect ou par vénération. Incompréhensible sensation, déroutante et dérangeante. Ne rien connaître d'une telle adversaire lui était devenu peu à peu totalement insupportable. Il lui faudrait se renseigner le plus rapidement possible sur les liaisons amoureuses de Safir, songea-t-elle avec un soudain empressement. Dès qu'elle en aurait terminé avec la présente affaire.

Pour l'heure, restait à trouver l'oasis et un moyen de dérober la poudre. Si son guide lui disait que le campement de la Guilde était proche, il leur fallait redoubler de prudence. D'ailleurs, le Nubien avait ralenti la marche de sa monture. Il choisissait à présent sa route avec attention, préférant cheminer au pied des dunes plutôt que sur leur sommet.

Agnès avait également hâte de découvrir ces fameuses oasis secrètes dont elle ne connaissait l'existence que par ouï-dire. En effet, nul étranger à la *Guilde pérégrine*, s'intéressant un tant soit peu à la question, n'avait idée de leur emplacement exact. Au cours de ses investigations, elle avait appris que la poudre explosive se fabriquait dans ces îlots de solitude, au sein de laboratoires mobiles pouvant être démantelés en quelques minutes en cas de danger. Ensuite, le mélange secret était transporté par convois discrets jusqu'aux mines d'or et de diamants. La Guilde ne faisait pas de stocks superflus, produisant seulement la quantité de poudre nécessaire à ses besoins. Ainsi, l'organisation limitait le risque de se la faire subtiliser. Si le Nubien ne lui avait pas menti, elle devrait non seulement déceler le bon convoi, mais également l'intercepter dans un lieu propice et sûr.

Le soleil finit par plonger derrière l'horizon, éclairant de ses rayons mourants la mer minérale et ses interminables vagues. La température chuta légèrement, l'air devint enfin respirable. Le Nubien descendit de sa monture, fit quelques pas et s'arrêta sur une crête. Il se mit à plat ventre et rampa sur le sable brûlant pour contempler le bas de la colline. La ligne de ses lèvres charnues se comprima soudain en une moue songeuse. Intriguée, Agnès vint le rejoindre, partageant la vision qui s'offrait à eux deux.

En contrebas, une immense palmeraie était posée là, irriguée par l'eau de canaux savamment répartis entre les arbres. Des dizaines d'hommes et de femmes à la peau noire s'affairaient à diverses tâches, sous la garde d'hommes armés de sabres courbes. Des guetteurs pourvus d'arcs à la flèche encochée étaient disposés aux quatre coins de l'oasis, sentinelles vigilantes au moindre mouvement suspect. Assis à l'ombre des dattiers, quelques dromadaires contemplaient nonchalamment de leurs grands yeux ronds cette fébrile activité, tandis que des hommes chargeaient sur leurs dos de lourdes caisses en bois.

Le guide recula en rampant tel un aspic des sables et se releva dès qu'il fut à l'abri.

— La cargaison partira à la tombée de la nuit, dit-il.

Il rejeta en arrière le tissu qui masquait sa tête, révélant une peau d'ébène et un crâne rasé à l'arrondi sans défaut.

— Combien d'hommes d'escorte ?

— Pas plus de quatre ou cinq. Et jamais plus d'un dromadaire chargé par trajet.

Agnès esquissa un sourire.

— Ils sont plus méfiants que des renards.

— Leur survie est à ce prix, fit-il en affichant ses dents blanches et régulières.

Sa bouche, ses traits, la sensualité sauvage qui se dégageait de son regard la troublaient.

— Nous leur tomberons dessus à l'aube, comme prévu, dit-elle. En route !

Cachés par les dunes, tous deux remontèrent sur les dromadaires. Ils contournèrent l'oasis, puis se dirigèrent plein sud, forçant le rythme de sénateur de leurs montures. Une heure avant l'aube, ils atteignirent l'endroit où la cargaison devrait s'arrêter, pour passer la journée à l'abri du soleil et des regards indiscrets. C'était un étroit et long défilé dont les falaises abruptes et ocre s'élevaient à des centaines de pieds au-dessus de leurs têtes. Dans un repli de la roche, une source laissait couler un filet d'eau claire. Il ruisselait sur la pierre rouge, avant de terminer sa chute dans un grand bassin creusé dans le calcaire. Agnès s'accroupit au bord de l'eau et s'aspergea le visage.

— Il n'y a plus qu'à attendre, dit-elle en se relevant.

À l'est, l'aube pointait déjà. Elle revint vers sa monture et attrapa un arc ainsi qu'un carquois rempli de flèches. Le Nubien fit de même. Ils escaladèrent ensuite la falaise jusqu'à atteindre un endroit propice à une embuscade, chacun de part et d'autre du défilé.

L'attente ne fut pas longue. La cargaison et son escorte s'engageaient déjà dans l'entrée du canyon. Chaque arc fut bandé deux fois. Cela suffit pour mettre à terre les quatre hommes d'armes. Agnès nota au passage que son compagnon savait parfaitement tirer à l'arc. Un ancien soldat, vraisemblablement, qui devait également savoir se servir aussi efficacement d'une épée, d'une dague ou d'une hache. Elle affina son profil. C'était celui d'un amant, mais d'un amant dangereux qu'elle ne devrait pas sous-estimer. À ces hommes, elle ne réservait que deux types d'issue : soit ils entraient à son service et lui obéissaient aveuglément, soit elle les tuait prestement, avant qu'il ne leur prît l'envie de l'assassiner.

Lorsqu'elle descendit de son affût, elle n'avait pas encore tranché entre les deux options. Elle aurait tout le temps de le faire plus tard, dès le travail fini. Elle prit possession de la précieuse cargaison du cinquième dromadaire, quatre caisses en bois arrimées sur le flanc de la bête, deux petites et deux beaucoup plus grosses. Elles furent déchargées avec d'infinies précautions, puis Agnès s'assura de leur contenu. Les moins volumineuses contenaient des pépites d'or. Les deux grosses recelaient des sacs en tissu, couverts d'une légère couche de poudre noire brillante.

— Tu recharges les grosses caisses sur le dromadaire.

— Et les petites ?

— Tu les laisses là.

Éberlué, le Nubien la fixa un instant, puis referma soigneusement les caisses contenant les sacs de poudre.

— Cette opération était très audacieuse, fit-il seulement remarquer en considérant les quatre cadavres étendus non loin. La Guilde ne laissera pas ce crime impuni.

Elle l'observa au travers de son étole, dédaigneuse.

— Aurais-tu peur ?

— J'ai simplement du mal à comprendre ce que nous faisons, dit-il en secouant la tête. Ces coffres ne contiennent ni or ni pierres précieuses.

Agnès consentit enfin à enlever son voile, révélant une longue chevelure de jais encadrant un visage serein qui s'éclaira d'un large sourire.

— Sois heureux de ne rien comprendre à cette affaire, dit-elle. Je ne t'ai pas embauché pour cela.

Il haussa les épaules.

— Peu m'importe après tout, du moment que tu me payes le prix convenu.

Le soleil montait peu à peu dans le ciel. Dans le défilé, la chaleur commençait à devenir tout juste supportable.

— Sage raisonnement, lâcha-t-elle, avant de se défaire de l'étoffe qui enveloppait son corps, sous l'œil éberlué de son compagnon.

La tenue glissa à ses pieds, révélant sa nudité. Puis elle se dirigea vers le bassin et s'immergea totalement dans l'eau fraîche, lavant son corps de la poussière du voyage. Le Nubien fit mine de se désintéresser d'elle et arrima solidement les caisses aux flancs du dromadaire. Toutefois, quand il eut terminé, il ne put s'empêcher de l'observer. Elle se tenait debout, de l'eau jusqu'au nombril, ses longs cheveux dégoulinant sur sa poitrine pleine fièrement dressée.

— Eh bien, fit-elle, un sourire sur ses lèvres entrouvertes, qu'attends-tu pour faire de même ?

Le Nubien ne se fit pas prier davantage. Il eut tôt fait de se dévêtir, révélant son corps d'ébène.

— Nous avons jusqu'à ce soir, reprit-elle, tandis qu'il se jetait dans l'eau pour la rejoindre. Largement assez pour que tu me montres de quoi tu es capable.

* * *

En tant qu'agent secret, Rowena avait accès à une multitude d'informations confidentielles. Elle apprit ainsi où logeait Aliénor, un château situé à proximité de Londres. Elle quitta la Citadelle à la nuit tombée, veillant à ne pas être suivie. Elle atteignit la demeure de la reine mère au petit matin. Elle présenta aux gardes les sceaux nécessaires à son entrée dans la place forte – *merci, Caméléon* – et demanda un entretien d'urgence, prétextant une raison d'État. Un page s'empara de ses autorisations et s'en alla soumettre sa requête. Elle attendit sa réponse en faisant les cent pas dans la cour du donjon. Celle-ci ne tarda pas.

— La reine va vous recevoir à l'instant, dit le jeune homme en l'invitant à le suivre.

Elle grimpa fébrilement les marches de l'escalier en colimaçon et attendit devant les appartements royaux, gardés par deux hallebardiers. Bientôt, un laquais en livrée l'invita à entrer.

Aliénor était assise sur un siège au fond de la grande salle du donjon, près de la cheminée où finissaient de se consumer quelques braises. Malgré ses soixante-quatorze ans et toutes les épreuves qu'elle avait endurées au cours de sa vie, elle avait conservé un port altier et un visage d'une grande noblesse. Ses longs cheveux gris défaits tombaient en cascade dans son dos. Elle n'avait vraiment rien perdu de sa splendeur passée, elle qui avait fait tourner la tête aux deux plus grands monarques d'Occident, tout d'abord Louis VII, roi de France, son premier mari, avant d'épouser Henri II, roi d'Angleterre.

— Ma reine, permettez-moi de me présenter : je suis lady Rowena de Windermere.

Aliénor l'observa quelques instants, puis elle ordonna au laquais :

— Veuillez me laisser seule avec cette jeune femme, je vous prie !

Il s'inclina.

— Ma reine !

Une fois qu'il fut sorti de la pièce, elle se leva vivement de son fauteuil et s'approcha d'elle.

— Votre ressemblance avec Clémence est troublante, mon enfant ! s'exclama-t-elle, stupéfaite. En vous voyant céans, je me croirais revenue vingt ans plus tôt !

Rowena ne put contenir sa surprise.

— Ma reine, vous savez qui je suis ?

Aliénor eut un sourire bienveillant.

— Je n'aurais même pas eu besoin d'entendre votre nom et votre titre pour savoir qui vous étiez, fit-elle en la prenant par les épaules, votre physique vous aurait trahie avant ! Vous ressemblez trait pour trait à votre mère. La même voix, les mêmes attitudes, cette intelligence rare qui se lit dans votre regard.

Elle la relâcha et fit un pas en arrière, un franc sourire sur le visage.

— Oui, conclut-elle, vous êtes la fille de Clémence, à n'en pas douter !

— Ma reine, je suis troublée par tous ces compliments. Je suis ici pour m'entretenir d'une affaire fort grave et embarrassante. Je ne sais…

— Parlez, mon enfant, je vous écoute !

Rowena rassembla ses pensées et tenta de les ordonner pour les exposer avec le plus de clarté et de concision possible. Aliénor avait repris place dans son fauteuil. Elle l'invita à en faire autant dans un siège disposé de l'autre côté de l'âtre.

Rowena lui conta toutes ses mésaventures depuis son arrivée à Venise, sans omettre de détails. Aliénor écouta avec attention son histoire, posant de-ci de-là une question pour éclairer tel ou tel point. Lorsque Rowena en eut terminé avec son récit, la reine confessa :

— Ce que vous venez de me conter est fort troublant et ravive en moi des blessures anciennes. Votre mère était pour moi comme une sœur, la seule confidente et amie que j'ai jamais eue au cours de ma longue vie.

Elle se dirigea vers un coffre, en retira une grosse liasse de parchemins, puis retourna s'asseoir.

— Il se trouve que l'on m'a remis récemment cet ensemble de documents, expliqua-t-elle. Pour la majeure partie, il s'agit de lettres de Clémence relatant de façon détaillée les deux missions qu'elle a effectuées à ma demande. Elle a rédigé ce rapport peu de temps avant qu'elle ne meure dans le Nord-Ouest de l'Angleterre. Votre mère craignait pour sa vie. Elle a voulu laisser derrière elle une trace de tout ce qu'elle avait accompli. J'y vois également une sorte de testament moral à l'intention de ses filles. Par ailleurs, la personne qui m'a remis ces documents a glissé des lettres, écrites de sa propre main, parmi les parchemins de Clémence. Elles éclairent certains points qu'ignorait forcément votre mère. Je ne puis évidemment vous révéler le nom de cette personne, mais en me remettant ces rapports, elle souhaitait que vous sachiez toute la vérité sur l'affaire ayant coûté la vie à vos parents. En lisant ceci, vous connaîtrez les tenants et les aboutissants d'une histoire qui a bouleversé le cours de nos existences, et qui ne cesse encore à ce jour de vous poursuivre.

Rowena resta interloquée.

— La personne vous ayant remis ces documents savait donc que je viendrais vous rendre visite !

— Il faut croire que oui.

Elle se demanda qui se cachait derrière tout ça. Certainement pas Safir : il n'aurait jamais utilisé un tel procédé. S'il avait eu des révélations à lui faire, il lui en aurait parlé de vive voix. En outre, il lui avait bien dit n'avoir eu aucune nouvelle de sa mère après qu'elle eut quitté Cordoue. Qui d'autre alors ?

Après tout, se dit-elle, elle tenait là l'occasion unique d'en savoir plus sur ses parents. N'était-ce pas suffisamment extraordinaire ?

Aliénor l'observait du coin de l'œil. Quand elle la sentit enfin prête, elle prit le premier feuillet et le lui remit. En tenant entre ses mains cette lettre écrite par sa propre mère, Rowena ne put s'empêcher d'être bouleversée. Avec une immense émotion, elle observa, tremblante, cette écriture fine et nerveuse qui courait sur le parchemin. Une larme tomba sur la première phrase, diluant légèrement l'encre vieillie par le temps. Tandis qu'elle s'apprêtait à lire ces mots qui dansaient devant ses yeux brouillés et émus, elle sut que Clémence était là, présente non loin d'elle. Elle déchiffra fébrilement la graphie, prenant soin de s'imprégner de la forme de chaque lettre, du sens de chaque mot. Elle eut soudain l'impression d'entendre la voix douce et mélodieuse de sa mère. Elle lui racontait sa vie, une existence dont Rowena ne savait rien, et qui se révélait peu à peu au travers de ces lignes :

« Je m'appelle Clémence de Falaise. Je rédige ce rapport tandis que j'achève en Écosse ma seconde mission diploma-

tique. Ce document constituera un témoignage de ce que j'ai accompli depuis trois ans pour ma reine, Aliénor d'Aquitaine. J'espère de tout mon cœur pouvoir lui rapporter de vive voix ce que j'y ai consigné mais, en ces temps incertains, il est préférable de laisser également une trace écrite. Je remettrai ensuite ces lettres à une personne de confiance qui se chargera de les révéler un jour, si jamais…

Tout a donc commencé il y a trois ans de cela, en l'an de grâce 1172. J'avais alors dix-sept ans…

Chapitre 9

Clémence

… je réalisais, avec le plus grand zèle, ma première mission en tant que diplomate pour la duchesse d'Aquitaine. Elle avait tenu à ce que ce fût moi qui accomplisse cette périlleuse légation en territoire maure.

C'était une époque heureuse où troubadours et poètes de tout l'Occident aimaient à se rendre à Poitiers, siège de sa cour. Aliénor était une reine éclairée, amie des beaux-arts et elle-même poète. J'étais sa confidente et son amie intime, nous n'avions aucun secret l'une pour l'autre. Nous devisions ensemble de la pensée d'Aristote et de son influence sur l'Église naissante, ou des derniers sonnets de Chrétien de Troyes, un poète très en vue à la cour.

Hélas pour Aliénor et pour le royaume d'Angleterre, Henri II, son époux, avait tendance à la délaisser au profit de vulgaires courtisanes. Un jour, alors que nous déambulions toutes deux dans le jardin de simples, elle me précisa enfin sa fâcheuse situation. Le roi souhaitait divorcer afin d'épouser Rosamund Clifford, sa favorite.

Je tentai de rassurer Aliénor, lui déclarant que l'annulation de son mariage impliquait obligatoirement l'accord du pape. Cela ne la convainquit pas. Un souverain avait tous les pouvoirs, m'expliqua-t-elle, et aussi les hommes pour mettre en œuvre ses volontés. Il était certain qu'il trouverait un moyen de s'en séparer d'une manière ou d'une autre.

Après s'être assurée de l'absence d'oreilles indiscrètes dans les parages, elle me fit part de son projet : évincer son mari du trône d'Angleterre pour y asseoir l'un de ses fils à sa place. Je restai ébahie. Elle parlait ouvertement d'un complot dirigé contre le roi ! Cela relevait de la haute trahison et, rien que d'évoquer ce sujet à voix haute, nous risquions, l'une et l'autre, d'y perdre la tête. Je ne pus m'empêcher de frissonner à cette idée, lui demandant toutefois comment elle comptait s'y prendre. Aliénor prit un air mystérieux. Le plus naturellement du monde elle m'annonça qu'elle comptait sur ma participation active à un complexe jeu de manipulations diplomatiques.

J'aurais donné ma vie pour ma reine. Aussi, l'idée de l'aider à parvenir à ses fins ne m'effrayait pas. Il me tardait à présent de savoir quel serait mon rôle dans l'affaire. Rien de compliqué en apparence : j'aurais à voyager jusqu'à Cordoue pour y rencontrer un dénommé Safir Ibn Thazi, riche marchand qui était aussi l'œil et l'oreille du calife. Elle tint toutefois à me mettre en garde, précisant que sous ses airs raffinés se cachait un espion redoutable et extrêmement perspicace. Mais il restait un homme, s'empressa-t-elle d'ajouter. J'esquissai un mouvement de recul puis, voyant où elle voulait en venir, j'acquiesçai de la tête.

Je comprenais mieux à présent pourquoi elle m'avait confié cette mission. J'étais une femme, et la réussite de son plan reposait sur un jeu de séduction auprès de ce jeune diplomate andalou. Elle me précisa ensuite les différents détails de son projet, insistant toutefois sur les dangers d'une telle entreprise.

Cela ne me rebuta pas. Je dois avouer au contraire que c'est avec une certaine excitation que je quittai la cour d'Aquitaine pour prendre la direction des Pyrénées, puis celle de l'Andalousie.

*

Traverser la péninsule Ibérique n'était pas une affaire de tout repos, loin de là. Les royaumes catholiques du Nord rêvaient de reconquérir le Sud de la Péninsule, aux mains des Maures, réfugiés là après avoir été défaits par Charles Martel à Poitiers, justement quelque quatre cents ans auparavant. La trêve était fragile, plus ou moins observée selon les périodes. Des escarmouches avaient lieu dans les zones frontières où le brigandage régnait en maître, toléré par les pouvoirs en place.

La nature de ma mission requérait de la discrétion, donc une escorte quasi inexistante. Voyager dans ces conditions pouvait se révéler périlleux, surtout pour une jeune femme. Toutefois, il plut à Dieu que le voyage se déroulât sans anicroche.

Safir Ibn Thazi devait avoir été averti de ma venue, car il avait envoyé ses serviteurs à ma rencontre, alors que je cheminais encore parmi les champs d'oliviers entourant la capitale andalouse. Cordoue était une grande et belle cité. Ceinte d'immenses murailles entrecoupées à intervalles réguliers de hautes tours, c'était une ville gigantesque qui devait abriter au moins trois cent mille habitants. De là où j'étais, je pouvais apercevoir les innombrables mosquées parsemant ses différents quartiers, me rappelant que l'Andalousie avait été la tête de pont de l'avancée musulmane en Occident, avant d'en devenir à présent le dernier sanctuaire.

L'intendant de Safir se présenta à moi. Il me demanda de lui laisser prendre en charge la suite des opérations. Il doubla la file interminable de carrioles en tout genre qui faisaient la queue devant la porte de la tour, barrant l'accès au pont enjambant le Guadalquivir. À l'octroi, il me présenta comme une invitée de marque du calife. Les soldats jetèrent à peine un regard vers moi et nous laissèrent passer le vieux pont romain, constitué de seize arches et conduisant au cœur de la cité. De part et d'autre du pont, les échoppes des artisans proposaient leurs produits aux visiteurs : chaussures de cuir des tanneurs, ustensiles de cuisine et vases des potiers et, enfin, bracelets, colliers et boucles d'oreille en or ou en argent des bijoutiers juifs ou musulmans.

Safir m'attendait devant son palais, situé à quelques pas de la grande mosquée. Il avait revêtu pour l'occasion la tenue traditionnelle des nomades du désert. Il m'aida à descendre de mon chariot et, avec un large sourire, s'inquiéta de la qualité de mon voyage à travers la Péninsule. Jeune, beau, galant et raffiné, je remerciai intérieurement ma reine de m'avoir confié une aussi agréable entreprise. Je notai également, non sans une certaine fierté, qu'il ne pouvait détacher son regard du mien.

À la cour d'Aliénor, j'avais pu croiser nombre de personnages de qualité, princes, ducs ou poètes. Cependant, aucun d'entre eux ne m'avait dévisagée comme le faisait Safir. Pour une femme, il est toujours agréable de se sentir adulée, vénérée telle une icône ou une divinité. Je ne crois pas qu'il s'agisse là de vanité de ma part – je ne me suis jamais prise pour une déesse. Simplement, ce que le regard de Safir exprimait à cet instant, cette pure extase à la simple considération de ma personne, me flattait agréablement. Je souhaite à toutes les femmes de connaître un jour ce ravissement si singulier, celui d'être, pour un homme, ce qu'il y a de plus important en ce bas monde.

De la même manière, j'avais toujours trouvé ridicules les chansons romantiques des troubadours évoquant l'émoi excessif des jouvenceaux, en pâmoison devant une dame qu'ils croisaient pour la première fois. Pourtant, ce que manifestait Safir à travers tout son être y ressemblait singulièrement. Aussi, je ne pus qu'être troublée par cette admiration, inconsidérée et naïve à la fois, émanant d'un des plus brillants esprits cordouans. Réalisant soudain qu'il manquait à ses devoirs élémentaires d'hospitalité, il se ressaisit et prit délicatement ma main. Puis il me fit entrer dans son palais, tandis que les serviteurs s'affairaient à décharger les malles du chariot.

*

Le printemps andalou est une merveilleuse saison. Je revois ce ciel d'un bleu azur profond qui contraste avec les murs blanchis où se reflète le soleil, créant une luminosité absente de nos contrées septentrionales. Quant au palais de Safir, c'était un émerveillement pour les sens. La cour intérieure était plantée d'orangers exhalant des parfums suaves. Une fontaine d'eau fraîche y agrémentait de sa musique légère l'air si doux de ce mois de mars, une douce mélodie troublée seulement de temps à autre par le pépiement des moineaux ou le chant d'une hirondelle.

Les servantes me conduisirent jusque dans une pièce dotée d'un bassin intérieur. Des petits morceaux de céramique dans des tons vert, bleu et jaune sur fond noir et blanc recouvraient la base des différents murs, formant des motifs géométriques complexes, jusque dans le bassin lui-même. Je me déshabillai et m'immergeai avec délices dans l'eau tiède. J'eus droit ensuite à un massage aux huiles parfumées, exécuté avec talent par une jeune femme aux mains expertes.

J'allai retrouver Safir quelques heures plus tard, revêtue d'une robe légère en soie et chaussée de babouches. Allongé sur d'épais coussins de cuir, il m'attendait dans un petit patio à ciel ouvert et m'invita à m'asseoir face à lui. Des plateaux de fruits et des boissons fraîches étaient disposés à proximité. Le bref instant d'intense adoration qui avait suivi notre première rencontre s'était évanoui pour laisser place à davantage de raison. Je me rappelai les propos de ma reine. Safir était un homme, certes, mais aussi un diplomate aguerri, malgré ses vingt ans.

Après avoir échangé quelques banalités d'usage, j'entrai dans le vif du sujet. Je lui rappelai qu'Henri II d'Angleterre avait fait assassiner, deux ans auparavant, l'archevêque Thomas Becket de Cantorbéry. Depuis lors, le roi était considéré par le clergé et par le peuple comme un souverain sacrilège. L'archevêque était devenu un martyr et serait bientôt un saint. Des chrétiens de l'Europe entière venaient en pèlerinage sur sa tombe, accroissant ainsi l'impopularité d'Henri II. Ce dernier devait donc, en toute hâte, redorer son blason aux yeux de l'Église, de ses barons, des rois voisins et de ses sujets les plus humbles.

Safir digéra l'information, avant de me dire d'une voix mal assurée qu'un acte de repentance du souverain devant la tombe du saint homme lui semblait la méthode la plus appropriée pour reconquérir l'estime de ses sujets.

Je lui fis savoir qu'il y avait un moyen plus efficace de s'attirer la bienveillance de la chrétienté. Curieux, il me demanda lequel, même s'il connaissait déjà certainement la réponse. Je lui fis part d'un projet de nouvelle croisade, non pas vers la Terre sainte comme les précédentes, mais plutôt dirigée contre l'Andalousie, bien plus proche de l'Angleterre et moins difficile à reconquérir. Tous les deux nous savions en effet que les Maures d'Andalousie ne résisteraient pas à une attaque militaire conjointe des Anglais et des Espagnols. Une croisade, conclus-je, qui permettrait à Henri II de faire oublier à bon compte, aux yeux de tous, son fâcheux assassinat de l'archevêque de Cantorbéry.

Safir ne parvint pas à dissimuler son inquiétude. Le calife n'allait pas tarder à être mis au courant de l'affaire. »

* * *

La première partie du récit de Clémence s'achevait sur ces mots. Rowena releva la tête et digéra un long moment ce qu'elle venait de lire. Revivre la rencontre de sa mère avec Safir était fort émouvant. En même temps, tout ceci lui sembla étrangement familier. Lord Windermere ne s'y était pas trompé : certaines attitudes et réactions ainsi que plusieurs traits de caractère de Clémence étaient aussi les siens. En lisant ces quelques lignes, elle ne douta pas non plus un seul instant que Safir fût tombé amoureux de sa mère dès le premier regard. Il paraissait évident que cela avait été réciproque. Pour avoir elle-même connu le diplomate andalou, Rowena savait qu'il ne pouvait laisser une femme indifférente.

Aliénor lui tendit silencieusement un autre parchemin plus récent, rédigé d'une main moins assurée. Celle, certainement, de la personne ayant souhaité lui faire ces révélations. Hormis le fait qu'il était écrit à la troisième personne, il s'intégrait parfaitement au récit fait par sa mère. Curieuse de le découvrir, Rowena se hâta d'en faire la lecture :

* * *

« Pendant ce temps, au sud de Londres, le chef des services secrets du royaume d'Angleterre convoqua dans son bureau un jeune et ambitieux étudiant de son école dénommé James Trafford. En entrant dans la pièce sombre, aux murs nus en pierre de taille, l'élève ne put s'empêcher d'observer les parois. Son supérieur songea immédiatement qu'il cherchait à y discerner les savants mécanismes permettant d'accéder aux passages secrets dissimulés derrière l'épaisse cloison. En quelques fractions de seconde, l'étudiant mémorisa les proportions de la

pièce, l'épaisseur des pierres par rapport au reste du bâtiment, afin d'en déduire l'endroit où devait se trouver l'étroit corridor. Au départ amusé, le chef des services secrets le laissa mener son raisonnement, jusqu'à ce qu'il décelât dans ses yeux une lueur qui le fit frissonner. Car, non content d'avoir découvert le mécanisme, James Trafford avait à présent en tête l'idée de valider ses hypothèses en s'asseyant à sa place, derrière le bureau…

Le chef des services secrets fit toutefois mine de n'avoir rien remarqué. Il expliqua à son élève qu'il devrait se rendre à Cordoue afin d'enquêter sur une jeune femme de la cour d'Aliénor, appelée Clémence, en mission auprès du calife andalou.

James Trafford demanda aussitôt avec délectation s'il serait autorisé à la soumettre à la question. Un jeune loup assoiffé de sang, pensa aussitôt son supérieur, trouvant soudain que cet entretien commençait de manière fort désagréable. La jouvencelle avait seulement dix-sept ans, s'offusqua-t-il, il ne serait pas nécessaire d'en arriver à de telles extrémités.

Inutile de motiver davantage James Trafford en ajoutant, par exemple, que la réussite de cette première mission lui permettrait de grimper rapidement les échelons de la hiérarchie. Issu du sérail, l'ambitieux jeune homme savait déjà tout cela.

Le chef des services secrets observa ensuite une pause pour l'étudier plus en détail. Il avait face à lui un individu vicieux et retors, prêt à tout pour arriver à ses fins. Puis il songea à la menace d'une guerre civile en Angleterre, à celle d'un conflit armé avec les royaumes voisins, la France en tout premier lieu. Louis VII, le roi de cette puissante nation, ancien époux d'Aliénor, rêvait en effet de prendre sa revanche sur Henri II qui lui avait volé sa femme et, par là même, l'Aquitaine et tous les territoires qu'elle possédait sur le continent en tant que duchesse.

Après tout, conclut pour lui-même le chef des services secrets en considérant James Trafford avec distance, c'étaient les gens de son espèce qui faisaient les meilleurs agents. Et la chute du royaume d'Angleterre était un plus grand péril que l'honneur perdu d'une pucelle. »

* * *

Rowena reposa le parchemin sur ses genoux. Qui pouvait être ce mystérieux rédacteur connaissant si bien les rouages de son école ?

Après tout, il pouvait s'agir de n'importe qui. La lettre évoquait un couloir courant dans les murs de la Citadelle. Une personne aurait pu s'y cacher, écouter cette conversation, puis la rapporter par écrit. Au sein de l'école, tout le monde évoquait ces passages secrets sans savoir s'ils existaient vraiment. Cela aussi faisait partie de la légende du château.

Rowena leva les yeux vers Aliénor. Elle lui tendit spontanément le parchemin suivant, écrit par sa mère :

* * *

« … J'avais passé deux semaines à Cordoue. Après ce premier entretien, Safir avait changé d'attitude vis-à-vis de moi. C'était un homme cultivé, aimant discuter de sujets épineux touchant à la religion ou à la politique. Il n'hésitait pas à s'enflammer pour défendre et argumenter ses idées, toujours avec délicatesse et prévenance. Cependant, il n'aborda plus jamais avec moi le sujet dont nous avions débattu le premier jour. Il avait certainement rapporté ma conversation au calife, mais je restais dans l'ignorance quant au résultat. C'était également un hôte extrêmement attentionné. Aussi je logeai chez lui, le temps de régler sur place diverses affaires annexes pour le duché d'Aquitaine.

Safir s'était épris de moi. Jour après jour, ma présence à ses côtés se faisait de plus en plus indispensable. Il me conviait quotidiennement à des visites de différents quartiers de Cordoue ou encore m'invitait à des promenades à cheval dans la campagne andalouse. Cependant, sa cour restait courtoise et platonique, jusqu'à ce que survînt l'événement imprévu qui allait modifier radicalement le cheminement de nos existences.

Au cours de l'une de ces promenades équestres, un chien fonça vers nous en aboyant, tentant de mordre les jarrets de mon cheval. Surprise et apeurée, ma monture se cabra en hennissant et me projeta violemment à terre.

Je restai inconsciente quelques heures. Lorsque je recouvrai mes esprits, je me trouvai étendue sur un lit. Tout mon corps me faisait atrocement souffrir : mes bras, mon dos, ainsi que mon crâne, irradié par une violente douleur. Aux côtés de Safir, deux hommes se tenaient à mon chevet. Le plus âgé avait une quarantaine d'années, et son assistant paraissait plus jeune que moi.

L'aîné des deux, vraisemblablement un médecin, examinait les pansements et les attelles qu'il venait de poser. Safir s'adressait à lui en l'appelant « maître Ibn Rushd ». J'avais déjà entendu ce nom quelque part, aussi tentai-je de rassembler mes souvenirs. La douleur taraudait mon cerveau, pulsant douloureusement au rythme des battements de mon cœur. Soudain, Safir s'aperçut que j'étais sortie de mon inconscience. Il bondit à mon chevet, se confondant déjà en excuses de m'avoir donné un cheval si nerveux. La bouche pâteuse, je le dédouanai de la faute. Il resta près de moi pendant que le médecin rangeait ses instruments.

Ce dernier m'observa, apparemment ravi de voir que j'avais recouvré mes esprits. Il m'ordonna de rester alitée une semaine. La mémoire me revint. Cet homme qui venait de me soigner n'était autre qu'Averroès, le grand médecin, mathématicien et philosophe cordouan, connu dans toute l'Europe, aussi bien pour ses traités sur la médecine que ceux sur le grand Aristote.

En fait, j'aurais dû me douter que Safir ferait appel à lui pour me soigner. Son jeune assistant, Nathaniel, était partagé entre l'examen clinique de ma situation et une attitude que je qualifierais… de moins académique. En effet, il ne pouvait détacher son regard du mien, même s'il tentait de le cacher gauchement. Son mentor s'en aperçut et le lui fit remarquer avec ironie.

Les joues de Nathaniel s'empourprèrent instantanément. Tout penaud, il suivit son maître au-dehors de la chambre. Safir prit mes mains dans les siennes. Il me promit de veiller personnellement sur moi jusqu'à mon complet rétablissement.

Ce qu'il fit.

Au bout d'un mois, avec son aide et une paire de béquilles, j'arrivai à marcher. Nathaniel venait également s'enquérir régulièrement de mon état de santé. C'était pour lui une grande fierté d'être l'élève du philosophe et médecin musulman. Il était juif, et son maître l'avait accepté à ses côtés malgré cette différence notable. Je savais qu'Averroès ne faisait pas cas des considérations religieuses. Pour lui, tous les hommes étaient enfants d'un même dieu, qu'ils fussent chrétiens, juifs ou musulmans. Cette liberté de penser agaçait, mais le grand Averroès n'était pas homme à se soucier du qu'en-dira-t-on.

Nathaniel était un jeune homme âgé de seize ans, d'un naturel timide et réservé. Je voyais bien qu'il était follement amoureux de moi. Hélas pour lui, ce n'était pas réciproque. J'avais dix-sept ans, et à cet âge, une jeune fille trouve plus d'attrait à un homme de vingt ans qu'à un adolescent plus jeune qu'elle, fût-ce seulement d'une année. Je n'osais le lui avouer, de crainte de le blesser.

J'étais donc particulièrement gâtée : Safir et Nathaniel se disputaient ma compagnie, je devais donc la leur accorder à tour de rôle. Je dois également préciser bien égoïstement que cette rivalité n'était pas désagréable, au contraire. Les deux prétendants débordaient d'ingéniosité et de talent pour me surprendre et tenter de me séduire, l'un avec un sonnet ou un bouquet de fleurs, l'autre par la découverte d'un quartier juif ou d'une bibliothèque de Cordoue. Je me rétablissais peu à peu et j'aurais aimé que cette situation fort plaisante durât éternellement. Mais tout a une fin, et certains événements précurseurs devraient nous alerter sur la précarité de notre bonheur. Le nuage noir en question apparut au cours d'une soirée, au tout début de l'été, lors d'une réception chez le calife.

*

Son palais était une merveille d'architecture composée de différents patios, reliés entre eux par des couloirs aux murs recouverts d'arabesques sculptées. Les musulmans, considérant comme sacrilège de représenter l'image de Dieu, s'évertuaient à faire connaître sa parole en l'écrivant sur les façades. Les calligraphes avaient donc orné les différents murs d'une myriade de phrases enchevêtrées les unes dans les autres. Couronnant le tout, des dentelles de stuc et des frises en bois finement sculptées de motifs géométriques soulignaient l'ensemble.

Je restai longtemps saisie par la splendeur des lieux, ce qui ne manqua pas d'amuser Safir. Il prit ma main et me conduisit dans un dédale de couloirs étroits jusqu'au patio intérieur, véritable jardin des sens, avec ses massifs de fleurs, ses citronniers et des arbres portant des petits fruits orange dont j'ignorais jusqu'alors l'existence.

Dans un angle, trois musiciens jouaient une mélodie sur leurs instruments. L'un d'eux tirait des sons harmonieux d'un violon à simple corde joué à l'aide d'un archet en crin, pendant que le deuxième soufflait dans un hautbois en roseau et que le dernier pinçait les trois cordes d'une espèce de guitare à caisse rectangulaire. Indifférents à la beauté de la mélodie, des diplomates venus d'Orient et d'Occident ainsi que des marchands syriens, byzantins et vénitiens discutaient affaires en petits comités. De par sa position sociale, Safir se vit contraint d'aller les saluer et me proposa de l'accompagner. Ce genre de conversation de convenance n'étant pas mon fort, je le laissai partir seul à la rencontre de ces négociants.

Pendant ce temps, je continuai ma promenade au milieu des groupes d'invités, admirative devant l'architecture et l'aménagement du patio. Au sol, un ingénieux système d'irrigation courait dans toute la demeure. Je savais par Safir qu'il était alimenté au moyen d'une noria puisant l'eau directement dans le fleuve Guadalquivir, à une demi-lieue de là. Son ruissellement dans les canaux en céramique colorée faisait une musique aussi agréable que celle tirée des instruments des musiciens. À présent, le joueur de violon avait entonné un chant mélodieux. En observant l'orchestre, je m'aperçus qu'un homme traversait la cour en se dirigeant droit sur moi. Il m'accosta, fit une révérence et déclina son identité. Il me dit s'appeler James Trafford, envoyé par le roi Henri II d'Angleterre auprès du calife de Cordoue.

Étrange attitude de la part d'un illustre inconnu. Il avait fondu sur moi tel un rapace sur sa proie. Il ne faisait aucun doute qu'il me connaissait déjà. Je me présentai comme il se devait. Il ne manqua pas de dégoiser un long moment sur Aliénor, la beauté de ses dames de compagnie et autres remarques médiocres de ce genre.

Cet individu commençait à m'agacer avec ses manières obséquieuses, sa flagornerie et le ton faussement enjôleur qu'il tentait de prendre. Je coupai court poliment, mais fermement, à la conversation et me dirigeai vers un groupe de personnes qui venait de faire son entrée, car Averroès et son jeune assistant Nathaniel en faisaient partie. Ils m'accueillirent avec joie et prirent des nouvelles de ma santé. Malheureusement pour moi, le médecin connaissait aussi James Trafford et ce dernier s'empressa de venir lui dire bonjour. Averroès le salua avec courtoisie. Puis, comme s'il désirait m'informer des faiblesses de cet homme, il commença à lui parler philosophie, en particulier d'Aristote et de Platon.

Je commençais à m'amuser par le tour que prenait la conversation, car je voyais sur quelle pente glissante Averroès voulait entraîner James Trafford. Le médecin était un immense connaisseur de la philosophie grecque et savait certainement, par Safir, que c'était également mon sujet de prédilection. Il ne manqua donc pas d'annoncer à l'Anglais la présence d'une jeune femme versée dans la rhétorique d'Aristote.

L'auditoire s'était rapproché et écoutait attentivement l'échange. James Trafford s'en rendit compte. Malheureusement pour lui, il ne comprenait manifestement rien aux propos du médecin et se comportait comme un niais le fait dans une telle situation : faire semblant de tout saisir et, de surcroît, y ajouter son propre point de vue. Il débita une théorie grotesque et hors sujet sur Aristote. Il la conclut en bombant le torse et en déclarant, d'un air hautain, que : « si j'avais une tête bien faite, j'étais certainement en mesure de saisir la complexité de ses propos. »

Déjà, le public riait sous cape après tant de stupidité étalée. À présent, il ne me serait pas difficile de le déstabiliser.

D'un air offusqué, je lui rétorquai sèchement que les femmes savaient théoriser tout autant que les hommes. James fut pris au dépourvu par ma remarque et c'est alors qu'il se prit les pieds dans le tapis, du moins au sens figuré du terme. Se tournant vers l'auditoire, maintenant serré autour de nous, il expliqua avec aplomb que j'étais à ses yeux la première femme en mesure de saisir une conversation d'ordre philosophique. D'ailleurs, m'expliqua-t-il, le grand Aristote lui-même ne réservait-il pas exclusivement l'enseignement de cet art aux seuls hommes ?

Je répliquai à cela que sa logique binaire sur les hommes et les femmes était bien loin de celle développée, mille cinq cents ans auparavant, par le maître en la matière. L'auditoire partit d'un grand éclat de rire et James resta planté là, interdit, ne comprenant manifestement pas le bon mot. Au cas où il en aurait encore douté, Averroès lui précisa qu'il venait de perdre la joute d'esprit avec moi et certainement aussi la chance de figurer un jour dans ma longue liste de prétendants.

Le public présent gratifia ces propos de quelques commentaires moqueurs. Certains allèrent jusqu'à désigner du doigt un James Trafford furibond. Cet Anglais avait un ego surdimensionné. Il ne me pardonnerait jamais un tel affront en public. Il me foudroya d'ailleurs d'un noir regard et je compris à l'instant que je venais de me faire un ennemi mortel. Puis, il tourna les talons et s'en alla prestement, mâchoire serrée. Nous ne le revîmes plus.

Étrangement, ce soir-là le calife ne vint pas saluer ses invités. J'avais espéré le rencontrer. Devant ma mine désappointée, Safir m'expliqua, un peu plus tard, qu'il avait été retenu ailleurs par d'autres affaires. En quittant le palais, je ne pus toutefois m'empêcher de me demander s'il n'avait pas assisté à la soirée, tapi dans la pénombre d'un bureau, jaugeant son petit monde depuis sa cachette. Tandis que je cheminais au bras de Safir dans les ruelles endormies de Cordoue, je repensai également à ma rencontre avec James Trafford. L'homme m'était totalement antipathique. Je compris qu'au-delà de son attitude déplaisante, c'était surtout sa façon de me dévisager avec insistance qui m'avait le plus troublée. Durant les dix petites minutes que dura notre trajet de retour jusqu'à la demeure de Safir, je n'eus de cesse de me retourner, afin de m'assurer que nous n'étions pas suivis. Les rares passants que nous croisâmes ne firent pas attention à nous. Mon compagnon avait noté mon inquiétude. Il tenta de me rassurer, affirmant qu'il aurait su me défendre d'un éventuel agresseur. J'avais confiance en lui, mais cette nuit-là je compris pour la première fois le danger réel de ma mission. La diplomatie n'était pas un jeu anodin, loin de là. La main droite de Safir, parfois nerveu-

sement tendue vers la poignée de l'épée glissée à sa ceinture, se chargea, si besoin était, de me le rappeler.

*

Quelques jours après cette réception, Safir me conduisit dans les ruelles populaires de Cordoue, à l'occasion d'un arrivage de tissus d'Orient. Nous déambulions côte à côte dans le quartier des artisans d'art. Chaque échoppe était remplie de produits précieux, tapis aux motifs géométriques en provenance de Perse et d'Inde, plateaux en cuivre, bijoux variés, ou étals à épices multicolores. J'aimais ce marché aux chaussées étroites où l'on pouvait admirer le savoir-faire des maîtres artisans enseignant leur art à leur apprenti, sous les yeux des passants. Les odeurs de curry, de noix de muscade, embaumaient l'air agréablement. Elles venaient se mêler à celles, plus puissantes, du cuir des boutiques des tanneurs situées un peu plus loin.

Safir s'arrêta devant l'échoppe d'un bijoutier juif, pendant que, de mon côté, je négociai de pied ferme une soierie verte en provenance d'une caravane de Samarcande. Au bout de quelques instants, il revint vers moi, tenant dans ses mains un magnifique collier en or qu'il passa autour de mon cou. Le contact froid du métal sur ma peau déclencha un frisson qui parcourut tout mon corps. Immédiatement, je portai les mains au joyau pour l'admirer. Il était splendide, orné d'émaux de différentes couleurs et rehaussé de morceaux d'ambre. Je restai un instant surprise par son geste. Pendant ce temps, Safir m'observait, ravi, un sourire sur la bouche. Je ne pus m'empêcher de me blottir dans ses bras et de déposer un tendre baiser sur ses lèvres.

Nous restâmes enlacés un long moment, puis Safir défit l'étreinte et me demanda enfin ce que j'avais déniché. Je lui montrai le tissu et lui décrivis par le détail ma transaction, lui assurant que je venais de faire l'affaire du siècle en réussissant à diviser par deux le prix initial. Il s'amusa de mon enthousiasme et ne manqua pas, en tant que marchand et diplomate, de me rappeler que la meilleure affaire était celle que l'on n'avait pas faite – Safir m'avait pourtant enseigné à ne jamais proposer plus du dixième du prix demandé par le vendeur. Je feignis d'être vexée par sa remarque. Au lieu d'en rire, il prit un air étrangement inquiet. Depuis le matin, j'avais noté qu'il était soucieux. Il s'arrêta dans une ruelle déserte, à l'écart du marché. Il m'avoua que le calife prenait la menace dont je lui avais fait part le premier jour avec le plus grand sérieux, envisageant même de rompre les relations commerciales avec l'Angleterre.

C'était la première fois depuis mon arrivée à Cordoue que Safir revenait sur cette conversation initiale. Je ne répliquai rien, attendant de voir la suite. Étrangement, il clôtura le sujet sur ces quelques mots. De façon encore plus surprenante, il prit mes mains dans les siennes et me fit une déclaration d'amour passionnée. Trois ans plus tard, je puis encore en réciter de mémoire les termes exacts, je ne rapporterai ici que certains d'entre eux. Avec fougue, Safir m'assura qu'il ne pourrait pas vivre un instant de plus séparé de mon si doux visage. Il m'avait aimée dès le premier regard et cet amour n'avait fait que croître pour devenir un feu ardent que plus rien n'aurait pu éteindre.

Une telle annonce ne pouvait me laisser indifférente. Je l'accueillis avec grand bonheur, car je partageais ces mêmes sentiments. Sans me laisser le temps de rétorquer quoi que ce soit, il me demanda en mariage.

Je tressaillis de joie intérieurement. Safir représentait l'archétype de l'homme et de l'époux idéal qui avait bercé mes rêves de jeune fille. Cependant, comme me l'avait maintes fois enseigné ma reine, je ne devais pas non plus faire montre de trop d'empressement. Je tempérai donc ses ardeurs, en lui précisant que je n'envisageais pas d'abandonner ma foi chrétienne, pas plus que je ne me permettrais davantage de lui demander d'abjurer la sienne.

Il s'attendait manifestement à cette réponse, car il ne s'en offusqua pas le moins du monde. En fait, plus rien ne pouvait interrompre son élan. Oubliant à mon tour les mises en garde d'Aliénor sur les transports amoureux des hommes, je me jetai à l'eau. Je le regardai droit dans les yeux et lui déclarai qu'il aurait ma main s'il abandonnait sur-le-champ sa fortune et son rang afin que nous puissions, en toute liberté, partir vivre ailleurs tous les deux, loin de ce tumulte.

Son visage se rembrunit subitement, sa poignée de main se fit moins pressante. Il balbutia une phrase sur sa position dans la société andalouse, une place qu'il ne pouvait abandonner sans mettre de l'ordre dans ses affaires... avant de comprendre en quelques secondes la maladresse de son propos.

Lorsque j'y repense à présent, nul doute que j'aurais accepté la contrainte de la vie sociale cordouane, loin d'être désagréable. Inversement, j'ai toujours su que Safir aurait tout laissé pour me suivre à l'autre bout du monde, si mon bien-être l'avait exigé. À cet instant crucial, son hésitation me vexa profondément. J'attendais de sa part un oui sans condition et non cette réponse incertaine.

Ce que je fis alors engagea définitivement le restant de nos existences dans des méandres totalement imprévus. Cependant, trois ans plus tard, je ne regrette toujours pas mon geste excessif, réponse passionnée à une déclaration d'amour qui ne l'était pas moins, même s'il me priva à jamais de la compagnie d'un homme exceptionnel. Quant à la suite tragique des événements, je reste persuadée que nous n'en portons ni l'un ni l'autre la responsabilité. Nous étions deux enfants et les vertiges de l'amour auraient été bien insipides si nous avions à cet instant fait preuve de raison.

Safir affichait déjà un air honteux et confus. Furieuse, je tournai les talons et partis sans regarder en arrière. Une ou deux personnes me dévisagèrent d'un air étonné lorsque je les croisai. Alors que je remontais la ruelle d'un pas décidé, je sentis soudain une pointe métallique contre mes côtes. Une voix d'homme à l'haleine repoussante m'ordonna de continuer à marcher sans me retourner. Mon agresseur faisait mine de cheminer à mes côtés, l'air de rien. À son ton et au contact glacé de sa dague, je compris qu'il était inutile de résister. Loin derrière moi dans la rue, Safir m'implorait de lui pardonner et de m'en retourner vers lui.

Instinctivement, j'esquissai un mouvement vers lui, mais l'homme pressa davantage la lame et je sentis la morsure de l'acier dans ma chair. Il me poussa brutalement en avant et me fit tourner dans la première ruelle. J'entendis la voix désespérée de Safir, pour la dernière fois de mon existence, résonner dans Cordoue : « Clémence, ma vie vous appartient ! Je vous en supplie, revenez vers moi, j'abandonnerai tout pour vous ! »

*

Peu après que j'eus quitté Safir, l'homme qui me menaçait de sa dague passa une cagoule sur ma tête et me fit monter dans un chariot. Nous voyageâmes pendant quatre ou cinq heures environ sur des routes caillouteuses, puis il me fit descendre brutalement dans une cave sombre, sans dire un seul mot. Il m'abandonna là, ligotée et bâillonnée, ignorante de l'endroit où je me trouvais. Cela dura deux jours, durant lesquels un geôlier crasseux et muet m'apporta, matin, midi et soir, du pain sec qu'il me fourrait dans la bouche entre deux gorgées d'eau.

À la fin du deuxième jour, la porte s'ouvrit et un individu vint se planter face à moi. Je ne distinguai pas ses traits, mais je reconnus sa voix : James Trafford m'avait fait enlever et savourait à présent son triomphe. À son ton, en effet, je le soupçonnai de prendre plaisir à me voir ainsi rabaissée devant lui. Il m'accusa de comploter pour le compte d'Aliénor et menaça de me torturer pour me le faire avouer. Cependant, je le sentais hésitant, tiraillé entre l'envie de me faire du mal et la tentation de me préserver pour son bon plaisir. J'étais maintenant curieuse de savoir quel désir il comptait le plus satisfaire. Il me promit la vie sauve si je lui révélais ce que je savais du complot. En contrepartie, je devrais vivre à ses côtés en Angleterre. Voilà donc ce qu'il désirait : me dominer et me savoir soumise, à sa botte. Je détournai la tête sans répondre. Il s'en retourna vers l'entrée et me laissa seule quelques instants, pour me laisser réfléchir à sa proposition, précisa-t-il.

Je savais à présent que James Trafford me désirait trop pour me voir mourir. À moi de tirer le meilleur parti de la situation. Tandis que j'échafaudais déjà un plan pour gagner du temps, j'entendis le bruit sourd d'un corps qui s'effondre par terre. Puis une silhouette se dessina dans l'encadrement de la porte. À ma grande surprise, Nathaniel vint vers moi et détacha mes liens.

L'assistant d'Averroès avait assisté de loin à mon enlèvement, puis avait suivi le chariot et attendu le moment propice. Mes jambes étaient ankylosées et je trébuchai après quelques pas. Nathaniel me retint et m'enjoignit de passer un bras sur son épaule. Nous enjambâmes James Trafford et un autre homme, étendus par terre, assommés. Il y avait là un escalier en bois qui nous conduisit dans une grande salle. La porte donnant au-dehors était entrouverte. Nous nous dirigions vers la sortie lorsque l'homme qui m'avait enlevée dans les rues de Cordoue apparut dans l'embrasure. Il se frottait la tête d'une main et tenait une dague de l'autre.

Nathaniel s'empara d'une épée accrochée au mur, s'élança et lui donna un coup de taille maladroit. Dirigée vers le haut du corps, la lame lacéra seulement la joue droite de son assaillant. Aussitôt, le sang jaillit de la blessure et goutta sur le sol. Mon ravisseur lui adressa un sourire lugubre et, sans même prendre la peine de porter la main à sa joue, fonça sur Nathaniel qui tenta maladroitement de parer avec son arme. L'assistant d'Averroès se figea soudain, yeux exorbités, bouche ouverte, puis il s'effondra, la dague du balafré plantée dans le thorax. Son assaillant eut un sourire de triomphe, tourna son regard dans ma direction et fit deux pas vers moi. La longue estafilade, partant de l'œil et allant jusqu'au menton, saignait abondamment, mais pour l'heure il ne s'en souciait guère. J'attrapai une cruche posée sur la table et la lui jetai à la figure. Sans doute trop confiant, il ne para pas assez le coup et l'objet en terre cuite se brisa sur son crâne. Mon agresseur resta interloqué un instant avant de s'effondrer, assommé.

Je me précipitai vers Nathaniel allongé sur le sol et m'agenouillai à ses côtés. Son visage était déjà terreux et il tenta de sourire malgré la douleur. Il m'avoua son amour brûlant, et aussi qu'il avait rapidement compris que je ne me serais jamais intéressée à lui. Il me demanda une dernière faveur, un dernier baiser avant de quitter ce monde. Je le serrai contre moi et exauçai sa dernière volonté. Ses lèvres étaient tièdes. Des larmes coulèrent sur ses joues. Avec mes doigts, j'effleurai son visage et l'assurai qu'il avait été mon héros, le preux chevalier qui m'avait sauvé la vie.

Il tenta en vain de prononcer une dernière parole, mais il s'éteignit dans mes bras, un sourire apaisé sur son visage figé.

*

L'instinct de survie reprit rapidement le dessus. Dans la cour, je découvris trois chevaux attachés près d'un abreuvoir. Je détachai les bêtes, en fis fuir deux et montai en selle de la troisième. Le bâtiment où j'avais été détenue était perdu dans la campagne. À part quelques maigres vaches paissant au loin une herbe jaunie, il n'y avait personne en vue.

À présent, le plus important était de rejoindre l'Aquitaine afin d'informer Aliénor des derniers événements. Sa cour devait être truffée d'espions à la solde de son époux et ses plans risquaient d'être compromis. Je décidai de prendre la direction du nord en coupant à travers des plantations d'oliviers. Je mis ma monture au galop, mais il arriva un moment où le cheval refusa d'aller plus avant. Je descendis de selle et pris les rênes de l'animal. La nuit tombait. Nous longions un maigre ruisseau serpentant dans la végétation basse. Sans que je le lui propose, le cheval se dirigea vers le mince filet qui murmurait dans la pierraille et y but longuement. Joignant mes mains en coupe, je fis de même à ses côtés. Une fois que je fus désaltérée, mon ventre me rappela douloureusement que je n'avais guère mangé ces trois derniers jours. Affamée, je fouillai dans les fontes à la recherche de nourriture, en vain. Fourbue, je m'assis contre un chétif arbrisseau et je m'endormis ainsi, le ventre vide.

Ma nuit fut agitée. Je repensai à ces trois derniers jours, à Nathaniel, qui avait donné sa vie pour me sauver, mais également à Safir. À cette heure, il devait regretter amèrement ses paroles. Aurais-je pu un jour le rejoindre ? Cela semblait compromis : j'étais entrée dans le monde des espions par la grande porte et mon devoir me rappelait maintenant près de ma reine, comme le sien auprès de son calife.

Je repartis vers le nord avant le lever du soleil. Je chevauchai ainsi pendant trois jours, évitant les villages, ne faisant halte que le strict minimum, le temps de boire dans un ruisseau ou de voler des oranges dans des vergers. Je traversai tout d'abord des déserts arides, puis d'immenses champs de blé et, enfin, de hauts plateaux surplombés de montagnes enneigées. À mesure que je remontais vers les Pyrénées, l'air se faisait plus vif et les nuits plus froides. Le soir du quatrième jour, mon cheval s'effondra d'épuisement. J'abandonnai là ma monture et continuai à pied, avant de tomber d'inanition au bout d'une demi-lieue.

*

Lorsque je me réveillai, il faisait nuit et des étoiles brillaient dans le ciel. Je sentis la chaleur agréable d'un feu qui brûlait à côté. Des soldats s'affairaient tout autour. Un peu plus loin, d'autres s'occupaient de leurs chevaux pendant que des sentinelles montaient la garde.

Quelqu'un s'approcha de moi. Il s'accroupit et me dévisagea longuement. C'était un chevalier blond au visage noble et grave, à la barbe rasée de près et aux yeux clairs. Il se présenta comme étant le baron Louis de Falaise.

*

Le baron et sa compagnie s'en retournaient faire leur rapport à Paris, après avoir mené une mission diplomatique dans le Nord de l'Espagne chrétienne pour le compte du roi de France. Ils prirent soin de moi et deux jours plus tard j'étais remise sur pied. Aucun chevalier ne chercha à savoir ce que je faisais là, perdue au milieu de la campagne. Personne n'y fit jamais allusion tout le temps que dura la chevauchée de retour vers Poitiers.

Louis m'escorta personnellement auprès d'Aliénor, à qui je rapportai les nouvelles de Cordoue. Pour le remercier, elle l'invita à rester quelques jours à sa cour. Avec ma reine, nous ne tardâmes pas à reprendre nos vieilles habitudes. Dès le lendemain de mon arrivée, nous déambulions comme par le passé dans le jardin de plantes médicinales. Une semaine plus tard enfin, Aliénor me livra ses conclusions : ma légation avait porté ses fruits, car les Maures venaient d'interrompre leurs relations commerciales avec l'Angleterre, affaiblissant ainsi son époux.

J'éprouvai un sentiment de fierté légitime, vite temporisé par ma reine. La cour d'Aquitaine n'était plus un lieu sûr, m'expliqua-t-elle, ni pour elle ni pour moi. Aliénor avait raison. N'importe qui, de son entourage, pouvait se révéler être en vérité un espion à la solde du roi. D'ailleurs, qui d'autre avait pu renseigner James Trafford de ma présence à Cordoue ? Nous faisions demi-tour vers le château en ruminant ces sombres pensées lorsque nous aperçûmes au loin Louis de Falaise qui s'entraînait à l'épée avec ses hommes. Il avait retroussé les manches de sa chemise blanche et donnait une leçon d'escrime à un jeune chevalier.

Aliénor le considéra longuement, puis se tourna vers moi pour me dire combien elle le trouvait bel homme. Un instant auparavant, elle avait le visage fermé et à présent, elle me parlait sur un ton badin. Ce brusque changement d'attitude m'étonna. J'étais parfaitement placée pour savoir que ma reine avait, en toute circonstance, une attitude compassée. Je n'aurais donc pas tardé à savoir ce qu'elle avait derrière la tête.

D'une injonction, bien plus que d'une simple remarque, elle me précisa que rares étaient les chevaliers dignes de ce nom, avant d'ajouter que Louis était aussi un proche conseiller du roi de France.

Voilà où elle voulait en venir ! À parler franc, je m'attendais à ce qu'elle me demandât d'épouser Louis. Elle me dévoila ses intentions exactes, m'expliquant ouvertement avoir besoin de l'appui du roi de France, son premier époux, pour mettre son fils sur le trône d'Angleterre. Mon mariage avec Louis était la clé de ce rapprochement.

Même si mon cœur me disait de partir en courant rejoindre Safir et lui avouer combien je l'aimais, il m'était impossible d'ignorer sa requête. En outre, retourner en Andalousie, vu la situation, eût été suicidaire. Aussi, je m'abstins de lui faire part de mes sentiments. Éduquée depuis ma plus tendre enfance à obéir, je l'assurai que j'aurais épousé Louis, si cela me permettait de servir ma reine. À ces mots, elle me gratifia d'un sourire bienveillant.

Tout en devisant, nous nous étions rapprochées du baron de Falaise. Il se rendit enfin compte de notre présence. Immédiatement, il cessa son entraînement et s'empressa d'exécuter une révérence. Aliénor me fit un clin d'œil et s'en alla, me laissant seule avec lui.

Louis de Falaise m'épousa une semaine plus tard dans la chapelle du domaine. Lorsque je découvris pour la première fois son château, construit sur les falaises en bordure de la Manche, j'étais enceinte de deux mois.

Deux filles naquirent, deux sœurs jumelles que nous prénommâmes Héloïse et Agnès. J'avais engagé une nourrice dans le village voisin, une femme dévouée ayant accepté d'être embauchée à mes conditions, à savoir : venir vivre au château et ne plus le quitter. En effet, je ne voulais pas que mes filles fassent l'objet d'un chantage quelconque. Aussi, personne, à part elle, ne savait que nous avions des enfants. Ce furent là les deux plus belles années de ma vie.

J'avais appris à aimer Louis, un homme bon et loyal, doté d'un sens aigu de l'honneur et de la justice. Nous nous promenions quotidiennement, tous les deux, sur le chemin côtier longeant la mer et nous devisions de l'état du monde. Un soir de printemps, en 1175, il me confia que le roi de France était enfin prêt à apporter un soutien militaire à Aliénor. En échange, le souverain français voulait récupérer la Bretagne et la Normandie, occupées par les Anglais. Cela ne me disait rien qui vaille, car s'il y avait une guerre, mon époux devrait rejoindre les régiments royaux français basés en Picardie.

Il me prit dans ses bras et me serra contre lui. Nous restâmes ainsi étreints pendant un long moment. Il ne nous restait plus à espérer que le messager porteur de la mauvaise nouvelle vienne le plus tard possible.

Las, les nuages arrivent parfois plus vite qu'on ne le voudrait…

Un cavalier chevauchait bride abattue dans notre direction. Il arrêta sa monture à trois pas de nous, descendit de son coursier fumant de transpiration et nous salua. Louis s'avança vers lui, mais c'est à moi qu'il adressa le parchemin cacheté qu'il tenait entre ses mains. Il portait un sceau connu uniquement de moi-même. Je le brisai et lus attentivement le message, écrit de la plume même d'Aliénor :

« Ma mie,

Je vous ai longtemps laissée en paix jusqu'à ce jour, mais l'avenir de notre royaume d'Angleterre est de nouveau entre vos mains. J'attends de vous que vous alliez trouver le roi d'Écosse pour négocier avec lui une entente tripartite. Votre époux Louis vous accompagnera et représentera les intérêts du roi de France, qui donne sa bénédiction à cette entreprise. Remettez au roi d'Écosse cette lettre en guise de sauf-conduit. Je lui accorderai les terres du Nord de l'Angleterre, dont il prendra possession avec ses troupes, en échange de son allégeance à mon fils, devenu roi.

Dieu vous garde dans votre mission.

A. »

Je tendis le parchemin à Louis qui en prit connaissance à son tour. De retour au château, je transmis ma réponse écrite au messager. Plus tard dans la soirée, tandis que je contemplais mes filles dans leur sommeil, mon époux vint me rejoindre.

Louis m'expliqua que cette mission devait être menée avec diligence et discrétion. Il opta pour charger deux chariots de soieries, afin de laisser croire à un convoi marchand à destination de l'Écosse. Six fidèles chevaliers, déguisés en serviteurs, nous accompagneraient et nous escorteraient.

Restait à décider de ce que nous ferions de nos filles. Louis proposa de confier Agnès à la nourrice. Elle s'en retournerait au village avec elle et la ferait passer pour sa fille. Tout le monde ignorait que nous avions des enfants. En outre, cela n'étonnerait personne que la nourrice ait pu en avoir un durant ses trois ans passés au château. Quant à Héloïse, il envisageait de la laisser, au passage, chez son frère en Bretagne. Il avait trois garçons, âgés de sept, cinq et quatre ans, et une fille de l'âge des miennes. C'était aussi une excellente idée. Héloïse serait très bien en compagnie de ses cousins et de sa cousine pendant quelques mois.

Je n'avais aucune envie de séparer mes filles, encore moins en notre absence. Cependant, Louis avait raison : des espions traînaient partout, prêts à répandre la mort. Le cœur gros, je restai un long moment à contempler mes deux amours, déchirée à l'idée de devoir les quitter et ne pas les voir pendant des mois. Dans son lit, Agnès suçait son pouce en dormant sur le côté droit, comme elle le faisait toujours. Héloïse dormait sur le dos, les bras disposés le long de son corps, ses deux petits poings serrés. C'était à ce jour la seule différence notable entre elles deux. À cet instant, un vent froid qui me fit frissonner entra dans la pièce, soulevant l'épais rideau masquant l'ouverture dans le mur.

Sans doute importunée par le courant d'air, Héloïse s'étira et tendit ses bras contractés, maintenant ses poings serrés. Puis elle se détendit de nouveau et replongea dans son profond sommeil. Agnès, au contraire, était maintenant agitée. Elle gigotait dans son lit tout en poussant de petits gémissements. À quoi rêvait-elle alors, Dieu seul aurait pu le dire. »

* * *

Ce long récit de Clémence laissa Rowena profondément émue. En lisant ces dernières lignes où elle n'était qu'une petite enfant dans un berceau, admirée par ses parents avec les yeux de l'amour, elle se sentit vraiment sa fille pour la première fois. Aussi ne put-elle s'empêcher de relire ce passage, s'en imprégnant jusqu'au dernier mot, comme si son existence en dépendait. Puis ses pensées se portèrent vers Safir. À présent, elle comprenait mieux la nature du remords qui le rongeait. Elle eut envie de partir le rejoindre en courant, afin de lui dire que ce coup de théâtre imprévu, l'enlèvement de Clémence sous ses yeux, était seul responsable de son tourment. Ensuite, elle l'aurait consolé, lui aurait assuré que sa mère l'avait aimé et ne lui avait rien reproché. Safir devrait se ronger les sangs pendant encore quelque temps : Rowena avait une longue mission à accomplir en Écosse, loin de Cordoue. Lorsqu'elle en aurait terminé avec l'inauguration de la cathédrale, elle se promit de voyager jusqu'en Andalousie. Ce serait l'hiver, une saison fort plaisante sous le ciel bleu du Sud de la péninsule Ibérique.

Songeuse, elle contempla les lettres de Clémence. Lorsqu'elle se sentit enfin prête, Aliénor lui tendit un nouveau parchemin. Le mystérieux rédacteur avait repris la plume et venait compléter le récit. Rowena eut hâte d'y découvrir ce qu'il racontait et, dans le même temps, elle appréhenda la rancœur que cette lecture risquerait forcément d'éveiller en elle…

* * *

« *Afin de récupérer les preuves de la trahison d'Aliénor, James Trafford proposa à son supérieur un plan qui ne l'impliquerait pas directement : des mercenaires attaqueraient le convoi lorsqu'il s'en retournerait d'Écosse, faisant croire à une attaque de pillards. Après tout, commenta James Trafford, sarcastique, les espions français ne s'étaient-ils pas eux-mêmes fait passer pour de banals marchands ? Quoi de plus naturel que de les dépouiller de leur cargaison !*

Émerveillé par la simplicité du projet, son supérieur s'empressa de lui donner son accord. Il ajouta qu'il songeait à se retirer des affaires. De la réussite de cette mission dépendrait donc la promotion de James Trafford à la tête des services secrets.

Il n'en fallait pas tant au jeune homme pour le convaincre de réussir dans son entreprise. C'est avec entrain qu'il s'en alla ensuite régler les derniers détails de son projet avec ses hommes de main. Ils l'attendaient dans une taverne, située dans le village voisin. Prenant à part leur chef, un gaillard trapu à la mine patibulaire portant une longue balafre mal recousue sur la joue droite, James Trafford lui ordonna de tuer tous les membres de l'expédition, de récupérer les documents qu'il trouverait, mais surtout, d'épargner la femme.

L'air satisfait, il observa ensuite ses hommes quitter l'auberge pour s'en aller accomplir leur besogne. Un jour, pensa-t-il, en frissonnant de plaisir, il serait anobli par le roi d'Angleterre et sa femme s'appellerait… Clémence. »

* * *

Avec dégoût, Rowena rendit le manuscrit à Aliénor qui lui tendit immédiatement le suivant. Au vu de la signature de sa mère en bas de la page, elle sut que c'était le dernier feuillet. Elle hésita longuement à en faire la lecture. À la fin de ces quelques phrases, la vie de Clémence et de Louis s'achèverait brutalement. Après cela, sa mère et son père s'en iraient pour toujours dans leur dernière demeure. De cette famille qui n'avait connu que deux ans et demi de bonheur, il ne resterait plus que deux tombes, quelques souvenirs épars et une insaisissable sœur jumelle portant son lourd fardeau de frustrations. Après avoir revécu par procuration l'existence heureuse de sa mère, la douleur prévisible de cette nouvelle séparation l'angoissait par avance. En un an, Rowena avait traversé bien des épreuves. À sa manière, celle qui se profilait à la fin de ces lignes manuscrites serait aussi terrible que toutes celles qu'elle avait déjà connues.

Elle rassembla son courage et se décida enfin à en faire la lecture :

* * *

« … Je dois à présent arrêter d'écrire, car nous allons retourner en France. D'ailleurs, Louis et les chevaliers de notre escorte s'apprêtent à monter dans les deux chariots. De là où je suis, je peux apercevoir Héloïse qui s'amuse dans la cour en sautant dans les flaques d'eau.

Quant à moi, je ne peux qu'être satisfaite de mon séjour en Écosse. Non seulement nous avons accompli notre mission mais, en plus de cela, deux lettres impliquant James Trafford dans des affaires compromettantes conclues avec des puissances ennemies, m'ont été remises. Lorsque je les montrerai au roi d'Angleterre, je ne donne pas cher de sa tête.

Voilà : j'ai relaté tous les faits depuis le début. J'ai essayé de le faire le plus fidèlement possible, même si j'y fais part de mes sentiments à l'égard de tel ou tel événement. À présent, mon cœur tressaille à l'idée que cette missive ne soit la dernière. Les ennemis sont partout et je crains pour la vie de ceux qui me sont chers. Pour retourner en France, Louis veut d'ailleurs emprunter un itinéraire différent de celui de l'aller. Il souhaite passer par le Nord-Ouest de l'Angleterre, car il estime que les documents que nous rapportons à Aliénor sont trop importants pour que nous prenions le moindre risque d'être interceptés. La présence d'Héloïse renforce sa crainte. Il veut que rien de funeste ne lui arrive.

J'ai hâte aussi de revoir Agnès. Elle me manque terriblement. Je sais que la nourrice a pris soin d'elle, mais je veux à présent retourner au plus vite à Falaise et serrer ensemble mes deux filles dans mes bras. Puis nous partirons tous les quatre rejoindre mon père sur son île et nous passerons le restant de notre existence à ses côtés. C'est certainement auprès de lui que nous serons le plus en sécurité. Comme j'attends cet instant ! Je sais que lui aussi est impatient de nous retrouver tous, de tenir enfin sur ses genoux ses petites-filles qu'il ne connaît pas, de pouvoir s'occuper d'elles comme il n'a malheureusement pas pu le faire avec moi. À cet instant seulement, mon bonheur sera parfait et entier. »

Clémence de Falaise.
An de Grâce 1175.

* * *

En proie à une vive et profonde émotion, Rowena laissa retomber ses mains sur ses genoux. Le parchemin toujours serré entre ses doigts, elle lut et relut cent fois ce récit empli d'espoir, gravant dans sa mémoire tous les mots, toutes les phrases, pour ne plus jamais les oublier.

Lorsqu'elle avait écrit ces lignes, sa mère avait son âge, un époux, deux enfants et la vie qui s'offrait à elle. Même si elle craignait pour sa sécurité, elle n'aurait certainement jamais imaginé que son existence prendrait fin brutalement, quelques jours plus tard, dans une vallée isolée des confins de l'Angleterre.

La confiance de Clémence, affichée dans ces lignes, contrastait douloureusement avec ce que Rowena savait de ce qu'il en adviendrait, là-bas, dans un vallon perdu de Windermere. Il lui fallait à présent se défaire de cette image trompeuse de sa mère heureuse et vivante, pour revenir à la réalité, son horrible assassinat, quelques jours plus tard. Tant qu'elle ne rectifierait pas ce décalage, la mort de ses parents lui serait inacceptable. À terme, elle avait conscience que ce paradoxe la détruirait, la faisant sombrer à jamais dans la haine ou la folie.

Pour y échapper, elle n'avait qu'une seule alternative : rétablir une continuité en écrivant elle-même le dernier paragraphe. Pour cela, elle devrait fouiller dans sa mémoire, en exhumer ce qu'elle y avait profondément enfoui. Épreuve pénible certes, mais indispensable à son équilibre mental. Ensuite seulement, elle pourrait envisager sereinement le deuil de ses parents.

Même si ses souvenirs de l'attaque étaient flous et parcellaires, elle put aisément reconstituer la conclusion funeste de l'histoire…

*

… sa mère, agonisant dans l'herbe humide, une flèche plantée dans le thorax. Son père gisant non loin, le visage à jamais figé vers ce ciel d'un gris indéfinissable propre à ce coin d'Angleterre. Rowena frissonna en imaginant l'humidité du sol tourbeux s'infiltrant à travers les vêtements de Clémence, son angoisse lorsqu'elle avait dû la chercher en vain du regard, ses remords de n'avoir pas su les protéger, sa sœur et elle, comme si tout ce qui était arrivé était de sa faute.

Héloïse, mon enfant, es-tu seulement vivante ? Ma petite Agnès, pardonne-moi de ne plus jamais te revoir.

Au moindre mouvement, à chaque infime inspiration, la douleur avait dû déchirer sa poitrine sans qu'elle ne pût lancer le moindre appel à l'aide. Rowena partagea également sa colère lorsqu'elle avait dû reconnaître le chef de la bande, le balafré qui l'avait enlevée à Cordoue.

Ce n'étaient pas des pillards. James Trafford est bien derrière tout ça !

Puis le martèlement des sabots des chevaux. De sa vue troublée par le voile de la mort toute proche, elle avait dû tenter de distinguer l'homme et la femme venant dans sa direction, descendant de leurs montures et inspectant les chariots.

Héloïse, où es-tu ?

Le cri de lord Windermere :

— J'ai trouvé une enfant !

Héloïse, tu es vivante !

La voix apaisante de lady Windermere s'adressant à sa fille :

— N'aie pas peur ! Nous ne te voulons aucun mal !

À cet instant, Rowena se souvenait clairement que sa mère avait tourné la tête vers elle et que leurs yeux s'étaient croisés une dernière fois. Il lui avait semblé que son regard était serein, rassuré à l'idée que sa fille échapperait à une mort certaine, dans cette contrée déserte et sauvage.

Lady Windermere avait pris l'enfant dans ses bras et l'avait consolée. Clémence avait vainement essayé d'articuler un dernier adieu. Hélas, le sang avait noyé ses poumons et il dégouttait à présent par sa bouche entrouverte.

Cette dernière image de sa mère à l'agonie, incapable de communiquer avec elle, resterait à jamais gravée dans sa mémoire. À présent, elle la voyait différemment : ce n'était plus seulement la vision choquante d'un corps gisant dans l'herbe, d'une bouche s'ouvrant et se fermant de façon grotesque. L'image lui apparaissait maintenant sous un éclairage nouveau, réconfortant, comme si sa mère venait enfin de lui murmurer à l'oreille ses dernières paroles :

— *Héloïse, Agnès, mes amours, je vous dis adieu !*

*

Le chagrin de Rowena se fit soudain plus léger : elle avait maintenant la certitude que Clémence était morte en sachant que sa fille avait réchappé au massacre et trouvé une nouvelle famille.

Elle pouvait également un peu mieux appréhender la frustration d'Agnès. Sa sœur ne pourrait jamais partager ce dernier adieu, à la fois si traumatisant et si apaisant. Ce vide en elle ne cesserait de la dévorer de l'intérieur et jamais rien ne pourrait le combler. Au moins, Rowena avait eu la faveur d'être présente dans ces derniers instants et non à des centaines de lieues, seule, sans savoir ce qu'étaient devenus son père, sa mère – *et sa sœur*...

Cela signifiait aussi qu'elle devrait s'en expliquer un jour avec Agnès. Accepterait-elle de l'écouter, de s'entendre dire que ses parents les aimaient toutes les deux avec la même force, sans préférence ?

Instinctivement au cours de la lecture, elle avait agrippé sa fibule en or. À ce jour, c'était le seul objet qu'elle possédait de sa mère. Elle relâcha sa prise et regarda sa paume : le métal finement ouvragé s'y était gravé profondément, laissant une trace rouge parfaitement dessinée.

— Rowena ? Hum, hum, Rowena ?

Elle quitta sa main des yeux et porta son attention sur Aliénor. Celle-ci tenait un dernier parchemin, récent.

— L'histoire que vous venez de lire est douloureuse, dit-elle, mais elle n'est pas finie.

— Ma reine, veuillez m'excuser, cette lecture m'a profondément bouleversée.

Aliénor sourit tendrement.

— Savoir ce qu'il est advenu à votre mère et à votre père est toujours moins pénible que de rester dans l'ignorance.

Assurément. Agnès pouvait en témoigner...

Rowena prit le dernier parchemin des mains de sa

reine. Étrangement, elle savait ce qu'elle allait y découvrir. Encore une fois, il lui faudrait être forte, ne pas se laisser enfermer dans une colère destructrice qui la consumerait de l'intérieur, tout comme sa sœur. Elle devait se contrôler, sans pour autant oublier que le responsable de la mort de ses parents devrait payer un jour pour ses crimes. Elle ferma les yeux, fit le vide dans sa tête et commença la lecture du dernier feuillet :

* * *

« Lorsque le balafré et ses comparses arrivèrent au grand galop sur l'étroit sentier conduisant à la Citadelle, James Trafford les attendait là, un léger sourire sur les lèvres. Le balafré sauta de son cheval et tendit à James une liasse de parchemins roulés. Il s'en empara tout en jetant un œil sur les cavaliers qui venaient d'arriver. Surpris de ne pas voir la femme avec eux, il demanda des explications au balafré. Ce dernier bafouilla une réponse embrouillée où il était question de flèches perdues et de bavure, s'empressant toutefois d'ajouter qu'il avait quand même mis la main sur les preuves de la trahison d'Aliénor.

À ces mots, James Trafford devint rouge de colère. Il abattit son poing sur le visage du balafré. Sans rien rétorquer, le gaillard baissa la tête et se frotta la mâchoire. Le chef des services secrets apparut alors et demanda à consulter les documents saisis sur les espions français. Il les prit, les décacheta et les lut attentivement. Puis il leva ses yeux sur James Trafford, l'air satisfait. Il lui assura que ces preuves venaient de le propulser au poste de chef des services secrets, en même temps qu'au titre de noblesse promis par le roi à qui démantèlerait le complot.

Au diable la femme ! pensa James Trafford, il pourrait à présent avoir toutes celles qu'il désirerait. Son supérieur n'était pas dupe, pensa-t-il aussi en l'observant du coin de l'œil. L'ex-

chef des services secrets avait parfaitement compris que le jeune loup affamé était devenu chef de meute et que plus rien ne serait comme avant. Les méthodes d'enquête, les interrogatoires, la formation des agents, tout serait pratiqué différemment. D'ailleurs, le vieillard – car, à cet instant, James Trafford trouva son supérieur terriblement âgé – ne cessait de lorgner vers ses hommes de main qui attendaient non loin de là. Cela aussi était nouveau pour lui. Vulgaire et brutal, mais ô combien efficace !

À parler franc, James Trafford se fichait complètement de ce qu'il pouvait penser. Il avait la tête ailleurs, rêvant déjà du bureau qu'il venait de lui ravir. Toutefois, il était aussi un ancien élève de l'école et, en tant que tel, il avait un sens aigu du respect de la hiérarchie et du protocole. Aussi, pour la forme, il demanda quel serait le nom de ce fameux domaine rattaché à son titre de noblesse.

Son supérieur se racla la gorge avant de déclarer que, désormais, James Trafford serait plus connu sous le nom de lord Stratheden. »

Chapitre 10

Machinations

Rowena garda quelques instants la tête baissée, puis elle croisa le regard compatissant d'Aliénor.

— Ainsi, lord Stratheden est l'assassin de mes parents.

— Je crains qu'il ne vous faille en accepter l'idée.

— Il aurait peur que je le découvre.

— Pas seulement. Vous commencez également à lui faire ombrage. Le roi parle de vous pour lui succéder à la tête de la Citadelle. Soyez certaine qu'il n'acceptera jamais de céder sa place à quelqu'un d'autre, en tout cas de son vivant.

— Je suis donc une épée de Damoclès suspendue au-dessus de sa tête.

— Une épée qui menace de tomber bientôt et de le pourfendre.

— Selon vous, à quel moment lord Stratheden a-t-il pris la décision de m'assassiner ?

Aliénor prit un temps de réflexion.

— En apprenant que vous aviez discuté avec Safir, il a dû prendre peur. Il s'est dit que vous chercheriez à découvrir la vérité sur la mort de vos parents. Et plus on s'en approche, plus on risque de s'y brûler les ailes et d'y laisser la vie.

— Icare !

Elle acquiesça.

— Effectivement, vous êtes comme Icare. En évoquant le fils de Dédale, votre agresseur balafré vous a envoyé un message de mise en garde. Pourquoi l'a-t-il fait ? Cela, je l'ignore. Je pense qu'il a ainsi voulu vous remercier de lui avoir laissé la vie sauve.

— Damoclès, Icare et bientôt déesse vengeresse de lord Stratheden aux mœurs perverses et aux crimes impunis : je suis une véritable tragédie grecque à moi toute seule ! Blâmez-moi de n'être point restée une Aphrodite callipyge !

Aliénor partit d'un grand éclat de rire.

— Ajoutez hélas à cela, mon enfant, que la beauté de votre postérieur, au demeurant parfait, ne concourt que davantage à votre drame !

Cette remarque flatteuse ne parvint pas à arracher un sourire à Rowena.

— Les conseils du balafré ne m'aident pas pour autant, objecta-t-elle. On a tenté depuis de m'assassiner à nouveau.

Aliénor redevint sérieuse.

— Je crains que nous n'ayons à ce jour aucun moyen de pression sur lord Stratheden, avoua-t-elle pensivement. Il vous faudra rester sur vos gardes en permanence.

— Dans sa dernière missive, ma mère évoque deux lettres en mesure de le faire tomber. Savez-vous où elles sont, à présent ?

La reine soupira.

— Je n'en ai pas la moindre idée. En tout état de cause, je suis sûre que lord Stratheden ne les a toujours pas trouvées, sinon, il ne tenterait pas de vous tuer en ce moment.

— Il pense donc que je suis en mesure de les découvrir.

— Assurément. Ces lettres vous tendent les bras. Il le sait, alors même que vous l'ignoriez jusqu'à ce jour.

— Quelles informations contiennent-elles ?

Aliénor baissa le ton de sa voix :

— Je n'en sais pas davantage que vous sur leur teneur, mais il s'agit vraisemblablement de la preuve d'une haute trahison.

— Pour quelle raison lord Stratheden aurait-il trahi son roi ? Vous faire tomber suffisait à le propulser chef des services secrets, ce qui s'est produit d'ailleurs.

— Ces lettres relatent des affaires plus anciennes, du temps où il n'était qu'un espion parmi d'autres au sein de l'école, mais déjà doté d'une ambition dévorante qui ne l'a pas quitté.

— Je trouverai un moyen de le faire chuter, déclara Rowena, je vous en donne ma parole. Je retrouverai ces lettres et, ce jour-là, il paiera pour tous ses crimes !

— La haine et la rancœur sont dangereuses. Elles font commettre des faux pas, ce qui serait regrettable, pour vous comme pour moi. Lord Stratheden est certainement l'homme le plus puissant d'Angleterre, davantage même que mon fils Richard. De plus, il a des yeux et des oreilles partout.

— Que me conseillez-vous ?

— De le prendre à son propre jeu. D'être patiente, de le provoquer intelligemment et d'attendre le moment propice. Soyez-en assurée, il finira par commettre une erreur.

— Je vous remercie pour vos conseils, ma reine, je m'y conformerai !

Aliénor la prit dans ses bras avec tendresse.

— Allez maintenant rejoindre votre père, il a besoin de vous. Je vais prochainement quitter l'Angleterre pour me retirer à l'abbaye de Fontevraud, dans la vallée de la Loire. Mon fils Richard est bien assis sur le trône et Jean semble avoir renoncé à le lui ravir. Les affaires de ce monde ne me concernent plus. Je laisserai maintenant la divine providence prendre soin du roi. Si vous avez encore besoin de moi, n'hésitez pas à venir me trouver.

— Merci, ma reine.

Aliénor la garda encore quelques instants contre elle puis, endossant de nouveau son rigide costume de souveraine, conclut :

— Je suis heureuse d'avoir fait votre connaissance. Dieu vous garde.

— Au revoir, ma reine.

Rowena fit une dernière révérence et quitta la pièce. Dans l'écurie, un palefrenier attentionné avait bouchonné, peigné et sellé son cheval qui se délectait d'avoine. Elle caressa l'encolure de la bête et se mit en selle. Puis, sans plus tarder, elle quitta le château et prit la direction du nord.

L'après-midi touchait à sa fin. La nuit serait claire, un temps idéal pour chevaucher jusqu'à l'aube. Cela tombait à point car elle devrait forcer l'allure de son coursier. Lord Windermere et Caméléon devaient déjà être loin. Elle pria le ciel qu'il ne leur fût rien arrivé en son absence. Elle ne se le serait jamais pardonné.

* * *

La tempête faisait rage depuis bientôt trois jours dans le golfe de Gascogne, malmenant la nef, bien frêle dans cet océan déchaîné. Heureusement que les cales ne contenaient pas de marchandises, songea Lewis, accroché au bastingage, car il aurait certainement fallu en jeter plus de la moitié par-dessus bord. Les esclaves ne supportaient pas les mers démontées. Et heureusement que la poudre n'explosait pas trop facilement, pensa-t-il également, car même si les sacs doublés de toile huilée avaient été solidement attachés et séparés les uns des autres, ils devaient être en ce moment sacrément malmenés.

Finalement, Agnès avait réussi à voler les cent livres de poudre explosive nécessaires à leur projet. En la voyant revenir au bateau, Lewis avait éprouvé une grande satisfaction, immédiatement éclipsée par sa déception de voir apparaître le Nubien à ses côtés. Ce dernier n'avait pas émis de commentaire sur leur expédition, et Lewis n'avait pas osé demander à Agnès ce qu'elle comptait faire à présent de cet homme. Tous les trois avaient embarqué la précieuse poudre noire sur le bateau, puis elle avait congédié son guide, non sans lui adresser, au préalable, un regard trahissant leur relation. Elle avait couché avec lui, Lewis en était persuadé. Il ne put s'empêcher de jalouser la démarche assurée de cette silhouette musculeuse qui repartait, l'air crâne, vers les ruelles du souk d'Alexandrie. Il pensa avec rage qu'il pouvait parader, mais que cela ne durerait pas.

Il y avait veillé, personnellement. La nuit même, le Nubien avait malencontreusement croisé sa route, dans une rue sombre et déserte. Peu de temps après, l'infortunée victime avait quitté ce monde sans avoir le temps de comprendre pourquoi son existence s'achevait là. Lewis avait noté, au passage, le balluchon que le Nubien portait sur son dos, vraisemblablement en vue d'une longue traversée en bateau. Agnès l'avait donc bien embauché et il avait eu le nez creux en se débarrassant définitivement de lui.

Il était donc retourné à son navire plongé dans l'obscurité, l'air satisfait de lui. À présent, il pourrait rentrer à Londres avec Agnès, en toute quiétude. Il ne supportait pas la rivalité, que ce fût en affaires d'argent ou en affaires de cœur. Et tant que cette femme ô combien fascinante voudrait de lui à ses côtés, il en serait ainsi.

Ils avaient appareillé le lendemain matin. Si Agnès avait été surprise de ne pas voir arriver le Nubien sur le quai, elle n'en avait rien laissé transparaître. Pour le voyage de retour en Angleterre, elle avait réduit l'équipage à son strict minimum, sélectionnant les matelots restants, choisissant les plus taciturnes de ceux qui n'avaient jamais bronché à ses ordres. Finalement, songea Lewis, elle avait davantage de bon sens que Trompe-la-mort qui recrutait généralement ses hommes lors de beuveries, dans les tavernes les plus mal famées de la côte.

De son côté, il avait vendu toute sa marchandise à bon prix, tirant des deux mutins bien plus qu'il n'aurait osé l'espérer. Ils l'avaient supplié de les relâcher sans le dire à Agnès, en souvenir du bon vieux temps, mais il n'avait pas bronché. Le plan – *son plan* – ne supportait aucune publicité. Or, l'histoire de deux matelots enfermés à fond de cale par une femme capitaine aurait fait les gorges chaudes de tous les ports d'Orient et d'Occident. Immanquablement, elle aurait éveillé les soupçons des espions qui traînaient là, avides de ce genre de rumeurs.

À présent, son navire naviguait vers Londres. Le message d'Agnès avait trouvé réponse favorable de la part de Jean sans Terre. Elle s'apprêtait à le rencontrer pour discuter en tête à tête de toutes les modalités de l'affaire. Lewis demeurerait en retrait, lui laissant le beau rôle. Il était un second couteau, un serviteur de l'ombre et le resterait toute sa vie. Cependant, il ne doutait pas un seul instant qu'Agnès rappellerait sa participation dans l'entreprise, une fois qu'elle aurait réussi. Il pourrait alors sortir du bois, accepter humblement une charge de conseiller ou de chancelier, peut-être même continuer son petit commerce de temps à autre. Bref, cet arrangement lui convenait parfaitement.

— La tempête est en train de se calmer, fit une voix dans son dos. Nous serons à Londres dans quelques jours.

Agnès se tenait à une corde et vérifiait les gréements.

— Une fois là-bas, devrai-je vous accompagner ? demanda-t-il, tout en connaissant déjà la réponse.

Elle sourit.

— Reste plutôt à bord pour t'assurer qu'aucun matelot ne descend à quai. Et interdiction de faire monter des ribaudes ou des étrangers sur le bateau !

— Vos ordres seront respectés à la lettre, comme toujours.

— À la bonne heure ! fit-elle en venant le rejoindre à ses côtés à la proue du navire.

À cet instant, une lame un peu plus haute que les autres les doucha. Malgré cela, ni l'un ni l'autre ne bougèrent d'un pouce pour aller se mettre à l'abri.

— Je vais commencer à regretter la Méditerranée, déclara Lewis avec flegme.

— D'où es-tu ?

— Mes parents étaient irlandais.

— Et comment en es-tu venu à faire le commerce des esclaves ?

Toujours ce mot vulgaire dans sa si jolie bouche ! Il se demanda s'il ne devait pas faire preuve d'effronterie, et lui enseigner l'appellation en usage entre marchands. Puis il songea au squelette du commandant en second, à l'extraordinaire voracité des poissons de haute mer et mit ces données en perspective avec sa charge de conseiller du futur roi Jean. Il en conclut qu'il serait moins douloureux de se mordre la langue et de se taire plutôt que de finir déchiqueté vivant pour avoir été trop impudent.

— J'en suis venu là par les hasards de la vie, figurez-vous. Lorsque mes parents sont morts, je me suis engagé comme mousse sur une galère de guerre anglaise. Quelques années plus tard, le bateau a fait naufrage au large de la Terre sainte. J'ai été recueilli par un navire esclavagiste syrien. Son capitaine m'a repêché alors que je dérivais sur une planche au beau milieu de la mer. Au lieu de me vendre, il m'a accueilli à son bord et m'a enseigné son métier.

— Apparemment, tu es à la fois un homme chanceux et doué pour ce travail.

— Faut croire. À sa mort, j'étais déjà son adjoint. C'est donc en toute logique que j'ai repris son affaire et son navire.

— Ce métier supporte mal la concurrence. J'ai cru aussi comprendre que tu savais t'arranger pour ne pas avoir à la subir.

Lewis frémit. Agnès savait pertinemment qu'il avait tué ce Nubien et le lui signifiait, sans toutefois lui faire part de ce qu'elle pensait de ce meurtre.

— La nature a horreur du vide, hélas, dit-il d'un air attristé. Lorsqu'un concurrent disparaît, dix autres prennent sa place. Savoir lequel est le plus dangereux est autrement plus difficile que de deviner quel récif enverra votre navire par le fond. Un exercice périlleux qu'il nous faut sans cesse renouveler, si nous voulons rester en vie.

Elle le dévisagea étrangement, avant de resserrer instinctivement sa prise sur le bastingage. Il fit de même et l'instant d'après, une vague vint les doucher copieusement.

— Serions-nous donc semblables à Sisyphe, dit-elle sans se soucier de la fureur des flots, ce héros grec condamné par les dieux pour avoir tenté de se soustraire à la mort ?

Il réfléchit longuement à ce qu'il allait rétorquer.

— Votre comparaison est extrêmement pertinente. Afin d'échapper nous aussi pour un temps à cette même mort, nous sommes condamnés à tuer sans cesse nos rivaux, de la même façon que Sisyphe devait remonter éternellement son rocher en haut de la montagne.

— … sachant pertinemment qu'il retomberait une fois parvenu au sommet, compléta Agnès pour elle-même.

Il approuva, en un geste entendu.

— Vous et moi, confirma-t-il, sommes voués éternellement à ce supplice.

— Un exercice absurde, toutefois. La mort aura toujours le dernier mot.

— Certes, mais chaque fois que nous remontons le rocher, que nous éliminons un obstacle de notre route, nous caressons l'espoir que ce sera pour la dernière fois.

Elle le dévisagea, l'air perdu dans ses pensées.

— Même si nous savons qu'il n'en sera rien, conclut-elle.

— Exactement. C'est aussi pour cela que nous sommes toujours vivants, contrairement à d'autres qui se sont fait tuer, faute d'espérer encore.

Il lui sembla qu'elle était satisfaite de sa réponse. Finalement, tous deux étaient coulés dans le même moule, celui des animaux capables de survivre à toutes les épreuves, chacun à sa manière, certes. Agnès, comme une lionne. Lui, comme un chacal. À ses côtés, elle contemplait les vagues ou les sommets inaccessibles qu'elle seule devrait escalader avec son rocher.

— Et le prince Jean, dit-elle enfin, le connais-tu personnellement ?

Il fallait bien que la question vînt un jour ou l'autre sur le tapis. Il fut même étonné qu'elle ne la lui eût pas été posée plus tôt.

— Je le connais peu, en fait. J'ai surtout hâte qu'il dirige ce royaume. Donc, je me suis mis en tête de l'aider avec mes humbles moyens, mon argent tout d'abord, lorsqu'il voulait renverser Richard parti aux croisades et maintenant, avec mon imagination. Et de l'imagination, je dois avouer que je n'en manque pas.

— J'ai pu le constater, en effet, dit-elle en lui adressant un sourire engageant. Ton plan pour tuer Richard est *très*... imaginatif.

Lewis rougit du compliment et pour cacher sa gêne, considéra l'horizon. Le vent avait molli, mais le ciel d'encre restait si bas que parfois il n'arrivait même plus à distinguer les flots du firmament. Comme aux premiers jours de la création du monde, songea-t-il. Cependant, la jeune femme debout à ses côtés n'était pas Ève, pensa-t-il également. Plutôt, le serpent tentateur, le couvant de son œil faussement admiratif, pour le motiver à accomplir ses propres desseins malveillants.

Car si, initialement, ce plan était le sien, Agnès l'avait depuis accaparé, puis détourné à son profit. Il s'était laissé faire, lui qui pourtant dictait habituellement sa conduite aux femmes. Et ce regard de braise qu'elle lui avait jeté, en même temps qu'elle avait énoncé sa flatterie. À présent, il comprenait mieux pourquoi des hommes étaient prêts à sacrifier des empires, faire massacrer des millions de personnes, pour un seul regard de cette vénéneuse intensité.

— Donc, après Londres, se permit-il de demander en reportant son attention sur elle, irons-nous vraiment en Écosse ?

Elle hocha la tête, fixant le sombre éther.

— N'est-ce pas là où ton imagination nous conduit ?

Lewis frissonna de fierté. Tant mieux si elle lui avait volé son plan. Si elle avait agi ainsi, c'est qu'elle le trouvait excellent, même si elle ne lui ferait jamais un tel aveu. Il observa l'océan et le ciel d'un œil nouveau. Tout bien considéré, il ne contemplait pas la création du monde, plutôt son apocalypse.

— Nous mettrons donc le cap sur l'Écosse, affirma-t-il, pensant que là-bas le climat et le paysage donnaient souvent l'impression d'une ambiance de fin du monde.

Il se retourna pour rechercher encore une fois son approbation, mais elle s'était déjà évanouie dans la tempête, tel un esprit maudit des Highlands. Il haussa les épaules, songeant qu'à présent lui aussi pouvait quitter la scène jusqu'à l'heure du couronnement de Jean sans Terre. Il avait trouvé Agnès, elle avait approuvé son plan et ce serait elle qui œuvrerait désormais. Son rôle à lui dans l'affaire se limiterait maintenant à la transporter à Londres, puis en Écosse. Son plan ne prévoyait pas qu'il parcoure les landes des Highlands en sa compagnie et elle semblait partager ce point de vue. En attendant que le complot mené par Agnès réussisse, il aurait peut-être même le temps de faire un rapide aller-retour jusqu'en mer baltique, afin de remplir ses cales de marchandise. Lorsqu'il serait de retour en Écosse, ce serait la Toussaint. Alors, le monde aurait changé. Richard Cœur de Lion serait mort et Jean sans Terre roi d'Angleterre à sa place.

Lewis, lui, serait le plus heureux des hommes.

* * *

Un petit bateau à voile triangulaire glissait silencieusement sur les eaux de la lagune sud de Venise. À son bord, deux hommes côte à côte à la proue du navire observaient silencieusement les nombreuses îles qui s'égrenaient tout autour. Les plus petites d'entre elles hébergeaient seulement la faune locale, canards sauvages ou oiseaux marins, mais la plupart étaient habitées. Des maraîchers avaient pris pied sur certaines de ces îles fertiles et approvisionnaient les Vénitiens de leurs légumes. D'autres servaient d'arsenal à la République de Venise, et l'on y stockait gréements et autres pièces détachées pour les nombreuses galères de guerre en construction dans la lagune. D'autres, enfin, étaient le siège de congrégations religieuses. Sur celles-ci, des églises et des cloîtres s'élevaient au-dessus de l'eau. L'un des deux passagers du bateau rompit soudain le silence et désigna du doigt une île d'une importante étendue.

— Dis-moi, Amaury, demanda-t-il, quel est ce grand bâtiment en construction sur l'île de *San Lazzaro* ?

— Il s'agit d'un sanatorium, bâti par des moines.

— On dirait que tu as fait des émules. Ta léproserie ne sera désormais plus la seule dans la lagune.

— Je ne peux que m'en réjouir, mon ami. La lèpre est un mal odieux. J'espère trouver un jour le moyen de la guérir.

— Tes médecins y travaillent, en tout cas.

Accoudé au bastingage, Amaury se redressa et regarda son voisin.

— Dis-moi, Renaud, cela faisait combien de temps que tu n'étais pas revenu à Venise ?

— Cinq ans.

— Cinq ans déjà ! Le temps nous file entre les doigts comme le sable du désert. Depuis combien d'années nous connaissons-nous, vingt-quatre, vingt-cinq ans ?

Renaud sourit.

— Vingt-six ans exactement, Amaury. Je me souviens de notre première rencontre comme si c'était hier…

— Moi aussi. Je te revois encore, soldat templier perdu dans le désert du Néguev. C'est grâce à toi que j'ai eu la vie sauve ce jour-là, je ne l'oublierai jamais.

Le bateau entra dans une minuscule crique et accosta sur un îlot. Les deux passagers en descendirent et se dirigèrent ensemble vers l'imposante bâtisse carrée noyée dans les arbres, seul bâtiment construit sur l'île. Ils entrèrent par une porte dérobée, cachée dans la végétation et pénétrèrent dans un cloître. Dans l'immense cour carrée, des lépreux vaquaient à diverses occupations, vannerie, forge, menuiserie. Renaud observa les malades puis il s'adressa à Amaury :

— C'est quand même une idée de génie d'avoir établi ton quartier général dans la léproserie que tu as édifiée !

Son hôte haussa les épaules.

— Je ne l'ai même pas fait exprès, figure-toi. Lorsque nous avons construit ce bâtiment et que nous y avons hébergé des lépreux, j'ai compris, en discutant avec les Vénitiens, qu'aucune personne saine de corps et d'esprit n'aurait envie de s'y rendre de son plein gré.

— Tant que la population sera ignorante et considérera les lépreux comme des personnes maudites et dangereuses, la Guilde n'aura rien à craindre de ses ennemis. Toutefois, en instruisant la population comme tu le fais, un jour viendra où plus personne n'aura peur de ceux qui sont différents. Ce faisant, tu scies toi-même la branche sur laquelle tu es assis.

Amaury secoua la tête.

— Le jour où plus personne ne craindra les lépreux, les bossus et les difformes, je serai le plus heureux des hommes. Il suffira que la Guilde ait toujours une longueur d'avance sur ses ennemis pour être à l'abri du danger. Hélas, je crains que l'ignorance ne soit une crasse plus difficile à nettoyer que les fientes de ce colombier.

Ils étaient parvenus devant un immense pigeonnier où des centaines d'oiseaux roucoulaient. Des ramiers allaient et venaient sans cesse et pas moins de trois serviteurs s'occupaient de les nourrir et de les débarrasser de leurs messages. Renaud s'extasia devant l'ouvrage.

— Ce colombier est immense, constata-t-il. Il doit abriter au moins cinq cents pigeons.

Amaury se rengorgea.

— Plus de mille. Des veilleurs se relaient ici jour et nuit pour réceptionner les messages de toute l'Europe, du Nord de l'Afrique et de Terre sainte.

— Et tes fauconniers ? Ils se chargent d'intercepter les messages adverses ?

Amaury acquiesça d'un infime hochement de sa tête.

— Entre autres choses. Être informé des intentions de nos ennemis est aussi important que de transmettre les nôtres.

— À ce sujet, j'ai des nouvelles de l'un d'entre eux. Je viens d'apprendre qu'Agnès a proposé ses services à mon maître, et qu'il a accepté. Ils doivent se rencontrer prochainement à Londres pour discuter de l'affaire.

— À présent, nous savons où notre Némésis a trouvé refuge.

Amaury se saisit d'un ramier au plumage bleuté et le montra à son ami.

— Sais-tu que ce pigeon parcourt en un jour plus de deux cents lieues ? poursuivit-il. En deux jours, je sais ce qui se passe à Londres ou à Constantinople. J'ai ainsi appris qu'un de nos transports avait été attaqué et les hommes de l'escorte tués. Les brigands ont dérobé cent livres de poudre explosive.

Le visage de Renaud se ferma.

— Ceci est extrêmement fâcheux ! Si nos ennemis sont en possession de cette poudre, des têtes couronnées vont sauter, pour sûr !

Amaury effleura délicatement la tête du ramier.

— Après ce que tu viens de m'annoncer, fit-il, Richard Cœur de Lion risque d'être le premier sur la liste, mais il se pourrait que d'autres rois soient également menacés.

— Penses-tu que ce soit Agnès qui a dérobé cette poudre ?

— Qui d'autre ?

Renaud hocha la tête.

— Je comprends mieux maintenant pourquoi le prince Jean, d'habitude si méfiant, a accepté son offre aussi prestement.

Le chef de la Guilde caressa une dernière fois le pigeon qu'il tenait dans ses mains et le relâcha. Celui-ci s'en alla rejoindre ses congénères dans le colombier.

— Des rois passant brutalement de vie à trépas, déclara gravement Amaury, cela est souvent synonyme de guerre civile. Nous n'en avons pas besoin en ce moment, ni la Guilde, ni le peuple !

— La mort de Richard serait fâcheuse, en effet ! Il ne manquerait plus qu'il prenne l'envie aux musulmans, vainqueurs en Terre sainte, de conquérir à présent l'Europe ; qui les en empêcherait ?

Amaury baissa la tête.

— Personne, surtout si le royaume d'Angleterre s'effondre et sombre dans le chaos. En outre, le successeur du sultan Saladin en Terre sainte n'a pas l'intelligence politique et le bon sens de son prédécesseur. Fort de sa puissance, il serait capable de lancer ses troupes à l'assaut de l'Occident. Selon moi, le danger le plus important vient de France. Le roi, Philippe Auguste, est en train d'asseoir son autorité sur tout le pays et de renforcer considérablement ses troupes. Sous peu, il passera à l'assaut, encore plus aisément s'il y a un changement de monarque de l'autre côté de la Manche. La guerre entre les deux peuples pourrait s'éterniser, durer un siècle ou plus. Cela sonnerait le glas de l'extension de notre communauté en Occident, voire de l'existence même de la *Guilde pérégrine*.

— Sombres présages !

Amaury se tourna vers son ami et le considéra gravement.

— Il n'est pas question d'en arriver là, trancha-t-il. Tu vas retourner immédiatement en Angleterre et me tenir informé de ce qui se trame entre le prince Jean et Agnès.

Renaud en convint.

— Cela ne devrait pas poser de problèmes. Jean sans Terre ne se doute pas un instant que j'appartiens à la Guilde.

— S'il prépare un complot avec elle, tâche de ne pas te faire évincer de l'affaire. Tu essaieras également de savoir où elle a pu cacher la poudre. Fais attention : si le prince Jean est d'un naturel méfiant, Agnès l'est encore plus. Elle essaiera certainement de t'écarter pour travailler seule. Rends-toi indispensable, et ce, de la manière que tu trouveras la plus adéquate.

— J'ai toujours l'oreille de Jean sans Terre. Je veillerai au grain, fais-moi confiance !

Les deux hommes avaient atteint la plate-forme dominant le colombier. La tour offrait un panorama complet de la lagune et de ses îles. Des dizaines de nefs naviguaient au large, galères de guerre, navires marchands faisant la navette entre les îles et Venise, ou simples barques de pêche.

— Tu parlais à l'instant d'étendre la *Guilde pérégrine* en Occident, ajouta Renaud. Comment comptes-tu t'y prendre ?

— En usant de discrétion, expliqua Amaury. Regarde les Templiers : ils refusent de devoir obéissance aux rois, partout où ils sont implantés. Je pense que cela leur sera fatal, un jour ou l'autre. Les souverains français, anglais et d'ailleurs sont tous en train de créer des royaumes centralisés, rigoureusement structurés. Ils ne toléreront pas longtemps les contre-pouvoirs qui, non seulement échappent à leur contrôle, mais affichent de surcroît leur puissance avec insolence. Non, je ne vais donc pas me développer comme eux, de manière ostentatoire.

— En tant qu'ancien templier moi-même, répliqua Renaud, je suis bien placé pour savoir que la vanité de ses dirigeants risque fort, à terme, de se retourner contre eux. Inversement, c'est grâce à ta discrétion que la *Guilde pérégrine* est, à ce jour encore, totalement ignorée par les rois.

— Je tiens à ce qu'elle le demeure.

— Un moment viendra, pourtant, où quelqu'un s'apercevra de ce que nous sommes réellement.

Amaury secoua la tête.

— Tant que nous resterons discrets, le risque de s'attirer les foudres des puissants sera minime. Voici d'ailleurs comment je compte procéder pour m'étendre : la Guilde suscitera de généreux donateurs dans tout l'Occident. Ceux-ci financeront les ordres religieux mendiants, ainsi que tous les projets de construction de léproseries, d'hôpitaux et d'œuvres de charité. Par ailleurs, nos savants enseignent d'ores et déjà dans les plus grandes universités, d'Oxford à Paris. Nous recruterons par ce biais les meilleurs étudiants, les meilleurs clercs et nous les inviterons à travailler pour nous.

— Un projet ambitieux, Amaury.

Le regard de ce dernier se porta au loin.

— Je me fais vieux, dit-il, je dois penser à l'avenir de notre organisation.

— Ainsi qu'à ta succession, ajouta Renaud. Je te connais suffisamment pour savoir que tu as déjà un nom en tête.

Amaury esquissa un sourire.

— Elle s'appelle Rowena de Windermere. Si elle survit aux traquenards placés sur sa route, je la recruterai, la prendrai sous mon aile et la formerai pour me succéder. Elle est intègre, loyale, intelligente et apportera du sang neuf à notre communauté.

— Rowena de Windermere, l'agent de lord Stratheden ? Mais elle n'a que vingt ans !

— Mon ami, j'en avais seize lorsque j'ai créé la *Guilde pérégrine*.

— Comment feras-tu pour la convaincre de rejoindre la Guilde ?

Amaury prit un air mystérieux.

— Lorsqu'elle connaîtra la vérité sur la mort de ses parents, j'ai de bonnes raisons d'espérer qu'elle accepte ma proposition.

— Tu joues à un jeu dangereux, Amaury.

— Au contraire. En agissant ainsi, je la protège de ses ennemis.

Renaud s'accorda quelques instants de réflexion.

— Hélas, nous ne pouvons tout à la fois protéger Rowena et surveiller Agnès.

Amaury soupira.

— Nous avons fait le choix de la discrétion. De ce fait, nous n'avons pas, effectivement, les moyens suffisants pour courir les deux lièvres à la fois. Nous devons concentrer nos forces et notre énergie à empêcher Agnès de nuire. C'est bien pour cette raison que j'ai précisé : « *Si Rowena survit…* »

Chapitre 11

Windermere

Agnès vint se présenter au prince Jean, vêtue d'une longue robe de soie rouge et chaussée de sandalettes légères. Sa démarche lascive, son regard envoûtant ne laissaient place à aucune ambiguïté quant à ses intentions. Depuis son siège, le frère de Richard ne pouvait détacher ses yeux de cette splendide créature qui le provoquait ici même, au sein de son domaine.

— Je suis prête à tout pour vous satisfaire, mon seigneur ! déclara-t-elle d'une voix doucereuse.

Jean sans Terre était loin d'être prude. Toutefois, il ne put s'empêcher de penser que le comportement de cette beauté parfaite à la peau blanche, aux longs cheveux sombres et aux yeux azur semblait outrageusement excessif.

— Tout autre que moi vous aurait déjà condamnée au bûcher, ma dame ! répliqua-t-il, en essayant de garder une certaine contenance.

— Vous n'êtes pas comme les autres hommes, mon seigneur ! rétorqua-t-elle suavement.

Les flatteries étaient toujours bonnes à prendre, plus particulièrement lorsqu'elles émanaient d'une telle beauté. Il se cala dans son siège et imagina pendant quelques instants les multiples plaisirs que lui procurerait un corps si parfait. Il songea également qu'il serait vraiment dommage de le laisser s'évanouir dans la fumée pestilentielle d'un bûcher. Comme pour appuyer sa réflexion, un délicat parfum de jasmin parvint jusqu'à ses narines.

— J'ai besoin de personnes comme vous, Agnès, pour arriver à mes fins.

Elle l'écoutait à présent comme une petite fille modèle. Il jugea cette attitude encore plus provocatrice que celle aguichante qu'elle affichait précédemment.

— Lorsque vous m'avez offert vos services, continua-t-il, vous m'avez exposé les grandes lignes de votre plan. Je l'ai trouvé ambitieux et très séduisant. Vous avez aussi affirmé être en possession d'une substance explosive nécessaire à sa réalisation. Puis-je voir cette merveille ?

— Avec plaisir, mon seigneur.

Elle sortit de ses vêtements une fiole contenant une poudre grise. Elle ôta le bouchon en liège, versa dans le creux de sa main un peu du précieux mélange, puis s'approcha de la cheminée. Des braises, vestiges d'un ancien feu, finissaient de se consumer dans l'âtre. Elle jeta la poignée de poudre sur les charbons ardents. Un éclair aveuglant illumina la cheminée, accompagné d'une violente déflagration.

— Incroyable ! s'exclama Jean en sursautant sur son siège. J'ai cru voir les entrailles de la Terre s'ouvrir et l'Enfer apparaître !

— L'Enfer sur la Terre, commenta-t-elle triomphante, cela résume bien les possibilités offertes par cette arme.

Sachez que j'ai en ma possession une centaine de livres de cette précieuse poudre. Je vous laisse imaginer les dégâts que cela peut provoquer.

— C'est donc là le fameux mélange décrit sur les parchemins que vous avez rapportés au roi de France. Je croyais ces documents inexploitables !

— Ils le sont, en effet, mais je tiens cette poudre d'une autre source.

Il marqua un temps d'arrêt.

— Je présume que vous tairez la façon dont vous vous l'êtes procurée.

— Vous présumez parfaitement, mon seigneur.

— Peu m'en chaut après tout ! Vous possédez la substance explosive et je vous ai à mon service.

— Voilà un sage raisonnement, mon seigneur.

Le prince Jean déglutit.

— Vous allez maintenant vous rendre en Écosse, expliqua-t-il. Vous transmettrez mes instructions à Sir Duncan MacLeod, le chef de clan highlander à la tête de la révolte. Pour ce faire, vous serez épaulée par mon conseiller, qui me représentera à vos côtés.

À ces mots, elle esquissa un léger mouvement de recul. Elle avait manifestement l'habitude de travailler seule, pensa-t-il.

— Je n'ai pas besoin de garde du corps, rétorqua-t-elle avec véhémence.

— Je n'en doute pas ! Mais vous devrez également recruter une dizaine de solides guerriers. Ce sont des brutes sans foi ni loi qui n'obéiront jamais à une femme ! Vous ne serez pas trop de deux pour les contrôler !

Elle prit un air faussement résigné.

— Bien…

Le prince Jean n'était pas dupe. Il savait qu'elle avait juste rentré ses griffes.

— À la bonne heure ! Votre coéquipier vous retrouvera un peu plus tard. D'autres questions ?

— Aucune, mon seigneur.

— Il ne me reste plus qu'à vous souhaiter bonne chance.

— Je réussirai sans cela. En vérité, je n'accorde que très peu de confiance au hasard.

— Il est vrai que cette poudre explosive est votre meilleure fortune. Je ne comprends d'ailleurs toujours pas pourquoi le roi de France vous a bannie de la sorte.

— On peut être roi et un parfait imbécile tout à la fois, mon seigneur !

À ces mots, Jean sans Terre réalisa qu'il avait affaire à une jeune femme dangereuse sous des apparences innocentes, sans aucun respect pour la hiérarchie et l'ordre établi. Une information qu'il se devait de garder derrière l'oreille, en prévision du jour de son triomphe.

— Le roi de France risque effectivement de perdre beaucoup avec votre disgrâce ! acquiesça-t-il.

— Et un futur roi d'Angleterre vient de gagner gros en m'ayant à ses côtés ! ajouta-t-elle.

Flagorneuse, mais tellement belle qu'on le lui pardonnait aisément. Elle s'inclina, dévoilant, lors de sa révérence, la perfection de ses seins, libérés de la contrainte du tissu léger de sa robe.

— Me ferez-vous l'honneur de prolonger cette conversation autour de quelques mets raffinés ? ne put-il s'empêcher de demander.

Elle inclina légèrement la tête, faussement ingénue.

— Votre compagnie m'est agréable, mon seigneur, mais je ne voudrais pas que l'on pense que j'ai acquis vos faveurs grâce à mes charmes.

Elle pinça ses lèvres avec une pointe d'ironie et quitta la pièce d'une démarche irrévérencieuse. Le prince Jean réajusta machinalement sa tunique de soie pourpre et or. En admirant son balancé de hanches, il retourna à ses rêveries plaisantes et fut bientôt interrompu dans sa fantasmatique méditation par un bruit de bottes résonnant sur le sol en marbre. Un individu sortit de l'ombre et se dirigea vers son fauteuil.

— Il est dangereux de pactiser avec le diable ! commença par dire l'apparition.

Celui qui venait d'avancer affichait un air détaché et impassible, comme si rien ne semblait l'émouvoir. Un individu également très dangereux, pensa le prince Jean, se permettant en outre de discuter ses décisions. Après tout, cet homme n'était que son conseiller, pas sa conscience. Jean sans Terre songea qu'il était temps de le remettre à sa place.

— Nous n'avons pas le choix, Renaud, répliqua-t-il sèchement. Elle est la seule à pouvoir réussir là où vous avez échoué à maintes reprises !

— Tout de même, déclara mielleusement l'apparition, il doit exister d'autres personnes aussi redoutables et moins… voyantes !

Jean sans Terre observa longuement son conseiller. Un bel homme, maniéré et galant, qu'il trouva soudain très fade, après avoir rencontré Agnès. D'ailleurs, à cet instant, une pointe de jasmin vint lui rappeler, à juste titre, combien la splendide créature qui venait de quitter la pièce était plus intéressante à considérer.

— Elle possède un atout qui vous fait défaut, mon ami, lâcha Jean sans Terre avec mépris.

Renaud prit un air interrogateur. Le prince Jean rectifia son jugement sur cet homme raffiné. Pour l'avoir vu à l'œuvre à la cour, il savait que toutes les femmes se disputaient son élégance distinguée et ses aimables conversations. Non sans une pointe de jalousie, il se demanda s'il était prudent, de sa part, de l'expédier en Écosse en compagnie d'Agnès, avant de réaliser soudain, avec soulagement, que son conseiller ne risquait pas de la lui ravir.

— Cette fameuse poudre explosive ? demanda Renaud.

— Non ! Des charmes irrésistibles. Heureux êtes-vous de pouvoir y rester insensible !

Contrit, l'homme baissa les yeux.

— Nous avons tous nos faiblesses, mon seigneur…

* * *

Après son entretien avec Aliénor, Rowena chevaucha toute la nuit sans faire une seule halte. À présent, il faisait jour et elle filait grand train pour rejoindre au plus vite l'escorte de son père. En traversant les plaines et les collines au nord de Londres, elle se demanda si elle devait lui révéler tout ce qu'elle avait appris sur lord Stratheden. Après mûre réflexion, elle en conclut que cela ne servirait à rien, sinon l'impliquer dans une affaire qui ne le concernait pas.

Le vieux renard était un homme puissant. Il avait servi le roi Henri II avec fidélité et avait démasqué une trahison. Au cours de ces dernières années, il avait sauvé le trône de Richard contre son frère Jean et cela, Rowena pouvait en témoigner pour avoir participé à des missions secrètes ordonnées en ce sens par lui. Aux yeux de son roi, il était donc irréprochable, à moins qu'elle ne découvrît pourquoi il voulait la tuer.

Elle rattrapa l'escorte de son père à cinquante lieues au nord de Londres. Il ne lui demanda pas ce qu'elle avait fait les jours précédents. En revanche, il fut ravi de chevaucher jusqu'à Windermere en sa compagnie. Caméléon, quant à lui, la regarda d'un air entendu. Il savait qu'elle lui ferait le compte rendu de son escapade lorsqu'elle le jugerait nécessaire.

Le temps se maintenait au beau, c'est-à-dire sans trop de pluie. Eu égard à son rang, lord Windermere voyageait en compagnie d'une douzaine de chevaliers mis à sa disposition par lord Stratheden. Ils traversaient maintenant des paysages vallonnés. Rowena aimait tout particulièrement ces collines vert tendre, piquetées çà et là de moutons blancs broutant paisiblement. De temps en temps, au loin, on pouvait apercevoir un groupe de cerfs. Lorsque les cavaliers passaient près d'eux, ils levaient la tête et les observaient, craintifs, prêts à s'enfuir à la moindre alerte. Lord Windermere vint se porter à hauteur de sa fille adoptive

— Cela faisait longtemps que nous n'avions pas fait de cheval tous les deux, dit-il.

— Au moins trois ans.

Il observa la harde paisible.

— Une fois au château, nous irons chasser ensemble comme autrefois.

— Je te promets de le faire, s'il me reste un peu de temps.

Il la dévisagea avec une pointe de nostalgie dans les yeux.

— Le temps file vite, Rowena, il nous entraîne dans son sillage.

Il marqua une pause, puis il ajouta :

— Je vais te sembler indiscret : comment se fait-il que lord Stratheden t'ait laissé me raccompagner jusqu'à Windermere ?

— Il m'a confié une mission en Écosse, sur le chantier de construction d'une cathédrale. Apparemment, les meilleurs artisans s'en vont pour on ne sait quelle raison.

Il fronça les sourcils et inclina la tête.

— J'ai effectivement entendu parler de cette histoire : les Écossais disent que le chantier serait hanté.

— Fantômes ou pas, je dois tirer cette affaire au clair avant l'arrivée de Richard, prévue pour la fête de la Toussaint.

— Diantre ! Cela ne te laisse pas beaucoup de temps !

— Ne suis-je pas la meilleure, comme tu le dis toi-même ?

Il sourit.

— Je note toutefois avec plaisir que lord Stratheden prend au sérieux les menaces qui pèsent sur Richard. En revanche, je crains, hélas, que tu n'aies guère le temps d'aller chasser avec moi.

— Je te promets que j'irai traquer des cerfs avec toi dès que j'aurai chassé les fantômes écossais.

Il la regarda un instant, saisi, se demandant si elle plaisantait, puis son visage redevint serein.

— Ce sera l'automne, déclara-t-il, mélancolique, la meilleure saison pour la perdrix. Mais pour cela, il te faudra savoir chevaucher correctement.

À cet instant, son alezan s'envola au grand galop dans les collines.

— Tu ne me rattraperas pas ! s'écria-t-il en riant.

On aurait dit un enfant de dix ans.

— Attends voir !

Elle lança son cheval à sa poursuite, le vent soufflant dans ses oreilles et le crachin lui fouettant le visage.

*

Après un voyage sans encombre d'une semaine, la petite troupe arriva à Windermere. Le château familial se dressait en bordure d'un lac aux eaux calmes, dans un paysage de montagnes appelé la « région des lacs », en

Cumbria, au nord-ouest de l'Angleterre. Composée d'un simple donjon carré entouré d'une basse-cour ceinte d'un haut mur de pierre, la bâtisse était assez petite par rapport à d'autres forteresses de la région. La brume flottait sur l'eau et les montagnes étaient irisées par le soleil couchant. Caméléon fut charmé par la beauté des lieux.

— Cet endroit respire la quiétude, dit-il. Tu as dû y passer une enfance heureuse.

Rowena sentit une pointe de tristesse dans sa voix.

— Il me rappelle d'excellents souvenirs, confirma-t-elle. Les courses dans les collines avec les enfants des serviteurs, les parties de pêche sur le lac.

— À présent, je te comprends mieux.

Il y avait beaucoup de mélancolie dans ses propos. Elle comprit qu'il tentait de maîtriser ses sentiments sans vraiment y parvenir.

— Qu'y a-t-il ?

— Rien ! fit-il en esquissant un pâle sourire. Rien qu'une ombre passagère. Ne gâchons pas cette belle fin de journée avec mes jérémiades.

Elle savait qu'il ne lui dirait rien, tant qu'il ne s'en sentirait pas prêt. Caméléon repartit au trot, perdu dans ses pensées, pendant qu'elle restait, pensive, à le regarder s'éloigner. Elle avait la douloureuse impression que son ami lui filait peu à peu entre les doigts. N'était-ce pas aussi de sa faute ? Tant qu'elle se refuserait à faire un pas vers lui, elle savait qu'il en serait ainsi jusqu'à ce que, un jour, Caméléon lui échappe totalement.

— Ce garçon est fragile, lui dit son père en aparté, plus fragile que l'on puisse croire. Prends-en bien soin.

Rowena ne répondit rien. Son père eut la délicatesse de ne pas insister.

* * *

Agnès et Renaud, le conseiller de Jean sans Terre chargé de la seconder dans sa mission, arpentaient le sol herbu d'un château en ruines dont il ne restait que les murs à moitié effondrés. Au-dessus d'eux, des nuages gris sombre défilaient, poussés par des bourrasques de vent. Après avoir voyagé ensemble sur le bateau de Lewis, puis débarqué dans un petit port de la côte écossaise, tous deux devaient à présent recruter une dizaine de highlanders, parmi une trentaine de volontaires provenant de divers clans.

Agnès avait décidé que la rencontre aurait lieu dans cette forteresse abandonnée, à l'abri de tout regard indiscret. Ensuite, ils partiraient ensemble faire le tour des châteaux proches de la frontière avec l'Angleterre, afin de convaincre les barons écossais les plus tièdes de rallier leur cause. Lorsqu'ils auraient obtenu l'appui d'une majorité de ces nobles, ils s'en iraient dans les Highlands, hautes terres du Nord de l'Écosse, faire un rapport détaillé de leur tournée à Sir Duncan MacLeod, le chef highlander qui avait pris la tête de la rébellion contre les Anglais.

Tout cela faisait partie du plan d'Agnès, avait dit Jean sans Terre à Renaud, sans toutefois lui donner de plus amples détails. La jeune femme était méfiante. Renaud était persuadé qu'elle avait dû demander au prince Jean de ne pas révéler à son conseiller les modalités exactes de son projet. Cela le contrariait, mais il y avait été préparé. Après tout, pensa-t-il, n'avait-il pas déjà réussi à se glisser dans le sillage d'Agnès ? Le moment venu, il trouverait bien le moyen de découvrir, puis de déjouer le complot.

— Nous sommes en avance, déclara-t-il. Je vous propose d'examiner les lieux, on ne sait jamais.

Elle haussa les épaules.

— J'ai déjà fait le tour de la bâtisse, lança-t-elle.

— Déserte ?

Elle désigna du doigt les oiseaux noirs qui croassaient en haut d'une tour à demi effondrée.

— À part ces corneilles, il n'y a que nous deux.

Renaud frissonna. Il n'aimait pas se sentir seul avec cette femme. Depuis qu'il la côtoyait, il avait le désagréable sentiment d'être une souris en compagnie d'un chat affamé.

— Le lieu est lugubre, commenta-t-il, comme le ciel de ce pays !

Agnès afficha un sourire ambigu.

— L'Écosse est une région tourmentée et sauvage, à l'image de ses habitants. C'est ce qui fait son charme. Prenez par exemple ces corneilles : sous des cieux plus cléments, ce sont de vulgaires corbeaux. Ici, ce sont de terribles prédateurs. Ces oiseaux crèvent les yeux des agneaux et les survolent ensuite jusqu'à ce qu'ils tombent d'épuisement, afin de fondre sur eux pour les déchiqueter.

Un long silence s'ensuivit.

— Vous êtes une étrange personne, Agnès. Les jeunes femmes de votre âge aiment habituellement la poésie et les chansons des troubadours.

— Disons que je trouve de la poésie dans le croassement des corbeaux sous un ciel morne et gris. Cela vous dérange-t-il ?

Il haussa dédaigneusement les épaules.

— Je n'ai pas choisi de travailler avec vous, mais je m'accoutumerai à vos excentricités.

Elle se rapprocha de lui, l'enlaça et le fixa droit dans les yeux.

— Voulez-vous me conter une romance tragique, demanda-t-elle langoureusement, ou me chanter une geste funeste pour me faire gémir d'angoisse ?

Il la repoussa vivement.

— Pas de ça avec moi, Agnès !

Elle lui jeta un regard noir et s'éloigna de quelques pas.

— Vous avez quel âge, exactement ? demanda-t-elle, comme si rien ne s'était passé. Cinquante, cinquante-cinq ans ?

— Cela ne vous regarde pas !

— À votre âge habituellement, argua-t-elle, les hommes de votre espèce se sont acoquinés avec une donzelle fertile aux hanches larges. Ils cultivent paisiblement des arpents de terre en compagnie de leurs dix enfants.

Renaud scruta le ciel terne et gris. Les oiseaux noirs planaient en croassant avant de revenir se percher sur les corniches, se querellant sans cesse. Amaury l'avait mis en garde : Agnès était extrêmement clairvoyante, pas question de lui faire avaler des couleuvres.

— C'est à croire que je n'aime pas le travail des champs, fit-il.

Elle le fixa, mi-amusée, mi-intriguée.

— À moins que ce ne soient les jouvencelles qui vous indisposent.

Il haussa les sourcils.

— Dois-je combler vos attentes d'une autre manière ?

— Je n'attends rien de vous en ce domaine, même si je vous trouve plutôt bel homme.

Elle le toisa avant d'enchaîner :

— Très bel homme, même. Autre chose : le prince Jean a insisté pour que vous m'accompagniez. Selon toute vraisemblance, on pourrait croire que l'idée vient de lui. Je persiste à penser qu'elle vient de vous, que vous n'êtes pas là seulement pour me protéger des rustres que nous allons rencontrer.

— Vous êtes libre de penser ce que vous voulez.

Elle le fixait toujours sans ciller. Renaud finit par baisser les yeux, incapable de soutenir ce regard pénétrant.

— J'ai dirigé seule par le passé des dizaines de brutes sanguinaires qui auraient violé un trou de serrure, expliqua-t-elle, pendant que ses prunelles bleues le traquaient toujours, des mâles violents n'ayant jamais bronché en ma féminine présence, ni même discuté mes ordres. Cela, Jean sans Terre le sait, tout autant que vous.

Renaud leva enfin les yeux et tenta de la défier du regard.

— Que suis-je censé répondre ? s'enquit-il.

— Ils arrivent, dit-elle. Je vous laisserai leur parler, mais c'est moi qui déciderai qui nous engagerons et qui nous rejetterons.

Il n'avait pas prévu qu'elle effectuerait le choix des highlanders à sa place. Il accusa le coup et tenta de masquer son trouble en faisant diversion.

— Comment savez-vous qu'ils sont là ? Vous ne pouvez pas les voir, entre ces quatre murs !

— Il faut croire que j'ai le don de voir à travers les murailles...

Pour le déstabiliser davantage, elle fit mine de ne pas remarquer son inquiétude. Au loin, des bruits de sabots martelant le sol ne tardèrent pas à se faire entendre. Le conseiller de Jean sans Terre resserra son manteau autour de lui alors qu'un frisson lui parcourait l'échine.

— Je ne comprends pas comment vous avez échappé au bûcher !

Elle l'observa longuement, le regard empli à présent d'une rare mélancolie, puis approcha son visage du sien.

— Je n'ai pas besoin des flammes du bûcher pour être tourmentée, lui glissa-t-elle au creux de l'oreille.

Son haleine était tiède et douce, elle réchauffait agréablement sa tempe et sa joue. Elle poursuivit, sur le ton de la confidence :

— Il est des supplices apparemment indolores en mesure de tourmenter davantage que les outils du bourreau.

Il eut un mouvement de recul et l'observa, déconcerté. Il se rappela sa conversation avec Amaury, dans le colombier : Némésis, déesse exécutrice de la justice divine sur les écarts des hommes, ne pouvait aimer ce monde, si elle voulait mener à bien sa tâche.

— Je vous plains, Agnès. Sincèrement. Puissiez-vous un jour trouver le repos en votre âme et la fin de vos tourments.

Mais Némésis avait-elle à pardonner ?

Elle approcha de nouveau son visage du sien. Renaud décela dans ce regard une infinie tristesse que rien n'aurait su distraire. Elle huma son cou et, posant délicatement ses lèvres sur son oreille, les fit glisser lentement sur le pavillon. À cet instant, l'ancien templier qui, autrefois, avait fait vœu de chasteté pour rentrer dans son ordre, songea que nul homme au monde ne pourrait résister longtemps à cette sensualité sauvage. Cependant, pensa-t-il aussi, réduire Agnès à sa seule beauté eût été regrettable. Elle possédait ce petit supplément d'âme qui la rendait si… attendrissante. Et d'autant plus dangereuse ! s'empressa-t-il de se rappeler.

— On ne répare pas un esprit brisé, confessa-t-elle à mi-mots.

Puis elle recula et se retourna, faisant quelques pas seule, épaules affaissées, si désarmante, terriblement humaine.

— On peut tenter de recoller les morceaux, conclut-elle pour elle-même, mais les cicatrices resteront présentes à jamais.

Le bruit des sabots se faisait à présent plus net. Quelques instants plus tard, une trentaine d'hommes vêtus de kilts firent irruption dans la grande salle à ciel ouvert. C'étaient tous de solides gaillards portant les tartans de dix à douze clans différents. Ils dévisagèrent l'homme et la femme, ridiculement menus à côté d'eux sur leurs montures. Deux ou trois émirent des plaisanteries grivoises en découvrant la donzelle. Agnès remit sa capuche et fit quelques pas en arrière, laissant son comparse s'approcher des cavaliers pour venir les saluer.

* * *

Rowena décida finalement de rester une semaine à Windermere. Cela faisait longtemps qu'elle n'était pas revenue dans le château, justifia-t-elle auprès de son père. Elle voulait prendre le temps d'arpenter à pied les collines, comme elle le faisait lorsqu'elle était enfant, et de chasser le cerf avec lui dans les landes de la région.

Lord Windermere fut le premier surpris par cette décision. La voir séjourner si longtemps au château alors qu'elle aurait dû filer tout de suite en Écosse l'étonna au plus haut point, même s'il se garda bien de le lui faire remarquer. Par le passé, songea-t-il, Rowena n'aurait jamais fait passer les impératifs de sa mission après des considérations personnelles. Il n'irait pas s'en plaindre. N'avait-il pas souhaité ardemment ces instants privilégiés en sa compagnie ?

Un soir, en rentrant d'une traque, elle lui demanda s'il se souvenait du jour où il l'avait découverte dans les buissons. Il fut également intrigué par cette demande qu'elle n'avait jamais formulée auparavant. Sa fille adoptive s'était toujours projetée vers l'avenir, ne s'était jamais préoccupée de connaître ses origines. En vérité, elle n'était pas du genre à avoir des états d'âme et à regarder derrière elle. C'était d'ailleurs cette volonté farouche d'aller toujours de l'avant qui l'avait propulsée si jeune à l'université d'Oxford, puis à l'école de lord Stratheden.

Certes, Rowena omettait certains faits, en particulier à propos de ce Wilhiam. Elle avait fini par lui avouer qu'il l'avait trahie puis avait disparu sans laisser de traces, mais elle avait tu le reste. Elle devait se marier avec ce garçon, et lord Windermere avait vite compris que cette trahison l'avait terriblement fragilisée. Puis il y avait eu ce voyage à Venise et cette rencontre avec Safir Ibn Thazi. En lui parlant de sa mère, le diplomate maure avait excité sa curiosité. Il paraissait normal qu'elle veuille à présent en savoir davantage sur sa famille, au risque d'être davantage déstabilisée. Plus étonnante encore était cette révélation de l'existence d'une sœur jumelle qui la haïssait. Lord Windermere se promit d'enquêter sur cette Agnès auprès de ses nombreuses connaissances. Tous ces bouleversements, en si peu de temps, avaient profondément métamorphosé sa fille, l'avaient rendue plus vulnérable. Oui, songea-t-il en réfléchissant à ce qu'il allait lui dire sur ses parents, Rowena n'était plus du tout la même depuis la dernière fois qu'il l'avait vue…

— Nous étions partis avec ta mère en promenade à cheval dans les landes, expliqua-t-il, comme nous le faisions quotidiennement en ce temps-là. Chemin faisant, nous avons été intrigués par les nuées de corbeaux et de rapaces qui tournoyaient au-dessus d'une passe étroite. Nous sommes allés y jeter un œil et nous avons découvert les deux chariots renversés sur le côté.

— As-tu examiné tous les corps ?

— Nous avons commencé à le faire, puis nous t'avons trouvée dans les fougères. Nous nous sommes occupés de toi. Ensuite seulement, j'ai fait le tour des chariots. Ils avaient été pillés et tous leurs occupants étaient morts.

— Pourrais-tu m'emmener à l'endroit où mes parents sont enterrés ?

— Si tu veux.

Il dirigea son alezan vers un vallon situé à deux lieues du château. C'était une gorge étroite entourée de montagnes abruptes. Huit tombes étaient alignées non loin, conservant encore les vestiges des croix dressées alors.

— Un lieu idéal pour un traquenard, fit-elle en descendant du cheval et en se dirigeant vers les sépultures. Il n'évoque rien de précis dans mes souvenirs.

Son père lui indiqua celles de Clémence et de Louis, situées légèrement à l'écart des six autres. Elle se recueillit quelques instants devant, puis grimpa la colline à la recherche de fleurs sauvages. Elle revint avec une gerbe de lupins bleus et roses dans ses mains. Elle s'agenouilla dans l'herbe et déposa un bouquet devant chaque croix tout en récitant une prière. Lord Windermere resta à quelques pas de là, attendant en silence. Elle revint enfin vers lui et il lui tendit la bride de son cheval.

— C'est un lieu paisible, dit-il. Il m'arrive parfois de venir ici écouter le brame des cerfs. Ils aiment s'y retrouver à la brune.

— C'est toi qui entretiens les tombes ?

Les six sépultures des hommes de l'escorte étaient recouvertes par l'herbe du vallon hormis le petit monticule de pierres parfaitement désherbé qui ornait celles de ses parents.

— Non. Je n'avais d'ailleurs jamais remarqué ce détail.

— Étrange !

— Les gens du coin ont un profond respect pour les morts, dit-il en haussant les épaules. Cela ne m'étonnerait guère que quelques-uns d'entre eux viennent régulièrement enlever les herbes folles.

— Au moins, je saurai qu'il n'y a pas que vous qui pensez à mes parents dans ce coin d'Angleterre.

Ils repartirent vers la maison, laissant derrière eux huit croix battues par le vent. Ils chevauchèrent au pas côte à côte, en silence.

— Ce n'étaient pas des pillards, dit enfin Rowena.

— Je le sais, répondit calmement son père.

— Comment le sais-tu ?

— J'ai mené mon enquête. Il n'y avait pas de bandits dans la région à ce moment-là. En revanche, des bergers ont vu rôder dans les parages un groupe d'une dizaine d'individus menés par un balafré. Les marauds ne se montrent pas ainsi au grand jour et ne posent pas des questions à la population. Ces individus étaient des étrangers. Ils avaient un plan précis en tête.

— Un balafré, dis-tu ?

— Oui, pourquoi ?

— Non, rien.

Lord Windermere ne releva pas.

— J'ai fait des recherches sur ces hommes, mais ils n'avaient laissé aucune piste derrière eux. J'en ai conclu à un règlement de compte ou à une affaire d'État.

— Tu n'as jamais cherché à en savoir davantage sur mes parents ? Tu avais tout de même rencontré ma mère, quelques années auparavant.

— Tes parents, ainsi que toutes les autres victimes, étaient français. Il m'était donc difficile d'enquêter sur eux. Et puis, à quoi bon, finalement ? Ils étaient morts et nous t'avions recueillie. Nous avons honoré leur mémoire en te donnant ce que nous avions de meilleur. C'était la seule chose qu'il y avait à faire.

— En tout cas, merci de m'avoir conduite ici.

Il l'observa, plein de tendresse.

— Rowena, un jour, nous ne serons plus là, ta mère et

moi. Le château de Windermere sera à toi. Penses-y !

— J'y pense, figure-toi. Mais à la façon que tu as encore de chevaucher, je me dis que tu as de belles années devant toi.

— Dans ce cas, fit-il avec gravité, je sais ce qu'il me reste à faire…

Il lança son cheval au galop dans la sente tourbeuse.

— Le premier au château a gagné ! s'écria-t-il, sans se retourner.

Elle piqua des deux et lança son bai noir dans ses traces.

*

Il faisait nuit lorsqu'ils arrivèrent tous deux au château. Ils ne dirent mot à personne de leur visite dans la combe, évoquant simplement les biches qu'ils avaient manqué d'abattre. Caméléon vint la trouver dans la soirée. Rowena lui rapporta enfin les propos d'Aliénor et l'existence des rapports de sa mère. Il n'interrompit pas une seule fois son récit, écoutant attentivement tout ce qu'elle avait à lui dire. Sa colère envers lord Stratheden semblait difficile à maîtriser.

— Je veux le voir pendu au bout d'une corde ! gronda-t-il.

— Je souhaite également la justice, dit-elle, mais cela passe avant tout par la découverte des fameuses lettres compromettantes.

Elle lui demanda de garder le silence sur toute cette affaire. Caméléon promit de l'aider à chercher ces preuves, même s'il n'avait aucune idée de l'endroit où elles pouvaient se trouver.

Au terme de la semaine, Rowena dut se résoudre à se remettre en route pour l'Écosse. Pour la première fois de son existence, elle quitta le château, à regret et mélancolique. Lord et lady Windermere les accompagnèrent, elle et Caméléon, jusqu'à la grand-route qui partait vers le nord.

— Je compte sur toi pour venir chasser la perdrix cet automne avec moi, lui lança son père.

— Promis !

— Quand tu rencontreras notre bon roi Richard, n'oublie pas de le saluer de ma part.

Il lui lança un clin d'œil complice. Sa mère lui tendit un épais vêtement de laine.

— C'était la cape que tu avais sur les épaules lorsque nous t'avons trouvée, ton père et moi, lui expliqua-t-elle. J'ai su que tu étais allée te recueillir là-bas, j'ai pensé que tu serais heureuse de posséder une affaire appartenant à ta mère, autre que sa fibule. En Écosse, tu en auras certainement besoin. Il ne fait pas très chaud là-bas.

Rowena saisit le vêtement et le regarda, étonnée.

— Tu ne m'avais jamais parlé de cette cape !

Lady Windermere haussa les épaules.

— Lorsque tu étais plus jeune, tu n'aimais pas les vieilleries. Comme à présent tu veux tout savoir sur tes parents, il m'a semblé utile de te la remettre.

— As-tu récupéré d'autres affaires leur appartenant ?

— Tous les autres vêtements étaient déchirés et tachés de sang. Quant aux chariots, ils avaient été intégralement pillés.

— Merci, mère.

Rowena jeta la cape sur ses épaules et l'agrafa avec la fibule en or.

— Voilà ! dit-elle en souriant. Maintenant, je suis parée pour affronter les frimas écossais.

Les yeux humides, sa mère lui rendit son sourire. Rowena se mit enfin en route. Au bout de quelques pas, elle se retourna : ses parents se serraient l'un contre l'autre, profondément émus. Son père s'exclama :

— Prends garde à toi !

Elle les salua en leur adressant un sourire qui se voulait réconfortant, puis elle prit la direction du nord à la suite de Caméléon. Le chemin montait en pente douce la colline jusqu'à un large col. Arrivée en haut, elle regarda par-dessus son épaule : le château se dressait fièrement au bord du lac, construction de pierre massive et majestueuse. Son père et sa mère étaient toujours sur la route, minuscules fourmis au pied de l'imposante bâtisse. En les voyant ainsi, si petits, si fragiles, Rowena fut prise soudain d'une étrange nostalgie. Ce château, c'était celui de son enfance, une époque où elle affichait une confiance aveugle en ses parents. Par la suite, l'éducation de son précepteur, puis celle de ses professeurs lui avaient enseigné à obéir à ses supérieurs sans douter de leur loyauté ou de leur droiture.

Comme ces principes semblaient lointains, à présent ! Cette dernière année l'en avait définitivement déniaisée. Elle avait brisé ce miroir trompeur qui ne montrait que ce que l'on voulait bien y voir : croyances en la fidélité au serment, honnêteté, reconnaissance de la part de sa hiérarchie. Mais le monde ne marchait pas de la sorte. Personne ne venait vous féliciter pour vous dire : « Vous avez accompli votre travail de la plus belle des manières, venez toucher votre récompense ! »

Peut-être était-ce cela le véritable passage à l'âge adulte : découvrir que seuls les sots ou les crédules pouvaient croire toute leur vie à ces beaux discours. Pire encore, certains ne le réalisaient qu'en agonisant sur un champ de bataille dans une belle armure, luisant au soleil de la mort, vainement parés d'honneur et de vertu. Fin de l'enfance, début d'une nouvelle période, plus instable et peu rassurante. Cette cuisante découverte, Agnès avait dû la faire dès son plus jeune âge. Rowena remercia le ciel de l'avoir épargnée si longtemps.

— Tu penses à tes années passées à Windermere ?

Caméléon la regardait avec des yeux pleins de compréhension. Elle savait qu'il saisissait parfaitement ce qu'elle pouvait ressentir.

— Je pensais à la fin de mon innocence, dit-elle.

— Nous perdons tous notre candeur un jour ou l'autre, répondit-il, cela ne fait pas pour autant de nous des monstres.

Qui sait ? N'avait-elle pas éprouvé, vis-à-vis de Wilhiam ou de lord Stratheden, de sombres pulsions qui n'avaient plus rien à envier à celles de sa sœur ?

— Puisses-tu avoir raison !

Elle considéra à nouveau son père et sa mère, toujours serrés l'un contre l'autre, puis son regard glissa vers la bâtisse en pierre, immuable sur ses fondations. À regret, elle détacha enfin ses yeux du château et porta son attention au loin, de l'autre côté du col, là où les landes s'étendaient à perte de vue vers ce nord gris et sombre. Désormais, elle devrait appréhender seule les événements, avec cette défiance des grandes personnes, en évitant de tomber dans le cynisme systématique. Cette idée la fit tressaillir. Pour se rassurer, elle se raccrocha à la contemplation de Caméléon qui attendait patiemment à ses côtés.

— Es-tu prête ?

Elle lui adressa un sourire mâtiné d'infinie tristesse.

— Je ne sais pas. Peut-on l'être un jour ?

Il lui rendit son sourire, puis lança son cheval dans la descente du col. Avant de le suivre, Rowena ne put toutefois s'empêcher de jeter un œil par-dessus son épaule. À cet instant, elle ignorait encore qu'elle contemplait pour la dernière fois la demeure familiale des Windermere.

*

Deux jours plus tard, ils atteignirent le mur d'Hadrien, qui protégeait l'Empire romain des incursions des Pictes, le peuple habitant en ce temps-là les hautes terres d'Écosse. En fait, l'empereur souhaitait surtout occuper ses garnisons et les détourner de l'oisiveté qui les guettait, si loin de Rome.

— Ça y est, dit Caméléon, nous quittons l'Angleterre pour la sombre et sauvage Écosse. Savais-tu que ma grand-mère était écossaise ?

— Comment voudrais-tu que je le sache, tu ne me dis jamais rien sur toi ! Et ton grand-père était des Cornouailles, je suppose, pour que tu sois aussi mal embouché les trois quarts du temps ?

Il s'esclaffa.

— Il était irlandais. C'est pour cela que je suis roux, au cas où tu ne l'aurais pas remarqué.

Les cheveux de Caméléon étaient plus noirs que les ailes d'un corbeau…

— Quel dommage que tu ne sois pas brun, ironisa-t-elle, car j'aurais pu tomber amoureuse de toi.

Rowena nota que cette remarque ne le faisait pas rire. Elle réalisa qu'elle s'était comportée avec lui comme avant la trahison de Wilhiam, quand leurs plaisanteries, rétorquées du tac au tac, faisaient partie d'un jeu bien rodé entre eux. À l'époque, ce genre de réflexion aurait immédiatement suscité de sa part une réplique narquoise du même genre. Simplement, elle avait oublié que Caméléon avait changé depuis lors – comme elle, d'ailleurs. Cette complicité d'antan avait fait place à un sentiment nouveau qu'elle n'arrivait toujours pas à accepter. Un jour ou l'autre – le plus rapidement serait le mieux –, il lui faudrait admettre l'idée qu'à présent il l'aimait ouvertement, mais sans insistance, attendant de sa part le geste ou la parole qui tardait encore à venir.

— Encore faudrait-il pour cela que nous ayons une vie moins agitée, lança-t-il enfin, sur un faux ton de plaisanterie. Je me vois mal élever des enfants quand j'en ai déjà un à ma charge.

Le sous-entendu de Caméléon était sans équivoque. Elle lui avait avoué à demi-mot qu'elle éprouvait des sentiments pour lui, et son ami lui disait maintenant vouloir des enfants avec elle. Encore une fois, elle lui adressa une fin de non-recevoir.

— Il vaut mieux que tu dormes loin de moi, ce soir, répliqua-t-elle en lui faisant la moue. Pendant leur sommeil, les enfants donnent parfois involontairement des coups de poing.

Il haussa les épaules et s'en alla devant, seul. Elle s'en voulut terriblement de l'avoir encore rabroué, alors même que c'était elle qui lui avait fait des avances.

— Pardon, Caméléon, murmura-t-elle, mais il ne l'entendit pas.

À force de le repousser de la sorte, son ami finirait dans les bras d'une autre. D'ailleurs, son début de romance avec Lhatifah tendait à le prouver. Si elle avait pu invoquer cette fois-là son autorité de capitaine, elle ne pourrait pas le faire indéfiniment. Dès lors, elle se retrouverait seule, sans Caméléon, sans personne à aimer. En regardant son dos voûté sur sa monture, elle se jura que c'était la dernière fois qu'elle se comportait ainsi avec lui.

Le paysage était très beau, mais finalement assez monotone. Des lochs et des glens, ces vallées entourées de montagnes sauvages, se succédaient sans fin. En dehors des rares bourgs où ils faisaient quelques provisions, ils ne rencontrèrent pas âme qui vive. Parfois, ils traversaient des villages de huttes circulaires en pierre recouvertes de chaumes. Lorsque les enfants accouraient à leur rencontre, leurs mères les rappelaient rapidement à l'ordre. Les habitants de ces régions se méfiaient des étrangers, à juste titre : l'Écosse traversait alors un temps de paix, mais il n'en avait pas toujours été ainsi. Grâce à la bonne entente des deux souverains, de part et d'autre du mur d'Hadrien, il régnait une cordialité relative entre les deux peuples. Cependant, Rowena savait que certains highlanders souhaitaient voir leur roi mettre un terme à son allégeance à la Couronne d'Angleterre. Sur le papier, l'Écosse était indépendante. En réalité, la puissante Albion lui imposait ses vues.

Les deux agents anglais cheminèrent ainsi pendant deux jours, jusqu'à ce que Caméléon arrête brusquement son cheval, tandis qu'ils s'apprêtaient à traverser une immense vallée désertique.

— Des cavaliers ! dit-il en désignant du doigt un groupe à cheval au loin dans les collines.

— Cachons-nous !

Aussitôt, ils se mirent à couvert dans une ravine au fond de laquelle coulait un ruisseau.

— Ils étaient une douzaine, dit Caméléon en descendant de selle.

— Tu crois qu'ils nous cherchaient ?

Il haussa les épaules.

— Mieux vaut éviter ce genre de rencontre, dit-il, l'air sombre.

— Des Anglais ?

Il secoua la tête.

— Des Écossais. Ils portaient des kilts.

Rowena songea à la mise en garde de son père et à ses sombres propos concernant l'avenir de Richard sur son trône. Ce n'était pas le moment de prendre des risques inutiles.

— Faisons un détour, dit-elle. Cette vallée est à découvert sur plusieurs lieues. Si jamais nous sommes repérés, nous n'aurons aucun moyen de leur échapper.

Caméléon acquiesça, inquiet.

— Nous allons perdre de précieux jours, commenta-t-il toutefois.

Il remonta sur son cheval et ils partirent dans la direction opposée à celle prise par les mystérieux cavaliers.

* * *

Agnès et Renaud chevauchaient maintenant en compagnie de dix highlanders. La Guilde avait glissé certains de ses membres parmi les soldats à recruter, mais c'était Agnès qui avait désigné les dix gaillards, et aucun ne faisait partie de l'Organisation. Comment était-elle parvenue à les démasquer, Renaud n'aurait su le dire. C'était une femme très douée. Il était évident qu'elle avait vu clair dans son jeu, le prenant à son propre piège.

Il se demanda si Lewis n'avait pas mis en garde Agnès contre lui. Le marchand d'esclaves aurait pu se renseigner sur son compte et découvrir son appartenance à la *Guilde pérégrine*. L'ancien templier était également persuadé que c'était Lewis qui avait révélé à Agnès l'emplacement de l'oasis. S'il connaissait une cache aussi secrète, il se pouvait très bien qu'il en sache également un rayon sur l'organisation interne de la Guilde.

Renaud devait à présent avertir Amaury de tout cela, car il ne maîtrisait plus la situation. Par ailleurs, il n'avait toujours aucune idée de l'endroit où Agnès avait bien pu dissimuler la poudre et, depuis qu'ils avaient débarqué, il n'avait plus aucun moyen de la pister. Quant à savoir ce qu'elle comptait faire d'une telle quantité d'explosif, cela restait toujours un mystère. Et il ne pouvait pas lui poser directement la question…

Il avait vu la poudre à l'œuvre dans les mines africaines. Il connaissait parfaitement son incroyable puissance. Cent livres étaient à la fois une quantité considérable s'il s'agissait de creuser une mine ou de détruire un château, mais qui se révélerait largement insuffisante au cours d'un affrontement armé. Or, Agnès et lui recrutaient actuellement des soldats dans toute l'Écosse, ce qui signifiait a priori que le plan concocté prévoyait une bataille rangée contre Richard ou, plus vraisemblablement, une embuscade lorsqu'il se rendrait à la cathédrale.

À la vérité, il commençait à se demander s'il vivrait assez longtemps pour voir de ses propres yeux la fin de cette histoire. Certes, Agnès ne l'avait jamais menacé de mort ou de quoi que ce soit d'autre, mais il avait toujours cette désagréable sensation qu'elle s'amusait avec lui, tel un chat avec une souris.

Les douze cavaliers traversaient les Lowlands, basses terres d'Écosse proches de la frontière avec le royaume d'Angleterre, tentant de rallier à leur cause les barons de ces régions. De par la proximité avec l'Anglais, ces nobles écossais étaient moins enclins à la rébellion contre Richard Cœur de Lion que leurs homologues des Highlands, vallées reculées et indépendantes. Cependant, Agnès était une grande oratrice. Étrangement, ces barons rudes et querelleurs écoutaient avec attention les arguments qu'elle avançait. Ils ne semblaient pas s'offusquer outre mesure qu'une femme se permît de leur dicter leur conduite.

Il faut dire qu'elle disposait de deux arguments de poids pour susciter le respect. Tout d'abord, elle commençait toujours ses discours en leur rappelant qu'elle était parmi eux en tant que porte-parole de Sir Duncan MacLeod, le chef highlander à la tête de la révolte. Lorsqu'il serait devenu roi d'Écosse, expliquait-elle inlassablement de cours en châteaux, Duncan MacLeod accorderait terres et domaines à ceux qui se rallieraient, et il n'oublierait pas le nom des traîtres et des couards qui auraient refusé de se ranger derrière sa bannière. Généralement, les nobles des Lowlands ne trouvaient rien à redire à son exposé. Même si peu d'entre eux le connaissaient personnellement, tous savaient que Duncan MacLeod était réputé dans toute l'Écosse pour sa bravoure, tout autant que pour sa cruauté envers ses ennemis.

En outre, Agnès haranguait son public, flanquée d'un dénommé Coarran, robuste gaillard de six pieds de haut à la mine patibulaire. Ce dernier était lui-même toujours escorté par deux reîtres, un grand maigre aux yeux de fouine et un nabot au cou aussi large que ses cuisses, et à l'allure engageante d'un exécuteur public maniant une hache. Coarran s'était immédiatement imposé comme le chef de la bande des dix highlanders, et Agnès en avait fait naturellement son second. L'homme était natif des îles Hébrides, terres sauvages situées au nord-ouest de l'Écosse. Sa rudesse faisait frissonner les barons des Lowlands. Il ne se privait pas de leur rappeler qu'il était un ami d'enfance de Duncan MacLeod – *son âme damnée*, s'empressait de confier Agnès à l'oreille du propriétaire du château, pour le faire trembler davantage.

En tant que conseiller de Jean sans Terre, Renaud connaissait l'opinion exacte de bon nombre de ces barons. En outre, la Guilde l'avait longuement renseigné sur la position de chacun vis-à-vis de cette rébellion. Cependant, il fut surpris de constater à quel point même les plus tièdes accordèrent sans condition leur soutien à la révolte. Certes, rien que l'évocation du nom de Duncan MacLeod aurait fait frémir le plus intrépide d'entre eux, mais il n'y avait pas que cela, lui semblait-il. L'Écosse en avait assez de vivre sous le joug des Anglais. Les Écossais étaient un peuple fier et indépendant dont Amaury avait sous-estimé le ressentiment.

Pour l'heure, les douze cavaliers chevauchaient dans une lande déserte. Le propriétaire du prochain et dernier château qu'ils visiteraient dans le coin était membre de la *Guilde pérégrine*. Renaud pourrait ainsi envoyer son rapport par pigeon voyageur à Amaury, pensa-t-il, soulagé, en regardant la jeune femme qui discutait avec Coarran.

Il fermait la marche, seul, car personne ne semblait se satisfaire de sa compagnie. Encore l'œuvre d'Agnès, songea-t-il, en l'observant rire aux éclats d'une bonne blague de Coarran. Il était persuadé qu'elle devait le discréditer dans son dos, d'une manière ou d'une autre, auprès des highlanders. Quelques coups de griffes supplémentaires avant sa mise à mort…

C'est alors qu'il aperçut deux cavaliers au loin, dont l'un était une femme. Il avait toujours eu une excellente vue et, malgré le poids des ans, son acuité visuelle ne lui avait jamais fait défaut. Les deux cavaliers n'avaient aucun signe distinctif particulier, si ce n'était que cette femme ressemblait étrangement à celle qui plaisantait en tête de son groupe, mis à part ses cheveux noirs coupés plus courts. Rowena se rendait donc en Écosse. Celui qui l'accompagnait devait être Caméléon. Ni Agnès ni les highlanders n'avaient encore remarqué leur présence, mais il n'eut pas à détourner l'attention des gaillards qui le précédaient. Déjà, la femme engageait son cheval dans une ravine, bientôt suivie par son compagnon. Amaury serait content de savoir que sa protégée était toujours en vie. Il se promit d'en glisser un mot dans son message, tout en se demandant si cette Rowena avait le caractère torturé de sa sœur.

— Vous semblez ailleurs, fit une voix féminine empreinte de curiosité.

Il sursauta sur sa selle. Agnès s'était laissé distancer par les autres hommes d'armes pour chevaucher à sa hauteur.

— À quoi rêviez-vous donc ? insista-t-elle.

Décidément, cette femme était un vrai démon !

— À vous, figurez-vous ! rétorqua-t-il, un sourire narquois sur les lèvres. Je me demandais comment une damoiselle aussi raffinée que vous pouvait passer son temps à plaisanter avec une bande de soudards.

— Il faut croire que j'ai un don pour ça, répliqua-t-elle tout sourire.

— La tournée des barons des Lowlands se présente bien, semble-t-il. La majorité d'entre eux se rangent derrière notre cause.

Cette bonne nouvelle la laissa de marbre.

— La versatilité de l'espèce humaine me laisse parfois pantoise. Tout comme sa capacité à trahir à tout va, d'ailleurs.

Elle accompagna ses dires d'un haussement de sourcil ambigu, puis elle poursuivit :

— Plus qu'un château à visiter, puis nous partirons pour les hautes terres rencontrer ce fameux Duncan MacLeod dans son fief. Vous le connaissez ?

Renaud secoua la tête.

— Seulement de réputation. Les plus complaisants le surnomment Duncan l'impitoyable, les plus honnêtes, Duncan le cruel. On prétend que ses geôles sont remplies de prisonniers et d'instruments de torture de toutes sortes.

— En ce bas monde il n'y a pas de place pour les timorés.

— Duncan signifie « guerrier sombre », en gaélique écossais. Il porte bien son nom, dirait-on.

— Le nom que l'on vous donne forge votre destin, paraît-il, dit-elle en plongeant ses yeux dans les siens avec intensité. Qu'en est-il du vôtre ?

Renaud baissa la tête et ne répondit rien. Son nom et sa destinée étaient à présent entre les mains de cette dangereuse jeune femme qui explorait les plus secrètes de ses pensées avec une aisance rare. Que savait-elle exactement de lui ? Certainement plus qu'il ne l'aurait cru avant de la rencontrer. Il avait également la certitude qu'Agnès le jaugeait encore, qu'elle n'avait pas définitivement statué sur son sort. Lorsqu'il croisa à nouveau son regard, elle l'observait toujours de ses yeux bleus si envoûtants.

— Enfin ! Il paraît qu'il est bel homme lui aussi ! conclut-elle en donnant des étriers, lui adressant au passage un clin d'œil dont il ne sut tirer l'exacte signification.

Puis elle rejoignit Coarran et ne daigna plus lui adresser la parole, même lorsque les douze atteignirent le dernier château et s'entretinrent avec son propriétaire.

Chapitre 12

Roxane de Kebnekaise

Les détours qu'effectuèrent Rowena et Caméléon leur firent perdre trois jours, mais ils évitèrent ainsi toute rencontre impromptue. En effet, ils ne croisèrent personne durant leur trajet à travers les forêts, le long des rivières et des landes désertes, mis à part quelques animaux sauvages. Puis, par un beau matin, ils arrêtèrent leurs chevaux en haut d'une colline pour observer la vallée en contrebas. Un immense loch aux eaux sombres en occupait la majeure partie. Le chantier de la cathédrale s'étendait à leurs pieds, implanté à l'extrémité du loch. Vue de l'extérieur, la construction semblait achevée. Le bâtiment était immense, bâti selon la nouvelle technique des arcs brisés. Le bourg lui-même se situait à environ un quart de lieue du site de l'ouvrage, dans la vallée en amont du loch. Une abbaye de belle taille se trouvait à mi-chemin entre les deux. Toutefois, la construction de l'édifice avait changé la configuration des lieux, car des dizaines de maisons avaient poussé comme des champignons aux abords du chantier. Au départ simples abris d'artisans, elles avaient été consolidées par la suite et formaient un nouveau bourg autour de la cathédrale. D'ici peu, la renommée aidant, les deux villages fusionneraient. Une véritable ville prendrait vie, avec sa foire annuelle, ses marchés hebdomadaires et toutes les nouvelles activités qui se créeraient autour.

Les deux cavaliers descendirent la colline et se dirigèrent vers le site. En se rapprochant, ils entendirent le bruit des marteaux des tailleurs de pierre, celui des soufflets dans le vacarme des forges dont la chaleur des foyers vint fouetter leurs visages. Le chantier fourmillait d'artisans et de serviteurs. L'édifice lui-même se dressait majestueusement au centre de toute cette effervescence. Ils se faufilèrent parmi les charrettes transportant des blocs de pierre et débouchèrent sur le parvis de la cathédrale totalement encombré. Rowena interpella un sculpteur :

— Dites-moi, nous cherchons l'architecte !

L'artisan arrêta de travailler son morceau de marbre et les considéra avec curiosité.

— Fergus Clyde ? Vous le trouverez là-bas.

Du menton, il leur indiqua le côté sud de la construction. En haut d'un échafaudage, un homme de haute stature discutait avec des artisans devant un immense vitrail multicolore. Rowena mit ses mains en porte-voix devant sa bouche et s'écria :

— Fergus Clyde ?

L'individu interrompit sa discussion animée et regarda dans leur direction.

— C'est moi ! Que voulez-vous ?

— Nous sommes des agents de Sa Majesté le roi d'Angleterre et nous souhaiterions vous parler !

Il les observa un instant, puis il lança :

— J'arrive !

Il ne tarda pas à descendre de l'échafaudage. C'était un homme d'âge indéfini, aux cheveux bruns et grisonnants. Il affichait un franc sourire qui s'harmonisait parfaitement avec son visage volontaire et ses pétillants yeux noirs. Il salua Rowena de la façon la plus courtoise.

— Gente dame, que me valent l'honneur et le plaisir de votre gracieuse visite ?

— Fergus Clyde, je suis lady Rowena de Windermere et voici mon ami, Caméléon. Nous sommes ici au nom de notre roi, Richard Premier d'Angleterre.

Il afficha un sourire radieux.

— Amis anglais, soyez les bienvenus sur nos hautes terres d'Écosse. Je présume que vous êtes ici pour faire toute la lumière sur les fâcheuses défections d'artisans.

— Les nouvelles vont vite !

— À parler franc, la princesse Roxane m'a prévenu de votre arrivée.

— Nous sommes ici également pour préparer la visite de notre roi Richard. Il va venir prochainement déposer des reliques dans cette cathédrale.

— J'en ai effectivement entendu parler. Le roi d'Écosse sera aussi présent, à ce qu'on dit. Nos monarques veulent montrer à nos deux peuples que l'Écosse et l'Angleterre entretiennent des relations franches et cordiales.

Puisque l'architecte lui tendait la perche, elle la saisit.

— Il ne faudrait pas que, d'ici là, le chantier soit totalement déserté.

— Déserté me semble excessif, dit-il en souriant. Je dirais plutôt que nous avons affaire à quelques départs inopinés retardant certaines finitions. Je compte sur votre présence pour y voir plus clair. J'ai prévenu les ouvriers qu'ils auraient à répondre à vos questions. Si vous avez le moindre problème avec eux, n'hésitez pas à m'en faire part.

— Nous vous remercions de votre coopération. Nous tirerons cela au clair, je vous le promets.

— Je ne doute pas de votre réussite. Vous devez être exténués par le voyage. Puis-je vous offrir une collation ?

— Ce sera avec grand plaisir.

— Je loge dans une maison située à deux pas d'ici. Suivez-moi.

Il les conduisit vers une bâtisse située en contrebas, non loin du loch.

— Sachez que ce sera un honneur pour moi de vous héberger, si cela se révèle nécessaire, proposa-t-il tout en cheminant.

— C'est très généreux de votre part, dit Rowena, mais nous avons prévu de demeurer chez la princesse Roxane de Kebnekaise.

— La princesse Roxane est la principale donatrice pour la construction de cette cathédrale. Son château se situe au bord du loch, en direction de la mer. Je vous y conduirai tout à l'heure, si vous le souhaitez.

— Volontiers. Puis-je me permettre de vous demander ce que fait une princesse suédoise en Écosse ?

— Les Vikings ont débarqué ici voilà deux siècles. Certains s'y sont établis définitivement, y ont construit des châteaux. Ils se sont intégrés depuis à la population locale. La famille Kebnekaise est l'une des plus anciennes de la vallée. En fait de famille, il faudrait plutôt dire ce qu'il en reste, car la princesse Roxane en est l'unique et dernière descendante.

— Qu'est-il arrivé aux autres membres de sa famille ?

— Ses proches parents sont morts. Ses cousins, oncles et neveux sont retournés vivre en Suède. Roxane souhaite passer sa vie et finir ses jours ici, car elle s'estime écossaise de cœur. C'est une femme très indépendante, vous verrez. En attendant de vous la présenter, voici ma maison !

Ils étaient arrivés devant une demeure en bois assez cossue. L'intérieur était simple, aménagé avec goût. La pièce principale accueillait le foyer et la table, celle attenante tenait lieu de chambre. Des sculptures ornaient certains meubles et des tapisseries recouvraient les murs. L'architecte leur proposa du pain frais, du jambon et du fromage.

— Ainsi donc, notre chantier est célèbre jusqu'à Londres ! fit-il tandis que ses deux invités se restauraient autour de la table.

— En tant qu'architecte en chef, vous devriez en être flatté, plaisanta Rowena. Que pouvez-vous nous dire à propos de ces disparitions ?

Fergus prit une chaise et s'assit.

— Il n'y a vraiment rien d'affolant à ce jour. Le chantier a subi un peu de retard, mais il sera terminé à la date prévue. En tout cas, nous travaillons comme des forcenés pour y parvenir.

— J'ai pu le constater, effectivement. Comment expliquez-vous ces départs ?

— J'y verrais comme la preuve du dynamisme des constructeurs de cathédrales. Tout le monde s'arrache les maîtres artisans les plus réputés, ces derniers font monter les enchères, vendent leurs services aux plus offrants et c'est de bonne guerre.

Rowena nota que Fergus ne semblait pas particulièrement soucieux. Il est vrai qu'en arrivant elle avait constaté que, extérieurement du moins, la cathédrale était achevée, même si elle n'avait pas encore visité l'intérieur. Elle se demanda alors si sa présence ici était vraiment justifiée, si lord Stratheden ne l'avait pas tout simplement envoyée en Écosse afin de l'éloigner de Londres. Malgré tout, elle comptait faire son travail consciencieusement. L'arrivée de Richard devait se dérouler sous les meilleurs auspices.

Elle ne devait donc prendre aucun risque et, surtout, ne pas traiter cette affaire à la légère. Tout d'abord, établir un état des lieux. Puisqu'elle tenait là une personne parfaitement renseignée, elle en profita pour la questionner sur les personnalités influentes de la région.

— L'évêque habite-t-il ici ? demanda-t-elle.

— Non. Il réside à six lieues, dans la cité voisine. Il ne viendra que pour l'inauguration de la cathédrale. Par la suite, je doute fort qu'il décide d'emménager dans le coin.

— Pour quelle raison ?

— Parce que la ville est plus grande, il s'y trouve plus à son aise. Les seuls clercs que vous serez amenée à rencontrer pour votre enquête sont les moines de l'abbaye. Enfin, surtout le père abbé qui dirige la communauté, car les autres vivent cloîtrés et ne côtoient pas les laïcs. C'est un homme affable et bon, mais il n'aime pas prendre part aux affaires de ce monde. Le suivi du chantier ne l'intéresse guère.

— Qui le supplée dans cette tâche ?

— La princesse Roxane, en personne.

— Il est curieux qu'un abbé délègue ce travail à une femme.

— Nous sommes en Écosse, dans une région assez pauvre de surcroît. En tant que principale donatrice, la princesse a un droit de regard important sur le bon usage de son argent. Sans elle, cette cathédrale n'aurait pas vu le jour.

— Et les nobles du voisinage, les guildes marchandes locales ?

— Tous dépendent de Roxane, car elle possède toutes les terres sur des dizaines de lieues à la ronde. La foire à la laine, le marché hebdomadaire, les échanges commerciaux avec les autres villes environnantes, tout cela, nous le devons à la famille Kebnekaise. Un héritage de ses ancêtres vikings qui ont conquis la vallée.

— Dans ces conditions, pas étonnant qu'elle ait décidé de diriger le chantier.

— C'est une femme atypique. Sans elle, ce pays ne serait qu'une lande déserte peuplée de moutons et de quelques masures. Si vous en avez terminé, je vous propose à présent de nous rendre jusqu'à sa demeure.

Après tout ce qu'elle venait d'apprendre, Rowena avait hâte de la rencontrer.

— Nous vous suivons, dit-elle en se levant.

Caméléon déglutit un dernier morceau de fromage avant d'emboîter lui aussi le pas à l'architecte.

*

Le soleil se couchait lorsque Fergus Clyde les accompagna jusqu'au château de la princesse. Pour cela, ils longèrent le loch sur une demi-lieue environ en direction de la mer. Il était immense, large de trois mille pieds environ et profondément encaissé entre deux chaînes de montagnes. Sur la rive opposée, d'abrupts escarpements venaient directement mourir dans les eaux sombres, tandis que celle où ils chevauchaient était plus large, couverte de galets, simplement dominée par de hautes collines. Plus loin encore, à une lieue du château, le loch s'ouvrait sur la mer. Sous ces latitudes, la lumière de la fin du jour était extraordinaire. Il était tard et pourtant, le soleil refusait de se coucher. Il projetait une luminosité irréelle sur les sommets et à la surface de l'eau. Rowena fit part de son émerveillement à l'architecte.

— Fergus, dit-elle d'un ton enjoué, votre pays est splendide !

— Merci. Vous verrez, lorsque vous aurez séjourné trois mois en notre compagnie, vous ne voudrez plus quitter l'Écosse.

— Comme les ancêtres de Roxane s'y sont établis voici deux siècles.

— Exactement. L'Écosse est belle, mais il se trouvera aussi toujours des gens qui se plaindront de la pluie qui l'arrose. Ceux-là, nous les punissons de leur grossièreté en leur envoyant nos spectres.

— Existe-t-il vraiment des châteaux hantés, comme le prétendent les légendes ?

— Bien sûr ! Tout château écossais digne de ce nom abrite au moins un fantôme.

— Peut-être aurons-nous la chance d'en croiser un chez la princesse Roxane ?

Une ombre vola sur son visage. Éphémère et quasiment imperceptible, mais bien réelle cependant.

— Peut-être, finit-il par dire. Ou bien le monstre du loch. Certains ici prétendent qu'il s'agit d'un énorme serpent dévorant les jeunes femmes trop curieuses.

Rowena ne sut comment prendre cette remarque ironique, un tantinet menaçante. Au détour du chemin, ils découvrirent enfin le château de la princesse, qui semblait posé sur les eaux du loch. Un étroit sentier de trois cents pieds de long conduisait le visiteur de la rive à la forteresse, imposante bâtisse carrée surveillant l'accès du loch depuis la mer.

— Voici un emplacement idéal, dit-elle. Quiconque veut entrer dans ce loch doit passer sous le regard vigilant de cette place forte.

— Les Vikings connaissent le danger d'une attaque par la mer, déclara Fergus. Ils savent donc s'en prémunir efficacement, et en connaissance de cause.

— Les Vikings n'attaquent plus l'Écosse depuis belle lurette, intervint Caméléon.

— Le château n'en demeure pas moins à une position

stratégique, lui dit Rowena. Il tient l'accès à toutes les vallées donnant sur l'intérieur du pays. Je suis d'ailleurs étonnée qu'une garnison du roi d'Écosse n'y ait pas déjà établi ses quartiers.

— Ils craignent peut-être les fantômes, plaisanta Caméléon qui l'observa en haussant les sourcils.

Elle ne put s'empêcher d'éclater de rire.

— Aurais-tu peur ?

— Disons qu'à force d'entendre vos histoires, ce loch et cette bâtisse commencent à me faire froid dans le dos.

À l'instant même, la porte du château s'ouvrit. Une belle femme aux longs cheveux blonds défaits et aux traits réguliers apparut dans l'embrasure et vint à leur rencontre. Rowena s'était attendue à rencontrer une dame de haute lignée, certainement pas d'une telle beauté. La blancheur de sa peau et son grain parfait soulignaient la grâce et la noblesse de son visage. Sa bouche généreuse joliment dessinée laissait poindre un sourire au charme ravageur. Elle la surpassait en taille d'un bon pouce. Elle s'avança vers ses invités en adoptant cette démarche souple et élégante des personnes de qualité, sa longue robe de soie noire laissant entrevoir à chaque foulée des sandales légères couleur lapis-lazuli.

Rowena se tourna vers Caméléon. Elle le découvrit bouche bée sur son cheval, ne pouvant détacher son regard de cette superbe créature qui l'observait à présent de ses yeux d'un vert irréel. Elle n'avait jamais vu son ami exprimer tant d'admiration béate devant une femme. Aussitôt, elle ne put s'empêcher de ressentir un violent sentiment de jalousie devant son attitude quasi puérile.

La princesse avait noté son regard réprobateur et envieux. Elle s'approcha du cheval de Caméléon dont elle caressa tendrement l'encolure, puis s'adressa à lui :

— Caméléon et Rowena, je présume ?

Le timbre de sa voix était grave, empli de sensualité. Caméléon sauta de son cheval et vint s'incliner devant elle.

— Nous vous saluons, princesse Roxane de Kebnekaise, déclama-t-il avec cérémonie.

Elle lui adressa une œillade complice, puis lui tendit une main qu'il prit délicatement pour y déposer un baiser.

— Mon bel ami, lui glissa-t-elle d'une voix veloutée, tout en le conduisant vers son château, ne vous donnez pas la peine de m'affubler de ces titres pompeux. Appelez-moi simplement Roxane.

* * *

Renaud était soulagé. Il avait pu faire passer en douce son message au baron écossais. Bientôt, un pigeon s'envolerait pour Venise. Il lui faudrait ensuite attendre la réponse d'Amaury et d'ici là, pensa-t-il avec sarcasme, tenter de rester en vie.

Chaque jour qui passait, l'hostilité de ses compagnons de voyage se faisait davantage sentir. Au départ, c'étaient de simples regards obliques qu'ils lui jetaient le soir, lors des conversations autour des feux de camp pendant qu'il mangeait seul, légèrement en retrait du groupe. À présent, les plus gênés détournaient la tête, et la plupart d'entre eux le dévisageaient avec une franche animosité. Certes, il ne subissait pas encore de brimades, mais ce mépris, ouvertement affiché, était encore plus humiliant. À n'en pas douter, les ennuis ne tarderaient pas à arriver, aussi sûrement que le mauvais temps leur était tombé dessus depuis deux jours et ne les lâchait plus.

Agnès l'ignorait superbement. Renaud restait persuadé qu'elle manipulait les highlanders pour qu'ils le laissent à l'écart. En dépit de cela, il était intimement convaincu que les sentiments de la jeune femme à son égard n'étaient pas aussi tranchés que ce qu'elle voulait bien lui faire croire. Cette ambiguïté sous-jacente était imperceptible, et il y avait là une faille qu'il se devrait d'exploiter. Et le plus tôt serait le mieux, songea-t-il, tandis qu'il croisait le regard acide de Coarran.

Les douze cavaliers chevauchaient vers le Nord de l'Écosse, suivant la ligne de crête des montagnes longeant la côte ouest et l'Océan, épine dorsale prenant naissance dans les basses terres pour venir mourir au *Cap Wrath*, la pointe la plus septentrionale des hautes terres, à l'ouest du pays. Renaud savait que le château des MacLeod se trouvait non loin de ce cap mythique, dont le nom provenait d'un mot norrois, la langue des Vikings, et qui signifiait « tournant », car c'était là que les drakkars venus de Scandinavie obliquaient vers le sud. La signification en langue saxonne – Wrath voulant dire « colère » – s'accordait parfaitement au décor. Les tempêtes descendant du pôle en toute période de l'année y étaient terribles. Les cavaliers en subissaient un avant-goût, tandis qu'ils cheminaient encore à quarante lieues plus au sud. Le vent soufflait déjà violemment, ralentissant considérablement leur progression.

— Pourquoi ne descendons-nous pas à l'abri derrière la montagne, au lieu de cheminer sur la crête exposée à tous les vents ? demanda-t-il à Agnès qui, pour une fois, ne chevauchait pas en tête de la file mais non loin devant lui.

Elle le considéra en souriant, montrant par là même ses dents blanches, dont une paire de canines particulièrement acérées.

— Finalement, lâcha-t-elle, le travail des champs vous aurait peut-être mieux convenu.

Inutile de répliquer quoi que ce soit. Il soupira longuement et se renfrogna, faisant mine de l'ignorer. Elle ralentit sa monture et vint se porter à ses côtés.

— C'est le chemin qu'a choisi Coarran, enchaîna-t-elle, d'un ton radouci. Nous suivrons ce chemin, que cela vous plaise ou non.

Encore et toujours ce fichu Coarran ! Il connaissait bien ce genre d'individu et ses hommes de sac et de corde. Déjà, du temps où il commandait un régiment de chevaliers templiers dans le désert de Palestine, il avait côtoyé ce gibier de potence constituant le gros des troupes d'archers et de lanciers. Des reîtres pillant les villages musulmans, massacrant avec autant d'aisance les hommes d'armes que les enfants et les vieillards, violant les femmes au passage, trop heureux de pouvoir commettre leurs ignobles méfaits en toute impunité.

La guerre est une chose horrible, avait-il toujours pensé, *et ces hommes, un mal nécessaire*, ajoutaient alors ses supérieurs. De redoutables soldats en réalité, efficaces au combat, qui avaient maintes fois protégé ses arrières. À présent, ces mêmes combattants traçaient le chemin devant lui, courbés en deux sur leurs montures pour affronter le vent tourbillonnant.

— Ai-je mon mot à dire ?

— Contentez-vous d'admirer le paysage. Remerciez-moi plutôt de vous faire découvrir de pareils lieux.

Il dévisagea longuement Agnès. C'était une femme d'une rare beauté. Son teint pâle était encore plus resplendissant lorsque le vent glacial fouettait son joli minois, faisant virevolter ses longs cheveux noirs. Si s'en faire une alliée semblait perdu d'avance, il pouvait toujours tenter de ne pas se la mettre à dos davantage.

— Voyager en votre compagnie me suffit pleinement, dit-il. L'agrémenter d'un séjour dans des contrées aussi belles soient-elles n'y ajoute guère de charme.

À ces mots, Agnès haussa imperceptiblement les sourcils, tout en réajustant machinalement les mèches qui volaient sur son visage.

— Ma parole, dit-elle, s'éclairant d'un sourire radieux, je vais finir par croire que vous en pincez pour moi !

— Cela vous surprendrait-il ?

— Plus rien ne me surprend. Mais à l'oreille d'une femme, une parole aimable n'est jamais désagréable à entendre.

À ces mots, Coarran se retourna vivement. Des éclairs teintés de jalousie brillèrent dans ses yeux.

— Je ne voudrais surtout pas laisser penser à votre ami que je préfère admirer votre personne plutôt que ces montagnes, répliqua Renaud en considérant Agnès avec une distance feinte, savamment calculée. Aussi vais-je suivre votre conseil, contempler le paysage qui m'est offert.

Elle contracta nerveusement ses mâchoires et jeta un bref regard oblique en direction de Coarran.

En notant sa frustration, Renaud sourit intérieurement : Agnès n'était pas un démon ou une sorcière, comme il avait pu le croire parfois. C'était là une pensée stupide et grotesque d'ailleurs. C'était simplement une jeune femme meurtrie par la vie. Elle avait besoin d'être aimée malgré ses fêlures – davantage *à cause* de ses fêlures, à vrai dire –, et elle avait trouvé en lui la considération qu'elle recherchait en vain depuis toujours. Aussi, bien qu'il sût pertinemment que ce qu'il dirait le condamnerait à de multiples désagréments de la part de Coarran et de ses sbires, il ajouta, un ton plus bas :

— Ce paysage n'égalera jamais votre beauté, Agnès, et le bonheur que j'aurai toujours à deviser en votre compagnie, lorsque cela vous agréera.

Elle le contempla un instant, ébahie. Son nez frémit imperceptiblement, sa bouche s'entrouvrit délicatement. Puis elle se ravisa, se contentant de le gratifier d'un lumineux sourire, avant de rejoindre Coarran qui n'avait rien remarqué de la scène.

* * *

Le château de la princesse Roxane était richement meublé. Des tapis recouvraient le sol et tous les murs étaient ornés de tapisseries. Elles abordaient différents thèmes, de la partie de chasse à la représentation des fjords encaissés de Scandinavie. On sentait une empreinte féminine dans cette demeure, celle d'une personne de bon goût. Toutefois, la princesse dégageait également quelque chose d'indéfinissable que Rowena n'arrivait pas à cerner. Elle mit tout d'abord cela sur le compte de la jalousie. Voir son ami tomber en pâmoison devant cette femme qui l'avait séduit dès le premier regard la vexait terriblement. Après tout, n'était-elle pas responsable d'une telle situation ? À force d'envoyer Caméléon sur les roses, il était normal qu'il se tourne vers une autre. Malheureusement pour elle, Roxane était l'incarnation parfaite de ce qu'une femme avait à redouter d'une rivale.

Rowena aimait jauger ses interlocuteurs en les questionnant. Leurs attitudes et leurs réponses – ou l'absence de réponse – étaient très instructives. Elles lui en apprenaient énormément sur leur caractère et leur vraie personnalité. Questionner Roxane de la sorte serait extrêmement impoli, mais elle n'avait pas apprécié la façon dont la princesse s'était comportée d'emblée avec Caméléon. Aussi, n'eut-elle aucun scrupule à laisser sa nature d'espionne reprendre le dessus. Des dizaines de questions lui venaient à l'esprit. Elle en choisit une, anodine d'aspect :

— Princesse, je n'ai vu aucun serviteur dans ce château. N'est-il pas trop dur pour une femme de vivre seule dans une si vaste demeure ?

Roxane sembla agacée par sa question inopportune et grossière.

— J'ai toujours eu l'habitude de vivre seule, répondit-elle d'un ton neutre.

Bien esquivé. Rowena continua, en changeant cette fois-ci de sujet :

— Kebnekaise, n'est-ce pas le nom d'une montagne en Suède ?

— C'est effectivement le nom du plus haut sommet de mon pays. Une terre rude où les hommes et les femmes sont égaux lorsqu'il s'agit de survivre au milieu des meutes de loups affamés qui assiègent les villages durant l'hiver. Cela forge les esprits.

Elle avait déjà appris que la princesse avait un caractère passionné et ne pouvait tenir sa langue quand un sujet lui tenait à cœur. Sa terre natale avait l'air de lui manquer, aussi poursuivit-elle sur le même thème :

— Y retournez-vous, parfois ?

Les yeux de Roxane semblaient avoir déjà rejoint ces contrées lointaines.

— Toutes les nuits, en songe, mon esprit parcourt les terres désolées et glaciales de mon pays natal. Tous les soirs, je retourne chasser le loup sur mes terres vikings et, soyez-en certaine, j'en rapporte toujours au moins un au petit matin, la gorge tranchée, vidé de son sang !

— Voilà des rêves étranges et violents de la part d'une aussi noble dame.

Une sombre lueur traversa ses prunelles émeraude.

— Je suis une princesse viking, avec tout ce que cela implique. Comment croyez-vous que mes compatriotes ont trouvé le courage de parcourir les mers glacées du globe, hissé leurs voiles sur les drakkars à travers le grand Océan jusqu'à des terres inconnues, peuplées de volcans immenses crachant du feu toute l'année ? Comment imaginez-vous que certains d'entre eux aient pu atteindre des terres encore plus éloignées où des oiseaux de trois pieds de haut gloussent dans la plaine, et où des hommes étranges avec des crêtes sur la tête vous privent de votre chevelure d'un coup de couteau ?

Elle était prolixe. Qu'à cela ne tienne, Rowena lui déroula le tapis.

— J'ai entendu ces récits étranges, dit-elle en prenant un air niais. Je croyais qu'il s'agissait de légendes pour faire peur aux enfants.

— Nous sommes la légende, s'emporta Roxane. Nous l'écrivons dans les tempêtes, dans les larmes et dans le sang de nos ennemis et nous appelons cela : *saga*. Cette réalité est tellement improbable pour vous, Anglais endormis dans votre confort, que vous croyez tout cela imaginaire ! Les Écossais, en revanche, ont su garder cet esprit farouche et libre de leurs ancêtres.

Intéressant, pensa Rowena. La princesse semblait faire sienne la cause écossaise contre les Anglais. Une information à ne pas négliger dans le contexte de la visite prochaine de Richard Cœur de Lion.

— Être une femme viking ne doit pas être facile, en effet.

— Chez nous, les femmes doivent apprendre à vivre sans leurs hommes partis sur les mers, à défendre leurs enfants et les vieillards restés au village. Dans ces conditions, pas de place pour la romance et l'amour courtois. La femme viking, comme la femme écossaise d'ailleurs, élève souvent seule ses enfants. Si son mari meurt ou ne revient pas, elle doit aussi assurer la survie de sa descendance.

La princesse prit soudainement conscience qu'elle se faisait mener en bateau. Elle se radoucit, tout en jetant à son invitée un regard mêlé de colère et de haine.

— Nous savons également accueillir les étrangers, conclut-elle, et nous avons aussi bien d'autres qualités.

Après ce qu'elle venait d'entendre, Rowena eut du mal à la croire.

— Je n'en doute pas un seul instant, princesse, dit-elle poliment.

Elle n'en apprendrait pas davantage ce soir-là. Roxane était une femme intelligente. Elle s'était fait piéger une fois, mais on ne l'y reprendrait plus. Et elle saurait lui faire payer cette impertinence. Restait à éclaircir un dernier point : était-ce lord Stratheden qui l'avait sollicitée pour qu'elle les héberge ou était-ce une manœuvre de sa part ? Et dans ce dernier cas, qu'attendait-elle d'eux ?

La princesse l'observa longuement pendant qu'elle se perdait en conjectures. Roxane avait un caractère trempé et ne la portait pas dans son cœur. Cela s'annonçait mal : elle devrait passer plusieurs mois en sa compagnie dans sa demeure.

— Souhaiteriez-vous passer à table ? demanda-t-elle avec entrain.

Le malaise semblait dissipé. Roxane était redevenue la maîtresse de maison attentionnée pour ses invités.

— Avec grand plaisir, s'empressa de répondre Caméléon, toujours prompt à se remplir la panse.

— Prenez place à mes côtés, beau brun, lui lança-t-elle tout en adressant à Rowena un petit sourire narquois du coin des lèvres.

La table avait été dressée devant la cheminée. Couverte de victuailles, elle regorgeait de venaisons farcies, de poulardes grasses, de brouet d'orge et de fruits divers et variés, un luxe incroyable sous ces latitudes. De grandes tranches de pain frais étaient disposées devant l'emplacement de chaque convive et des coupes en or étaient remplies de vin. Rowena n'arrivait pas à croire que cette femme, vivant seule, avait pu tout préparer elle-même.

— Voilà une table abondamment garnie, remarqua-t-elle.

— Le boucher du village me prépare les repas, avoua-t-elle, comme pour répondre à son constat. Il fallait bien cela pour vous accueillir, n'est-ce pas ?

Encore une pique pour lui rappeler son précédent manque de reconnaissance. La cheminée crépitait et un beau feu de bois s'y consumait. Rowena prit place aux côtés de Fergus, face à Caméléon. Les mets étaient délicieux, et son ami n'avait d'yeux que pour la belle princesse. Cette dernière minaudait sans cesse vers lui et usait de tous ses charmes pour le séduire.

Rowena fit mine de s'en désintéresser et s'entretint avec Fergus. Il n'avait pas l'air de se soucier de ces mesquineries, mangeant avec grand appétit tout ce qui était proposé. À la fin du repas, alors que les convives dégustaient un vin sucré en provenance de la péninsule Ibérique, la princesse lui demanda :

— Mon ami, le chantier sera-t-il fini à temps pour l'arrivée des deux rois ?

— Je le pense.

— Je compte sur vous, Fergus. J'ai hâte de connaître le grand roi Richard, revenu des croisades.

Son accent manquait de sincérité.

— Avant cela, fit Rowena, il nous faudra découvrir la vérité sur cette affaire de défection d'artisans.

— Les ouvriers rapportent des histoires de malédiction, lâcha-t-elle d'une voix dédaigneuse. Si vous voulez mon avis, ils ont filé sur des chantiers mieux payés, au mépris de leur conscience professionnelle.

Elle leva les yeux au ciel, théâtrale, soupira et poursuivit :

— Lord Stratheden m'a fait parvenir une missive, précisant que vous étiez ici pour éclaircir ce mystère. Il m'a demandé de vous héberger.

Rowena tenait sa réponse, mais elle se demanda si elle devait la croire.

— Vous le connaissez depuis longtemps ? s'enquit-elle.

— Lord Stratheden ? Je ne le connais pas personnellement. Il aura certainement voulu vous trouver un gîte digne de ce nom, le temps de votre séjour chez nous. Et puis, ce n'est pas tous les jours que notre bourg peut s'enorgueillir de la présence de deux agents royaux.

Rowena sentit qu'elle n'allait pas en rester là. La contre-attaque était en marche et l'estocade finale ne tarderait pas.

— Le roi d'Angleterre est un monarque heureux et peu ennuyé par ses voisins pour se permettre d'envoyer ses deux plus brillants espions enquêter sur la cupidité des artisans, conclut-elle.

Dans son propos, le mot « espion » avait une connotation triviale. Rowena inspira profondément et tenta de se maîtriser.

— Mon expérience m'a appris que, souvent, les affaires les plus futiles dissimulent également les meurtres les plus sordides.

Instantanément, Caméléon lui adressa un regard lourd de reproches. Il était vrai qu'elle aurait pu éviter cette remarque inélégante. Cependant, elle nota à sa grande surprise que Roxane marquait le coup, même si elle masqua rapidement son malaise. Encouragée, Rowena enchaîna :

— Certes, à ce jour, il n'y a pas de mort dans cette affaire. Mais mon petit doigt me dit qu'il n'y a pas de fumée sans feu.

Roxane avait retrouvé son impassibilité et ne releva pas. Elle détendit même l'atmosphère en proposant à chacun une autre rasade de vin. Un peu gai, Caméléon s'empressa de tendre sa coupe. Tous en firent autant et, l'alcool aidant, l'ambiance redevint plus chaleureuse. Une heure plus tard, tous s'esclaffaient des plaisanteries des uns et des autres devant quatre carafes vides. Roxane prit Rowena par le bras. Elle l'invita gracieusement à visiter le château, laissant les deux hommes finir le cinquième carafon de vin. Toute tension avait disparu et les deux femmes plaisantèrent comme deux jouvencelles insouciantes.

Ensuite, la princesse lui indiqua sa chambre et lui souhaita une bonne nuit. Rowena se dirigea vers le lit en titubant. Sa tête tournait. Elle se laissa choir sur les épaisses couvertures en laine. Elle avait l'inquiétante impression d'être dans un bateau dangereusement ballotté par des vagues déchaînées. Elle entendit des rires dans le couloir, des portes qui claquaient, des grincements.

Puis elle sombra rapidement dans un sommeil agité et fébrile…

*

… Rowena rêvait qu'elle était seule dans une forêt, entourée de loups hurlant dans la nuit. La pleine lune éclairait de sa lumière blafarde la clairière où elle se trouvait. Autour d'elle, de fantomatiques buissons mêlaient leurs branchages aux troncs d'arbres immobiles et sombres. Une effroyable douleur tordit alors ses entrailles, comme un spasme intense qui emporterait tout son être. Elle hurla de douleur, mêlant son cri à ceux des loups. Tout d'abord surpris, ils ne tardèrent pas à lui répondre, faisant écho à sa souffrance.

La douleur s'estompa peu à peu, puis disparut aussi subitement qu'elle était survenue. Rowena resta là, allongée sur le sol gelé. Elle tenta de se relever, mais elle était trop faible pour y parvenir. À quelques foulées de là, au milieu des troncs noirs, plusieurs paires d'yeux jaunes brillaient, reflétant la clarté de la lune, grosse…

Comme son ventre !

Une nouvelle vague de douleur l'assaillit, emportant sa raison et sa lucidité. Rowena cria à nouveau. Les loups s'étaient rapprochés. L'un d'eux s'aventura à la lisière des arbres entourant la clairière. Ses prunelles brillantes l'observèrent longuement. Puis son museau se dressa vers le firmament et il hurla à la lune, empathique à sa souffrance.

Le troisième spasme fut encore plus violent. Il déchira tout au-dedans d'elle, irradia son corps par vagues successives. La douleur semblait n'avoir plus de fin. Ses cris s'élevèrent à nouveau dans la nuit, mais les loups ne hurlaient plus. À présent, ils l'observaient étrangement de leurs yeux dorés.

Son ventre n'était plus qu'un abîme de souffrance. Elle tenta d'y mettre un terme, d'expulser hors d'elle la cause de tous ces maux, de ces spasmes atroces qui lui broyaient l'abdomen. Une dernière contraction, fulgurante, puis plus rien.

La douleur avait disparu !

Les loups étaient là, tout autour d'elle, cinq bêtes grises maintenant apaisées. L'animal qui s'était aventuré au plus près dans la clairière s'approcha encore, lécha sa main, puis se coucha tout contre elle comme pour monter la garde. C'était une louve grise au pelage luisant, qui lui offrait la chaleur de son corps, blotti contre le sien.

Une fatigue immense s'abattit sur Rowena, sa vue se troubla. Elle ne ressentait plus aucune douleur. Au contraire, une douce torpeur l'envahit, la délassa et l'engourdit peu à peu.

Un cri retentit alors dans la nuit. Il semblait lointain, pourtant, elle sut qu'il n'en était rien, que c'était seulement sa propre fatigue qui le rendait si distant. En fait, il était tout proche, provenant d'entre ses jambes, précisément. Sa raison était embrumée, sa vision de la réalité se déformait, se distendait peu à peu, et le cri s'atténua.

Le cri ou, plutôt, le vagissement d'un nouveau-né…

*

Rowena se réveilla en sursaut.

Le lit tanguait encore légèrement, mais de façon moins prononcée que lorsqu'elle s'était couchée. La nausée l'envahit soudain puis se dissipa aussi rapidement. Elle toucha machinalement son ventre, le tâta, ne ressentit aucune douleur. Elle respira profondément, rassembla ses esprits et tenta de se repérer. Il faisait nuit et elle se trouvait dans la chambre du château de Roxane. Comme elle avait la bouche sèche, elle se jeta sur le broc posé au pied du lit et vida d'un trait le peu d'eau qui restait au fond.

À cet instant, des gémissements féminins troublèrent le silence de la demeure. Rowena resta assise dans son lit à écouter, avec jalousie, cette femme exprimant à voix haute son plaisir.

Les cris allaient *crescendo* et en s'accélérant. En arrière-plan, elle parvint à distinguer ceux, plus contenus, d'un homme rythmant la partition du désir de sa partenaire. Un dernier feulement de louve qui s'éleva dans la nuit suspendit le temps, et le silence se fit, total. Rowena ne tarda pas à se rendormir, plongeant dans un sommeil sans rêves. Au petit matin, lorsqu'elle ouvrit les yeux, un mal de crâne terrible la taraudait. Elle sortit dans le couloir en se massant les tempes et se traîna péniblement vers la chambre de Caméléon en bâillant, à la recherche d'un peu d'eau. Elle frappa à la porte et entra machinalement.

— Excuse-moi, j'avais soif et…

Elle s'arrêta net.

Caméléon dormait avec un sourire de bienheureux sur les lèvres, mais il n'était pas seul dans son lit. À ses côtés, Roxane était allongée, nue, sa longue chevelure blonde reposant sur sa poitrine. Rowena ne put s'empêcher d'admirer son corps parfait, ses hanches pleines et généreuses, blotties contre celles de son ami toujours assoupi. Terriblement gênée, elle fit un pas en arrière, mais la princesse l'avait entendue entrer. Elle tourna lascivement la tête vers elle et lui adressa un regard ravi et triomphant.

Chapitre 13

La dame du loch

Tous les matins, Amaury s'enfermait dans son bureau. Il passait plusieurs heures attablé, afin d'étudier en détail les différents courriers acheminés par les pigeons voyageurs depuis la veille. Il arrivait parfois que plus de cinquante messages attendent ainsi d'être lus et déchiffrés, soigneusement classés selon leur provenance et leur ordre d'arrivée. Habituellement, les expéditeurs attendaient une réponse en retour, allant du simple accusé de réception à des directives précises quant à une attitude à adopter ou une conduite à tenir.

Ce matin-là et contrairement à ses habitudes, Amaury survola l'ensemble des courriers et regarda seulement leur origine. Deux d'entre eux retinrent plus particulièrement son attention. Le premier venait d'Écosse et était rédigé en ces termes :

« Némésis m'a démasqué, je n'ai pas pu choisir mes hommes. Mise en œuvre du projet pas encore élucidée. J'ai voyagé

à bord d'un navire de transport d'esclaves appartenant à un dénommé Lewis, certainement la personne qui lui a indiqué la cache de la poudre. La sœur est toujours en vie. »

Amaury reposa le message. Renaud surveillait Agnès de près, mais il était seul, contrairement au plan initial prévoyant de l'entourer de highlanders de confiance. Elle se méfiait manifestement de son comparse. Le vieil homme aurait dû s'en douter. Il était bien placé pour savoir que l'on ne survit pas dans ce monde cruel si l'on affiche une confiance béate en ses associés. Son ami en avait vu d'autres, pensa-t-il, et, de toute manière, les dés étaient à présent jetés. Toutefois, il nota précieusement le nom de ce Lewis. Si ce marchand d'esclaves connaissait l'emplacement d'une oasis de la Guilde, il fallait de toute urgence revoir les itinéraires des convois et redoubler de précautions, car d'autres que lui pouvaient être au courant de ce genre d'informations. Enfin, Rowena était toujours en vie, c'était là une excellente nouvelle.

Le vieil homme fut en définitive assez satisfait de ce qu'il venait d'apprendre. Il s'empara de l'autre message. Celui-là arrivait d'Aquitaine. Sa graphologie nerveuse et incisive indiquait un rédacteur sûr de lui et de ses propos :

« *Cher Amaury,*

La fille de Clémence est venue me trouver récemment. Elle sait à présent la vérité. Quant aux deux lettres, saurais-tu où elles se trouvent ? »

Cette fois, Amaury ne sut s'il devait se réjouir. Comme il l'avait prévu, Rowena était allée trouver Aliénor. Elle lui avait montré les rapports de Clémence, ainsi que ceux qu'il avait lui-même rédigés pour l'éclairer sur la véritable nature de lord Stratheden. En revanche, il n'avait pas prévu que la reine veuille retrouver les deux lettres compromettant le vieux renard. Apparemment, elle voulait toujours la peau de celui qui avait déjoué son complot, la condamnant à quinze longues années de captivité. Cependant, songea-t-il avec réprobation, elle n'avait pas à impliquer Rowena dans la recherche de ces preuves. Cette dernière avait déjà suffisamment de fil à retordre sans qu'elle fût encombrée d'une quête supplémentaire.

À vrai dire, Amaury aurait bien voulu aider Aliénor à faire tomber lord Stratheden, mais il ignorait totalement où ces lettres pouvaient être dissimulées. Tout comme elle, il savait que Clémence se les était procurées par hasard lors de son voyage en Écosse. Les hommes de Stratheden ne les avaient pas trouvées lorsqu'ils avaient attaqué le convoi. Lord Windermere les avait-il découvertes en recueillant Rowena et les cachait-il depuis lors sans rien dire à personne ?

Cela correspondrait au personnage, homme de parole loyal et intègre. Si tel était le cas, ces deux lettres seraient à l'abri dans son château. Amaury songea également qu'il vaudrait mieux pour tout le monde qu'elles y restent à jamais. Ces preuves sentaient le soufre, bien plus fortement que la poudre jaune entrant dans la formulation du mélange explosif. Car, contrairement à Aliénor, il connaissait leur véritable teneur. À ce jour, il était la dernière personne encore vivante à partager ce lourd secret avec lord Stratheden.

Épuisé moralement, le vieil homme s'affala dans son fauteuil et soupira longuement, pensant aux quarante autres messages restants. Il prit le premier qui lui passait sous la main et le lut machinalement. Le responsable de l'oasis ayant subi le vol de poudre demandait des renforts armés pour escorter correctement les convois d'or, de diamants et d'explosifs. Au demeurant, sa requête se justifiait parfaitement. Jusqu'à ce jour, la force de la Guilde résidait dans sa discrétion. L'intrépide opération d'Agnès avait démontré les limites du système et révélé l'existence de traîtres ou de fuites parmi son organisation.

Amaury se dit qu'il faudrait peut-être se ranger derrière l'avis des plus bellicistes de la communauté, qui militaient depuis des années pour doter la Guilde d'une véritable armée digne de ce nom, à la manière des soldats templiers. Financièrement, l'organisation avait largement les moyens d'entretenir au moins vingt mille guerriers, dont cinq mille chevaliers montés sur de lourds destriers.

Quelques années auparavant, Amaury avait déjà songé à en venir à une telle extrémité. Son frère venait de lui faire part de l'existence, dans des monastères de l'Himalaya qu'il venait de visiter, de moines bouddhistes combattant au bâton et à l'épée selon une technique spectaculaire appelée « art martial ». Ces spécialistes du combat rapproché feraient d'excellents gardes du corps, avait expliqué Guilhem, émerveillé par le talent de ces moines. Par ailleurs, de redoutables cavaliers des steppes de Mongolie proposaient également leurs services, moyennant finance, à quiconque voudrait les enrôler. En outre, tous ces soldats coûteraient moins cher que des chevaliers ou des lanciers en armure, tout en étant largement mieux adaptés aux contraintes du désert et à la protection rapprochée des convois.

Séduisante proposition, ô combien dangereuse : que resterait-il des idéaux ayant guidé la création de la Guilde ? Car une telle puissance de frappe était également une arme à double tranchant. Qui sait si, dans le futur, un dirigeant de l'Organisation ne serait pas tenté de se servir de ces soldats pour conquérir des royaumes entiers et devenir un tyran plus sanguinaire que ceux en place un peu partout.

Possible. Mais s'il avait eu des soldats, Amaury aurait pu protéger Rowena tout en surveillant efficacement Agnès, au lieu de devoir choisir entre les deux sœurs et d'échouer quand même dans sa manœuvre.

Il contempla longuement le bout de parchemin qu'il tenait entre ses doigts, ne sachant que répondre à son interlocuteur. Finalement, pensa-t-il, peut-être que ses épaules n'étaient plus en état de supporter le poids de toutes ces nouvelles…

Depuis la création de la Guilde, cinquante ans auparavant, il avait toujours assumé seul cette tâche, en alternance avec son frère. Cela faisait deux ans que Guilhem était mort et son cadet peinait un peu plus chaque jour à s'en charger. Au fil des années et du développement de la Guilde, les messages étaient devenus plus nombreux et plus complexes à déchiffrer. Quand celle-ci se répandrait dans toute l'Europe, cette besogne deviendrait vite insurmontable pour un homme de son âge. Aussi, en parcourant les nombreuses autres nouvelles pessimistes du jour, Amaury se demanda s'il ne devait pas former rapidement un assistant pour le seconder.

Lui vint alors à l'esprit le nom d'un homme faisant partie de l'Organisation depuis bientôt vingt ans. Une personne polyglotte et lettrée, qui serait parfaitement à même de remplir cette fonction, une fois formée par ses soins.

Restait à le convaincre de venir sur cette île perdue au beau milieu de la lagune, de quitter son pays natal et de s'installer définitivement à Venise. Car le travail qu'allait lui proposer Amaury était un véritable sacerdoce. Une somme de travail immense et ardu, difficile à assumer. À cet instant, une idée lumineuse jaillit dans son esprit.

Comment n'y avait-il donc pas pensé plus tôt !

Car Amaury venait de trouver l'argument imparable devant emporter la décision de l'élu. Le seul même, selon lui, qui le convaincrait d'accepter sans hésiter. Il sourit malicieusement, tout heureux de sa trouvaille. Il n'hésita plus car il savait maintenant que son choix était le bon. Il prit sa plus belle plume, la trempa dans le jus de citron et commença à rédiger fébrilement son message invisible en ces termes :

« *Mon ami,*

Ce que j'ai à te demander va nécessiter de ta part un consentement éclairé qui engagera le restant de tes jours… »

* * *

Au bout d'une semaine, Rowena et Caméléon n'avaient guère avancé dans leurs investigations. La loi du silence régnait parmi les ouvriers et aucun d'entre eux ne voulait évoquer, ouvertement, la disparition de leurs confrères. Ceux qui parlaient tenaient des propos plutôt fantaisistes, faisant allusion à des fantômes, des créatures sorties de l'Enfer ou bien toutes sortes de malédictions. Tout au plus, les deux agents étaient parvenus à établir une liste de maçons, maîtres verriers et sculpteurs ayant quitté la construction depuis son début. En recoupant les informations, il s'avérait que la plupart étaient en fait partis vers d'autres chantiers, d'autres avaient quitté le pays et, finalement, peu d'entre eux s'étaient réellement volatilisés du jour au lendemain.

Peu après son arrivée, Rowena avait également interrogé le père abbé de l'abbaye voisine. Il confirma que certains ouvriers étaient venus le trouver pour lui faire part de leurs craintes. Selon eux, certaines disparitions subites relevaient d'enlèvements par des créatures surnaturelles. Ils lui demandaient de bénir leurs maisons et leurs familles. Bien évidemment, l'abbé ne croyait pas à ces fariboles. En tant qu'homme de Dieu, il se devait de discréditer ces superstitions et de rappeler la vérité de l'Évangile. Quant à la trentaine de moines dont il était le supérieur, ils vivaient cloîtrés au sein de l'abbaye. Comme ils ne se mêlaient jamais au reste de la population, elle jugea inutile de les interroger.

Lorsqu'elle évoqua l'absence de l'évêque sur le chantier, l'abbé attesta qu'il venait rarement, faisant comme lui entière confiance à la princesse. Lorsqu'elle lui demanda pourquoi, il lui rétorqua que Roxane était immensément riche, une façon polie de lui faire comprendre qu'en ces régions reculées tout argent était le bienvenu, même celui d'une femme. Si, dans ces conditions, elle souhaitait veiller personnellement à sa bonne utilisation, ni lui ni l'évêque n'y voyaient aucune objection.

Par ailleurs, l'abbé ne put s'empêcher de lui faire part de sa joie quant à l'arrivée prochaine de reliques rapportées de Terre sainte. En outre, qu'elles soient déposées dans la cathédrale par le grand Richard Cœur de Lion en personne allait donner une notoriété incommensurable à l'édifice, mais aussi à l'abbaye, bâtie deux siècles plus tôt, lorsque les Vikings de la vallée s'étaient convertis au christianisme. En guise de reconnaissance, ceux-ci avaient offert des terrains aux premiers moines qui les avaient évangélisés. Cependant, l'abbé précisa également, en prenant un air peiné, que la superficie des terres allouées à l'abbaye était à peine suffisante pour assurer leur autosubsistance. En d'autres termes, pensa Rowena en prenant congé de lui, l'abbé ne savait rien au sujet de l'enquête, mangeait dans la main de Roxane et dépendait totalement de son bon vouloir.

Les deux agents anglais n'avaient trouvé aucun élément probant susceptible de les aiguiller vers une piste. Le seul fait avéré était que la princesse détenait le pouvoir absolu dans la région. Personne ne s'opposerait à son autorité, d'où la difficulté à délier les langues. Seul un artisan leur parla à demi-mot d'un de ses confrères, un maître tailleur qui connaissait un certain Tinsdale, ayant subitement disparu avec sa femme et sa fille un an auparavant. C'était la seule piste sérieuse qu'ils avaient à ce jour, et Rowena souhaitait l'exploiter au mieux. Ce matin-là, en compagnie de Caméléon, elle comptait interroger le maître tailleur, même si au fond d'elle-même elle n'avait guère espoir d'en tirer grand-chose.

Elle n'avait toujours pas digéré sa rencontre matinale impromptue avec Roxane, et encore moins le silence de son ami. Ce dernier semblait faire comme si rien ne s'était passé. Les deux amants avaient une attitude distante en sa présence, mais Rowena savait – et elle entendait – que la princesse partageait chaque soir son lit avec Caméléon. Ces non-dits la contrariaient terriblement, et elle n'avait jamais osé en discuter ouvertement avec lui.

— Que penses-tu de tout cela ? demanda-t-il, tandis que tous deux cheminaient au bord du loch pour se rendre au chantier.

— De quoi veux-tu parler ?

— De ces disparitions d'artisans.

Ce ne sera pas encore aujourd'hui que nous aborderons le sujet… songea-t-elle, déçue.

— Je me demande si ces histoires de superstition ne sont pas inventées par le ou les tueurs pour masquer leurs crimes, dit-elle.

— Après tout ce qu'on a vu jusqu'à présent, tu crois toujours à une affaire criminelle ?

Rowena était têtue. Tout concourait à faire penser que Caméléon avait raison, mais elle ne voulait pas en démordre, peut-être à cause du trouble de Roxane, l'autre soir à table, lorsqu'elle avait évoqué la présence de cadavres.

— Mon petit doigt me dit qu'il y a eu des meurtres, même s'il reste à trouver des indices et un mobile.

— Et un coupable. Personnellement, je ne crois même pas que l'on ait affaire à des crimes camouflés. Certains trahissent pour de l'argent, d'autres quittent les chantiers pour la même raison.

Elle lui adressa un regard noir.

— Évite d'évoquer Wilhiam, s'il te plaît !

— Comme tu es susceptible, ce matin !

— Absolument pas ! Je note simplement que tu partages le point de vue de Roxane. Te ferait-elle des confidences sur l'oreiller, chaque nuit que tu passes avec elle ?

Caméléon baissa les yeux et fixa le sol. Rowena regretta immédiatement ses propos agressifs. Qui était-elle pour le juger de la sorte ?

— Pardon, ce n'est pas ce que je voulais dire.

— Mais tu l'as dit !

Elle l'arrêta et le prit par le bras.

— Écoute ! Il y a une semaine de cela, je t'ai trouvé avec Roxane dans ton lit et, depuis, tu n'as jamais évoqué le sujet avec moi. Je crois que l'on se connaît suffisamment pour pouvoir en discuter librement et sans arrière-pensée.

— Très bien, parlons-en ! Roxane est une belle femme. Elle a un charme envoûtant qui s'ajoute à sa beauté naturelle. Elle séduirait n'importe quel homme en moins de temps qu'il ne faut pour le dire.

— Tu n'as pas perdu de temps, en effet !

Il la dévisagea, étonné, avant de prendre un air narquois.

— Que veux-tu : les beautés froides ne savent pas me résister !

Elle rétorqua sèchement :

— Une beauté froide qui réchauffe tout de même ton corps chaque nuit !

Ses propos aigris ne l'offusquèrent pas.

— Ce que je voulais simplement dire, c'est que même si Roxane est dépourvue de chaleur humaine, cela ne l'empêche pas d'être attachante.

Elle effleura sa joue du bout de ses doigts.

— Je suis une femme, mon avis est donc partial, mais je partage ton point de vue sur cet aspect déshumanisé de Roxane. En outre, il ne faut pas perdre de vue qu'elle détient le pouvoir absolu dans la vallée. Elle est crainte par l'évêque, les moines, les artisans, les notables du bourg, et je ne suis pas loin de penser qu'elle n'aime pas beaucoup les Anglais. Tout cela ne facilitera pas notre enquête. Je ne voudrais pas non plus qu'elle couche avec toi dans le seul but d'obtenir des informations sur l'arrivée de Richard.

— Rowena, je suis un agent secret, je sais faire la part des choses.

— Je préférais te l'entendre dire. Pour le reste, je ne peux que te féliciter pour ton bon goût. J'ai eu un aperçu de son corps. Je dois avouer que je ne peux pas m'empêcher de la jalouser.

— Il est parfois agréable de se laisser hypnotiser, dit-il d'un ton badin, même si cela se révèle dangereux.

Elle l'enlaça, puis effleura ses lèvres en lui volant un baiser.

— Je saurai te désenvoûter.

Il la regarda, surpris par son geste, et prit un air offusqué :

— Je te remercie de ta sollicitude, je n'ai pas besoin d'être chaperonné, surtout par une aussi belle duègne que toi !

Il lui rendit son baiser. Tous deux partirent d'un grand éclat de rire et se dirigèrent bras dessus, bras dessous vers l'atelier du tailleur de pierre.

*

L'artisan qu'ils souhaitaient rencontrer se trouvait assis un peu à l'écart des autres ouvriers, sculptant une tête d'ange. Son ciseau avançait par à-coups sur la pierre, en sonnant de façon différente selon l'angle d'attaque donné par l'artiste.

— La taille de la pierre est une musique agréable, commença par dire Rowena en guise d'introduction. Sous le ciseau exercé, la sonorité de la roche prend des accents chantants.

— Un tailleur de pierre se sert tout autant de ses oreilles que de ses yeux, répondit-il, sans prendre la peine de lever la tête. C'est une douce musique, je vous l'accorde volontiers.

À cet instant, il changea de ciseau pour en prendre un plus large. Puis il reprit sa découpe du bloc de pierre, travaillant à présent le cou de son séraphin. Le son produit se fit aussitôt plus grave, et le rythme régulier de la mélodie changea du tout au tout. Rowena estima qu'il était temps d'en venir au motif de sa visite.

— Maître tailleur, nous sommes des agents royaux mandatés pour enquêter sur les disparitions. Un dénommé Tinsdale, maître maçon de son état, a disparu avec sa femme et sa fille il y a un an de cela. À ce qu'il paraît, vous le connaissiez.

L'homme arrêta de sculpter et se rembrunit, même s'il tenta de masquer son trouble.

— Je ne sais pas qui vous a dit que je savais quelque chose, dit-il en tentant de garder son calme, mais cette personne vous a menti. Ou alors, elle s'est trompée de maître tailleur. Je ne connais pas votre homme.

— Nous sommes là dans le cadre d'une enquête officielle, insista-t-elle. Si vous avez été témoin de certains faits, vous devez nous le dire.

— Je crains, hélas, que l'on vous ait mal renseignés à mon sujet, marmonna-t-il en passant sa main sur la pierre, pour vérifier son travail.

À cet instant, il jeta un regard anxieux autour de lui puis se remit à taper sur le ciseau avec son marteau. Inutile d'insister, pensa Rowena avec déception, il avait peur, il ne dirait rien.

— Si jamais un détail vous revient, conclut-elle en se retirant, vous pourrez toujours venir nous trouver.

L'artisan donna trois coups de marteau, s'arrêta pour vérifier une fois de plus si on l'observait en train de discuter avec les deux agents royaux, puis se remit à travailler la pierre sans même leur dire au revoir.

*

— Crois-tu toujours qu'il ne se passe rien ? demanda Rowena à Caméléon.

Le bruit du marteau du maître tailleur s'atténuait peu à peu, au fur et à mesure qu'ils s'éloignaient de lui.

— Je te l'accorde, cet homme a eu peur de se confier.

— Il a peur de Roxane, comme tous les autres.

Caméléon ne releva pas.

— Que proposes-tu, maintenant ? demanda-t-il seulement.

— D'aller faire un tour dans le quartier des artisans. Si les parents ne veulent pas parler, peut-être que leurs enfants nous en diront davantage.

— Idée ingénieuse !

Ils filèrent vers les maisons en bois, bâties non loin du chantier. Dans la rue, des gamins de tous âges jouaient ou vaquaient à divers menus travaux. Rowena décida d'interroger une jeune fille qui s'occupait de son petit frère.

— Bonjour, je cherche une enfant dont le nom de famille est Tinsdale. Hélas, je ne me souviens plus du prénom.

— Vous voulez sans doute parler d'Amy, déclara la jeune fille en laissant son frère faire quelques pas tout seul.

— C'est cela : Amy Tinsdale. J'aimerais lui parler.

— Vous aurez du mal.

— Pourquoi ?

— Parce qu'elle est partie d'ici.

— Ah bon ? Tu la connaissais bien ?

— C'était mon amie.

— Sais-tu pour quelle raison elle est partie ?

Elle secoua la tête.

— Amy a disparu avec ses parents pendant la nuit. Au petit matin, leur maison était vide.

— T'a-t-elle dit où elle s'en allait ?

— Non. Le matin où elle est partie, on devait aller ensemble jusqu'à la rivière pour pêcher des truites.

— Selon toi, elle ne savait pas qu'elle devait quitter les lieux dans la nuit ?

Elle acquiesça.

— Et cette nuit-là, as-tu entendu quelque chose de particulier, du bruit, des discussions dans la rue ?

— Non.

— Je te remercie pour tes réponses. Comment t'appelles-tu ?

— Esther.

— Esther, si jamais un souvenir te revient, n'hésite pas à nous le faire savoir.

— Où puis-je vous trouver ?

— Nous logeons chez la princesse, nous sommes sur le chantier le reste du temps.

— Amy m'a dit un jour être allée chez la princesse. Il paraît que l'intérieur du château est très beau. C'est vrai ?

Rowena fronça les sourcils.

— C'est très beau en effet. T'a-t-elle dit ce qu'elle était allée faire là-bas ?

— Son père et sa mère voulaient rencontrer dame Roxane.

— Sais-tu pourquoi ?

— Non.

— Il y a longtemps ?

— Je ne sais plus quand exactement. En tout cas, c'était quelques jours avant qu'Amy ne disparaisse.

Rowena croisa le regard de Caméléon, aussi surpris qu'elle.

— Dis-moi Esther, s'enquit-il, saurais-tu si d'autres enfants se sont rendus chez la princesse ?

— Clarissa y est allée aussi, avant Amy.

— Qui est Clarissa ?

— Clarissa Everton. Son papa est maître maçon.

— Cette Clarissa, sais-tu où nous pourrions la trouver ?

L'enfant haussa les épaules.

— Non.

— Comment, non ?

— Elle est partie, elle aussi. Après être allée chez dame Roxane.

* * *

La neige s'était mise à tomber lorsque les douze cavaliers avaient atteint le col du *Beinn Eighe*, un gigantesque chaos de roches grises entouré de toutes parts par des sommets à plus de trois mille pieds. À cette altitude, la tempête d'automne soufflant sur l'Océan se transformait en bourrasques de neige glacée s'infiltrant dans les vêtements, collant aux cheveux, formant des stalactites dans les barbes et les crins. Renaud était transi. Il grelottait sous ses épaisses couches de vêtements à présent détrempés par le grésil, la neige fondue et le souffle terrible du vent s'engouffrant dans la passe.

Les highlanders n'en avaient cure. Ils plaisantaient toujours, enroulés dans leurs kilts, bras nus et jambes découvertes, tressautant de concert avec leurs chevaux qui tentaient de garder une bonne assiette sur ce terrain rendu glissant et dangereux. Agnès, elle, allait cheveux au vent. Parfois, elle levait la tête pour humer l'air glacial comme si c'était une simple brise marine, puis secouait sa chevelure d'un mouvement fluide et gracieux pour en faire tomber les flocons. Elle resplendissait, telle une Walkyrie de légende en parfaite harmonie avec les éléments déchaînés, semblant même commander le vent et ce malstrom d'eau glaciale qui malmenait les cavaliers et leurs montures.

Depuis leur dernier échange dans le dos de Coarran, elle ne lui avait plus adressé la parole. Suite à cet entretien, Renaud avait tout de même noté un imperceptible changement d'attitude de sa part. Bienveillance eût été un bien grand mot pour qualifier son comportement, mais il lui semblait qu'elle n'attisait plus la haine contre lui. Aurait-elle envisagé de ne plus l'évincer de l'expédition ?

De plus en plus obsédé par cette ténébreuse beauté, véritable paradoxe vivant, il se prit à rêver de pouvoir s'immiscer dans ses pensées, afin de disséquer son tourment et, désir fou d'amoureux transi, d'apaiser sa peine. Une tâche ardue, songea-t-il en frissonnant sous la bise glaciale, il lui serait plus facile de calmer les éléments déchaînés que la colère qui agitait son âme.

C'est le moment que choisit Agnès pour mettre pied à terre. Les highlanders en firent autant. Renaud se hâta de les imiter. La descente du col se révélait en effet extrêmement périlleuse, et il se félicita de cette initiative. Le brouillard noyait tout, masquait les ravins. Le mieux à faire effectivement était d'attendre la fin de cette tempête, à l'abri derrière un rocher. Agnès s'approcha de lui en souffletant son manteau de la main, projetant de la neige mouillée tout autour d'elle.

— Sale temps pour les braves, fit-elle, et son visage s'éclaira d'un sourire peu rassurant.

— Vous ne donnez pourtant pas l'impression de vous en plaindre.

Elle ne rétorqua rien. Elle se campa face à lui, poings sur les hanches.

— Nous serons à l'heure au rendez-vous, dit-elle au bout d'un long moment.

Renaud savait seulement que le château de Duncan MacLeod se trouvait à trois jours de cheval plus au nord, au sommet du mont *Suilven*. La montagne en question était une espèce de pain de sucre battu par les vents, dont la pointe ne voyait que très rarement le soleil. Aucun envahisseur de l'Écosse, que ce fussent les Romains, les Vikings ou les Anglais, ne s'était jamais aventuré dans le coin, car la région montrait une hostilité patente, à côté de laquelle cette tempête apocalyptique n'était qu'un prélude. Renaud – ni aucun membre de la Guilde d'ailleurs – n'avait jamais vu le château. Il était étonné qu'Agnès en sache plus que lui sur son emplacement.

— Coarran nous y conduira les yeux fermés, poursuivit-elle, comme pour répondre à sa question. Auparavant, j'aurais un dernier détail à régler.

Entouré de ses deux gardes du corps, le chef de la bande vint se planter aux côtés de la jeune femme, l'épée au clair. L'échalas aux yeux de fouine qui ne le quittait pas d'une semelle saisit les rênes du cheval de Renaud et l'emmena à l'écart.

Un parfait imbécile, voilà ce qu'il était !

Dire qu'un instant auparavant il croyait avoir enfin amadoué ce féroce animal qui lui faisait face ! De bien niaises pensées qu'il avait eues là ! Il s'était laissé berner, fasciné qu'il était, au lieu de suivre sa raison. Il aurait dû se souvenir que la chute de l'histoire ne variait jamais : après s'être cruellement amusé, le chat finissait toujours par dévorer la souris.

— Qu'est-ce que cela signifie ? demanda-t-il offusqué, tout en sachant pertinemment le sort qui l'attendait.

— Ne jouez pas au plus fin avec moi ! répondit-elle. Je ne vous ai jamais fait confiance, vous savez parfaitement pourquoi.

— Je ne comprends pas, lâcha-t-il maladroitement.

Elle sourit à sa remarque. Coarran et l'homme au cou de taureau s'approchèrent et se saisirent de lui sans ménagement.

— Vous m'aviez habituée à davantage de finesse, dit-elle. Il faut croire que votre maître est d'une naïveté candide pour oser s'encombrer d'un aussi mauvais comédien. Par égard pour lui, je vous laisserai la vie sauve.

À cet instant, il comprit qu'elle n'avait pas évoqué devant Coarran les véritables raisons l'ayant conduite à l'épargner. Sa fierté l'empêchait-elle d'avouer ouvertement qu'elle tenait à lui, suffisamment, en tout cas, pour lui laisser la vie sauve, alors qu'elle savait avoir affaire à un ennemi ?

— Le prince Jean ne vous le pardonnera pas ! s'écria-t-il.

Elle le fixa quelques instants en haussant les sourcils.

— Remerciez-moi plutôt de ma magnanimité, je ne suis guère coutumière du fait.

Puis elle se tourna vers Coarran.

— Entravez-le seulement.

Un instant surpris, Coarran la dévisagea mais il obtempéra sans émettre de commentaires. Il lia solidement les pieds du prisonnier à l'aide d'une corde en n'oubliant pas, au passage, de dénuder ses chevilles gelées pour que la corde lui entame la peau. Puis il retourna vers son cheval, toujours accompagné de son acolyte à la mine patibulaire. Déjà, les autres highlanders s'étaient remis en selle. Agnès s'approcha de Renaud et le dévisagea de ses yeux inquisiteurs.

— Je ne sais pas pour qui vous travaillez, reprit-elle, même si j'ai ma petite idée sur la question. Toujours est-il que votre route s'arrête ici. La suite de l'histoire ne vous appartient pas. Je l'écrirai seule.

— Le prince Jean n'acceptera jamais une telle trahison.

Elle s'esclaffa.

— Comme c'est amusant d'entendre ce mot dans votre bouche ! Sachez que j'ai toujours senti les traîtres à des lieues à la ronde, comme d'autres l'arrivée de l'orage.

Puis son visage redevint d'une sérénité parfaite. Du bout de ses doigts glacés, elle effleura délicatement sa joue, avant de saisir son menton et de déposer sur ses lèvres un long baiser brûlant.

— Malgré cela et pour une raison que je ne saurais expliquer, fit-elle en prenant du recul, vous m'étiez sympathique.

Renaud envisagea soudain les événements d'un œil nouveau, en dépit de la tempête et de la précarité de sa situation. Elle se détourna de lui et revint vers sa monture.

— Qui sait ? conclut-elle en mettant le pied dans l'étrier. Peut-être que dans d'autres circonstances nous serions devenus amis ou…

Elle s'interrompit avant de finir sa phrase et saisit les rênes de son cheval. Les premiers cavaliers avaient déjà disparu, avalés par le brouillard. Une bourrasque de neige plus forte que les autres fit vaciller Renaud. Il tenta de garder l'équilibre, mais ses pieds ne le suivirent pas. Il chancela, avant de tomber et de se retenir avec les mains sur les cailloux aux arêtes acérées. Un cri de douleur s'échappa de sa gorge et vint mourir sur ses lèvres. La bise fouettait son visage, le glaçait. Il contempla ses mains rougies par le gel. Du sang coula de ses paumes entaillées, mais il faisait tellement froid qu'il ne sentait plus rien. Finalement, Agnès aurait mieux fait de lui passer une épée en travers du corps, songea-t-il. Il allait mourir là, épuisé, avant même d'avoir pu défaire ses liens et de descendre la montagne pour rejoindre un village.

Il leva les yeux. À présent, seule la jeune femme était encore visible dans la tempête. Elle passa la tête par-dessus son épaule. À cet instant, il put lire dans son regard non pas de la haine ou de la colère mais une ineffable souffrance que lui seul, semblait-il, avait réussi à faire transparaître chez elle.

— Et n'oubliez pas, fanfaronna-t-elle dans la tourmente, si bien qu'il ne sut pas si c'était le vent qui persiflait ou Agnès qui parlait, lorsque vous verrez des corneilles voler en cercle au-dessus de vous, pensez à protéger vos yeux !

La voix s'évanouit dans le blizzard. Il resta seul à grelotter dans le froid, perdu au milieu de nulle part, les mains endolories, incapable de marcher. Son visage s'éclaira alors d'un large sourire qui se transforma bientôt en rire tonitruant. Un rire de dément, se dit-il, et rien qu'à cette idée, il s'esclaffa de plus belle en se tenant les côtes, se moquant du vent, de la neige et des conséquences catastrophiques de sa situation.

Car il détenait à présent un secret qu'avant lui des dizaines de membres de la Guilde avaient vainement essayé de percer. Une infime faille dans la cuirasse de celle qui n'avait de cesse d'essayer de détruire son organisation. Peu à peu, il retrouva son sérieux. Il fallait impérativement qu'il vive, car il était le seul en mesure de comprendre Agnès pour ce qu'elle était et, par là même, de la persuader d'arrêter de détruire la *Guilde pérégrine*. L'espace d'un instant, il caressa même l'idée de la recruter un jour pour qu'elle serve l'Organisation. Vaniteuse pensée, sans doute – autant essayer de faire recouvrer la vue à tous les aveugles de la Terre – mais, à cet instant, il eut l'intime conviction de pouvoir y parvenir. Certes, cela lui prendrait beaucoup de temps, l'entreprise resterait très hasardeuse, cependant le jeu en valait la chandelle.

Tout n'était pas perdu. La souris avait pu saisir le tourment du chat jouant avec elle et, pourquoi pas, se prit-il à rêver, mettre du baume sur ses plaies pour apaiser enfin sa douleur.

* * *

— On dirait que Roxane ne nous a pas tout dit sur cette affaire, commenta Rowena.

Avec Caméléon, elle avait passé le reste de la journée à interroger les enfants du voisinage, en vain. Seul le témoignage d'Esther semblait digne d'intérêt. Les autres étaient imprécis ou trop vagues, voire totalement inventés. À présent, la nuit était tombée. Tous deux se tenaient sur le parvis de la cathédrale, faisant le point sur leur enquête.

— Cela ne prouve rien, dit Caméléon.

— Arrête, tu n'es plus objectif ! Roxane rencontre ces gens et, comme par hasard, ils disparaissent dans les jours qui suivent ! Tu as vu cet artisan, ce matin : il était terrorisé.

— C'est le témoignage d'un enfant, il est sujet à caution. Quant aux artisans, tu l'as dit toi-même, c'est Roxane qui les fait vivre.

— Dans ce cas, nous interrogerons directement la princesse !

— Je le ferai moi-même, si tu veux, dit Caméléon d'un air agacé.

— D'accord.

Rowena savait qu'il ferait la part des choses entre sa fonction d'agent royal et ses sentiments pour la princesse, même si cela devait lui en coûter.

— Quelle raison aurait-elle de tuer des maçons, alors qu'elle possède déjà la richesse, la beauté et le pouvoir sur la vallée ? demanda-t-il tout de même.

— La venue du roi d'Angleterre me paraît être une raison plus que suffisante.

— Tu penses qu'elle veut l'assassiner ?

— Je ne pense rien. Je constate simplement des faits. Ils me laissent à penser qu'elle pourrait tremper dans un complot, c'est tout.

Il fronça les sourcils.

— Roxane n'aime pas les Anglais et elle estime les Écossais, c'est indéniable. Elle n'en est pas pour autant une conspiratrice. Par ailleurs, je peux t'affirmer qu'elle ne rencontre personne d'autre, en dehors de nous.

— Cela ne veut rien dire.

— Roxane veut tuer Richard, pourquoi pas, après tout ? Que viennent faire dans cette histoire Tinsdale et Everton ?

Rowena resta songeuse.

— Je trouverai. Tinsdale et Everton étaient tous deux des maîtres maçons.

— Et alors ?

— Dans la liste des gens disparus que nous avons établie figuraient tous les corps de métier. Si tu regardes bien, en enlevant les départs que l'on a pu expliquer d'une façon ou d'une autre, la majorité des disparitions inexpliquées concerne des maçons.

— Qu'en déduis-tu ?

— Rien pour l'instant. C'est juste une piste à explorer.

Caméléon resta perplexe.

— Il faudrait pouvoir interroger des adultes, à présent.

— Cela va être difficile, car ils ne parleront pas ouvertement.

— J'en glisserai un mot à Fergus, dit-il. Puisqu'il a promis de nous aider, autant en profiter. Je dois justement passer chez lui, récupérer des livres de comptes pour Roxane.

Tous deux se mirent en marche vers sa maison.

— Pour ma part, j'interrogerai les villageois. Ils semblent superstitieux, mais ils savent peut-être des choses. Au fait, t'ai-je dit que l'autre nuit j'avais fait un rêve bizarre ?

— Bizarre ?

— Le premier soir où nous avons dormi au château, j'ai rêvé que je mourais en couches en pleine forêt, entourée de loups. Étrangement, j'ai eu l'impression que tout était réel. En fait, je faisais ce rêve à la place d'une autre femme ayant déjà vécu ces événements. À croire finalement que l'Écosse finit par tous nous hanter.

Elle évita toutefois de préciser que lorsqu'elle s'était réveillée elle avait entendu des cris qui n'avaient rien de fantomatique.

— Vraiment curieux, dit Caméléon d'un air gêné.

Ils étaient arrivés devant la demeure de l'architecte.

— Veux-tu que je t'accompagne ? demanda Rowena.

— Je risque d'en avoir pour un moment.

— À tout à l'heure, dit-elle en le laissant là.

Elle quitta le village et s'engagea seule sur le chemin menant au château. Une brise légère venue de la mer faisait onduler la surface du loch. Des vaguelettes venaient s'échouer sur la rive caillouteuse dans un doux clapotis régulier. Tout en marchant, elle laissa son esprit vagabonder sur l'eau sombre et frémissante. Une brume basse flottait sur l'onde, créant une ambiance irréelle et mélancolique. Elle songea à la remarque de Fergus le premier soir, lorsqu'il avait évoqué en plaisantant une créature marine habitant les profondeurs. En tant qu'adepte de la logique, elle ne croyait pas aux esprits et à toutes ces fadaises. Cependant, tandis qu'elle cheminait seule au bord de ce loch, elle se demanda en frémissant s'il s'agissait vraiment d'une boutade. Certes, en Écosse la superstition était omniprésente, tant chez les villageois que chez les artisans. Nombre étaient ceux qui avaient évoqué au cours de l'enquête les esprits de la lande ou ceux, plus maléfiques, hantant les lochs. Cela faisait huit jours maintenant qu'elle séjournait dans les Highlands, et elle comprenait aisément que l'on pouvait facilement se laisser aller à ce genre de divagations dans un décor tel que celui-là.

Son regard dériva au fil de l'eau. Elle imagina les drakkars vikings qui avaient dû remonter ce loch depuis la mer, chargés de féroces guerriers prêts à piller les villages côtiers. Les ancêtres de Roxane avaient-ils ressenti eux aussi cette crainte irrationnelle qu'elle ne pouvait s'empêcher d'éprouver ? Certainement. Cela ne les avait pas empêchés de s'installer sur ces berges, bien plus hospitalières que les fjords sauvages de leur lointaine et glacée Scandinavie.

Inconsciemment, ses yeux glissèrent vers la rive en direction du château de la princesse et s'arrêtèrent soudain sur une silhouette qui se fondait dans le brouillard bas baignant l'horizon. C'était une jeune femme apparemment, aux longs cheveux roux défaits sur les épaules. Aussitôt, Rowena accéléra le pas et se dirigea vers elle. Debout au bord de l'eau dans sa robe immaculée, elle contemplait un point au large qu'elle seule semblait apprécier, indifférente à son approche. Pourtant, songea Rowena avec étonnement, le crissement de ses pas sur les galets aurait dû l'alerter de sa présence. Lorsqu'elle arriva à sa hauteur, l'inconnue se retourna enfin vers elle sans trahir de surprise. Ses yeux, oscillant entre le vert clair et le topaze, la considéraient d'un air détaché.

— Bonsoir, dit-elle.

— Bonsoir, répondit Rowena. Puis-je vous être utile en quoi que ce soit ?

La jeune femme esquissa un sourire las.

— Faire un peu de route en votre compagnie me ferait grand bien, déclara-t-elle d'un ton monocorde.

Rowena nota immédiatement qu'elle n'avait pas l'accent écossais, plutôt celui du Sud de l'Angleterre.

— Je m'appelle Rowena.

L'apparition s'efforça de sourire.

— Enchantée ! Mon nom est Mary Dumfries.

Elle fit quelques pas à côté d'elle, en silence, puis la curiosité de Rowena reprit le dessus.

— N'avez-vous pas peur, toute seule au bord du loch à une heure si tardive ?

Mary la fixa étrangement.

— J'aime les promenades nocturnes au bord des eaux calmes, récita-t-elle. Tout est paisible, la nuit. C'est un moment propice pour méditer.

— Il semblerait pourtant que la solitude vous pèse aussi.

— Parfois, elle est lourde à supporter.

Rowena profita de l'occasion pour l'interroger à propos de son enquête.

— Je rentre du chantier de la cathédrale. J'y enquête sur les départs précipités d'artisans qui ont eu lieu ces dernières années.

Mary écoutait attentivement, attendant la suite.

— En auriez-vous entendu parler ? insista Rowena.

— Qui n'est pas au courant…, fit Mary d'un ton détaché.

Enfin une personne qui ne se fermait pas comme une huître à l'évocation de ce sujet ! pensa Rowena. Après une semaine passée à interroger en vain les artisans, cela lui mit du baume au cœur.

— Sauriez-vous quelque chose ? s'enquit-elle, avec une pointe d'espoir.

Mary la fixa longuement. Elle semblait la regarder et, en même temps, Rowena eut la désagréable impression qu'elle avait l'air d'être ailleurs.

— Que sais-je… ? dit-elle mollement en laissant traîner chaque syllabe.

Elle marqua un temps d'arrêt, puis ajouta avec enthousiasme :

— Oui, je sais peut-être quelque chose !

Rowena se retint de pousser un cri de joie.

— Connaissiez-vous un certain Tinsdale, et un autre maçon dont le nom de famille était Everton ?

— Non.

Sa réponse avait été catégorique. Rowena se demanda si cette femme ne se moquait pas d'elle. Elle se retint de le lui faire remarquer et préféra changer de sujet.

— Avez-vous un amoureux, Mary ?

— Et vous, rétorqua-t-elle en souriant, un homme vous a-t-il aimée ?

Cette femme était vraiment déconcertante, pensa Rowena, mais elle ne put s'empêcher de répondre :

— Peut-être, autrefois…

Mary se tourna vivement vers elle et la dévisagea longuement.

— Comment s'appelait-il ?

— Wilhiam, murmura-t-elle.

Mary l'observa avec attention et gravité.

— Vous aimait-il… ? Je veux dire… *assez* pour donner sa vie pour vous ?

Rowena se souvenait parfaitement de ce jour à la commanderie où Wilhiam s'était jeté sur elle, encaissant le carreau d'arbalète à sa place. *L'avait-il protégée au péril de sa vie ?* Cette question, elle se l'était maintes fois posée depuis, sans vraiment trouver de réponse convenable. Une fois de plus, elle éprouva un besoin irrépressible de se confier à Mary :

— Il a risqué sa vie pour moi. Je ne sais pas si c'était par amour ou par intérêt.

Mary observait maintenant le loch plongé dans l'obscurité, pensive.

— Risquer sa vie est un acte d'amour !

Rowena ne répondit rien. Wilhiam était sorti de son existence. Il devait couler des jours heureux loin de l'Écosse. Sa destinée ne l'intéressait plus ! Il avait d'ailleurs fallu que cette femme évoque le sujet pour que resurgissent en elle cette blessure et toute la douleur associée. Mary la gratifia d'un pâle sourire et Rowena réalisa que c'était elle qui devait l'interroger et non pas le contraire.

— Vous habitez dans la colline ? demanda-t-elle, pour tenter de reprendre le contrôle de la situation.

Amusée, Mary l'observa.

— Pourquoi une telle question ? Vous n'avez pas de toit sous lequel dormir, cette nuit ?

Encore une fois, elle avait répondu à une question par une autre question.

— Je loge au château de la princesse Roxane, fit-elle, agacée.

— Vous êtes arrivée ! fit Mary en désignant du menton la silhouette de la forteresse qui se profilait dans la nuit.

Rowena s'arrêta devant l'étroit sentier conduisant chez Roxane, mais Mary continua de marcher.

— Je suis heureuse d'avoir pu discuter avec vous, déclara-t-elle sans se retourner.

— Voulez-vous que je vous accompagne jusqu'à votre demeure ?

— Ça ira.

Sa frêle silhouette s'était déjà évanouie dans la brume grise qui montait du loch. Rowena resta là, à observer l'endroit où Mary avait disparu. Elle n'avait jamais vu cette femme auparavant, pensa-t-elle, avant de conclure qu'elle devait habiter l'une des bergeries dans les collines qui dominaient le loch. Elle songea aussi qu'elle avait surtout eu le chic de changer de sujet lorsqu'elle avait abordé des questions personnelles, et qu'elle lui avait bien délié la langue. À cet instant, la voix de Mary s'éleva dans le lointain, comme en écho dans le brouillard :

— Percival Johnson ! Pour les disparitions, pensez à interroger Percival Johnson !

Rowena resta un instant interloquée. Elle n'avait jamais entendu ce nom auparavant.

— Attendez ! s'écria-t-elle en courant vers Mary.

Elle s'enfonça dans la brume basse pour tenter de la rattraper, cria son nom, personne ne répondit. Bientôt, le brouillard fut trop épais pour y voir quoi que ce soit. À contrecœur, elle dut rebrousser chemin. Si Mary refusait de signaler sa présence dans cette purée de pois, elle n'aurait aucun moyen de la rejoindre. Elle se demanda soudain si elle n'avait pas rêvé cette rencontre. Mary venait de lui livrer un nom qui ne lui évoquait rien. En tout cas, il ne correspondait à celui d'aucun des artisans ou des villageois. Rowena se pinça machinalement le bras et ressentit immédiatement la douleur. Si tout à l'heure elle avait eu une hallucination, à présent, elle était parfaitement éveillée. D'ailleurs, elle vit une lumière mouvante qui passait d'ouverture en ouverture dans le château, se dirigeant vers l'entrée. La princesse avait certainement dû la voir arriver, et elle venait l'accueillir. Bientôt, la porte s'ouvrit et Roxane apparut sur le seuil.

— Avez-vous passé une bonne journée ? demanda-t-elle.

Rowena marcha vers elle sur le sentier.

— Excellente, Roxane ! fit-elle en se ressaisissant. Je viens à l'instant de rencontrer une femme que vous connaissez peut-être, une dénommée Mary Dumfries.

Roxane eut un imperceptible tressautement de la joue, un tic que Rowena avait déjà noté chez elle lorsqu'elle était troublée.

— Je ne la connais pas, répondit-elle d'une voix affectée.

Puis elle disparut précipitamment dans le salon, la laissant seule dans le hall d'entrée. Rowena resta longtemps plantée là, perplexe. On aurait dit que la princesse s'était empressée de cacher sa gêne en s'enfuyant loin d'elle. Maintenant, elle avait hâte de raconter tout ça à Caméléon. Elle savait que sa curiosité serait suffisamment titillée pour qu'il cherche à savoir pourquoi Roxane avait menti.

* * *

Après trois jours de chevauchée à travers le Sutherland, la région la plus septentrionale de l'Écosse, Agnès et les dix highlanders arrivèrent enfin au pied du mont *Suilven*, une immense montagne battue par les vents, dressée en aplomb d'un loch aux eaux noires. La tempête d'automne n'avait cessé de souffler depuis le col du *Beinn Eighe*, et à mesure qu'ils chevauchaient vers le nord, elle s'était même renforcée. Les rafales étaient à présent si violentes que les cavaliers peinaient à se tenir droits sur leurs montures harassées. Cependant, Coarran engagea sans hésiter son cheval dans ce qui semblait être un étroit sentier escarpé, parsemé de roches noires aux arêtes saillantes. Agnès le suivit et, un par un, les onze cavaliers grimpèrent les degrés naturels serpentant à flanc de montagne. On pouvait seulement imaginer sa hauteur impressionnante à défaut de la contempler, car tout le massif, du pied jusqu'à son sommet, était noyé dans le brouillard et l'averse de neige.

Peu à peu, l'escalade se fit de plus en plus périlleuse. L'à-pic était vertigineux, les cailloux rendus glissants par le gel. Rester en selle sur le cheval dans cet étroit sentier devint rapidement impossible, même pour Coarran.

— Mettons pied à terre, proposa-t-il enfin, en montrant l'exemple. Si vous voulez garder la vie, ne perdez pas de vue le cheval qui vous précède !

Tous firent de même. Agnès saisit la bride de son coursier et suivit le hongre gris de Coarran.

— Je comprends à présent pourquoi personne n'a jamais attaqué le château des MacLeod.

À cet instant, une bourrasque d'une rare violence faillit la faire chavirer dans le ravin. Elle ne dut son salut qu'au pas assuré de son cheval et à la solidité de la bride en cuir. Insensible aux éléments déchaînés, Coarran cracha par terre et, d'un revers de son avant-bras nu, s'essuya la bouche.

— Y'en a encore pour pas mal de temps, dit-il, regardez où vous mettez les pieds, au lieu de parler.

Le jour tombait – si tant est que l'on puisse appeler *jour* la nuée sombre et moirée qui ne les quittait pas depuis le début de l'ascension –, lorsque le château apparut enfin. Il semblait posé au sommet comme un nid d'aigle, et son austérité fit frissonner Agnès. Bâtie dans la pierre noire de la montagne, la forteresse se fondait en elle. Les courtines séparant les quatre tours d'angle disposées aux quatre points cardinaux n'offraient aucune prise à des instruments de siège, voire même à des échelles, car elles prolongeaient les flancs du sommet. Le vent terrible soufflant depuis la mer s'engouffrait en sifflant dans les meurtrières et dans ce qui ressemblait à une grotte sombre creusée sous la forteresse. Fermée par une lourde herse en fer, c'était là, comprit-elle rapidement, la seule voie d'accès au château.

Sur un cri rauque de Coarran, la grille fut relevée. Les cavaliers s'engagèrent à pied, les uns à la suite des autres, dans un tunnel de plus de cent pieds de long creusé à même la montagne, surplombé par d'étroites ouvertures permettant de décharger eau bouillante, pierres et autres projectiles sur les éventuels intrus. Une deuxième puis une troisième herse furent relevées, et l'expédition parvint enfin dans la cour du château.

Devant eux se tenait un highlander à l'allure austère, aux longs cheveux roux tellement détrempés qu'ils ne battaient même pas lorsque la bourrasque se faisait plus violente et déstabilisait les corps. L'épée au côté, drapé dans un kilt au tartan rouge et vert, il était encadré de ses deux fils âgés d'environ treize ou quatorze ans, aussi roux et aux visages aussi peu sympathiques que celui de leur père. Agnès réajusta sa longue chevelure blanchie par la neige et fit face aux trois hommes. En jetant un bref regard circulaire dans la cour, elle compta pas moins de cent hommes en armes postés sur les remparts : arbalétriers, archers ou simples soldats munis d'épées.

— Duncan MacLeod, dit-elle en affichant un large sourire, je suis Agnès de Falaise. Nous partageons des intérêts communs dont je souhaiterais m'entretenir avec vous en privé.

— J'ai été averti de votre arrivée, dame Agnès, répondit-il d'une voix de basse. Je vous prie de me suivre.

Tous deux firent quelques pas ensemble, à l'écart du groupe des cavaliers. Le vent faisait tellement de bruit, pensa-t-elle que, de toute façon, personne n'aurait saisi un traître mot de leur conversation.

— Sir MacLeod, demanda-t-elle, de combien d'hommes disposez-vous à ce jour ?

— Environ vingt barons et leurs vassaux, soit près de cinq cents highlanders.

Elle secoua la tête. Une myriade de flocons virevoltèrent avant de tomber à ses pieds.

— Ce ne sera pas suffisant. Votre roi dispose de davantage de troupes et il a le soutien de Richard Cœur de Lion.

— Nos messagers parcourent en ce moment même les hautes terres d'Écosse, allant de château en château, de village en village. Nous devrions disposer, d'ici peu, de deux à trois fois plus d'effectifs. Et vous, avez-vous pu rallier les couards des Lowlands ?

— Ils ont donné un accord de principe du bout des lèvres. Leur pleutrerie n'en fait pas des partenaires fiables.

— Nous nous contenterons de leur neutralité. De toute façon, je n'ai que faire de leurs épées ; elles ne nous seraient d'aucune utilité sur le plan militaire. Ces bâtards croisés avec du sang anglais ne savent pas se battre !

Agnès sourit.

— Le roi d'Écosse et Richard seront présents côte à côte dans la cathédrale pour la cérémonie de remise des reliques. Une occasion pareille ne se présentera pas deux fois.

Duncan MacLeod se tourna vers elle et la dévisagea avec inquiétude.

— À ce qu'on dit, les défections d'artisans sur le chantier commencent à devenir inquiétantes. Il serait regrettable que la rencontre soit annulée pour cette raison.

— Cela n'arrivera pas. Lord Stratheden a déjà envoyé sur place deux agents préparer l'arrivée de Richard.

— Et s'ils découvrent la vérité ?

— Nous les éliminerons avant.

Il s'arrêta et la fixa, intrigué.

— Je n'ai jamais connu de femmes plus redoutables que vous, Agnès.

Elle inclina la tête et, plongeant ses yeux dans les siens, sonda son âme. Cela devait faire bien longtemps que Duncan MacLeod n'avait pas vu le bleu du ciel, car son regard flotta longuement et avec mélancolie dans l'azur de ses prunelles. Elle décela chez ce rude guerrier un trouble profond qui ne tarda pas à se refléter sur son visage. Cet homme inflexible, véritable légende vivante pour ceux des hautes terres d'Écosse, ne serait pas difficile à mater, pensa-t-elle à cet instant.

— Vous avez deux superbes fils, sir MacLeod, déclara-t-elle négligemment, je ne vois pas leur mère…

— Mon épouse est morte l'an passé.

Elle se rapprocha du baron et posa ses mains sur son torse musculeux. Elle les fit glisser lentement sur sa poitrine, appréciant au passage le tressaillement imperceptible de ses puissants pectoraux au travers de la laine détrempée. Cela n'eut pas l'air de lui déplaire, songea-t-elle lorsqu'elle mit fin à ses caresses, laissant l'homme frustré et, *vulnérable*…

— Vous ne vous sentez pas trop seul ? demanda-t-elle, ingénue.

— La solitude est l'amie du highlander, dame Agnès, expliqua-t-il en déglutissant avec peine. Nous ne sommes pas pour autant hostiles à une charmante compagnie.

Elle se remit en marche, faisant quelques pas à ses côtés. Elle passa son bras dans son dos, serrée à présent contre lui.

— Sir MacLeod, annonça-t-elle avec entrain, vous savez qu'en cas de réussite cette affaire vous conduira sur le trône d'Écosse.

— Il est vrai qu'une femme avisée à mes côtés ne serait pas de trop.

Elle resserra son étreinte et joua de sa voix la plus veloutée :

— Je vois que nous nous comprenons, Duncan, et que nous sommes faits l'un pour l'autre…

Chapitre 14

Funestes horizons

Cela faisait maintenant près de six semaines que Rowena et Caméléon étaient arrivés sur le chantier de la cathédrale. L'automne s'était installé dans la région, teintant d'or et de pourpre les arbres et les buissons. Les bruyères tardives s'étaient mises à fleurir. Elles coloraient la lande de nuances roses et rouges. L'air était plus frais, même si les journées restaient encore ensoleillées. La neige n'allait pas tarder à recouvrir d'un manteau blanc les sommets dressés à l'horizon, et Rowena dut avouer qu'elle serait ravie de quitter ces lieux avant les vrais frimas des rigoureux hivers écossais.

La Toussaint approchait à grands pas, les préparatifs pour fêter l'arrivée des rois s'intensifiaient, et l'enquête piétinait toujours. Caméléon avait longuement interrogé Roxane sur Tinsdale et Everton, les deux familles de maîtres maçons qui lui avaient rendu visite. Sans hésitation, elle lui confirma les avoir rencontrés. Elle précisa aussi que de nombreux ouvriers venaient la voir pour la remercier de tout ce qu'elle avait fait pour le chantier depuis des années. Quand il lui dit que ces artisans avaient disparu après qu'elle les eut vus, elle prit un air perplexe. Elle lui rappela que d'autres ouvriers étaient venus la trouver, avant de quitter brusquement le chantier pour aller travailler ailleurs.

Les interrogatoires avaient confirmé ses dires. En tant que principale donatrice pour la cathédrale, nombreux étaient les artisans qui lui apportaient des présents et aucun ne semblait lui reprocher quoi que ce soit. D'ailleurs, personne, ni au village ni sur le chantier, n'avait peur d'elle au point de la croire responsable des disparitions. Au contraire, tous éprouvaient un profond respect pour cette femme qui, disaient-ils, se battait pour faire vivre cette vallée d'Écosse déshéritée.

Point positif, les deux agents n'avaient eu à déplorer aucun départ d'artisans depuis leur arrivée. De nouveaux venus prêtaient main-forte pour que fussent menées à bien, en temps voulu, les finitions de l'édifice. Rowena avait prévu de les interroger également même si, a priori, cela ne présentait pas beaucoup d'intérêt.

Quant aux gens du cru, leurs avis étaient plus partagés. Les plus acariâtres d'entre eux voyaient d'un mauvais œil tous ces étrangers. Une vieille dame avait affirmé à Caméléon qu'elle les aurait elle-même mis dehors si elle avait pu. Toutefois, la majorité des villageois, surtout les bourgeois et les négociants des différentes guildes, se réjouissaient de voir le bourg se transformer peu à peu en ville d'importance. Les foires seraient plus fréquentes, des pèlerins viendraient se recueillir devant les reliques et cette notoriété apporterait davantage d'argent dans les caisses. Tout le monde en profiterait, les commerçants et les artisans, aussi bien que les éleveurs de moutons qui pourraient écouler plus facilement leur laine, première source de revenus dans la région.

Globalement, les villageois ne semblaient donc pas hostiles à la venue sur leurs terres du roi Richard. Au cours des longs entretiens qu'elle put avoir avec eux, elle eut même le sentiment qu'ils étaient plutôt fiers de cette visite du souverain anglais. En aucun cas ils ne firent usage de paroles haineuses à son égard. Rowena étant elle-même anglaise, peut-être n'osèrent-ils pas critiquer ouvertement son roi ? Dans un premier temps, elle envisagea cette possibilité. Cependant, au fil des semaines et des interrogatoires, elle eut la conviction que ces petites gens étaient reconnaissantes à Richard Cœur de Lion de s'intéresser à leur sort.

Si complot contre le roi d'Angleterre il y avait, elle n'en croyait pas les villageois complices. Sur cette question en revanche, les avis des nobles de la région divergeaient. Ils logeaient tous dans des demeures ou des châteaux situés dans les villes voisines, à des lieues de la cathédrale. Elle perdit un temps précieux à les interroger tous. Finalement, elle ne tira rien d'utile de ces entretiens. Les plus bavards lui expliquèrent seulement que les Anglais seraient mieux chez eux que dans les Highlands. À mi-mots, ils lui laissèrent entendre qu'ils ne se déplaceraient pas pour accueillir les deux monarques. Quant aux autres, ils semblaient totalement indifférents à cette visite.

De façon amusante, tous, à l'unanimité, montrèrent une aversion farouche à l'égard de la princesse, leur suzeraine. Cela ne manqua pas de faire sourire Rowena. Roxane de Kebnekaise tenait entre ses mains tous ces nobliaux en kilts qui ne rêvaient que de s'affranchir de son autorité. Malheureusement pour eux, tous dépendaient d'elle, au moins pour partie. Si Roxane complotait, elle ne pourrait en aucune manière compter sur leur appui pour l'aider à renverser Richard Cœur de Lion. La princesse était suffisamment habile pour s'en rendre compte. En conclusion, si elle conspirait, elle s'allierait forcément à des nobles écossais, certainement pas ceux de son voisinage.

Rowena avait longuement discuté avec Caméléon de sa rencontre nocturne avec Mary Dumfries. Il regretta de n'avoir pas été présent. Peut-être aurait-il ainsi décelé un indice qui aurait pu lui échapper. Tous deux questionnèrent les villageois, artisans, nobles et clercs de la région à son sujet et, fait troublant, il s'avéra que personne ne la connaissait. Soir après soir, Rowena espéra secrètement croiser à nouveau Mary. Hélas, à son grand regret, elle ne se manifesta plus. Était-elle simplement de passage dans la région ? Après tout, c'était possible. Rowena avait noté son accent, du Sud de l'Angleterre et non pas d'Écosse. Elle savait que les chantiers attiraient des personnes de toutes origines et conditions, même les plus triviales, comme les tire-laine ou encore les prostituées. Mary faisait-elle partie de cette cohorte d'individus ?

Elle n'arrivait pas à y croire. Pour l'avoir côtoyée, même le temps d'une courte promenade nocturne, elle n'avait noté chez elle aucun travers suspect ou malhonnête. Il y avait eu surtout cette conversation inachevée au sujet de Wilhiam, qui l'avait troublée. Mary avait volontairement évoqué ce sujet comme si elle avait été au courant pour la trahison de son fiancé. Les semaines avaient passé, et Rowena était à présent convaincue que cette rencontre n'était pas fortuite. Ce soir-là, Mary l'attendait. Pour parler de Wilhiam, mais aussi pour lui donner un indice en glissant le nom de cet insaisissable Percival Johnson. À moins que cette jeune femme rousse rencontrée dans les brumes du loch ne fût rien d'autre que le fruit de sa folie. Si personne ne connaissait Mary Dumfries et Percival Johnson, commença-t-elle à se demander au fil des semaines, c'était peut-être tout simplement parce qu'ils n'existaient pas ailleurs que dans son imagination.

À l'instant, les deux agents royaux venaient de s'entretenir avec un vieil homme édenté à l'accent rocailleux. Il leur avait conseillé d'arpenter les collines au-dessus du château, pour interroger les bergers faisant paître leurs troupeaux dans la lande. L'un d'entre eux pourrait éventuellement les renseigner sur Mary, avait-il dit, faute de pouvoir les éclairer sur ce non moins mystérieux Percival Johnson.

— Ne trouves-tu pas étrange qu'aucun des habitants ou des artisans ne connaisse Mary ? fit Rowena en quittant le bourg pour se diriger vers le chantier.

Ne me réponds pas que je suis folle, s'il te plaît, pensa-t-elle, attendant son point de vue avec appréhension.

— Ce n'est pas si bizarre que cela, remarqua Caméléon. Si elle vit à l'écart du monde, les villageois ne la côtoient pas forcément, surtout si elle ne fréquente pas les foires locales. Au fait, j'ai interrogé Roxane à son sujet et elle a paru embarrassée. J'ai le sentiment qu'elle la connaît mais qu'elle ne me dira rien de plus.

Elle se sentit rassurée. Quelques soirs auparavant, Roxane avait donc été troublée à l'évocation de Mary, Caméléon venait de confirmer cette sensation.

— Est-ce une affaire privée entre elles deux ? objecta-t-elle. Si elles sont voisines, ce n'est pas exclu.

— Pourquoi pas. En revanche, Roxane ne connaît pas de Percival Johnson et là, elle semblait sincère quand elle me l'a dit.

Elle se garda de lui dire ce qu'elle pensait de la sincérité de Roxane, mais elle ne voulait pas le blesser. En outre, elle était convaincue que Caméléon était un agent suffisamment consciencieux pour faire la différence entre son travail et sa vie privée. Si la princesse lui avait menti, il s'en serait aperçu rapidement. Il n'aurait pas hésité alors à l'interroger comme n'importe quel suspect.

— Que faisons-nous ? demanda-t-elle.

— Voilà ce que je te propose, dit-il, finissons de questionner ensemble les nouveaux artisans, puis je viendrai avec toi dans les collines.

— D'accord. Après tout, cela fait longtemps que nous n'avons pas chevauché ensemble, seuls.

Caméléon ne cacha pas sa gêne, car la remarque était lourde de sous-entendus. Depuis son arrivée au château, il partait régulièrement à cheval en compagnie de la princesse, sans y convier son amie.

— Tu ne supportes toujours pas de me voir avec Roxane, n'est-ce pas ?

Elle baissa les yeux.

— Tu es heureux, se força-t-elle à dire, cela me fait plaisir.

— Arrête, tu n'as jamais su mentir !

— Je...

Caméléon posa sa main sous son menton et l'obligea à le regarder en face.

— Pourquoi ? demanda-t-il avec douceur. Pourquoi, chaque fois que j'ai fait un pas vers toi, m'as-tu repoussé ? Au début, j'ai bien voulu mettre cela sur le compte de ton chagrin après la trahison de Wilhiam, mais ensuite ?

Une larme coula sur la joue de Rowena.

— J'étais terrifiée, dit-elle à mi-voix, terrifiée d'aimer à nouveau.

Du revers de la main, Caméléon essuya tendrement ses pleurs.

— On aurait pu prendre le risque, tu ne crois pas ?

— Je ne voulais pas te faire du mal, murmura-t-elle, nous faire du mal.

— Nous aurions pu au moins en discuter, plutôt que de nous cacher derrière de faux-semblants.

Elle hocha la tête en baissant les yeux, comme une enfant réprimandée. Caméléon la prit dans ses bras et la serra contre lui, passant sa main dans son dos en un geste consolateur.

— Tout est de la faute de Wilhiam, poursuivit-il, pas de la tienne. Tu n'as pas à te sentir responsable de ce qui est arrivé.

— On était fiancés, on allait se marier !

Il soupira.

— Je comprends parfaitement ce que tu peux ressentir. En aucun cas tu ne dois te rendre malheureuse pour le restant de tes jours. Tu le disais si souvent autrefois, ta vie est devant toi, pas derrière. Il te faut tirer un trait sur cet homme.

Elle l'écouta puis resserra l'étreinte.

— Je ne sais plus où j'en suis. Je ne sais vraiment plus.

— Tu as droit au bonheur, à l'amour.

— Je suis seule !

— Tu m'as, moi. Je ne t'abandonnerai jamais, quoi qu'il arrive. Je t'ai donné ma parole.

Elle hocha de nouveau la tête en étouffant un sanglot. Elle se laissa bercer par Caméléon, savourant, enlacée tout contre lui, la douce chaleur de son corps. Enfin, elle leva les yeux et le fixa avec gravité.

— Tu me le promets ?

Il lui sourit.

— Je te le promets, Rowena. Et puis, qui me réconforterait à chaque traversée en bateau ?

Rassurée, elle tenta de lui rendre son sourire. Caméléon avait toujours été fidèle, encaissant ses sarcasmes avec une infinie patience, restant à ses côtés même quand elle n'avait pas su répondre à ses attentes. S'il lui promettait de ne jamais l'abandonner, elle était certaine qu'il tiendrait parole.

Elle ne put s'empêcher de venir se blottir davantage contre lui afin de prolonger, quelques minutes encore, ce moment de tendresse dont elle avait tant besoin. Elle resta ainsi un long moment. Il ne dit rien, se contentant de déposer dans ses cheveux de tendres baisers, tout en maintenant son étreinte si apaisante. Puis, lorsqu'elle se sentit prête, tous deux partirent, serrés l'un contre l'autre, interroger un nouveau maître verrier qui venait d'arriver sur le chantier.

*

L'artisan se trouvait dans son atelier. Il découpait un morceau de verre bleu, dernière pièce d'un immense vitrail représentant Pilate, lors du procès de Jésus. Rowena contempla l'artiste qui insérait l'éclat de cristal coloré dans la gorge en plomb servant d'armature rigide à l'ensemble de l'ouvrage.

— Je reste admirative devant votre talent, commença-t-elle par dire.

Le maître verrier releva la tête et la dévisagea en souriant.

— Les nouvelles constructions sont plus hautes, accueillent davantage de vitraux. Je ne vais certainement pas m'en plaindre, car cela nous garantit plus de travail. La contrepartie, c'est qu'il ne nous faut pas lambiner, sinon, le maître d'ouvrage sera mécontent.

— Nous enquêtons sur les départs d'artisans. Je sais que vous venez d'arriver récemment et que vous n'étiez pas sur le chantier lorsque cela s'est produit, mais j'aimerais tout de même avoir votre avis. N'avez-vous pas eu peur de venir travailler ici, en entendant parler de ces histoires de malédictions ?

Il haussa les épaules.

— Je ne suis pas superstitieux. Les gens vont, les gens viennent. Alors, ici ou ailleurs…

— Selon vous, tous les chantiers se ressemblent.

Il hocha la tête en guise d'affirmation. Il cala le morceau de verre dans la gorge et resserra autour le métal souple, à l'aide d'une pince.

— Tenez, par exemple, quand je travaillais sur celui de la cathédrale Notre-Dame à Paris, un maître maçon m'a parlé d'un cas de disparition insolite qui s'est produit à Cantorbéry, voilà vingt ans.

Caméléon et Rowena échangèrent un regard.

— Que vous a-t-il dit d'autre ? demanda-t-elle avec un regain d'intérêt.

— Je ne m'en rappelle plus, cela fait tellement longtemps. Et puis, les histoires, le soir devant un pichet de bière, on les oublie aussi vite qu'on les raconte.

— Vous souvenez-vous au moins du nom de cet artisan ? insista-t-elle.

— Ça, je m'en rappelle très bien, en revanche. Il s'appelait Percival Johnson.

Rowena observa son ami, aussi éberlué qu'elle. Cet homme existait, Mary ne lui avait pas menti !

— Ce Percival Johnson, savez-vous où nous pourrions le trouver ? s'enquit Caméléon.

Le maître verrier leva la tête de son ouvrage et les considéra d'un air ébahi.

— Où le trouver ? Demandez-moi aussi, par la même occasion, où se trouve la porte des Enfers, tant que vous y êtes ! C'est une histoire ancienne, je vous dis, qu'il m'a racontée il y a plus de cinq ans. Maintenant, il peut être n'importe où.

Les épaules de Rowena s'affaissèrent. Pour une fois qu'ils tenaient une piste sérieuse… Mais Caméléon était tenace.

— Il venait bien de quelque part ! fit-il.

Le maître verrier plissa son front et réfléchit longuement.

— Je crois qu'en fait il était justement originaire de Cantorbéry.

— En êtes-vous sûr ?

Il renifla et confirma :

— Maintenant, j'en suis certain !

— Pensez-vous qu'il y soit retourné ?

Il haussa les épaules.

— Ce n'est pas exclu. Comme il était déjà âgé à l'époque, il y est peut-être revenu y finir sa vie. S'il n'est pas déjà mort, depuis tout ce temps…

— Maître verrier, je vous remercie pour toutes ces précisions, conclut Caméléon en adressant un regard satisfait à Rowena.

— Bonne chance dans votre enquête ! fit-il en passant un coup de chiffon sur le vitrail à présent presque achevé, afin de gommer les traces et les salissures.

Au travers des carreaux colorés, le soleil projetait sur le sol des taches irisées. Ponce Pilate se tenait debout entre deux hommes enchaînés, Barabbas, l'un des chefs de la résistance juive contre l'occupant romain, arrêté pour un meurtre au cours d'une émeute, et Jésus. La foule désignait les accusés du doigt pour que Barabbas fût relâché et Jésus crucifié, sous l'œil éberlué du préfet romain de Judée. En dessous, le verrier avait inscrit la célèbre mention latine attribuée à Pilate lorsqu'il avait présenté Jésus au peuple : *Ecce Homo* (voici l'homme).

Rowena remonta en selle.

— Encore félicitations pour votre vitrail ! dit-elle. Est-ce vous qui avez choisi cette scène de la Passion du Christ ?

— Non ! C'est dame Roxane qui me l'a personnellement commandée. Elle m'a d'ailleurs dit que ce passage des évangiles lui tenait beaucoup à cœur.

Intriguée, elle descendit du cheval et revint vers l'artisan.

— Lui avez-vous demandé pourquoi ?

— Oui. Elle m'en a expliqué la signification : le peuple juif cherchait en Jésus un chef de guerre qui les libérerait de l'envahisseur romain. Le Messie tant attendu avait déçu toutes leurs attentes. Aussi, le peuple préféra relâcher Barabbas, un résistant ayant prouvé par les armes sa volonté de s'opposer à Rome.

Elle resta songeuse.

— On peut y voir également une métaphore de l'Écosse voulant se libérer du joug anglais, commenta-t-elle. C'est sans doute pour cela que la princesse Roxane a choisi de vous faire exécuter ce vitrail, sachant très bien que le roi d'Angleterre se rendrait ici. Il s'agit d'un moyen astucieux de sa part de défendre la cause écossaise. En voyant quotidiennement cette représentation, les habitants de ce pays se rappelleront sans cesse la nécessité d'entrer en résistance contre l'Angleterre.

Le maître verrier semblait perplexe.

— Peut-être. Je la connais peu. En tout cas, elle ne m'a pas fait part d'un plaidoyer en faveur de la libération de l'Écosse.

— Il pourrait être mal vu d'afficher ouvertement ce genre de conviction. Alors qu'un moyen détourné, comme un vitrail…

— Tant qu'elle me paye, fit-il, mettant ainsi fin au débat.

Les deux agents prirent congé de lui. À peine remonté sur le cheval, Caméléon s'exclama :

— Je file à Cantorbéry dès demain !

— Cantorbéry ? C'est à l'autre bout du pays !

— Justement. Autant partir tout de suite.

— Je croyais que tu ne voulais pas m'abandonner, remarqua-t-elle, acide.

— Viens avec moi !

— Tu sais qu'il m'est impossible de quitter le chantier. Si lord Stratheden l'apprend…

— Que te fera-t-il de plus ? Te tuer ?

Rowena ne goûta pas la plaisanterie.

— Pars, c'est une piste trop importante pour l'ignorer. De mon côté, je continuerai d'interroger les gens du coin et aussi Roxane, au sujet de ce vitrail.

— Tu ne démordras pas de l'idée qu'elle veut assassiner le roi d'Angleterre !

— Elle, ou des complices.

— Richard sera entouré de chevaliers fortement armés. En outre, c'est un guerrier accompli.

— Roxane l'accueillera en personne sur le parvis. Une dague aiguisée pourrait très bien faire le reste.

— C'est trop gros !

— Trop gros ? Richard se rend dans une ville écossaise, sous la coupe d'une princesse puissante n'aimant pas les Anglais, une femme qui donne de son temps et de son argent pour l'Écosse. Mon hypothèse n'a rien de farfelu, tu sais !

Caméléon réfléchit quelques instants à ce qu'elle venait de lui dire et sa mine finit par s'assombrir.

— Il est vrai que cette affaire de vitrail est étrange. Tu crois vraiment que Roxane a tué les maçons ?

Rowena haussa les épaules.

— S'ils avaient eu vent d'un mauvais coup, elle aurait très bien pu les faire disparaître. Nous tiendrions notre mobile.

— Pourquoi des maçons, seulement ?

— Je n'en ai pas la moindre idée, mais je trouverai.

Caméléon secoua la tête.

— Lord Stratheden ne nous aurait pas envoyés chez elle s'il avait su qu'elle veut assassiner Richard !

— Il veut me tuer, je te rappelle. Si cette femme fait le travail à sa place, il pourra ainsi à jamais être lavé de tout soupçon.

— C'est du délire !

— Il a déjà trempé dans de sombres affaires, Aliénor peut en témoigner.

— Cette façon de procéder ne lui ressemble pas. Il préférera employer des hommes de main pour t'assassiner discrètement, comme il a déjà tenté de le faire.

Rowena marqua une pause.

— Tu as raison, finit-elle par dire d'un ton plus posé. Me faire tuer par ses sbires aura certainement sa préférence.

— À moins que lord Stratheden ne soit son complice dans cette conspiration, objecta Caméléon.

— Ça, je n'y crois pas, il n'aurait aucun intérêt à renverser son roi. S'il avait voulu le faire, il aurait agi quand Richard était aux croisades. Non, lord Stratheden n'est pas l'un des conspirateurs. En revanche, il est certain qu'il veut m'éliminer à tout prix. Hélas, je dois avouer que je n'ai aucune idée de la façon dont il s'y emploiera, cette fois-ci.

Caméléon prit un air grave.

— Finalement, je ne suis pas rassuré à l'idée de t'abandonner. Es-tu vraiment certaine de vouloir rester seule avec la princesse ?

— Et comment ! Un mois en tête à tête avec Roxane, ça ne se refuse pas !

*

Ce soir-là, en rentrant, Caméléon annonça à Roxane qu'il devait partir pour un long voyage. Elle accusa manifestement le coup, même si elle fit mine de ne rien laisser paraître.

— Il semblerait que votre enquête avance, déclara-t-elle seulement.

— Elle suit son cours, fit Rowena. Nous avons rencontré aujourd'hui un maître verrier qui a exécuté un superbe vitrail, mettant en scène Pilate et Jésus.

Un sourire narquois se dessina sur les lèvres de Roxane.

— Vous m'amusez beaucoup, lâcha-t-elle d'un ton souverainement méprisant.

— Pourquoi ?

— Parce que je sais ce que vous pensez.

— Et je pense quoi, selon vous ?

Roxane releva légèrement le menton et la toisa avec dédain.

— Vous croyez que ce vitrail est une allégorie de la lutte du peuple écossais, que je l'ai commandé pour inciter le peuple à la rébellion.

Rowena encaissa l'accusation, impassible.

— Difficile de croire le contraire, fit-elle.

La princesse se fendit d'une mimique amusée.

— Dans ce cas, sachez que vous vous fourvoyez totalement ! Cette scène me tient à cœur pour une tout autre raison.

— Laquelle ?

— Sa signification religieuse, tout simplement.

— Vraiment ? demanda Rowena, qui ne voyait pas où elle voulait en venir.

— Ce passage de l'Évangile a une très haute portée prophétique. En fait, le préfet romain, Ponce Pilate, proposait au peuple juif – et par extension, à tout être humain

– une alternative simple : soit il libérait Jésus, *fils de Dieu le père*, et l'humanité acceptait par là même un Messie divin offrant la vie éternelle, soit il libérait Barabbas, dont le nom signifie *fils du père*, un Messie strictement humain octroyant un royaume terrestre libéré certes, mais sans avenir, car aliéné au mal.

Roxane embrassa du regard ses deux interlocuteurs. Rowena comprit immédiatement qu'elle était ravie d'avoir pu les écraser de son érudition.

— D'un côté, la vie éternelle offerte par Dieu et de l'autre, le bonheur facile et éphémère, le plan de Satan. Je ne vous savais pas versée dans la théologie.

Roxane la fixa avec morgue, un petit sourire flottant sur ses lèvres, superbement arrogante.

— L'alternative n'est pas aussi simple qu'il y paraît, dit-elle. En libérant Barrabas, le peuple hébreu a fait un choix qu'il croyait être le bon, en encourageant la révolte contre l'occupant romain. Hélas pour lui, quelques années plus tard, les armées impériales détruisirent Jérusalem et écrasèrent son insurrection dans le sang. De leur côté, les chrétiens accusent les juifs d'avoir tué le Christ. Pourtant, n'est-ce pas Jésus lui-même qui a traité l'apôtre Pierre de « Satan », lorsque ce dernier tentait de le dissuader de mourir sur la croix ?

Rowena ne trouva rien à redire. La princesse enchaîna :

— Là n'est pas la vraie leçon à en tirer. Ce que signifie ce passage de l'Évangile c'est que, en toute chose, ce n'est pas tant l'erreur qui importe mais le fait d'avoir le courage de la reconnaître pour la corriger. Dans le même ordre d'idées, vous croyez que j'ai tué ces artisans non pas parce qu'ils ont disparu après m'avoir rencontrée, mais parce que je couche avec Caméléon.

Rowena esquissa un mouvement de protestation. Elle fut sèchement interrompue par la princesse :

— Ne le niez pas ! Au demeurant, je ne vous en veux pas, cela fait partie de votre métier de soupçonner tout le monde. Là où je suis plus perplexe, c'est dans la façon que vous avez de procéder. Vous êtes aigrie de me voir avec Caméléon, et l'amertume fausse votre jugement. Je vous jure que je n'ai pas tué ces artisans, pas plus que je n'avais en tête l'indépendance de l'Écosse lorsque j'ai commandé ce vitrail. En revanche, je ne peux pas vous forcer à me croire.

— Avouez toutefois que la métaphore politique n'en demeure pas moins vraie.

Roxane leva les yeux au plafond.

— La libération de l'Écosse est une lutte noble même si vous autres, Anglais, n'êtes pas en mesure d'en comprendre toute la portée. Mais elle n'est pas de mon ressort. Si vous le souhaitez, je vous présenterai de féroces highlanders qui se feront un plaisir de vous l'exposer par le menu. Méfiez-vous de leurs explications passionnées, vous pourriez avoir à en subir les douloureuses conséquences, vous et votre peuple.

La menace était à peine voilée. Elle fit frémir Rowena.

— Nos deux peuples sont en paix, intervint Caméléon afin de détendre l'atmosphère. Il n'y a aucune raison que cela ne dure pas.

Roxane se tourna vers son amant.

— Vous avez raison, mon ami, lui dit-elle d'un ton enjoué. Je vous garantis qu'en votre absence nous ne nous ferons pas la guerre. N'est-ce pas, Rowena ?

Une lueur passa dans les yeux de la princesse lorsqu'elle croisa le regard de sa rivale, et le ton émeraude de ses prunelles sembla briller d'un sombre éclat.

*

Cette nuit-là, Rowena eut du mal à trouver le sommeil. Tournant et retournant dans son lit, elle ressassa longtemps la discussion tendue qu'elle avait eue avec Roxane. S'il était avéré que la princesse complotait réellement contre Richard, elle ferait mieux de ne plus loger chez elle. Elle aurait ainsi plus de liberté de manœuvre pour enquêter et l'accuser si besoin. D'un autre côté, il se pouvait fort bien que Roxane ait manœuvré afin de l'éloigner d'elle. Cette dernière hypothèse aiguillonna son amour-propre. L'idée que la princesse ait pu la manipuler lui parut encore plus insupportable que de devoir subir sa suffisance au quotidien. Aussi décida-t-elle de demeurer au château. Elle se sentait en mesure d'affronter cette femme. Finalement, devoir relever ce défi la conforta davantage dans sa décision.

De l'autre côté des murs épais, les hostilités étaient déjà déclenchées. La princesse ne se privait pas de lui rappeler bruyamment qu'elle ne dormait pas seule, contrairement à elle, ce qui n'arrangea en rien son humeur morose.

Sur ce point, au moins, tout était de sa faute. Si elle n'avait pas laissé filer comme une idiote les multiples occasions qui s'étaient présentées, elle serrerait à présent le corps de Caméléon tout contre le sien, au lieu de devoir subir l'expression ostensible du plaisir de Roxane. Sa sœur Agnès n'aurait jamais tergiversé de la sorte, pensa-t-elle alors.

Seule dans son lit, Rowena broyait du noir. Non contente de l'humilier au sujet du vitrail, Roxane lui avait fait toucher du doigt sa rancœur, et elle ne pouvait que lui donner raison. Au cours de ses années d'études à la Citadelle, on lui avait enseigné à ne jamais se laisser guider par son cœur, mais de garder toujours la tête froide, afin d'analyser toutes les situations avec sérénité. Au cours de ses nombreuses missions, ce regard distant et détaché sur les événements l'avait maintes fois sauvée d'une mort certaine.

Tout ça, c'était avant le vol à la commanderie et la trahison qui s'en était suivie. Elle se rappela les propos de Caméléon, le matin même, la pressant instamment de sortir au plus vite de son enfermement affectif. Son ami avait raison. Elle devait tirer un trait sur ce passé et aller de l'avant.

Facile à dire ! Cependant, elle se jura d'y parvenir, coûte que coûte. Faute de quoi, Wilhiam resterait à jamais le premier et le dernier homme qu'elle aurait aimé.

Elle finit par s'endormir, mais son sommeil fut agité. Elle rêva de Mary Dumfries. Elle l'observait à la manière d'un oiseau planant dans le ciel au-dessus d'elle. Mary parcourait sans relâche le pays, visitant le moindre village, la moindre chaumière. Rowena décida de se rapprocher. La jeune femme rousse l'aperçut et l'invita à l'accompagner dans ses pérégrinations. Elle erra avec elle dans toutes les tavernes d'Angleterre, du Pays de Galles et d'Écosse. Elle inspecta à ses côtés, un par un, des visages de soudards, d'hommes plongés dans le sommeil ou vaquant à leurs occupations, semant du blé, guerroyant sur des champs de bataille, priant dans des monastères, forgeant, tissant…

Toutes les deux franchirent ensuite la Manche et parcoururent le continent, la France, le Saint Empire Romain Germanique, la péninsule Ibérique, son esprit et celui de Mary toujours vigilants, en quête d'un visage inconnu. Malgré l'acuité de leurs sens et toute l'énergie qu'elles employaient à cette tâche, leurs recherches restaient vaines. Rowena partagea le dépit de Mary, sa frustration, cette peur panique de n'avoir pu le localiser. Elle tenta de l'aider comme elle put, d'associer sa volonté à la sienne, de discerner ce visage dans les traits des millions d'hommes qu'elle inspectait, défilant à une vitesse vertigineuse devant elle.

La nausée l'envahit, la tête lui tournait. Le flot d'images s'imprimait en elle inexorablement, sans qu'elle pût fermer les yeux : hommes, femmes, enfants, nobles ou serfs, brigands ou moines, blonds ou bruns, à la peau sombre ou bien diaphane. Le monde tourbillonnait autour d'elle. En l'espace de quelques infimes fractions de seconde, elle partagea la vie de millions d'êtres humains à travers le monde. Elle eut des haut-le-cœur, quand enfin, elle le vit !

Wilhiam !

L'ancien capitaine cueillait des fruits sur un arbre, dans un jardin face à la mer. Des olives, plus précisément, nota Rowena en se rapprochant de lui, déduisant qu'il devait s'agir d'un endroit sur le rivage de la Méditerranée. En le voyant, sa première réaction fut de se dire qu'il avait changé. Il semblait plus vieux, et sa barbe de trois jours sur un visage émacié renforçait cette impression.

— Si vous le souhaitez, intervint Mary, je peux vous révéler l'endroit exact où il se cache.

Rowena se tourna vivement vers elle. Toutes deux semblaient flotter dans l'air, sans ressentir aucune sensation de chaud ou de froid, ou même entendre le bruit des vagues venant s'échouer sur la grève.

— Tout cela, Mary, est-ce vrai ?

— Si vous ne me croyez pas, regardez sa blessure.

Rowena reporta son attention sur Wilhiam. Il avait revêtu une tunique en lin blanc, sans manches. Son avant-bras gauche portait la trace bien visible d'une cicatrice importante, celle faite par le carreau d'arbalète à la commanderie templière. Elle ne put s'empêcher de songer à ce que lui avait dit Mary, lors de leur première rencontre au bord du loch : « *Risquer sa vie est un acte d'amour*. »

Indéniablement, ce jour-là Wilhiam s'était interposé volontairement sur la trajectoire mortelle du carreau. Mais alors, il lui fallait à tout prix s'enfuir avec les parchemins. Seule Rowena était en mesure de le couvrir, ce qu'elle avait accompli par sacrifice.

Il aurait pu être tué par ce carreau, pensa-t-elle aussi. Dans ce cas, elle n'aurait jamais su qu'il était un traître. Elle l'aurait pleuré comme un héros, admiré comme un preux bien-aimé tombé pour elle et pour son royaume, éternellement ignorante de la piteuse réalité.

Elle songea aussi à ses parents, de vrais modèles à ses yeux, assassinés dans un traquenard par des hommes sans foi ni loi. En vérité, que savait-elle d'eux exactement : ce qu'en disaient quelques rapports manuscrits de sa mère, le témoignage de Safir rapporté avec le regard partisan de l'amour et la parole d'une reine qui avait elle-même comploté et manipulé. Son père et sa mère avaient peut-être été lâches, vénaux comme Wilhiam, et elle ne le saurait jamais avec certitude. Pourtant, elle les vénérait, comme l'on peut idéaliser des parents morts que l'on n'a pas connus.

Immédiatement, elle voulut repousser loin d'elle cette dernière pensée. Wilhiam était forcément différent de Clémence et de Louis ! Penser le contraire eût été abject, cela revenait à souiller à jamais la mémoire de sa mère et de son père. Et pourtant ne put-elle s'empêcher de se redire encore que, si Wilhiam avait été tué par ce carreau, ce jour-là, ne l'aurait-elle pas idéalisé de la sorte… ?

Non !

Contrairement à Wilhiam, ses parents s'étaient sacrifiés pour elle et pour sa sœur ! Lui avait été seulement blessé. Au lieu de s'emparer de son bâton pour défendre la porte à sa place, il avait fui, l'abandonnant sans regret à un sort incertain. Rowena n'admirerait jamais Wilhiam pour s'être interposé devant l'arbalète. Elle ne lui trouverait pas des circonstances atténuantes, ne porterait pas son deuil comme celui d'un héros. Sa peine serait d'une tout autre nature, une remise en question incessante, un doute terrible par rapport à ses convictions. Dorénavant, ses inébranlables certitudes feraient constamment place à un scepticisme de tous les instants – ne venait-elle pas, quelques secondes avant, de douter de ses propres parents ?

C'était ainsi qu'elle avait surmonté son chagrin. Cependant, bien que cette souffrance de l'abandon ne la lâchât pas d'une semelle, elle savait également qu'elle était sur le point de s'en défaire. Était-ce pour cette raison que Mary l'avait conduite ici en songe ?

La jeune femme rousse semblait indifférente à ses interrogations, l'esprit ailleurs, comme la fois précédente.

— Pourquoi faites-vous cela ? ne put s'empêcher de lui demander Rowena.

— J'ai moi-même connu la douleur de la trahison, expliqua Mary. Je n'ai pas eu la chance, comme vous, de pouvoir m'expliquer en tête à tête avec celui qui m'avait abandonnée. Je vous offre cette possibilité, tout simplement.

Depuis cette nuit terrible dans la cabane, Rowena souhaitait, plus que tout, connaître le lieu où se terrait Wilhiam. Maintes fois elle avait répété dans sa tête cette improbable rencontre, songeant à ce qu'elle lui dirait alors, ce qu'elle lui ferait. Elle avait tout envisagé : des explications, la vengeance, le meurtre, voire même le pardon. Elle était persuadée que ce face-à-face serait salvateur, comme si comprendre enfin les motivations de Wilhiam l'aurait aidée à supporter sa peine. Et maintenant, Mary lui offrait cette opportunité sur un plateau. Même si ce n'était qu'un rêve – car qu'est-ce que cela pouvait être d'autre… – dire à cet homme tout ce qu'elle avait sur le cœur était si tentant ! Peut-être même parviendrait-elle à savoir pourquoi il l'avait abandonnée…

Wilhiam ne semblait pas les avoir remarquées. Il continuait sa cueillette sur un vieil olivier centenaire. Un peu plus loin, un chien dormait devant une maison blanchie à la chaux. L'eau de la mer était d'un bleu sombre et le ciel, au-dessus, d'un azur sans défaut. Il devait s'agir d'une île, réalisa-t-elle. Vraisemblablement un îlot grec des Cyclades, en mer Égée, d'après ce qu'elle pouvait en constater.

— Je pourrai le rencontrer *réellement* ? demanda Rowena.

— À votre réveil, vous connaîtrez l'emplacement de sa cachette. Vous pourrez ensuite vous y rendre quand bon vous semblera. Attention : c'est maintenant ou jamais que vous pourrez savoir. Lorsque vous serez réveillée, il sera trop tard.

— Qui êtes-vous, Mary ?

La jeune femme rousse sourit, mélancolique.

— Une femme, tout comme vous. Une femme qui a aimé un homme, avant de se retrouver seule avec sa peine. Il me faut votre réponse, le temps presse…

— Un instant, je vous prie !

Rowena reporta son attention sur Wilhiam. Elle entra avec lui dans sa maison, découvrit son intérieur. Une pièce unique en terre battue, une table, un tabouret, un lit et un coffre dans un coin. Contre le mur était posée une épée qu'elle connaissait bien, pour avoir souvent croisé le fer avec Wilhiam. La vue de cette arme réveilla quelques souvenirs anciens, mais elle n'y attacha pas vraiment de l'importance. Elle nota également qu'il vivait seul, vraisemblablement. Étrangement, savoir cela la réconforta. À présent, son ancien fiancé mettait les olives dans de la saumure, afin de les conserver.

Elle se rapprocha encore et s'aperçut avec étonnement qu'elle pouvait lire dans ses pensées. Surprise, elle se retira vivement loin de lui, par crainte qu'il ne la découvre, présente à ses côtés. Puis, poussée par la curiosité, elle fit une nouvelle tentative, presque à tâtons, avant de réaliser rapidement qu'il ne se rendait pas compte de ce qu'elle faisait. Il continuait à vaquer à ses occupations sans se douter un seul instant qu'elle l'observait. Elle sonda résolument son esprit et découvrit rapidement ce qu'elle y cherchait. Ceci fait, elle s'éloigna de Wilhiam et se tourna vers Mary.

— Non, dit-elle résolument. Je ne veux plus rien savoir de lui.

Mary ne répondit rien. Son visage impassible n'émit pas le moindre tressaillement en mesure de trahir ses pensées. L'instant d'après, Rowena se réveillait en sursaut dans son lit, trempée de sueur.

Ce n'était pas un rêve ! songea-t-elle avec effroi alors qu'elle contemplait sa chambre, dans le château de Roxane, plongée dans l'obscurité. C'était comme si son corps n'avait pas quitté le lit pendant que son esprit suivait Mary dans ses pérégrinations. Car elle était certaine que la rencontre avec Wilhiam avait eu lieu. Elle avait même rivé son regard dans le sien, avait lu dans ses pensées !

Toutefois, son esprit logique s'y refusait. Elle en conclut qu'il s'agissait bien d'un songe – ou d'un cauchemar –, comme si Mary avait souhaité cette ultime confrontation pour qu'elle puisse tourner cette page de sa vie. Car, non contente de plonger dans un rêve au réalisme effrayant, elle y avait découvert avec stupéfaction que Wilhiam l'aimait encore !

Mais la réciproque n'était plus vraie.

* * *

Dans la grande salle du château des MacLeod, une trentaine de chefs de clans des hautes terres avaient répondu à l'appel de Duncan. Leurs kilts portaient les couleurs des tartans de chaque tribu et tous discutaient bruyamment dans une joyeuse cohue, attendant que leur hôte du jour prît la parole. Pour sa part, Agnès avait pris place aux côtés des deux fils du baron, légèrement en retrait du siège dans lequel trônait leur père.

— Mes amis, commença-t-il par dire, d'une voix forte, vous êtes venus pour certains de très loin et je vous en sais infiniment gré. L'Écosse peut être fière d'abriter encore en son sein des highlanders de votre trempe. Il est temps à présent de mettre un terme à la duplicité de notre roi, de nous défaire du joug de l'ennemi anglais. Il est temps de libérer l'Écosse et de la rendre aux Écossais !

Un hourra monta dans la salle. Satisfait de l'effet produit, il marqua une pause, le temps que le brouhaha cesse.

— Cependant, reprit-il, nous ne libérerons pas l'Écosse à nous seuls, quelle que soit votre vaillance. Dame Agnès de Falaise, que voici, représente les intérêts de Jean sans Terre, dont nous connaissons tous l'opposition à Richard. Elle m'a assuré que les barons anglais en avaient assez des échappées du roi Richard en Normandie. Eux aussi réclament un changement sur le trône d'Angleterre.

Un second hourra encore plus bruyant s'éleva, qu'il savoura longuement. Il leva la main et le silence se fit.

— Le prince Jean est prêt à nous restituer nos terres du Sud, continua-t-il, à nous rendre notre totale indépendance. Sa seule condition, c'est de l'aider à renverser Richard.

Parmi les barons présents, une voix s'écria :

— Tuons Richard, tuons l'imposteur assis sur le trône d'Écosse ! Vive l'Écosse libre !

Les autres reprirent en chœur :

— Vive l'Écosse libre !

Agnès s'avança, provoquant le silence quasi immédiat de l'assemblée.

— Amis écossais, déclama-t-elle, je suis fière d'être à vos côtés aujourd'hui. À l'occasion de la fête de la Toussaint, le roi d'Écosse et le roi d'Angleterre seront réunis pour déposer des reliques dans l'une de vos cathédrales. Nous tiendrons là une occasion unique de laver dans le sang la souillure anglaise !

Des vivats s'élevèrent de nouveau.

— Dès que ce sera fait, continua-t-elle, des barons anglais s'empareront du trône d'Angleterre et prendront le contrôle du royaume. Un nouveau roi légitime s'assiéra sur le trône de Richard à Londres, pendant que Duncan MacLeod montera sur celui d'Écosse.

Une voix de basse tonna dans la salle :

— Duncan MacLeod, nous connaissons tous ici ta farouche opposition à la marionnette du roi Richard, actuellement en place sur le trône d'Écosse. Nous tous, barons highlanders ici rassemblés, t'accordons notre confiance et te voulons pour roi d'Écosse !

Les autres barons reprirent en chœur :

— MacLeod, roi d'Écosse !

— Mes amis, harangua leur hôte, je vous remercie de la confiance que vous me témoignez. Je tâcherai d'en être digne. Le chemin jusqu'à la couronne ne sera pas long. Nous devons toutefois établir un plan d'attaque précis. C'est pour cela que nous sommes réunis ce jour.

— Duncan MacLeod, nous t'offrons nos épées et nos hommes, crièrent-ils tous de concert.

— Je les accepte volontiers, mais la force ne suffira pas. La ruse devra aussi être de la partie. Tout se jouera dans la cathédrale. S'asseoir sur le trône ne sera ensuite qu'une simple formalité.

— Pourquoi ne pas se débarrasser proprement des deux rois avec une épée ? s'enquit le baron à la voix de basse.

— Parce qu'il existe un moyen encore plus efficace, intervint Agnès. Deux souverains disparaîtront le même jour sous les yeux de tout le peuple réuni. Grâce à mon stratagème, personne ne songera une seule seconde qu'il s'agissait là d'un régicide prémédité.

— Je serais curieux de savoir comment tu comptes t'y prendre, fanfaronna-t-il.

Elle lui adressa un sourire ravi.

— En faisant s'écrouler la cathédrale sur les deux rois, répondit-elle avec le plus grand sérieux.

À ces mots, il éclata de rire.

— Faire s'effondrer la cathédrale sur les deux rois ! ricana-t-il en considérant les autres barons, attentifs à l'échange. Pourquoi ne pas les foudroyer sur place, tant que tu y es !

— Ce serait une idée, répliqua-t-elle en souriant à sa remarque, mais j'ai un autre plan, qui n'est pas loin d'ailleurs de ressembler à ta suggestion.

Elle sortit de sa poche un morceau de papier roulé et ficelé, guère plus gros que son index. Elle le présenta à son public puis le posa délicatement sur le pavement de la salle. Les barons s'étaient mis en cercle autour d'elle afin de mieux voir. Elle s'empara d'une torche accrochée au mur et l'approcha du rouleau de papier. Au contact de la flamme, le papier s'enflamma et une détonation formidable retentit dans la salle, résonnant sur les austères parois de pierre. Tous les highlanders réunis poussèrent un cri d'effroi et reculèrent instinctivement d'un pas.

— Diablerie ! tonna l'autre, l'air sombre, chassant nerveusement de la main la fumée blanche qui montait dans la salle.

— Tu proposais de foudroyer les deux rois, déclara Agnès avec un petit sourire narquois au coin des lèvres, sache que je maîtrise quelque chose d'aussi puissant qu'un tremblement de terre. Cela s'appelle la poudre explosive et crois-moi, il n'y a point de sorcellerie là-dessous.

Une étrange odeur minérale s'était à présent répandue dans la pièce. Le baron fit un pas vers Agnès, fronça les narines et observa attentivement les morceaux de papier encore fumants répandus sur le sol.

— Soit, dit-il en se ressaisissant, il n'y a là aucune sorcellerie. Mais la cathédrale est immense. Elle ne tombera pas avec trois coups de tonnerre, aussi bruyants soient-ils.

Elle haussa les sourcils.

— Dans ce morceau de papier, dit-elle, il n'y avait que quelques traces de poudre explosive. J'en possède cent livres. Je te laisse imaginer les dégâts considérables que peut provoquer une telle quantité, placée avec soin au bon endroit.

Il resta un instant interloqué. Il se retourna et interrogea les autres du regard. À présent, tous semblaient adhérer au plan d'Agnès.

— Et si ton stratagème échoue ? s'enquit-il enfin. Si les deux rois ne meurent pas comme tu l'entends, nous aurons réuni en vain nos hommes, alors que nous aurions pu leur tendre une embuscade et les occire proprement, au cours d'une bataille digne de ce nom.

— Il n'échouera pas.

— Tu es bien présomptueuse, femme !

— Son plan est solide, coupa Duncan MacLeod, je lui fais entièrement confiance !

Ceci eut pour effet de mettre un terme à la polémique.

Chapitre 15

Un voyage à Cantorbéry

Caméléon partit très tôt ce matin-là, avant même que Rowena et Roxane ne se fussent levées. Il chevaucha à bride abattue toute la journée. Il ne s'accorda une pause qu'à chaque changement de monture puis il repartit aussitôt vers le sud. Après dix jours de chevauchée, il arriva en vue de Cantorbéry, ville importante située au sud-est de l'Angleterre. Il emprunta les ruelles boueuses, encombrées de carrioles et de passants, demandant aux habitants si quelqu'un connaissait un dénommé Percival Johnson. Un cordonnier lui indiqua sa maison, située dans un quartier non loin de la cathédrale. Sans encore y croire vraiment, il s'y rendit et frappa à sa porte. Un gaillard barbu aux cheveux gris ouvrit et l'examina des pieds à la tête.

— Percival Johnson ?

— C'est moi.

Caméléon soupira longuement, et la première idée qui lui vint à l'esprit fut de se dire qu'il n'avait pas traversé toute l'île du nord au sud pour rien.

— Je suis un agent royal. J'enquête en Écosse sur un chantier de cathédrale où des artisans ont subitement disparu avec leur famille.

Percival Johnson le fixa, perplexe.

— Quel rapport avec moi ? demanda-t-il, un soupçon d'inquiétude dans la voix.

— J'aimerais avoir votre témoignage sur une histoire rapportée par un maître verrier, en Écosse. Vous l'auriez rencontré à Paris et vous lui auriez fait part d'une disparition qui se serait produite à Cantorbéry, voilà vingt ans.

— En effet. Je vois quelle histoire vous évoquez.

L'homme se tenait toujours sur le seuil de sa maison, l'air méfiant. Caméléon devait à présent le mettre en confiance, afin qu'il lui rapporte tout ce qu'il savait. Il prit un air enjoué et afficha un sourire qui se voulait rassurant.

— Comme le maître verrier ne se souvenait plus des détails de l'affaire, j'ai pensé venir vous interroger. Rien ne vaut un témoignage direct, n'est-ce pas ?

Percival Johnson resta ébahi.

— Vous avez traversé tout le royaume pour ça ?

— Absolument !

— C'est une vieille histoire, elle n'a certainement rien à voir avec votre enquête.

— À moi de juger si ça en valait la peine. Et puis, nous parlons tout de même de la célèbre cathédrale de Cantorbéry. J'ai toujours rêvé de rencontrer un artisan ayant participé à son élévation.

À cette flatterie, Percival Johnson se rengorgea.

— Pour sûr, dit-il, lorsque l'on est un maître maçon, c'est le plus beau des chantiers sur lequel on puisse œuvrer !

— Pourrais-je entrer un instant ?

— Bien entendu, fit le maçon en s'effaçant pour le laisser passer. Vous avez l'air fourbu, venez vous asseoir un moment.

— Merci.

Caméléon entra et s'assit. L'homme était mûr pour lui conter toute son histoire. Afin de le mettre encore plus en confiance, il lui proposa de goûter à une eau-de-vie d'orge fermenté, fabriquée par les moines d'une abbaye écossaise où il avait passé une nuit. À l'évocation d'une boisson alcoolisée, le visage de Percival Johnson s'éclaira. Il s'empressa d'attraper deux gobelets en bois et Caméléon de les remplir.

— Les moines qui m'ont vendu cette eau-de-vie m'ont affirmé qu'elle avait vieilli en fûts de chêne pendant quinze ans, expliqua l'agent anglais, se félicitant intérieurement d'avoir pensé à prendre cet alcool avec lui.

Percival Johnson huma avec convoitise le précieux liquide doré, avant de le boire d'un seul trait et de reposer le gobelet vide sur la table, sous les yeux effarés de son invité.

— Ce breuvage est délicieux, dit-il, l'air ravi. Qu'est-ce donc, exactement ?

Caméléon tenta de masquer sa surprise. À cette vitesse, son témoin aurait vidé sa gourde avant même qu'il ait pu lui poser la première question.

— On appelle cette boisson, le *whiskey*. Ce sont des moines irlandais qui ont introduit ce mode de distillation de l'orge auprès de leurs frères écossais.

— Ces coquins d'Irlandais ont toujours su apprécier les bons breuvages !

Caméléon se retint d'ajouter que certains maçons anglais semblaient partager cette appréciation.

— Si nous en venions à présent à notre affaire !

À présent, Percival Johnson n'affichait plus aucune méfiance. Il rassembla ses pensées, sans toutefois cesser de lorgner vers la gourde de son invité, encore pleine d'une ivresse promise.

— Comme vous le savez, dit-il enfin, la première cathédrale de Cantorbéry a été quasiment détruite par un incendie, en 1174, voilà donc vingt et un ans. Étant maître maçon, j'avais été embauché par Guillaume de Sens, l'architecte français en charge de sa reconstruction. Un soir après le travail, alors que j'étais attablé dans une taverne devant un pichet de bière, deux jeunes hommes sont venus s'asseoir à la table à côté de moi. Si je puis vous conter cette histoire, c'est que j'avais ce soir-là un terrible mal de crâne et en de pareils cas, je suis plus sensible aux bruits qui m'entourent.

Il devait avoir trop bu et avait terriblement mal aux cheveux, traduisit Caméléon. Il n'en revenait toujours pas de la vitesse à laquelle Percival Johnson avait avalé cette eau-de-vie excessivement forte. Lui-même avait eu l'estomac brûlé par une simple gorgée, la première fois que les moines lui en avaient fait goûter. En tout cas, le *whiskey* avait l'air de le rendre bavard. Il attrapa donc sa gourde remplie du précieux breuvage et le resservit. Au doux bruit du liquide s'écoulant dans son gobelet, les yeux de l'homme brillèrent.

— Et du vacarme, ajouta-t-il, les deux hommes en faisaient beaucoup. Enfin, disons plutôt que leur conversation était animée. Avec mon mal à la caboche, elle me parvenait de façon distincte, mais douloureuse. Le premier était un des apprentis architectes de Guillaume de Sens, un dénommé Fergus Clyde, que j'avais croisé le matin même sur le chantier. Il racontait sa vie à un inconnu qui disait s'appeler Marc. Fergus Clyde avait étalé sur la table des lettres de recommandation, provenant des plus prestigieuses écoles et chantiers sur lesquels il avait fait son apprentissage. Il expliqua à Marc qu'il était très fier d'avoir décroché tous ces diplômes, autant de promesses d'embauche sur un chantier à venir. À ces mots, Marc lui demanda si cela faisait longtemps qu'il était en ville, s'il était marié, s'il avait des enfants. C'est ce qui m'a mis la puce à l'oreille.

— Je ne comprends pas, mentit Caméléon.

— Dans ces tavernes, il rôde une faune particulière, des coupe-jarrets et autres malandrins. Seul un homme doté de mauvaises intentions peut demander à un inconnu qu'il vient de croiser si ça fait longtemps qu'il traîne dans le coin. Justement, Fergus a dit qu'il venait de débarquer à Cantorbéry la semaine précédente, afin d'obtenir de Guillaume de Sens une recommandation supplémentaire.

— Vous pensiez donc que ce Marc voulait le détrousser.

Percival Johnson hocha la tête en achevant de vider d'un trait son deuxième gobelet.

— Du moins au début car, en plus de cela, Marc lui payait tournée sur tournée. Fergus lui avoua n'avoir aucune famille. Là, je me suis dit qu'il risquait de finir égorgé dans une ruelle avant la fin de la nuit. Puis peu à peu, je me suis ravisé.

— Pourquoi ?

— Parce que Marc a commencé à parler architecture avec ce Fergus. Il en connaissait un rayon sur le sujet, même si Fergus en savait plus que lui.

— Ce n'était donc pas un maraud.

— Disons que je ne connais pas de brigands versés dans les techniques de construction des cathédrales. C'est ce que je me suis dit sur le moment. Ils ont discuté ensemble d'arcs brisés de soutènement, de voûtes en croisée d'ogives, tant et si bien que je n'y ai vite pipé mot. Lorsque, enfin, Fergus lui a demandé où il avait appris le métier, Marc a répondu qu'il avait travaillé à droite et à gauche, en restant dans le vague. Fergus lui a proposé de le présenter à l'architecte en chef, Guillaume de Sens, afin qu'il comble ses lacunes en restant à ses côtés. De toute façon, lui a-t-il confessé, lui-même comptait quitter Cantorbéry rapidement, car il avait appris qu'un chantier de construction allait démarrer sous peu en Écosse. Et là, Marc a paru soudain *très très* intéressé.

Caméléon nota également à cet instant l'intérêt *très très* appuyé de Percival Johnson pour sa gourde.

— Que voulez-vous dire ? demanda-t-il, en faisant mine de ne pas avoir remarqué le regard envieux de son hôte.

— Marc l'a questionné sur l'endroit exact du chantier où Fergus devrait se rendre, qui en était le maître d'œuvre… Bref, ce genre de questions précises. Je me souviens avoir entendu Fergus dire que le maître d'ouvrage était une femme, une princesse suédoise chargée du recrutement de l'architecte. Ils ont discuté ainsi jusqu'à la fermeture de la taverne. Fergus a précisé avec fierté qu'il était écossais, qu'il avait donc toutes ses chances de décrocher le travail et patati… et patata ! Puis tous les deux ont quitté les lieux en titubant, bras dessus, bras dessous, copains comme cochon et saouls comme jamais.

— Les avez-vous revus, ensuite ?

— C'est bien là le problème. Personne n'a jamais plus croisé Fergus Clyde sur le chantier les jours suivants. Quant à Marc, je ne l'ai pas revu non plus depuis cette nuit-là.

— Une sale affaire. En même temps, rapines et meurtres sont monnaie courante.

— Certes, confirma Percival Johnson, mais mon histoire est encore plus singulière.

Il appuya ses dires d'une mimique qui se voulait mystérieuse, ménageant également une pause pour entretenir le suspense. Caméléon n'était pas venu là pour le décevoir.

— Ah bon ? fit-il d'un air étonné.

Percival Johnson plissa légèrement ses yeux et observa longuement son invité.

— Quelques jours plus tard, finit-il par dire, une jeune femme rousse au ventre légèrement arrondi est venue trouver les ouvriers sur le chantier. Elle leur a demandé s'ils n'avaient pas vu son mari. Il s'appelait Marc, disait-elle, et il était apprenti architecte. Elle prétendait qu'il avait disparu en la laissant seule. À ces mots, je suis allé la trouver. Je lui ai rapporté la conversation de Marc avec Fergus Clyde dans la taverne. Je lui ai dit que son époux était peut-être parti travailler sur un chantier de construction de cathédrale en Écosse, puisque c'est de cela qu'il parlait avec Fergus, ce soir-là. Là-dessus, elle s'est mise à pleurer. Sans doute a-t-elle réalisé alors que Marc l'avait abandonnée. Pauvre fille, elle était totalement désemparée ! Entre deux sanglots, elle m'a dit qu'elle ne savait pas ce qu'elle allait devenir, sans mari et avec un enfant à naître…

— Lui avez-vous fait part de vos soupçons concernant son époux ?

— Non, parce qu'alors je n'étais plus sûr de rien. Fergus et Marc auraient très bien pu se faire détrousser et tuer tous les deux par des marauds pendant qu'ils étaient saouls. Rien ne prouvait que Marc avait assassiné Fergus, ou le contraire.

— Avez-vous su le fin mot de l'histoire ?

Percival Johnson se composa une mine volontairement défaite.

— Je l'ai su un mois plus tard. Un bûcheron a trouvé le corps d'un homme dans les bois. Quand on l'a ramené en ville sur une charrette, le pauvre bougre était complètement dévoré par les bêtes. Mais ses vêtements en lambeaux, eux, je les ai reconnus. Et puis, Fergus était blond et Marc, plutôt brun. Le cadavre avait des cheveux jaunes comme les blés.

Caméléon jugea le moment opportun de remplir, pour la troisième fois, le gobelet de son témoin.

— Marc aurait donc tué Fergus, commenta-t-il. Avez-vous rapporté cela à l'épouse de Marc ?

— C'était un mois plus tard, je vous dis, la jeune femme avait déjà disparu de la ville depuis belle lurette.

— Avez-vous prévenu les autorités, le sheriff, par exemple ?

Percival Johnson vida son gobelet aussi sec, avant de baisser les yeux, l'air piteux.

— Je n'en ai pas eu le courage. J'avais peur que l'on m'accuse d'un meurtre que je n'avais pas commis, peur aussi de perdre mon travail. J'ai préféré me taire.

Caméléon comprenait sa lâcheté. La justice était souvent expéditive. Lorsque cela n'y suffisait pas, le bourreau avait tôt fait de vous arracher les aveux que le sheriff souhaitait vous entendre dire.

— Savez-vous ce qu'est devenue cette femme ?

— En fait, je l'ai su par hasard des années plus tard. Sur le chantier de la cathédrale Notre-Dame de Paris, des ouvriers écossais m'ont raconté une sombre histoire, celle d'une jeune femme rousse, enceinte jusqu'aux yeux, errant de chantier en chantier, à la recherche de son mari disparu. Le plus triste, c'est qu'elle serait morte en couches avec son enfant la veille de le retrouver, à quelques pas seulement de l'endroit où il exerçait le métier d'architecte.

— Cette femme, vous souvenez-vous de son nom ?

— Pour sûr que je m'en souviens ! C'était le même que celui de feu mon épouse. Elle s'appelait Mary, Mary Dumfries.

Caméléon fit un bond en arrière et faillit tomber à la renverse.

— Mary Dumfries n'est pas morte ! Mon amie l'a rencontrée un soir, il y a deux mois. Je puis vous affirmer qu'elle était bien vivante !

Percival Johnson esquissa un sourire narquois.

— L'a-t-elle touchée ?

— Je ne sais pas, je ne pense pas. Pourquoi ?

— Les ouvriers écossais sont superstitieux, vous savez. Ils croient aux fantômes, aux serpents de mer, ce genre de superstitions pour nous, Anglais. Lorsqu'ils m'ont raconté cette histoire, ils ont prétendu *mordicus* que Mary errait depuis le long du loch, sous l'apparence d'une dame blanche, non loin de la cathédrale que bâtissait son époux.

*

Caméléon resta un long moment à méditer tout ce que lui avait rapporté Percival Johnson.

— Incroyable ! dit-il pour lui-même.

— Je sais ce que vous pensez. Ces histoires de fantômes sont tellement saugrenues qu'on refuse d'y croire. Moi non plus, je n'y croyais pas jusqu'au jour où ces ouvriers écossais m'ont rapporté cette affaire et bien d'autres, encore plus troublantes. Je parie même que c'est Mary Dumfries qui vous a parlé de moi.

Caméléon approuva d'un mouvement affirmatif de la tête, tout en réfléchissant. Puis il demanda :

— Pourquoi, lorsque nous avons interrogé les villageois, aucun n'a voulu nous dire que Mary était une dame blanche ?

— Sur leurs propres terres, les Écossais n'aiment pas parler des créatures éthérées qu'ils côtoient. Est-ce par respect ? Ou par peur, peut-être bien…

Dire que, parfois, il avait pensé que Rowena avait perdu

la raison, suite à tous les traumatismes qu'elle avait vécus. Ce rêve dans la forêt tout d'abord, où elle avait cru accoucher puis mourir, n'était pas un rêve à proprement parler. Son amie s'était glissée en songe dans l'esprit de Mary à moins que ce ne fût l'inverse. Puis il y avait eu cette étrange rencontre au bord du loch. Pour une raison mystérieuse, Mary avait souhaité lui donner un indice, la mettant en garde à sa façon contre son assassin d'époux…

— Selon vous donc, fit-il, Marc Dumfries a tué Fergus Clyde, et il a ensuite usurpé son identité…

— … pour décrocher le travail sur le chantier écossais, compléta Percival Johnson.

— Ce Marc, connaissait-il du monde à Cantorbéry ?

— Je ne pense pas. Tout comme Fergus, il venait d'arriver en ville. Enfin, c'est ce qu'il a prétendu, ce soir-là à la taverne.

Caméléon resta pensif. Il avait envisagé bien des hypothèses, mais celle-là était bien la dernière à laquelle il aurait songé. Même si elle semblait extraordinaire, il avait passé suffisamment de temps en Écosse pour accorder du crédit à ces histoires de dames blanches et de fantômes errants. Restait à établir le rapport avec les familles de maçons disparues.

— Les noms de Tinsdale et Everton vous évoquent-ils quelque chose ?

Percival Johnson réfléchit quelques instants, avant de secouer la tête.

— Ça ne me dit rien. En tout cas, ils n'ont jamais travaillé à Cantorbéry, j'en suis sûr.

En guise de remerciement, Caméléon le servit une quatrième fois. Son hôte apprécia enfin le cadeau à sa juste valeur, prenant le temps de le déguster. Everton et Tinsdale ne connaissaient pas Marc, donc, ce dernier n'avait aucune raison de les tuer. À moins que…

— Peut-on se rendre compte d'un défaut de construction dont l'architecte lui-même n'a pas conscience ? demanda Caméléon.

Gardant son gobelet suspendu en l'air, Percival Johnson le considéra avec de grands yeux étonnés.

— Les artisans se contentent d'obéir à ses consignes. C'est lui qui détient la science, pas nous.

Si Marc avait usurpé l'identité d'un architecte talentueux, songea Caméléon, c'est qu'il n'en avait pas les compétences. Dès lors, l'édifice pouvait présenter des défauts majeurs qu'un simple maçon pouvait très bien remarquer. Si tel était le cas, il irait avertir le maître d'ouvrage, Roxane, en conséquence. Comme auraient très bien pu le faire Tinsdale et Everton…

— Selon vous, demanda Caméléon, quel risque court une cathédrale présentant des défauts au niveau des murs porteurs ?

— Ça dépend. Si les défauts sont au niveau des fondations, elle peut se fissurer, par exemple si les piliers de soutènement sont sur des poches d'argile. L'hiver, ces poches se gorgent d'eau et l'été, elles se rétractent, créant ainsi des fissures. S'il y a un tremblement de terre en revanche, l'édifice peut s'écrouler en entier.

— Je vois.

Caméléon demeurait perplexe. Pourquoi, dans ce cas, Roxane n'avait-elle pas tenu compte des doléances des maçons ?

— Cette princesse, demanda Percival Johnson, un peu gai, c'est vraiment une princesse comme dans les contes de troubadours, avec des fleurs dans les cheveux et des colombes sur ses épaules ?

Même si les effets de la boisson troublaient le jugement de son hôte, Caméléon resta saisi par la naïveté de sa question. Puis il se souvint que les gens du peuple avaient une attitude profondément respectueuse envers les puissants, ces mêmes princes qui les méprisaient et les ignoraient superbement. Il sourit. Sans le savoir, Percival Johnson venait de répondre à sa question.

— La princesse est très belle, dit-il en lui offrant une rasade supplémentaire de *whiskey* pour le remercier de l'avoir mis sur la voie, mais elle n'a pas de fleurs ni de colombes sur elle.

Et elle n'irait jamais accorder le moindre crédit à la parole de deux maçons qui dénigreraient un architecte bardé de diplômes, compléta-t-il pour lui-même.

Il n'avait plus rien à faire ici. Fergus Clyde était un imposteur, doublé d'un meurtrier de sang-froid. En bon manipulateur, il avait su convaincre Roxane qu'il était un excellent architecte. La princesse n'avait jamais douté de lui, même lorsque des artisans honnêtes lui avaient fait part de leurs soupçons à son sujet. Il fallait qu'il prévienne à présent Rowena le plus rapidement possible. Il prit sa gourde, se leva prestement et remercia Percival Johnson pour son témoignage. Le maître maçon but sa cinquième lampée de *whiskey*, puis se leva à son tour et le raccompagna jusqu'à la sortie en titubant légèrement.

— Nuit après nuit, articula-t-il péniblement avec une intonation d'ivrogne, je repense à cette pauvre Mary. J'ai honte de moi, de n'avoir pas prévenu le sheriff. Cela me ronge les sangs. Tous ces gens sont morts par ma faute.

— Ce qui est fait est fait, dit Caméléon en sortant de sa maison. Votre témoignage d'aujourd'hui va peut-être permettre de mettre un terme aux agissements de cet homme. Dans ce cas, il ne sera pas vain.

— Puissiez-vous arriver à temps pour empêcher d'autres crimes ! s'écria Percival Johnson depuis le perron de sa maison.

Caméléon se mit en selle et repartit au galop. Il lui fallait avertir Rowena de s'éloigner de ce Fergus, car elle aussi risquait de découvrir le pot aux roses. En revanche, il ne savait pas quelle attitude adopter vis-à-vis de Roxane qui avait recruté un assassin sans le savoir. La princesse se rendait régulièrement sur le chantier, inspectant chaque étape de la construction avec attention. À ce jour, elle avait suffisamment côtoyé Fergus et les artisans pour s'y connaître suffisamment en matière d'édification de cathédrale. Il se pouvait très bien qu'elle se soit rendu compte par elle-même des défauts et qu'elle ait camouflé ce mauvais choix, plutôt que d'assumer son erreur et de dénoncer l'architecte. Dès lors, il n'y aurait pas un, mais *deux* meurtriers sur le chantier. Dans ce cas, Rowena risquait doublement d'être leur prochaine victime.

*

Caméléon chevaucha jour et nuit, prenant simplement le temps de changer de cheval à des relais d'étapes. Au nord de la ville d'York, il rattrapa un ost de plusieurs centaines de cavaliers arborant les couleurs du roi d'Angleterre. Il ralentit sa course et se rangea sur le côté pour passer au trot la longue file des chevaliers en armure. Le roi Richard en personne, vêtu d'un haubert de maille, chevauchait sous la bannière du héraut. Lorsqu'il passa à sa hauteur, Caméléon présenta ses hommages comme il se devait à un souverain, mais Richard ne daigna même pas poser ses yeux sur lui. À l'instant précis où il allait repartir au galop, une voix tonna :

— Caméléon ! Que faites-vous ici ?

Stupéfait, il scruta la longue file de cavaliers, cherchant du regard l'homme l'ayant interpellé. Les chevaliers continuaient de cheminer au trot sans lui prêter la moindre attention. Leurs plates et leurs mailles brillaient au soleil. En lisant les armoiries peintes sur les boucliers, il nota qu'ils venaient de tous les coins de l'île, des lointaines Cornouailles jusqu'aux terres du Nord de l'Angleterre.

— Je vous croyais en Écosse ! reprit la voix, et Caméléon le repéra.

C'était un vieil homme à la barbe grise mal taillée. À la vue de ses traits tirés et des poches violacées pendues sous ses yeux, il en conclut qu'il était fourbu, du fait, probablement, des longues journées passées sur la selle d'un cheval. Malgré cela, celui-ci le toisa d'un regard dur et perçant, apparemment mécontent de le découvrir si loin des lieux de sa mission.

— Milord ? hasarda Caméléon qui n'en croyait pas ses yeux.

Lord Stratheden sortit du groupe de cavaliers et vint à sa rencontre. Passé le premier moment de surprise, il s'était rapidement ressaisi et semblait à présent en colère.

— Pouvez-vous m'expliquer ce que vous fabriquez si loin de l'Écosse, le tança-t-il vertement. Je vous rappelle que vous deviez y attendre votre roi !

— Milord, cette chevauchée fait partie de mon enquête. Je comptais être présent pour la remise des reliques. Je m'en retournais d'ailleurs là-bas à grand train.

Le vieux renard changea brusquement d'attitude et se radoucit.

— Puisque je vous ai sous la main, suggéra-t-il d'une voix mielleuse, nous allons faire un bout de chemin ensemble. Vous me ferez ainsi un compte rendu de votre enquête.

— C'est-à-dire, milord, comme vous l'avez dit tantôt, il me faut être en Écosse pour préparer la venue de Sa Majesté.

— Vous n'êtes plus à quelques jours près. Rowena est une grande fille. Elle peut très bien se débrouiller toute seule.

Il ne put réfréner un rictus, qui s'apparentait davantage à de la malveillance qu'à une intention chaleureuse.

— Et puis au pire, plaisanta-t-il, vous arriverez en même temps que votre roi !

* * *

Depuis que Caméléon était parti pour Cantorbéry, soit déjà presque cinq semaines, Rowena n'avait plus fait de rêves étranges. Si elle restait perplexe quant à son onirique rencontre avec Wilhiam, l'idée qu'il fût encore amoureux d'elle et rongé par le remords de l'avoir abandonnée n'était pas désagréable. Mais dans son cœur, elle en était sûre, il était mort. À jamais.

En l'absence de Caméléon, elle n'avait pas chômé. Elle avait interrogé tous les nouveaux venus, sans en tirer toutefois quoi que ce soit d'intéressant. Seule bonne nouvelle, le chantier serait achevé comme prévu pour l'arrivée imminente des deux rois. D'ailleurs, les préparatifs pour recevoir les deux monarques s'intensifiaient peu à peu. Jour après jour, la fièvre montait dans le bourg et sur le chantier, car tous les habitants voulaient faire de cette venue un grand moment de fête. Elle dut répondre à de nombreuses invitations de la part des différentes guildes et du clergé, afin de définir le protocole de la réception, l'hébergement des souverains et mille autres problèmes soulevés par la cérémonie de remise des reliques. Ces contretemps ralentissaient considérablement son enquête. Elle ne cessait de pester, chaque fois que quelqu'un venait la solliciter. À présent, elle passait ses journées dans d'interminables réunions avec les moines de l'abbaye, l'évêque, les notables du bourg et même les nobles des baronnies du voisinage. Roxane ne manquait pas de figurer chaque fois en bonne place dans ces rencontres, rappelant ainsi à tout le monde qu'elle en était la personne incontournable. Bien évidemment, cela n'arrangea pas l'humeur de Rowena. À maintes reprises, elle dut faire appel à toute sa maîtrise pour ne pas lui sauter à la gorge, en particulier lorsque la princesse se faisait méprisante ou bien quand elle faisait prévaloir son pouvoir en imposant à tous son point de vue.

Rowena la soupçonnait toujours de comploter contre Richard. Cependant, comme elle ne pouvait à la fois pratiquer ses interrogatoires et la surveiller, elle n'avait aucune idée de ce qu'elle faisait en son absence. Le soir, les repas en tête à tête avec la princesse se déroulaient sans heurts notables. Là encore, elle ne sut si elle devait s'en réjouir ou bien si Roxane jouait l'apaisement pour endormir tout soupçon.

Elle n'avait personne à qui se confier. Elle réalisa alors combien Caméléon lui manquait. Elle pensait à lui à longueur de journée. Durant toutes les années passées, elle s'était habituée à le savoir présent à ses côtés dans les bons comme les mauvais moments, sans réaliser que cette compagnie pouvait prendre fin du jour au lendemain. À présent qu'il était loin d'elle, elle se sentait désemparée et seule.

Il lui sembla aussi que Roxane n'avait pas l'air de regretter son absence et cette pensée l'ulcérait. Peut-être la princesse donnait-elle volontairement cette impression pour la mettre hors d'elle. Elle en était bien capable, mais Rowena préférait penser qu'elle avait assouvi son caprice, comme une enfant gâtée s'empare d'un jouet, s'en amuse un instant pour s'en désintéresser rapidement. Par contraste, ses regrets de n'avoir pas su donner à Caméléon l'amour qu'il désirait n'en furent que plus amers. Elle au moins, pensait-elle en ces instants, aurait su l'aimer avec constance, même lorsqu'il était au loin.

Elle avait également une enquête à poursuivre. Il lui restait en particulier à explorer la piste de Mary Dumfries, trouver enfin sa demeure. Entre les interrogatoires et les préparatifs pour l'arrivée des deux rois, elle avait juste eu le temps d'explorer la rive du loch en aval de la forteresse. En vain. Le coin était désert : il n'y avait pas la moindre habitation en ces lieux. Quant à la rive opposée, elle ne présentait aucun lieu habitable, car d'abruptes montagnes de trois mille pieds de haut tombaient directement dans les eaux du loch. Elle projetait donc de se rendre dans les collines situées derrière le château, donnant sur une vaste lande inhospitalière. Certes, Roxane lui avait affirmé que ces étendues tourbeuses étaient totalement désertes, mais en bon agent – et aussi parce qu'elle se méfiait des dires de la princesse –, elle décida tout de même d'aller y faire un tour. Elle profita d'une belle journée d'automne pour seller son cheval et mettre en œuvre son projet. Elle partit de très bonne heure, afin de profiter d'un maximum de clarté pour cheminer le plus longtemps possible dans ces immensités. Ce matin-là, l'air vif la fit frissonner, mais le ciel était d'un bleu pur, mis à part quelques nuages moutonnant çà et là.

Sa monture grimpa sans difficulté les reliefs s'élevant derrière le château, une pente douce et herbue, haute de mille deux cents pieds environ. Arrivée au sommet, Rowena découvrit sur l'autre versant un paysage doucement vallonné qui s'étendait devant elle à perte de vue. Aussi loin que portait son regard, des flaques mouvantes d'ombre et de lumière parcouraient les collines. En revanche, elle ne vit pas de maisons ou de cabanes à au moins une lieue à la ronde. Elle comprit pourquoi personne n'y résidait : ces étendues étaient belles, mais elles dégageaient également une hostilité palpable qui lui glaça le sang.

Était-ce vraiment une bonne idée que de chevaucher seule dans cette lande ? pensa-t-elle soudain avec anxiété. Elle faillit rebrousser chemin. Après tout, Caméléon ne devrait plus tarder à rentrer de Cantorbéry. Elle aurait pu l'attendre pour s'y rendre en sa compagnie. Elle percevait nettement les tressaillements de sa monture. L'animal était aussi nerveux qu'elle, songea-t-elle, même s'il ne faisait que traduire en écho sa propre inquiétude. Elle tenta de se raisonner : sa frayeur n'avait pas de sens. N'était-elle pas un soldat d'élite, rompu à toutes les techniques de combat ?

Elle caressa l'encolure de son cheval, accompagnant son geste d'un mot rassurant, puis donna des étriers. Le bai noir obéit à ses sollicitations et avança au trot dans la lande tourbeuse. Elle décida de prendre la direction opposée au loch et de continuer ainsi en ligne droite jusqu'à la mi-journée. La colline descendait en pente douce. Bientôt, elle se perdit dans une mer de bruyères, blanchie par le givre. Elle tenta de garder son cap tant bien que mal. Il n'y avait aucun repère, arbre ou rocher, aussi dut-elle se guider à la position du soleil jouant à cache-cache entre les nuages.

Cette lande était terriblement monotone. Cela faisait à présent plusieurs heures qu'elle s'y était enfoncée profondément. Elle n'avait toujours pas croisé âme qui vive, pas plus que des moutons ou d'autres animaux domestiques. Depuis le sommet d'un tumulus, elle contempla d'un regard circulaire le paysage environnant. Tout autour, des vallées entourées de montagnes plus ou moins escarpées se dessinaient à l'horizon. Pas de loch ou même de ruisseau visible, tout au plus un marécage verdâtre qui luisait au soleil et quelques bosquets d'arbres de-ci de-là. Rowena fut forcée d'admettre que la princesse ne lui avait pas menti lorsqu'elle lui avait lancé avec mépris qu'elle perdrait son temps dans ce désert de bruyères.

Alors que le soleil était déjà haut dans le ciel et que rien à l'horizon ne révélait une présence humaine, le doute s'instilla dans son esprit. Le doute, mêlé à une peur irrationnelle, la terrible impression de s'être perdue pour de bon. Elle réalisa qu'elle avait été terriblement imprévoyante. Elle n'avait pas pris de nourriture en quantité suffisante pour plusieurs repas et n'avait emporté aucune couverture. En cette saison, la nuit serait glaciale et le sol détrempé. Dès lors, elle regretta terriblement de s'être engagée seule dans cette entreprise.

*

Son cheval piaffait. Il était de plus en plus nerveux, ressentant parfaitement l'angoisse de sa cavalière. Elle décida de faire demi-tour. Il n'y avait rien ici, inutile d'aller plus loin. Si elle s'était vraiment perdue, il lui valait mieux essayer de retrouver sa route avant le coucher du soleil. Elle rebroussa chemin, découvrant devant elle le même paysage morne et monotone, à perte de vue. Elle tenta de prendre une direction précise et de s'y tenir, bien qu'elle doutât sincèrement que ce fût la bonne.

L'aboiement d'un chien s'éleva au loin. Immédiatement, elle arrêta son cheval et tendit l'oreille. Le son semblait venir d'un bosquet de pins, situé en contrebas au loin, sur sa droite. S'il y avait un chien domestique, il devait y avoir une habitation, en conclut-elle, avec une pointe d'espoir retrouvé. Elle décida de se rendre compte par elle-même. Elle descendit de sa monture, attacha son épée autour de sa taille et fit une approche aussi discrète que possible, face au vent.

En arrivant près des arbres, elle découvrit une bâtisse circulaire en pierre, couverte de chaumes, l'habitat traditionnel écossais. Elle ne l'avait pas vue de loin, car la demeure était bâtie sous le couvert des pins. Un chien, un bâtard entre le berger écossais et le chien-loup, était attaché à un arbre par une corde. Des poules et un coq picoraient l'herbe à proximité d'une chèvre attachée à un piquet. Un peu plus loin, une vache noire efflanquée, aux longues cornes effilées, paissait en liberté. Le chien ne l'avait pas sentie arriver et continuait toujours d'aboyer. Autour de la maison, les arbres avaient été abattus : personne ne pouvait être caché et la surprendre. Elle s'avança à découvert. Lorsque le chien la vit enfin, il cessa de hurler et se mit à gémir tout en remuant la queue, pensant certainement qu'elle allait le libérer. Elle se rapprocha de la chaumine, la main sur la garde de son épée.

— Il y a quelqu'un ? demanda-t-elle à voix haute.

Pas de réponse, mis à part celle du chien qui se remit à gémir de plus belle en lui faisant les yeux doux.

L'entrée de la hutte était ouverte. L'intérieur ne révélait apparemment aucune présence humaine. Elle décida d'aller voir. Une petite table, une paillasse à même le sol tenant lieu de couchage et un tabouret étaient les seuls meubles présents. Un marteau et un ciseau de tailleur de pierre traînaient par terre, à côté d'une épée de guerre de belle taille posée contre le mur. L'arme était en excellent état. Rowena passa un doigt sur la lame, notant au passage qu'elle avait été aiguisée récemment.

— Vous cherchez quelque chose ? clama une voix dans son dos.

Elle sursauta au son de ce timbre grave qui résonna dans la pièce. Ce faisant, elle s'entailla l'index sur la lame de l'épée. Un géant de près six pieds de haut, au visage recouvert d'une barbe foisonnante, se tenait dans l'embrasure. Il était obligé de se voûter pour ne pas se cogner la tête. Dans sa main gauche, il tenait un arc, une flèche déjà encochée dans la corde. Sa tignasse blonde hirsute descendait jusqu'à sa ceinture, dans laquelle un gros coutelas et deux perdrix étaient glissés. Rowena posa instinctivement sa main sur la poignée de son épée, mais l'homme anticipa son geste.

— Je ne veux pas vous faire du mal, précisa-t-il.

Il semblait sincère. Cependant, elle savait aussi qu'elle aurait du mal à se battre à l'épée contre lui dans un espace aussi restreint. Il gardait l'entrée et n'aurait aucune difficulté à lui décocher une flèche avant qu'elle ne soit sur lui. Dans cette position de faiblesse, elle devait jouer de sa fonction d'agent royal. Elle tenta de garder sa contenance.

— Je suis mandatée par le roi Richard d'Angleterre, dit-elle d'une voix ferme, je mène une enquête sur le chantier de la cathédrale.

L'homme avança ses lèvres en une moue songeuse.

— Cela doit bien faire dix ans que je ne vais plus par là.

— Pourrais-je savoir pour quelle raison ?

Il paraissait détendu, seulement en apparence. De sa main droite, il maintenait toujours l'extrémité de la flèche encochée dans la corde.

— Autrefois, j'étais maître maçon. Je travaillais sur le chantier quand la cathédrale a commencé à se bâtir. Puis, un jour, je me suis fait mal et je n'ai plus pu porter de pierres. Je me suis donc installé ici.

Elle nota avec plaisir qu'il répondait à ses questions sans aucune retenue.

— Vous avez là une bien belle épée, ne put-elle s'empêcher de faire remarquer, s'abstenant toutefois au passage d'ajouter : *pour un maçon…*

— C'est un cadeau, répondit-il sans hésiter, pour avoir participé à la croisade en Terre sainte.

Rowena trouva sa réponse plausible. Elle savait que de nombreux artisans avaient accompagné le train des chevaliers partis combattre les musulmans. Les menuisiers confectionnaient des trébuchets, les forgerons réparaient les épées et les maçons consolidaient ou élevaient des fortifications. Cela lui démangeait de l'interroger plus avant sur sa participation à la croisade, vérifier, en lui posant quelques questions précises, qu'il ne lui mentait pas. Cependant, elle s'abstint prudemment de le faire. Elle avait devant elle quelqu'un ayant travaillé sur le chantier à ses débuts. Elle tenait là une occasion unique d'en savoir davantage sur cette période de la construction. La priorité était à l'enquête, inutile de braquer cet homme avec des questions inopportunes.

— À l'époque où vous travailliez sur le chantier, vous souvenez-vous de cas de disparitions d'artisans ?

Il réfléchit quelques instants.

— Il y en a bien eu un. Un maître maçon a disparu au petit matin sans laisser de traces.

— Quand, précisément ?

— C'était il y a douze ou treize ans, je dirais.

— Vous rappelez-vous son nom, par hasard ?

Il secoua la tête.

— Cela fait si longtemps.

— Ce maçon, que faisait-il, exactement ?

Il ouvrit grand ses yeux, apparemment étonné par la nature de sa question.

— Ben, comme tous les autres maçons à l'époque : il travaillait aux fondations de l'édifice !

— Vous aussi, vous travailliez avec eux ?

— Au tout début seulement. Puis, comme je vous l'ai dit, je me suis blessé et j'ai dû abandonner mon travail.

— Cette disparition ne vous a pas semblé bizarre ?

— Un peu. À parler franc, ce maçon n'était pas trop

aimé des autres artisans. Il n'arrêtait pas de nous donner des leçons, de dire qu'il était bien plus intelligent que nous. Il n'a manqué à personne.

— Vous ou l'un de vos collègues, avez-vous parlé de sa disparition à d'autres artisans, à la princesse Roxane, à l'architecte, ou à quelqu'un du village ?

— Pas que je sache.

— Vous aurait-il fait part d'une confidence, ou dit quelque chose qui aurait pu vous paraître étrange ?

— Il passait son temps à fanfaronner, à dire que les murs et les piliers n'étaient pas droits, qu'ils ne supporteraient pas la charge du bâtiment, qu'on travaillait mal, ce genre de discours. Il est même allé raconter cette histoire dans les tavernes des ports de la côte.

— Et c'était vrai, ce qu'il racontait ?

— J'en sais rien. Je ne veux pas le savoir.

Nombreux étaient ceux qui auraient pu vouloir le faire taire, pensa-t-elle. Un maître maçon ayant mal fait son travail, des ouvriers, l'architecte ou même la princesse.

— Aucun autre artisan ne s'est plaint de la sorte ?

Il haussa évasivement les épaules.

— J'ai quitté le chantier peu après, alors…

— Je comprends. Est-ce que le nom de Percival Johnson vous dit quelque chose ? demanda Rowena à tout hasard.

— Jamais entendu parler.

Logique. Après tout, Percival Johnson n'avait jamais mis les pieds en Écosse.

— Une dernière chose : je cherche une certaine Mary Dumfries, qui vivrait par ici. Or, j'ai chevauché toute la matinée depuis le village et je n'ai pas croisé âme qui vive.

Il marqua un temps d'hésitation puis sa bouche se tordit en un curieux rictus.

— Votre Mary, à quoi ressemble-t-elle ?

— C'est une jeune femme rousse d'une vingtaine d'années, avec des yeux topaze.

Il se rembrunit brusquement.

— Y'a personne par ici, mentit-il gauchement, à part mon chien, mes animaux et moi. Les gens ne veulent pas vivre dans les collines, ça leur fait peur. Pourtant, c'est bien moins dangereux que d'habiter les villages, là où les marauds détroussent les voyageurs.

Il entra dans la hutte en claudiquant et déposa son arc contre le mur. Rowena n'insista pas. Il ne lui dirait rien d'autre sur Mary, qu'il connaissait, manifestement. Il lui en avait déjà appris bien plus qu'elle ne l'aurait espéré en entrant dans sa maison.

— Je vous remercie d'avoir répondu à mes questions.

*

L'après-midi était bien entamé lorsqu'elle quitta la chaumière. L'homme lui avait offert à boire et à manger, mais elle avait poliment refusé son invitation. Il lui indiqua précisément le chemin qu'elle devrait emprunter pour revenir au château. Il lui expliqua comment se repérer dans ce paysage qui semblait partout à l'identique. Elle se rendit compte avec effroi qu'elle avait dévié de sa route plus qu'elle ne le pensait. Elle se dépêcha de se remettre en selle et força l'allure de son cheval. Inutile de perdre davantage son temps ici, cet homme lui avait assuré que personne d'autre que lui ne vivait dans cette lande lugubre. Après s'y être aventurée, elle le croyait sur parole.

Ses révélations étaient troublantes. Un maître maçon, clamant partout que l'édifice était mal construit, avait disparu dès le début de la construction. Il était peu vraisemblable qu'il eût quitté le chantier pour cette raison et il devait donc avoir été assassiné lui aussi. Par qui ? S'il était du genre à parler à droite et à gauche, il avait dû faire part de ses craintes à beaucoup de monde, en particulier à Roxane et à Fergus. Rowena se dit qu'il serait bon de les interroger à ce sujet, dès qu'elle les verrait. L'architecte était la première personne impliquée dans une malfaçon, même s'il n'était pas le seul. Un autre maçon aurait tout aussi bien pu vouloir cacher ses erreurs à Fergus, et faire taire le bavard.

Elle songea également que ces éléments nouveaux étaient plutôt de nature à disculper la princesse, du moins quant à ses intentions de comploter contre Richard Cœur de Lion. Il y a plus de dix ans, Roxane ne savait pas encore qu'il viendrait en Écosse. À l'époque d'ailleurs, il n'était même pas roi. Alors, pourquoi Tinsdale et Everton auraient-ils disparu, juste après l'avoir rencontrée ?

Elle n'y voyait plus très clair, ni dans sa tête ni devant ses yeux d'ailleurs. Peu à peu, le soleil avait baissé sur l'horizon, masqué par l'interminable cortège de nuages qui balayait le ciel en perpétuel changement. Avec le crépuscule, la luminosité changea. Les reliefs prirent un aspect différent, trompeur. Cependant, elle retrouva assez facilement son chemin grâce aux repères que lui avait donnés le maçon. L'astre du jour s'était couché depuis longtemps lorsqu'elle atteignit enfin le sommet de la dernière colline surplombant le château. L'austère bâtisse était plongée dans la pénombre, aussi sombre que les eaux du loch qu'elle bordait. Au loin, sur la gauche, les flèches effilées de la cathédrale s'élançaient vers le ciel comme deux bras tendus vers le firmament. L'édifice semblait bien droit, apparemment.

Son regard glissa du chantier au château. En contrebas, à mi-chemin entre les deux, une silhouette blanche courait le long du loch en direction de la cathédrale. À sa démarche et à son allure générale, c'était une femme, à n'en pas douter. Était-ce Mary ou bien Roxane ?

De là où elle était, Rowena n'aurait pu le dire. Sans hésiter, elle lança son cheval dans la descente afin d'essayer de la rattraper. Lorsqu'elle parvint sur la berge, la forme avait presque atteint le chantier. Elle galopa le long de la rive et déboula sur le parvis de la cathédrale, désert à cette heure tardive. La silhouette avait disparu, mais la porte de l'édifice était entrouverte. Sans réfléchir, Rowena sauta du cheval et entra dans le bâtiment.

*

L'immense vantail grinça sur ses gonds lorsqu'elle le referma délicatement derrière elle. Le bruit se répandit en écho dans la cathédrale, s'atténua et se perdit dans le chœur. À l'intérieur, la clarté de la pleine lune diffusant à travers les vitraux, ainsi que la présence de cierges allumés çà et là dispensait de faibles taches de lumière. Rowena avança en tâtonnant. La nef était immense, déserte. Cette semi-pénombre et le silence absolu renforçaient la sensation de plénitude dégagée par le majestueux édifice, rendant presque perceptible la présence invisible du Divin. Sur les côtés, les statues des saints étaient voilées d'une douce quiétude. Plus haut, les vitraux éteints laissaient à peine deviner les contours des scènes de la Bible, Moïse guidant le peuple hébreu hors d'Égypte, Noé faisant monter les animaux dans son arche, autant de saynètes explicites destinées à éduquer le croyant illettré. Dans la nuit, les prophètes et les patriarches du peuple hébreu semblaient figés dans leurs actions, mais lorsque le soleil éclairerait le verre coloré, ils s'animeraient soudain et prendraient vie comme au temps de leur gloire. Le chrétien qui lèverait les yeux vers eux pourrait alors entendre leurs exhortations se mêler à celle de l'évêque prêchant la parole du Dieu d'Israël, père de toute l'humanité sauvée par son fils Jésus.

Rowena resta saisie par tant de beauté. L'homme était vraiment capable du meilleur, se dit-elle en laissant son regard se perdre dans les croisées d'ogives de la voûte, ces nervures diagonales qui partaient du sommet des murs latéraux, évidés et couverts de vitraux. Elle songea au maître artisan qui avait sculpté chaque pierre de ce plafond sans défaut, de façon à ce que chacune d'entre elles s'ajuste parfaitement à sa voisine. Peut-être était-ce d'ailleurs Tinsdale ou Everton qui avait œuvré là. Dans mille ans, songea-t-elle, qui se souviendrait de leurs mains calleuses, des ongles cassés à cause d'un mauvais coup de marteau sur le ciseau ? D'ailleurs dans mille ans, soupira-t-elle, la cathédrale serait-elle encore là pour témoigner de la beauté de leur travail ?

La tête toujours tournée vers la voûte, elle continua à avancer dans la nef lorsqu'elle entendit du bruit dans son dos. Aussitôt, elle s'arrêta net. Le son avait résonné sur les parois de l'édifice, il provenait en fait d'en dessous, réalisa-t-elle. Rowena se souvint que l'entrée de la crypte se trouvait au fond sur la droite, derrière elle. À pas de loup, elle fit demi-tour et découvrit l'ouverture. Elle descendit la volée de marches et s'immobilisa avant de pénétrer dans le sous-sol froid et humide, constitué de simple terre battue. Ce genre de finitions n'étaient pas la priorité numéro un du chantier, se rappela-t-elle, le dallage à cet endroit serait posé plus tard.

À cet instant, elle hésita. Pas question de s'aventurer dans la crypte à l'aveugle, d'autant que, dans sa précipitation, elle avait laissé son épée sur son cheval. Son bon sens lui disait de remonter chercher son arme, mais entretemps, la personne qui se tenait là pouvait s'échapper. En outre, ses yeux s'étaient à présent habitués à l'obscurité. Un peu de lumière parvenait depuis la nef et diffusait légèrement jusqu'ici. Finalement, sa curiosité fut plus forte que sa prudence. Elle se pencha donc en avant pour tenter d'observer les lieux.

La crypte était immense, se souvenait-elle, elle courait sous une grande partie du bâtiment. Peut-être que, plus tard, des cloisons seraient aménagées afin d'entreposer des châsses de reliques, les tombeaux des évêques ou bien des archives. Pour l'instant, Rowena pouvait à peine distinguer les murs de soutènement fichés dans le sol. Elle fit un pas en avant, puis deux et, au fur et à mesure qu'elle s'éloignait de l'escalier, la clarté diffusait de plus en plus faiblement et elle n'y voyait quasiment plus rien. Il serait plus judicieux de faire à nouveau cette visite en pleine journée ou avec une torche. L'épaisse obscurité se faisait oppressante et ses déplacements sur la terre battue étaient étouffés. Le bruit, quant à lui, avait disparu.

Elle allait rebrousser chemin lorsqu'elle crut apercevoir, dans le fond, la découpe d'une forme blanche. Aussitôt, elle se figea, à l'affût du moindre son ou mouvement.

Rien. La silhouette était toujours là, floue, immobile et silencieuse. Était-ce la femme qui courait le long du loch ? Dans ce cas, que venait-elle faire ici à cette heure ? À l'arrêt elle aussi, la personne tapie ne semblait pas avoir remarqué sa présence. Rowena fit lentement deux pas à reculons, afin de se cacher dans l'escalier. Rester ici était devenu trop dangereux, surtout sans arme. Elle chercha les marches du bout du pied, ne les trouva pas. Sans s'en rendre compte, elle s'était avancée dans le sous-sol bien plus qu'elle ne l'avait imaginé. Elle écouta son cœur cogner dans la poitrine, si fort qu'elle se demanda un instant si l'autre, là-bas, ne l'entendait pas également.

Elle se raisonna : elle n'avait pas fait de bruit, la crypte était immense. Il se pouvait très bien que cette personne ne l'ait pas vue. À l'arrêt, retenant sa respiration, elle fixa intensément la forme blanche fantomatique, toujours statique.

Était-ce le meurtrier qu'elle avait surpris ? Et pourquoi, lui aussi, ne bougeait-il plus ? L'avait-il repérée et pensait-il, comme Rowena, qu'avec cette obscurité elle ne le remarquerait pas ? Un frisson parcourut son échine, une goutte de sueur glacée vint couler le long de son dos. Elle était seule, non armée. À cet instant, elle regretta de s'être précipitée en pleine nuit dans ce lieu désert et obscur, une décision aussi irréfléchie que s'avancer dans la lande sans provisions. Décidément, pensa-t-elle, agacée, c'était la deuxième fois ce jour-là qu'elle faisait preuve d'autant d'inconséquence. Elle s'accroupit lentement, tâta le sol à la recherche d'un objet pouvant servir d'arme éventuelle, rien. Tous ses sens étaient en alerte, sa vue à présent plus perçante, son ouïe attentive au moindre bruit et son odorat en éveil. L'odeur de la crypte emplissait ses narines, un effluve fait de moisissure, de poussière et d'humidité mêlées…

À celle d'un cadavre ! songea-t-elle soudain avec horreur.

La pestilence était discrète, mais réelle, une odeur putride de corps en décomposition qui ne fit qu'accentuer ses craintes. Il y avait quelqu'un enterré dans cette crypte, ça ne faisait plus aucun doute. D'ailleurs, cela semblait logique : où cacher des corps sans qu'on ne vienne jamais à les découvrir, sinon dans les fondations ! Elle huma l'air en tournant la tête, cherchant avec son odorat d'où pouvait provenir cette puanteur. De pas très loin, en fait. Précisément de l'endroit où se trouvait la silhouette blanche, toujours immobile.

Elle tenta de retrouver son sang-froid. L'entrée de la crypte ne pouvait pas être bien loin, elle devait se trouver derrière elle. En outre, c'était par là que la lumière de la nef pénétrait dans le sous-sol donc, elle devait se distinguer clairement dans l'obscurité. Rowena ferma les yeux un instant, puis se retourna. Effectivement, elle vit la découpe rectangulaire de la cage d'escalier, nettement éclairée, à quatre pas derrière elle. Simplement, dans son début de panique, elle avait perdu tout contrôle d'elle-même.

À l'opposé, la forme blanche n'avait pas bougé. C'était une femme, elle en était à présent certaine. Elle était toujours figée et silencieuse, un bras tendu vers le sol comme pour indiquer d'où provenait le méphitique remugle. Rowena fit un pas en direction de l'escalier, puis se ravisa. Si cette chose ne bougeait pas, c'était peut-être tout simplement parce qu'elle était d'une raideur… *cadavérique !*

Même si cela n'expliquait pas le bruit qu'elle avait entendu et le fait que le cadavre tienne debout tout seul, elle voulut s'en assurer. Elle fit un pas, puis deux dans sa direction. Comme prévu, la femme sembla l'ignorer. Elle distinguait maintenant son visage séraphique, sa longue robe blanche et toujours cette puanteur qui s'était encore intensifiée. Rowena sourit intérieurement. C'était bien un cadavre, nauséabond certes, mais inoffensif. Elle s'approcha encore, un pas, deux pas avant d'éclater d'un rire nerveux.

En fait de cadavre, il s'agissait d'une simple statue, entreposée dans un recoin de la crypte. Du bout des doigts, elle toucha la sculpture et pour se rassurer définitivement, passa sa main dessus. Le marbre lisse et froid ne dégageait aucune odeur de charogne. En fait, le remugle provenait du sol au-dessous. Du bout du pied, elle sonda la terre. Elle avait été remuée récemment et n'avait pas été damée correctement. Quant au bruit, il avait dû être causé par des rats ou un chat, ou les deux à la fois.

Soudain, des reflets changeants apparurent sur la statue. Une lueur dansante rougeâtre qui ondulait sur la pierre blanche polie, faisant sursauter Rowena.

— Qui va là ?

La voix s'était élevée dans son dos. Elle avait à peine résonné sur les parois de la salle. Rowena se retourna vivement. Fergus Clyde se tenait à dix pas d'elle, une arbalète chargée dans sa main droite et une torche allumée dans la gauche.

*

— C'est moi, c'est Rowena ! s'exclama-t-elle en levant les mains, paumes en avant, pour bien lui signifier qu'elle ne le menaçait pas. En la voyant, il se détendit et baissa son arme.

— Je vous avais prise pour un voleur, dit-il. J'avais vu quelqu'un entrer dans la cathédrale et je l'ai pisté.

Les propos de Fergus ne la rassurèrent pas. Elle aussi avait suivi une forme blanche jusque dans la cathédrale, mais il se comportait étrangement, même si, à cet instant, elle n'aurait su dire ce qui détonnait dans son attitude. Elle nota également qu'il avait aussi une épée glissée à la ceinture. Drôle d'accoutrement pour un simple architecte. Quoi qu'il en soit, la dernière bêtise à faire aurait été de se montrer suspicieuse et agressive.

— En passant sur le parvis, déclara-t-elle calmement, j'ai cru voir moi-même quelqu'un entrer. La silhouette d'une femme.

Le visage de Fergus s'assombrit.

— Vous croyez qu'il y a quelqu'un d'autre que nous ? demanda-t-il, inquiet.

Avec sa torche qu'il promena autour de lui, il éclaira longuement les lieux. Le sol, qui à première vue semblait dégagé, était en réalité encombré de planches, de tiges en métal et de pierres entreposées là. Au loin, les yeux rouges d'un rat brillèrent à la flamme de la torche, avant qu'il ne s'enfuie et ne se cache dans l'obscurité profonde.

— J'ai entendu du bruit dans la crypte, fit Rowena en désignant le rongeur qui détalait, j'ai cru que c'était la femme que je poursuivais.

Il hocha lentement la tête.

— Un simple rat. Il y en a plein le sous-sol.

La pestilence était nettement perceptible. Fergus devait la sentir lui aussi, mais il ne l'évoquait pas. Voilà pourquoi il lui avait semblé bizarre tout à l'heure, pensa-t-elle. Il aurait dû lui parler de la puanteur qui empestait les lieux.

Sauf si Fergus était le tueur…

Auquel cas, elle aurait tout intérêt à sortir d'ici au plus vite, si elle ne voulait pas finir enterrée elle aussi dans cette crypte.

— Bien ! fit-elle d'un ton enjoué en retournant vers les marches, je crois qu'il n'y a personne, par ici !

Fergus se tenait à bonne distance, l'arbalète armée toujours à la main.

— Effectivement.

— Alors, il ne nous reste plus qu'à remonter et retourner nous coucher.

Les marches n'étaient plus qu'à quelques foulées. Elle nota que Fergus restait en permanence à quelques pas d'elle, une distance suffisante pour ne pas se laisser surprendre.

— Pas si vite !

À cet instant, il releva son arme et la pointa dans sa direction.

— Qu'y a-t-il, Fergus ? demanda-t-elle en tentant de garder son sang-froid.

La lueur vive et violente de la flamme éclairait son visage altier, lui donnant une couleur infernale oscillant entre le rouge et l'orange. Un sourire lugubre flottait sur ses lèvres.

— Je vous aimais bien, Rowena. Vous me manquerez.

Elle s'arrêta et l'observa longuement, afin d'évaluer ses chances de s'en sortir. À cette distance, songea-t-elle, impossible qu'il manque sa cible. Elle devait à présent distraire son attention. Il finirait bien par relâcher sa vigilance. Elle pourrait alors le désarmer, ou bien échapper à la trajectoire de son arme.

— Vous les avez tués, Tinsdale, Everton et tous les autres. Ils avaient parlé des défauts à Roxane, et vous avez eu peur que tout se sache.

Il haussa imperceptiblement les épaules.

— La cathédrale sera prête pour accueillir les deux rois, n'est-ce pas ce qui importait ?

— Si vous me tuez, d'autres agents royaux viendront enquêter, Caméléon en premier lieu. Vous serez démasqué.

— D'ici là, je serai loin. Avant, tout le monde saura que c'est moi l'architecte de cette cathédrale.

— Qui s'écroulera sous peu !

— Ma cathédrale est solide, gronda-t-il. Elle ne s'effondrera jamais, vous m'entendez ? Jamais !

À la lueur de la torche, son visage était à présent celui d'un dément.

— Je ne comprends pas, dit Rowena, d'un ton radouci. Vous étiez un architecte brillant.

Elle cherchait une solution, trouver un objet à lui lancer dessus, se rapprocher d'un pilier pour se cacher derrière. Si Fergus la manquait, elle serait sur lui avant qu'il ne puisse recharger l'engin ou dégainer son épée.

— La princesse m'a dit qu'elle vous recommanderait pour bâtir d'autres cathédrales ailleurs, ajouta-t-elle en faisant un mouvement en direction du pilier le plus proche.

— Tsss, tsss, fit-il entre ses dents, et la trajectoire de l'arme suivit son mouvement.

Il n'était pas dupe. Elle s'arrêta net.

— La cathédrale sera toujours là dans mille ans, enchaîna-t-il d'une voix assurée, elle sera votre tombe à jamais.

Il ajusta l'arbalète. Le carreau était bien en place dans la gorge de l'arme, prêt à filer vers le cœur de Rowena. Une fraction de seconde, le temps qu'il la transperce, et tout serait fini.

Définitivement.

Chapitre 16

Fâcheux contretemps

La troupe royale cheminait dans une longue et étroite vallée encaissée, dominée par des montagnes dont les sommets se perdaient dans la brume. Fidèle à son habitude, Richard Cœur de Lion chevauchait à hauteur du porte-étendard, à la tête de la longue file de plus de quatre cents chevaliers en armure.

— Le lieu idéal pour une embuscade, commenta-t-il, en observant les collines menaçantes l'entourant de toutes parts.

— Cette vallée s'appelle le *Glencoe*, précisa lord Stratheden qui s'était rapproché de lui. Les Pictes, premiers habitants de l'Écosse, puis les Scots qui les ont supplantés, y ont toujours vaincu leurs ennemis.

Richard le dévisagea, ébahi.

— Je ne te savais pas versé dans l'histoire écossaise !

Le vieux lord plissa les yeux, mit sa main sur son front en guise de visière, observant les flancs de l'étroit et profond défilé.

— Ma science militaire n'égale pas la tienne, mais mon bon sens me dit qu'il faudrait être un parfait benêt pour mener sa troupe dans ce coupe-gorge.

Richard le regarda, puis reporta son attention sur les montagnes. Un soupçon d'inquiétude se lisait à présent sur son visage.

— À croire que les envahisseurs de l'Écosse sont trop stupides pour mériter ce pays, finit-il par dire en secouant la tête.

Puis il retrouva le sourire et ajouta :

— Ce défilé peut aussi se retourner contre l'assaillant.

— En envoyant deux bonnes troupes le prendre à revers, effectivement, renchérit lord Stratheden. Une stratégie payante, si elle a été bien préparée.

Richard se tourna vivement vers lui, ne pouvant masquer son étonnement.

— Sacrebleu ! Je vais finir par t'engager à mes côtés pour défendre la Normandie, si tu me sors une autre remarque de cet acabit.

— Je ferais un piètre stratège, malgré tout. Les troupes françaises de Philippe Auguste ont un sens tactique autrement plus développé que ces rustres d'Écossais. Et puis, nous ne sommes pas en guerre contre eux.

— Si ce que tu affirmes est vrai, nous pouvons dresser notre camp au milieu de cette vallée en toute sécurité. Au fait, où devons-nous retrouver la troupe du roi d'Écosse ?

— Dans une plaine à quelques lieues de la cathédrale, d'ici quelques jours. Puis, vos deux royales seigneuries chevaucheront en tête du cortège. Nous montrerons ainsi au peuple écossais les liens étroits qui unissent nos deux royaumes.

— Parfait ! s'exclama Richard, en sautant de son cheval.

En voyant son roi pied à terre, la longue cohorte s'arrêta. Les chevaliers descendirent de leurs lourds destriers.

Leurs écuyers préparèrent les tentes, transportées par les chevaux de bât, et montèrent le campement au bord du torrent qui dévalait non loin.

*

Lord Stratheden avait établi ses quartiers à proximité de la tente de son roi. Il consultait des documents qu'une estafette venait de lui apporter, lorsqu'un homme s'approcha de lui. Il claudiquait tout en tenant son cheval par la bride, un rapide coursier alezan.

— Vilaine blessure que l'on t'a faite là, lui dit le lord en observant sa boiterie.

— J'ai de la chance de pouvoir encore marcher, répondit l'homme qui portait une longue balafre sur sa joue droite.

— Caméléon est ici avec moi. C'est une chance inouïe qu'il soit tombé sur notre escorte voilà six jours. Nos hommes le retiennent prisonnier, mais je dois m'en débarrasser au plus vite.

Le balafré le dévisagea, interrogateur.

— Vous voulez dire, *proprement* ?

Lord Stratheden secoua la tête.

— Nous n'en avons ni le temps ni les moyens. Je vais plutôt l'expédier en mission loin au sud, en compagnie de trois de tes hommes.

L'autre baissa la tête et poussa un caillou du bout du pied.

— Et pour Rowena ?

— Il faut à tout prix qu'elle soit morte avant l'arrivée de Richard. Elle sera seule avec la princesse, dans un château à l'écart du monde. Débrouille-toi pour que ça passe pour une attaque de marauds.

— Comme pour sa mère.

— Exactement. Après tout, n'est-ce pas le genre de mise en scène qui te réussit le mieux ?

Le balafré se racla la gorge et digéra le sarcasme en silence.

— Je tue aussi la princesse ? finit-il par demander.

— Non, tu la laisses en vie et tu lui indiques au passage que tu travailles pour moi. Bien sûr que oui, espèce de crétin ! Ce n'est pas le moment de laisser des témoins derrière nous !

Le balafré baissa la tête à nouveau.

— C'est qu'elle devait accueillir les deux rois sur le parvis. Je pensais que si elle ne le faisait pas, ils trouveraient cette absence louche.

— Ça, c'était avant que j'accompagne Richard. Maintenant, je suis là pour arranger ce genre de détails.

— Compris. Au fait, pourquoi avez-vous envoyé Rowena ici ?

— Elle n'aurait jamais dû y arriver, je te rappelle ! Si le tueur que tu avais embauché avait fait son travail, à cette heure elle serait morte. Encore heureux que je lui aie confié cette mission. Au moins, je l'ai écartée de Londres pour quelque temps. Maintenant, repars sur le chantier et tâche de ne pas échouer, cette fois !

Le balafré marmonna trois mots dans sa barbe, sauta en selle et partit au galop vers le nord. Lord Stratheden le regarda s'éloigner d'un air exaspéré, puis se dirigea d'un pas leste vers un groupe de soldats, assis autour d'un feu de camp.

— Caméléon, dit-il, j'ai à vous parler.

— À vos ordres, milord, répondit-il en se levant.

Les quatre gaillards l'entourant firent un geste pour le retenir, puis se ravisèrent à la vue du regard que leur supérieur leur jeta.

— J'ai entendu dire qu'une fronde contre notre roi se

serait levée dans la région de Nottingham, expliqua-t-il. Avant de retourner dans le Sud il faut nous assurer de la loyauté de ces barons. Il ne faudrait pas que Richard tombe dans une embuscade. Partez avec trois de mes hommes pour la forêt de Sherwood. Nous y avons un allié dénommé Robin de Loxley. C'est un hors-la-loi qui dépouille les seigneurs locaux, mais également un fidèle serviteur de Richard.

— Milord, protesta Caméléon, je croyais que je devais assurer la sécurité de notre roi avec Rowena !

Le vieil homme eut un regard bienveillant.

— Ne vous inquiétez pas. J'assurerai personnellement le bien-être de Richard.

Un silence se fit.

— Que devrai-je faire exactement, auprès de ce Robin de Loxley ?

— Robin a des informateurs dans tous les châteaux saxons de la région. Il saura vous dire si le coin est sûr ou pas. Vous reviendrez ensuite jusqu'ici me faire un compte rendu. Partez à l'aube. Le roi ne s'éternisera pas en Écosse.

— Comment trouverai-je ce Robin ?

— Chevauchez jusqu'à la forêt de Sherwood. C'est lui qui vous trouvera.

Caméléon s'inclina.

— À vos ordres, milord.

Lord Stratheden posa alors son index sur son torse.

— Je compte sur votre diligence, ajouta-t-il sobrement, mais la pression de son doigt sur sa poitrine évoquait bien plus qu'un simple ordre d'un supérieur à son subordonné.

*

Encadré par trois hommes de lord Stratheden, Caméléon atteignit la forêt de Sherwood après sept jours de chevauchée à travers une région connue pour être hostile à Richard. Cependant, il n'eut pas à se soucier d'être reconnu comme un agent du roi car ses trois compagnons de voyage ressemblaient davantage à des bandits de grands chemins qu'à des agents au service de la couronne d'Angleterre. Lui-même était harassé par son pénible aller-retour jusqu'à Cantorbéry, et il ne dépareillait guère avec ses trois acolytes de fortune.

Tout en descendant vers le sud, il tenta à plusieurs reprises de fausser compagnie à ses gardiens, sans succès. Les hommes qui l'escortaient n'étaient pas nés de la dernière pluie. Ils ne lui offrirent pas la moindre occasion favorable. De guerre lasse, il en profita pour se reposer et reprendre des forces car il n'eut même pas à monter la garde pendant la nuit. En effet, on ne lui laissa pas d'autre choix que de dormir, solidement encadré par deux gardes-chiourme, pendant que le troisième veillait à ce qu'il ne s'enfuie pas.

La forêt de Sherwood était réputée pour être enchantée, peuplée d'une myriade d'êtres des bois vous bottant l'arrière-train ou, pire, vous jetant un sort dont on ne se réveillait jamais. Caméléon savait parfaitement que cela n'était que pures fariboles, mais il profita de la crédulité et de la superstition de ses compagnons de voyage pour les déstabiliser. S'il ne pouvait pas s'évader, peut-être parviendrait-il à s'entretenir seul avec ce Robin. Si l'homme s'avérait loyal, il comptait lui faire part de ses soupçons concernant lord Stratheden, voire envoyer un message par pigeon voyageur jusqu'à Rowena afin de la mettre en garde contre Fergus.

Au cours de sa chevauchée, il n'eut de cesse de sensibiliser les trois brutes contre les maléfices de la forêt. Il en parlait de préférence le soir autour du feu de camp lorsque les ombres régnaient en maître. Tout d'abord, ils se moquèrent de lui, mais à mesure que les jours passaient, leur crainte devint palpable. La veille de pénétrer dans la forêt, alors qu'ils avaient établi leur campement à une demi-lieue de la lisière sur un terrain dégagé en hauteur, ils devinrent particulièrement nerveux, à l'affût du moindre bruit suspect ou d'un mouvement inédit dans les hautes herbes. Ce soir-là d'ailleurs, les plaisanteries grossières firent place à des chuchotements à peine audibles, accompagnés de regards craintifs vers la masse des arbres que l'on devinait au loin, sous la clarté de la lune.

Caméléon dormit comme une souche. Il n'en fut pas de même pour ses gardiens, constata-t-il au petit matin : les trois hommes avaient les yeux caves, pochés de cernes, et même s'ils ne lui avouèrent pas qu'ils avaient passé une nuit blanche, leurs têtes livides et hagardes les trahirent bien plus sûrement.

Aussi, ce n'est pas sans une certaine appréhension qu'ils s'engagèrent un peu plus tard sur l'étroit sentier qui se perdait au loin sous la voûte de hêtres et de chênes immenses, gigantesque cathédrale de verdure aux troncs trapus, aux branches couvertes de mousse et aux épaisses frondaisons.

— Restons sur nos gardes, lança Caméléon, en prenant pour la première fois la tête de l'expédition.

Les trois autres restèrent groupés, de front, à une dizaine de pieds derrière son cheval. Ils ne répondirent rien à son conseil, mais Caméléon put lire de l'angoisse sur leurs traits. L'un d'eux posa la main sur la poignée de son épée et avança aux aguets, épiant la forêt avec suspicion.

Peu à peu, les bruits de la lisière, gazouillis des oiseaux et bruissement des insectes s'évanouirent pour ne faire place qu'à un lourd silence, entrecoupé parfois du martèlement d'un pic-vert contre un tronc. Partout autour d'eux, les arbres géants se dressaient, présence oppressante, renforcée par l'abondance de buissons denses et de hautes fougères. Ils cheminèrent ainsi au pas pendant des heures, perdant la notion du temps dans ce labyrinthe végétal où le soleil ne perçait pas. Caméléon sentit alors que le moment était venu de se débarrasser de ses sbires.

— Il nous faut trouver ce Robin avant la nuit, déclara-t-il en mettant son cheval au trot.

Les trois hommes ne l'entendaient pas de cette oreille.

— Rebroussons chemin, hasarda l'un d'eux, le plus suspicieux.

À présent, il avait dégainé son épée du fourreau et la tendait nerveusement de temps à autre vers le moindre bruissement.

Ses deux voisins lui jetèrent un regard noir, même s'ils semblaient approuver intérieurement cette sage suggestion.

— Les esprits des bois n'agressent pas ceux qui n'ont rien à se reprocher, commenta Caméléon.

Il fit accélérer le pas de son coursier, obligeant ses compagnons à en faire autant. Enfin ils atteignirent une vaste clairière ensoleillée, la première depuis qu'ils avaient pénétré dans ce dédale végétal.

— On pourrait vous attendre ici ! De toute façon, il n'y a qu'un sentier traversant cette forêt.

Celui qui avait parlé tenait toujours son épée dressée d'une main mal assurée. Cette fois-ci, les deux lascars qui l'encadraient furent d'accord. Caméléon haussa évasivement les épaules. Sans plus tarder, il s'enfonça dans l'épaisse végétation.

*

Il n'eut pas à attendre longtemps pour rencontrer les hommes de Robin de Loxley. Comme l'avait prédit lord Stratheden, ce furent eux qui vinrent à sa rencontre. Deux gaillards mal rasés surgirent bientôt des buissons et se campèrent face à lui. En levant les yeux vers les arbres, il en aperçut quatre autres armés d'arcs bandés, prêts à tirer.

— Qui êtes-vous ? fit le plus gros des deux hors-la-loi, vêtu d'une robe de bure élimée.

— Je m'appelle Caméléon. Je suis envoyé par lord Stratheden afin de m'entretenir avec Robin de Loxley.

Cela ne suffit pas à le convaincre.

— Descendez de cheval et levez les bras en l'air !

Caméléon obtempéra et s'avança vers lui. Sous l'œil vigilant de son compagnon, l'espèce de moine s'assura tout d'abord qu'il ne portait pas d'armes, puis il lui banda les yeux à l'aide d'un tissu. Ensuite, il le fit tourner sur lui-même à plusieurs reprises.

— Venez, dit-il enfin en le prenant par le bras et en l'emmenant avec lui à travers les fourrés, je vais vous conduire jusqu'à lui.

Caméléon chemina ainsi pendant un long moment, environ une demi-lieue. Il atteignit bientôt une rivière dont il put percevoir le bruit de l'eau vive. Au son qu'elle produisait, il jugea de son débit – abondant –, de sa largeur et de sa profondeur. Il la longea sur trois cents pieds environ puis fut conduit sur un pont fait de cordages, à la stabilité précaire. Toujours tenu par un bras, il passa sur l'autre rive en s'accrochant de sa main libre à la rambarde en chanvre tressé, marcha encore cinq cents pieds environ avant de s'arrêter.

Quelqu'un passa une corde autour de sa taille et Caméléon fut hissé sans ménagement jusqu'à une plate-forme juchée dans un arbre. Ce n'est qu'alors qu'on lui enleva le tissu qui l'aveuglait.

Il se trouvait dans une cabane en bois carrée de huit pieds de côté, perchée dans un immense hêtre. Face à lui, un homme d'une quarantaine d'années au visage noble se tenait debout et l'observait.

— Robin de Loxley, je présume ?

— Bonjour, Caméléon, fit-il en lui serrant la main d'une poigne franche. Je suis ravi de faire votre connaissance. J'ai longuement entendu parler de vos exploits à travers le royaume d'Angleterre, les commanderies templières et la sérénissime Venise.

— Je vois que je n'ai plus à me présenter ; vous savez déjà tout de moi !

Robin afficha un sourire malicieux.

— Bien plus que vous ne l'imaginez, figurez-vous.

Il désigna un siège en bois fixé à la paroi de la cabane.

— Asseyez-vous donc, continua-t-il. Dites-moi quel bon vent vous amène par ici.

— Le vent a pour nom Stratheden. Il m'a envoyé vers vous afin d'évaluer le risque de fronde des barons de la région. Notre roi Richard doit déposer des reliques dans une cathédrale écossaise et embarquer ensuite vers Nottingham, pour la Normandie. Mon supérieur ne souhaite pas qu'il soit fait prisonnier dans son propre pays.

Robin écouta son invité avec attention.

— Aux dernières nouvelles, les barons saxons de la région ne sont pas spécialement frondeurs. Cependant, lord Stratheden a raison de s'inquiéter pour son roi. Vous pourrez lui dire que si Richard réussit à traverser l'Écosse sans encombre, il pourra ensuite chevaucher dans le Nottinghamshire en toute quiétude.

Caméléon fronça les sourcils.

— Je ne suis pas sûr de bien comprendre…

Robin se pencha en avant et lui glissa, sur le ton de la confidence :

— J'ai ouï dire que les lords écossais fomentaient un complot contre Richard. Ils ont à leur tête un certain Duncan MacLeod, un rude guerrier à l'esprit trempé dans les tempêtes du nord des Highlands. Votre supérieur a dû vous en entretenir.

Caméléon accusa le coup.

— Lord Stratheden ne me dit pas tout, répliqua-t-il en tentant de masquer son trouble.

Robin eut le bon goût de ne pas faire de remarque.

— Faisons-lui confiance. Il ne s'en est pas trop mal sorti, lorsque Richard était en Terre sainte.

— Effectivement, admit Caméléon. À ce sujet, il me semble que vous avez également participé aux croisades avec notre roi, n'est-ce pas ?

Robin acquiesça.

— J'ai même eu le privilège d'assister à une rencontre entre Richard et le sultan Saladin, le brillant général en chef des troupes musulmanes. Sachez que le grand Saladin m'a avoué, en aparté, le porter en grande estime, sentiment réciproque, d'après ce que j'en sais.

— Puis-je vous demander pourquoi vous vous cachez encore dans cette forêt ?

Robin prit un temps de réflexion.

— L'injustice n'est pas près de disparaître, Caméléon. Le soleil ne se lève pas encore pour tout le monde, loin s'en faut ! À mon tour de vous poser une question indiscrète : pourquoi avoir semé les trois hommes de main de lord Stratheden ?

— Je n'aimais pas leurs manières grossières.

Robin sourit.

— Lord Stratheden emploie parfois des méthodes non conventionnelles, mais il n'est pas le seul après tout.

— À ce sujet, j'aimerais m'entretenir avec vous…

À cet instant, une dame brune entra en trombe dans la cabane et interrompit l'échange.

— Robin, coupa-t-elle d'un air grave, Renaud est ici, il voudrait te parler. Il dit que c'est urgent !

S'apercevant alors de la présence d'un invité, elle se mordit instinctivement la lèvre inférieure.

— Marianne, fit Robin en affichant un sourire de façade, je te présente Caméléon, un des plus brillants agents de lord Stratheden. Mon épouse, Marianne.

Caméléon saisit la main de la femme, toujours sous le coup de la surprise, et y déposa un baiser.

— Dame Marianne, je suis enchanté de faire votre connaissance.

Robin fit mouvement vers la sortie.

— Mon cher Caméléon, je vais à présent devoir vous abandonner. Je vous laisse en compagnie de mon épouse. Elle vous emmènera jusqu'à notre campement et vous fera visiter les lieux.

Puis il sortit de la cabane et descendit de l'arbre. Entre-temps, Marianne s'était ressaisie.

— Caméléon, dit-elle en réajustant quelques boucles brunes qui barraient son visage, j'ai beaucoup entendu parler de vous et de vos déguisements.

— Il semblerait que je n'aie plus aucun secret pour quiconque.

Marianne eut une moue énigmatique et prit un air grave.

— Soyez sans crainte, vous êtes ici en lieu sûr. Sachez en profiter, de tels endroits se font rares, de nos jours…

*

Marianne de Loxley lui fit faire le tour du propriétaire, limitant toutefois sa visite au campement le long de la rivière. Caméléon put constater l'ingéniosité du système de cabanes suspendues dans les arbres, reliées entre elles par des passerelles de cordes, permettant de fuir le danger en se cachant dans le couvert des frondaisons. Il nota également la présence de huttes sommaires disséminées dans la forêt, plusieurs dizaines, du peu qu'il put en juger. Elles abritaient des femmes, des enfants et des vieillards ayant fui la misère ou bien les persécutions de leurs barons. Tous ceux qu'il rencontra parlèrent avec respect et reconnaissance de sire Robin de Loxley et de son épouse.

Il fit également la connaissance d'un ami de Robin, un dénommé Petit Jean, colosse de six pieds de haut, ainsi que d'autres hors-la-loi qui se présentèrent tous par leur surnom. Cette bande de joyeux lurons chanta et dansa autour des feux de camp jusque tard dans la nuit. Ses hôtes furent prévenants. S'ils lui posèrent d'innombrables questions sur le roi Richard, pas un ne le questionna de près ou de loin sur sa mission auprès de leur chef.

Robin, quant à lui, ne réapparut pas de la soirée. Alors que la nuit était bien avancée et qu'il s'apprêtait à s'étendre sur sa couverture, Caméléon songea à ce fameux Renaud qui avait demandé à voir sire de Loxley de toute urgence. La requête devait être de première importance pour que Robin abrège leur entretien. Et Marianne semblait confuse d'avoir prononcé ce prénom en sa présence.

Son sommeil fut agité. Il rêva de Rowena, seule aux prises avec Fergus. Dans son cauchemar, la jeune femme l'appelait désespérément au secours. Il s'éveilla en sursaut au cœur de la nuit, s'en voulant de ne pas être resté à ses côtés pour veiller sur elle et sur Roxane. Il réfléchit au moyen de semer ses trois gardiens pour les avertir du danger encouru. Hélas, il avait peu de chances d'y parvenir ; la forêt semblait ne comporter qu'un seul chemin, à moins que…

Et si Robin connaissait une autre issue pour sortir de

cette forêt, consentirait-il à l'aider ? À quoi bon, soupira-t-il aussitôt ; il était certainement déjà trop tard. À cette heure, Fergus avait dû passer à l'attaque et Richard devait déjà être arrivé à la cathédrale…

Maudit lord Stratheden !

Encore un qui voulait attenter à la vie de Rowena, pensa-t-il. Il se souvint également de la révélation de Robin de Loxley : des barons écossais voulaient tuer Richard. Finalement, peut-être que son amie n'avait pas tort lorsqu'elle soupçonnait la princesse de faire partie d'un complot visant à assassiner le roi. Et quelle était l'implication exacte de lord Stratheden dans cette affaire : l'avait-il éloigné pour tuer Rowena, ou bien pour avoir les mains libres afin de nuire à Richard ?

Ou les deux à la fois ?

À cet instant, le désespoir l'envahit. Il avait échoué dans sa mission. Par sa faute, Rowena, et peut-être aussi son roi, allaient mourir. Du fond de son désarroi, il contempla le campement endormi : ses compagnons émettaient de sonores ronflements. Dans un rougeoiement de braises, le feu finissait de se consumer lentement. Dans le ciel clair, la lune descendante était presque pleine. Sa lumière blafarde éclairait la surface de la rivière de diaprures irréelles, faisant luire les feuilles des arbres de multiples reflets argentés. Des lucioles volaient en silence dans la quiétude de la nuit, troublée seulement de temps à autre par le vol erratique d'une chauve-souris à la recherche d'insectes.

Un bruit de conversation parvint alors jusqu'à lui. Il leva la tête et scruta les arbres en direction de l'endroit d'où semblaient venir les voix. Il entraperçut Robin dans les frondaisons d'un immense hêtre, en grande conversation avec un homme de belle allure aux cheveux poivre et sel, vraisemblablement ce fameux Renaud. À un moment donné, l'inconnu tourna la tête vers lui comme s'il s'était senti épié, et croisa son regard. L'homme eut l'air surpris, avant de disparaître avec son hôte à l'intérieur d'une cabane perchée.

Caméléon n'aurait su dire pourquoi, mais il eut alors la nette impression que Renaud le connaissait et qu'il ne s'attendait pas à le trouver ici.

* * *

Rowena fixait toujours la pointe en métal du carreau dirigé vers elle. Le regard de Fergus alla de son arbalète jusqu'à sa cible.

— Adieu, Rowena, dit-il, et son index se contracta sur la détente.

— Laisse-la ! s'écria quelqu'un dans son dos.

Fergus se retourna vivement. Sous l'effet de la surprise, il appuya machinalement sur la détente. Un claquement sec s'ensuivit. Le trait fila vers l'apparition, se fichant en elle avec un bruit sourd.

— Roxane ? s'exclama-t-il avec stupéfaction en regardant la princesse s'effondrer.

Rowena resta saisie, elle aussi, avant de réaliser qu'elle tenait là une occasion unique de maîtriser Fergus. Elle fonça sur lui pour tenter de le ceinturer, mais avant qu'elle n'ait pu l'atteindre, elle sentit la pointe d'une épée déchirer sa cape et finir sa course contre sa poitrine.

— Pas un pas de plus ! fit Fergus, qui la surveillait attentivement.

Instinctivement, elle recula. Non loin, la princesse gisait sur le sol, au pied des marches de la crypte, le carreau fiché en haut de la cuisse. Du sang coulait abondamment de la blessure et la tache rouge sur sa robe claire allait s'agrandissant à une vitesse inquiétante.

— Ainsi donc, dit Roxane dans un rictus de douleur,

Tinsdale, Everton et tous les autres avaient raison. Tu n'es qu'un architecte raté, doublé d'un meurtrier. Dire que tout ce temps je t'ai accueilli dans ma demeure, défendu devant ces artisans quand ils te dénigraient. Quelle idiote ai-je été !

Elle étouffa un cri de souffrance, avant de poursuivre péniblement :

— Et Mary, venue me demander si je connaissais un apprenti architecte du nom de Marc Dumfries. Mary que l'on a ensuite retrouvée morte avec son bébé dans la forêt, il y a vingt ans de cela, c'était toi qu'elle cherchait, n'est-ce pas ? C'est toi, Marc Dumfries ?

Menaçant toujours Rowena de son arme, l'architecte dévisageait la princesse en grimaçant.

— Mary n'est pas ma femme ! hurla-t-il. Je m'appelle Fergus Clyde !

— Tu as tué le vrai Fergus Clyde pour prendre sa place. Tu as abandonné ta femme et ton fils.

— Mary est vivante ! intervint Rowena. Je lui ai parlé un soir, au bord du loch !

— Mary est une dame blanche, lui expliqua Roxane dont la voix était à présent empreinte de lassitude, un fantôme errant la nuit par la faute de cet homme, son mari.

Rowena resta éberluée sous le choc de cette révélation qui expliquait tant de choses.

— Je m'appelle Fergus Clyde ! s'écria à nouveau l'architecte.

Les traits tirés par l'épuisement, Roxane esquissa un sourire ironique.

— Tu as laissé mourir ta femme et ton enfant pour bâtir une cathédrale qui ne tient même pas droit, murmura-t-elle. Ce bâtiment ne te survivra pas. Il s'effondrera bientôt, Tinsdale me l'a dit. Everton aussi me l'avait dit. Je regrette seulement de ne pas les avoir crus, de t'avoir fait confiance.

— Elle ne s'effondrera jamais, c'est faux ! hurla-t-il de nouveau. Faux, faux, faux !

— Au moins, dit-elle en grimaçant, je ne serai plus là pour voir ce triste spectacle.

— Tais-toi !

Il fonça vers elle, l'épée pointée dans sa direction avant de se figer puis de s'effondrer, percé de part en part par une tige de métal dont Rowena tenait fermement l'autre extrémité. Lorsqu'elle se fut assurée qu'il ne bougeait plus, elle lâcha sa prise. Du bout du pied, elle poussa son corps. L'architecte était mort sur le coup, le cœur transpercé par la fine barre d'acier. Rowena vint s'accroupir aux pieds de la princesse et examina sa blessure : le sang coulait abondamment et elle en avait déjà perdu beaucoup. Le carreau de l'arbalète avait dû toucher l'artère fémorale, en conclut-elle, connaissant parfaitement le pronostic fatal que cela laissait augurer. Elle retira la ceinture de Fergus et s'en servit pour poser un garrot tardif sur la jambe de Roxane.

— On va vous soigner, dit-elle en serrant le nœud.

Roxane se força à sourire. À la lumière de la torche, son visage était diaphane.

— Trop tard.

Rowena le savait également. La princesse avait déjà perdu trop de sang pour pouvoir s'en tirer.

— Tenez bon, dit-elle quand même, je vais chercher de l'aide.

Roxane sourit faiblement.

— S'il vous plaît, restez à mes côtés. Je ne veux pas mourir seule.

Rowena prit sa main dans les siennes et la serra.

— C'était donc vous, tout à l'heure, que j'ai vue courir le long du loch ?

La princesse secoua la tête avec une extrême langueur.

— Ce devait être Mary. Je sortais d'une réunion avec l'abbé lorsque j'ai vu Fergus se glisser, armé, dans la cathédrale. Intriguée, je l'ai suivi. Je me suis comportée ensuite comme une imbécile.

— Vous m'avez sauvé la vie. Jamais je ne pourrai l'oublier.

La respiration de la princesse se faisait de plus en plus courte.

— Je vous demande pardon, Rowena, eut-elle la force de dire. J'étais tellement envieuse, lorsque je vous ai vus arriver tous les deux le premier soir, que je n'ai pu m'empêcher de vous ravir Caméléon. Vous alliez si bien ensemble, et ce regard qu'il avait pour vous.

Elle fit une longue pause afin de reprendre haleine, puis elle poursuivit :

— Il ne m'a jamais regardée comme il vous regarde.

— Je ne vous en veux pas, Roxane, répondit Rowena, émue. Vous avez offert à Caméléon ce que je n'ai pas su lui donner.

Un masque de douleur s'était abattu sur le visage de la princesse à présent livide. Malgré la souffrance, ses yeux émeraude semblèrent briller une dernière fois.

— Il vous aime, articula-t-elle au bout d'un terrible effort.

— Ne dites rien, gardez vos forces !

Dans ses mains, Rowena sentit celle de la princesse se contracter nerveusement.

— Ne le laissez pas s'échapper à nouveau, fit Roxane en la considérant avec une lucidité bouleversante, il a besoin de vous.

Elle marqua une longue pause. Son souffle était court, de plus en plus faible, mais à l'heure de quitter ce monde, ses traits étaient empreints d'une profonde sérénité. Elle ajouta, dans un murmure :

— Et vous de lui.

*

Son regard se figea peu à peu dans la lumière tremblotante de la torche tombée sur le sol, et sa main se relâcha. Rowena resta quelques instants à la contempler avant de lui fermer délicatement les paupières. Elle laissa traîner ses doigts sur sa joue encore brûlante d'une vie qui l'avait à présent quittée, puis elle soupira longuement, avec tristesse. Dès le lendemain à la première heure, elle viendrait retirer son corps de cette crypte. Elle se promit également de lui faire donner des funérailles dignes de son rang. Il lui faudrait ensuite annoncer la terrible nouvelle à Caméléon. Rowena ignorait comment il réagirait à l'annonce de sa mort. À présent, elle souhaitait qu'il rentre le plus vite possible de Cantorbéry, appréhendant chaque jour qui passerait avant qu'elle ne puisse enfin lui délivrer le funeste message.

Par ailleurs, il faudrait également creuser de fond en comble le sol de cette crypte. Cette dernière tâche ne l'enchantait guère plus. Une macabre besogne, indispensable afin de déterminer le nombre de victimes provoquées par la folie mégalomaniaque de cet architecte qui avait usurpé l'identité d'un autre. Rowena se releva avec lassitude, réajusta la cape de sa mère et se pencha pour attraper la torche.

C'est alors qu'elle remarqua une déchirure dans son vêtement, certainement provoquée par l'épée de Fergus. Quelque chose en dépassait. Intriguée, elle glissa ses doigts dans la fente et en sortit des documents rigides. C'étaient des lettres soigneusement pliées et cachetées, et Rowena comprit immédiatement qu'il ne pouvait s'agir que des fameuses preuves dont parlait sa mère, celles en mesure d'envoyer lord Stratheden à l'échafaud.

Elle ne put s'empêcher de sourire : depuis tout ce temps, ces lettres étaient sur elle, à portée de main ! Le jour de l'attaque, Clémence lui avait agrafé cette cape sur les épaules avec sa fibule, avant de lui ordonner de se cacher dans les buissons. Elle lui avait ainsi fourni une protection contre le froid et, aussi, une assurance contre l'homme qui voudrait peut-être la tuer un jour. Puis, le vêtement avait séjourné à Windermere pendant presque vingt ans, jusqu'au jour où sa mère adoptive le lui avait donné pour se prémunir des frimas écossais. Et tout ce temps, se dit-elle, lord Stratheden avait dû trembler, craignant que ces lettres ne réapparaissent au grand jour pour le confondre à la face du monde.

Un sentiment de puissance qu'elle n'avait jamais éprouvé auparavant la saisit. Une ténébreuse exultation à l'idée de détenir là, entre ses mains, le pouvoir de détruire celui qui avait tué ses parents et tenté de l'assassiner à deux reprises. Elle savoura cruellement cet instant de triomphe. Elle se jura de remettre ces lettres à Richard Cœur de Lion dès qu'il arriverait en Écosse. Lord Stratheden implorerait son roi de l'épargner, puis ses juges de ne pas le condamner à mort. Elle se promit d'être là lorsqu'il poserait sa tête sur le billot. Elle le fixerait droit dans les yeux, le forçant à graver son regard juste avant que sa tête ne soit séparée de son corps.

À présent, Rowena avait hâte de découvrir de quelles forfaitures il était capable. Elle sortit de sa rêverie et examina attentivement les parchemins, vieillis mais presque intacts. Ils étaient au nombre de trois. Deux d'entre eux portaient un sceau inconnu – sans doute ces fameuses preuves. Sur le troisième figurait la phrase suivante :

« *À l'attention d'Héloïse et d'Agnès.* »

Rowena reconnut immédiatement l'écriture de sa mère et, à l'instant même, son cœur s'arrêta de battre. Elle regarda brièvement autour d'elle : Roxane et Fergus gisaient, morts, à un pas l'un de l'autre. À côté, la torche finissait de se consumer. Elle s'agenouilla auprès de la flamme, décacheta fébrilement cette dernière missive qu'elle tenta de déchiffrer à la faible lueur du feu :

« Mes chères filles, si vous lisez cette lettre, c'est que je ne suis plus de ce monde. J'ai tant de choses à vous dire, mais surtout, combien je vous ai aimées dès l'instant où vous avez pris vie en mon sein. Ces quelques mots ne pourront jamais exprimer avec suffisamment de force tout l'amour que j'ai pour vous. Toutefois, je veux que vous sachiez aussi la vérité sur votre véritable origine, et sur ceux qui n'hésiteront pas à vous nuire… »

Des bruits de pas résonnèrent : plusieurs personnes descendaient précipitamment les marches menant à la crypte. Elle glissa rapidement les lettres dans la fente de la cape et s'enfuit précipitamment vers le fond de la cave pour se cacher.

— Tiens donc, un rat, à moins qu'il ne s'agisse de ma chère sœur !

À ces mots, Rowena s'arrêta et se retourna vivement. Entourée d'une dizaine de highlanders armés et portant des torches, Agnès se dirigeait vers elle d'un pas assuré.

*

— Agnès ! Que me veux-tu, encore ?

Solidement campée sur ses deux jambes, sa sœur savourait sa sombre joie.

— Nous sommes jumelles, Héloïse, déclara-t-elle amusée, deux jumelles sont inséparables !

Puis elle ordonna à ses hommes :

— Emparez-vous d'elle !

Ses dix sbires s'avancèrent, épées au clair. Rowena n'était pas armée, inutile de résister. Ils lui ligotèrent solidement les poignets et entravèrent ses pieds avec une autre corde.

— Je te félicite pour avoir résolu l'enquête sur les disparitions, s'exclama Agnès. De là-haut, j'ai tout entendu de votre petit mélodrame.

Elle examina brièvement le corps de Fergus, puis arrêta son regard sur celui de la princesse.

— Ne serait-ce pas la fameuse Roxane de Kebnekaise, dont on dit qu'elle enfiévrait les nuits de ton ami Caméléon ? Où est-il d'ailleurs, celui-là ?

Rowena serra les dents, se retenant de réagir à ses provocations.

— Enfin, poursuivit Agnès en tournant autour d'elle, il en trouvera bien une autre pour se consoler, puisque tu ne sais même pas profiter d'un si bel homme.

Sa sœur avait le chic pour appuyer là où ça faisait mal. Étrangement, Rowena avait l'impression de reprendre la conversation là où elle s'était arrêtée dans le bureau du fauconnier, lors du *Bal de la Pierre*. Elle se contint et réfléchit. Peut-être que, enfin, Agnès consentirait à dialoguer avec elle…

— Quand cesseras-tu de m'en vouloir pour la mort de nos parents ? demanda-t-elle.

— Tout est de ta faute !

— Que crois-tu ? Je les aimais tout autant que toi, ils m'ont manqué comme ils t'ont manqué ! Pour notre malheur à toutes les deux, les événements ont voulu que nous soyons séparées l'une de l'autre. Les événements, sûrement pas moi !

Agnès la poignarda du regard.

— Tu ne sais rien de ma vie !

— Raconte-moi, alors ! Si tu savais le nombre de fois où j'ai rêvé d'avoir une sœur avec qui partager mes rêves, mes amours, mes chagrins.

Rowena marqua une pause en lisant une brève hésitation dans le regard d'Agnès. Cette dernière contracta nerveusement sa mâchoire en un geste d'aveu, mais elle se ressaisit aussitôt et rétorqua avec colère :

— Tu ne pourras jamais comprendre ! Jamais !

Sa sœur détenait un sombre secret enfoui au plus profond d'elle-même, et elle n'arrivait pas à se confier. Rowena restait impuissante, incapable d'exhumer cette souffrance retenue. Elle se sentit alors terriblement malheureuse.

— Me faire disparaître ne mettra pas fin à tes tourments, dit-elle.

— Peu importe maintenant, fit Agnès d'une voix légèrement troublée, il est trop tard.

— Rien n'est irrévocable. Je sais ce que tu peux ressentir, car c'est également ce que je ressens. Nous sommes jumelles, comme tu le dis si bien.

— Nous n'avons rien en commun.

— Au contraire, nous avons tout en commun, la même volonté de haïr lorsqu'on nous trahit, la même volonté de tuer lorsque la colère nous submerge. Ça fait partie de moi, comme ça fait partie de toi. Tu sais également que tu vaux mieux que tout ça, même si tu te refuses à l'envisager.

Agnès lui asséna une gifle cinglante.

— De quel droit te permets-tu de me juger ? cria-t-elle, les yeux débordants de rage.

Rowena sentit la brûlure enfler sur sa joue. Si sa sœur avait légèrement baissé la garde pendant quelques instants, elle s'était maintenant ressaisie. Épiloguer ne servirait à rien. La route serait longue jusqu'à ce qu'elle parvienne à plus de dialogue.

— Vas-y ! dit-elle avec lassitude, fais de moi ce que tu veux.

— J'y compte bien. Pour commencer, je vais prendre ta cape. Il ne fait pas bien chaud, par ici.

Agnès se rapprocha d'elle, dégrafa le vêtement et le jeta sur ses épaules. Puis elle remonta les marches, suivie par ses hommes qui poussèrent Rowena d'une violente bourrade dans le dos. La corde entravait ses pieds et elle manqua de tomber, mais on la retint fermement par le bras. Elle regarda en direction de la déchirure dans la cape. Avec soulagement, elle nota que les lettres n'étaient pas apparentes. Sa sœur n'avait rien remarqué.

— Où allons-nous ? demanda celui qui semblait être le second d'Agnès.

— Au château de Roxane, dit-elle en arrivant dans la nef. Laisse ici quatre hommes pour faire disparaître les corps et mettre en place les tonneaux de poudre.

— Bien.

À ces mots, la lumière se fit dans l'esprit de Rowena.

— C'est pour ça que tu es ici, tuer les deux rois en faisant s'effondrer la cathédrale sur eux !

— Quitte à ce qu'elle tombe, autant qu'elle le fasse sur la tête de Richard. Quel plus beau mausolée pourrait-on souhaiter à un roi ?

— Comment sais-tu, pour les défauts de construction ?

Agnès s'arrêta un instant et sourit.

— Si tu fréquentais un peu plus les tavernes, tu saurais combien les gens sont bavards, surtout après quelques pichets de bière.

Rowena se souvint de l'histoire que lui avait rapportée l'ancien maçon vivant seul dans la lande. Avant d'être tué, un de ses confrères avait raconté un peu partout que la cathédrale risquait de s'effondrer. Apparemment, ce n'était pas tombé dans l'oreille d'un sourd. Une autre chose l'intriguait.

— Où as-tu trouvé de la poudre explosive ?

— Cela ne te regarde pas !

Rowena soupira.

— J'imagine que tu vas encore vouloir me tuer ?

Agnès esquissa un sourire narquois, et Rowena comprit qu'elle n'arrivait pas à la haïr aveuglément.

— Pas cette fois-ci, dit-elle. D'ailleurs, tu devrais même me remercier, car grâce à moi, tu vas bientôt devenir une amante hors pair. Tu vas rejoindre la côte, où un navire en partance pour l'Orient attend d'appareiller. Les princes du désert aiment les femmes occidentales, paraît-il. La concurrence sera rude. Il te faudra apprendre à connaître tous les jeux de l'amour, si tu veux survivre aux intrigues et aux poisons des autres concubines. Qui sait ? Peut-être que, avec le temps, tu finiras par figurer en bonne place parmi les favorites d'un obscur harem d'Arabie...

Sur le moment, Rowena n'aurait su dire si c'était une chance d'échapper à la mort pour devenir esclave. Cependant, elle était convaincue que la vie était toujours préférable. Au moins pourrait-elle peut-être trouver le moyen de s'échapper, avant d'être vendue sur un marché d'Afrique.

Les highlanders la forcèrent à avancer vers la sortie, non sans l'avoir bâillonnée au préalable. Puis ils suivirent la rive du loch. Lorsqu'ils atteignirent le chemin conduisant au château de la princesse, Agnès s'engagea la première sur l'étroit sentier.

— Ce repaire à l'écart du village va nous être bien utile, dit-elle à ses hommes.

Puis elle fit un mouvement de la tête en direction d'un grand échalas aux yeux de fouine.

— Toi, lui ordonna-t-elle, conduis cette femme au bateau. Lewis saura ce qu'il doit en faire. Adieu Héloïse.

— Sache que je ne te hais pas, lança Rowena. J'espère qu'un jour, toi aussi, tu pourras me pardonner.

Agnès tressaillit et parvint difficilement à masquer son trouble. Rowena n'eut pas le loisir de pouvoir prolonger cette conversation. Déjà, quatre hommes s'emparaient d'elle sans ménagement et la chargèrent comme un sac en travers d'un de leurs chevaux. Elle tenta de se débattre, mais un violent coup de poing s'abattit sur son crâne.

— Ne gigote pas comme un ver, glapit le grand maigre aux yeux mauvais. Tu auras tout le temps, là-bas, d'apprendre la danse du ventre.

*

Suivie par Coarran, Agnès prit possession du château de Roxane à présent désert.

— On met en place le plan comme prévu ? demanda-t-il.

— Bien sûr ! À présent que la voie est libre, plus personne ne s'opposera à nous. Poste quelques hommes pour garder le château, on ne sait jamais. Quant aux autres, ils pourront dormir ici.

— Très bien !

Il retourna à l'extérieur rejoindre ses hommes, laissant Agnès seule dans la grande pièce vide. Elle se débarrassa de sa cape, la posa sur le dossier d'un fauteuil et contempla les lieux. Une carafe pleine de vin trônait au milieu de la table. Elle s'en empara, ainsi que d'une coupe en argent. Puis elle se servit un verre de vin et en but une gorgée.

— Vin ibérique de premier choix, commenta-t-elle en connaisseuse.

Elle leva sa coupe en l'air.

— Roxane, je te félicite pour ton bon goût !

Du bon goût, elle en avait fait preuve également lorsqu'elle avait mis Caméléon dans son lit, alors que sa sœur, qui le côtoyait depuis des années, n'avait jamais su le faire. Cette Roxane méritait certainement mieux que sa triste fin, pensa-t-elle. À cet instant, elle regretta de ne pas l'avoir connue.

Par association d'idées, elle se rappela qu'elle n'avait toujours pas eu le temps de se renseigner sur la mystérieuse femme ayant brisé le cœur de Safir. Dans quelques jours, lorsque Richard serait mort, elle pourrait s'y consacrer. Lorsque, enfin, elle saurait tout sur cette rivale, elle irait rencontrer le diplomate andalou. Que ferait-elle alors, elle n'en avait pas la moindre idée. Simplement, elle éprouvait le besoin impérieux de retourner le voir. Il fallait qu'elle discute à nouveau avec lui, pour mettre un terme à la sensation d'inachevé de leur première rencontre. Peu lui importait le reste, le risque qu'il la fasse arrêter pour la tentative de meurtre sur Lhatifah, ou bien celui d'être à nouveau déçue.

L'insatisfaction de ce premier rendez-vous l'emportait toujours largement sur tous les autres sentiments qu'elle avait pu éprouver par la suite. Agnès avait cru que tout ce qu'elle avait accompli depuis, dérober la poudre à la Guilde, réduire sa sœur en esclavage ou même devenir reine d'Écosse en devenant la compagne de Duncan MacLeod, supplanterait cette désagréable sensation d'inabouti. Hélas, rien n'y avait fait. Safir revenait sans cesse à son esprit, et l'homme qu'elle avait abandonné en haut du col de *Beinn Eighe*, lui ressemblant si étrangement par certains aspects, n'avait fait que raviver sa frustration.

Non, décidément, Safir ne correspondait à aucun mâle connu. Cela finissait par devenir insupportable. La faute, toujours, à cette mystérieuse femme, obstacle permanent entre elle et lui, qui finissait par l'obséder au point de la rendre folle. Elle saurait – *il fallait qu'elle sache !* – et après, tout irait mieux.

Elle vida le reste de vin d'un trait et jeta au loin le récipient en argent. Il tintinnabula sur les pavés avant de s'immobiliser sur les pierres du dallage. En attendant, se remémora-t-elle, il y avait encore plus urgent : préparer l'effondrement d'une cathédrale et, accessoirement, le trône d'Écosse à conquérir.

C'est alors qu'elle aperçut la déchirure dans la cape, et les lettres qui en sortaient à moitié. Intriguée, elle s'en saisit et les observa attentivement l'une après l'autre. La dernière des trois était décachetée. Son nom était inscrit dessus, à côté de celui de sa sœur. Elle la déplia avec hâte et prit connaissance du message qu'elle contenait :

« Mes chères filles, si vous lisez cette lettre, c'est que je ne suis plus de ce monde. J'ai tant de choses à vous dire, mais surtout, combien je vous ai aimées dès l'instant où vous avez pris vie en mon sein. Ces quelques mots ne pourront jamais exprimer avec suffisamment de force tout l'amour que j'ai pour vous. Toutefois, je veux que vous sachiez aussi la vérité sur votre véritable origine, et sur ceux qui n'hésiteront pas à vous nuire.

Mes trésors, Louis vous aime, bien au-delà de ce qu'un père peut aimer ses enfants. Cette affection, il vous l'a accordée sans retenue. Mes filles chéries, Louis m'a épousée alors que je portais déjà en moi le fruit de mon union avec un autre homme, Safir Ibn Thazi, diplomate du calife de Cordoue. Les circonstances ont voulu que nous soyons éloignés à jamais lui et moi, et aujourd'hui encore, vos existences sont la plus belle traduction de ce que l'amour peut engendrer.

Safir Ibn Thazi est votre père. Le saura-t-il seulement un jour et fera-t-il votre connaissance ? Peut-être éprouverez-vous également le besoin de le rencontrer. Si nous ne sommes plus de ce monde, il saura prendre soin de vous et vous protégera. Pour vous sauvegarder d'un funeste péril, Louis et moi avons dû vous séparer. Mes petites filles, je vous en conjure : ne nous blâmez pas d'avoir pris une telle décision. Dieu sait combien elle nous a été pénible et à cet instant encore, pas une seconde ne se passe sans que je pense à toi, Agnès. Cependant, te savoir en sécurité chez la nourrice atténue la douleur que j'éprouve lorsque je cherche en vain ton si beau rire et que tu n'es pas à mes côtés. Ta sœur n'a malheureusement pas pu rejoindre le château de ton oncle, en Bretagne, détruit par les soldats du roi Henri II. Par la force des choses, nous avons dû l'emmener en Écosse. À présent, je frémis à l'idée que ces brutes puissent à tout moment nous massacrer de la même manière, Héloïse et nous-mêmes.

Car il me faut maintenant vous mettre en garde toutes les deux contre celui qui n'aura de cesse de vous nuire, après avoir voulu notre perte, à Louis et moi. James Trafford, probable futur chef des services secrets du roi d'Angleterre, est un ennemi mortel. Vous trouverez, jointes à cette missive, deux lettres le compromettant dans de ténébreuses affaires. Gardez-les précieusement : elles vous seront un sauf-conduit, la meilleure garantie pour vous prémunir de son incommensurable malveillance.

Agnès, Héloïse, mes deux amours, que Dieu vous garde à jamais.

Votre mère qui vous aime, Clémence de Falaise. »

Quand Agnès eut fini de lire, elle resta plantée là un long moment, hébétée, tenant toujours la lettre entre ses mains. Elle fit deux pas mal assurés, s'affala lourdement dans un fauteuil, avant de poser le parchemin et de se saisir machinalement des deux autres documents, de les décacheter et de les survoler rapidement.

Ils étaient écrits par une main différente et évoquaient les forfaitures de James Trafford, devenu depuis lord Stratheden. Leur teneur était encore plus troublante, mais pour Agnès, cela n'avait plus aucune importance. Pour elle à présent, seule comptait la lettre de sa mère, celle qui avait été déjà décachetée par quelqu'un d'autre. Sa sœur, sans doute. L'avait-elle lue ? Peu importait, à vrai dire, cela ne changerait rien à son affaire : ce qu'elle venait d'y découvrir avec stupéfaction la concernait en premier lieu. Elle resta pantoise, bouleversée au plus profond de son être, comme si, aveugle jusqu'à ce jour, un voile épais venait de se déchirer brutalement devant ses yeux, révélant une vérité incroyable. À présent, cette réalité l'irradiait telle une lumière crue et intense, à laquelle elle n'avait jamais été préparée.

D'une existence réduite au néant venait de surgir un père encore en vie, un père qu'elle avait rencontré par hasard – était-ce vraiment le hasard ? Comble de l'ironie, tous deux avaient longuement conversé sans savoir ce qu'ils étaient l'un pour l'autre. Agnès trouva cela terriblement injuste. Si elle avait su alors, pensa-t-elle avec amertume, cette rencontre aurait eu une tout autre saveur. À présent, elle avait une excellente raison d'aller trouver Safir. Elle se promit de tout lui dire. Et maintenant qu'Héloïse avait été écartée de sa route, songea-t-elle soudain avec une joie bien égoïste, personne ne viendrait lui voler l'exclusivité de son affection paternelle !

Safir avait donc aimé Clémence vingt ans auparavant, et deux jumelles avaient vu le jour. La mystérieuse rivale venait enfin de se dévoiler. Pas une femme fatale et ensorcelante, comme Agnès se l'imaginait, simplement sa mère qui l'assurait de sa tendresse infinie. C'était ce témoignage d'amour posthume qui la troublait le plus profondément. Il ouvrait en grand la fenêtre sur un monde nouveau. Elle eut l'impression que les miasmes malsains qui empoisonnaient son âme s'évanouissaient peu à peu, chassés par l'air vivifiant de cette révélation. Certes, ils ne pourraient jamais disparaître totalement : on n'efface pas d'un trait de plume une enfance brisée. Toutefois, cette lecture la laissa comme nue, totalement désemparée et vulnérable. La haine avait toujours guidé son existence. Désormais, se nourrir de ressentiments lui serait un luxe qu'elle ne pourrait jamais plus s'offrir avec la même aisance que par le passé.

Dire qu'un instant auparavant elle songeait en ricanant à l'effondrement de la cathédrale sur Richard Cœur de Lion. En fait, pensa-t-elle avec dérision, cette lettre de sa mère était pour elle un choc bien plus destructeur que la chute d'un édifice de pierre sur le roi d'Angleterre.

Agnès reposa les documents sur la table et fixa la carafe en argent emplie de vin. Elle envisagea un instant de se servir un verre, puis se ravisa. Elle n'avait plus soif, ni faim, ni envie de quoi que ce soit de grandiose ou de misérable. Un immense sentiment de lassitude et de dépit s'était abattu sur elle, dans lequel la colère n'avait même pas sa place. Sans compter cette frustrante sensation d'être passée si longtemps sans le savoir à côté de quelque chose d'essentiel !

Et, plus rageant encore, se sentir pour la première fois unique responsable de cette gabegie.

Chapitre 17

Quatre rois et une dame

Safir Ibn Thazi sortait d'un entretien avec le calife de Cordoue lorsqu'il croisa, sur le pont enjambant le fleuve Guadalquivir, Averroès qui marchait seul en sens inverse. En cette après-midi d'automne, le soleil dardait encore ses rayons sur les rares hommes et animaux qui osaient s'aventurer à cette heure sur les pierres surchauffées de l'ouvrage. Les quelques échoppes ouvertes, proposant principalement des bijoux ou de la vaisselle en cuivre repoussé, semblaient elles aussi plongées dans la somnolence générale.

— Averroès mon ami, cela faisait si longtemps !

Le médecin reconnut enfin Safir et lui donna une accolade.

— Je rentre à peine de Terre sainte, dit-il en desserrant l'étreinte. Le nouveau sultan qui remplace Saladin a voulu que je reste à ses côtés, le temps que je soigne ses femmes, ses enfants et tous ses proches.

— Sa famille serait-elle si nombreuse pour que tu aies eu besoin de t'absenter si longtemps ?

Averroès éclata de rire.

— Tu me connais : j'en ai profité pour voyager un peu. Visiter Le Caire, Athènes, Rome, m'émerveiller des splendeurs de la grande Constantinople…

— Tu as bien raison. Les voyages forment la jeunesse, à ce qu'on dit.

— Tu devrais plutôt dire qu'ils déforment ma vieillesse, mon dos en tout cas !

— Tu plaisantes ! Tu es aussi leste que ces gamins qui courent en tous sens dans les rues. Tu oses encore t'aventurer en plein soleil à l'heure où les braves font la sieste. Alors, comment va l'Orient ?

— Mal, fit Averroès en prenant un air grave. Les chances de maintenir une trêve entre chrétiens et musulmans à Jérusalem sont minces. Sous peu, une nouvelle croisade débutera, menée apparemment par la République de Venise. Le doge veut asseoir sa puissance en Méditerranée. Quoi de mieux pour cela qu'un nouveau bain de sang au Proche-Orient.

— Je connais bien le doge, dit Safir. S'il réclame une croisade, c'est qu'il veut détruire, non pas Jérusalem, mais Constantinople, sa principale concurrente en Méditerranée. Je sais qu'il hait les Byzantins, bien plus que les musulmans. Une fois Constantinople mise à sac, plus personne ne s'opposera à la suprématie de Venise, qui pourra alors commercer en quasi-exclusivité avec toute la Méditerranée.

— Une croisade contre des chrétiens ? demanda Averroès, éberlué.

— Depuis quand l'homme s'encombre-t-il de ce genre de détails ? Les musulmans eux-mêmes ne se massacrent-ils pas entre eux ?

— Le Tout-Puissant doit être fatigué de voir ses créatures s'entre-déchirer comme des bêtes sauvages, commenta Averroès dans un soupir.

— Remercie plutôt son infinie miséricorde de se refuser à nous détruire, tous, autant que nous sommes. Car s'il ne le fait pas, cela est bien la preuve qu'il a foi en l'homme.

— Tu as raison, Safir. À nous d'être dignes de sa confiance. Toujours est-il que les persécutions chrétiennes et musulmanes contre les juifs ont repris un peu partout. Cela est le signe avant-coureur d'un conflit plus généralisé.

Averroès avait maintes fois été menacé d'expulsion par les autorités andalouses, au motif d'entretenir des relations bienveillantes avec les milieux juifs. Safir l'avait sauvé à plusieurs reprises de la disgrâce en intervenant auprès du calife, mais ses intercessions atteignaient parfois leurs limites, surtout en périodes troublées où les mentalités se radicalisaient davantage.

— Ces persécutions sont affligeantes, commenta Safir. Récemment, j'ai moi-même fait l'objet de menaces de mort pour avoir employé des comptables et des secrétaires juifs dans mon négoce.

— Cela me rappelle la polémique soulevée par la présence de mon assistant Nathaniel à mes côtés, fit Averroès.

Safir esquissa un sourire mélancolique que ne manqua pas de remarquer son ami.

— Excuse-moi de te remémorer de pénibles souvenirs, ajouta le médecin, gêné.

— Ce n'est rien. Comme Clémence, lui aussi a disparu peu de temps après.

Averroès observa un instant le silence.

— Je me suis toujours demandé ce qu'il lui était arrivé exactement, dit-il enfin.

— Ce qu'il nous arrivera à tous un jour ou l'autre, malheureusement.

Averroès dévisagea son ami.

— Ton optimisme fait plaisir à voir. Est-ce le fait d'évoquer cette période de ta vie qui te met dans un état pareil ?

Safir s'accouda au garde-fou. En dessous, le fleuve Guadalquivir irriguant la région était presque à sec. Son débit ne reprendrait de l'allure qu'à compter des tardives pluies de fin d'automne. Au loin dans la ville, la voix d'un muezzin appelant à la prière s'éleva dans le ciel.

— À Venise, dit-il, j'ai rencontré les deux filles de Clémence.

— Les filles de Clémence ! Tu ne m'avais jamais dit qu'elle avait eu des enfants !

— Tout simplement parce que je l'ignorais ! Clémence a eu des jumelles. J'ai découvert leur existence lorsque la première, Agnès, est venue me trouver, en tant qu'agent du roi de France. Et j'ai rencontré sa sœur, Rowena, un peu plus tard. Elle enquêtait pour le compte du roi d'Angleterre.

— Étrange, comme parcours. À croire que les atavismes ont la vie dure. Leur mère espionnait pour le compte d'Aliénor, me semble-t-il…

— C'est exact. Le plus incroyable, c'est qu'Agnès a essayé de tuer Lhatifah, puis de faire endosser le meurtre à sa sœur. Elle a presque réussi : Rowena a été condamnée à mort à sa place. Si Lhatifah ne s'était pas réveillée à temps, à cette heure, elle serait morte.

— Habituellement, des jumelles sont très ressemblantes. Elles éprouvent même un amour fusionnel l'une envers l'autre. Une telle haine est un cas bien singulier.

— Agnès semble avoir tout un tas de choses à reprocher à sa sœur.

— Il est tout de même étrange qu'elle lui voue un si violent ressentiment. Il y a forcément derrière tout ça une autre raison, bien plus inavouable.

— Assurément. Lorsqu'elles se sont retrouvées, Rowena a essayé de discuter avec elle, mais Agnès a coupé court à toute discussion.

— Attitude classique d'une personne meurtrie, commenta le médecin. Elle refuse ce dialogue tout en le désirant au plus profond d'elle-même.

— Crois-tu qu'Agnès puisse vraiment changer un jour ?

— J'en suis persuadé. Toutefois, ce sera à elle d'entamer cette démarche.

Safir soupira.

— Elle est prisonnière de sa haine depuis bien trop de temps pour changer à présent d'attitude.

Averroès dévisagea son ami, puis observa quelques instants deux enfants qui se battaient tout près de là, au milieu de la chaussée. Non loin, couché à l'ombre de l'auvent d'une boutique, un chien bâtard, sans doute épuisé par cette chaleur, haletait comme un malheureux. Soudain, l'un des deux garnements lui marcha sur la queue par inadvertance. Le chien sortit instantanément de sa torpeur et glapit de douleur, manquant au passage de mordre le garçon qui s'éloigna de lui en courant.

— Cette jeune femme manque d'amour, lança le médecin en reportant son attention sur Safir. Reste à trouver la personne en mesure de lui fournir toute l'affection dont elle a cruellement besoin. Je ne parle pas ici du transport amoureux que peuvent éprouver deux jeunes amants. Je pense à un amour total et inconditionnel. Une œuvre de charité ingrate pour celui qui s'y essaiera, car sans garantie de réciprocité. Dès lors, sois-en sûr, elle abaissera ses défenses, et elle changera. Au fait, tu ne m'as pas dit si les filles ressemblaient à leur mère ?

— Terriblement. C'est d'ailleurs cette ressemblance frappante qui m'a permis de faire le rapprochement avec Clémence. Pourtant, tout les oppose. Rowena est convaincue de servir son roi et le fait avec fidélité, alors qu'Agnès avance au gré de ses propres pulsions.

Averroès nota au passage que Safir parlait avec fougue et passion lorsqu'il évoquait ces deux femmes. Il ne répondit rien et vint s'accouder à ses côtés sur le garde-fou, observant le mince filet d'eau courant parmi les pierres au-dessous d'eux.

— Je parie que tu n'arrives pas à en vouloir à cette Agnès, finit-il par dire au bout d'un long moment.

— Je ne parviens pas à la haïr, en effet. Au contraire, je la trouve aussi attachante que sa sœur, en dépit de toutes les ignominies qu'elle a commises.

— Comme un père est capable de pardonner à ses enfants.

Safir le dévisagea.

— Exactement ! J'irais même plus loin : au-delà de la tendresse que je leur porte, je ne peux m'empêcher de penser que je devrais me rendre utile auprès d'elles, comme si ma conscience me le dictait.

— Ces filles, quel âge ont-elles, exactement ?

— Vingt et un, vingt-deux ans, je dirais.

Averroès se tourna vers Safir et croisa son regard, puis il considéra la plaine brûlée par le soleil. Cette année, l'automne était particulièrement chaud et la température ne redeviendrait supportable qu'à l'entrée de l'hiver. Dans le ciel, une cigogne glissait gracieusement dans l'éther. Le claquement sec et sonore de son long bec orangé se répercutait en écho sur les murailles de la cité.

— Savais-tu qu'en Occident, dit-il, les gens prétendent que la cigogne tient dans son bec le nouveau-né qu'elle dépose ensuite dans la cheminée de couples en mal d'enfants ?

Safir inclina la tête et le dévisagea étrangement.

— Que veux-tu sous-entendre ?

Le médecin le fixa longuement avec gravité.

— L'eau du fleuve cherche toujours à retourner à la mer, mon ami. Si ton cœur te dicte de protéger ces enfants, fais-le ! Mais fais-le en comprenant *pourquoi* tu te sens obligé de le faire. Et tu sais pertinemment au fond de toi quelles sont ces vraies raisons.

Safir resta quelques instants à contempler l'oiseau blanc à la queue noire. Il s'était posé dans son nid, au sommet de l'imposante tour gardant l'entrée du pont, indifférent à la sentinelle faisant sa ronde juste en dessous.

— Tu crois que je suis leur père, que mon instinct paternel guide ma conscience ?

Averroès haussa les épaules.

— Tu as aimé cette femme, et ses filles ont exactement l'âge pour être tes enfants. Ne me fais pas croire que tu ne l'as pas envisagé !

Safir soupira.

— Je ne me sentais pas prêt à assumer cette paternité, justifia-t-il gauchement.

— Il serait temps que tu cesses de te voiler la face, sermonna Averroès. C'est là une attitude indigne de toi !

Safir baissa la tête.

— J'irai trouver Aliénor, dit-il, résolu, je lui poserai directement la question. C'est d'ailleurs ce que j'aurais dû faire depuis longtemps.

— Voilà enfin de sages paroles ! Avant d'aller la rencontrer, libère-toi d'abord du remords qui te colle à la peau. C'est un sentiment stérile : il finira par te détruire.

— Tu sais bien que je ne pourrai jamais aimer une autre

femme que Clémence, justifia Safir avec une profonde lassitude.

Averroès se redressa et fixa son ami avec tout le poids de son autorité.

— Clémence est morte, dit-il avec fermeté, ses filles sont bien vivantes. Au lieu de ressasser le passé, considère l'avenir avec espoir. Leur avenir, et aussi le tien !

Safir soutint ce regard empli de sagesse, et son visage finit par s'éclairer.

— Averroès, tu n'auras de cesse de me surprendre. Après tout ce que tu as vu comme horreurs sur cette terre, comment peux-tu être toujours aussi optimiste ?

Le médecin eut une mimique amusée.

— La vie est belle, mon ami. Hélas, il est parfois difficile de se l'avouer.

* * *

La rencontre entre la troupe de Richard et celle du roi d'Écosse eut lieu en fin de matinée, dans une vallée à quelques lieues au sud de la cathédrale. Après les présentations d'usage, les deux osts chevauchèrent côte à côte, les deux rois venant en tête de l'immense escorte. Ce fut donc une glorieuse équipée de quelque sept cents chevaliers en armure qui se présenta en bon ordre en vue de la cathédrale. Le peuple d'Écosse s'était rassemblé au bord du chemin. Il acclama l'entrée triomphale des deux souverains sur le parvis noir de monde de l'édifice à présent achevé. L'évêque et le clergé s'étaient regroupés devant les portes grandes ouvertes. Les laïcs de la bourgeoisie locale avaient pris place à côté des clercs, un peu en retrait. Une jeune femme brune, vêtue d'une longue robe bleue en harmonie avec ses yeux, se détacha de l'assemblée de notables et s'agenouilla, tête baissée, devant les cavaliers.

— Majesté Richard d'Angleterre, Majesté Guillaume d'Écosse, commença-t-elle, je m'appelle lady Rowena de Windermere, au service de vos royales seigneuries.

— Lady Rowena, relevez-vous, dit le roi d'Écosse. L'on m'a informé de tout le travail que vous avez effectué ici pour préparer notre venue. Au nom de nos deux peuples, soyez assurée de notre reconnaissance et de notre gratitude.

— Majesté, servir mon roi est pour moi un immense honneur. Je n'ai rien fait d'autre que mon travail d'humble et dévouée servante.

Elle accompagna ces derniers mots d'une œillade appuyée en direction de Richard.

— Il sera récompensé, dame Rowena, ajouta ce dernier, soyez-en assurée ! N'était-ce pas une princesse viking qui aurait dû nous accueillir. Où est-elle ? Je ne la vois nulle part !

— La princesse Roxane de Kebnekaise est un peu indisposée. Elle vous prie bien humblement de l'excuser pour cette fâcheuse absence, elle qui se faisait une immense joie de venir vous présenter ses hommages.

Richard sourit.

— Elle est tout excusée. Je ne doute pas qu'elle saura venir nous trouver tantôt, lorsqu'elle aura enfin recouvré la santé.

La jeune femme s'inclina à nouveau, révélant sa nuque blanche derrière ses cheveux coupés courts.

— Majesté, votre bonté est immense.

— Moins que votre beauté, dame Rowena.

Les joues de la damoiselle rosirent délicatement.

— Merci, Majesté. Mais je m'aperçois que je parle plus que de raison. Il est grand temps que je fasse place aux hommes de Dieu.

Elle s'effaça, laissant la place à l'évêque qui s'avança à son tour et s'inclina devant les deux monarques.

— Il est l'heure maintenant pour nos deux peuples de sceller une entente cordiale, clama Richard à haute voix afin que tout le peuple rassemblé puisse entendre. J'ai rapporté de ma croisade en Terre sainte des reliques de grande valeur, que je vais disposer tantôt en ce magnifique lieu. Elles seront le signe indéfectible de l'union entre nos deux glorieux royaumes, l'Angleterre et l'Écosse.

Des vivats s'élevèrent de la foule. Richard les savoura longuement, puis il descendit de son cheval. Deux chevaliers de son escorte se présentèrent devant lui, tenant chacun entre leurs mains un reliquaire en or massif orné de diamants. Le roi d'Angleterre s'empara du premier et l'offrit au roi d'Écosse, puis se saisit du second. Ensuite, les deux monarques prirent la tête du cortège des chevaliers, suivant l'évêque. Le clergé rassemblé leur fit une haie d'honneur et pénétra derrière eux dans la cathédrale. Les notables et enfin le peuple entrèrent à leur tour dans l'édifice.

* * *

Lord Stratheden se tenait debout dans le chœur, derrière les deux rois, fulminant intérieurement. La colère l'avait saisi lorsqu'il avait découvert Rowena vivante, et elle ne le quittait plus. Non seulement le balafré n'avait pas réussi à la tuer, mais en outre, elle s'était permis d'accueillir les deux monarques en lieu et place de la princesse, qu'elle avait réussi à évincer.

Je n'ai fait que mon travail d'humble et dévouée servante, avait minaudé la donzelle avec une modestie feinte, après avoir copieusement savouré les compliments des deux souverains, et ce, sous ses yeux !

Humiliation suprême : il n'avait reçu aucun laurier et Richard ne tarderait pas à propulser Rowena bien plus haut dans la hiérarchie de l'école. Pourquoi pas directement à sa tête, en lieu et place de sa personne… !

Une rage sourde qu'il contenait difficilement le consumait. S'il ne la faisait pas disparaître rapidement, sa belle situation risquait d'être sacrément compromise. Certainement que cette petite vipère avait découvert les parchemins le compromettant. C'était bien possible, après tout. Cela expliquerait le fait qu'elle se mette ainsi en avant. Il songea aussi au balafré, qui avait encore échoué à l'assassiner. Il fallait à présent qu'il le trouve au plus vite et qu'il lui donne de nouvelles instructions. Il aurait bien assez le temps, par la suite, de lui faire part de son immense déplaisir.

Hélas, il ne pouvait plus s'éclipser en douce de la cérémonie sans justification, coincé qu'il était entre huit chevaliers de haut rang. Les deux rois avaient déjà disposé les reliques dans les châsses prévues à cet effet. Ils se tenaient côte à côte dans un fauteuil devant l'autel, face à l'évêque assis dans sa cathèdre, signe visible de son autorité épiscopale. Lord Stratheden se retourna discrètement. La cathédrale était bondée et de là où il était, il ne pouvait rien distinguer de ce qui se passait derrière.

Il eut alors conscience d'un fait étrange : Rowena ne se trouvait pas dans les premiers rangs comme prévu. Ce n'était pas son genre, pensa-t-il. Après un tel accueil sur le parvis, elle aurait dû en toute bonne logique se tenir à quelques pas de son souverain, au mieux pour se rappeler à son bon souvenir, voire pour veiller sur ses arrières.

La messe était à présent bien entamée. Tout le monde était debout, écoutant avec dévotion un chant mélodieux en latin entonné par les moines de l'abbaye. Richard et le roi d'Écosse étaient recueillis, tête baissée, plongés dans une profonde méditation. Lord Stratheden chercha encore

Rowena du regard ; elle n'était pas là, il en était à présent certain. Peut-être n'était elle-même pas à l'intérieur de la cathédrale, pensa-t-il.

Une autre incongruité lui apparut évidente et il s'en voulut de ne pas y avoir songé plus tôt : après avoir reçu les deux rois devant l'édifice, elle n'était pas venue lui faire son rapport. Rowena était disciplinée à l'excès. Pour rien au monde elle n'aurait manqué de venir adresser un compte rendu à son supérieur. Et cette fausse modestie qu'elle avait ouvertement affichée. À bien y réfléchir, cela non plus ne lui ressemblait guère. La conclusion était limpide, mais comme un idiot, dans sa colère, il avait échafaudé les hypothèses les plus farfelues, au lieu d'écouter son bon sens. En fait, ce n'était pas Rowena qui avait accueilli les deux rois, mais sa sœur…

Agnès !

Seule Agnès pouvait se comporter de la sorte. Finalement, le balafré avait bien tué Rowena et la princesse. Simplement, sa sœur avait profité de l'aubaine. Si elle était ici, cela signifiait également que Richard allait rapidement passer l'arme à gauche. On lui avait effectivement rapporté qu'un baron écossais, un certain Duncan MacLeod, voulait s'asseoir sur le trône d'Écosse. L'information était de la première importance, sans que cela l'affole outre mesure. De tout temps, les highlanders avaient été rebelles, indomptables et querelleurs, mais ils étaient inorganisés, s'entre-tuant le plus souvent, incapables de s'allier entre clans pour faire front commun. Même s'ils avaient réussi à regrouper une armée, la puissante cavalerie lourde des souverains anglais et écossais resterait invincible, car rares étaient les highlanders possédant un destrier correctement équipé et caparaçonné.

Un instant, il envisagea la présence de traîtres parmi l'escorte de Richard. Peu probable : pour les avoir longuement étudiés lors de sa traversée de l'île, il savait que tous étaient des chevaliers fidèles au roi. Non, le danger viendrait certainement d'Angleterre, en utilisant les Écossais, car sur leurs terres, ils voudraient rester maîtres de la situation. Avec, cette fois-ci, le concours d'Agnès. Restait encore à deviner comment elle allait s'y employer…

* * *

Une fois que tout le monde fut entré dans la cathédrale, Agnès se fondit dans la foule qui se pressait pour obtenir les meilleures places. Cependant, elle ne se dirigea pas vers le chœur. Elle s'éclipsa dans une ouverture latérale, descendit une volée de marches et s'enfonça dans la crypte humide. Au fond, quatre petits tonneaux en bois étaient adossés aux murs de soutènement du bâtiment. Une mèche d'étoupe huileuse, longue de cinq pieds, sortait de chaque fût.

Elle sortit de sa robe un cierge qu'elle avait dérobé dans la cathédrale et l'alluma. Elle s'agenouilla ensuite au pied de la première mèche et approcha la flamme de celle-ci.

— Lady Rowena ? clama une voix grave dans son dos.

Elle se retourna vivement et fit face à un homme balafré, encadré de cinq soldats en armes. Tous avaient des épées à la main et l'entouraient, menaçants.

— Qui êtes-vous ? demanda-t-elle, interloquée.

Le balafré s'avança vers elle en boitant.

— Ne me prends pas pour un idiot ! lâcha-t-il.

Elle faisait toujours mine de ne pas comprendre. Elle se tenait devant eux bouche bée, le cierge allumé à la main.

— Je ne sais pas qui vous êtes, reprit-elle en secouant la tête.

Le balafré la toisa de pied en cap. Cela lui sembla une idée saugrenue, mais elle semblait sincère. Déjà, la nuit précédente, il avait été surpris de trouver des highlanders, montant la garde devant la demeure de la princesse. Lord Stratheden lui avait pourtant garanti que les deux femmes seraient sans défense. Comme ils étaient trop nombreux pour qu'il puisse intervenir, il s'était contenté d'attendre le moment propice. Cette fois-ci, pas question d'échouer : elle était enfin seule. Les dix reîtres en kilt qui la protégeaient étaient tous restés au château, sans doute avec la princesse. Là-bas, sur place, deux de ses hommes les surveillaient en permanence et viendraient l'avertir, si les highlanders venaient à se diriger vers la cathédrale.

— Emparez-vous d'elle et finissons-en, s'écria-t-il.

Ses sbires empoignèrent Agnès sans ménagement.

— Rowena, s'exclama le boiteux dont la hideuse cicatrice déformait les traits, tu m'as échappé une fois à Venise, je ne commettrai pas deux fois la même erreur.

Elle éclata d'un rire nerveux qui désarçonna ses ravisseurs.

— Je ne suis par Rowena ! ricana-t-elle. Je m'appelle Agnès, je suis sa sœur jumelle.

Le balafré l'observa, un instant surpris, puis il eut une moue dédaigneuse. La tuer au plus vite, avant que le doute ne s'installe vraiment dans son esprit !

— Grotesque ! lâcha-t-il en faisant un bref mouvement de la tête en direction de ses hommes.

Saisissant Agnès par les cheveux, ils tinrent sa tête en arrière et présentèrent une lame contre sa gorge.

* * *

Tant pis pour la cérémonie. De toute façon, personne ne remarquerait son absence. Lord Stratheden passa devant le rang de chevaliers en se faisant le plus discret possible. Aucun d'entre eux n'émit la moindre observation. Certains se poussèrent même pour lui faire de la place. Il atteignit ainsi l'allée latérale sans encombre et se faufila parmi la foule dense, tentant de se frayer un passage jusqu'aux portes d'entrée grandes ouvertes. Tout en donnant des coudes, il scruta le public amassé, mais ne vit trace d'Agnès nulle part. Il sortit au-dehors, fit quelques pas avant de s'arrêter et d'observer la place. Mis à part quelques enfants s'amusant avec des morceaux de bois traînant là, le parvis était désert.

Où pouvait-elle bien être ?

Lord Stratheden réfléchit rapidement. Les deux souverains étaient gardés par près de sept cents chevaliers aguerris, aucun risque qu'ils fussent assassinés dans l'édifice. L'attaque aurait-elle lieu sur le chemin du retour ? Elle serait suicidaire pour les highlanders. Connaissant leur témérité, c'était l'option la plus probable, même si Agnès avait dû tenter de les en dissuader. La jeune femme connaissait forcément leur faible valeur militaire opposée à l'écrasante supériorité des soldats d'élite de Richard, surtout lors d'une bataille rangée. Alors, pourquoi se serait-elle montrée en plein jour devant lui, au lieu d'attendre tranquillement son heure en compagnie des félons écossais. Cela ne collait pas.

À l'intérieur, dans le fond de la cathédrale, la cérémonie se déroulait dans un brouhaha incessant. Les gens allaient et venaient, discutaient ou se poussaient pour y voir au mieux. Lord Stratheden faisait toujours les cent pas sur le parvis, essayant d'assembler dans sa tête tous les éléments de l'énigme. Pour commencer, identifier le commanditaire du régicide. À part le prince Jean, il ne voyait pas qui aurait pu vouloir attenter à la vie de Richard. C'était la seule personne ayant la légitimité pour s'asseoir sur le trône d'Angleterre. Cependant, Jean sans Terre n'aurait jamais attaqué ouvertement son frère, car un régicide manquait ensuite de crédibilité auprès de ses vassaux et du clergé. Il pouvait effectivement chercher l'appui des rebelles écossais et leur laisser commettre le crime à sa place. Dans ce cas, il n'aurait pas eu besoin de s'attacher les services d'Agnès. Ce qui le conforta dans l'idée que la mort du roi devait passer pour un accident.

Mais de quelle manière… ?

Des enfants, deux garçons et une fille, avaient empilé des bouts de bois de façon à reproduire la cathédrale en miniature. Lord Stratheden resta quelques instants pensif devant la maquette. Elle ressemblait remarquablement au majestueux modèle de pierre se dressant fièrement à deux pas de là. À cet instant, un garçon qui devait avoir trois ou quatre ans de plus que les autres s'approcha. Il donna un grand coup de pied dans la construction avant de repartir en ricanant, pendant que les trois enfants pleuraient devant les décombres éparpillés de leur ouvrage détruit.

Lord Stratheden se figea, puis se retourna lentement vers la cathédrale qui le dominait de toute sa splendeur. Le tympan coloré était orné des statues des douze apôtres. Juste au-dessus, une immense rosace à dominante bleue luisait au soleil de midi. Plus haut encore, les gargouilles ouvraient leurs gueules, monstres de pierre asservis, posés sur la structure aérienne de la construction, elle-même élancée vers le ciel à en donner le tournis. Vus d'en bas, les arcs-boutants disposés sur les flancs de l'édifice semblaient terriblement frêles. Ce nouveau style architectural permettait des ouvrages plus légers, moins trapus que les précédents et lord Stratheden, bien que ne connaissant rien à l'architecture, comprit que la glorieuse cathédrale serait également plus facile à déstabiliser. Pour cela, il suffirait par exemple de frapper au cœur de l'ouvrage en sapant les murs au niveau des fondations.

La crypte !

Il entra dans le bâtiment et fonça vers l'escalier en pierre conduisant sous l'édifice. Arrivé en bas, il découvrit le balafré et ses hommes, l'arme au clair. Ils avaient empoigné Agnès. Dans moins d'une seconde, elle serait morte.

* * *

— Laissez-la-moi ! s'écria un homme depuis l'autre bout de la crypte.

Le balafré se retourna vivement. Lord Stratheden observait la scène, dévisageant soigneusement la prisonnière. Il s'avança ensuite vers elle, et son visage s'éclaira d'un large sourire.

— Milord ? fit le balafré, vous voyez bien qu'elle ment !

— Il se trouve que je connais suffisamment Rowena pour penser que cette jeune femme dit peut-être la vérité, rétorqua-t-il. Si c'est le cas, ajouta-t-il en s'adressant à Agnès, il faudra d'une part que vous apportiez la preuve de vos dires et, d'autre part, que vous m'expliquiez ce que vous faisiez ici avec ces fûts et ce cierge allumé.

Elle retrouva immédiatement sa morgue habituelle.

— Je peux avancer ces preuves, milord. Toutefois, je ne les montrerai qu'à vous, seulement si j'ai la garantie d'avoir la vie sauve.

— Vous n'êtes pas en mesure de négocier quoi que ce soit, lâcha lord Stratheden. En mettant le feu à ces tonneaux, vous étiez en train de tenter de tuer deux rois par je ne sais quelle diablerie. Vous connaissez le sort réservé aux régicides. Je présume également que vous comptiez par la même occasion faire s'effondrer la cathédrale. Double régicide sous deux juridictions différentes, blasphème et sorcellerie, de surcroît ; un véritable casse-tête juridique pour les juges anglais et écossais qui statueront sur votre sort !

Il passa sa langue sur ses lèvres, se délectant par avance de ce qu'il allait déclarer.

— J'ai hâte d'ores et déjà d'imaginer comment le bourreau, les bourreaux, devrais-je dire, procéderont dans votre cas. Car voyez-vous, les supplices sont totalement différents d'un royaume à l'autre.

Il accompagna sa remarque de mauvais goût d'un discret haussement de sourcils. Agnès ne se laissa pas démonter. Elle l'observa longuement, avant de prendre la parole :

— Vous êtes lord Stratheden, je présume. Il se trouve que je possède deux lettres fort compromettantes vous concernant en premier chef. Il ne faudrait pas que le roi Richard vienne à apprendre leur existence, ou c'en serait fini de votre belle carrière. Haute trahison, complicité avec des mahométans et des sociétés occultes...

Elle fit une moue dégoûtée, mâtinée d'un profond et insolent dédain, avant d'ajouter :

— Un véritable casse-tête juridique pour la haute cour, ou devrais-je plutôt dire, *les* hautes cours civiles *et* religieuses qui statueront sur votre cas.

Toisant à présent le lord, dont les yeux paraissaient moins assurés qu'un instant auparavant, elle ajouta mielleusement :

— Mon seigneur...

— Suffit ! tonna le vieil homme, franchement agacé. Que voulez-vous ?

Elle le dévisagea avec flegme.

— Simplement discuter entre gens qui se comprennent, fanfaronna-t-elle. En aparté, bien sûr ; tout ceci est bien trop délicat pour des oreilles indiscrètes !

Elle désigna d'un bref mouvement du menton le balafré et ses sbires. Lord Stratheden fit une chiquenaude nerveuse dans leur direction.

— Laissez-nous ! ordonna-t-il. Restez en haut des marches pour interdire l'accès de la crypte à quiconque !

— À vos ordres, milord, répondit le balafré en baissant les yeux.

Ses hommes lâchèrent enfin Agnès et gravirent les degrés de l'escalier de pierre. Lord Stratheden fit face à sa prisonnière d'un air résolu.

— Maintenant que nous sommes seuls, j'écoute ce que vous avez à me dire.

Agnès réprima difficilement un sourire.

— Je vois que vous êtes un homme empli de sagesse, milord. Figurez-vous que je suis en possession de deux lettres vous impliquant dans une affaire vieille de vingt-cinq années.

Elle marqua une pause savamment calculée, savourant l'instant, avant de poursuivre :

— Ne me demandez pas comment elles sont arrivées en ma possession. Tout ce que je peux vous dire, c'est qu'elles étaient scellées et qu'elles se trouvaient dans la doublure du manteau de ma sœur.

Lord Stratheden inclina la tête. Agnès lui signifiait ainsi qu'elle seule les avait lues.

— C'est donc vous qui avez fait disparaître Rowena.

Elle ne cachait plus sa joie.

— Il semblerait que j'aie fait le travail à votre place. Ne prenez pas la peine de me remercier, j'y ai pris beaucoup de plaisir.

— Pourquoi vous ferais-je confiance ? Le roi de France vous a bannie et vous avez aussitôt trouvé refuge chez les opposants de Richard. Je présume que c'est Jean sans Terre qui vous a embauchée.

— Vous présumez correctement. À cause de vous, je viens de perdre ma place sur le trône d'Écosse. Voyez-vous, je ne vous en veux même pas.

— Quelle grandeur d'âme ! Cela ne vous correspond guère. Vous préférez donc sauver votre peau plutôt que de voir la cause du prince Jean triompher. À force de vouloir quitter ainsi le navire dès qu'il prend l'eau, vous risquez bientôt de vous trouver à court d'employeurs.

— C'est mon affaire, pas la vôtre !

— Effectivement. Où sont ces documents ?

Elle sourit.

— En lieu sûr, et ils y resteront tant que vous n'attenterez pas à ma vie. Pour vous prouver mes dires, je ne citerai que trois mots, dans le bon ordre : templiers, byzantins et mahométans. Cela suffit-il à vous convaincre… ou dois-je y rajouter un quatrième nom encore plus diabolique, voire évoquer aussi ces affaires de mœurs peu…

— Je vous crois, coupa l'autre. Que voulez-vous ?

— Je vous l'ai déjà dit : la vie sauve. Oubliez le cierge allumé et les tonneaux. Vous avez tout à y gagner. Aux yeux de Richard, vous resterez celui qui a sauvé le même jour deux rois d'un attentat. Il n'en sera que plus convaincu de votre loyauté. Par la même occasion, vous aurez éliminé la seule personne en mesure de vous nuire. Rowena ne pourra jamais présenter au roi les preuves de votre trahison. Faites-lui également endosser la responsabilité de l'attentat, nul ne pourra le vérifier. Dites aussi que la princesse suédoise et l'architecte étaient complices. À ce jour, ils ont tous trois disparu, mais n'ont-ils pas tous logé dans le même château ?

Lord Stratheden tourna lentement la tête de droite à gauche, sans cesser de la dévisager.

— Vous êtes une femme étrange, Agnès. Maintenant, je perçois mieux le danger de vous avoir comme ennemie.

Elle demeura impassible.

— Qu'à cela ne tienne, milord, je peux aussi être votre partenaire. Les menaces changent, les adversaires également : autrefois Jean sans Terre ou le roi de France, bientôt des ennemis sans nom et sans visage opérant dans l'ombre d'organisations secrètes, qui menaceront tôt ou tard le pouvoir royal. Je connais ces engeances-là mieux que quiconque. Je saurai vous faire profiter de mes lumières.

Il fronça les sourcils.

— J'ai bien connu votre mère, une idéaliste, amoureuse de poésie. Vous ne lui ressemblez guère, au moins sur ce plan. Et votre commanditaire, qu'en faites-vous ?

— Aux dernières nouvelles, j'ai cru comprendre que Jean sans Terre n'était pas roi. C'est son frère qui est bien calé sur le trône. Vous servez Richard, me semble-t-il ?

— À la bonne heure ! conclut le vieux renard en retournant vers l'escalier. Dans ce cas, nous serons amenés à nous rencontrer de nouveau.

— Très certainement, confirma-t-elle, dans un avenir proche.

Il s'arrêta sur la première marche et se retourna.

— Sachez tout de même que les barons écossais ne vous porteront pas dans leur cœur.

— Cela aussi, j'en fais mon affaire.

— Très bien ! Je m'en vais donc avertir le roi qu'il vient d'échapper une fois de plus à la mort.

Elle afficha un sourire de petite fille, terriblement désarmant.

— Vous savez que vous êtes parfait dans le rôle d'ange gardien du roi Richard. Vous y excellez, même ! Tâchez de ne jamais changer de costume, cela ne vous réussirait point !

Lord Stratheden posa des yeux avides sur sa poitrine et sur ses hanches, avant de revenir sur son visage.

— Votre impertinence finira par vous perdre !

Elle s'humecta les lèvres, une nuance de moquerie dans la voix.

— Je pourrais en dire autant de votre attirance pour les jouvencelles.

À l'instant même, le lumineux visage d'Agnès s'assombrit subitement et se fit ténébreux.

— Sur ce point, au moins, enchaîna-t-elle avec un ton sinistre, sachez que je ressemble trait pour trait à ma mère. Ne vous avisez plus jamais de poser vos yeux sur moi de la sorte ou je me ferai un malin plaisir de vous priver de votre virilité avec mes dents pour seul outil !

Chapitre 18

Départs

Caméléon croisa la route de l'ost royal anglais de retour d'Écosse, non loin du mur d'Hadrien. La bannière de Richard flottait au vent, venant en tête de la longue file de chevaliers aux armures de mailles brillantes, aux hauberts richement parés, et drapés de manteaux de soie. Il se porta à la hauteur de lord Stratheden qui cheminait à l'arrière, en compagnie de ses hommes de main.

Comme il pouvait s'y attendre, il ne vit nulle trace de Rowena. Un violent sentiment de colère s'empara de lui, qu'il tenta de maîtriser tant bien que mal. Il n'avait pas d'armes – il n'avait pas pour habitude de s'en servir – mais aujourd'hui, en voyant le sourire sournois de son supérieur, il regretta de ne pas avoir glissé un poignard à sa ceinture. Faute de mieux, il serra les dents et tenta de garder son sang-froid pour affronter lord Stratheden en présence du roi et de toute la fine fleur de la chevalerie anglaise.

— Je viens de déjouer un attentat visant nos deux souverains, déclara le vieux renard. Nous avons arrêté dix highlanders faisant partie du complot. Leurs aveux ont mis en cause Roxane de Kebnekaise, l'architecte de la cathédrale et Rowena…

Caméléon s'attendait à quelque fourberie de sa part, mais ce qu'il venait d'entendre dépassait les bornes. Il faillit s'étouffer.

— Rowena ? C'est impossible !

L'autre demeurait impassible, une lueur amusée dans le regard.

— Lady Windermere a accueilli les deux rois sur le parvis de la cathédrale. Elle a ensuite tenté de saboter le bâtiment. C'est à ce moment-là que nous l'avons interceptée.

— Rowena est une fidèle parmi les fidèles. Je ne peux pas croire à sa traîtrise.

Lord Stratheden haussa les épaules et détourna la tête.

— Il faudra vous faire à l'idée.

— Où est-elle, à présent ?

— Les trois cerveaux de l'affaire ont disparu à jamais.

— Comment cela, *disparu* ? s'étonna Caméléon, interdit.

— Disons que nous n'entendrons plus jamais parler d'eux. Finalement, cela vaut mieux qu'un procès public et une infamie regrettable pour son père, lord Windermere.

Le ciel s'effondra soudain sur sa tête.

— Vous avez fait assassiner Rowena et Roxane, c'est ça ?

Lord Stratheden arrêta sa monture et prit un air menaçant :

— Vous avez passé deux mois dans ce repaire de renégats. D'aucuns penseront que vous avez trempé dans l'affaire…

— C'est ridicule ! protesta vivement Caméléon.

L'autre argumenta, mais il ne l'écoutait plus, dégoûté à la seule idée d'y prêter l'oreille. Lord Stratheden avait fait tuer Rowena et Roxane de sang-froid, et encore, il osait fanfaronner avec morgue !

— La justice royale ne trouvera pas cet argument grotesque, croyez-moi, déclamait-il. Je ne suis pas loin de penser moi-même que vous étiez au courant du complot. Eu égard à vos services rendus, je vous accorde le bénéfice du doute. Vous avez deux jours pour quitter l'île et le royaume !

— Je ne comprends pas !

— Vous êtes banni. Trouvez-vous un commerce dans une ville de Sicile ou d'ailleurs et faites-vous oublier. Me suis-je bien fait comprendre ?

Le cauchemar continuait. Sauf que ce n'en était pas un.

— C'est injuste !

Lord Stratheden y alla de nouveau de son laïus, savourant encore une fois sa victoire. Rowena était morte. Caméléon avait beau se répéter sans cesse ces trois mots, il n'arrivait pas à en saisir encore toute la portée. L'assassinat de son amie et partenaire d'équipée avec qui il avait passé tant de temps à la Citadelle et sur tous les chemins d'Occident était une réalité trop horrible pour être vraie. Puis la peine fit place au remords. Il se sentit terriblement coupable de l'avoir abandonnée au moment où elle avait le plus besoin de lui. Si Rowena n'était plus, songea-t-il, c'était aussi de sa faute de n'avoir pas su la protéger. Envisager à présent de continuer à vivre sans elle lui semblait inconcevable. Pourtant, il lui faudrait bien en accepter l'idée un jour ou l'autre. Pas encore !

— ... La justice n'est pas de ce monde, pérorait toujours lord Stratheden. Vous n'êtes pas de taille à lutter contre moi, vous êtes suffisamment intelligent pour le comprendre.

Ne cherchez donc pas à jouer dans la cour des grands. Prenez mon geste de clémence comme une immense faveur que je vous accorde. Avec un peu de chance et de travail, vous parviendrez bien un jour à monter une échoppe ou un commerce de soieries. Mes hommes vous accompagneront jusqu'au premier port et au premier navire en partance pour le continent. Bon vent, Caméléon !

Deux robustes gaillards vinrent l'encadrer et l'éloignèrent de l'escorte. Il se laissa faire, tellement désemparé qu'il ne tenta même pas de se débattre ou de leur échapper. Au nord de Sunderland, ils l'embarquèrent dans le premier bateau qu'ils trouvèrent, une nef chargée de laine à destination des Flandres.

Au cours des longues journées passées à bord, Caméléon oublia jusqu'au désagrément causé par son mal de mer, tellement sa peine était grande. Rowena et Roxane étaient mortes, le reste, tout le reste, en particulier le fait qu'il fût devenu *persona non grata* dans le royaume d'Angleterre, n'avait plus aucune importance. Cependant, si lord Stratheden avait commis l'erreur de ne pas le tuer tout de suite, il savait aussi qu'il risquait de changer d'avis, et d'envoyer sous peu des hommes à ses trousses pour l'éliminer.

Cette dernière pensée le sauva du désespoir. Il se jura de rester en vie pour briser cet homme, dut-il pour cela y consacrer son existence. Restait encore à trouver le moyen d'y parvenir. Tout d'abord, trouver un abri sûr. Une seconde, il envisagea de chercher refuge auprès de Robin de Loxley. Peut-être obtiendrait-il dans la forêt de Sherwood l'appui nécessaire pour mener à bien sa vengeance ? Cependant, cette solution présentait l'inconvénient de mettre en porte-à-faux Robin vis-à-vis de son roi.

Il soupira, ne sachant que faire. Il caressa l'idée séduisante d'abandonner définitivement la partie, comme lord

Stratheden le lui avait conseillé. Après tout, maintenant que Rowena et Roxane étaient mortes, à quoi bon lutter, seul et sans soutien ?

Le bateau fendait toujours les eaux grises de la mer du Nord. À cette heure, il n'avait pas encore décidé de ce qu'il ferait exactement lorsqu'il débarquerait au port de Bruges. Si elle avait été à sa place, pensa-t-il toutefois, Rowena ne se serait pas laissé abattre. Elle se serait démenée jusqu'à son dernier souffle pour prendre sa revanche sur son supérieur. Afin d'honorer sa mémoire – surtout par amour, dut-il avouer – il se devait à présent de le faire pour elle.

* * *

Rowena arriva au port, après avoir été transbahutée pendant près d'une heure en travers de la monture du highlander aux yeux de fouine. Lorsque l'animal arrêta sa course, elle n'arrivait même plus à respirer, tellement son torse avait été martelé par les tressautements de l'animal. Le souffle court et la tête encore douloureuse du coup reçu, elle n'eut pas la force d'observer en détail l'homme qui descendait de la passerelle. Sans doute était-ce ce Lewis dont avait parlé Agnès. Tout juste réalisa-t-elle qu'il la dévisageait avec insistance, avant de s'entretenir avec le grand maigre qui l'avait traînée jusque-là. À présent, Rowena souhaitait seulement descendre de ce cheval et être déposée à terre, afin de ne plus ressentir la douleur de chacun de ses muscles endoloris. Au lieu de cela, quatre matelots se saisirent d'elle sans ménagement et la montèrent sur la passerelle. Incapable de lutter, elle se laissa emporter, se demandant seulement ce qu'ils allaient faire d'elle. Un des marins ouvrit une trappe pendant que les trois autres la descendaient dans la cale, plongée dans l'obscurité. Une violente odeur d'excréments et de vomi la saisit à la gorge, lui arrachant un haut-le-cœur. Déjà, on lui attachait les chevilles à des fers puis on l'abandonna sur une planche. La trappe se referma et l'obscurité se fit.

Le remugle acide et aigre avait tellement soulevé son estomac qu'elle n'avait pu penser à rien d'autre. Maintenant qu'elle commençait à s'habituer à cette puanteur et que sa nausée devenait tolérable, elle réalisa que la cale bruissait d'une multitude de chuintements, témoins d'une activité humaine. Ses yeux s'habituèrent peu à peu à la semi-pénombre. Elle découvrit, ébahie, qu'elle était entourée de plusieurs dizaines de personnes, prisonnières comme elle.

De l'eau saumâtre baignait la planche lui servant de couchette. Elle venait s'échouer contre elle au gré du roulis du bateau, mouillant ses habits qui furent bientôt trempés. Elle grelotta de froid et claqua des dents. Tête-bêche face à elle, une enfant blonde d'une quinzaine d'années aux yeux hagards et aux traits hâves la fixait, silencieuse, avec un regard dénué d'expression. De toute la cale montait une complainte traînante mêlant sanglots, pleurs étouffés et lamentations. Des femmes, exclusivement des femmes, plus blanches et plus maigres que bien des cadavres qu'elle avait pu observer au cours de son existence, gisaient là, leurs grands yeux vides perdus dans leurs visages défigurés par la souffrance et l'affliction.

Lorsqu'elle était enfant, Rowena s'était représenté l'Enfer comme un endroit dépourvu d'espoir et d'amour. Dans ce lieu, empli d'une désespérance bien plus perceptible que la puanteur nauséabonde retournant l'estomac, l'Enfer s'était fait réalité. Cette fois, ni Caméléon ni personne d'autre d'ailleurs, ne viendrait la sauver. Elle était seule, parmi d'autres solitudes. Le désespoir la prit d'assaut comme une lame de fond qui l'engloutit totalement. Elle était une esclave et comprenait à présent avec effroi ce que ce mot signifiait. Sa vie ne représentait plus rien. Au mieux, elle sortirait vivante de cette horreur pour en rejoindre une autre. Plus vraisemblablement, cette cale serait aussi son tombeau, tôt ou tard. Le plus tôt serait le mieux, songea-t-elle avec abattement.

Elle resta longtemps prostrée. Puis, peu à peu, son instinct de survie reprit le dessus. Il fallait qu'elle trouve un moyen d'échapper à cet enfermement, si elle ne voulait pas devenir un cadavre en sursis. Le roulis s'était accentué. Elle comprit que le bateau avait déjà pris le large. Son propriétaire n'avait certainement voulu prendre aucun risque, il s'était rapidement éloigné des côtes. En haute mer, personne ne saurait où elle se trouvait. Quant à s'enfuir à présent, inutile d'y songer. Cela ne fit que la déprimer davantage et le fragile espoir qui avait pu renaître s'évanouit aussitôt.

C'était la fin de l'après-midi lorsqu'on l'avait embarquée sur ce bateau. Dehors, la nuit devait être tombée. Une nuit étoilée ou brumeuse, à mille lieues de celle, artificielle, permanente et moite de cette cale sordide. Devant elle, la jeune fille blonde sommeillait, agitée des soubresauts d'un cauchemar. Ailleurs, les autres femmes gémissaient ou ronflaient. Elle observa en détail les fers qui la retenaient allongée sur la planche. Impossible de les défaire : le métal était solide et l'enserrait si étroitement que, à chaque mouvement qu'elle faisait, l'anneau métallique entrait dans ses chairs. Inutile de se blesser davantage : dans cet environnement souillé, une plaie s'infecterait très vite. Dépitée, elle se laissa choir sur la planche détrempée. Le sel de mer la démangeait, lui grattait la peau, brûlait ses plaies à vif. Quant à son estomac, il n'arrivait toujours pas à s'habituer aux remugles de l'air vicié de la coque, en perpétuel balancement.

À cet instant, sa compagne d'infortune se redressa vivement en poussant un grand cri. Elle se mit à parler dans son patois des pays baltes et, bien que Rowena eût appris la langue commune de cette région, elle ne comprit rien à ce que cette enfant aux yeux révulsés par la terreur lui racontait. De ses doigts décharnés, la fille avait saisi son bras et le serrait à lui faire mal, sans cesser de lui parler. Peu à peu, à force de rapprochements avec la langue qu'elle avait apprise à la Citadelle, Rowena parvint à saisir l'essentiel de son monologue. Elle disait s'appeler Letta et avait été capturée par des hommes qui avaient pillé son village. Ensuite, elle avait été enchaînée sur ce bateau avec d'autres femmes. Elle pensait être là depuis un mois, disait-elle, et ses parents ne sauraient jamais ce qu'elle était devenue.

Rowena la prit dans ses bras et tenta de la rassurer comme elle put. Letta sanglota encore un peu, puis s'apaisa et se recoucha. La nuit ne faisait que commencer, songea Rowena, se demandant si elle parviendrait à trouver le sommeil. Son corps n'était que douleur. Si elle voulait tenter de s'évader lorsque l'occasion se présenterait, il fallait qu'elle se repose. Elle se recoucha sur la planche humide et tenta de se détendre.

Ses pensées se portèrent immédiatement vers Caméléon, si loin d'elle en ce moment. Son ami lui manquait terriblement. Que faisait-il ? Pourquoi n'était-il pas rentré à temps pour la sauver ? Ces questions ne trouveraient jamais de réponse. Elle mourrait certainement ici loin de lui, et le pire c'était qu'il ne saurait jamais à quel point elle l'aimait.

Quelle ironie ! Maintenant qu'elle était sûre de ne jamais le revoir, qu'elle avait enfin effacé Wilhiam de son cœur, elle était prête à lui avouer sa flamme. À cette heure, pensa-t-elle amère, Caméléon devait être loin. Chaque jour qui passerait, son ami l'oublierait un peu plus. Resterait pour elle une nuit éternelle, faite de souffrance, de vexations et de violence, dans un monde inconnu et hostile qu'elle devrait apprendre à connaître pour y survivre.

Et son roi qu'elle avait juré de servir jusqu'à sa mort. Richard allait être écrasé dans cette cathédrale lorsqu'elle s'effondrerait, demeurerait à jamais enfoui sous des milliers de livres de gravats, tandis qu'elle n'aurait rien fait pour le sauver. Par le passé, ce sentiment d'impuissance l'aurait mise dans une rage folle. Aujourd'hui, la foi en sa mission s'était considérablement érodée, suite aux trahisons successives de Wilhiam et de lord Stratheden, sans compter son rabaissement au rang d'esclave. Si elle comptait toujours s'évader, c'était seulement pour tenter de retrouver Caméléon. Elle eut honte de s'avouer que le sort de Richard Cœur de Lion lui importait peu.

Rowena songea aussi à cette lettre de Clémence, cachée dans la doublure de sa cape et adressée à ses filles. Elle regrettait de n'avoir pas eu le temps de lire cette missive en entier. Elle se demanda quelles pouvaient bien être ces révélations évoquées par sa mère dans les premières lignes.

À cette heure, Agnès devait l'avoir certainement trouvée. Y avait-elle appris que Safir était leur père ? Cela était fort probable. En lisant le rapport de sa mère, Rowena avait trouvé étrange ce rapide mariage de Clémence avec Louis de Falaise. Difficile de croire qu'une femme sortant à peine d'un tel chagrin d'amour se marie aussi vite avec un autre homme, même sur ordre de sa reine. À cela, il n'y avait qu'une explication plausible : trouver un père pour l'enfant à naître.

Si tel était le cas, Agnès irait trouver Safir, tôt ou tard. Elle en était persuadée, car elle-même aurait agi ainsi.

Elles étaient jumelles et Rowena saisissait parfaitement la nature de ses réactions. La seule différence était que sa sœur n'hésitait pas à concrétiser ses passions quand elle, au contraire, les bridait systématiquement. Agnès ne l'avait-elle pas d'ailleurs raillée à ce sujet, pour avoir laissé échapper Caméléon.

Et que ferait sa sœur des deux autres lettres ? Ferait-elle chanter lord Stratheden lorsque Richard serait mort et prendrait-elle sa place à la tête de la Citadelle ? Si tel était le cas, il valait mieux qu'elle ne soit plus là pour voir ce qu'Agnès ferait avec son immense pouvoir.

Face à elle, Letta s'était profondément rendormie. Elle pouvait entendre le bruit régulier de sa respiration, mêlé au fracas des vagues et aux craquements incessants de la coque. Étrangement, au cœur de cette horreur, elle trouva ces bruits apaisants, rassurants.

Soudain, la trappe s'ouvrit. Le claquement sec du lourd panneau de bois tombant sur le pont la fit sursauter. Comme elle, tout le monde dans la cale s'était réveillé en sursaut. Letta aussi sortit de son sommeil et désigna du doigt les matelots qui descendaient l'échelle. Rowena n'eut aucun mal à comprendre chaque mot de la phrase qu'elle ne cessait de répéter :

— Ils viennent pour nous violer !

*

Cinq marins marchaient à présent parmi les femmes en ricanant. Ils observaient chacune d'elles comme ils l'auraient fait, dans une foire, avec des vaches ou des pouliches. Ils jetèrent leur dévolu sur une jeune Slave qu'ils détachèrent et emmenèrent de force dans un recoin de la cale. Elle se débattit un instant en hurlant de terreur, les excitant de plus belle. Instinctivement, Rowena tenta de lui porter secours, mais la douleur à ses chevilles lui rappela bien vite qu'elle ne pourrait malheureusement rien pour elle. Comme toutes les autres prisonnières, elle ne put qu'écouter impuissante ses cris et ses hurlements, tout le temps que dura son calvaire. Plongée dans une fureur noire, elle se promit de venger cette enfant. Elle s'accrocha à cette idée comme un naufragé le ferait avec une planche, trouvant enfin une bonne raison de survivre à l'indicible. Les marins remontèrent l'échelle, non sans avoir remis aux fers celle qu'ils avaient violée. Rowena imprima dans son esprit le visage de chacun d'entre eux, puis reporta son attention sur la jeune suppliciée. Elle demeurait prostrée, recroquevillée sur elle-même, muette. Comme si elles étaient coutumières du fait, les autres femmes détournèrent rapidement le regard et se rendormirent les unes après les autres. Bientôt, la cale retrouva un semblant de calme.

Rowena considéra quelques instants ses poings serrés aux jointures blanchies. Elle s'aperçut que Letta la dévisageait avec étonnement.

— C'est ainsi toutes les nuits, articula-t-elle, de façon à ce qu'elle saisisse chacun de ses mots. Ils descendent et choisissent une femme au hasard.

— Je ne me laisserai pas faire, répondit Rowena dans sa langue.

— C'est ce que je disais moi aussi, la première fois. Ils te battront et tu auras encore plus mal.

Inutile de rétorquer quoi que ce soit. Une colère sourde qu'elle n'avait jamais ressentie jusqu'alors s'était emparée d'elle et ne la quittait plus, la volonté farouche de tuer de ses propres mains chacun de ces hommes. Encore faudrait-il pour cela qu'elle trouve un moyen d'y parvenir. Elle serait patiente. Tôt ou tard, une occasion se présenterait et elle la saisirait. Enfin, c'est ce qu'elle s'attachait à croire, car sinon, cet abîme de désespoir se refermerait aussi sur elle, comme il s'était refermé sur toutes les autres qui, résignées et brisées, avaient écouté avec fatalité les cris de l'enfant.

*

L'aube vint et, avec elle, ce qui allait devenir le quotidien de Rowena sur ce navire. Quatre par quatre, enchaînées les unes aux autres, toutes les prisonnières devaient à tour de rôle monter sur le pont. Dès qu'elle sortit la tête au-dehors, Rowena demeura figée, inhalant à pleins poumons cet air pur. Sa joie fut de courte durée. Le fouet ne tarda pas à cingler et elle sentit aussitôt sa morsure dans la chair de son bras. Elle poussa un cri étouffé, mais déjà, ses trois autres compagnes d'infortune la forçaient à avancer. Elle dut suivre le mouvement, comprenant qu'elle ne pourrait rien tenter tant qu'elle serait ainsi attachée. Elle leva la tête. Le ciel était nuageux et gris, mais après une nuit dans l'antre sombre et puant, il lui parut incroyablement beau, bien plus merveilleux qu'un ciel d'azur de plein été.

Goguenards, les marins amassés pour l'occasion leur tendirent un seau d'eau vinaigrée. Tout d'abord, elle ne comprit pas ce qu'elle devait faire avec. Elle se tourna vers les trois autres femmes et s'aperçut qu'elles utilisaient ce mélange pour se laver la bouche et les parties intimes. Il s'agissait là d'une méthode sommaire, pensa-t-elle, mais efficace afin de prévenir les infections. Sous les sifflets et les cris des matelots assemblés, elle fit de même. Le vinaigre brûlait les muqueuses et les chairs à vif, et elle dut se mordre la lèvre pour ne pas laisser paraître sa souffrance aux yeux de l'équipage. Ensuite, chacune fut contrainte à se débarbouiller le visage et le corps dans un baquet rempli d'eau de mer, à côté duquel traînait un bout de savon noir. Ce semblant de toilette accompli, on les obligea à tourner en rond sur le pont pour se dégourdir les jambes, comme dans un manège à chevaux. Celles qui s'y refusaient étaient immédiatement fouettées.

Alors seulement, elles eurent droit à une ration de gruau d'orge assez copieuse, et à un gobelet d'eau croupie des tonneaux. Durant tout ce temps, le propriétaire du navire, posté sur le gaillard d'avant, n'avait eu de cesse de les observer. Rowena nota qu'il la dévisageait comme s'il la connaissait. Agnès avait certainement dû lui parler d'elle, songea-t-elle en croisant son regard. Il n'eut pas le courage de le soutenir, car il tourna rapidement les talons et s'en alla. Puis, les quatre prisonnières furent redescendues.

Tout le temps que dura sa sortie sur le pont, elle s'imprégna de ce ciel et de cette mer grisâtres, si tristes en d'autres circonstances. Avant de disparaître dans les tréfonds du navire et de retourner aux fers jusqu'au lendemain, elle fixa dans sa mémoire chaque nuage, chaque vaguelette, chaque lambeau d'écume. Le reste de la journée, lorsque la promiscuité et la misère humaine se faisaient trop envahissantes, elle fermait les paupières. Immédiatement, son esprit partait naviguer sur ces flots moutonneux en compagnie de Caméléon. Elle imaginait qu'elle parcourait avec lui les immensités océanes, seuls au monde, loin de toute cette souffrance. Dès lors, la couleur terne des flots et des brouillards septentrionaux laissait place à celle, resplendissante, du gris de ses yeux, un gris bien-aimé dont elle n'aurait jamais imaginé auparavant qu'il pût être si beau.

*

À la fin de la première semaine de ce rituel bien rodé, le propriétaire du bateau en personne vint distribuer à chacune un quart de citron. C'était, disait-il, un geste d'une rare magnanimité, et elles devaient le remercier d'avoir ainsi de quoi échapper au scorbut. Rowena savait surtout que le scorbut déchaussait les dents, et une femme édentée avait beaucoup moins de valeur. Cette fois-là encore, l'esclavagiste évita de la regarder en face. Dès qu'il eut fini son discours, il s'éclipsa prestement.

La nuit, un autre rituel se répétait de façon immuable. Un groupe de matelots descendait l'échelle et choisissait une femme… Chaque fois que la trappe retombait lourdement sur le pont et qu'en même temps le souffle du large se mêlait à l'air vicié, Rowena ressentait cette même appréhension qui lui tordait douloureusement les entrailles, une terreur plus forte chaque soir, à mesure que son tour ne venait pas et qu'une autre subissait le sort cruel à sa place.

Une nuit elle crut qu'ils venaient pour elle. Ce fut Letta qu'ils saisirent. Lorsqu'ils la rattachèrent sur la planche, la jeune fille sanglotait, sans bruit. Rowena tenta de la réconforter en employant les quelques mots qu'elle avait appris de son propre patois, rien n'y fit. Indifférente à ce qui l'entourait, Letta déversait toujours sa peine, murée dans sa souffrance. Rowena fredonna une berceuse que lady Windermere lui chantait, lorsqu'elle était enfant. Peu à peu, Letta cessa de pleurer, enfin apaisée. Rowena la regarda s'endormir, pendant qu'elle-même ne décolérait pas contre les matelots, le propriétaire du navire et sa propre sœur qui l'avait condamnée à un tel sort.

Chapitre 19

L'ombre du lion

Amaury était assis derrière son bureau lorsque le faucon entra dans la pièce et vint se poser non loin de lui. Il le regarda à peine, achevant de mettre en ordre ses papiers.

— Je n'ai jamais compris comment les pigeons n'avaient pas peur de ce rapace, dit-il sans même lever la tête.

— Son précédent maître avait dû bien le dresser, fit la voix de la femme qui venait d'entrer.

Amaury daigna enfin sortir son nez de ses affaires et sourit à la belle dame brune, au corps souple et délié, qui s'avançait vers lui.

— C'était un excellent fauconnier, confirma-t-il.

— Son rapace est le seul souvenir qu'il nous reste de lui, ajouta-t-elle tristement. Tu sais qu'il m'a enseigné l'art de la fauconnerie, comme personne ne l'aurait fait. Il m'a tout appris, comment dresser l'oiseau, comment repérer les proies.

Amaury lui adressa un sourire compatissant.

— Je sais tout ce que tu lui dois. Il me manque terriblement, à moi aussi.

La femme baissa la tête.

— Nul ne le remplacera, en effet. Tu voulais me voir ?

— Assieds-toi, nous avons à discuter.

Elle prit place sur une chaise en bois et croisa ses longues jambes gainées de cuissardes marron, avant d'observer Amaury.

— Quelle est la mission ?

— Comme tu le sais, Renaud a escorté Agnès en Écosse. Il m'a rapporté qu'elle avait d'abord voyagé jusqu'en Afrique à bord du navire d'un certain Lewis, trafiquant d'esclaves de profession et partisan de Jean sans Terre. Il pense que ce dernier a indiqué à Agnès la cachette de la poudre.

— Comment cet homme pourrait-il être au courant ?

— Certains membres de la Guilde disparaissent du jour au lendemain, emportant avec eux des diamants ou de l'or. Peut-être en a-t-il croisé un dans un port et l'a-t-il ensuite soudoyé. On a retrouvé un Nubien poignardé dans une ruelle d'Alexandrie, une semaine après le vol de poudre. Il travaillait autrefois dans l'oasis qui a été attaquée. On l'avait accusé de vol, avant qu'il ne s'enfuie pour ne pas être jugé par l'Organisation.

— Agnès l'aurait-elle tué, après qu'il lui ait servi de guide ?

— Plutôt Lewis, je dirais. Agnès l'aurait fait disparaître en plein désert, afin qu'on ne retrouve jamais son corps.

La femme fronça les sourcils.

— Ce marchand d'esclaves menace sérieusement la sécurité de la Guilde.

— Il représente un danger, effectivement. C'est pour cela que je t'ai fait venir jusqu'ici.

— Veux-tu que je m'en charge ?

— Oui. L'affaire est pourtant moins simple qu'il n'y paraît. Lewis a brusquement quitté le port écossais où son navire était ancré, quelques jours avant l'arrivée des deux rois à la cathédrale.

— Peut-être a-t-il cru qu'Agnès échouerait. Il a préféré prendre les devants.

Amaury secoua la tête.

— Pour avoir navigué de Londres jusqu'en Écosse sur le bateau de ce fameux Lewis, Renaud m'a affirmé avec certitude qu'il obéissait aveuglément à Agnès. En outre, c'est un homme jaloux. Il suit sa maîtresse comme le ferait un chien de compagnie. Jamais il n'aurait quitté le port sans qu'elle lui en donne l'ordre.

— Qu'en déduis-tu ?

— Agnès a fait sa sœur prisonnière et l'a livrée à ce Lewis.

— Pourquoi ne l'aurait-elle pas tuée, tout simplement ?

— Parce que je l'en crois incapable.

— À Venise, Agnès a bien essayé de la faire mourir !

— Si elle avait vraiment voulu la tuer ce soir-là, elle aurait tiré sur Rowena, pas sur le fauconnier.

À l'évocation du meurtre de son mentor, la femme ne put s'empêcher de secouer la tête avec colère, faisant virevolter ses boucles sombres.

— Pourquoi crois-tu qu'Agnès a épargné sa sœur ? demanda-t-elle.

— Parce qu'elle ne peut se résoudre à la tuer. Même si elle la hait, Rowena n'est rien d'autre que son propre reflet. L'image de ce qu'elle aurait pu être, si elle ne s'était pas laissé enfermer par cette colère qui la dévore comme un feu ardent.

— Faire condamner à mort sa sœur revenait à l'assassiner.

— En apparence, seulement. Elle lui laissait une occasion de s'en sortir, comme si elle-même s'offrait cette chance par procuration.

— Tu fais beaucoup d'introspection. Qu'est-ce qui te pousse à penser cela ?

— J'en sais suffisamment sur les jumeaux pour affirmer qu'ils ne peuvent se détruire l'un l'autre, sous peine de mourir tous les deux.

— Dans le cas présent, je suis plus prosaïque que toi. En épargnant sa sœur, Agnès obligeait la Guilde à se dévoiler pour sauver Rowena de l'échafaud. Si Safir n'était pas intervenu à temps, nous l'aurions fait. Dans ce cas, elle aurait eu accès à des noms importants de notre organisation.

Amaury inclina légèrement la tête.

— C'est possible, avoua-t-il, même probable. Cela ne ferait que conforter mon idée qu'Agnès ne pourra jamais tuer sa sœur. C'est aussi la raison qui m'a poussé à penser qu'elle l'avait mise sur ce bateau, avant d'ordonner à Lewis de quitter immédiatement l'Écosse.

— Une hypothèse intéressante. Maintenant, si tu veux récupérer Rowena, il va nous falloir surveiller tous les ports de la Méditerranée, mobiliser tous nos hommes en Afrique et en Orient, sur les côtes italiennes et grecques. Nous n'avons pas les moyens humains pour le faire, je te rappelle.

— Nous nous contenterons des côtes africaines.

— Pourquoi ?

— Parce que Renaud m'a appris que Lewis commerçait exclusivement avec l'Afrique du Nord. Dans son navire, il ne transporte que des femmes des pays baltes, qu'il vend ensuite comme prostituées sur les bords du Sahara.

— Et si Rowena n'est pas sur ce bateau ?

— Elle y est. Dès que j'ai reçu le premier message de

Renaud à propos de ce marchand d'esclaves, j'ai fait épier son navire. Un informateur écossais affirme avoir vu une jeune femme correspondant au signalement de Rowena, embarquée un soir à son bord.

— Décidément, je ne peux que te féliciter pour ta perspicacité.

— Je n'ai aucun mérite. Renaud nous aura été extrêmement précieux, même si Agnès a lu dans son jeu.

— Pourquoi n'as-tu pas fait évader Rowena du bateau ?

— Nous n'en avons pas eu le temps. Le navire a pris la mer avant que nous ayons pu constituer une équipe pour la tirer de là.

— Lewis n'aura voulu prendre aucun risque.

— Certainement.

La femme esquissa un geste de la main et le faucon vint se percher sur son bras.

— Il ne nous reste plus qu'à espérer qu'elle ne meure pas en mer, commenta-t-elle. J'imagine qu'il faut que je me rende à présent en Afrique…

— Exactement. Tu vas traquer ce vautour de Lewis.

— L'Afrique est grande…

— J'ai de bonnes raisons de penser qu'il accostera à Alexandrie.

— Là où le Nubien a été retrouvé poignardé ?

— Oui.

— Dans ce cas, j'irai à Alexandrie, et je m'occuperai de ce Lewis. Et pour Rowena ?

— Quelqu'un d'autre s'en chargera.

Elle marqua une pause, mais ne releva pas.

— Autre chose ? demanda-t-elle enfin.

— Oui. Après Alexandrie, tu iras sur une île des Cyclades en mer Égée, au large de celle de Santorin.

— Il n'y a personne qui habite par là !

Amaury haussa les sourcils. La femme étira ses lèvres d'un air entendu.

— Je vois, dit-elle, en baissant le ton. J'imagine que tu m'expliqueras ce que je devrai y faire lorsque nous serons sur mon bateau, de retour à Venise.

Il hocha la tête.

— Il n'y a plus aucun lieu sûr, expliqua-t-il à mi-voix, même en haut de ce colombier.

— Je comprends, dit-elle, songeuse.

Elle jeta un regard inquiet autour d'elle, avant de se lever prestement, son faucon toujours perché sur son bras, et d'ajouter :

— Ne perdons pas de temps, rejoignons mon navire. J'ai hâte de savoir ce que je devrai faire dans les Cyclades.

* * *

Les semaines passaient. Rowena n'avait toujours pas pu trouver une occasion propice pour tenter quelque chose. Peu à peu, elle avait compris qu'elle n'y serait jamais parvenue. Le propriétaire du bateau savait très bien à qui il avait affaire et il ne prit jamais le moindre risque. Lorsqu'elle montait sur le pont, elle le faisait toujours attachée à trois autres femmes. Ses déplacements étaient étroitement surveillés. Des matelots restaient en permanence non loin, armés de fouets ou même d'épées. Jour après jour malgré l'hiver qui approchait, le gris du ciel fit place à du bleu. Un matin enfin, elle se rendit compte qu'ils avaient quitté l'océan Atlantique pour entrer en mer Méditerranée.

Beaucoup étaient déjà mortes. De dysenterie ou d'épuisement, sans compter une épidémie de choléra. Leurs corps étaient immédiatement passés par-dessus bord, et la cale se vidait ainsi peu à peu. La puanteur, elle, était toujours aussi présente. Chaque fois qu'elle retournait dans les tréfonds du navire, après la sortie journalière sur le pont et une ration de bouillie froide dans le ventre, elle avait un haut-le-cœur. Ce n'était pas tant à cause de l'odeur aigre de vomi et de charogne, cela faisait longtemps déjà qu'elle s'était habituée à l'indicible. Le plus terrifiant était d'imaginer que cette journée et cette nuit à fond de cale seraient peut-être les dernières. À Venise, elle avait connu la terreur d'affronter l'échafaud. Respirer à pleins poumons l'air pur du large, seul instant de liberté accordé par les matelots, et se dire que c'était peut-être pour la dernière fois était aussi angoissant que la vue du billot et l'assurance d'une mort inéluctable.

Sans compter le rituel immuable du viol collectif nocturne. Cependant, Rowena se rendit compte assez rapidement que les matelots l'évitaient systématiquement, si bien qu'elle ne fut jamais violentée. Les autres femmes s'en aperçurent, elles aussi. Elles commencèrent à la prendre en grippe, furieuses de subir à sa place ce qu'elle ne connaîtrait jamais. Toutes la haïrent, sauf Letta.

Rowena n'arrivait pas à leur en vouloir. Elle comprenait leur légitime jalousie, se contentant d'ignorer cette malveillance permanente. Agnès avait dû exiger qu'elle fût épargnée. Elle ne put s'empêcher d'envier sa sœur, songeant qu'elle devait susciter une terreur incroyable à tous les membres d'équipage pour que le propriétaire du navire et les matelots respectent ses ordres alors qu'elle n'était même pas à bord. Au fond de la cale, la terreur était tout autre. Chacune luttait pour sa propre survie. Les plus faibles, celles qui n'avaient plus la force de se battre, mouraient inéluctablement.

Letta tomba malade peu de temps avant d'accoster. Le fer rouillé avait entamé ses chevilles et Rowena avait noté que, depuis quelques jours, son pied droit avait enflé. Paniquée, Letta lui avait dit que personne ne voudrait d'elle. Les yeux embués, Rowena l'avait écoutée, se gardant bien de lui avouer qu'elle serait morte avant même d'être vendue. Au contraire, elle l'avait rassurée, lui affirmant qu'une femme aussi belle qu'elle serait toujours regardée par les hommes avec envie. Le lendemain, son mollet avait doublé de volume. Dans l'après-midi, la gangrène avait gagné la cuisse, dégageant une odeur pestilentielle de viande faisandée. Letta ne s'en rendit même pas compte : elle gisait déjà, inconsciente. Elle mourut quelques heures plus tard. Rowena veilla sur elle tout au long de son agonie, tenant sa main brûlante serrée dans la sienne, jusqu'à ce qu'enfin sa poigne se fige à jamais. Quatre matelots vinrent chercher son corps en plein milieu de la nuit, non sans avoir auparavant violé une autre femme. Sans pouvoir ne rien faire d'autre que la pleurer, Rowena assista à l'enlèvement de son cadavre qui fut jeté par-dessus bord comme un vulgaire détritus.

*

Le bateau arriva enfin à destination. Rowena s'en rendit compte immédiatement car le roulis et le tangage du navire devinrent soudain différents. La nef avait ralenti et se préparait aux manœuvres d'accostage. Enfin, la trappe de la cale s'ouvrit. Les matelots firent sortir toutes les esclaves une par une. Lorsque Rowena monta sur le pont, le soleil l'aveugla et elle dut se protéger les yeux avec ses mains. Peu à peu, elle s'accommoda de cette violente luminosité. La ville où elle serait vendue s'étalait paresseusement devant elle. Les maisons carrées longeant le quai étaient blanchies à la chaux. Leurs toits-terrasses étaient couverts de linge ou de peaux de mouton séchant au soleil. L'agglomération n'était pas immense, et Rowena découvrit une gigantesque cité fortifiée qui se dressait un peu plus loin, à une demi-lieue de là. Il existait peu de villes de cette taille, ceintes de murailles. Il devait certainement s'agir de Tripoli au Liban, pensa-t-elle, ou bien d'Alexandrie en Égypte. Le port où ils avaient accosté n'en était qu'un faubourg annexe.

Lewis la mit à l'écart, non sans avoir entravé au préalable ses jambes avec des chaînes et attaché ses bras derrière son dos. Elle tendit machinalement les mains et se laissa faire sans broncher. Ces deux mois d'horreur avaient fini par la briser, son moral était au plus bas.

Toutes les autres femmes furent enchaînées les unes aux autres. En voyant qu'une fois de plus Rowena bénéficiait d'une situation privilégiée, certaines lui jetèrent un regard noir. Cependant, la majorité d'entre elles gardèrent la tête basse, acceptant cette fatalité, les yeux dépouillés de toute étincelle de vie. Rowena les observa sans avoir la moindre réaction. Deux mois auparavant, cette vision l'aurait complètement révulsée. En se rendant compte que, rompue, elle considérait presque avec indifférence la quarantaine de rescapées conduites par les matelots jusqu'à un marché en pleine rue, elle se demanda, quelque peu horrifiée, s'il lui restait encore un brin d'humanité.

Lewis la prit par le bras et l'entraîna à son tour dans les ruelles écrasées de soleil. Autour d'elle, les passants ne lui prêtèrent aucune attention. Partout, il n'y avait que des esclaves à vendre, jeunes, vieux, hommes ou femmes, à la peau blanche, noire ou métissée. Ils arrivèrent bientôt sur une place couverte, réservée à la vente des esclaves les plus prestigieux.

Un baquet rempli d'eau avait été disposé derrière un paravent de bois ajouré. Du savon d'Alep parfumé et un torchon étaient posés à côté. Toujours enchaînée par les pieds, elle fut sommée de se dévêtir, se baigner et se récurer des pieds à la tête, avant de se présenter ensuite devant un parterre de clients masculins qui prenaient place peu à peu dans la salle d'exposition. Après tout ce temps passé dans sa geôle, Rowena empestait. Ses cheveux étaient sales et son corps décharné gardait les traces crasseuses de son séjour à fond de cale. L'eau était légèrement tiède et la température extérieure clémente, si bien qu'elle savoura finalement cette immersion et ce nettoyage forcé.

Quand elle eut fini de se laver et de se sécher, elle se présenta nue devant les spectateurs, pressés de découvrir la merveille que Lewis ne cessait de leur vanter. Humiliée une fois de plus, elle dut subir le regard de ces hommes aux yeux brillants d'envie qui l'évaluaient avant de rendre leur conclusion. Devant leur air ahuri puis moqueur, le marchand d'esclave se tourna vers elle et découvrit, ébahi, ses nombreuses cicatrices partout sur son corps, vestiges d'un combat à la porte d'une commanderie, voilà une éternité maintenant. Déjà, la pièce se vidait et la clientèle déçue se hâtait d'aller faire ses emplettes dans les pièces voisines.

Trop harassée et vaincue moralement pour se demander si elle devait s'en féliciter ou s'en plaindre, elle s'accroupit dans un coin de la salle. Puis, en entendant le fouet du marchand d'esclaves furibond cingler l'air chaud empli de l'âcre sueur des hommes, elle replia instinctivement ses bras sur son visage, afin de le protéger de la morsure des lanières de cuir.

Contre toute attente, un client entra à cet instant et l'acheta sans même négocier son prix. Trop heureux de s'en débarrasser à si bon compte, Lewis fila dare-dare avec la somme convenue et Rowena se retrouva seule avec son acquéreur. Entre ses bras, toujours collés sur son visage, elle prit le temps de l'observer. Le nouveau venu était peu ragoûtant à regarder, mais au moins il n'examina pas en détail sa dentition et ses attributs. Avec pudeur, il lui demanda d'enfiler une longue tunique blanche d'une seule pièce et de se voiler la face. Ainsi vêtue, elle le suivit hagarde jusqu'au dehors. Le voile la protégeait de la clarté aveuglante. Elle put observer ce qui l'entourait, esclaves en représentation, clients ou simples badauds. L'homme l'emmena par des ruelles enchevêtrées jusqu'à une auberge située à l'écart du tumulte. Là, il fit quérir deux chevaux à l'écurie, défit les chaînes passées à ses pieds et lui demanda de monter en selle sur la monture la moins vigoureuse. Il était évident qu'il ne lui faisait pas confiance. Les poignets toujours entravés par une corde, attendant le moment propice, Rowena obtempéra.

Ils quittèrent la ville côtière et partirent dans la montagne. Au second relais, l'homme échangea les chevaux contre deux dromadaires, mieux adaptés au rude climat du désert. Il ne dit aucun mot durant le trajet d'une semaine à travers des rocailles escarpées et sèches, puis dans un désert ocre et jaune.

Le soir venu, tous deux dormaient à la belle étoile. L'homme campait à proximité des dromadaires, de l'eau et des vivres, à bonne distance de Rowena. Les premières nuits, elle ne ferma pas l'œil. Un réflexe conditionné, après deux mois passés à attendre avec frayeur qu'on se saisisse d'elle et qu'on l'entraîne dans un recoin de la cale. Rien de cela ne se produisit. Les jours passèrent, et son guide ne porta pas la main sur elle. En revanche, il lui fournit de la nourriture à satiété, viande et poissons salés, fromages de chèvre et de brebis, pain blanc, gâteaux au miel et aux amandes, dattes et figues sèches, si bien qu'elle recouvra rapidement des forces et toute sa santé.

Bientôt, ce fut elle qui essaya à plusieurs reprises de s'approcher de lui pendant qu'il sommeillait. Elle n'y parvint jamais. Son nouveau maître ne dormait que d'un œil. En outre, les chaînes qu'il passait à ses pieds pour la nuit faisaient tellement de bruit qu'il l'entendait arriver de loin. Elle rongea son frein, guettant le moment d'inattention qui finirait immanquablement par arriver.

Au soir du huitième jour, ils arrivèrent en vue d'une oasis perdue au milieu des dunes. Des palmiers dattiers ombrageaient des cultures légumières, sillonnées de canaux d'irrigation. Une immense tente de Bédouin se dressait au centre de cet îlot de vie. En les entendant arriver, un homme sortit de l'habitation de toile. Il portait la tenue traditionnelle des Touaregs et seules ses mains étaient visibles. Le propriétaire de l'oasis vraisemblablement, pensa Rowena pendant que son guide repassait des chaînes à ses pieds, un riche nomade du désert souhaitant varier la source de ses plaisirs nocturnes.

— Maître, commença le guide en baissant la tête, elle venait d'arriver dans le bateau en provenance d'Écosse.

De derrière son turban bleu enroulé autour de sa tête, le Touareg la dévisagea longuement. Puis du bout des doigts, il fit une chiquenaude et le guide s'éloigna. À présent, il était seul et sans armes. Rowena réalisa qu'elle tenait enfin l'occasion de s'évader. L'opportunité ne se présenterait peut-être plus jamais. Aussi, elle bondit sur lui. En moins d'une seconde elle avait passé la corde qui serrait ses poignets autour de son cou, prête à l'étrangler.

— Ne tente rien, ou tu es un homme mort, glissa-t-elle à son oreille.

Elle resserra sa prise autour de sa gorge. Sa victime était incapable de réagir, trop occupée à tenter de retrouver son souffle.

— On va entrer dans la tente, poursuivit-elle en l'entraînant vers l'habitation en toile.

Là, elle trouverait certainement une arme et de quoi défaire ses chaînes. Au bord de l'asphyxie derrière son turban, son prisonnier essayait d'articuler des mots qu'elle ne comprenait pas :

— Et… ho… ha…

Une fois parvenue dans la tente, elle explora les lieux du regard. Elle ne vit d'armes nulle part. Seul un service à thé en argent était disposé sur un tapis. Dans un coin, un coffre débordait de vêtements. Derrière la corde qui étranglait son cou, l'homme suffoquait. À cet instant, elle hésita. Elle caressa l'idée ô combien tentante de resserrer sa prise, de faire payer à cet homme toutes les souffrances qu'elle avait subies. Au prix d'un incroyable effort, elle se retint. Si elle voulait s'échapper vivante de cette oasis, il fallait qu'il vive : un otage mort ne lui aurait servi à rien.

Changer d'habits, enfiler une tenue de nomade. Ainsi, elle pourrait fuir plus discrètement. Comme ses mains et ses pieds étaient liés, elle ordonna à son otage de vider la malle. Du bout de son pied, l'homme souleva le couvercle et en extirpa les vêtements un à un. Il fit ainsi tomber sur le sol des robes multicolores, des djellabas blanches et des chausses, comme celles portées en Occident. Rowena examina rapidement chaque tenue, jusqu'à ce que son regard s'arrête sur une tunique où était cousue une feuille verte en forme de cœur.

Son sang se figea. Du bout des doigts, elle défit le turban de son otage et resta statufiée.

— Caméléon ! s'écria-t-elle en relâchant instantanément sa prise, que fais-tu ici ?

Son ami était écarlate. Il essayait de retrouver son souffle, courbé en deux, les mains posées sur ses cuisses.

— Rowena, parvint-il enfin à hoqueter entre deux goulées d'air, la prochaine fois que tu me sauteras au cou, évite de m'étrangler !

* * *

La cale de son bateau était pleine, si pleine que Lewis se demanda un instant s'il n'aurait pas dû embarquer moins de marchandise. Certes, les rangs s'éclairciraient peu à peu au gré des épidémies ou bien en raison de la longueur de la traversée, mais il veillait toujours à ce qu'un maximum de femmes survive. Une morte était une perte sèche, affaiblissait le moral de ses congénères qui avaient souvent la mauvaise idée de se laisser mourir à leur tour.

Rowena était certainement la plus fascinante de toutes ses prisonnières. Lewis aurait bien aimé passer quelques nuits en sa compagnie. Cependant, Agnès lui avait ordonné de la vendre sans la toucher. À vrai dire, si elle ne s'était pas débarrassée de ce Renaud, il n'aurait peut-être pas respecté sa consigne. Apparemment, elle avait tenu compte de ses mises en garde contre cet homme. L'échalas aux yeux de fouine ayant transporté Rowena sur son cheval lui avait confirmé qu'Agnès avait abandonné le conseiller de Jean sans Terre au sommet d'un col, en pleine tempête de neige.

Encore un rival de moins, songea Lewis avec une sombre joie. Car son prochain triomphe à Londres était son principal sujet d'excitation. Sous peu, il serait chaudement remercié par le prince Jean pour lui avoir permis de monter sur le trône. L'idée de faire s'effondrer la cathédrale sur les deux rois était de lui. Bien des années plus tôt, dans une taverne écossaise, un maçon travaillant sur ce chantier lui avait avoué qu'elle s'effondrerait à la moindre secousse. Puis la chance lui avait souri. Le jour même où il venait d'apprendre que le roi Richard allait bientôt s'y rendre en compagnie du roi d'Écosse, Trompe-la-mort avait retrouvé Agnès dans le port de Bayonne. La coïncidence était trop exceptionnelle pour relever de la simple bonne fortune.

Cependant, une déception l'attendait lorsqu'en exhibant fièrement Rowena devant les acheteurs potentiels, il découvrit, stupéfait, les nombreuses balafres sur son corps. Immédiatement, il comprit qu'il lui faudrait revoir ses ambitions à la baisse. Déjà, les acheteurs quittaient la place en le traitant de voleur. Il jeta un regard torve à celle qui venait de le discréditer aux yeux de ses clients, tenta de les retenir avec des boniments de bateleur, en vain.

La salle était maintenant vide. Il attrapait déjà son fouet pour passer sa rage sur cette trompeuse créature lorsqu'un homme entra dans la pièce. Il était moins richement vêtu que les autres clients, mais Lewis devait se faire une raison, Rowena était devenue un produit de second choix.

À sa grande surprise, l'acheteur potentiel lui présenta une caisse remplie d'or. Lewis s'apprêtait à énoncer un rabais de plus de la moitié de ses prétentions initiales, mais en voyant le précieux métal jaune, il se défit promptement de la femme, se disant que son client devait être aveugle ou bien fou de débourser une somme pareille pour une jouvencelle aussi médiocre. Aussi referma-t-il le coffre avec célérité et sortit précipitamment de la pièce, avant que l'autre ne change d'avis et ne lui rende la donzelle.

Une fois dans la rue, il courut à perdre haleine, son argent sous le bras, et se fondit dans la foule parmi les ruelles étroites. De temps à autre, il se retournait pour voir si l'acheteur ne le poursuivait pas de sa vindicte, mais rien de la sorte ne se produisit. Il ralentit alors le pas et marcha tranquillement vers le port en sifflotant. Sa chance était vraiment trop insolente. Il était riche, bientôt célèbre, et son roi, Jean premier d'Angleterre, ne manquerait pas de l'anoblir puis d'écouter ses conseils avisés. Tout lui souriait.

Assurément, songea-t-il ravi, il était bien le plus heureux des hommes.

Son bateau tanguait légèrement au gré des vaguelettes venant s'échouer contre le quai. Lorsqu'il monta à son bord, il le trouva étrangement silencieux et désert. À cette heure, se dit-il, les matelots devaient certainement faire la sieste après avoir vendu le reste des esclaves. Lewis se rendrait plus tard auprès de ses clients afin de récupérer l'argent de la vente. Bien qu'étonné de n'entendre aucune conversation ou dispute de son équipage, il fila dans sa cabine et ouvrit la trappe secrète, cachée dans le double plancher. Il rangea le coffre rempli d'or aux côtés d'autres trésors, une bague de sa mère et une poupée en bois sculptée que lui avait fabriquée son père, derniers vestiges d'une famille à présent disparue.

Puis il remit en place la planche obturant le trou. Le charpentier qui avait effectué ce travail devait être un vrai orfèvre, songea-t-il, car le mécanisme d'ouverture et de fermeture de la trappe ne se remarquait absolument pas, et un œil non averti n'aurait jamais détecté là une planche amovible. Tout comme le bateau, cette cache secrète faisait partie intégrante de l'héritage. Lorsqu'il lui avait révélé son emplacement, le marchand d'esclaves syrien qui l'avait sauvé et pris sous son aile lui avait avoué avoir fait couper la langue et crever les yeux de l'artisan pour qu'il ne puisse révéler à quiconque ce secret. Une sage décision, pensa Lewis, se demandant alors s'il ne devrait pas faire de même avec les membres de son équipage, afin que personne ne sache jamais comment il avait accédé à la gloire.

Il contempla le plancher parfaitement ajusté et se frotta les mains. Il ne lui restait plus qu'à effectuer un long voyage de retour le long des côtes portugaises, puis espagnoles, avant de remonter la Tamise jusqu'à Londres, en vue du sacre du prince Jean – et du sien.

Lord Lewis !

Cela sonnait bien à ses oreilles, pensa-t-il avec gourmandise.

— Lord Lewis ! clama-t-il à voix haute, en prenant une pose digne d'un connétable ou d'un chancelier royal.

— Lord Lewis ? répondit en écho une voix dans son dos.

Il se retourna vivement, avant de ressentir une terrible douleur qui paralysa sa poitrine. Ahuri, il découvrit la poignée d'une dague, plantée exactement à l'emplacement de son cœur. La souffrance, insupportable, irradiait à présent ses bras, son cou, sa poitrine et jusque dans sa tête. C'est alors qu'il se rendit compte de la présence d'une belle femme brune aux cheveux bouclés et aux prunelles noisette qui le regardait à hauteur des yeux puis de haut et, enfin, de très haut, avant de réaliser soudain avec effarement que le liquide chaud et salé qui coulait de sa bouche, et qui collait à présent sa joue sur le plancher, n'était autre que son propre sang.

— Votre équipage n'attendait plus que vous, fit la voix féminine, distante et empreinte d'ironie.

À cet instant, un vent insolite fouetta son visage pendant que des plumes s'agitaient en tous sens devant ses yeux troublés. Puis ses paupières se fermèrent, et sa dernière pensée avant de s'arrêter de vivre fut de se demander, de façon grotesque, ce qu'un faucon pouvait bien faire sur son bateau.

* * *

Rowena demeurait interdite. C'était bien Caméléon qui se tenait devant elle, courbé en deux, le souffle court, éructant et tentant de reprendre haleine. Avec effroi, elle réalisa qu'elle avait bien failli le tuer de sang-froid. À cette seule pensée, une sueur glacée l'envahit. Il s'en était fallu de peu, en fait !

— Caméléon, s'exclama-t-elle, toujours sous le choc, je t'ai quitté en Écosse et je te retrouve en plein désert !

Son ami se redressa enfin et frotta son cou rougi par la corde qui l'enserrait. Sa respiration était redevenue presque régulière. Il la considéra avec son légendaire petit sourire en coin, avant de prendre une profonde inspiration.

— Où tu as failli me tuer, finit-il par dire en retrouvant son flegme.

— Pardon, fit-elle, pardon, pardon. Et elle s'effondra dans ses bras. Je pensais que je ne te reverrais jamais. Si tu savais comme je t'aime ! Je ne veux plus jamais te quitter. Peu importe le reste, pourquoi, comment. Enfin, non, je veux aussi savoir ce que tu fais là, mais d'abord, je veux te dire combien j'ai…

Caméléon prit sa nuque et posa ses lèvres contre les siennes.

— Je t'aime, dit-il entre deux baisers passionnés. Moi non plus, je ne veux plus jamais vivre sans toi.

Rowena resserra l'étreinte et l'embrassa encore et encore. Enfin, elle prit son visage entre ses mains et l'enveloppa d'un long regard empli d'une infinie gratitude.

— C'est extraordinaire, fit-elle, comment m'as-tu retrouvée ?

— Ce n'est pas moi qui t'ai retrouvée.

— Qui donc, alors ?

— La *Guilde pérégrine.*

— La Guilde ? Comment a-t-elle su que j'étais sur ce bateau ?

Caméléon défit ses entraves et l'entraîna avec lui à la découverte de l'oasis. Des centaines de personnes vivaient là, serviteurs ou cultivateurs, et ce qui semblait être un point d'eau isolé était en réalité un véritable village en effervescence.

— La *Guilde pérégrine* a de nombreux informateurs,

expliqua-t-il en se promenant. L'un d'eux était aux côtés d'Agnès lorsqu'elle complotait contre Richard. Il a pu ainsi adresser un rapport à Amaury, dans lequel il mentionnait l'existence d'un marchand d'esclaves qui t'a vendue sur le marché d'Alexandrie.

— Amaury était donc persuadé qu'elle ne me tuerait pas et qu'elle me livrerait à cet homme.

— Effectivement, et il était bien le seul à le croire. Il m'a demandé de superviser l'opération depuis cette oasis, car il pensait que tu serais vendue dans un port d'Afrique du Nord. Son intuition était bonne. C'est grâce à lui que nous t'avons retrouvée.

À ces derniers mots, Rowena ne cacha pas sa surprise et s'arrêta net.

— *Nous* ? Que veux-tu dire par là ?

— Eh bien… commença Caméléon en rougissant, je ne sais pas comment je dois te le dire…

— Tu fais partie de la Guilde, maintenant ?

Il baissa les yeux et hocha la tête.

— À parler franc, cela fait presque vingt ans, depuis mon enfance, que j'en fais partie.

Elle resta coite.

— Comme ça, depuis tout ce temps, tu jouais un double jeu et tu ne m'as rien dit !

Caméléon affichait un air gêné.

— S'il te plaît, laisse-moi d'abord te raconter mon histoire. Après, tu pourras me juger.

— Très bien, je t'écoute.

Son ton était acerbe. Elle lui était infiniment reconnaissante de l'avoir sauvée, mais ce qu'elle venait d'apprendre sous-entendait que son ami était au courant pour la trahison de Wilhiam. Car c'était bien la Guilde qui l'avait corrompu, et Rowena tenait l'organisation en partie pour responsable des maux qu'elle avait endurés. Lorsqu'elle aborderait le sujet, Caméléon aurait intérêt à être clair dans ses réponses.

— Mon histoire personnelle commence à Londres, expliqua-t-il, tout en reprenant son cheminement dans la palmeraie, lorsque des personnes m'ont recueilli à l'âge de cinq ans tandis que, orphelin, j'errais dans les rues.

Il jeta un regard à Rowena. Elle l'écoutait avec attention sans chercher à l'interrompre, curieuse de savoir la suite. Aussi poursuivit-il :

— Ces personnes s'occupaient d'un orphelinat de quartier. Comme une douzaine d'autres enfants trouvés, elles m'ont élevé, m'ont fait faire des études puis, un jour, m'ont fait entrer à l'école de lord Stratheden. J'y ai appris l'art du camouflage et du déguisement, un don que je tenais de naissance, apparemment. Trois ans plus tard, un message m'est parvenu. Les personnes qui m'avaient recueilli m'ordonnaient de veiller désormais sur la vie d'une dénommée Rowena de Windermere, qui devait prochainement intégrer l'école. Ils ne m'ont pas donné plus d'explications, et il n'était pas question pour moi d'en demander.

— Ces personnes faisaient-elles partie de la Guilde ?

— Oui. Je ne l'ai su que bien plus tard, très récemment même.

— Tout ce temps donc, tu m'as surveillée !

— J'ai veillé sur toi, nuance. Sans jamais poser de question. Crois-moi, cela n'a pas toujours été facile, car j'aurais aimé en savoir davantage sur toi, les raisons exactes de ma mission. En outre, je ne comprenais pas très bien à quoi cela servait : tu as toujours été meilleure que moi au combat et tu te défends très bien toute seule. Mais j'ai obéi. J'ai effectué loyalement les opérations ordonnées par lord Stratheden. À aucun moment on ne m'a contacté. De mon côté, je n'avais pas à faire de rapport. Mon rôle était très clair : veiller sur toi, comme ceux qui m'avaient recueilli m'avaient eux-mêmes protégé des dangers de la rue.

Caméléon semblait sincère. Le serait-il également pour la prochaine question qui lui brûlait les lèvres… ?

— Étais-tu au courant, pour la trahison de Wilhiam ? demanda-t-elle. Car c'est quand même la Guilde qui l'a payé pour trahir !

— Je te le jure, je n'en savais rien. Cette trahison m'a tout autant affecté que toi.

Elle nota avec soulagement qu'il n'avait pas hésité un instant. Elle le fixa droit dans les yeux et ne douta pas de sa franchise. Comment aurait-il pu en être autrement ? Tout le temps qu'elle avait passé avec lui, il n'avait jamais joué la comédie, lorsque, évoquant Wilhiam, il traînait son air dépité. Pleinement rassurée, elle passa un bras dans son dos, posa sa tête sur son épaule, puis tous deux continuèrent leur promenade.

— Tu as donc découvert l'existence de la Guilde en même temps que moi, dit-elle.

— Au cours de l'enquête qui a suivi la défection de Wilhiam, confirma Caméléon. La *Guilde pérégrine* est une organisation extrêmement cloisonnée et secrète, tellement secrète que j'en étais membre depuis ma petite enfance sans même le savoir. J'ignorais donc tout de ses activités. J'ai simplement été ton ange gardien attitré, malgré certaines erreurs de ma part, comme quand je t'ai laissée seule en Écosse pendant que j'étais à Cantorbéry.

Ou bien lorsque tu as laissé Wilhiam s'immiscer dans ma vie, faillit rajouter Rowena. Peut-être que, à cet instant, Caméléon pensait la même chose, car il ressentit une gêne. Son ami avait toujours veillé sur elle avec courtoisie, sans interférer dans sa vie amoureuse. Elle n'avait pas à l'en blâmer, au contraire.

— On t'a donc chargé de me protéger. Est-ce Lord Windermere qui te l'a ordonné ?

— Non. Bien souvent j'ai pensé qu'il était derrière tout ça, mais j'ai su récemment qu'il n'était au courant de rien. Il n'est pas non plus membre de la Guilde, si c'est ce que tu sous-entends.

— Et mes parents. Faisaient-ils partie de l'Organisation ?

— Je n'en sais rien. Il faudra que tu poses directement la question à Amaury.

— À un moment donné, la Guilde t'a bien contacté pour te dire que tu en faisais partie, te demander de venir m'attendre ici !

— Absolument. Alors que je revenais de Cantorbéry, Amaury m'a fait parvenir un message me révélant toute la vérité. Il m'a avoué également vouloir que tu lui succèdes au poste d'Anafesto. Il m'a proposé de travailler à Venise à ses côtés, *à tes côtés* devrais-je dire, car si tu acceptais sa proposition, je pourrais continuer à veiller sur ta personne chaque jour. Sur le moment, je me suis réjoui. Passer ma vie près de toi était ce qu'il pouvait m'arriver de meilleur.

Rowena inclina légèrement la tête.

— Tu étais donc prêt à délaisser Roxane pour moi ?

— Bien sûr ! Un jour en Écosse, je t'ai promis de ne jamais t'abandonner. Je n'ai qu'une parole. Roxane et moi n'étions l'un pour l'autre que des amants de passage.

Elle faillit lui parler de son dernier entretien avec la princesse, puis se ravisa : inutile de revenir sur le passé. Son ami s'était jeté dans les bras de Roxane par dépit, elle le savait parfaitement. La princesse était une femme dont la beauté et la puissance avaient enivré Caméléon, alors en mal d'amour.

Tous deux marchèrent quelques instants en silence, serrés l'un contre l'autre. Des cultures de pois chiches, de fèves, de potirons, de céréales s'étendaient à leurs pieds, irriguées savamment par de petites rigoles et des canaux en terre cuite. Au loin, une mule attelée à une noria tirait de l'eau d'une nappe souterraine. Caméléon poursuivit :

— Puis lord Stratheden m'a dit que tu étais morte, il m'a banni d'Angleterre. Le ciel m'est tombé sur la tête. J'ai failli baisser les bras, refuser l'offre d'Amaury et m'enfuir au loin. Sans toi à mes côtés, je ne pouvais plus envisager de vivre à Venise. J'ai fini par me ressaisir. Je devais honorer ta mémoire, faire payer au vieux renard ses méfaits, et seule la Guilde pouvait m'apporter l'aide nécessaire afin d'y parvenir. J'ai bien fait, car lorsque j'ai rejoint la lagune, Amaury venait d'apprendre qu'un navire chargé d'esclaves, avec toi à son bord, avait quitté l'Écosse. Je n'y croyais pas, tant j'étais persuadé de ne plus jamais te revoir.

— Moi non plus, dit-elle, je ne pensais jamais te retrouver. Cette traversée…

Rowena regarda alentour. Il lui sembla voir Letta et les autres femmes. Elles étaient toutes là, celles qui étaient mortes dans cette cale comme celles qui avaient été enchaînées les unes aux autres afin d'être vendues. Elles l'observaient de leurs traits hâves, leurs corps décharnés virevoltaient autour d'elle, dans une danse macabre à lui donner le tournis. Rowena se sentit soudain défaillir. Caméléon la retint avec fermeté.

— Si tu veux en parler…

— C'est encore trop douloureux, murmura-t-elle en se reprenant. Je vais devoir vivre avec ça toute ma vie. Pour l'instant, cette souffrance n'appartient qu'à moi.

Un jour viendrait où elle pourrait se confier, déverser sa peine, soulager son angoisse. Plus tard…

— Je sais que cela n'apaisera ni ta colère ni ta détresse, dit-il en la serrant contre lui, il faut que tu saches que la

Guilde a racheté toutes les femmes qui se trouvaient sur le même bateau que toi. Elles seront libres d'aller où elles le souhaiteront, la Guilde pourvoira à leurs besoins.

Rowena lui adressa un sourire radieux qui s'assombrit subitement.

— Je veux aussi que ce Lewis soit jugé pour ses crimes, ainsi que tous les membres de son équipage.

— La Guilde y veillera, sois-en sûre !

Elle resta songeuse quelques instants, puis parut satisfaite de sa réponse. Non loin, devant des tentes, des hommes et des femmes pilaient du millet et préparaient des galettes qu'ils mettaient à cuire dans un four. Des enfants jouaient pendant que d'autres aidaient leurs parents à des tâches ménagères.

— Et nous, demanda-t-elle, qu'allons-nous devenir, à présent ?

— Tu veux parler de nous deux ou bien de la Guilde ?

Rowena effleura tendrement sa joue et plongea son regard de ciel dans le gris de ses yeux, ce gris si lumineux qui l'avait tant de fois sauvée du désespoir, au fond de cette cale sordide.

— Caméléon, veux-tu m'épouser ?

Il esquissa un mouvement de recul et, dans le même temps, son visage s'éclaira.

— Ne serait-ce pas plutôt à moi de te faire cette demande ?

Elle éclata de rire.

— J'ai déjà trop attendu, mon amour. Je n'attendrai pas plus longtemps.

— Bien sûr que je le veux, s'exclama-t-il, dès que possible ! Il y a dans l'oasis un moine qui s'occupe de l'instruction des enfants. Allons le trouver tout de suite.

Pour toute réponse, elle offrit ses lèvres passionnées aux siennes, dans un baiser aux allures d'éternité.

— Et pour la Guilde ? demanda-t-elle enfin lorsqu'elle défit l'étreinte.

— La proposition d'Amaury tient toujours. Il me charge de t'inviter solennellement à rejoindre l'organisation qu'il dirige. Si tu acceptes son offre, tu lui succéderas au terme d'une formation à ses côtés. Si tu refuses, il t'accordera sa protection, où que tu ailles, en dehors, bien sûr, du royaume d'Angleterre.

Sur la gondole, le vieil homme lui promettait une brillante carrière au sein de son organisation. Elle se souvint des parchemins de Clémence et de ceux du mystérieux rédacteur ayant complété son récit. En y repensant, elle ne voyait qu'une seule personne à la fois en mesure de détenir les lettres de sa mère et souhaiter ensuite les lui révéler : Amaury lui-même. Le responsable de la *Guilde pérégrine* voulait qu'elle sache toute la vérité sur ses parents. Il avait fait parvenir ces rapports à Aliénor. Cela relevait de la manipulation, songea-t-elle avec une pointe de colère. En découvrant la vraie nature de lord Stratheden, elle remettrait en question sa loyauté envers lui. Dès cet instant, elle pourrait envisager d'un autre œil la proposition d'Amaury. Même si elle ne s'expliquait toujours pas l'intérêt qu'il lui portait…

— J'ai du mal à croire tout ce que tu me dis là, déclara-t-elle. Mes états de services ne plaident pas en ma faveur, que je sache. Et je ne suis même pas membre de son organisation !

— Pourtant, sa proposition est sans condition. Amaury veut absolument que tu sois le prochain Anafesto. S'il le souhaite, c'est qu'il a d'excellentes raisons. Accepte, rejoins-le sur son île, dans la lagune de Venise. Tu pourras ensuite lui poser toutes les questions qui te passeront par la tête.

— Ne me tente pas en titillant ma curiosité, dit-elle en plaisantant. Tu devrais savoir que je n'ai jamais su y résister. À moins que…

Une île dans la lagune de Venise !

Elle se figea.

Dans sa dernière lettre, sa mère disait qu'elle remettrait ses rapports à une personne de confiance, Amaury vraisemblablement. Et qu'ensuite elle serait allée vivre avec sa famille auprès de son père qui résidait sur une île, le seul endroit où Clémence se serait sentie en sécurité pour élever ses deux filles. Rowena songea également à sa rencontre avec Amaury sur la gondole. Ce jour-là, le vieil homme lui avait paru étrangement familier. Elle réalisa soudain pourquoi elle avait eu cette dérangeante sensation de déjà-vu : certains des gestes, des attitudes du gondolier ressemblaient de façon stupéfiante à ceux qu'elle avait pu noter chez Agnès, et elle-même, finalement ! D'ailleurs, pourquoi Amaury aurait-il cherché à la protéger depuis sa plus tendre enfance, voulu à tout prix qu'elle lui succède, monté une vaste opération de sauvetage pour elle, sinon parce qu'elle était de son propre sang…

Sa petite-fille !

Elle chancela. La vérité s'étalait là devant elle, sur ces parchemins, au travers même de son écriture si semblable à celle de Clémence dans la forme de certaines lettres. Elle ne l'avait pas vue, tout simplement parce qu'elle ne l'avait pas envisagée sous cet angle.

— À moins que quoi ? demanda Caméléon qui l'observait à présent avec perplexité.

Finalement, pensa-t-elle, Amaury ne l'avait pas manipulée, ne lui avait pas forcé la main. Simplement, il lui avait confié son secret. En douceur, par touches successives. À présent, le tableau se révélait dans son intégralité, avec ses défauts et ses qualités, ses parts d'ombre et de lumière. Une vérité tellement extraordinaire qu'elle n'aurait jamais cru Amaury, s'il lui avait révélé crûment être le père de Clémence.

— Tu vas bien ? insista Caméléon avec inquiétude.

Elle hocha la tête, un sourire distant sur les lèvres.

— À moins que tout cela ne soit rien d'autre qu'une histoire de famille, murmura-t-elle, revigorée par cette incroyable découverte.

Maintenant, elle avait vraisemblablement un père, Safir, et un grand-père, Amaury. Elle réalisa, émerveillée, que sa vie tout entière avait enfin un sens. Cependant, elle se retint de sauter de joie, car ses pensées se portèrent immédiatement vers sa sœur et sa malveillance. Une ombre de taille, dans ce tableau familial qui venait de se dévoiler. Tant qu'elle n'aurait pas levé cette incompréhension avec Agnès, que celle-ci refuserait tout dialogue, son bonheur serait forcément imparfait.

— Que veux-tu dire ? demanda Caméléon qui n'y comprenait rien.

Lui aussi méritait de savoir. N'allait-il pas être son époux, d'ici peu ? Pas question de lui cacher quoi que ce soit. Elle le dévisagea, épanouie.

— Je t'expliquerai, mon amour. Dès que tu auras fini de m'exposer ta proposition, je te dirai tout.

Il l'observa gravement.

— Je ne sais pas ce que tu as en tête, mais réfléchis bien, car ta réponse engagera ta vie. Comme cela est le cas pour chacun de nous lorsqu'il prête serment, ta décision sera définitive. Lorsqu'on intègre la Guilde, on ne la quitte que par la mort. Sache également qu'en tant que futur Anafesto, tu devras disparaître aux yeux du monde, ne plus apparaître publiquement que grimée ou déguisée.

Rowena fit quelques pas, seule. En cheminant avec Caméléon, elle avait déjà longuement réfléchi, pesé le pour et le contre. Lord Stratheden s'était débrouillé pour l'évincer d'Angleterre, et sa loyauté envers son roi avait été vaine. En outre, savoir son ami à ses côtés pour le restant de ses jours était également un autre argument de poids pour dire oui. Dans le même temps, la Guilde avait acheté Wilhiam, et elle en voulait toujours à Amaury pour cela. Une bonne raison de dire non, de partir vivre sa vie ailleurs sous d'autres cieux. Caméléon viendrait sûrement avec elle. Ils passeraient une existence heureuse loin du tumulte du monde, ce que sa mère et Safir n'avaient su faire.

Safir, justement. S'il était vraiment son père et si elle devenait le nouvel Anafesto, elle ne pourrait plus jamais s'entretenir avec lui au grand jour. Cette pensée lui était pénible, d'autant plus douloureuse qu'il résidait souvent à Venise, non loin de l'île, dans la lagune, où elle devrait s'établir. Tout bien réfléchi, elle se dit qu'elle trouverait le moyen de communiquer avec lui d'une façon ou d'une autre, sans se dévoiler.

Le connaissant, elle savait également qu'il s'attacherait de toute son âme à essayer de remettre Agnès dans le droit chemin. Il n'aurait pas trop d'une vie entière pour tenter d'y parvenir. S'il avait connaissance que son autre fille vivait heureuse, ce que Rowena ne manquerait pas de lui indiquer, il pourrait consacrer tout son temps à Agnès, l'esprit apaisé.

Elle songea aussi à lord et lady Windermere. Eux aussi étaient en droit de savoir qu'elle était vivante. Ses parents adoptifs l'aimaient plus que tout au monde, avaient toujours voulu son bonheur. Ils comprendraient son attitude, accepteraient ses choix.

À deux pas d'elle, Caméléon attendait patiemment sa réponse. À présent qu'elle avait perçu clairement la démarche d'Amaury, sa décision ne relevait plus d'un quelconque argument objectif. Elle allait de soi.

— Ma réponse est ferme et définitive, finit-elle par déclarer en revenant vers lui. Tu pourras dire à Amaury que j'accepte son offre, librement et sans contrainte.

— Je m'en réjouis du fond du cœur !

Rowena n'en doutait pas un seul instant.

— Je prêterai serment, dit-elle. Mais d'abord, allons trouver le moine pour qu'il nous marie !

Caméléon arbora un large sourire.

— Rowena de Windermere, conclut-il en la prenant dans ses bras, je te souhaite la bienvenue au sein de la *Guilde pérégrine*.

*

L'hiver s'était installé sur la lagune de Venise. Une épaisse couche de neige recouvrait les îles, comme autant de taches blanches posées sur l'eau verte où glissaient en silence toutes sortes de nefs. Des canards sauvages volaient parfois au ras de l'eau. Lorsqu'ils se posaient sur l'onde endormie, ils laissaient dans leur sillage une traînée qui allait s'élargissant avant de s'évanouir. La Sérénissime se découpait au loin, indolente sous son épais manteau immaculé. Le Grand canal serpentait gracieusement dans la ville, dessinant un « S » inversé, véritable artère nourricière d'une cité tentaculaire qui ne cessait de gagner sur la mer.

Depuis son arrivée sur l'île, quelques jours plus tôt, Rowena se rendait tous les matins dans le colombier. Au dernier étage, une pièce y avait été aménagée, qu'Amaury aimait à appeler son bureau. Tous les matins, il formait Rowena et Caméléon à décrypter, analyser et répondre aux différentes missives en provenance d'Orient, d'Afrique et d'Occident. Cette tâche présentait l'avantage de leur faire découvrir rapidement les différents partenaires de la

Guilde, ses membres, les personnes affiliées, ainsi que tous les problèmes quotidiens qu'elle rencontrait, partout où elle était implantée. Caméléon prenait cette besogne avec sérieux, pour le plus grand bonheur d'Amaury qui se délestait peu à peu sur lui de cette activité.

Rowena reposa un message et observa longuement son époux qui finissait de répondre au dernier reçu.

— Veux-tu venir faire un tour avec moi dans Venise, cet après-midi ? lui demanda-t-elle. C'est le début du carnaval, j'aimerais bien m'y rendre.

— Cela ne te dérange pas de retourner sur les lieux de ton exécution ? s'enquit-il, étonné.

— Après tout ce que j'ai vécu depuis, non. J'ai enfin tourné cette page de ma vie, cette époque où j'avais foi en mon pays, en mon métier. Regarde notre mission en Écosse, nous l'avons résolue avec succès comme toutes les autres, et voilà comment nous en avons été remerciés !

Elle fixa le sol, dépitée. Caméléon s'avança vers elle. Il posa délicatement sa main sous son menton, l'obligeant à suivre son regard.

— Rowena, l'Angleterre ne veut plus de nous, même si cela est dur à digérer après tout ce que nous avons fait pour elle. Une nouvelle vie nous attend ici. Implanter la Guilde en Occident, faire reculer l'ignorance, essayer de guérir ces pauvres gens de leur lèpre.

— Tu as raison, il faut que je me fasse une fois pour toutes à cette idée : notre royaume nous a chassés. Employons dorénavant nos talents au service de la Guilde. À ce sujet, j'ai commencé à examiner les lépreux. J'ai constaté que tous ne semblaient pas atteints par le même mal. Certains ont des plaques rouges disparaissant au bout de quelques jours dans la léproserie, d'autres, des espèces de vésicules, d'autres enfin, un mal plus profond qui les ronge littéralement. Je pense qu'il n'y a pas qu'une lèpre, mais *des* lèpres, des maladies totalement différentes les unes des autres, déformant les traits, faisant de ces pauvres hères des bannis. Il faudra que j'en parle aux médecins de la Guilde.

— Mon enfant, intervint Amaury qui venait d'entrer dans la pièce, tu feras un bon guide pour notre organisation. Tu as posé ton regard sur nos lépreux avant même de me questionner sur les comptes de la Guilde, ou sur nos stocks d'or et de diamants.

— Je ferai venir à Venise les meilleurs médecins, dit-elle. Je demanderai au grand Averroès lui-même de nous faire part de ses lumières sur la question. Nous vaincrons ce fléau qu'est la lèpre, ainsi que la misère humaine sous toutes ses formes.

Amaury afficha un sourire radieux.

— Il est important que tu commences à prendre des initiatives de ce genre, d'autant que je vais maintenant vous laisser tous les deux diriger seuls la Guilde pendant quelque temps. J'ai un long voyage à faire. Je ne serai pas de retour avant la fête du *Bal de la Pierre*.

— Et si un problème urgent se présente ?

— Vous vous débrouillerez très bien sans moi, j'en suis persuadé !

Caméléon rangea les derniers messages et quitta la pièce. Une fois qu'il fut parti, Amaury prit Rowena dans ses bras et la serra longuement contre lui.

— Je ferai suivre quelques pigeons. Comme cela, vous pourrez me joindre à tout moment.

— Fais attention à toi, lui murmura-t-elle à l'oreille, tu n'es plus très jeune pour chevaucher seul jusqu'à Windermere.

Amaury eut un léger mouvement de recul et lui jeta un regard étonné.

— Comment as-tu deviné ?

Elle afficha un air ravi.

— La tombe de mes parents est régulièrement entretenue. Sur tes ordres, n'est-ce pas ?

— C'est si peu de chose, fit-il, les yeux embués, alors que j'aurais dû faire tant, lorsqu'ils étaient encore en vie.

Elle ne répondit rien et resta songeuse un long moment.

— Il y a une question que j'aimerais te poser, dit-elle enfin. Clémence et Louis étaient-ils membres de la Guilde ?

— Non. Je ne leur ai jamais demandé d'en faire partie d'ailleurs.

Elle était toujours pensive.

— Fais bien attention à toi, dit-elle enfin en lui adressant un sourire réconfortant. Après avoir perdu mes parents, je ne voudrais pas perdre à présent le grand-père que je viens de retrouver.

— Mes os sont usés, fit-il en lui adressant un clin d'œil complice. Ma viande n'intéresse plus ni les ours ni les loups.

*

Dans le brouillard humide et blanc de ce vallon perdu, la tombe se distinguait à peine parmi l'herbe verte et les rochers mouillés. Amaury s'approcha, s'accroupit et disposa délicatement un bouquet de fleurs sauvages sur le monticule de pierres.

— Ma chère Clémence, dit-il à voix haute tout en se redressant, je viens t'annoncer une excellente nouvelle : j'ai convaincu Héloïse de diriger la Guilde à ma suite. Elle est brillante et se préoccupe davantage des nécessiteux que de sa propre gloire. J'ai rarement vu quelqu'un d'aussi bien indiqué pour diriger l'Organisation. Tu serais fière d'elle, Louis le serait aussi.

Amaury s'assit à même le sol et enleva les quelques

mauvaises herbes qui poussaient entre les pierres. Cette tâche l'occupa pendant un bon bout de temps. Puis il releva la tête et regarda la croix dressée, les yeux humides.

— Ma petite enfant, pourras-tu me pardonner de t'avoir délaissée, lorsque tu avais tant besoin d'un père à tes côtés. Me pardonner également de n'avoir pas pris soin de tes filles après ta mort. Je pourrais avancer devant toi plein de bonnes raisons, aucune ne justifiera un tant soit peu mon attitude. Je ne suis pas là non plus pour exprimer des remords tardifs, cela serait pathétique. Cependant, à l'heure où ta fille va reprendre le flambeau, je me demande si tout ce que j'ai créé, tous ces sacrifices consentis pour la Guilde dont elle héritera, au détriment de tous les instants que je n'ai pas passés avec toi, en valait vraiment la peine. Héloïse attend des réponses. Elle sait que je suis son grand-père et maintenant, elle veut comprendre. Je ne me défilerai pas, mais je ne sais pas ce qu'elle pensera alors de moi. J'espère qu'elle ne verra pas seulement le père égoïste que j'ai pu être.

Il marqua une pause et soupira, tout en réajustant le bouquet sur la tombe.

— Tes filles savent aussi, pour Safir. De son côté, Aliénor l'a informé qu'il était le père de tes enfants. Pauvre homme ! Je l'ai croisé cet hiver, à Venise. Il errait dans les ruelles de la ville comme une âme en peine. Il semble avoir pris vingt ans depuis qu'il sait la vérité. À peine apprend-il qu'il est le père d'Héloïse et d'Agnès, qu'elles disparaissent toutes les deux. Pour avoir moi-même vécu pareille douleur, je compatis à sa peine.

Une larme coula sur sa joue. Il la sécha du revers de la main et poursuivit :

— Si tu savais comme tu me manques, mon enfant. À quel point je donnerais tout ce que je possède pour entendre ton rire une dernière fois, te serrer dans mes bras un fragile instant, revoir ton si beau visage s'enflammer de bonheur comme au jour de ton premier émoi.

Amaury enfouit sa tête dans ses mains et pleura longuement.

— Ce vide que tu laisses m'est insupportable. Chaque seconde, chaque heure, chaque jour qui passe, la douleur de la séparation se fait plus vive, devient intolérable. Je t'aime, Clémence. Je ne cesserai jamais de t'aimer jusqu'à ce qu'enfin nous soyons tous les deux réunis. Certes, l'enthousiasme dont fait preuve ta fille me donne la force de continuer, mais je me fais vieux et je ne sais pas combien de temps je tiendrai encore. La Guilde devient un fardeau de plus en plus lourd à porter. Je ne suis pas fait pour prendre des responsabilités et je ne le serai jamais. J'ai aussi promis à Héloïse de m'efforcer de sauver Agnès de cette haine qui la ronge comme une lèpre. Je te le dois également. Ma petite Clémence, mon amour, sache que je m'y attellerai de toutes mes forces. Oh ! Je sais ce que tu dois penser, toi la férue en philosophie : il faut composer avec ce que la vie nous réserve. Ton oncle Guilhem ne disait-il pas également que l'on ne fait pas toujours ce qu'on veut ? Héloïse a encore beaucoup à apprendre de moi, mais elle a déjà parfaitement intégré cette notion, et je m'en félicite. Quant au reste, je n'aurai pas à le lui enseigner, la vie se chargera bien assez tôt de le lui faire découvrir.

Épilogue

Le chien se mit à aboyer bien avant que le bateau ne fût visible à l'horizon. Intrigué, son maître sortit précipitamment de la maison et courut sur la plage. Puis la voile apparut sur la mer turquoise et enfin, la silhouette qui naviguait seule à bord du navire, tenant le gouvernail d'un geste sûr et précis.

Cela ne laissait rien présager de bon, songea Wilhiam, tandis que la voilure blanche triangulaire grossissait peu à peu. En deux ans, cette visite était la première. Il hésita, ne sachant s'il devait monter sur son propre esquif pour fuir loin de là, ou bien aller chercher son épée et affronter l'intrus. L'île était petite, trois lieues de long sur une de large. Elle était située à quinze heures de bateau de la civilisation, hors des routes maritimes, et il en était le seul habitant. Une simple barque de pêche venue certainement d'une île voisine et qui avait dû s'égarer, voulut-il croire dans un premier temps comme pour se rassurer.

Sauf qu'elle se dirigeait sans hésitation vers l'endroit où il se tenait, sur la plage. La main droite en visière sur le front, il tenta de distinguer les traits du marin, en vain pour l'instant. De toute façon, il ne tarderait pas à savoir :

l'embarcation filait sur les flots à bonne vitesse. Elle accosterait sur le sable d'ici peu.

À quoi bon fuir ? pensa-t-il. Il était las de cette vie d'ermite, seul avec son chien et ses idées noires qui hantaient chacune de ses nuits, las de passer aux yeux du monde pour un traître vénal et sans scrupules. Finalement, affronter cet étranger était certainement la meilleure des façons d'en finir avec…

Un faucon !

Il ne l'avait pas remarqué de prime abord, point minuscule dans le ciel, mais à présent le rapace était nettement visible, volant au-dessus du bateau. Les faucons ne volaient jamais aussi loin des côtes, sauf si celui-là naviguait sur le navire. Leurs maîtres n'avaient rien à faire sur la mer…

Il essaya de se remémorer les traits du dernier fauconnier qu'il avait rencontré, adossé à un tronc d'arbre par un jour d'orage. Curieusement, il n'y parvint pas. Il se souvenait seulement d'un bandeau lui barrant le front et surtout, de son œil perçant et cyclopéen, d'une rare acuité. Il considéra de nouveau le visage du marin assis à la poupe du navire, cherchant à discerner l'œil unique du borgne.

À ses côtés, son chien aboyait toujours, jetant de temps à autre vers lui un regard interrogateur, comme pour savoir quelle attitude adopter vis-à-vis de cet intrus…

Une intruse !

Il resta tétanisé, observant la voile qui grossissait, distinguant peu à peu les cheveux, le visage, les formes de la femme. Il ne bougea pas, insouciant du danger, contemplant fasciné le navire qui s'échouait à présent sur la plage. La dame brune aux cheveux bouclés descendit de l'embarcation et vint à sa rencontre d'un pas décidé. Elle portait une épée à la ceinture, ainsi que deux dagues qui luisaient au soleil. En la voyant arriver vers lui, le chien cessa immédiatement d'aboyer. Wilhiam ne broncha pas.

Il n'avait pas d'armes sur lui, et il était trop tard pour aller en chercher. La nouvelle venue ne prit même pas la peine de le saluer.

— Il vous faut revenir dans la course, dit-elle seulement en guise d'introduction.

Il songea qu'il aurait préféré la voir dégainer son épée et l'occire rapidement. Hélas, elle n'était pas venue pour le tuer, seulement tourner le couteau dans la plaie.

— Hors de question !

La dame lissa le haut de sa tenue d'un geste machinal.

— Pourtant, il le faut, dit-elle d'un ton calme et exigeant à la fois.

Un ton qui ne laissait place à aucune alternative, pensa-t-il.

— J'ai déjà payé un lourd tribut. J'ai brisé la vie d'êtres chers. J'ai aussi brisé ma propre vie.

— Si vous ne revenez pas, Rowena mourra.

— Le chantage ne marchera pas.

— Je ne suis pas ici pour vous menacer, seulement pour vous avertir.

— Fini, je ne joue plus à ce petit jeu.

La femme le fixa droit dans les yeux. Ses prunelles étaient marron, dépourvues de tout sentiment superflu.

— Alors, elle mourra pour de bon, lâcha-t-elle, implacable.

Puis elle porta son attention vers la mer. Le chien vint se frotter contre les jambes de Wilhiam, jetant de temps à autre un regard méfiant vers cette personne qui importunait son maître.

— On devait se marier, fonder une famille, avoir des enfants, vivre heureux. Au lieu de cela, elle doit penser que je suis le dernier des salauds.

— C'est grâce à vous qu'elle est encore vivante. Sans votre sacrifice, à cette heure, elle ne serait plus.

— Qu'y ai-je gagné ?

La femme ne répondit rien, observant toujours le large, impassible.

— Qui veut la tuer, cette fois-ci ? reprit-il d'un ton adouci.

— Un ennemi de l'intérieur. Un, ou des traîtres au sein de la Guilde, que vous devrez démasquer.

Il caressa de nouveau son chien et secoua lentement la tête.

— C'est donc pour cela que vous êtes venue. Comment avez-vous su où je me cachais ?

La femme esquissa un rictus qui s'apparentait à un sourire.

— Lorsqu'il nous faut retrouver quelqu'un, nous y parvenons toujours, tôt ou tard.

— Pourquoi vous croirais-je ?

Elle tourna la tête vers lui et le dévisagea.

— Soyez-en sûr : ils la tueront bientôt. Dès qu'elle sera le nouvel Anafesto. Peut-être même avant.

Cette dernière révélation ne l'étonna guère, comme si elle semblait dans l'ordre des choses.

— Ils veulent l'assassiner et prendre le pouvoir au sein de votre organisation, c'est bien cela ?

La femme hocha la tête, observant son faucon qui volait dans le ciel.

— Et dominer tout l'Occident, compléta-t-elle.

— Pourquoi vouloir tuer Rowena, ne pas avoir assassiné l'ancien Anafesto ?

— Je n'en sais rien.

— Et pourquoi m'avoir choisi, moi ?

— Parce qu'ils ne vous connaissent pas. Vous n'êtes pas membre de la Guilde et tous vous croient mort, ou disparu à jamais.

— Vous croyez que les Templiers sont de la partie… ? Après tout, ce sont eux qui ont le plus intérêt à vous détruire.

— Je ne crois rien. Il faudra vous méfier de tout le monde, c'est tout ce que je peux vous conseiller.

Elle parlait comme si son accord était déjà acquis, songea-t-il.

— Mais elle me connaît, elle. Et Caméléon aussi !

— Vous ne serez pas amené à les rencontrer, ni elle ni son époux.

À ces mots, il ne put s'empêcher d'être profondément troublé.

— Ils se sont mariés ?

Elle l'observa en haussant légèrement les sourcils.

— À quoi vous attendiez-vous donc ?

Il soupira longuement. Une boule se forma au fond de sa gorge.

— Je ne sais pas, dit-il à demi-mot, étouffant un sanglot.

Comment en aurait-il pu être autrement ? Il avait abandonné Rowena, elle avait refait logiquement sa vie avec Caméléon. Il n'éprouvait aucune jalousie envers lui, toutefois, ce qu'il venait d'apprendre n'en demeurait pas moins difficile à accepter. Un profond sentiment d'injustice et de tristesse l'envahit, le submergeant violemment. La dame se tourna vers lui et plongea ses yeux noisette dans les siens avec une intense gravité.

— Puis-je compter sur vous, Wilhiam ?

Elle affichait une sérénité de façade, mais ce regard suggérait également une sensation d'urgence et de danger imminent, pensa-t-il. Les yeux de l'ancien capitaine s'embuèrent.

— J'aime trop Rowena pour imaginer un seul instant qu'elle puisse mourir. Vous le saviez, c'est pour cette raison que vous êtes revenue vers moi, n'est-ce pas ?

— Vous avez la possibilité de sauver une seconde fois l'amour de votre vie. Même si elle ignore tout de vos sacrifices passés et à venir, vous, vous saurez.

— Piètre consolation, glissa-t-il en grattant sa barbe mal rasée.

— Piètre consolation, je vous l'accorde. Songez également que vous allez reprendre du service. L'action, l'aventure, l'espionnage. Tout cela ne vous manquait-il pas ?

Wilhiam ne répondit rien. Dans le ciel, le faucon planait toujours en silence. Lentement, par cercles concentriques successifs, il vint se poser sur le bras droit de la femme. Le chien recula et n'osa pas aboyer, effrayé par le rapace.

— Dire que la première fois que j'ai vu cet oiseau, fit Wilhiam en se ressaisissant, j'ai eu peur de son maître.

— Il était borgne. Cela impressionne toujours.

— Il *était*. J'imagine qu'il est mort.

Elle fixait toujours l'horizon, immobile, le regard perdu au loin.

— Assassiné. Depuis, c'est moi qui m'occupe de son faucon.

Wilhiam marqua une pause et considéra la femme avec mélancolie.

— Un jour, il m'avait dit surveiller ce monde, y intervenir si besoin.

Elle leva le bras, inclina légèrement la tête. Le rapace s'envola de nouveau dans l'azur.

— Nous sommes des ombres, déclara-t-elle en regardant s'éloigner l'oiseau. Nous servons et protégeons Anafesto. Là est notre mission, jusqu'à notre mort. Et Anafesto ignore le plus souvent tout ce que nous sommes amenés à faire pour lui.

Les ombres d'Anafesto, le véritable lion de Venise, pensa Wilhiam. Rien de nouveau sous le soleil : dans tout pouvoir structuré et hiérarchisé, il fallait toujours des personnes dévouées corps et âme, prêtes à effectuer les sales besognes, protégeant ainsi le souverain. Le lion de Venise serait bientôt une lionne, Rowena de Windermere. Wilhiam soupira. Par le passé, lui-même n'avait-il pas été l'ombre d'un autre lion ?

— Pourrais-je connaître votre nom ?

— Si vous venez avec moi, je vous le révélerai. Mais si vous le divulguez, je vous tuerai.

À cet instant, le chien tendit son museau vers la femme. Spontanément, elle caressa son cou d'un geste familier.

— Vous savez, dit Wilhiam en regardant l'oiseau qui battait des ailes en vol stationnaire au-dessus de l'eau, je ne posséderai jamais votre abnégation.

— Non, en effet. Vous valez mieux encore. Vous vous êtes effacé pour sauver de la mort celle que vous aimez. Elle vous hait en retour depuis, par ignorance. Croyez-moi, personne, au sein de la Guilde, ne serait capable d'une telle abnégation. Non, personne…

— N'y avait-il vraiment pas d'autres options ?

— Il fallait que Rowena fût le nouvel Anafesto. C'était la seule option.

— Saura-t-elle un jour la vérité ?

— Jamais. C'est mieux ainsi pour vous deux.

Pendant quelques instants, seul le bruit des vagues troubla le silence. Soudain, le faucon replia ses ailes et piqua vers la mer comme une pierre. Puis il en ressortit, tenant entre ses serres un poisson qu'il entraîna dans le ciel.

— Très bien. J'accepte.

La femme ne cilla pas.

— Je m'appelle Marianne. Marianne de Loxley.

Table des matières

Remerciements

Combien de sang et d'eau versés à remettre cent fois le métier sur l'ouvrage ! Allier une réalité historique, celle d'un Moyen Âge que l'on imagine obscur – alors qu'il était bien plus tolérant et ouvert que la période de la Renaissance qui suivit, en particulier en matière de condition féminine – à un récit de fiction n'est pas une sinécure. Je remercie ici Walter Scott (à qui je dois le prénom de mon héroïne), Alexandre Dumas et Connie Willis, pour m'avoir donné le goût de ces récits historiques épiques. Par ailleurs, sans les précieuses publications de Georges Duby et Jacques Le Goff sur cette période, mon livre ne serait qu'une image d'Épinal bien peu consistante. La jeunesse des héros, tout particulièrement, ne doit pas étonner à une époque où les jeunes filles étaient souvent mariées dès l'âge de treize ou quatorze ans. Malgré cela, le travail acharné à faire de ce manuscrit une épopée romanesque digne de ce nom ne serait rien sans les conseils précieux de mes fidèles et patients relecteurs.

Tout d'abord, merci à toi, Morgane. Ce projet est aussi un peu le tien, même si notre aventure initiale commune n'a jamais été couronnée de succès ; Safir te doit tout, Caméléon aussi.

Merci à Antoinette, pour avoir passé tant de temps sur cet ouvrage, à Amélie, Isabelle, Claude, Marie-France, Monique, Régine, Fanny, Michelle, Alain, Paule, Franck, parrain et marraine.

Lady R. ne serait rien sans toi, Hélène. Mille mercis pour ta clairvoyance et ta franchise, ô combien précieuses !

Merci, Simon et Rémi. Vous m'avez sans cesse encouragé tout au long de ce périlleux voyage et ce, jusqu'au bout de l'aventure…

Je tiens également à remercier Jean-Laurent Poitevin, mon éditeur, de m'avoir fait confiance.

Enfin, j'adresse une mention spéciale à Marie-Ida, ma brillante et consciencieuse correctrice. Sa connaissance de notre belle langue a été pour moi un apport incommensurable.

Retrouvez l'actualité d'Henri COURTADE sur facebook et sur
http://henricourtade.blogspot.com

Éditions Les Nouveaux Auteurs
www.lesnouveauxauteurs.com

**Des romans plébiscités
par un comité de lecture grand public*.**

**Des auteurs de talent qui signent
leurs premiers romans.**

Dernières nouveautés

Altaveran

Alexandra Rossi

Un auteur de talent révélé par Paulo Coelho

NOUVEAU

704 pages - 19,90€

Dragons, épées, magie, aventures trépidantes, un héros épatant, des personnages au caractère trempé, un rythme qui ne faiblit jamais. Tous les ingrédients du fantasy sont ici réunis !

éditions Les Nouveaux Auteurs

EDITIONS PRISMA

Traque sauvage

Sylvie Wolfs

Du Montana à l'Arizona, du cœur des ténèbres aux cimes sacrées des Apaches Aravaïpas, nous voilà entraînés dans une traque mortelle : Wiley Hurt, un impitoyable chasseur de primes veut la peau de Jewell O'Connor, jeune irlandaise initiée par les Sioux et dotée de pouvoirs inattendus… Mais n'est-elle vraiment qu'une hors-la-loi pourchassée ? Et lui, n'est-il qu'un serviteur de la Loi ?

Une palpitante odyssée dans laquelle l'auteur joue du bien et du mal dans la splendeur du grand Ouest américain. Celui des légendes, du chamanisme indien et de la violence d'une nation balbutiante.

La légende de la femme louve

Des aventures captivantes, dans l'Ouest sauvage, mêlant intrigue, mystère et suspense !

Une épopée héroïque plébiscitée
par un comité de lecture grand public.

GAGNANT
PRIX LITTÉRAIRE GEO
DU VOYAGE EXTRAORDINAIRE

Loin sous les ravenales
Annick de Comarmond

Jeune professeur dans le sud de la France, Hélène hérite d'un lointain grand-oncle. La voilà propriétaire d'une mine de graphite perdue dans la forêt malgache. Elle ne connaît rien à cette île fabuleuse, ni à ce minerai obscur. D'abord résolue à vendre ce legs encombrant, elle tombe amoureuse de ce cadre époustouflant et de ses habitants. Contre les éléments et les hommes, elle relève ce défi inouï, comme une chance de nouvelle vie. Elle se sait pas qu'en même temps que ce filon, elle hérite d'une histoire ancienne et douloureuse…

À Madagascar, au fil de terribles déconvenues et de petites victoires, Hélène va faire, d'une épreuve à l'autre, l'apprentissage d'un métier mais surtout d'un peuple énigmatique et d'une terre luxuriante. Ballottée mais curieuse, effrayée mais courageuse, rabrouée puis amoureuse, la jeune femme résiste à l'ombre de deux somptueux ravenales, les "arbres du voyageur", chargés de lourds souvenirs.

"PALPITANT ! Très touchant,
un vrai plaisir de lecture jusqu'au dernier mot"
Yann Queffélec

Un roman plébiscité
par un comité de lecture grand public.

LE COUP DE CŒUR DE YANN QUEFFÉLEC

PRIX LITTÉRAIRE GEO DU VOYAGE EXTRAORDINAIRE

L'énigme de la Diane

Nicolas Grondin

"J'ai été bluffé, happé par l'histoire… Que vous aimiez la mer ou non, ce livre est un formidable roman d'hommes et d'horizons lointains. Une vraie mosaïque de caractères forts et attachants. Nicolas Grondin possède une écriture époustouflante et quel talent dans les descriptions ! Découvrez ce véritable O'Brian français ! En un mot : CE ROMAN EST GÉNIAL."

Yann QUEFFÉLEC, Président du Jury. Prix littéraire GEO.

Rade de Brest, 1781. Basile, jeune Breton que rien ne semblait conduire à un tel destin, se retrouve à bord de la Diane, frégate sous commandement du capitaine Selcy en partance pour Fort-Royal de la Martinique. Là-bas, la France défend âprement ses possessions antillaises face à la couronne britannique. C'est dans ces batailles sur mers lointaines que Basile apprendra le métier de marin, mais découvrira aussi bien des choses sur sa propre existence...

"Ce roman est GÉNIAL"

Yann Queffélec

**Un roman plébiscité
par un comité de lecture grand public.**

Photo couverture : © Anne-Claire Payet

Ligne graphique : Chrystèle Ferté

Cet ouvrage a été mis en pages par
Studio Ben
à Argenteuil
et composé en ITC Berkeley Old Style

Studio de fabrication : Flora Bellanger

Impression réalisée sur CAMERON par

CPI
BROCHARD & TAUPIN

La Flèche

pour le compte des Éditions

Les Nouveaux Auteurs

Dépot légal : Avril 2011 – N° d'impression : 60247